Sensibilidade, coquetismo e libertinagem

André Luiz Barros da Silva

Sensibilidade, coquetismo e libertinagem

A *Pamela* inglesa, as *Pamelas* francesas e as mudanças éticas e estéticas do século XVIII

Alameda

Grafia atualizada segundo o Acordo Ortográfico da Língua Portuguesa de 1990, que entrou em vigor no Brasil em 2009.

Edição: Haroldo Ceravolo Sereza e Joana Monteleone
Editora-assistente: Danielly de Jesus Teles
Projeto gráfico, diagramação e capa: Danielly de Jesus Teles
Revisão: Alexandra Colontini
Assistente acadêmica: Tamara Santos
Imagem da capa: *Nu de mulher estirada (Femme nue allongée)*, de François Boucher, 1742-1743. Coleção Horvitz, Museu de Belas Artes de Boston.

CIP-BRASIL. CATALOGAÇÃO NA PUBLICAÇÃO
SINDICATO NACIONAL DOS EDITORES DE LIVROS, RJ

S578s

Silva, André Luiz Barros da
Sensibilidade, coquetismo e libertinagem : a Pamela inglesa, as Pamelas francesas e as mudanças éticas e estéticas do século XVIII / André Luiz Barros da Silva. - 1. ed. - São Paulo : Alameda, 2019.
p. ; 21 cm.

Inclui bibliografia

1. Richardson, Samuel, 1689-1761. Pamela - Crítica e interpretação. 2. Análise do discurso literário. 3. Literatura comparada - francesa e inglesa - Séc. XVIII. I. Título.

18-53351 CDD: 809.3
CDU: 82-3.09

ALAMEDA CASA EDITORIAL
Rua Treze de Maio, 353 – Bela Vista
CEP 01327-000 – São Paulo – SP
Tel. (11) 3012-2403
www.alamedaeditorial.com.br

Sumário

Prefácio

Há obras que subitamente nos levam a tomar consciência de que a época mudou. Elas transformam a maneira como vemos o mundo e o que esperamos de sua representação literária ou artística. São obras que marcam o momento. Quando o músico Claudio Monteverdi e seu libretista Giovanni Francesco Busenello associam-se para encenar no Teatro San Giovanni e Paolo, em Veneza, *A coroação de Popeia*, eles não são os primeiros, em 1643, a reunirem música, pintura e um maquinário para montarem um espetáculo total, não são nem mesmo os primeiros, num intervalo de poucos anos, a transformar um espetáculo de corte numa representação aberta ao público e acompanhada da edição de um libreto. Mas o sucesso da peça desperta as consciências para o fato de que uma nova arte havia nascido – a ópera. O espetáculo de uma elite se expande para um público amplo. Pablo Picasso, em 1907, apresenta uma pintura em grande formato que violenta os corpos, nega a perspectiva, desconstrói todas as noções básicas da pintura, uma pintura chamada mais tarde *Les Demoiselles d'Avignon*. O escândalo é a um só tempo moral e estético: o público fica chocado com aquelas prostitutas ali expostas onde só se mostravam divindades mitológicas ou personagens históricas, com os rostos tratados como máscaras africanas, com os corpos reduzidos a formas geométrica, no que logo será chamado de um *cubismo*. Não se poderá mais pintar como se *Les Demoiselles d'Avignon* não tivessem transformado o olhar de artistas e espectadores. Em um caso como no outro, uma forma entrou em ressonância com uma evolução social.

André Luiz Barros parte da hipótese de que *Pamela*, de Samuel Richardson, publicado em Inglês em 1740 e logo traduzido em diversas línguas, também atingiu a Europa, primeiro com uma mudança de perspectiva pela qual o ponto de vista da história não é mais o do patrão, mas o da doméstica, que dá seu nome, ou melhor, seu prenome, à ficção, e, em segundo lugar, com um novo efeito de verdade do romance epistolar a conduzir a emoção dos leitores. Reviravolta social e reviravolta formal. Os ritmos atuais da pesquisa internacional fazem com que, paralelamente e sem consulta, aparecem seu estudo em português e o de Shelly Charles em francês.[1] André Luiz Barros se engaja numa reflexão estética que não teme a longa duração e os ecos entre o ontem e o hoje, Shelly Charles, numa pesquisa filológica exaustiva e escrupulosamente histórica. O ponto de partida é uma mesma constatação de que o romance de 1740 causa uma estupefação e uma clivagem entre os leitores (e espectadores). As cartas da jovem e bela criada despertam interesse, paixão e o epílogo em que ela consegue impor a sua vontade e obter o casamento surpreende em um mundo onde tal desfecho é raríssimo. As reações dividem o público entre *pamelistas* e *antipamelistas*, entre adoradores, atraídos pela jovem que sabe se fazer respeitar e com a suspeita de que só veem nela uma coquete hábil e manipuladora. O debate na imprensa

1 Charles, S. *Pamela ou les Vertus do roman. D'une poétique à sa réception*. Paris, Classiques Garnier, 2018.

e em panfletos se estende em uma série de imitações e réplicas, adaptações teatrais, musicais e gráficas, para não mencionar o que hoje chamamos de produtos derivados (copos e leques).

Henry Fielding imagina *Shamela* (1741), que revela tudo o que poderia mudar a empregada doméstica virtuoso em um aventureiro perturbador, e Joseph Andrews (1742), que altera o sexo da pobre perseguida e apresenta um jovem virtuoso, irmão de Pamela, novo José vítima da esposa de Potifar, enquanto a romancista Eliza Haywood contesta, em *Anti-Pamela* (1741), a verossimilhança de uma resistência por parte de Pamela: sua heroína não tem nem a educação, nem a força que a teriam preparado para enfrentar seu patrão. Pode-se pensar em como o próprio Richardson compõe sua *Anti-Pamela* ao imaginar as desgraças de Clarissa Harlowe. O estupro e o suicídio da heroína servem de contraponto ao casamento e ao sucesso social de Pamela. A energia moral se desloca. Mr. B. era um libertino hesitante e, ao fim e ao cabo, arrependido. Lovelace tem outra dimensão em seu desejo e violência. Ele fascina a Europa, como anteriormente a virtude de Pamela.

A França não ficava para trás: as Pamelas francesas e novas Pamelas se sucedem no hexágono, onde o teatro trata do assunto com sucesso variável. Nivelle de La Chaussée, Voltaire, Goldoni não desdenham em experimentá-lo. Um romance sem assinatura, atribuído a Claude Villaret, *A Anti-Pamela ou Memórias de Mr. D**** (1742), narra as desventuras de uma jovem que é mais sensível ao sentimento amoroso do que seu modelo inglês e cuja virtude é menos premunida contra as tentações. Entre as adaptações romanescas francesas, *As memórias Pamela escritas por ela mesma* (1743) prendem a atenção porque a forma epistolar é substituída pela distância cronológica das memórias, o que permite à heroína controlar melhor sua narrativa. Os longos desdobramentos da ação e os detalhes, criticados pela crítica francesa na escrita do romancista inglês, são suprimidos e o romance perde dois terços de seu conteúdo nessa adaptação aos padrões do gosto francês.

O nome da heroína de Richardson continua sendo um argumento de venda que faz com que os romances franceses sejam reeditados com um novo título a ela referido. *Fanny ou O arrependimento feliz* (1764), de Baculard d'Arnaud, reaparece sob o título de *Fanny ou a nova Pamela* (1767). *Maria ou Memórias genuínas de uma admirável senhora de categoria e fortuna* (1765), traduzido do original de Edward Kimber, torna-se *A nova Pamela ou as memórias de Maria* (1767). Essa mania dura mais de meio século. Sob o Consulado e o Império, ainda vemos a publicação de um romance de Robert-Martin Lesuire, *A Pamela francesa, ou Cartas de uma jovem camponesa e um até então jovem, contendo suas aventuras* (1801) e da anônima *Miss Charlotte ou a nova Pamela* (1806), contemporâneo do hilariante romance, beirando a paródia, de P. Cuisin, *O bastardo de Lovelace e A filha natural da marquesa de Merteuil, ou Costumes vingados, novas cartas traduzidas do inglês* (1806), que combina o sucesso de Richardson com o de Laclos.

O poder de Richardson foi também o de ter inspirado a Diderot um *Elogio* que sugere a revolução realizada pelo romancista na história da leitura.

> Por romance, entendemos até agora um tecido de eventos quiméricos e frívolos, cuja leitura era perigosa para o gosto e para os costumes. Eu gostaria que se encontrasse um outro nome para as obras de Richardson, que elevam o espírito, que tocam a alma, que transpiram por toda parte o amor pelo bem e que também são chamados de romances.[2]

2 Diderot. *Éloge de Richardson*. In: https://fr.wikisource.org/wiki/%C3%89loge_de_Richardson

O romance supunha ficção e divertimento. Representará, a partir de agora, investimento psicológico e moral, projeção do leitor e identificação com o personagem. O romance não é mais tirado do excepcional, mas do cotidiano. Essa revolução não mais considera a sensibilidade e a virtude como traços extraordinários que nos perturbam com medo e admiração, mas como princípios que estão no fundo de nós e que nos fazem sentir solidários com os personagens. Entramos até o pescoço na ficção. Por muito tempo os títulos dos romances consistiam em um título de nobreza, sendo o exemplo mais famoso *A Princesa de Clèves*. Pamela não tem nascimento nobre nem título, e no entanto merece aparecer na página do título.

Um paradoxo surge nesse *Elogio de Richardson*. Diderot contrasta uma sensibilidade universal com a antiga hierarquia de nascimento, mas seu devaneio de participação na ficção lhe faz escolher como cenário um antigo castelo feudal. O manuscrito encontrado por acaso, que suscita a ilusão do documento verdadeiro, permanece associado à apropriação de uma habitação senhorial.

> Uma ideia que às vezes me ocorreu ao pensar nos livros de Richardson era que eu tinha comprado um velho castelo, que ao visitar seus cômodos, um dia, notei num canto um armário que ninguém abria há muito tempo e, depois de arrombá-lo, encontrara ali, desordenadas, as cartas de Clarisse e de Pamela.[3]

Mas essas cartas supostamente genuínas convidam a um retorno à língua original e fundam uma crítica da padronização clássica dos tradutores franceses. Elas também incitam o leitor a se tornar o próprio autor delas. É ele quem descobre as cartas, quem as classifica, quem as adapta, quem as completa. Diderot traduz o que os tradutores negligenciaram, chega a escrever cartas adicionais. Em sua subver-

3 *Idem.*

são da antiga hierarquia social, cada indivíduo é capaz de julgar por si mesmo, cada leitor participa da escrita do romance. Diderot cria, por seu turno, uma Religiosa tão patética quanto Pamela ou Clarissa, e um *Jacques o fatalista* alegremente libertino e irônico. Os pares masculino e feminino são sobrepostos ao contraste entre quente e frio, adesão emocional e distância crítica. Mas Sade encarna em duas figuras femininas, Justine e Juliette, os impulsos afetivo e virtuoso em contraponto ao cinismo ligado à constituição do sangue familiar. Um século e meio depois de *Pamela, o Diário de uma empregada doméstica* [*Journal d'une femme de chambre*], de Octave Mirbeau, demolirá todos os valores sociais e Celestine, a criada, não será mais virtuosa do que seus patrões. O romance poderia se intitular *Celestine ou O crime recompensado*.

Pamela é um promontório privilegiado onde André Luiz Barros se situa e a partir do qual domina a história do gênero romanesco para nos falar brilhantemente sobre o que significa o ato estético.

Michel Delon
Professor emérito
Universidade Sorbonne / Paris IV

Introdução

Os estudos relacionados à literatura do século XVIII localizam no surgimento do romance *Pamela, or Virtue Rewarded* [Pamela, ou Virtude recompensada], de Samuel Richardson, em 1740, um momento especial de transformação da forma narrativa, bem como das formas de leitura que terão um destino determinante na cultura ocidental. Nosso intuito, no presente trabalho, foi tentar não apenas perceber com maior acuidade as novas propostas formais e semânticas que o romance trouxe, com consequências importantes no estabelecimento do gênero romance, mas também captar o modo de repercussão intercultural que ele motiva na França do período. De saída, percebemos que tal objetivo não se alcançaria sem o esforço de flagrar debates sub-reptícios ao narrado, tanto no que toca ao novo – e, na época, desvalorizado – gênero, quanto em relação às tensões classistas e até eróticas em jogo, por um lado, na sociedade e, por outro, na prosa de ficção. Nossa aposta inicial era a de que, se chegássemos a descrever tais tensões a partir dos textos da época, e de forma a menos anacrônica possível, poderíamos nos aproximar de um olhar minucioso sobre as mudanças no âmago da atividade de escrita de narrativas ficcionais em nossa cultura. Tal possibilidade, que incluiria nosso esforço na trilha de uma história do gosto ou da estética no período tratado, implicaria, necessariamente, em uma análise das mudanças também no âmbito da leitura, em um momento em que a prosa ficcional se estabelecia no campo artístico inglês e francês. Esse nível estético de nossa pesquisa se somaria ao nível sociológico (percebido por meio de obras ficcionais) de modo a compor um retrato possível da emergência de um novo etos antropológico no próprio momento em que ele emerge, por meio da escrita e da leitura, no seio da cultura letrada em vias de tornar o livro objeto de consumo individual industrializado.

Portanto, ao surgir *Pamela* e as obras francesas por ela motivadas, um novo paradigma de escrita e leitura ficcionais se instaurava, tendo a *sensibilité* [sensibilidade] como interface valorizada entre texto e leitor. Tal novo paradigma define uma nova postura do escritor e do leitor diante do que se narra. O "novo pacto estético" que surge, redimensionando as antigas regras clássicas (alicerçadas em Aristóteles e em Horácio), deve ser compreendido em sua própria época, e como resposta a tensões específicas de momento. O segundo passo, então, é perceber como tal nível, que poderíamos chamar de estético, reflete e absorve tensões sociais e culturais mais amplas, de modo a fazer da transformação nas artes narrativas uma mudança na própria forma como o homem percebe a si próprio, em nossa cultura. Por meio da leitura, e do novo pacto entre texto e leitor, pelo qual a *sensibilité* passa a comandar, é uma nova imagem do homem, uma nova antropologia (não no sentido da disciplina acadêmica, mas no de um possível olhar ou estudo do homem sobre si mesmo) que se estabelece. Tais ambições de ordem generalizante não poderiam deixar de ser apenas projeto sem o percurso de leitura e análise, texto a texto, que passamos a descrever agora.

Partimos de uma leitura cerrada do romance original, em duas versões: a original, de 1740, e a de 1801, cujo texto foi retocado por

Richardson, por seus editores e por suas filhas. Passou-se, também, pela tradução francesa de 1742. Nessa primeira parte do trabalho, o importante foi tentar flagrar e descrever *Pamela* como um acontecimento de dupla vertente. Por um lado, estabelece uma semântica das ambiguidades, pela qual erotismo e amor, prepotência patronal e fragilidade serviçal e ímpeto masculino e pseudopassividade feminina mantêm-se como polos de tensão nunca resolvidos. Ou melhor, só resolvidos com o casamento de Mr. B. com Pamela, solução apontada como pouco rica em termos artísticos – para um leitor moderno, pelo menos. Por outro lado, a carta e, depois da *Letter XXXII* [Carta 32], o diário estabelecem um narrar que condensa o presente, vivido com intensidade. Sem ter inaugurado as trilhas epistolar ou do diário em literatura, o autor utiliza tais formas de maneira nova, intensificando a opressão e o sentimento trágico (por meio das perseguições de Mr. B.) e acabando por dotar a escrita de uma força inédita. Tal força incluiria, por um lado, a possibilidade de resistência e contra-ataque da parte mais fraca, bem como a possibilidade de autoinvestigação angustiada, de modo a lidar com as contradições que a protagonista sente em si própria (e o leitor, nela e em Mr. B.). Há ainda o aspecto do martírio da protagonista, que pode ser visto como representação, no próprio texto, da ideia de purgação e de catarse, que deita raízes no cristianismo, mas também serve como alegoria do que a prosa de Richardson empreendia em termos estéticos, naquele momento: o leitor é por ele convocado a sentir o que o protagonista-narrador sente, o próprio texto surgindo como martírio e subsequente purgação para quem o lê. O novo realismo que emerge com *Pamela* seria pautado pela introspecção sentida com intensidade no aqui-agora. Isso explicaria o imenso frisson causado pelo romance de Richardson, tanto na Inglaterra quanto em toda a Europa, notadamente na França.

Depois do esforço de propor novas vias de leitura de *Pamela*, nos concentramos na forma como tal romance será recebido na

França dos anos 1742-43. Entre reações de rechaço diante do lastro sentimental (La Chesnaye des Bois) e de aplauso diante do novo realismo dir-se-ia minucioso (Des Fontaines, Madame de Graffigny), o romance vai se integrando ao ambiente cultural francês até sua consagração cabal, com o *Éloge de Richardson* [Elogio de Richardson], de Diderot, em 1762, logo após a morte de Richardson. Mas será no teatro que a repercussão do romance inglês no nível do gosto estético se sentirá mais agudamente. O trabalho se estruturará, a partir desse momento, na leitura acurada das três peças que se basearam abertamente no romance inglês: a comédia *Paméla en France, ou la Vertu mieux éprouvée* [Pamela na França ou a Virtude melhor testada], de Louis de Boissy (estreada em maio de 1743), o drama *Paméla, comédie en vers et en cinq actes* [Pamela, comédia em versos e em cinco atos], de Nivelle de La Chaussée (estreada a 6 de dezembro de 1743), e a comédia *La déroute des Paméla en un acte en vers* [A derrota das Pamelas em um ato, em versos], de Godard d'Aucour (estreada a 23 de dezembro de 1743). Obviamente, para se empreender a análise de peças tão desconhecidas, que transpunham para o palco uma narrativa surgida originalmente em livro, foi preciso um estudo cuidadoso do ambiente cultural francês daquele momento, no qual o teatro desempenhava papel central.

Na verdade, por meio do exame do erotismo – discreto e represado – e das ambiguidades que ele, como um dos temas centrais, determinava no caso do romance de Richardson, percebemos elementos convergentes e divergentes entre os ambientes culturais inglês e francês. Passa-se, portanto, à análise de textos dos primórdios do romance que incluem o horizonte do amor e do erotismo, fazendo da narrativa ficcional uma forma de acesso ou reflexão constituinte da subjetividade humana. São os casos de *Lettres portugaises* [Cartas portuguesas], atribuído a Guillerages (1669), e *La*

Princesse de Clèves [A princesa de Cléves], de Madame de Lafayette (1678). Tais romances são ancestrais franceses de *Pamela*, e pertencem a uma cultura de Corte na qual o segredo, erótico ou político, tinha importância central nos movimentos subjetivos dos personagens. Tais textos nos ajudam a jogar luz sobre a zona de sombras em que jaz a esfera do privado, no caso de Mr. B.: sua fantasia, corroborada pelos membros de sua classe social, é a de manter sua relação com Pamela nessa zona sombria, alijada da vida pública mas ainda não constituída como espaço legal. Nesse sentido, e sendo Mr. B. um magistrado da Justiça, não adianta a uma criada tornar pública a perseguição sofrida: a "libertinagem" do patrão é perfeitamente adequada à sociedade da época – como a do duque de Nemours, em *La Princesse de Clèves*, e como o do amante da freira Mariane, em *Lettres portugaises*. Na falta da divisão institucionalizada e juridicamente estatuída entre o privado e o público, a zona secreta do abuso e do pacto estratégico ganha em importância.

Tais reflexões indicam não apenas a riqueza do plano erótico em literatura, mas certa tensão entre os etos sentimental e libertino, nos dois lados do Canal da Mancha, na época. Tantos os textos licenciosos franceses, obscenos ou filosófico-obscenos, clandestinamente comercializados, quanto os romances discretamente erotizados ingleses, como *Love in excess* [Amor em excesso], de Eliza Haywood, apontam para uma convergência, no plano da escrita e da leitura, dessas hipóteses percebidas no plano ficcional. Ou seja, como em uma analogia, também nas letras o secreto (clandestino) integra erotismo e política (filosofia ou a nova ética). Do mesmo modo, o personagem-tipo complexo (para diferenciá-lo dos personagens-tipo simples da *commedia dell'arte*) do libertino surge como representante, no plano das letras, do etos cortesão que usava as relações humanas como instrumentos amorais de suas ambições, e da manutenção de sua reputação. Nesse ambiente cultural, um Voltaire fará, em 1736, seu elogio do mundano (*Le mondain* [O mundano] e *Défense du mondain ou Apologie du luxe* [Defesa do mundano ou Apologia do luxo]), de modo a reforçar o partido da superficialidade, da ligeireza e da frivolidade na escrita. E o ex-jesuíta Gresset descreverá o mesmo mundano de forma pouco abonadora em *Le méchant* [O maldoso], peça de 1747. Do mesmo modo, Voltaire havia ensaiado uma aproximação à nova forma *attendrissante* [enternecedora] ou *larmoyante* [lacrimosa] com *L'Enfant prodigue* [O filho pródigo], sua peça de 1738. Dois anos antes, também em 1736, Fagan estreara *L'Amitié rivale de l'amour* [A amizade rival do amor], e Des Fontaines batizara o novo gênero: *comédie larmoyante* [comédia lacrimosa]. Tais reações em cadeia provam que o momento era de tensão entre as duas formas de lidar com o ato de narrar, no teatro ou fora dele: a *sensibilité* parece aceder ao poder no campo artístico, em meio ao olhar desconfiado do libertino. Este ganharia uma síntese literária inusitada exatamente em 1735-36, com o romance *Les égarements du cœur et de l'esprit* [Os extravios do coração e do espírito], de Claude Crébillon, considerado o primeiro romance de libertinagem a merecer o título.

Tais tensões da atmosfera cultural francesa explicam o surgimento da comédia *Paméla en France*, de Boissy, bem como seu fracasso depois de algumas poucas apresentações. Tal fracasso nos parece, no entanto, matéria rica para reflexão: o partido sentimental não teria reagido à paródia de Pamela? A leitura cuidadosa de um sucesso estrondoso de La Chaussée, *Mélanide*, considerada a mais bem-sucedida *comédie larmoyante* da época, também nos ajuda a entender um dos maiores fracassos da história da Comédie Française: sua *Pamela* com pretensões *attendrissantes* [enternecedoras]. Esta foi encenada nada mais que uma vez em toda a História, e saiu sob vaias. Figura de proa do novo gênero *larmoyant*, La Chaussée nos leva a uma análise mais acurada do novo pacto entre texto e leitor, que estabelece a identificação dos sentimentos como fundamental, e as lágrimas como prova fenomenológica requerida. Nesse âmbito, as reflexões de Diderot serão centrais no sentido de proporem uma teoria incipiente da nova forma de escrita/leitura – muitas vezes à revelia de seu autor. Em seus textos sobre o teatro, *Conversas sobre o Filho natural* (1757) e o *Discurso sobre a poesia dramática* (1758), mas também no *Elogio de Richardson*, Diderot propõe uma forma de escrita e leitura, para o palco e para as páginas do romance, que integra a comoção diante de um *tableau* como forma de identificação e "nova catarse". Não admira, portanto, que a chegada de *Pamela* na França se tenha dado sobre o palco: a efervescência artística passava pela experimentação de novas formas de narrar e de assistir/ler. Por ali passavam, do mesmo modo, a reflexão sobre um novo etos, que integrava a moral a suas ações tanto no âmbito privado (subjetivo), quanto no público. Em vez de máscaras, segredos e subterfúgios, esse novo etos trazia à baila certa suposta verdade íntima. A *condition* [condição] de que fala Diderot (a posição social, familiar ou profissional do personagem, que leva à identificação agravada e sentida pelo espectador/leitor) serve para que os da plateia (ou os leitores) se reconheçam no palco (ou na página). E serve para uma medição do escopo ético do personagem, segundo uma nova régua sensível: por meio dos textos ou das peças, o espaço público é repensado como local de encontro de identificações e sentimentos. O libertino ou cortesão estava sendo neutralizado por novos constrangimentos patéticos ou catárticos em pleno processo de experimentação nas artes.

Por fim, *Nanine*, de Voltaire, sua peça baseada em *Pamela*, nos ajudará a perceber como um defensor do mundanismo, formado e integrado ao etos da frivolidade e do coquetismo – chegando mesmo a adaptá-lo como forma narrativa, segundo Auerbach e Spitzer –, chegará a integrar o partido do sentimento. Na verdade, tal decisão se integra perfeitamente à tensão da época, clara na própria *Carta a D'Alembert*, de Rousseau, onde se encontra um elogio a *Nanine*. Ao contrário de *Pamela*, *Nanine* inclui um nobre que, desde o início da peça, destoa de seus pares ao buscar um amor verdadeiro. A diferença de condição social entre ele e a criada, Nanine, é obstáculo forte o bastante, mas se desfaz – assim como o pseudotriângulo amoroso – quando se revela que o pai da moça perdera seus bens e fora obrigado a se tornar soldado, *condition* respeitável na construção nacional cívica que compõe o novo horizonte das Luzes. Por outro lado, desde o começo o nobre e sua mãe se mostravam meio críticos em relação à frivolidade e à falta de ética da aristocracia: em 1749, e na perspectiva de Voltaire, já era possível transformar a divisão interna do cortesão que abraça as mazelas imanentes a seu *monde*, apesar de criticá-las (como no caso de Versac em *Les égarements du cœur et de l'esprit*), em um ataque direto ao etos que presidia aquela classe dominante francesa.

Entre a sensibilidade e seus desdobramentos fundamentais nos palcos e nas páginas francesas da época, o coquetismo que aproxima a narrativa de um presente coloquial valorizado, e a libertinagem, um tipo de indiferença à moral a se contrapor ao envolvimento almejado pelo partido sentimental, o século XVIII viu nascer uma nova percepção estética – bem como um novo etos. O romance *Pamela* é o epicentro dessa transformação, e suas adaptações para os palcos franceses, sintomas bastante fortes de que algo de novo se insinuava, entre Inglaterra e França, entre o teatro e o romance, entre o leitor e a obra.

A ambiguidade no reino das certezas: amor, erotismo e dubiedades individuais

O título deste capítulo pode surpreender quando se conhece a estrutura bipolar, de verdadeiro combate, do romance *Pamela*, de Samuel Richardson, um combate no qual Mister B. e Pamela mantêm-se envolvidos até o início do volume 2 da primeira edição inglesa.[1] Porém, parece que, nesse caso, as aparências de fato enganam. Tentaremos demonstrar que, por trás de uma férrea disputa entre um patrão e sua criada, surge um campo de ambiguidades constitutivo do romance, o qual só se arrefece no fim do volume 1 (ou seja, na metade do quinto dia do diário, uma segunda-feira, na primeira edição inglesa, correspondendo ao fim do primeiro volume, na francesa). Logo em seguida, tal campo sofre uma inesperada distensão, rumo ao casamento, que apazigua as contradições. As referidas ambiguidades revelam uma complexidade literária inusitada da obra, que obviamente se refletirá na exigência de uma nova postura por parte do

1 Referimo-nos, aqui, aos volumes tal como constam na primeira edição, de 1740. RICHARDSON, Samuel. *Pamela; or Virtue Rewarded.* [Pamela; ou Virtude recompensada]. Oxford/Nova York: Oxford University Press, 2001, que reproduz a edição original, de 1740 – de agora em diante, apenas Ed. 1740.

leitor. Essa característica (a nosso ver, pouco explorada pela crítica) pode jogar nova luz sobre um momento de complexificação do ato de escrita e leitura, para além de importantes mudanças já conhecidas – por exemplo, a inclusão de personagens "baixos" (de classes sociais baixas), o novo "realismo" descritivo, que favorece o coloquialismo (típico no romance epistolar), e o tratamento sério do cotidiano.[2] As ambiguidades que indicaremos contradizem, em alguma medida, aqueles que não reconhecem no texto uma riqueza literária a sobreviver a seus anacronismos, muitas vezes apenas superficiais.

Comecemos afirmando que uma das ambiguidades a serem apontadas foi prefigurada, de alguma maneira, por leitores que viram no romance uma dubiedade que acabou sendo classificada como pura e simples hipocrisia – da protagonista e/ou do autor. Nos anos 1920, Aurelien Digeon, considerado um dos responsáveis pela avaliação e hierarquização crítica do romance inglês oitocentista, principalmente de Fielding e Richardson, assim definiu tal dubiedade, com a qual mostrava-se incomodado:

> ... o que irrita o leitor é perceber que, sob a pretensão de nos oferecer um romance edificante e moralista, o autor apresentou um conto obsceno, cujo único interesse é descobrir se um rufião

2 A referência a Erich Auerbach aqui é clara a partir dos próprios termos escolhidos (*Mímesis*. A representação da realidade na literatura ocidental. São Paulo: Editora Perspectiva, 1994 (1946)). O termo "realismo", na frase, aparece sintonizado com o significado que lhe confere o crítico alemão, apenas de forma um pouco mais pontual no que toca à focalização histórica: interessa-nos o fenômeno de surgimento, em várias obras em prosa, de uma nova forma de transposição da vida cotidiana concreta para a ficção, em contraponto ao gosto clássico, na virada do século XVII para o XVIII, na Inglaterra mas também na França. Fugindo, por ora, de uma complexa discussão mais ampla sobre o termo, retenhamos apenas a ideia, defendida por muitos pesquisadores, de que o período indicado vui nascer romances e novelas com tendência documental, e que ameaçavam a hegemonia das regras clássicas de verossimilhança.

> será, afinal, bem-sucedido em seduzir uma jovem mulher. "Pamela será ou não violada?" Esta é, em uma palavra, a questão que logo se torna pertinente... [3]

É improvável que se retrate a duplicidade de que falávamos de forma mais crua e direta. É bem conhecida a reação dos que viram no romance dubiedade de fundo erótico, facilmente classificada de hipocrisia. Suas pseudocontinuações satíricas, como *Shamela*, de Henry Fielding, e *Anti-Pamela*, de Eliza Haywood, enveredam por esse caminho, ao tornar risíveis cenas em que a linguagem decorosa, vitimizada ou mesmo exacerbadamente imprecativa esconde o puro e simples interesse amoroso ou erótico do patrão em relação a sua presa supostamente indefesa. No que toca à primeira recepção da obra na Inglaterra, deve-se a Fielding a precedência de tal reação, em forma de ficção leve e ligeira, em maio de 1741. No mês seguinte, surge a primeira reação crítica séria de repúdio a tal dubiedade erótico-amorosa: *Pamela censured: In a letter to the editor* [Pamela censurada: Em uma carta ao editor]. Em vez de paródia cômica, seu autor desconhecido se concentra em criticar as próprias promessas que Richardson estampara na introdução à obra, tais como a "garantia" de que o romance "...é inteiramente destituído de todas essas Imagens, que (...) tendem a inflamar".[4] Escreve o "censor" ou primeiro crítico do romance:

> Mostrando que, sob a Pretensão Enganadora de Cultivar os Princípios da Virtude nas Mentes da Juventude de ambos os Sexos, as mais Ardilosas e Sedutoras ideias Amorosas são transmitidas.

3 DIGEON, Aurélien. *The novels of Fielding*. Londres: G. Routledge, 1925 (o original, *Les romans de Fielding* – Paris, Hachette –, é de 1923), apud. KREISSMAN, Bernard. *Pamela-Shamela*. Lincoln: University of Nebraska Studies, 1960. p. 31. A tradução da maior parte dos trechos citados é nossa.

4 KREISSMAN, Bernard, op. cit., p. 31.

> Isso [*ocorre*] em vez de ser destituídas de todas essas Imagens que tendem a inflamar (*sic*); As cartas dela são abundantes em Incidentes, os quais devem, necessariamente, incitar, na incauta Juventude que as lê, Emoções muito distantes dos Princípios da Virtude.[5]

O autor passa a listar cenas picantes do romance, como aquelas em que de fato aparecem "... Peitos nus sendo examinados com a Mão, e Beijos dados com tal ânsia que faziam os Lábios grudarem".[6] Não é difícil notar que tal crítica séria substitui o riso de censura provocado pelas passagens de *Shamela* nas quais o erotismo apenas sugerido (ou usado como exemplo negativo) de trechos de *Pamela* virara comicidade:

> ... se você não vem a mim, eu irei até você, diz ele; não iria até você, garanto-lhe, digo eu. No que ele se aproximou correndo, pegou-me em seus Braços, e me jogou numa Cadeira, e começou a se insinuar para tocar minha Anágua. Senhor, digo eu, é melhor não tentar ser rude; bem, diz ele, então não mais o farei; e partiu para fora do Quarto. Eu estava tão transtornada que certamente poderia ter chorado.[7]

O que pretendemos, no entanto, é oferecer uma visada mais enriquecida do problema, de modo a não reduzi-lo a uma censura ao (ou a um desconforto diante do) aspecto erótico ambíguo da obra, ou – o que é mais comum entre críticos modernos – à falta de brechas de sentido no texto, caracterizada pelos preceitos moralizantes de Pamela, pela crueza do erotismo represado e das perseguições de

---

5 *Idem, ibidem*. Como se sabe, e como se verá no trecho original citado a seguir, no inglês culto da época era usual se destacar várias palavras, fossem substantivos ou mesmo verbos, com maiúsculas em qualquer texto em prosa.

6 *Idem*, p. 32.

7 FIELDING, Henry. *Shamela*. Londres: Penguin Books, 1990. p. 30.

Mr. B., pela pífia inclusão da palavra "*rewarded*" (recompensada) no subtítulo do romance etc. Como não nos interessa aqui reiterar estranhezas ou anacronismos do leitor moderno diante de um texto dos primórdios de um gênero que, nos séculos seguintes, teria chance de expandir imensamente seu potencial de crescente complexidade estrutural, semântica e linguística, voltemos a nossa trilha analítica de uma obra que, conforme esperaos demosntrar nas próximas páginas, experimentou uma impressionante repercussão cultural no protorromantismo europeu, moldando as novas formas de figuração da subjetividade e da ética de forma ampla e cabal.

Em primeiro lugar, apontemos uma característica que nos parece central: a nítida oscilação entre os polos de avaliação a respeito das motivações respectivas de Mister B. e de Pamela. Tal avaliação ocorre por meio de interessantes espelhamentos, que, obviamente, incluem o leitor como terceiro elemento a participar da ambiguidade, que parece, assim, se ampliar bastante. Em primeiro lugar, há uma constante variação no julgamento mútuo entre os dois personagens, a qual ajuda a embaralhar a avaliação que o leitor faz, a cada momento, dos atos e palavras dos dois. Esse triplo espelhamento – ou tripla perspectiva oscilante – dá a impressão de um jogo de gato e rato que, sem dúvida, às vezes é proposto pelo autor de forma um tanto incipiente, muito embora tal oscilação, em si, indique complexidade narrativa, no panorama da época.

Mas de que oscilação se está falando? Primeiro, como se adiantou, trata-se de uma variação dupla, que faz tanto de Pamela quanto de Mister B. réus de um tribunal mútuo constante, bem como do tribunal suposto – mas fundamental, é claro – do leitor. "Suposto", aqui, significa que o leitor é um "observador ausente", não referido no texto.[8] Desde as primeiras páginas do romance, esse tríplice tri-

8 Ele está presente, entretanto, como destinatário potencial de uma grande número de textos introdutórios (antetextos, um tipo de paratextos) publicados

bunal imprime dinamismo ao ato de leitura, enriquecendo-o com as tais ambiguidades, aparentemente insolúveis. Estas se desenrolam em dois níveis ao longo do volume 1, complexificando a flagrante e patética tensão entre os dois protagonistas.[9]

Comecemos pela ambiguidade de primeiro nível, mais simples e de fácil percepção: a que contrapõe os impulsos eróticos e hierarquicamente justificados de Mr. B. a uma nova visão fundamentada na (velha) virtude com vistas a propor uma ética do casamento. Em seguida, a ambiguidade de segundo nível se caracteriza pela dubiedade constitutiva que as duas partes envolvidas demonstram *individualmente, consigo próprias,* ou seja, tanto Mr. B. quanto Pamela se cindem em dúvidas sobre si e sobre seus atos. Nomeemos a primeira de ambiguidade erótico-amorosa e a segunda, de individual-subjetiva. Essas duas ambiguidades, uma mais imediatamente visível (e imediatas foram as reações a ela na primeira recepção da obra, por volta de 1740-41, como indicamos) e a outra mais sutil, mantêm o arco da tensão da narrativa desde seu início até a inesperada distensão no início do volume 2 (da primeira edição) que, mais adiante, desembocará no casamento. Também se pode dizer que a ambiguidade mais visível, de primeiro nível, tem como alicerce latente a de segundo nível: são as dúvidas de Pamela quanto a sua própria condescendência diante das violências verbais e dos atos funestos do patrão que permitem

---

desde a primeira edição de *Pamela*, para não falar nos anúncios em periódicos e até elogios em meio a discursos e sermões, que se seguiram ao lançamento do romance – estes últimos não incluídos, é claro, no corpo da edição. A análise dessa recepção, editada ou não, encontra-se em: KEYNER, Thomas; SABOR, Peter (org.) *The Pamela controversy*. Criticisms and adaptations of S. Richardson's Pamela – 1740-1750. Vol. 1. Londres: Pickering & Chatto, 2001.

9 "Patética" é usado, aqui, no sentido corrente atual, não no observado no século XVIII francês e inglês, em que significava uma culminância do sublime na tragédia clássica.

supô-la disponível a seus assédios. Do mesmo modo, é a sucessão de perdões por parte de Mr. B., aliada a cenas em que ele se mostra cada vez mais amoroso e cada vez menos eroticamente direcionado, que levam a supô-lo em transformação. Com efeito, só será possível a passagem da ética antiga para a nova (da erótico-hierárquica para a amorosa e casamenteira) porque a ambiguidade erótico-amorosa se assenta tanto sobre impulsos e convenções sociais aceitas na sociedade da época, tacitamente ou não (assédio erótico aceitável do patrão, opressão da criada etc.), quanto sobre uma base menos sólida, ou seja, as dúvidas e divisões de consciência individuais.

São tais ambiguidades, de primeiro e de segundo nível, que mantêm a tensão da narrativa, desde a precoce cena do susto da protagonista diante da aparição de seu "Mestre" ou "Senhor", curioso diante da carta (a primeira!) que ela acaba de escrever e dobrar,[10] até o momento de distensão no início do segundo volume, que muda as "regras do jogo" narrativo, desembocando no casamento e na nova vida da protagonista como esposa de um nobre de toga.[11] A distensão que, na verdade, é revelação do amor matrimonialmente direcionado de Mr.

10 Ed. 1740, p. 12-13. Voltaremos a esta cena logo adiante.

11 A distensão começa com a carta de Mr. B. que assim se inicia: "Percebi que era em vão, minha *Pamela*, que eu lutava contra minhas afeições por você". A frase-revelação seria: "... pois notei que não podia viver um dia sem você". (Ed. 1740, p. 250). Tal trecho encontra-se poucas linhas (apenas três parágrafos) após o final escolhido pelo tradutor francês para o volume 1 (o volume 2 só sairia na França um ano depois, em 1743). Como se sabe, tal arbitrariedade era comum nas traduções da época. Mas ela revela mais do que se espera: nota-se a extrema sensibilidade do tradutor em terminar o primeiro volume deixando em suspenso qualquer conclusão sobre o destino de Pamela, e no momento imediatamente anterior a que tal destino comece a se delinear de forma menos surpreendente ou ambígua. Pois é graças a essa carta que ela aceita, pela primeira vez, um chamado de Mr. B., no caso, para voltar para a casa. Quinze páginas depois (Ed. 1740), o casamento está marcado para dali a 14 dias.

B. (na carta amorosa que marca a virada, há uma alusão indireta ao casamento: "... não há nada que possa fazer, a não ser fazê-la feliz, e sê-lo eu próprio"),[12] representa a grande reviravolta do romance, aquela que desfará todas as ambiguidades e transformará grande parte do volume 2 em uma espécie de "manual de casamento" para mulheres dos anos 1740 na Inglaterra. Isso se torna literal com os 48 artigos do "Método" de comportamento da boa esposa, proposto por Mr. B. e aceito e recapitulado por Pamela.[13] As únicas tensões que restam nesse volume 2 são em relação a Lady Davers, irmã de Mr. B., representando o peso intrafamiliar da hierarquia social da época, e à bastarda do magistrado, último ponto de suspense da narrativa, cujo desenlace só ocorre a 21 páginas de seu fim (Ed. 1740, pág. 482).

Não temos como alvo, na primeira parte deste trabalho, nem propor uma leitura definitiva e inovadora de um romance objeto de bibliografia crítica bastante extensa e rica no mundo todo, nem fazer um apanhado das principais teses e hipóteses aventadas nessa bibliografia. Nosso objetivo é situar certa riqueza do texto que pode escapar do leitor contemporâneo, pouco acostumado com as binariedades típicas de textos do momento de passagem da moral clássica-aristocrática para a iluminista-democrática (que parecem ter servido de bússola mínima dual em hora incerta de deslocamento das antigas balizas éticas), de modo a prepará-lo para flagrar o porquê da repercussão do texto à época. Ainda mais sucinto, nosso projeto geral é o de descrever a recepção do romance de Richardson por meio de certas obras e de certos leitores-escritores franceses do período estudado. Nesse sentido, é importante destacar elementos constitutivos – inclusive contrapondo-os a romances-chave, anteriores a *Pamela*, como as *Lettres portugaises*

12 Ed. 1740, p. 251.

13 *Idem*, p. 448-451.

[Cartas portuguesas], *La Princesse de Clèves* [A princesa de Cléves] e *La vie de Marianne* [A vida de Marianne] –, elementos esses que possam ter favorecido determinadas reações, tanto de escrita quanto de leitura, a marcar um modo ocidental de lidar com os romances em geral, dali em diante. É o que motiva e justifica nossa própria hipótese de leitura crítica do romance.

1.1. O reino das ambiguidades

Por um lado, Mister B. desde o princípio parece bem identificado com a posição do senhor de prestígio, em uma sociedade em que os limites da autoridade aristocrática são bem marcados, e os *gentlemen* exercem seu desejo soberanamente. Os signos inquietantes de seu interesse erótico pela criada (ambiguidade de primeiro nível) são percebidos primeiro pelos pais de Pamela: para eles, a generosidade patronal exagerada guarda segundas intenções. A "confirmação" de tais intenções tem como consequência a primeira crise de Pamela, aliás, anunciada pela preocupação antecipada dos pais: "Espero que esse bom Senhor não tenha nenhum Plano; mas se deu a você tanto Dinheiro, e falou com você de forma tão gentil, (...) e, Oh!, essas Palavras fatais, que seria amável com você se você agisse *como deveria*, quase nos mata de Pavor".[14]

Tal condenação paterna e materna se antecipa à própria experiência de Pamela, influenciando-a: "Devo dizer que sua Carta me encheu de Preocupação. Tornou meu Coração, que estava transbordante de Gratidão pela Bondade de meu Jovem Mestre [*no sentido de patrão*], suspeitoso e cheio de temor".[15] Já está posto o problema da constituição do sentido por meio de julgamentos (olhares) diversos,

14 Ed. 1740, p. 13.

15 *Idem*, p. 15.

em um perspectivismo de várias vozes narrativas que Richardson aperfeiçoaria oito anos depois, no mais extenso *Clarissa.* Mais uma advertência do pai, na carta VIII, e dá-se o esperado e temido;[16] na carta X, ela escreve, sob o choque de uma "sad scene" [cena triste] passada com o patrão: "... de fato, agora está tão evidente que todas as suas Precauções tinham fundamento".[17] O roubo da carta é prenúncio de uma dimensão importante da estrutura geral do romance: a demonstração da força opressora de Mr. B., que se exercerá por meio da tentativa de acesso às cartas secretas. O sumiço da carta que narra a primeira cena de investida erótica do patrão fazendo Pamela (e o leitor, é claro) supor que Mr. B. tem, pelo menos potencialmente, controle total até sobre os escritos secretos da criada, é elemento de

16 Usamos o termo perspectivismo para tentar descrever a multiplicação e complexificação das vozes narrativas, tendência inegável do romance moderno. Em um momento inaugural do novo gênero, é plenamente compreensível que tal tendência apareça a um só tempo como incipiente e já deixando entrever suas potencialidades. Do mesmo modo, sem estendermo-nos sobre o tema, na obra de um crítico como Bakhtin encontram-se conceitos relacionados a tal riqueza, como o de dialogismo (estrutura linguística geral crucial para o romance) e o de romance polifônico, especificamente a respeito de Dostoiévki. Obviamente, em um romance em que as cartas iniciais para os pais transformam-se, na verdade, em um extenso diário em primeira pessoa, como *Pamela,* o perspectivismo – diferentes focos individuais narrativos em conflito – apenas se deixa adivinhar; em *Clarissa,* de 1748, o autor o estenderá e o tornará mais complexa. Sem justapor nenhum dos dois conceitos de Bakhtin, lembramos somente da sintonia com a ideia de plurivocidade narrativa crescentemente complexa como aspecto do romance moderno a ser considerado. No próprio século XVIII, o romance epistolar pode ser vista como campo de experimentação privilegiado dessa tendência: de *Julie ou La nouvelle Heloïse,* de Rousseau (1761), a *Les liaisons dangereuses,* de Laclos (1782), ou *Aline et Valcour,* de Sade (1793), a complexificação das perspectivas narrativas em conflito só aumenta, como se sabe. C.f. VERSINI, Laurent. *Le roman épistolaire.* Paris: PUF, 1979.

17 *Idem,* p. 21.

sutileza a antecipar as estratégias de vigilância que marcarão a primeira parte do romance.

Na verdade, tal sumiço tivera um antecedente. Trata-se, também, do primeiro susto da protagonista, quando Mr. B. surge de repente enquanto Pamela dobra a primeira carta. "Para quem você anda escrevendo, *Pamela*?" ["Who have you been writing to, *Pamela*?"], pergunta e, ao saber que é para os pais, diz: "Bem, deixe-me ver como você tem se saído em sua Escrita!" ["Well then, Let me see how you are come on in your Writing!"], e toma-lhe a carta "... sem mais dizer, leu-a quase toda, e então me devolveu" ["... without saying more, and read it quite thro', and then gave me it again"]. Em seguida, depois de elogiar sua forma de escrever e de liberar-lhe o acesso a todos os livros da falecida mãe, deixa-a "... em plena Confusão, diante de sua Bondade. Certamente, é o melhor dos *Gentlemen*, creio!" ["... all in Confusion, at his Goodness. Indeed he is the best of Gentleman, I think!"].[18]

A frase final é o primeiro exemplo de uma oscilação que atravessará o romance, remetendo à técnica de Richardson de exagerar certa avaliação de Pamela para depois frustrá-la, dificultando que o leitor julgue tanto os atos de Mr. B. quanto as reações da criada. Tal técnica, nem sempre realizada com sutileza pelo autor, ajuda a compor as ambiguidades apontadas, já que favorece avaliações sempre mais ou menos equivocadas de quem lê. Nunca se tem certeza a respeito dos elementos à disposição para tal avaliação: será Mr. B. mesmo um celerado? E Pamela, será hipócrita em sua resistência aos assédios? Obviamente, é o segundo nível de ambiguidade, ou seja, as divisões individuais vividas pelos protagonistas, que está na base desse jogo de equívocos, alicerçando ambiguidades mais explícitas com dubiedades menos visíveis. Isso porque, por um lado, é a incli-

18 Ed. 1740, p. 12-13.

nação progressivamente amorosa e cada vez menos erótica de Mr. B. (dubiedade individual constitutiva do magistrado) e, por outro lado, a inclinação ao amor, ou pelo menos a disponibilidade a ele, mesmo em meio ao mais grosseiro destrato ou perseguição (dubiedade individual constitutiva de Pamela) que confundem o leitor. Tal favorecimento ao equívoco é agravado porque esse leitor é, até certo ponto (como se indicará adiante), privado do que se passa com Mr. B., dado que sua transformação não é narrada, mas surge em atos isolados (o rapto, a carta-proposta de quase casamento etc.). Do mesmo modo, a ambiguidade individual de Pamela é inconsciente a ela mesma, apenas podendo ser inferida pelo leitor – Henry Fielding e Aurélien Digeon foram dois dos que exploraram essa senda, com perspectivas diferentes, um, de pura sátira, o outro, de crítica literária.

Portanto, o perspectivar-se se apresenta como constitutivo já que o foco narrativo principal, a voz de Pamela, em primeira pessoa, com suas cisões internas (dúvidas, arroubos de martírio/afeição, sofrimento/gratidão), é o único acesso que se tem à de Mr. B., a qual, por sua vez, também se mostrará menos sólida do que a princípio se supõe, já que o personagem mudará de posição, do erotismo inicial rumo ao amor. Como Fielding e Digeon, nós, leitores, somos chamados a desconfiar de Pamela, não por conta de uma hipotética hipocrisia, mas pela suposição, bem plausível, calcada em uma percepção da estrutura narrativa, de que sua perspectiva (seu foco de visão subjetiva) só pode ser mesmo parcial. Parcial ele é também em relação a si própria, já que a subjetividade espontânea fala de suas próprias falhas e inconsciências de moça, ao falar de suas esperanças, reações, avaliações, sentimentos, lutas e medos. Se a prosa de ficção se constitui, naquele momento, como campo de constituição de complexidades a partir da produção de sentido, tal campo favorece a construção de um novo modo de perceber a subjetividade em perspectiva.[19]

Porém, se a condenação a uma suposta hipocrisia de Pamela se assenta, na verdade, em suas dubiedades de base, a condenação a Mr. B. (tanto por parte dos leitores como por parte dos pais de Pamela, os primeiros leitores de suas cartas), assenta-se, é claro, em um dado sociológico bastante concreto. Trata-se de um dado percebido como cotidiano na Inglaterra da época: o fato de os gentis-homens (*gentlemen*) terem a liberdade de dispor sexualmente de mulheres de baixa extração social, com a tácita anuência da sociedade em geral.[20]

19 C.f. VASCONCELOS, Sandra Guardini. *Dez lições sobre o romance inglês do século XVIII*. São Paulo: Boitempo Editorial, 2002. Quinta lição. p. 76-79. A autora destaca, sem explicitar ponto a ponto em relação a *Pamela*, o que aqui chamamos de ambiguidade de primeiro nível, relacionando-a à construção de uma subjetividade moderna por meio da literatura, em Richardson. "O romancista [*Richardson*] caminhou na corda bamba da ambiguidade, ao explorar as formas inconscientes do impulso sexual, mantendo suas heroínas rigorosamente dentro dos limites do comportamento exemplar e criando uma complexidade psicológica que deixava entrever motivações íntimas nem sempre totalmente condizentes com o que explicitavam no nível do discurso" (p. 77). Para além da alegada consciência total da missivista em relação a seus próprios sentimentos (seu coração), percebe-se, desde as desconfianças paternas, como o olhar do leitor vê além do que o autor da carta quis mostrar. Tais desconfianças paternas não fariam parte de uma pedagogia da leitura complexa (perspectivada), rumo à construção de uma subjetividade moderna "dobrada em si"?

20 Seja como casos jurídicos reais, mesmo que esporádicos, seja como construção imaginária de raízes surpreendentemente arcaicas, esse "erotismo da desigualdade" (segundo Sandra Gilbert) ou "dialética do mestre e da criada" (segundo BOUREAU, Alain. *Le droit de cuissage*. La fabrication d'um mythe XIIIè-XXè siècle. [O direito de encoxada. A fabricação de um mito – séculos XIII-XX]. Paris: Albin Michel, 1995) é onipresente no teatro e na literatura a partir do século XVIII. Boureau mostra como se trata de uma fantasia de alto apelo dramático, o que leva a pensá-lo como uma espécie de tema moral privilegiado do tempo.

> Havia a expectativa de que homens de todas as classes experimentassem prazeres sexuais ocasionais – embora fosse melhor para homens pobres que não perambulassem em demasia. Exigia-se mais explicitamente castidade de jovens mulheres das classes média e alta (por razões mundanas relacionadas à família e à descendência), mas não se supunha que garotas de classes mais baixas se julgassem segundo essa escala de valores – elas estavam ali para oferecer certa comodidade sexual.[21]

Além dessa ambiguidade erótico-amorosa, a cena destacada acima, da primeira carta, é inaugural também no que toca à ambiguidade que chamamos aqui "de segundo nível", em que Pamela se mostra confusa diante da própria avaliação: o terror súbito diante da intromissão dá lugar ao fascínio diante da gentileza do *gentleman*. Compare-se a passagem com outra, bem mais dramática, em pleno aprisionamento persecutório na propriedade de Lincolnshire, mais de 160 páginas adiante; a frase é lapidar no que toca à dubiedade individual constitutiva de Pamela: "Como é possível que, com todo esse Tratamento detestável dele em relação a mim, eu não consiga odiá-lo?"[22]

Tais exemplos demonstram bem que a construção de ambiguidades depende do julgamento de Pamela diante dos atos do patrão, tendo o leitor como juiz – às vezes desconcertado – de versões conflituosas. Estaria ele diante de uma verdadeira pedagogia do julgamento possível diante das contradições que as relações humanas incluem, inevitavelmente? Nesse sentido, as dicotomias morais de fato perceptíveis no romance – vício/virtude, erotismo libertino/amor de casamento, consciência/inconsciência (das posturas individuais),

21 RICHARDSON, Samuel. *Pamela; or, Virtue Rewarded*. Londres: Penguin Books, 2003 (1980). p. 14. O livro traz a edição de 1801 (De agora em diante, apenas Ed. 1801). O trecho é da introdução, de Margaret A. Doody.

22 Ed. 1740, p. 179.

perseguidor/vítima, repressão/gentileza etc., que em geral determinam a tendência, a nosso ver pouco frutífera, de ler o romance como um "manual de comportamento moral" travestido de ficção, podem constituir preparação para complexidades narrativas antes impensadas.[23] Ler *Pamela* é, hoje (como deve ter sido na época), ter contato com brechas abertas pelas ambiguidades narrativas, a favorecer a plu-

---

23 No âmbito de seu trabalho sobre as relações entre os primeiros romances (ditos "modernos") e a moral, Raquel de Almeida Prado encarece tal ideia, como exemplo da interessante hipótese de Shelly Yahalom segundo a qual formas extraliterárias como os manuais de moralidade influíram no tom moral de romances e de seus prefácios, nas primeiras décadas do século XVIII. "Yahalom mal cita o exemplo de Richardson, que bem poderia figurar como paradigma de sua tese, já que este passa diretamente da confecção de *manuais* espitolares, na sua função de *diretor de consciência*, para a de *romances* epistolares". PRADO, Raquel de Almeida. *Perversão da retórica, retórica da perversão*. Moralidade e forma literária em "As ligações perigosas" de Choderlos. São Paulo: Editora 34, 1997. p. 28. Sandra G. Vasconcelos também cita a ligação entre *Pamela* e a atividade imediatamente pregressa de seu autor: "Instado a escrever um manual de cartas, dessas que se trocam entre familiares e amigos, o tipógrafo, com um olho nas questões de estilo e o outro nas possibilidades didáticas da empreitada, fez melhor que a encomenda". VASCONCELOS, Sandra G., op. cit., p. 71. Thomas Keymer não deixa de ressaltar os trabalhos anteriores de Richardson no campo do manual de comportamento: *The aprrentice's Vade Mecum* [O *vade mecum* do aprendiz] (1733) e *Letters written to and for particular friends, on the most important occasions* [Cartas escritas para e por amigos particulares, nas ocasiões mais importantes] (publicado em 1741, mas escrito no ano anterior), mais conhecido como *Familiar letters* [Cartas familiares]. Mas também chama a atenção para uma obra muito mais imaginativa que Richardson editara em novembro de 1739, ou seja, um ano exato antes de *Pamela*: a livre adaptação, feita de próprio punho por Richardson, das *Fables, of Æsop and Other Eminent Mythologists* [Fábulas, de Esopo e outros eminentes mitólogos], de Sir Roger L'Estrange (1692). A postura de Keymer é bastante interessante, pois se contrapõe à tradição de ler *Pamela* como obra que peca pela falta de uma dimensão propriamente imaginativa, e pelo excesso de moralismo. (Ed. 1740, p. xvii e sqq.). Nossa análise das imagens de animais em cenas importantes do romance, feita antes da leitura do texto de Keymer, vai na mesma direção de tentar perceber a dimensão fabular em romance só aparentemente sem muitas brechas para a imaginação.

ralidade do sentido, em meio a uma fachada – só aparentemente sem fendas – de dicotomias sociais e morais.

1.2. As ambiguidades de base se desdobram: as contradições da condição social

Como já se indicou, os dois níveis de ambiguidade apontados acima se dão diante de um pano de fundo bem concreto: as hierarquias sociais estão bastante presentes como elementos do par amor/erotismo. Quanto a isso, é importante destacar, em primeiro lugar, um ponto quase nunca referido: Pamela é filha de um pai com habilidades intelectuais, que alcançara certa posição na sociedade, mas que falira.[24] Ainda na segunda carta do pai, lê-se: "Nós somos, é verdade, bastante pobres, e temos muita dificuldade em nos manter; embora no passado, como você sabe, as coisas tenham sido melhores para nós".[25] O pai prossegue descrevendo seu trabalho manual pesado: parece ser trabalhador de empreitadas de escavação de valas, com direito a ressonâncias bíblicas ("água e barro"): "Mas preferimos viver com o rendimento da água e do barro saídas das valas que sou obrigado a cavar, do que viver em melhor condição

24 Apenas em 2001, na introdução à edição do texto original do romance, vemos Thomas Keymer usar tal constatação para ir contra a maioria dos críticos, que, segundo ele, tendem a ressaltar com certo exagero o desnível social entre patrão e empregada, bem como para ressaltar o cuidado de Richardson como escritor que ansiava por reconhecimento social. "... Richardson foi, em diversos aspectos, um escritor bastante inseguro, ansiando por respeitabilidade literária e social para seu trabalho e, de forma retrospectiva, ansioso por satisfazer os cultos e educados. Tinha demonstrado o quanto era precavido ao localizar a origem de Pamela acima da condição de camponesa, compondo, assim, o enredo de forma muito menos extremada e cabal como um conto de reversão das posições sociais do que alguns críticos modernos às vezes chegam a julgar". Ed. 1740, "Introduction", p. xxviii.

25 Ed. 1740, p. 13. Na edição de 1801, há a seguinte italização: "... *though once,* as you know, *it was better with us*". Ed. 1801, p. 45.

ao preço da ruína de nossa querida filha".[26] Percebemos, portanto, que Pamela faz parte de uma família que decaiu socialmente. Não se trata de camponeses e nem mesmo de pobres de longa data, e sua condição anterior, financeiramente mais digna, incluía até mesmo a possibilidade de negócio próprio de cunho intelectual, mesmo que na área rural: quase no fim do romance, toma-se conhecimento de que o pai de Pamela "... sem sucesso, tentou administrar uma pequena escola interiorana (pois meu pai entendia um pouco de narrar, e tinha boa mão para a escrita)".[27] O talento ou o dom de Pamela com afazeres intelectuais e com o relato escrito – mesmo que a partir de lições dadas pela falecida Lady Davers, mãe de Mr. B. – ganha em verossimilhança. Além disso, e como aspecto importante da caracterização da família pequeno-burguesa trabalhadora, porém decaída, a bancarrota favorece um etos contrito, religioso, puritano, nítido nessa outra passagem da importante carta inicial do pai, que servirá como roteiro ético para Pamela:

26 *Idem, ibidem.*

27 Ed. 1740, p. 455. O interessante é que em edições subsequentes, revistas pelo autor, por suas filhas ou mesmo por editores, a informação da empreitada intelectual e comercial do pai, ou seja, sua tentativa de criar uma escola rural ("... Country school...") é trazida já para a carta nº 5, com direito a itálicos: "...you, my father, who are so well able to teach, and write so good a hand, succeeded no better *in the school you attempted to set up*; but was forced to go to such hard labour". Ed. 1801, p. 48 (o outro trecho citado é repetido nessa edição, p. 475). Note-se que os atenuantes da empreitada do pai – "...a little Country school..." e "...understood a little..." – são substituídas por advérbios e adjetivos entusiásticos: "...so well able to teach, and write so good a hand...". Como destaca Thomas Keymer, esse tipo de mudança em geral se devia à preocupação de Richardson em tornar o texto aceitável diante do juízo de leitores respeitáveis da época, no caso, retratando uma Pamela empobrecida mais por tramas do destino do que por ineficiência e inaptidão paternas.

> ... do Meio de nossa Pobreza e de nossos Infortúnios, acreditávamos na Bondade Divina (...), e não duvidávamos que seríamos felizes no além, se continuássemos a sermos bons, embora nosso Fardo seja pesado, aqui na Terra; mas a Perda da Virtude de nossa querida Filha seria uma Desgraça que não poderíamos suportar, e levaria nossos Cabelos grisalhos para o Túmulo imediatamente.[28]

Poder-se-ia imaginar, num esforço de análise, que a confiança que pais e filha mantêm em sua honestidade, o que, aos olhos de um membro da classe alta, como Mr. B., soa como orgulho exagerado, tenha como origem essa antiga condição burguesa mais confortável, ora perdida. Em todo caso, o romance será atravessado, de ponta a ponta, por uma noção idealizada da pobreza como garantidora de probidade e retidão de caráter. Isso fica claro desde as primeiras cartas entre Pamela e seus pais: "Mil vezes Compaixão, diz ele [*John, que entrega as cartas de Pamela aos pais clandestinamente*], pois Corações tão honrados não deveriam ter Sorte tão ruim no Mundo. Porém, é maior Orgulho para mim ter em minha origem Pais tão dignos, do que se eu tivesse nascido uma *Lady*".[29]

Na verdade, tal idealização é um traço cultural cuja origem é de difícil localização, interessando-nos, aqui, apenas como elemento estrutural do romance a justificar toda a resistência de Pamela. Quanto a uma análise histórica ou sociológica de tal idealização da honestidade agravada pela perda do conforto financeiro (uma "pobreza honesta" de ex-burgueses empobrecidos), cabe-nos aqui apenas cogitar num

---

28 Ed. 1801, p. 46.

29 Ed. 1740, p. 16-17. Em francês: "Mais je tire plus de vanité d'être née de parents si vertueux, que si j'étois la fille d'une Dame de qualité". RICHARDSON, Samuel. *Paméla ou La Vertu récompensée.* Paris: Libreiarie A.G. Nizet, 1977 (1742). p. 39 (tradução atribuída erroneamente a Prévost) – de agora em diante, apenas Ed. francesa.

costume da cultura popular europeia que, no século XVIII, integrará cada vez mais o discurso antiaristocrático. Costume esse que, aliás, é a exata contraparte de outro discurso antigo e mais coerente com a lógica aristocrática: o ataque e a suspeita diante dos pobres, vistos como ímprobos e maus-caracteres em potencial.[30] Perto do final de *Pamela*, aliás, com a serviçal já devidamente empossada como Mrs. B., uma cena ilustra a dubiedade com que a "poor people" [gente pobre] era vista. Após a missa na qual Pamela fez boa figura diante dos vizinhos da propriedade rural de Bedfordshire, "Várias Pessoas pobres imploravam por minha Caridade, e acenei para John com meu Leque, e disse: Separe, no próximo Pórtico da igreja, aquele Dinheiro para os Pobres, e diga-lhes para vir a mim amanhã de Manhã, e lhes darei algo a mais, se não me importunarem agora".[31] A filha de pais que "...never were Beggars" ["...nunca foram Mendigos"][32] agradava os pedintes com a condição que sumissem da cena "exalted" [elevada, no sentido de classe social] da qual agora era protagonista.

Porém, no limite deste estudo, é mais importante perceber que com tal idealização (dir-se-ia instrumental para o autor) acontece algo parecido à ambiguidade observada no nível erótico. No mesmo primeiro nível de ambiguidade[33], as regalias e o luxo da classe da ex-patroa e do atual patrão constituem ameaça sedutora comparável à das investidas masculinas. Um exemplo inicial, notável exatamente por

30 Erich Auerbach dá indicações de que tal costume pode ter sido revertido em seu contrário (ou seja, o elogio da pobreza) pela tradição cristã, a partir do *Novo testamento*, de Santo Agostinho e de São Francisco de Assis. AUERBACH, Erich, op. cit., capítulos 1, 2 e 3.

31 Ed. 1740, p. 488.

32 *Idem*, p. 395.

33 Como se deve lembrar, trata-se da distinção entre o nível mais visível, erótico-amoroso, em contraponto ao mais sub-reptício, ligado às divisões internas e individuais de cada protagonista.

relacionar a retidão na pobreza com as investidas patronais, já aparece na terceira carta:

> ...o que me Preocupa mais é que vocês parecem desconfiar da Honradez de sua Filha. (...) acalmem seus Corações; pois, embora eu tenha vivido acima de minhas possibilidades por algum Tempo no passado, posso me contentar vestindo Trapos e com a Pobreza em geral, a Pão e Água, e prefiro aceitar tal situação a manchar meu bom Nome, seja quem for o Diabo tentador.[34]

Como se vê, a maior ameaça de deslize moral está ligada ao gosto que a "menina" poderia ter adquirido pela vida "above herself" [acima de suas possibilidades]. Nesse sentido, a relação da vestimenta com o estrato social, tema bastante recorrente no primeiro volume já que Pamela é costureira, mantém-se na mesma sintonia.[35] Quanto a isso, cite-se um exemplo precoce no romance: os primeiros presentes dados pelo patrão são velhas roupas da ex-patroa. "... As roupas eram de seda refinada, e ricas e boas demais para mim, sem dúvida. Espero que não tenha sido nenhuma afronta a ele ter feito algum dinheiro vendendo-as, dinheiro que enviei a vocês: isso me deixaria mais contente".[36] Para pôr tal ideia em prática, no entanto, a criada terá que vencer o fascínio de ter ouvido da boca do patrão as seguintes frases: "Essas, Pamela, são para você; deixe que se as adapte para você, quando terminar seu luto, e use-as por amor a sua [*falecida*] patroa".[37]

---

34 "The Tempter", no final do texto, significa tanto "diabo" quanto "sedutor", daí nossa opção ao traduzir o termo. Ed. 1740, p. 15.

35 Trataremos do tema do vestuário, da costura e de seus sentidos sociais no romance de Richardson quando analisarmos a peça *Nanine*, de Voltaire, adiante, no Capítulo 6.

36 Ed. 1740, p. 18.

37 *Idem, ibidem.*

A ética da contrição puritana, pela qual a virtude é inegociável, acaba constituindo a base da resistência de Pamela, resistência na qual se inclui sua dignidade corporal (sua virgindade), mas também seu trabalho, cujo destino está em cheque desde a primeira "sad scene" [cena triste] de investida do patrão. Porém, o destaque dado ao trabalho como tema em si, no romance, não é muito grande e, em vez de solidariedade ou preocupação com futuras dificuldades profissionais, a semântica é toda a dos sentimentos, desde a primeira vez em que Mrs. Jervis tenta insistir para Pamela ficar: "Bem, bem, Pamela, não creio que tenha demonstrado tão pouco amor por você para que você expressasse tanta felicidade em me abandonar".[38] A reação dos outros empregados é muito mais a da perplexidade diante de rumores a boca pequena, que aumentam tanto a tensão quanto a curiosidade – e tingem o patrão com uma suspeita difusa e, por isso mesmo, perigosa. Há, é claro, empatia e apoio (dir-se-ia classista) dos outros empregados da casa, mas já houvera, também, desde a carta nº 5, advertência quanto ao perigo representado pelos empregados homens: "Ela [*Mrs. Jervis*] ouviu um de nossos homens, Harry, (...) falar de forma franca demais comigo; acho que ele me chamou de sua bela Pamela, e me segurou como se fosse me beijar; com o que, pode ter certeza, fiquei muito zangada ...".[39]

Em todo caso, estruturalmente a incômoda boataria se destaca como ponto fundamental a circunscrever um espaço semipúblico, dentro da própria casa do magistrado: o crescimento de tal boataria significa que seus atos particulares podem ser julgados por esse tribunal inesperado, nem particular, pois se trata de uma classe com modos próprios, avessa a qualquer controle sobre a informação, nem públi-

38 *Idem*, p. 39.

39 *Idem*, p. 17.

co, pois é formado pela equipe leal de serviçais. Consequentemente, Mr. B. se vê obrigado a levar Pamela, em segredo, para um outro espaço privado: sua afastada propriedade de Lincolnshire.

1.3. A ambiguidade individual da criada: a valorização da credulidade

Se a condição social, expressa ou não nas vestimentas, e a reação classista dos outros criados são balizas bastante concretas – sociologicamente orientadas – do texto, ao descrevermos, agora, a ambiguidade individual da protagonista atingiremos zonas semanticamente mais rarefeitas. Em Pamela, a ambiguidade individual (de segundo nível) se divide em duas frentes, compondo a subjetividade à qual o leitor tem acesso. A primeira frente é uma inquietação diante da própria condescendência para com Mr. B., ligada ao jogo erótico-amoroso vivido no presente. A segunda é uma perplexidade diante das próprias hesitações, cujas raízes se prolongam até a memória infantil. Um exemplo da primeira frente foi dado acima: "Como é possível que, com todo esse tratamento detestável dele em relação a mim, eu não consiga odiá-lo? Sem dúvida, não sou como outras pessoas! Estou certa de que o que ele fez bastava para me fazer odiá-lo; mas, mesmo assim, quando soube sobre o perigo pelo qual ele passou, que foi bem grande, não pude, em meu coração, evitar exultar por ele estar a salvo".[40]

Nem sempre tal comportamento ganha expressão consciente, como no caso da passagem citada (apesar das pouco convincentes desculpas que Pamela dá a si mesma, garantindo que tal condescendência se deve à memória da antiga patroa morta). Em geral, essa postura é inferida da forma de Pamela agir, perdoando o patrão mesmo quan-

40 *Idem*, p. 179.

do este lhe traz os maiores dissabores. Tal postura pode, facilmente, ser confundida pelo leitor moderno com a bondade de uma moralista incorrigível.[41] É o que parece claro em outro trecho, esse ainda mais próximo a um indício de atração erótico-amorosa: "Procurei-o, pela janela, e ele estava vestido com charme: certamente, é um bonito cavalheiro! – Que pena que seu coração não seja tão bom quanto sua aparência! Por que não consigo odiá-lo?".[42]

Na carta escrita, provavelmente, pelo reverendo William Webster, publicada antes do lançamento do romance no periódico *Weekly Miscellany* [Miscelânea Semanal] e republicada como texto introdutório à primeira edição, leem-se elogios a tal aparente dubiedade:

> Nenhum Artifício usado para inflamá-lo [*a Mr. B.*], nenhum Coquetismo praticado a fim de seduzi-lo ou atraí-lo (...); porém, pelo contrário, sem artifícios e sem experiência nas Astúcias do Mundo, todos os seus Esforços (..) tendiam apenas a torná-la o menos amável que podia aos Olhos dele: Embora, ao mesmo tempo, ela estivesse bem longe de sentir alguma Aversão por sua Pessoa, estivesse muito predisposta a Favor dele, e admirasse suas Qualidades, entre as quais condena sua Paixão por ela. Um exemplo glorioso de Autonegação![43]

Nota-se o grau de consciência de um leitor privilegiado do manuscrito do livro, bem como do próprio autor em relação aos polos de oscilação subjetiva ou às contradições de Pamela, elogiadas por antecedência. A "calibragem" da protagonista no que toca a seus aspectos psicológicos e éticos parece ter sido feita com sutileza. Na ver-

41 "Moralista", aqui, no sentido hoje corrente, ou seja, alguém que pratica uma moral estrita e estreita.

42 *Idem*, p. 196.

43 *Idem*, p. 8.

dade, como se vê pelo trecho citado, trata-se de sintonizar a psicologia de Pamela com certa ética, de modo a levar o monólogo interior – como que inaugurado por Madame de Lafayette em *La Princesse de Clèves*[44] – a níveis de coerência talvez inéditos.

O exemplo paroxístico do retrato irônico de uma tal complacência moralista (e, por isso, cega) diante da crueldade, no século XVIII, será um dos únicos textos do Marquês de Sade publicados enquanto o autor vivia, embora anonimamente: *Justine, ou les Malheurs de la vertu* [Jutine, ou os infortúnios da virtude], lançado em 1791.[45] Apesar do salto histórico representado pela comparação de obra surgida com mais de 50 anos depois de *Pamela,* valemo-nos aqui de Sade especificamente como autor interessado em testar e ultrapassar os limites da moral por meio do romance. A relação da moral com a prosa de ficção nos parece tema de central importância, principalmente no momento de instauração do gênero romance, que aqui investigamos. Nesse sentido, a obra de Sade surge como a exacerbação desse mesmo debate, travado, em geral, nos prefácios dos romances, desde as primeiras décadas do século XVIII.[46] Lembremos, por ora, um exemplo entre muitos, considerado inaugural quanto ao gênero que se convencionou chamar de "romance de libertinagem": lê-se no prefácio a *Les égarements du cœur et de l'esprit* [Os extravios do coração e do espírito], de Crébillon fils, ainda em 1736, essa pérola de frívola e ligeira reflexão sobre as relações entre verossimilhança e mo-

44 Trataremos desse ponto adiante, neste mesmo Capítulo, itens 1.10 e 1.11.

45 Paris: Chez les Libraires associés, 1791. 2 vol.

46 Um exemplo de estudo sobre as estreitas relações da moral com os romances do século XVIII, desde suas primeiras décdas, é o livro de Raquel de Almeida Prado, op. cit. Outro livro inspirador, embora relacionado ao século XVII, é: *Morales du Grand Siècle,* de Paul Bénichou. Paris: Gallimard, 1948.

ral: "... uma mulher virtuosa, um homem sensato, aparentemente são os seres de razão que menos se parecem com quem quer que seja".[47]

Voltando ao Marquês de Sade, reconhecidamente um herdeiro da obra de Crébillon fils, assim como no subtítulo de *Pamela*, a palavra "récompense" consta da introdução do livro:

> O propósito deste romance (...) certamente é inédito; o império da Virtude sobre o Vício, a recompensa do bem, a punição do mal, eis a marcha ordinária de todas as obras desta espécie (...). Mas oferecer por toda parte o Vício triunfante e a Virtude vítima de seus sacrifícios, mostrar uma desafortunada errante de infelicidades em infelicidades; joguete da maldade; (...) atordoada com os sofismas os mais ardilosos, os mais inesperados; (...) presa de seduções as mais astutas, das submissões as mais irresistíveis; não tendo para opor a tantos revezes, a tantos flagelos, para repelir tanta corrupção senão uma alma sensível, um espírito natural e muita coragem (...) significava, convir-se-á, alcançar o objetivo por uma via pouco trilhada até o momento presente.[48]

O entusiasmo de Sade é de alguém que se esforça para inverter o modelo vitorioso da *Pamela* de Richardson, em que a virtude crédula e condescendente, mesmo diante das maiores baixezas de um nobre com ascendência sobre ela, se vê recompensada. A própria exacerbação antimoralista do marquês surge assim como um programa de virulência com alvo específico: como num jogo literário, seu exercício é o de elaborar o inverso exato da expectativa virtuosa. Não se pode negar tratar-se de "... route peu frayée ..." ["... via pouco tri-

47 CRÉBILLON FILS, Claude. Les égarements du cœur et de l'esprit. In: TROUSSON, Raymond. *Romans libertins du XVIIIè siècle*. Paris: Robert Laffont, 1993. p. 21.

48 LELY, Gilbert. *Sade.* Études sur sa vie et sur son œuvre. Paris: Gallimard, 1967. p. 232-233.

lhada..."], ou seja, de projeto inédito e engenhoso, levando-se em conta a já referida importância da moralidade no âmbito do romance setecentista. Por outro lado, percebe-se também o quanto tal projeto é devedor do sucesso de *Pamela* e dos romances que lhe seguiram a trilha: como Justine, também Pamela sofre os maiores revezes e opressões por conta de sua virtuosidade inquebrantável, em um verdadeiro périplo do martírio.[49]

Além de ter escrito sua obra cerca de meio século depois de Richardson, no desesperançado e anti-idealista período pós-Terror, Sade não propõe nenhuma saída pública ou institucionalizante para as fortes contradições sociais que seu tempo viveu. A tarefa a que se propõe é muito mais a de demolir qualquer laivo de idealização que ainda resta depois de acontecimentos tão contundentes e dolorosos, a partir de 1789 – ainda mais para a aristocracia da qual ele fazia parte e com a qual partilhava o imaginário, até certo ponto.[50] Richardson atua em ambiente cultural e a partir de pressupostos totalmente diversos: sua aposta no casamento surge como solução socialmente aceitável (pública e institucionalizada) para os impulsos amorais e cruéis pautados pela intemperança da aristocracia. Pode-se acusá-lo, talvez, de preceituar um modelo que surge como remédio

49 A questão de *Pamela* e do martírio será por nós tratada adiante no Capítulo 4, item 4.4, "O martírio como modelo de purgação".

50 Em "Sade, mestre dos excessos e da apatia", meu posfácio a *Novelas trágicas*, de Sade (por mim traduzidas) (São Paulo: Carambaia, 2017), argumento que nos contos de *Crimes de l'amour* (1799) – alguns dos quais integrando aquela que antologia –, Sade inverte sua própria inversão antimoralista anterior, qual seja: a que determinava a vitória do vício e a punição da virtude, modelo nítido em *Justine*. Nos contos de 1799, o Bem e a perspectiva dos personagens (e do narrador) *sensibles* sempre triunfam. O que de nenhum modo apaga o fato de que os limites da moralidade aceitável estão o tempo todo em pauta – basta lembrar os temas que emergem desses contos: a educação libertina da própria filha, o incesto consciente, o filhicídio inconsciente, a crítica ao sistema penal etc.

para contradições fortes demais, tudo isso por meio da literatura, a qual, pela cartilha moderna (pós-século XVIII), não devia se prestar a tal papel. Apesar disso, não se pode deixar de reconhecer que tal receituário teve imensa repercussão cultural e, como muitos indicam, a partir de *Clarissa* (1748), mais do que o casamento em si, foram outros ingredientes do romance richardsoniano – já presentes em *Pamela* – que acabaram dando espaço para o surgimento de um romance como *Julie ou La Nouvelle Heloïse* [Julie ou a nova Heloísa], de Rousseau, cujo potencial de exemplo cultural positivo é apontado, entre muitos outros, por Charles Taylor.[51] O que só reforça nossa opção de nos atermos, primeiro, às ambiguidades e tensões do volume 1 do romance, pré-casamento – obviamente, sem tirar do horizonte tal solução escolhida por Richardson, o que corresponderia a negligenciar um fato estrutural da obra.

Pelo que foi exposto acima, há certa coerência em Pamela suspender o juízo de valor diante das ações do magistrado ou de qualquer pessoa que cruze seu caminho, seguindo o estilo de frases como essa: "... certamente o Coração do Homem não é capaz de tal negra Trapaça...".[52] Se a questão é erigir um modelo positivo e com o potencial de institucionalizar-se pelo qual complexas questões ligadas à relação homem-mulher e a diferenças sociais na época inultrapassáveis são discutidas e direcionadas para uma solução – o casamento –, seria incongruente tirar de Pamela a disponibilidade ao laço amoroso, apesar do comportamento condenável do patrão – o perdão quase incondicional é a um só tempo traço reconhecível de um suposto moralismo idealista cego, como ponto essencial a encaminhar o desenlace do casamento.

51 TAYLOR, Charles. *As fontes do self.* A construção da identidade moderna. São Paulo: Edições Loyola, 1997. p. 367-383.

52 Ed. 1740, p. 148.

Também a favor de Richardson diga-se não ser inverossímil que uma menina de 15 anos, formada nos preceitos expostos desde a primeira carta, tenha a mesma dificuldade em reconhecer indícios da atração erótica masculina que demonstra em distinguir a crueldade alheia. Faz sentido, aqui, a aproximação com a personagem Suzanne Simonin, de *La religieuse*, de Diderot. Ambos os autores parecem estar respondendo à questão: como representar a subjetividade (exposta em cartas) de uma menina que nada conhece do mundo a não ser a infância devidamente moralizada em casa e, no caso de Suzanne, os claustros conventuais, a partir dos 16 anos e meio? A única forma é tentando manter a verossimilhança no que toca à ingenuidade e aos "desvios de formação", frutos daquilo que o autor supostamente quer criticar na Igreja de sua época. Do mesmo modo, não é permitido a Richardson descuidar do retrato da ingenuidade de Pamela, a qual inclui sua firmeza de caráter (a virtude como ponto inegociável e suas respostas insubmissas).

Falta traçar minimamente o segundo aspecto de dubiedade individual da protagonista: suas hesitações. Quanto a isso, destaquemos apenas a cena da indecisão e subsequente desistência diante da oportunidade de fugir de Lincolnshire e da opressão de Mrs. Jewkes. Uma comparação entre as edições de 1740 e 1801 é esclarecedora. Na primeira edição, Pamela credita seu fracasso em tentar fugir da casa, tendo, para isso, de ultrapassar alguns touros (ou vacas), a nada menos que bruxaria: "... há Feitiçaria nesta casa; e acredito que Lucifer foi chamado (...) e tomou a Forma de um Touro feroz, a fim de me espionar! – Pois eu desci novamente; e me aventurei a abrir a Porta, e enveredei em uma distância de cerca de um Tiro no Pasto; mas lá estava aquele terrível Touro".[53] Reunindo coragem, apesar de todas as dúvidas e temores, ela tenta de novo e:

53 *Idem*, p. 152.

> ...olhei e vi o Touro, segundo o que pensei, entre mim e a Porta; e outro Touro se aproximando de mim pelo outro lado: Bem, pensei, eis um duplo Feitiço, sem dúvida! Eis o Espírito de meu Patrão em um Touro; e o de Mrs. Jewkes no outro; então, eu saí (...). Aventurei-me a olhar para trás, para ver se os supostos Touros me seguiam; e vi que eram apenas duas pobres Vacas...[54]

Na edição de 1801, surge uma perspectiva nada menos que psicológica (*avant la lettre*) para a paralisia diante dos touros/vacas:[55]

> Você sabe, querida mãe, que desde a infância eu sempre tive medo de Touros; e você costumava me dizer que as vacas, por sua docilidade e presteza, podiam ser comparadas a boas mulheres; então os touros, quando bravos e indomáveis, deviam ser comparados a homens maus: assim, você me fez muitas advertências e me deu muitas instruções para evitar tais homens libertinos, o que sempre mantive em minha memória desde então.[56]

Além desse mergulho na memória, também se fica sabendo que uma das vacas ferira outra criada da casa poucos dias antes das tentativas frustradas de Pamela. Peter Sabor, em nota à edição, aponta como motivo de tal inserção textual as críticas feitas ao romance, apontando a suposta hipocrisia de Pamela, que nessa cena de indecisão de fato não parece querer escapar das amarras de Mr. B.[57] Esse exemplo faz notar que as hesitações de Pamela nem sempre são nitidamente creditadas pelo autor a divisões de consciência da prota-

54 *Idem*, p. 153.

55 Note-se a ambiguidade subjacente, mesmo na edição original, entre os sexos dos animais: a princípio confundidos com intempestivos touros, eles são, na realidade, dóceis vacas. Tal ambiguidade diminui diante da explicação psicológica e memorialística inserida na edição de 1801.

56 Ed. 1801, p. 187-188.

57 *Idem*, p. 526.

gonista, pelo menos na primeira edição da obra. O que não impedia que os leitores percebessem nela tal divisão dir-se-ia comprometedora, já que implicava a hipótese da cabal hipocrisia da protagonista. Em muitos momentos essa avaliação da dubiedade individual da personagem está sintonizada com a própria avaliação de um nobre como Mr. B.: "... sua hipócrita enganadora! (...) minha Paixão, e não meu Orgulho, nem a Diferença entre nossas Condições [*sociais*], me faz rebaixar-me a essa Mesquinhez que, neste momento, traz desprezo por mim mesmo; assim mesmo, você pôde iniciar uma Intriga [*amorosa*] com um Homem que você não conhecia ...".[58] Assim escreve ele à criada no momento de maior cólera diante da simples suposição de um caso com Mr. Williams, o pastor com quem ela se encontra algumas vezes em Lincolnshire e quase a ajuda a fugir.

1.4. A escrita como resistência e possibilidade de reverter a posição de vítima

Antes de passarmos ao exame da dubiedade individual constitutiva de Mr. B., destaquemos o exato reverso de tal dubiedade, no caso de Pamela, ou seja, a um aspecto importante de sua cabal e tão elogiada firmeza de caráter.[59] Será que tais dubiedades e hesitações não teriam como contraponto uma nova positividade, não aquela (antiga) do moralismo virtuoso, mas a da resistência como forma

58 *Idem*, p. 164.

59 Voltando à carta de provável autoria do reverendo Webster, ele entusiasma-se com tal firmeza, da seguinte forma: "Isso [*o romance*] demonstra Virtude sob a Luz mais potente (...). A bonita Sofredora sempre mantém isso em Vista, sem a mínima Ostentação, nem Orgulho; tem isso tão fortemente inculcado nela mesma que, ao longo de todo Curso de seus Sofrimentos ela não faz muito mais do que hesitar uma vez sobre se devia sacrificá-la [*a virtude*] à Liberdade e à Ambição, ou não; mas (...) prossegue no Propósito determinado de perseverar em sua Inocência, e segue resistente ao longo de todas as Dificuldades e Tentações, a única alternativa sendo morrer por causa delas". Ed. 1740, p. 7.

de contra-ataque? E nesse contra-ataque, não seria a escrita a única arma à disposição da parte mais fraca? Como logo se verá, a reflexão sobre tais questões tem como objetivo permitir que investiguemos se Pamela surge, no volume 1 do romance, meramente como vítima de seu patrão-algoz.

No entanto, reagir a elas lembrando que tudo desemboca em uma feliz união religiosa (com imensas consequências civis), selada no volume 2, não resolve o problema, uma vez que, como adiantamos, as ambiguidades que apontam para a inovação contida no romance se observam apenas no primeiro volume. Como já indicamos, a solução de valorização do casamento, de grande importância estratégica como instrumento de provocação e mudança cultural (na verdade, proposta de uma nova conformação de subjetividade), não parece ter o mesmo valor se nos atermos à avaliação especificamente literária. Provavelmente é senso comum da crítica literária que tudo o que aplaina ambiguidades e apazigua repentinamente, e de forma simplória, as tensões da narrativa deteriora o valor de um texto. É o caso do casamento na estrutura de *Pamela, or Virtue Rewarded* – bem como a antecipação do desenlace no título (*Rewarded*, recompensada) compromete o suspense mínimo exigido em qualquer narrativa moderna, a partir mesmo de seu título.

Portanto, limitando-nos tão somente à trama observada no volume 1, repetimos a questão: a resistência da (e na) virtude, a firmeza contraposta às dubiedades, se esgota em retratar Pamela apenas como vítima, um mártir que, no futuro, será recompensado? A nosso ver, a melhor resposta – ou seja, a mais complexa – será a que conseguir perceber no texto uma possibilidade antes impensada de ver Pamela como pronta a impor seus desejos e sua visão de mundo *no momento mesmo em que parece mais subjugada pelo poder de seu "algoz"*. É o que desenvolveremos.

Na verdade, a resposta aponta para uma semântica estrutural do romance em torno da ideia de escrita como resistência e posterior imposição de sentido próprio, ou seja, ultrapassagem objetiva da condição de vítima. Nesse périplo, no entanto, como indicamos, o que menos interessa é a virada impositiva final, pois essa é representada, primeiro, por uma distensão inesperada (ou seja, pouco justificada na narrativa que a precede)[60] e, em seguida, pela confirmação do casamento; este, além de estar fora do âmbito da questão, pois só ocorre no volume 2, surge de uma sucessão de resoluções repentinas de Mr. B., tão repentinas que soam como externas às tensões do volume 1. O único aspecto de interesse nessa decisão é a forma não sentimental com que Mr. B. a expressará para Pamela, como veremos adiante. Por ora, o que queremos apontar, no entanto, não é o mero apaziguamento de tais tensões e ambiguidades pelo casamento, mas a *ultrapassagem subjetiva de Pamela*, que se dá antes de o casamento demonstrar-se viável, ultrapassagem essa representada pela própria resistência, que permite a Pamela manter seu senhor de alguma forma (subjetivamente) subjugado.

Se a criada escreve cartas desde o começo, é muito cedo também, e de forma pública e não clandestina, que ela se torna uma leitora: "[*Mrs. Jervis*] tira Prazer em me ouvir lendo para ela; e o que mais gosta de me ouvir lendo são bons Livros, que lemos sempre que estamos a sós".[61] O talento intelectual do pai, que chegara a tentar dirigir uma escola rural,[62] parece favorecê-la no emprego. Em seguida, quando Pamela percebe pela primeira vez as intenções de Mr. B., instaurando-se a crise, seu comentário desabusado em rela-

60 A distensão ocorre na já referida carta em que Mr. B. confessa ter lutado inutilmente contra sua afeição por Pamela. Ed. 1740, p. 250-251.

61 Ed. 1740, p. 17.

62 Tratamos disso no item 1.3, acima.

ção à criada é: "Essa Garota está sempre escrevinhando; creio que devia ser melhor utilizada".[63] A autoridade e o poder que a mãe de Pamela apontara no patrão se expressa, então, pela primeira vez, no desaparecimento da carta onde ela contava aos pais a primeira cena de assédio. Na falta da carta original, ela resgata apenas de memória seu importante conteúdo. Em seguida, conta que Mr. B. dissera a Mrs. Jervis, sua chefa imediata, que "... me ordenasse a não gastar tanto tempo escrevendo; o que é um Assunto banal demais em que um nobre Cavalheiro como ele deve prestar atenção...".[64] Como se vê, ela estranha que o magistrado gaste tempo com a escrita de uma serviçal. Em meio a arroubos agressivos, o patrão demonstra perceber o orgulho por trás de uma virtude inquebrantável: "Ai, (...) esse é seu Ardil" ["Ay, (...) that's her Art"], diz, referindo-se ao suposto talento de passar-se por uma "gentlewoman born", ou seja, por uma nobre, uma "lady" de nascença, o que ela mesma disse não querer parecer. E continua: "... Mas deixe-me lhe dizer, a Garota tem Vaidade e Presunção, e Orgulho também".[65]

Finalmente, ele se refere diretamente à ameaça que a escrita de Pamela representa: "...você deve apenas lhe avisar que (...), a permanecer aqui, não pode escrever sobre os Negócios de minha Família simplesmente como Exercício de sua Pena e de sua Invenção".[66] Então, na discussão entre patrão e criada: "Muito bem, sua Atrevida, disse ele, e sua Ambígua,[67] de novo! Você não abriu a Boca para mais

63 Ed. 1740, p. 22.

64 *Idem*, p. 26.

65 *Idem*, p. 29.

66 *Idem, ibidem.*

67 No original o autor usa "Equivocator", que siginifica desde o desusado "equivoquista", ou seja, alguém que comete erros de linguagem, até o sentido de alguém que usa de dubiedade e ambiguidade no modo de falar, conscientemente ou não.

ninguém; mas será que você não *escreveu* para alguém?".[68] E: "E então serei exposto, não é?, disse ele, *em* minha Casa, e *fora* de minha Casa, ao Mundo inteiro, por uma Insolente como você?"[69]

Tais trechos bastam para mostrar como se vai tecendo no romance uma rede semântica rica em torno da própria ideia do poder que a escrita porta, tanto como forma de resistência em momentos de opressão inescapável quanto como crescente e consistente fortalecimento da protagonista que busca reverter sua situação de vítima.[70] Se em algum grau a estrutura semântica do volume 1 se baseia na subjugação da moça como vítima, parte frágil na contenda, tanto social quanto sexualmente, também se revela um inusitado potencial positivo de contra-ataque e autovalorização. Se já na carta n° 11 Pamela pode se insurgir verbalmente contra seu mestre e senhor, isso só ocorre graças à insistência clandestina na escrita das missivas, que a instruem sobre o olhar masculino e poderoso de tendência invasora (algo que uma menina de sua idade talvez ainda não pudesse discernir) e que lhe dá munição para reagir, soando extremamente arrogante a ouvidos aristocráticos: "Eu disse, não ficarei mais! Não ficará, sua Rebelde, disse ele! Sabe com quem está falando! Perdi todo o Medo, e todo o Respeito, e disse, Sim, sei, Senhor, muito bem! – Bem, deixe-me lembrá-lo de que sou sua Serviçal, no momento em que você esquece o que cabe a um Patrão".[71]

68 *Idem*, p. 30. Na edição de 1801, "mouth" está em itálico, tornando ainda mais nítido o paralelismo entre fala e escrita. Ed. 1801, p. 62.

69 *Idem*, p. 31. (Ed. 1801, 62).

70 Não seria a escrita clandestina uma espécie de substituta da oração religiosa, prática dos que crêem na contrição como forma de resistir a maus momentos, como os pais de Pamela?

71 *Idem*, p. 23.

Se Pamela surge não mais apenas como vítima, também não se limita a ser a militante de uma moral contrita, afastada de códigos tradicionais de hierarquia social. Ela é também a missivista resistente, e é a própria escrita feminina que contrasta e faz ressaltar com uma cor inédita a extrema violência tácita do assédio masculino, do quase estupro doméstico.[72] Então, não seria o ato de escrita da personagem uma contraviolência? Ou seja, só se justificando porque a personagem se vê desde sempre como vítima de violência iminente, tal ato surgindo como força possível em uma simples criada, naquele tempo e lugar. Além disso, há o aspecto não falado do temor de Mr. B., um magistrado, de que aquelas páginas cheguem ao mundo público: apesar do extremo poder dos juízes, à época, ainda mais diante de uma criada, a preocupação com a reputação pública é evidente. Adiante, refletiremos sobre a relação dos personagens com as esferas privada, pública e semipública. Por ora, vale lembrar o quanto da dialética vítima-algoz (inclusive do próprio grupo de Voltaire...) se reconhece na obra (e na vida) de um dos primeiros escritores a encarecerem o aspecto de resistência política ou cultural da escrita, o prolixo Jean-Jacques Rousseau, leitor entusiasta de Richardson.

72 É interessante observar como o famoso "droit de cuissage" dos aristocratas franceses mantém-se como uma fantasia recorrente no imaginário francês ao longo do século XVIII, aflorando em peças como *Le mariage de Figaro*, de Beaumarchais, em um período (escrita em 1778, estreada em 1784) em que esse tipo de tema tabu pôde ser abertamente usado no palco como forma de ataque aos privilégios aristocráticos. C.f. BOUREAU, A., op. cit., e VIGARELLO, Georges. *Histoire du viol.* XVIè-XXè siècle. Paris: Éditions du Seuil, 1998.

1.5. A gradativa e discreta transformação de Mr. B

A repentina distensão do início do volume 2, com a subsequente decisão do casamento,[73] dissolve todas as fontes de ambiguidade e tensão que viemos tentando descrever. Um leitor moderno, pós-Stendhal e pós-Flaubert,[74] diria que na verdade se dissolvem rápido demais, ou seja, sem a devida expressão de motivações emocionais coerentes por parte do único protagonista que se transforma, no caso, Mr. B. Afinal, Pamela mantém sua posição do início ao fim: a "virtude na pobreza" como ponto inegociável, mantido por meio da escrita clandestina, ajudará a impor sua nova ética. Poder-se-ia argumentar que o leitor, na verdade, tem pouco acesso às mudanças da subjetividade de Mr. B. pelo simples fato de que não ouvimos sua voz tanto quanto a de Pamela, narradora principal do romance.

O desenvolvimento da dubiedade individual constitutiva de Mr. B. poderia ser descrita em alguns itens, na forma de questões com as quais ele se depara, uma após a outra, contra sua vontade, e diante das quais opta por uma readaptação. Os itens que passamos a listar, de (a) a (d), demonstram nitidamente suas mudanças diante da inesperada resistência da criada. A primeira questão de Mr. B. é: (a) como lidar com o fato de que as negativas de Pamela deixaram de ser vistas, em sua própria casa (e pelos pais da criada, seus interlocutores clandestinos), como pura e simples insolência subalterna, perigando se legitimar? Tal ameaça à soberania do patrão só se constitui por conta do apoio (dir-se-ia classista) dos outros empregados da casa, e até mesmo da a princípio patronal Mrs. Jervis. Ou seja, a ameaça de

73 Ed. 1740, p. 176. Nesta página do romance, o casamento é efetivamente marcado, a princípio para dali a 14 dias.

74 Ou seja, depois da consagração de um nível complexo de "realismo sério" (na acepção de E. Auerbach), exigindo justificativas subjetivas para os atos e as transformações dos personagens, a bem de uma verossimilhança psicologizada.

legitimação da posição de Pamela se dá por meio de uma afetividade dos iguais, subalternos: eles "sentem", espontaneamente, que tratar uma moça de 15 anos daquela forma é moralmente inaceitável.

Mr. B. responde a essa "semipublicidade" de sua ação – que ele considerava aceitável no espaço privado, secreto, de sua propriedade – afastando Pamela de tal espaço, habitado pelo julgamento "semipúblico" dos outros empregados. Da mesma forma há, como já apontamos, o receio da semipublicidade potencial das cartas de Pamela para seus pais. É fácil entender por que uma semipublicidade é mais perigosa, no caso da sociedade da época, do que a publicidade total. É que essa última é simplesmente ineficaz: sendo ele juiz, do que adiantaria a Pamela ou a seus empobrecidos pais buscarem os meios públicos legais? Haveria isenção da Justiça daquela época diante de acusação de uma mera criada cujo patrão, ainda por cima, é um célebre magistrado?

A dúvida de Mr. B. passa, então, a seu segundo momento, pois ele simplesmente levara a moça para sua propriedade em Lincolnshire, bem longe dos outros criados, e ela continuava arredia: (b) como subjugar a resistência empedernida num espaço agora franca e inescapavelmente privado, ou seja, para os padrões da época, secreto? Ele responde a isso pela atuação de sua implacável aliada, Mrs. Jewkes, e de uma perseguição opressora e sem fim, que aproxima os dias de Pamela naquela casa afastada do clima de terror do romance gótico, gênero que surgiria cerca de 24 anos depois do romance de Richardson, a partir de 1764, com *The Castle of Otranto* [O castelo de Otranto], de Horace Walpole, certamente muito influenciado pelo clima geral dessa passagem de *Pamela*. Esse trecho do romance – rico na instauração de uma maior complexidade subjetiva da protagonista, como logo mostraremos, embora instaurador também de um modelo persecutório francamente exagerado que, das narrativas ditas góticas do século XVIII, desemboca nos filmes de terror atuais – culmina com a carta-proposta de casamento, refutada ponto a ponto por Pamela.[75]

Aparentemente, portanto, é o momento de Mr. B. encarar a questão fundamental dessa primeira fase: (c) em vez de subjugar a criada, tarefa impossível, como ele poderia transformar sua própria ética, passando de uma "raposa libertina" a um homem moralmente probo *por vontade de autotransformação*? Tal questão é respondida, nesse primeiro momento, por meio do texto do contrato de casamento, proposto na carta. Fica a impressão, no entanto, de que a mudança é brusca demais – a tal aparente falta de justificativas por parte do protagonista. Mas será que essa mudança não seria coerente com o fato de aquela ser a parte do romance em que, de fato, Pamela tem menos contato com Mr. B. e, portanto, na qual menos acesso tem o leitor aos atos e pensamentos dele? O que, aliás, é também coerente com a estrutura persecutória, de verdadeiro terror baseado na vigilância e na autoridade, que marca essa fase: à distância, a fidelidade canina de Mrs. Jewkes e o horror das ameaças se amplificam, e o verdadeiro confinamento vigiado numa zona secreta, fora do espaço público – como Suzanne Simonin nos claustros de *La religieuse* [A religiosa], de 1761 – soa, a ouvidos muito atentos, como uma crítica à sociedade que permitia esse inusitado zoneamento.

Trata-se, portanto, de ler tal passagem[76] como a transformação dos poderes ilimitados do nobre togado em um verdadeiro quadro de terror e suspense, com fundo de erotismo, com se sabe. São ingre-

75 Ed. 1740, p. 188-192.

76 Como veremos adiante, no Capítulo 4, o trecho do romance é tão marcante na França da época que, bem antes de Diderot, Nivelle de La Chaussée, ainda em 1743, escolhe o pseudotriângulo amoroso em Lincolnshire como tema de sua peça *larmoyante* [lacrimosa], *Paméla, comédie en vers et en cinq actes* [Pamela, comédia em versos em cinco atos], que não passou da estreia.

dientes apontados como constitutivos do romance gótico, a diferença estando na absoluta ausência de acontecimentos sobrenaturais ou climas inverossimilmente fantásticos.[77] A fantasia, no caso, está mais próxima daquilo que Freud nomeia como tal: por trás dos medos e hesitações de Pamela está a pressão exercida por uma perseguição eroticamente motivada e subjetivamente exacerbada. É então que a protagonista começa a notar suas próprias contradições diante da repressão sofrida. É também nesta passagem que se dá o pseudotriângulo amoroso que, na verdade, é fruto apenas, por um lado, da imaginação de Mr. B. e, por outro, da esperança de Williams. O momento de maior opressão é também o de maior sentimento de culpa por parte da criada: sente-se penalizada por tentar fugir, em seu apavoramento, e Mr. B. a culpa pelo suposto caso com Williams.

O mártir passa então por sua maior provação, assim como os leitores, que testam ao máximo sua fidelidade à versão de Pamela para os acontecimentos. O melodramático e o terrífico podem ser lidos como

77 Não é o caso, aqui, de fazer uma introdução ao romance gótico. Encontra-se uma em "Romance gótico: persistência do romanesco", oitava lição do livro de Sandra Vasconcelos (VASCONCELOS, Sandra G., op. cit., p. 118-135). Apenas apontamos rapidamente características daquele: "...o gótico pode ser definido em função da natureza do enredo, que (...) depende em grande parte do jogo entre suspense e alívio da tensão" (p. 125). Há também as "...possibilidades que essa forma literária apresenta de lidar com a repressão, os tabus e áreas de ambivalência emocional, principalmente no terreno da sexualidade". (*idem*). Trata-se de referência às interessantes hipóteses de David Punter, autor de *The Literature of Terror* (1980). Percebe-se como a ausência da fantasia no sentido do sobrenatural e do francamente inverossímil não impede que se classifique um romance como gótico (ou precursor dele). No caso, a fantasia instaurada, por meio do terror dos protagonistas, tem a ver com sua economia psíquica e com suas tensões, expectativas, tabus e recalques sexuais, na linha freudiana. Em uma fórmula: a opressão eroticamente motivada engendra um mundo de terror fantasioso (Freud diria: neurótico), em que a sexualidade aparece como ameaça, transformada em medo e causando repressão, ou seja, uma maior atuação das autocensuras do superego.

tentativa de resolver a ambiguidade inicial ligada às reações de Pamela, ainda por demais leves e – segundo a leitura que aponta sua suposta hipocrisia –, intentando manipular vontades e prazos do patrão (por meio do adiamento sucessivo do término de um último serviço de costura, por exemplo). A resolução pelo terror seria uma oportunidade de o leitor tomar, de uma vez por todas, o partido favorável a Pamela, tamanho é seu pavor e a suposta insensibilidade do patrão. A manutenção da ambiguidade, do conflito entre as duas versões fica clara diante extrema gentileza com que Mr. B. avisa do translado da criada, aproveitando para reiterar o interesse apaixonado: "*Cara* Pamela,/ A Paixão que tenho por você, e sua Obstinação, me constrangeram a agir com você de uma forma que eu sei que lhe causará muita Preocupação e Fadiga, tanto da Mente quanto do Corpo. Por isso, perdoe-me, minha querida Menina...".[78] A gentileza é o contraponto à brutalidade e, ambiguamente, justifica-a – pelo menos, essa é uma versão possível.

Retornando à carta-proposta contratual de casamento, é fundamental lembrar que ela ainda não incluía um ponto importantíssimo, crucial da nova ética: a ideia de precedência do casamento. Na carta-contrato, Mr. B. propõe que a criada, em troca de importância de dinheiro e de propriedades, seja, primeiro, testada e avaliada como "Mistress" (amante), durante doze meses (note-se a precisão, típica da linguagem contratual). E mesmo assim, no fim desse tempo, o casamento ainda mantém-se apenas como possibilidade (itálico nosso): "...*Pode ser que,* depois do Décimo Segundo Mês vivendo Juntos, eu me case com você".[79]

Fica clara a importância que passa a ter socialmente a precedência do casamento como ato institucional. É bastante coerente

78 Ed. 1740, p. 104. O trecho pertence ao importante bilhete de Mr. B. que integra a carta XXXII, a última de Pamela aos pais.

79 *Idem*, p. 191.

que essa precedência como garantia (em relação aos impulsos eróticos) seja encarecida no momento de transição cultural em que um quadro da valorização feminina é pintado ficcionalmente como esboço de um novo plano ético para a mulher entre os domínios público e privado.[80] Na verdade, ao contrário do que se observará no romantismo e – o que é mais importante, na nossa perspectiva – mesmo nos romances de base sentimental, que já antecipavam tal tendência, não se trata, em *Pamela*, nem de transbordamento diante do próprio sentimento amoroso antes desconhecido, nem de busca de garantias de amor verdadeiro por parte de Mr. B. ou de Pamela (nesse nível, o jogo de gato e rato das ambiguidades é mais com o leitor: é ele que tenta decifrar, com dificuldade, as verdades amorosas dos dois protagonistas). Com efeito, o tema do amor surge sub-repticiamente e, apenas no caso de Mr. B., como tentativa de apaziguar um incômodo íntimo – aquele diante do obstáculo inédito representado pela nova criada e seus arroubos de revolta. Trata-se, mais especificamente, da passagem da paixão ao amor ("*Dear* Pamela,/ THE Passion I have for you...", escreve ele, como

80 "Público e privado", aqui, se refere, de um lado, à já referida precedência do casamento como condição do apaziguamento de contradições eróticas e sociais e, de outro, à virtude/virgindade como fator de valorização da mulher ainda não casada. Por outro lado, parece-nos uma tarefa inútil tentar reconstituir a intencionalidade de Richardson ao escrever tal romance. Levando-se em conta até mesmo o surpreendente jorro criativo que supõe-se ter sido a escrita do romance (uma média de três mil palavras ou mais por dia, segundo Thomas Keymer – "Introdução" à Ed. 1740), não se pode afirmar que ele almejasse fazer um puro e simples manual de moralidade, embora, como apontamos, o romance tenha tendência a tornar-se, apenas em sua segunda parte, uma espécie de "manual da mulher casada". Uma pista de motivações inconscientes é dada por Thomas Keymer ao referir-se a certa tendência libertária de Richardson, segundo ele mantida sutil e surpreendentemente viva, mesmo quando ele estava estabelecido como cidadão respeitado. Ed. 1740, p. ix-xii.

já citado, ao transpor a criada para Lincolnshire),[81] sendo a paixão facilmente confundível com interesse erótico.

Portanto, ao contrário dos dois gêneros citados (certo romantismo e o romance sentimental francês dos anos 1730-40), na narrativa de Richardson as mudanças propriamente amorosas se passam de forma bastante discreta, e só se revelam muito gradativamente – o que não combina, em nada, com certo modelo de amor fulminante do romantismo. O *larmoyant* que domina a boca-de-cena não é o amoroso, aquele ligado a sentimentos vindos direto do coração dos personagens para os dos leitores, mas o da opressão, do medo e da perseguição; da resistência, da fé e da esperança; por fim, da hesitação e da dúvida em relação ao outro e a si mesmo. Aí pode estar o motivo de *Pamela* ser muito mais lembrado como romance ligado a um erotismo represado, que se transforma em medo e contrição, do que ao sentimentalismo propriamente amoroso. Sentimentos há, certamente, e descritos em minúcia; mas a autenticidade e a verdade que Pamela transmite parece ter mais a ver com o amor a seus pais e a Deus (alicerces de uma resistência aferrada que tem as dúvidas como pano de fundo) e menos ao amor em relação a algum homem. Porém, como se tenta mostrar neste estudo, as ambiguidades perpassando a narrativa indicam uma complexidade que corre por baixo de signos tradicionalistas, como o amor aos pais e a Deus. É nesse sentido que se pode afirmar que o que está descrito no romance é uma verdadeira – e inédita – mecânica da introspecção, em que as certezas (a virtude/virgindade, a fé e o amor aos pais) compõem a superfície do que está em jogo em um plano mais incerto, profundo e complexo: a relação erótico-amorosa e suas vicissitudes, inclusive sociais; a resistência erótico-classista por meio da escrita clandestina; e as dúvidas sobre si e sobre o outro como base

81 Ver nota 76, acima.

de uma subjetividade mais elaborada. Muito mais elaborada do que a lógica da contrição religiosa *tout court*, ou do que o moralismo casamenteiro, por exemplo. Isso também é verdade quanto a Mr. B., pois, como já se ressaltou, nele o amor surge muito discretamente, por meio de decisões que guardam sempre enorme grau de ambiguidade: agiria ele por amor, por interesse erótico ou porque se sente afrontado pela arrogância da criada?

Lembremos de passagem que, por exemplo, em *La Princesse de Clèves*, um precursor de certos modelos de romantismo literário, Mademoiselle de Chastres, a futura Madame de Clèves, desperta a paixão imediata tanto de seu futuro marido quanto do duque de Nemours: ambos revelam-se apaixonados assim que veem pela primeira vez a novata adentrar os salões do *monde*. No caso de Mr. B., não há transbordamento em momento algum: sua forma de agir é ditada muito mais pelo olhar e pela avaliação classistas. Ele age motivado por incômodos e hesitações (às quais nem sempre temos acesso) diante do fato de, primeiro, sentir-se eroticamente atraído e ser insolentemente rechaçado, e depois, de cogitar e, por fim, decidir casar-se com uma jovem de baixa extração. Várias páginas se passam até que o nevoeiro das ambiguidades dê acesso ao amor.

A resposta do magistrado diante da próxima e última questão dá início à integração da ex-criada na classe alta: (d) Como oficializar uma relação segundo uma nova concepção ética valorizadora da mulher e de um etos da honestidade e da honra (a virtude sendo a honestidade aceitável em nível corporal, relacional, erótico-amoroso; o casamento, sua tradução legal e institucional)? Esse ancestral sério e grave de *My fair lady* envereda, daí em diante, pela trilha da adaptação social-classista, em que são ressaltadas não a ambiguidade erótico-amorosa, nem a individual dos protagonistas, típicas do volume 1, mas as contradições da sociedade que os rodeia, representadas em especial por

Lady Davers e pela história da filha bastarda de Mr. B. Quanto a esse aspecto, mesmo sem elementos como o amor fulminante ou a paixão verdadeira, *Pamela* poderia ser visto como um antecedente do romantismo, uma vez que se trata, agora, de contrapor à sociedade da época, a seus vícios tacitamente praticados, o etos do amor e da precedência do casamento. Nesse volume 2 fica em primeiro plano a crítica a tradições da elite vistas como decadentes, o que fica claro ao se apontar as intemperanças de Mr. B. e de sua irmã como fruto de uma educação equivocada típica da classe nobre.[82] Se no primeiro volume fora Mr. B. quem encarnara esse código cotidiano tácito da nobreza, ainda sobrevivente meio século depois da revolução republicana de 1688, agora, tendo ele trocado de "partido", é a própria sociedade em sua estrutura consagrada que se torna inimiga – no sentido de Rousseau ou de um personagem como o Werther, de Goethe.

Porém, não tendo Mr. B. as características subjetivas básicas dos protagonistas românticos *à la* Rousseau ou o Goethe do *Sturm und Drang*,[83] já que, como vimos, nem o amor fulminante, nem a paixão transbordante seriam características suas,[84] qual é o ponto dessa mudança que se torna nitidamente inegociável, ou seja, constitutivo da nova ética em sua vontade de institucionalização? Trata-se, é claro, da precedência do casamento, ou seja, da obrigação de oficializar o casamento como forma de *elidir (e, portanto, de responder a) o inegociável de base, que é a virtude igualitária*. Ou seja, o casamento oficial surge como

82 Trataremos do tema da educação aristocrática voltada para o desregramento principalmente masculino no item 1.17, adiante.

83 Movimento artístico-literário alemão do qual o jovem Goethe participou – o título significa "tempestade e ímpeto" ou "paixão" –, entre os anos 1760 e 1790, mais ou menos.

84 Representariam, antes, a passagem de Mr. B. da libertinagem automatizada (aceita e praticada como traço de classe) a uma tomada de consciência sobre a importância de mudar a si próprio e à sociedade ao redor.

instrumento de transformação social insuspeito: em *Pamela,* ele surge como a chancela máxima – pública, legal e institucional – da passagem de uma espécie de caos erótico-amoroso socialmente arbitrário e prepotente a uma nova organização ética em que a virtude não tem mais apenas o sentido erótico e corporal: ela passa a ser característica indispensável *do casal como instituição reconhecida,* ou seja, do homem e da mulher. Nasce o homem virtuoso, o "homem de bem", o "chefe de família", detentor e guardião de uma ética coerente, que se reflete no código legal e em um novo autocontrole cotidiano.

1.6. Uma ancestral de *Pamela*: *La vie de Marianne*

O tema da manutenção da virgindade como forma de uma jovem pobre garantir o mínimo de respeito em uma sociedade hostil remete ao início de *La vie de Marianne* [A vida de Marianne], o romance de Marivaux, cuja publicação se inicia em 1731. Embora seja quase impossível que Richardson o tenha lido no original, pois consta que não lia em francês e a primeira tradução inglesa do romance, oficial e moralizada, de Mary Mitchell Collyer, data de 1742, a verdade é que, não apenas o tom geral de aventuras da órfã empobrecida às voltas com a necessidade de trabalho, mas também o tema da recompensa à virgindade, cuja passagem específica citamos logo abaixo, indicam possível conhecimento indireto do romance. De fato, é bastante provável que, em cerca de oito anos, de 1731 a 1739, Richardson tenha tomado conhecimento, em algum resumo ou relato, do conteúdo da narrativa que se tornara um dos maiores sucessos editoriais da França do período. Além disso, é bem conhecida a profusão de contrafações e edições ilegais que circulavam na Inglaterra da época; e, um sucesso de leitores como *La vie de Marianne,* com sua temática inovadora, era candidato natural a esse tipo de publicação extra-oficial – por que não uma tradução inglesa anterior à de 1742, por exemplo?

Portanto, mesmo sem reconhecer uma leitura direta da obra de Marivaux por parte de Richardson, a verdade é que *La vie de Marianne* (em inglês, *The Virtuous Orphan, or The Life of Marianne Countess of* *** [A órfã virtuosa ou A Vida de Marianne, Condessa de ***]) representou – junto com o romance de 1733 de Prévost, *Histoire du chevalier Des Grieux et de Manon Lescaut* [História do Cavaleiro Des Grieux e de Manon Lescaut, conhecido apenas como *Manon Lescaut*] – uma importante virada no cenário do romance francês, à época, com repercussões do outro lado do Canal da Mancha. Foi um divisor de águas: pela primeira vez se liam aventuras com as dificuldades amorosas (mas também financeiras) de uma protagonista que principia como órfã destituída de bens, tendo de aceitar constrangimentos, classistas, profissionais ou galantes, para sobreviver. Obviamente, há atenuantes bastante fortes ao patético ligado à pobreza da protagonista-narradora, já que sua alta linhagem vem estampada no próprio subtítulo do romance: *Les Aventures de Madame la Comtesse de* *** [As aventuras da senhora Condessa de ***]. Sintomaticamente, a personagem que de fato é de baixa extração, Manon Lescaut, é uma viciosa incorrigível, e acaba contagiando o nobre Cavaleiro Des Grieux, que abandona sua virtuosidade de nascença para persegui-la, mas, no final, consegue "salvar-se" da loucura amorosa (e da "baixa" influência de Manon) ao retomar a sobriedade aristocrática. Mesmo assim, o trecho que citaremos do romance de Marivaux deixa claro que a falta de dinheiro e posição de Marianne estrutura a narrativa. Trata-se do início do romance, na "Première partie", quando a irmã do cura que abrigara e educara a órfã fala com a menina, próximo ao irmão agonizante. Vários temas são análogos aos do romance de Richardson:

...só tenho uma coisa a lhe dizer, é para você ser honrada, sempre, eu a eduquei no amor e na virtude, se você mantiver sua educação, note, Marianne, você será herdeira do maior tesouro que alguém pode lhe deixar, pois com ele, é você, é sua alma que é rica; é verdade, minha criança, que isso não impedirá que você seja pobre quanto à fortuna e que você viva com muitas dificuldades; talvez também Deus recompense tua castidade neste mundo: as pessoas virtuosas são raras, mas os que estimam a virtude não o são; ainda mais porque há mil ocasiões na vida em que se tem estrita necessidade das pessoas que a possuem; por exemplo, só se procura para casar garotas honradas, e se forem pobres não se estará desonrado ao casar com elas; se só tiverem riquezas mas não virtude, se estará desonrado, e os homens entrarão sempre nesse espírito, isso é mais forte do que eles, minha filha, assim você encontrará algum dia o seu lugar; e, além disso, a virtude é tão doce, tão consoladora no coração daqueles que a possuem, mesmo sempre tendo sido pobres, a indigência deles dura tão pouco, a vida é tão curta; os homens que mais zombam do que chamamos de honra tratam, no entanto, de forma tão desatenciosa uma mulher que se deixa seduzir, adquirem direitos tão insolentes para com ela, a punem tanto pelo desregramento delas, sentem-na tão desguarnecida contra eles, tão desarmada, tão degradada por ter perdido essa virtude da qual eles zombavam que, na verdade, minha filha, só pode ser falta de um pouco de reflexão que alguém se desvirtue, pois, pensando bem, quem gostaria de deixar de ser pobre sob a condição de ser infame?[85]

85 MARIVAUX. *La vie de Marianne ou Les avantures de la comtesse de ****. Première partie. Paris: Chez Pierre Prault, 1731. p. 33-34 (p. 26-27, no original – daqui em diante: 26-27 or.). Disponível em: http://gallica.bnf.fr/ark:/12148/bpt6k104316t>. Acesso em: 20/09/2006. Trata-se de um dos muitos documentos acessíveis no site da Bibliothèque Nationale de France (BNF), disponível em: http://gallica.bnf.fr/>, daqui por diante, apenas (BNF-Gallica). Certamente falta um ponto de interrogação concluindo a frase final da citação.

A idade de Marianne parece ser nada menos que idêntica à de Pamela. "... eu tinha na época quinze anos e meio pelo menos, com toda a inteligência necessária para ouvir aquilo...", escreve a primeira.[86] Da serviçal de Mr. B. fica-se sabendo que tinha visto os pais havia "... Seis Meses desde então..."[87] e "... fiz Quinze Fevereiro último... ...",[88] e é bastante plausível pensar que a visita aos pais se relaciona com o aniversário. Isso indica que era idade vista como adequada para uma menina adentrar o mundo dos obstáculos classistas, profissionais e, é claro, erótico-amorosos.

Todo o trecho citado impressiona a um leitor de *Pamela* pela sintonia temática ponto a ponto. Primeiro, a ideia da educação virtuosa; em seguida, a virgindade como tesouro mais valioso que o dinheiro; enfim, a ideia de recompensa de Deus – e do futuro marido – pela virtude preservada. Portanto, a recompensa não é apenas metafísica ou religiosa; há o nível pragmático – "... as pessoas virtuosas são raras, mas os que estimam a virtude não o são..." –, o ponto de vista masculino, reflexo de certo utilitarismo social, acaba sendo dissecado: aos olhos dos homens, a virgindade surge como compensação à pobreza, minimizando a inevitável falta de dignidade social: "... há mil ocasiões na vida em que se tem estrita necessidade das pessoas que a possuem; por exemplo, só se procura para casar garotas honradas, e se forem pobres não se estará desonrado ao casar com elas...". Isso porque, também seguindo a lógica de uma sabedoria utilitária, "... os homens estarão sempre nesse espírito, isso é mais forte do que eles...", ou seja, haveria uma ética do casamento virtuoso subjacente e inescapável, defendida para além dos impulsos libertinos inconsequentes. Também de uma perspectiva das relações entre homem e

86 *Idem*, p. 35 (28 no original).

87 Ed. 1740, p. 13.

88 *Idem*, p. 16.

mulher, essa última se enfraquecerá deveras ao ceder a tais impulsos que, embora irreverentemente defendidos e praticados, não anulam a pressão social por um etos do casamento com virtude (ou seja, no caso, com manutenção da virgindade): trata-se de resistir para não se degradar e, assim, não se tornar joguete do desejo masculino: de "... os homens que mais zombam do que chamamos de honra..." até o fim da citação.

Como se vê, a semântica é praticamente a mesma, e oferece justificativa tanto religiosa quanto pragmática e social para a defesa da virgindade de uma jovem sem nascença ou recursos. Como destacamos, mesmo conhecendo-se de antemão a origem nobre da protagonista, o que está sendo discutido é a melhor ética acessível a uma menina empobrecida em um ambiente institucionalmente hostil, no qual impera a libertinagem tacitamente admitida.

Longe de esgotarmos o complexo tema das relações entre *La vie de Marianne* e *Pamela*, apenas chamamos a atenção para um aspecto estrutural em ambos os romances, o qual parece importante como uma espécie de fundamento inegociável de um novo etos – e cuja inclusão em dois romances de tanta difusão nos anos 1730 e 1740 indica, no mínimo, o diagnóstico de uma sintomática cultural de momento. Seria a virgindade antes do casamento, que, para nós, leitores contemporâneos, soa tão anódina como bandeira social, um dos pilares da luta por uma nova ética das relações pessoais no Ocidente? Ou seria ela uma interseção entre a sabedoria pragmática, os dogmas religiosos e essa tal nova ética, um ponto de inflexão que servia a essas três dimensões da questão, se mantida inegociável e com o casamento no horizonte (como recompensa)? Por ora, retomemos a análise do romance de Richardson na esperança de melhor circunscrever tais questões.

1.7. A carta: coloquialismo resistente no horizonte das *belles-lettres*

O destaque dado à resistência de Pamela por meio da escrita, uma espécie de alicerce menos evidente das resistências religiosa e sexual-moral da criada, nos coloca no centro da questão da carta como forma na literatura da época. Diferentemente da protagonista de Marivaux, a forma de romance epistolar que Richardson escolhe em 1740 torna presente e dá sensação de simultaneidade ao que, em *La vie de Marianne,* ainda pertencia ao modo de narrativa memorialista, bastante comum na França do século XVII. Na verdade, tanto as cartas quanto as memórias constituíam tradições editoriais, embora não no sentido de uma prosa de ficção. Excetuam-se, obviamente, as *Lettres portugaises,* de 1669 (que analisamos no próximo item), as quais, além de se limitar às cartas da freira, sem as respectivas respostas do amante, na época não eram consideradas fictícias, mas autênticas. Como não vem ao caso compor, aqui, uma panorâmica do romance epistolar antes do surgimento de *Pamela* (o que já foi feito por Laurent Versini),[89] apenas apontamos, neste item, sucintamente, um importante momento da moda epistolar no século XVII francês, com Madame de Sévigné, segundo certos modelos de tonalidade de linguagem herdado de Voiture e Guez de Balzac. É um momento que influenciará o ângulo pelo qual a forma epistolar será apropriada pelos romancistas do século seguinte.

Comecemos apontando uma diferença crucial de tom entre *La vie de Marianne* e *Pamela.* No primeiro romance, pode-se definir o estilo da narradora como coquete: ela pratica um coloquialismo gracioso de *salon,* ou seja, assumidamente semelhante ao estilo da con-

89 VERSINI, Laurent, op. cit.

versação feminina no *monde*, à época.[90] A própria narradora o indica, no início do romance:

> Quando lhe fiz o relato de alguns acontecimentos de minha vida, não esperava, minha querida amiga, que você me pedisse para narrá-la do início ao fim, e a transformasse em um livro impresso (...) no qual você quer que eu defina um estilo./ É verdade que em sociedade [*os círculos da nobreza*] me reputaram com presença de espírito [*esprit*], mas, minha querida, creio que tal espírito só é bom de ser dito, e que não valerá nada ao ser lido.[91]

Tal estilo era obviamente considerado "baixo" por especialistas em *belles-lettres*, como o prestigiado Batteaux que, mesmo algumas décadas mais tarde, em 1775, usava um trecho de Madame de Sévigné (1626-1696) como exemplo de estilo baixo, e um de Fléchier (1632-1710) para exemplificar o alto. A lembrança de um trecho extraído da mais famosa missivista a ser lida nos anos de 1730, já que a primeira parte de sua *Correspondance* é publicada entre 1734 e 1737,[92] uma das responsáveis pelo próprio interesse editorial na publicação de cartas, é indício bastante claro de que, na época da célebre obra de Batteaux, ela é um meio a favorecer a escrita banalizada, "baixa", segundo a linguagem neoclássica. Porém, em 1775, Batteaux já pode defender o estilo, cujo alto grau de informalidade se impusera, mesmo que revisto e edulcorado pelo responsável pela edição nos anos 1730, Denis-

90 Remetemos, nesse ponto, a nossa própria análise da fertilíssima leitura feita por Leo Spitzer de *La vie de Marianne*. Seções de 4.1 a 4.4, do quarto capítulo, e de 6.2 a 6.4, no sexto.

91 MARIVAUX, op. cit., p. 10 (3 or.).

92 Na verdade, as primeiras edições clandestinas de cartas de Madame de Sevigné datam ainda de 1725 e 1726. Foi para combatê-las que sua neta, Pauline de Simiane, decidiu pela publicação. C.f. DUCHÊNE, Roger. *Naissance d'un écrivain*. Madame de Sévigné. Paris: Fayard, 1996.

Marius Perrin. Tal informalidade relativa na escrita fora, aliás, a marca do círculo de Madame de Sévigné: seu sobrinho Bussy-Rabutin, La Rouchefoucauld, Madame de Lafayette, Mademoiselle de Scudéry, entre outros. Sua aura de novidade no uso de linguagem menos elevada provinha também do fato de não se limitar a missivistas do *monde*, como fora o caso de Voiture e Guez de Balzac. Batteaux escreve:

> Eis uma passagem bem escrita ; mas no estilo o mais simples. O assunto é grande [*no sentido de "importante"; trata-se da morte do prestigiado marechal Turenne*]; mas o gênero no qual se o trata é o menor possível [*no sentido de mais vulgar*]. É preciso, portanto, que a matéria se abaixe e se reduza ao nível do gênero: é a regra. Como se a reduz?/ O primeiro privilégio do gênero epistolar é a liberdade.[93]

Ao contrário dela, "Fléchier não esquece nada do que pode dar a seu discurso força, grandeza e brilho. Imagina não somente relacionar, aproximar os sons nos períodos, mas também fazê-los cair de maneira que a queda seja agradável para a orelha e para o espírito...". O inverso é verdadeiro: "... se Madame de Sévigné tivesse empregado palavras imponentes, figuras, inversões, harmonia de estilo elevado, amplificação, nomes tresdobrados, não teria feito uma carta".[94] Em suma, em 1775, e muito graças às edições emendadas e amenizadas da correspondência de Madame de Sévigné, as cartas já podiam ser incluídas como forma literária aceitável, se devidamente adjetivada (Batteaux prefere "style simple" [estilo simples] a "style bas" [estilo baixo] para definir tais cartas). A epistolografia já não precisava se escorar na autoridade dos antigos: a de Ovídio e suas *Héroïdes*; a de

93 BATTEAUX, Charles. *Principes de la littérature*. Genebra: Slaktine Reproductions, 1967 (Paris: 1775). p. 491 (181-182 no original).

94 *Idem*, p. 493 (189-190 no original).

Cícero e Quintiliano e seus preceitos retóricos aplicados às cartas; ou mesmo a de Abelardo e Heloísa e suas juras de amor traduzidas livremente, em 1687, por Bussy-Rabutin (lembre-se, sobrinho de Madame de Sévigné).

Também as *Lettres* [Cartas], de Voiture, e sua sequência dialogal, as *Lettres* de Guez de Balzac, ambas modelares desde os anos 1630, cedem lugar a cartas que não tinham mais a retórica como referência última. Do mesmo modo, as *Provinciales* [Provinciais], de Pascal, intensamente lidas no período pelo círculo da própria Madame de Sévigné, cedem o lugar, na preferência dos leitores, ao misto de *coquetterie* [coquetismo] e sentimentalismo desta nos anos 1720 e 1730. Agrada-lhes, sobretudo, o tom a um tempo afetuoso e focado em um presente que surge com tintas mais intensas e pessoais, em um tipo de encarecimento do aqui-agora que, é claro, favorecerá nova proximidade em relação a leitores de classes sociais não familiarizadas com regras retóricas:

> É a você que eu me dirijo, meu caro conde, para lhe descrever uma das mais lastimáveis perdas que pôde ocorrer na França: é a morte de Monsieur de Turenne. Se sou eu que lhe informo, estou certa de que você estará tão tocado e também tão desolado quanto nós o estamos, aqui. Essa novidade nos chegou na segunda-feira, em Versailles. O Rei ficou triste como se deve ficar com a perda do maior dos capitães, o homem mais honrado do *monde*. Toda a Corte verteu lágrimas; e Monsieur de Condom pensou que fosse desmaiar.[95]

Mesmo sem podermos saber se o estilo foi ou não adaptado pelo revisor à voga *larmoyante* [lacrimosa] dos anos 1730-40 (que analisaremos no Capítulo 3, adiante), o tom pessoal, com aspectos de sim-

95 *Idem*, p. 491 (180-181 no original).

plicidade e afeto e, mais, praticado por uma voz feminina egressa do *Grand Siècle*,[96] sintonizava-se completamente com o horizonte de expectativas dos leitores contemporâneos. Na verdade, o próprio ato de publicação das cartas, nos anos 1720 e 1730, é sintoma duplo. Por um lado, Pauline de Simiane, neta da autora, ao compilar as cartas em livro, responde a uma demanda do público leitor, que aumentara em grande proporção e acostumara-se com a linguagem coloquial, as memórias, os relatos de viagem e até a prosa de ficção. Por outro, as decisões editoriais, inclusive de retoque do texto, passam a influir no modo de escrita e recepção de cartas em livro.[97] Compare-se, por exemplo, o estilo de Madame de Sévigné com o consagrado anteriormente, de Voiture; este inicia da seguinte forma carta não datada a Guez de Balzac:[98]

> Senhor,/ se é verdade que sempre mereci em vossa memória a alta condição de que me informais, não tivestes, me parece, muito cuidado com meu contentamento, uma vez que te tardastes tanto a me dar uma notícia tão boa, e tolerado tanto tempo que eu fosse o homem mais feliz do mundo sem o saber. Mas talvez tenhais julgado que essa fortuna estava tão além do que eu devia esperar, que era preciso que vós procurásseis, com vagar, os termos para fazê-la crível a mim, e que era mister que toda a retórica fosse empregada, a fim de me persuadir de que vós não havíeis esquecido de mim. E certamente, nisso, pelo menos, fostes bem justo, pois não desejando me oferecer toda a afeição que vós me

96 É assim que se conhece o século XVII francês, o século do neoclassicismo em pintura e teatro, e o da imensa prosperidade tanto financeira quanto cultural do país, sob Luís XIV.

97 No item 5.1 (Capítulo 5, abaixo), analisamos a ampliação de um público leitor francês não-aristocrático, na virada do século XVII e nas primeiras décadas do XVIII. C.f. CHARTIER, Roger. *Leituras e leitores na França do Antigo Regime.* São Paulo: Editora Unesp, 2003.

98 São somuns cartas não datadas alternadas a cartas datadas na correspondência do autor.

> deveis, que palavras, vós as escolhestes tão ricas e tão belas que, sem mentir, estou em dúvida se os efeitos valem ainda mais [*do que elas*]. (...) Desagrada-me, apenas, que tanto artifício e tanta eloquência não possam disfarçar a verdade, e que nisso assemelho-me a seus pastores, que tão grosseiros demais para serem enganados por um homem hábil.[99]

Como se percebe, aqui também o autor se dirige diretamente ao interlocutor, mas, além da falta de data, local e mesmo nome do destinatário, há uma onipresença da ideia de retórica e de condição social. Não que tais ideias sejam problematizadas; elas servem para construir o próprio ornamento, que se baseia num elogio da elevação do outro, justificativa do uso da linguagem elevada (segundo a retórica) e do tratamento nobre do interlocutor. O missivista eloqüente (no sentido antigo, de mestre da eloquência) escolhe os termos adequados com vistas a certo efeito – é tal procedimento que Voiture inclui como tema retórico agradável, de modo a introduzir o conteúdo da carta, que demora a se fazer nítido, dada a longa introdução. Em carta a 3 de março de 1671 à filha, Madame de Sévigné escreve:

> Eis que estou feliz em meu coração, totalmente só em meu quarto, a escrever-lhe tranquilamente; nada me é mais agradável que esse estado. Hoje jantei na casa de Madame de Lavardin, depois de ter estado com Bourdaloue, onde estavam as Mães da Igreja; é assim que eu chamo as Princesas de Conty e de Longeville. Todos da sociedade [*os círculos da nobreza*] estavam nesse Sermão, e o Sermão foi digno de todos aqueles que o escutaram. Pensei vinte vezes em você, e desejei o mesmo número de vezes que você estivesse junto a mim. Você ficaria encantada de ouvi-lo, e

99 VOITURE. *Lettres*. Paris: A. Courbé, 1654 (BNF-Gallica, 1990). p. 3-4.

> eu ainda mais encantada de vê-la ouvindo-o. (...) Eu mesma ri ao observar o prazer que tive em fazer todas essas coisas.[100]

O texto se inicia com a descrição de um sentimento pessoal e imediato, que inclui a referência ao *cœur* [coração]. Importa aqui o sentimento individual em primeira pessoa, e uma narrativa focada em um sentir intenso no presente: "Eis que estou feliz...". A narrativa de fatos sociais recentes é intercalada, sempre e a cada momento, com o afeto da missivista em relação à destinatária interlocutor, de modo a passar a ideia de que, enquanto participava dos encontros, a mãe nunca deixava de pensar nela: "...o Sermão foi digno de todos aqueles que o escutaram. Pensei vinte vezes em você, e desejei o mesmo número de vezes que você estivesse junto a mim. Você ficaria encantada de ouvi-lo...". O sentimento, no caso, abarca o momento do sermão e o da escrita da carta, criando uma simultaneidade entre fatos (públicos) e pensamentos (privados) totalmente análoga à simultaneidade do momento da leitura da carta, a qual só se tornará pública em livro. Assim como a carta cria a ilusão fundamental do simultâneo ("Eis que estou..."), a ilusão de um presente partilhado entre quem escreve e quem lê, apesar de as duas saberem do hiato temporal entre escrita e leitura, torna a leitura mais intensa, e tal intensidade é partilhada, é claro, pelo terceiro vértice que surge quando elas viram livro, o do leitor. Assim como Madame de Sévigné representa narrativamente a prática de pensar na interlocutora e, ao mesmo tempo, traduzir seus sentimentos durante seus encontros sociais, a carta publicada convida o leitor a acolher uma representação agravada do sentimento que une as duas missivistas, ou seja, convida-o

100 SÉVIGNÉ, Madame de. *Lettres choisies de Mme la marquise de Sévigné à Mme de Grignan, sa fille, qui contiennent beaucoup de particularitez de l'histoire de Louis XIV.* Troyes: ateliers de Jacques Lefèvre, d'après Monmerqué, 1725). p. 4-5.

a valorizar tal sentimento e prática de simultaneidade. Como se vê, para além de um modismo de leitura, talvez haja algo na voga das cartas que as relacione à intensidade da experiência do aqui-agora, mediada pelo sentimento (ou, para usar o termo generalizante da época, pela *sensibilité*). Essa estrutura narrativa valoriza sobremaneira o enunciador (os missivistas), incitando à identificação admirada por parte do receptor – o leitor.

Quanto à recepção de publicações de correspondências, citemos um exemplo esclarecedor: a 19 de abril de 1745, quando aparecem as *Lettres du cardinal Mazarin* [Cartas do cardeal Mazarin],[101] Françoise de Graffigny (autora, dois anos depois, das ficcionais *Lettres d'une Péruvienne* [Cartas de uma peruana], um dos maiores sucessos da forma epistolar na França de então) testemunha a favor da leitura do estilo simples das cartas, daquelas desprovidas de fatos heroicos, mais próximas da lida cotidiana: "É verdade que as cartas, por piores que sejam, sempre se fazem ler e que, quando não relatam senão a história de uma vida tão comum quanto as nossas, lê-se que alguém acordou, pôs os sapatos, se vestiu, jantou, ceou etc."[102] Madame de Graffigny – como ficou conhecida – vai mais longe que o tradicionalista Batteaux, valendo-se do sucesso da correspondência de um prestigiado e polêmico ministro de Luís XIV para elogiar o estilo que se aproxima do coloquial. Mas a análise não é só temática e classista, e acaba por contrapor, mesmo que de passagem, duas concepções críticas diante do fenômeno do sucesso das *lettres*: "Será o amor à verdade, que acreditávamos se achar sempre nas cartas, o que as torna tão agradáveis a nós, ou será a curiosidade de penetrar

101 LETTRES du cardinal Mazarin. Amsterdã: edição do abade Soulas d'Allainval, [1670?].

102 GRAFFIGNY, Madame de. *Correspondance*. Tome 6. Dainard, J.A. (org.). Oxford: The Voltaire Foundation, 2000. p. 327-328.

naquilo que no passado eram segredos?" É a própria Françoise de Graffigny quem responde, votando na concepção preferida: "O gênero não diminui em nada [*o prazer de ler*]. Leríamos com a mesma solicitude as cartas de nossos criados, [*como*] testemunham as de *Pamela*".[103] A resposta do fiel interlocutor Devaux esclarece ainda mais o ponto de vista defendido:

> Creio, como você, querida amiga, que é o amor à verdade que nos faz amar as cartas enquanto cartas. Os fatos curiosos se fazem ler por toda parte, e em todos os estilos, porém me parece que mesmo as cartas desprovidas de tais fatos não deixam de agradar. Nada atrai mais do que a ingenuidade; apesar disso, há muita gente que se entedia com elas.[104]

O diálogo é uma peça da transformação do gosto e dos pressupostos que regiam a leitura, na época. Devaux concorda que o atrativo, nas cartas, não é o potencial de segredo, de revelação da vida particular de personalidades próximas aos fatos mais importantes do momento, como Mazarin, mas "o amor à verdade". Este se contrapõe aos "fatos curiosos" e se traduz, também, por pura e simples "ingenuidade" que, no entanto, ainda tem seus detratores, ou seja, aqueles que se entediam diante dela. Como texto de recepção crítica, sem a consciência de sê-lo, a provocação e a resposta apontam para o interesse cada vez maior – e, aí sim, cada vez mais consciente – pela expressão de uma representação ilusória do cotidiano ("... alguém acordou, pôs os sapatos, se vestiu, jantou ...") cujo interesse não está nem em lances grandiosos da História ("fatos curiosos"), nem segredos só então revelados, segredos políticos ou pessoais ("... naquilo que no passado eram segredos ..."), mas no banal e no corriqueiro, contanto que

---

103 *Idem*, p. 328.

104 *Idem, ibidem.*

verdadeiros, e não apenas verossimilhantes, indo contra a antiga divisão clássica entre os dois termos ("ingenuidade" e "amor à verdade").

A questão da epistolografia nos leva a examinar, necessariamente, duas obras de grande influência na constituição da sensibilidade do leitor francês dos séculos XVII e XVIII: *Lettres Portugaises* [Cartas portuguesas], de 1669, e *La Princesse de Clèves* [A princesa de Clèves], de 1678. Tentaremos entender não só o foco cada vez mais coloquial em um presente vivido com mais afetividade e menos retórica, mas também o papel da escrita feminina ficcionalmente representada. Esse último ponto voltará à baila quando analisarmos, no Capítulo 7, adiante, a questão do coquetismo como antifilosofia feminina em *La vie de Marianne* – um franco contraponto francês à busca da "verdade do coração", tarefa típica da literatura sentimental e, estruturado de outra forma, também de *Pamela*. Menos próximos de *Pamela* no tempo do que o de Marivaux, os romances de Guillerages e de Madame de Lafayette, respectivamente, mostrar-se-ão bem próximos do projeto de Richardson; pode-se dizer que Richardson – como tantos outros – é filho desses dois autores seiscentistas. Seus textos já foram bastante estudados, mas mantêm-se como singularidades precursoras no cenário clássico do século que viu surgir a Academia Francesa.

1.8. As cartas da fictícia freira portuguesa

Como se sabe, o "AU LECTEUR" [Ao leitor], que abre o romance *Lettres Portugaises*, motivou uma das mais longas incertezas na atribuição de autoria da história da crítica literária. Quem seria o autor das cartas? Seriam mesmo ficção ou seriam autênticas? A sequência de afirmações do editor anônimo vai do aviso da obtenção de "*uma cópia correta*" à decisão de imprimir as cartas pois "*É difícil que elas não aparecessem, afinal, com erros de impressão que as desfigurariam*", passando pela informação de que, se outros já as conheciam e muito as elogiavam, isso não significava que se possuísse o nome nem do destinatário, um "*cavalheiro de qualidade, que servia em Portugal*", nem do tradutor.[105] Mais de trezentos anos se passaram sem que se chegasse à autoria, período em que se construiu o mito da autenticidade das cartas, principalmente a partir de 1699, primeiro tendo o cortesão Chamilly como suposto destinatário e, no fim do século XIX, atribuindo-se a autoria à freira Mariana Alcoforado. O mito atravessou séculos e afastou a crítica literária da análise do livro: tanto para Saint-Simon, em 1703, quanto para Camilo Castelo Branco, em 1876, tratava-se de documento a flagrar um amor transbordante, não ficção. Somente com Leo Spitzer, nos anos 1950, a obra começaria a ser alvo de crítica temática, estilística e linguística mais acurada e, mais recentemente, em 1962, graças ao trabalho de crítico e historiador do livro de Frédéric Deloffre, pôde-se chegar a provas quase incontestáveis a respeito do autor mais provável: Gabriel de Lavergne, conhecido como Monsieur de Guillerages.

Essa verdadeira saga crítica tricentenária, com lances de minúcia investigativa, é sintomática de certa perseguição aos romances, iniciada em 1660, que muito provavelmente obrigara o autor a excluir o texto de um volume que publicou sob sua assinatura em 1668. De forma mais intrinsecamente ligada a nossa investigação, esse excesso de discrição no caso de um romance sentimental *avant la lettre*, em que o coloquial típico da epistolografia chocava-se de frente com o classicismo reinante, faz pensar que tal expressão literária de uma "verdade do coração" só podia mesmo vir à luz, naquele momento do Antigo Regime, sob segredo de autoria. Como vimos no caso da semântica da narrativa de *Pamela*, o segredo indica um espaço pos-

105 GUILLERAGES. *Lettres portugaises*. Paris: Gallimard, 1990. p. 73.

sível de escape ao domínio público (por exemplo, a propriedade de Lincolnshire; ou o claustro, em *La religieuse*, de Diderot) em um momento anterior à constituição de uma divisão mais universalizada e juridicamente alicerçada entre público e privado.[106] Quanto a isso, lembre-se da bastante provável hipótese de que as *Lettres portugaises* tenham sido escritas a pedido da princesa Henriette da Inglaterra, protetora das artes, de Racine, de Boileau e do próprio Guillerages, para mostrá-la "...como podia escrever uma mulher prevenida [*prévenue*] diante de uma forte paixão".[107]

Interessa-nos, aqui, porém, um outro "mistério" ligado à obra. Trata-se, na verdade, de uma curiosa discussão crítica em torno de suas primeiras linhas, discussão surgida no próprio ano de seu lançamento, 1669, e também inconclusa por mais de trezentos anos. Autores como Leo Spitzer, Wolfgang Leiner e Susan Lee Carrell defenderam a tese, em 1959, 1964-76 e 1980, respectivamente, de que a primeira carta contém uma personificação abstrata do amor da narradora, Mariane, e não uma simples referência ao interlocutor, seu amante. Ou seja, nas frases iniciais, o "amor" a que a missivista se refere seria seu próprio sentimento projetado como interlocutor por ela constituído: "Considere, meu amor, em relação a quais excessos te faltou cautela. Ah! infeliz! Você foi traído, e me traiu com esperanças enganosas".[108] Surge, portanto, desde a primeira linha do ro-

106 Examinaremos o tema do segredo e de sua relação com o erotismo e a estratégia política no próximo item, ao investigarmos o estatuto da carta secreta desaparecida, em *La Princesse de Clèves* – a carta como intermediária entre o público e o privado. Adiantemos um ponto: nesse romance, a galanteria de corte é representada como estreitando importantes laços de poder; todo o perigo está em que a carta que denuncia o Vidame de Chastres à Rainha ultrapassasse seu domínio secreto, o que levaria ao fim de tais laços.

107 GUILLERAGES, op. cit., p. 42.

108 GUILLERAGES, op. cit., p. 50-57 e p. 75.

mance, a questão das relações da obra com o classicismo seiscentista. Isso porque, como lembrou uma aluna em Heidelberg a Spitzer, em 1959, ensejando tal análise supostamente não-anacrônica – e depois contestada – do trecho inicial, a apóstrofe "meu amor" não era usada, no século XVII, para designar o ente amado.[109]

Ao tentar examinar as relações do romance com a retórica e até com a tragédia, na trilha da polêmica sobre a apóstrofe inicial, Frédéric Deloffre acaba descrevendo com maior acuidade qual teria sido a singularidade da obra no cenário daquele momento. Se a hipótese dele está correta e o romance for um drama psicológico progressivo com estrutura de agravamento gradativo e desenlace repentino, e não mero lamento feminino estático (do qual a narrativa foi acusada), a tensão dramática teria influência direta e prestaria tributo à estrutura da tragédia, tão prestigiada na época. Deloffre aposta no aumento gradativo da tensão contra a ideia da suposta homogenia lamentadora da protagonista: a partir da segunda carta, ela já percebe que seu amor pode estar ameaçado. A primeira linha da terceira, uma frase abrupta e patética, sem preliminares e em primeira pessoa, seria comparável à semântica de Corneille: "No que me tornarei, e o que você quer que eu faça? Estou bastante afastada de tudo o que previ...", escreve a freira Mariane. Na quarta, o drama chegando a seu auge, é anunciada a catástrofe final: "... você conheceu o fundo de meu coração e de minha ternura, e pôde se resolver a me deixar para sempre...". Na quinta, "... depois de algumas últimas convulsões, traz a purificação das paixões, a χάθαρσις trágica: o drama se completa ao se extinguir".[110] Mas Deloffre só aponta tal influência clássica para centrar-se com mais cuidado sobre a inovação que

109 *Idem*, p. 53. Destaque-se aqui que o próprio Spitzer voltou atrás, em 1969, aceitando a singularidade própria às *Lettres portugaises*, e a atribuição do "mon amour" ao amante-interlocutor.

110 *Idem*, p. 64.

um romance de cartas sem as respostas do destinatário representa naquele momento. Não sendo apenas "artifício técnico", a forma epistolar seria natural para tratar do assunto (uma exigência clássica), e a falta de cartas de resposta, artisticamente necessária, pois, na situação em que Mariane se encontra...

> ...as cartas são para ela o único meio de se comunicar não somente com seu amante, mas com ela mesma: chega efetivamente um momento em que esse segundo objeto prevalece: "Escrevo mais para mim que para você, procuro apenas me consolar". (IV, p. 97). As *Cartas* fazem, a um só tempo, o papel de conversas e de monólogos da tragédia.[111]

O trecho indica um parentesco entre *Lettres Portugaises* e *Pamela*: a posição impotente da mulher. Mariane tem apenas as cartas para expressar seu amor, e chega a ter consciência de que as escreve mais para si mesma do que para o amante – que, como o previsto, nem as lerá. Pamela também se encontra em posição de opressão, não por um vivaz sentimento despertado por outrem, como a freira portuguesa, mas pela perseguição bem mais concreta, feita com estratagemas obsessivos de vigilância, por um homem que, pelo que parece a princípio, nem a ama, apenas quer impor sua autoridade (de homem e de patrão). Recordemos que o romance *La religieuse*, de Diderot, claramente influenciado por *Pamela*, inclui a mesma lógica: presa nos sucessivos claustros desde os dezesseis anos, Suzanne só tem a escrita como forma de comunicar-se não apenas com o mundo exterior, mas também consigo própria e, se nada mesmo der certo, de legar sua infeliz (e *larmoyante*) experiência ao futuro. É fácil perceber o que tal semântica da moça perseguida com acesso, apenas, à escrita clandestina permite em termos de autoconsciência trágica, e de introspecção não apenas

111 *Idem*, p. 65.

lamentosa, mas também com potencial autotransformador: no limite, dado seu beco sem saída trágico, sobra-lhe o solilóquio como forma de autoconhecimento, antes do fim.

Assim como Suzanne Simonin, e em especial depois da verdadeira clausura em Lincolnshire, Pamela não tem a menor garantia de ver seus textos lidos por quem quer que seja antes de ela desvanecer de pavor ou devido a algum ato impensado durante uma tentativa de fuga, por exemplo. Aliás, a partir da carta XXXII a forma epistolar é repentinamente substituída por aquilo que se pode classificar como um diário, do tipo testamental, por conta exatamente do isolamento forçado da criada.[112] Em outras palavras: caso ela não sobrevivesse à violenta opressão do juiz, seu diário se transformaria em seu único e sofrido testamento. É exatamente o que ocorre com as páginas escritas nos sucessivos claustros por Suzanne. Como ela, Pamela usa o diário como única forma de falar consigo e, se der muita sorte, com a posteridade, bem como de refletir com introspecção, no calor dos acontecimentos. Com Freud, anacronicamente, diríamos que se trata de psicoterapia solipsista.

Porém, na verdade, ao inventar uma narrativa que se inicia como romance epistolar e, em seguida, se torna um diário cujas apóstrofes se endereçam, obviamente, a seus pais, seus únicos interlocutores, mesmo sem garantia de ser por eles lidas, Richardson acena com uma alternativa formal, entre o memorialista e o epistolar – duas tradições do século XVII que, no XVIII, migrarão para a prosa de ficção. É claro que, ao manter os pais como interlocutores (mesmo que virtuais), o diário de Pamela corresponde, quase em todos os aspectos, a uma sequência de cartas sem resposta, cartas que incluem descrições minuciosas tanto das variações emotivas íntimas da mis-

112 Trataremos dessa virada das missivas para o diário (ou pseudo-diário testemunhal) no Capítulo 2, item 2.1.

sivista, quanto de tarefas banais, de fatos corriqueiros e de conversas cotidianas importantes ou não, tudo isso se completando com muitas apóstrofes a Deus e aos pais e, obviamente, com muita aflição reiterada. Sabe-se o quanto essa nova forma narrativa espantou e atraiu o público da época, na França e fora dela, e Richardson tinha consciência do potencial da nova técnica. Lembre-se uma única passagem – além da referência de Françoise de Graffigny citada acima: Diderot, em seu famoso *Éloge de Richardson,* assim justifica a profusão de detalhes realistas, para muitos críticos do romance, na época, em grande parte desnecessários:

> São todas essas verdades de minúcia que preparam a alma às impressões fortes dos grandes acontecimentos. Quando sua impaciência for suspensa por essas postergações momentâneas que lhe serviam de diques, com que impetuosidade ela se derramaria no momento em que aprazasse ao poeta rompê-los.[113]

Por outro lado, o mesmo Diderot tenta ver complexidade onde muitos só vêem repetição lamentosa da protagonista, ao analisar outra personagem feminina, a Clémentine, do romance *Sir Charles Grandison,* de 1753:

> Mas por que essa Clementine é tão interessante em sua loucura? É que não sendo mais mestra dos pensamentos de seu espírito, nem dos movimentos de seu coração, se se passasse nela algo vergonhoso, isso lhe escaparia. Mas ela não diz nenhuma palavra que candura e inocência; e seu estado não permite duvidar do que ela diz.[114]

113 DIDEROT, Denis. *Éloge de Richardson.* In: *Œuvres complètes de Diderot.* Tome 5. Paris: Garnier Frères, Libreires-éditeurs, 1875. p. 216-217 (BNF--Gallica, p. 220-221).

114 DIDEROT, Denis, op. cit., p. 226 (229 no original).

Por meio de uma personagem francamente desequilibrada, não estaria Diderot fazendo sutil alusão às outras duas personagens femininas que ele vinha de analisar linhas acima em seu *Élode de Richardson,* Clarissa e Pamela? Não haveria como perceber, nessas duas protagonistas, a divisão sub-reptícia entre o que elas pensam dizer e o que acabam realmente dizendo, à revelia de sua consciência? Não seria Pamela também uma louca nos momentos mais opressivos da perseguição de Mr. B., ao tornar sua própria dimensão erótica inegociável diante de um poderoso magistrado? Portanto, não estaria sua "loucura", ou divisão de consciência, do mesmo modo alicerçada, como em Clémentine, em sua "candura", em sua "inocência", de modo a que o leitor não possa "... duvidar do que ela diz"?

Sem entrarmos na análise da visão de Diderot quanto aos novos tipos de realismo e de verossimilhança propostos por Richardson (o que faremos nos Capítulos 3 e 4, adiante), apenas destacamos como o agravamento e a repetição dos lamentos sofridos talvez esteja estritamente ligada à estrutura tanto das *Lettres portugaises,* quanto de *Pamela.* Isso porque, como vimos, em ambos eles servem a um aprofundamento da percepção que o leitor pode ter da subjetividade da personagem, que chega a extremos de autoconsciência, bem como de auto-contradição, em meio à opressão, sentida como potencialmente trágica, que a obriga à escrita sem certeza alguma de atingir seus interlocutores.

Porém, é importante apontar uma diferença entre o lamento de Mariane e o de Pamela, uma diferença que indica a distância entre uma postura próxima ao classicismo seiscentista e a virada representada pelo romance de Richardson. Na verdade, Mariane oscila entre dois polos: por um lado, seus insistentes protestos patéticos de amor ferido aumentam a empatia do leitor diante de uma amante com ares de autenticidade (é difícil "duvidar do que ela diz"). Por outro lado, há um cuidado, aliás, bastante nobre, de desculpar seu amante por tudo o que se passa, já que é ela a única culpada por se ter encantado de forma tão desmedida. Quanto a isso, há várias passagens; citemos uma:

> ...o amor que tenho por você te serve com tanta fidelidade que não posso consentir em considerá-lo culpável, senão para fruir o prazer sensível de justificá-lo eu mesma. (...) Se eu tivesse resistido com persistência a seu amor, se lhe tivesse dado algum motivo de pesar e de ciúme para lhe inflamar ainda mais, (...) você poderia me punir severamente e servir-se de seu poder.[115]

Como se nota, tal oscilação ou ambiguidade é frutífera ao posicionar a missivista como uma vítima que, aristocraticamente, poupa seu suposto algoz, já que é mais vítima de fraqueza própria do que da força do outro. Nesse sentido, a portuguesa Mariane, mesmo em um convento, é uma ancestral mais nobre do que a princesa de Clèves, que surgiria nove anos depois: seu conflito não é *contra* o mundanismo ou a *galanterie* que grassa na corte francesa, mas contra a própria fraqueza em não integrar-se lucidamente a tal comportamento consagrado, o que lhe teria poupado dor e desilusão. "Vivi por muito tempo em um abandono e numa idolatria que me dá horror...",[116] escreve na última carta, quando começa a livrar-se do amor que a consumira. Obviamente, no outro polo, o amor sem reciprocidade e sem diálogo, já que não há resposta às cartas, é hipervalorizado como sentimento de força singular, incomparável, muito mais intenso que a indiferença do interlocutor ausente, numa tradição que vem do amor cortês, só que creditada, ineditamente, apenas à mulher:

115 GUILLERAGES, op. cit., p. 90.

116 *Idem*, p. 104-105.

> Lamento, por seu amor, somente os prazeres infinitos que você perdeu (...). Ah! se os tivesse conhecido, perceberia, sem dúvida, que eles são mais sensíveis que este de ter abusado de mim, e teria experimentado que se é muito mais feliz, e que se sente algo de bem mais tocante, quando se ama violentamente do que quando se é amado.[117]

O trecho é claro: os prazeres são infinitos, e bem maiores que os da sedução ("... de ter abusado de mim..."), para aquele(a) que ama, mesmo sem resopsta, sem correspondência, nos dois sentidos da palavra. Na ausência do amante, a missivista brande e celebra a grandeza do que sente, que ultrapassa, em muito, tanto a galanteria cotidiana, quanto a indiferença e o mutismo de quem é apenas amado, sem ter a felicidade incomensurável de amar. A lógica é cerrada: sem resposta a suas cartas, a freira ostenta e valoriza seu amor como uma bandeira provocativa diante do amado ausente e mudo. Mas – e aí está a sutileza – deixando claro não só que ele não precisa sentir o que ela sente, pois nem todos chegam a tal ponto de prazer desmedido (por ser desmedido, só pode ser raro, numa lógica própria à tragédia), mas também que seu amor precisa ser curado, de modo a que ela retorne à normalidade do decoro, do cotidiano de freira.

A questão a destacar, ao compararmos com *Pamela*, é a submissão admitida e mesmo desejada de Mariane, enquanto para a criada de Mr. B., na primeira parte do romance, o foco é em sua insubmissão inegociável: "Há momentos em que me parece que eu seria submissa o bastante para me adequar ao que você prefere...";[118] chega a escrever a freira no fim da penúltima carta, ainda com esperanças de reaver o amado, referindo-se a uma amante francesa dele, em um extremo

117 *Idem*, p. 85.

118 *Idem*, p. 95.

absurdo de submissão que, no entanto, sempre pode ser lido como recurso retórico para tentar despertar o amante da indiferença ("... sua indiferença me é insuportável").[119] Antes disso, ela usara seu estado de paixão transbordante para tentar cativá-lo outra vez: "... eu suplico que você aproveite do estado em que estou, e que ao menos o que eu sofro por você não lhe seja inútil!".[120] Tal entrega exacerbada entra em choque com o ambiente de libertinagem dos círculos aristocráticos do momento. Não que Mariane deixe de reclamar dos supostos "... prazeres lânguidos que lhe dão suas amantes de França. (...) Orgulho-me de tê-lo deixado no estado de não conseguir ter, sem mim, senão prazeres imperfeitos...".[121] Mas se resigna com sua condição de freira no claustro. Deloffre destaca: "... a única vez em que Mariane evoca seu estado de religiosa é para exaltar as vantagens que essa condição apresenta para um amante delicado, em relação ao de uma mulher casada!".[122]

Parece-nos que a semântica das *Lettres portugaises* aponta para a concepção de um feixe de impulsos, afecções ou paixões que entram em dinamismo, ou seja, que a partir de uma passividade inicial, dão lugar ao movimento interno. Tal estado só é possível porque ela reconhece o amor publicamente – ou pelo menos no espaço do convento, onde vive: "... quero que todo mundo o saiba, não faço disso nenhum mistério, e estou encantada de ter feito tudo o que fiz por você

119 Em um exemplo do nível de ambiguidade alcançado no romance, o trecho citado dá a entender que a inusitada submissão na verdade precedia um embate entre pretendentes: "Pois sim! Fui vítima de teu desprezo, tivesse suportado tua raiva e todo o ciúme que me daria o vínculo que tivesses tido com outra, eu teria tido, pelo menos, alguma paixão para combater, mas tua indiferença me é insuportável". GUILLERAGES, op. cit., p. 99.

120 *Idem*, p. 95.

121 *Idem*, p. 81.

122 *Idem*, p. 68-69. Tradução nossa.

contra toda sorte de decoro...".[123] Se pensamos na extrema discrição e na constante sensação de vigia mútua e opressiva de outra protagonista às voltas com seus íntimos *mouvements* [movimentos],[124] a do romance *La Princesse de Clèves,* teremos acesso a outro retrato da ousadia necessária para a revelação do amor no seio de uma sociedade de corte – se, no convento, Mariane foge ao regime opressor que grassa na *société,* submete-se a outra opressão, a religiosa. Porém, se uma passagem como a última citada pode confundir mais uma vez o leitor à cata da ancestralidade do amor transbordante romântico, contra todos os "decoros" (*bienséances*), não podemos esquecer que Mariane deseja nada menos do que extinguir o amor de que sofre, mesmo depois de valorizá-lo provocativamente diante do amado. Como vimos, chega a creditar o próprio fato de tê-lo percebido à vontade de querer acabar com ele. Ou seja, talvez se trate de uma luta titânica entre vontade e involuntário, luta individual, e pouco voltada para o *socius* (ao contrário de Madame de Clèves).

Portanto, a visão de uma freira entregue tão somente a seu transbordamento amoroso é reducionista no caso do romance atribuído a Guillerages. Pois, se as *Lettres portugaises* de fato podem ser vistas como ancestrais do discurso romântico da verdade amorosa "do coração", a verdade é que a narrativa não partilha até o fim da semântica estrita de tal movimento surgido na Alemanha em fins do século XVIII. Tal constatação vem do fato de Mariane manter a tal postura típica do Ancien Régime, assumindo a dimensão trágica de seu sentimento, provocando, mas não culpando o oficial francês e nunca cogitando

123 GUILLERAGES, op. cit., p. 82.

124 Tratamos da semântica do termo *mouvement* no romance em questão em: BARROS, André Luiz. A concepção de 'movimento' nas *Lettres portugaises* – Novo momento na representação da subjetividade ocidental. *Revista Alea* – Estudos neolatinos. Rio de Janeiro, UFRJ, vol. 8, nº 2, jul./dez. 2006, p. 205-218.

reivindicar direitos nem um novo etos para a mulher não-aristocrata. Concordamos com Frédéric Deloffre quando ele destaca:

> Mariane não tem nada de "bela alma" à maneira de *A Nova Heloísa*. Na história das mentalidades, a originalidade maior da obra é a de representar uma paixão ardente sem misturar com ela as convenções de uma virtude equívoca, nem mesmo sob a forma de reivindicação em favor de uma mulher vítima da má-fé masculina.[125]

No romance, fica claro que o problema da freira não é se adequar a uma nova forma de amar, a um só tempo heroica e sofrida, que notadamente Rousseau defenderá. Seu incômodo crescente até a decepção final demonstra que ela luta contra uma ilusão perigosa que a enlevara, mas que deve ser extinta e, se possível, nunca mais experimentada: "Eu te escrevo pela última vez, e espero fazê-lo conhecer, pela diferença dos termos e do estilo desta carta, que você enfim me persuadiu de que não me amava mais e, assim, não devo mais amar a você".[126] Se tal enlevamento é fascinante tanto para o leitor quanto para a protagonista, é também desabonador para a sobriedade do Antigo Regime, pois ameaça afastar a mulher da racionalidade e do equilíbrio cortesãos.

Na verdade, Mariane chega a escrever que só teve acesso a seus transbordamentos amorosos porque lutou com afinco para combatê-los: "Não cheguei a conhecer o excesso de meu amor senão quando quis fazer todos os meus esforços para me curar dele".[127] Portanto, nada de ímpeto de lutar contra os constrangimentos e convenções sociais que atrapalham seu amor, ao contrário da protagonista de *La Princesse de Clèves*: Mariane é quem decide pela luta antiamorosa, em prol de

125 *Idem*, p. 68. Da introdução de Frédéric Deloffre.

126 *Idem*, p. 98.

127 *Idem*, p. 99.

uma lucidez socialmente favorecida da mulher que não conhece a posição de vítima.

> Se as *Portuguesas* não contêm nenhuma reivindicação em favor dos direitos do amor ou da mulher é, sem dúvida, porque esses direitos são considerados como já adquiridos no mundo de Madame de Longueville e [*Mme*] de Conde, de Henriette da Inglaterra e de Luis XIV.[128]

De fato, portanto, a religiosa integra-se num etos da liberdade masculina sob o Antigo Regime, liberdade de dispor até de religiosas como amantes, sendo ela responsável por extinguir em si mesma a paixão ilusória que não deveria ter deixado um cavalheiro despertar. Se, por um lado, discordamos do estudioso quando ele descrê de uma leitura que veja Mariane, pelo menos em algum grau, como "... mulher vítima da má-fé masculina...", pois tal aspecto faz parte do próprio teor de ressentimento que se percebe na narradora – embora sem ser encarecido como ponto central de resistência ou combate –, por outro lado, concordamos quando diz que o romance expressa uma concepção moral aristocrática pessimista, reconhecível, por exemplo, em La Rochefoucauld. É, aliás, uma análise possível da *Princesse de Clèves*, como veremos, embora a Madame de Clèves chegue muito mais longe que a freira Mariane no que toca a defender seu amor (abstrato) diante das galanterias cortesãs. De fato, as cartas de Mariane podem ser descritas como a tomada de consciência (na última carta) de uma mulher apaixonada, em um mundo que não aceita tal posição dir-se-ia essencialista (no sentido de um amor que vai contra as aparências e condutas aceitáveis).

Lembremos de passagem que, em *La religieuse*, de Diderot, Suzanne Simonin, que, colocada num convento aos dezesseis anos

128 *Idem*, p. 68. Da introdução de F. Deloffre.

e meio de idade, a um só tempo resiste e é moldada pela instituição conventual. Nesse romance de 1760 só publicado vinte anos depois, vemos uma freira que, também em idade de formação, se vê às voltas com algo nela mesma que resiste à loucura dogmática e institucional ambiente, ao longo de todo seu calvário que a um só tempo a aterroriza e a forma, ou a "deforma", pois fica claro que, nem para a vida conventual, nem para o mundo exterior Suzanne estará formada, ao fim e ao cabo. Isso justifica o desenlace sem conclusão, em que se destaca a dubiedade moral que a protagonista demonstrara durante toda narrativa: "Sou uma mulher, talvez um pouco coquete, que sei eu? Mas é de forma natural e sem artifício".[129] O jogo entre o natural e o artifício atravessara todo o romance: o que guardará de natural alguém que desde a idade de formação (dezesseis anos) é enclausurada em conventos sucessivos? O coquetismo, mantido intacto, no entanto, dá o tom do que escapa à busca de uma essência moral que, supostamente, se adquiriria mediante uma formação "escorreita". O romance de Diderot pode ser visto por vários aspectos: é libelo contra a Igreja, na trilha de Voltaire, crítica à suposta disciplina conventual feminina ou mesmo, por fim, um inusitado romance a unir os contrários, ou seja, o sentimental e o libertino, trazendo a concretude materialista no seio da instituição abstratizante (a Igreja), dadas as situações envoltas em erotismo com que a moça se depara nos conventos. A escrita é, ali, também uma forma de autorreflexão para além do que alcança a consciência, se não for pedido de socorro de uma moça perplexa com a constatação de que os supostos templos da essência – os conventos – são muito pouco essencialistas.

Retornando às cartas da freira portuguesa, vai ficando claro ao longo do romance de 1669 que a única revolta da protagonista é con-

---

129 DIDEROT, Denis. La religieuse. In: *Œuvres complètes de Diderot*. Tome 5. Paris: Garnier Frères, Libreires-éditeurs, 1875. p. 171 (BNF-Gallica, p. 175).

tra uma atitude individual do amante indiferente que, no entanto, do modo como é descrita por Mariane já na terceira carta, é bastante comum entre os homens da época: "Sim, agora eu conheço a má-fé de todos os teus movimentos: (...) você perseguiu com frieza o objetivo de me inflamar, não viu minha paixão senão como uma vitória, e teu coração não foi por ela profundamente tocado".[130] O comportamento cerebral de conquista masculina *à la* Valmont de *Les liaisons dangereuses*, comportamento que no século XVIII será denominado "libertino", é descrito também sempre que Mariane se refere às *maîtresses* do destinatário: "...pare, Mariane infeliz, (...) de procurar um amante (...) que está na França, em meio aos prazeres..."; e, a já citada: "...é melhor sofrer tudo o que sofro do que fruir os prazeres lânguidos que dão a você suas amantes de França".[131]

Em síntese, a oscilação que descrevemos ocorre entre o ressentimento individual em relação à indiferença do amado e a submissão amorosa, que ultrapassa tal ressentimento, entre as *bienséances* da mulher e da religiosa no convento, e o *pathos* amoroso que ameaça ultrapassá-las. Isso remete Mariane a uma divisão interna, ou seja, a um ressentimento em relação a sua própria ilusão amorosa, e a decisão final de voltar-se às *bienséances*, ou seja, em extinguir seu amor. No próximo item tentaremos demonstrar como um romance como *La Princesse de Clèves* problematiza ainda mais tal concepção dir-se-ia metafísica do amor,[132] contrária às convenções tácitas da relação

130 *Idem*, p. 85.

131 *Idem*, p. 76 e p. 81.

132 O termo é usado por Jean Mesnard. MORALE et métaphysique dans *La Princesse de Clèves*. [Moral e metafísica em *La Princesse de Clèves*]. In: MESNARD, Jean. *La culture du XVIIè siècle*. Enquêtes et synthèses. [A cultura do século XVII. Enquetes e sínteses]. Paris: PUF, 1992. p. 546-555.

entre homens e mulheres da época, bem como entre uma freira e sua instituição, tudo isso sem ameaçar as estruturas hierárquicas sociais.

Por seu lado, em seu "novo realismo", Richardson prefere excluir a questão do amor infinito e encarecer o casamento como *realização possível da infinitude amorosa no aqui-agora.* A leitura de *Pamela* como uma espécie de "manual da moral casamenteira" parece ter sido favorecida – para nós, leitores ocidentais, acostumados desde os romances gregos com um mito platônico do amor – pelo fato de o autor reduzir a questão amorosa a um embate classista, pelo qual, sem a mínima exaltação amorosa, Mr. B. pondera e decide que a melhor forma de "ter" Pamela é, primeiro, oprimindo-a e, ao fim e ao cabo, casando-se com ela – ou seja, submetendo-se ao etos da igualdade pelo sentimento e abandonando o da conquista meramente erótico-classista. Argumentamos, acima, que o fato de a transformação individual de Mr. B., central no romance, ocorrer longe dos olhos do leitor se justifica porque Pamela é quem narra os acontecimentos. Mas, quando Mr. B. se refere diretamente a seu amor pela criada, depois do período de perseguição em Lincolnshire, utiliza uma linguagem contratual, antecipando a forma do próprio casamento: "*Os ARTIGOS a seguir são propostos a sua séria Consideração; e dê-me uma Resposta, por Escrito, a eles (...) o que você der como Resposta decidirá, de forma absoluta, seu Destino, sem Reclamação nem Problema algum*".[133] No artigo VI, se lê: "... não tomei todas essas Dores, e arrisquei minha Reputação, como o fiz, sem resolver gratificar minha Paixão por você ..."; e no VII:

> ....se sua Conduta for essa, com a qual tenho Razão de ficar satisfeito, não sei (...) se, depois de Doze Meses vivendo Juntos, caso-me com você; pois se meu Amor por você aumentar, como

133 Ed. 1740, p. 188.

> ocorreu ao longo de muitos Meses no passado, será impossível para mim negar qualquer coisa a você.[134]

Como se vê, além da lista de condições monetárias e de herança embutidas nos "Terms" [Termos][135] desse contrato que Pamela terá de aceitar ou recusar no prazo de um único dia, há apenas uma possibilidade de que o patrão case com ela (na edição de 1801, em vez de "...that I may..." [...que eu posso...] se lê "...but I may..." [...mas posso...], o que torna mais clara a expressão de uma possibilidade, sem dúvida forte, dada a última frase citada, mas ainda assim apenas possibilidade). Estamos diante de uma paixão que se comunica por meio de uma linguagem jurídica contratual, deixando claro que o rico magistrado nega a Pamela não só um tratamento minimamente digno no dia-a-dia, mas também lhe nega (e, por tabela, ao leitor) o discurso amoroso que as *belles-lettres* vinham praticando, na Europa, desde os tempos gregos, passando, é claro, pelos versos do amor cortês medieval.

Lembremos uma afirmação de Frédéric Deloffre de modo a trazermos de volta o tema do diário. Como já ressaltamos, ele diz que as cartas, para Mariane, são "...o único meio de se comunicar não somente com seu amante, mas com ela mesma": "Escrevo mais para mim que para você...".[136] O crítico aponta ser necessário, "...por razões artísticas, que as cartas do amante não sejam mostradas, pois não poderiam ser senão 'frias, plenas de enredos vãos'".[137] Na nossa trilha de análise, tais afirmações aproximam a forma epistolar em *Lettres Portugaises* não apenas de monólogos de tragédia, como intui Spitzer, nem só dos divertimentos verbais de corte, do tipo "questions d'amour"

134 *Idem*, p. 191.

135 *Idem, ibidem.*

136 GUILLERAGES, op. cit., p. 65.

137 *Idem, ibidem.*

[questões de amor], como indicam Jacques Rougeot e Deloffre (aliás, brilhantemente),[138] mas também, e talvez mais apropriadamente, de um passo na direção do diário íntimo. Tendo como interlocutor não o abstrato "amor" personificado, mas o próprio amante que desapareceu e, na falta deste, pois tornou-se um missivista fantasmático, a si própria, autora e destinatária do diário. Portanto, mais do que uma ambiguidade quanto à dimensão abstrata da apóstrofe "... mon amour...", que sustentou uma polêmica tricentenária, o que está em jogo é a forma como um conjunto de cartas se transforma em diário por falta de resposta do destinatário, sendo usado como autoinvestigação heurística de modo a curar-se de uma paixão descabida.

Tanto a indiferença de um destinatário que nem mais responde às missivas ("... por que você não me escreveu nada? (...) sua injustiça e sua ingratidão são extremas..."),[139] quanto a admissão de Mariane de que escreve as cartas para si própria provam o déficit dialógico do romance, que acaba sendo, como destacamos, uma longa oscilação entre o ressentimento em relação a um outro ausente e o charmoso transbordamento de quem prefere atacar a si própria a exigir, culpar ou punir o desaparecido. "Um diário de consolo a si" poderia ser subtítulo ao texto. Na verdade, é um diário de autoaprendizado que chega à conclusão, dolorosa, mas necessária, resumida na seguinte frase da última carta: "Notei que você me era menos caro que minha paixão...".[140] A "cura" se conclui com o fim da pseudocorrespondência transformada em diário, enquanto o impulso amoroso se revela autoilusão a ser dissipada por vontade da portadora, que surge mais lúcida e independente depois de sua *via-crucis* verbal.

138 *Idem*, p. 31 e sqq.

139 *Idem*, p. 89.

140 *Idem*, p. 99.

1.9. A carta como ameaça: *La Princesse de Clèves*

Nove anos depois do surgimento do enigmático *Lettres portugaises*, outro romance publicado anonimamente surge do mesmo círculo próximo à princesa Henriette da Inglaterra tendo o amor como tema central, *La Princesse de Clèves*. Em vez de correspondência ou diário, o romance tem a corte de Henrique (Henri) II (1547-1559) como pano de fundo histórico, e por pouco não recebe o título de *Mémoires* [Memórias], gênero não-ficcional praticado por muitas personalidades proeminentes, à época.[141] Se a contextualização segundo os preceitos do romance histórico, *à la* Segrais (que, aliás, era confidente de Madame de Lafayette), aparentemente o afasta do romance atribuído a Guillerages, a verdade é que sua trama se centra no triângulo amoroso entre Mademoiselle de Chastres, que é a princesa do título, seu marido, o príncipe de Clèves, e o duque de Nemours, o vértice galante ou libertino. Na verdade, a narrativa propriamente histórica será considerada deslocada em relação a esse eixo amoroso desde sua primeira recepção, nas *Lettres a Madame la Marquise *** sur le Sujet de La Princesse de Clèves* [Cartas a Madame Marquesa *** sobre o tema de *La Princesse de Clèves*], de Valincour, do mesmo ano de publicação do romance, 1678. Visto por Fontenelle e Saint-Simon como cortesão de rara erudição e seriedade, Valincour critica, com ironia, a inclusão da História da corte de Henrique II no romance:

> Tive dificuldade em compreender a relação que pode haver entre o que ela conta a você sobre Madame de Valentinois, de Madame d'Estampes, da morte do Delfim e a História da Princesa de Clèves. Apesar disso, parece-me que nas obras dessa natureza não se deve ater-se a nada que não esteja necessariamente ligado

141 LAFAYETTE, Madame de. *La Princesse de Clèves*. In: ROMANS du XVIIè siècle. Paris: Gallimard, 1958. p. 55.

> ao tema [*central*]. (...) Você se recordará, sem dúvida, a propósito disso, do que dissemos tantas vezes dos grandes Romances, e de seus autores, que sob pretexto de escrever a história de um Príncipe, escrevem a de todo mundo. (...) não seria um objetivo interessante o de um homem que, reunindo as aventuras particulares de Henrique IV, por exemplo, ou de qualquer autor de nossos Reis, achasse uma maneira de nelas fazer entrar tudo o que se passou durante o século desse Príncipe, não somente na França, mas na Inglaterra, na Espanha, na Turquia, na Pérsia e em todas as outras partes do mundo?[142]

Se lembrarmos da carta de Françoise de Graffigny sobre o sucesso editorial da publicação de cartas, por volta de 1745, que ela e Devaux creditam a um "amor à verdade" e da "ingenuidade", notaremos como tal distinção entre um fio narrativo de personagens desconhecidos ("...lendo essa grande descrição da Corte, no início [*do romance*], achei que iria ler a história da França, e me esqueci a Princesa de Clèves, da qual eu nunca havia visto o nome senão no título do livro")[143] e o pano de fundo histórico já antecipa a questão de contrapor-se "fatos curiosos" não banais à história do "herói", ou seja, o núcleo da ficção. Exemplo dos limites críticos de Valincour é o fato de ele próprio manter a atenção voltada para a avaliação de uma verdade histórica, mesmo admitindo que se trata de um romance, ou seja, de ficção. Ao iniciar a análise da cena do torneio ao ar livre, escreve: "Você conhece muito bem a história, Madame, para duvidar que esse torneio tenha de fato ocorrido, e que as coisas não tenham se passado como o Autor as narra".[144] Páginas depois – da 90 em dian-

142 VALINCOUR. *Lettres a Madame la Marquise *** sur le Sujet de La Princesse de Clèves*. p. 32-33 (18-21 no original). (BNF-Gallica). Disponível em: http://gallica.bnf.fr/ark:/12148/bpt6k8576m>. Acesso em: 20/04/2005.

143 *Idem*, p. 26 (6 no original).

144 *Idem*, p. 51 (57 no original).

te – tal análise do histórico e do verossímil se torna matéria de uma discussão douta e mais extensa, em forma de diálogo com um "homem de uma grande erudição",[145] sobre as relações da história inventada ("vraisemblance" [verossimilhança]) com a História ("vérité" [verdade]). Por ora, porém, Valincour chega a conclusão peremptória: "...estou persuadido de que esse tipo de digressão não constitui verdadeiros ornamentos. Parece-me que isso não serve senão para embaraçar o corpo de uma obra, e para torná-la menos regular...".[146] Portanto, as digressões não se integram na lógica da história inventada, da ficção, a não ser em um episódio que, para Valincour, liga o pano de fundo político-cortesão à trama amorosa propriamente dita.

É ao citar o episódio da carta extraviada do vidama de Chastres que Valincour expressa a maior surpresa, em forma de elogio. Para ele, digressões aceitáveis são apenas as que "...sejam absolutamente necessárias, para fazer compreender o resto. Por exemplo, a história de Monsieur o Vidame de Chartres é muito bem conduzida: dá a impressão de que foi impossível ao Autor evitá-la...".[147] Tal trecho elogioso vem do mesmo autor que critica, entre outras passagens, a decisão pelo suicídio, tomada por Monsieur de Clèves; Valincour se dá o direito de inserir uma hilária paródia de desdém diante de traços do patético romântico (*avant la lettre*), ou sentimental:

> ...de boa fé, que compaixão por um homem que morre querendo morrer; que morre como um tolo, sem querer esclarecer-se; que se aflige, e que se desespera sem saber com o que. Monsieur entrou, por duas noites, no jardim da Floresta; não sei o que ele

145 *Idem*, p. 66 (87 no original).

146 *Idem*, p. 23 (34 no original).

147 *Idem*, p. 24 (35 no original).

> fez ali; não sei mesmo se ele viu minha mulher: não importa, não quero sabê-lo; é preciso se desesperar, é preciso morrer.[148]

O trecho deixa bem clara a tensão entre a forma elegante e distanciada com que o nobre autor dessas *Lettres...* trata do problema da verossimilhança: o sentimental, na cena, é totalmente desvalorizado em prol de uma suposta experiência vivida no *monde*. Há várias passagens que deixam nítida a maneira como Valincour usa tal sistema referencial próprio para julgar o grau de verossimilhança das escolhas narrativas do "Auteur" do romance (como se sabe, Marie-Madeleine Pioche de La Vergne, mais conhecida como Madame de Lafayette o lançara anonimamente). Um exemplo: "Era preciso que Chastelart fosse bem indiscreto, e bem tonto, para lhe levar uma carta que ele apanhara diante de tanta gente, e que disseram ser de Monsieur de Nemours. A meu ver, isso não é digno de um homem que sabe viver na Corte...".[149] Saint-Simon diz de Valincour: "Era um homem de imenso espírito e que sabia muito, além de ter um grande repertório de anedotas de Corte, em cujo centro ele havia passado sua vida, entre a companhia a mais ilustre e mais selecionada, solidamente virtuosa e recatada, sempre em seu devido lugar...".[150]

Porém, apesar desse tom altivo e crítico constante, o episódio da carta secreta do vidama de Chastres é vista por Valincour como sendo coerente com a ambição da autora de unir contexto histórico e trama subjetivo-amorosa. Isso nos leva a inferir da importância da dimensão do segredo como elo entre o político e o erótico-amoroso, na época. Como logo se verá, nosso alvo é refletir sobre os domínios

148 *Idem*, p. 61 (76 no original).

149 VALINCOUR, op. cit., 37 (28 no original).

150 SAINT-SIMON. *Mémoires*. Tome premier. Paris: Gallimard, 1947-1958. p. 625. Aqui, usamos "verossimilhança" no sentido corrente, de semelhança com certa percepção consagrada de usos e costumes difundidos.

público e secreto (figuração cara à época, no lugar do moderno domínio do privado) sob o Antigo Regime seiscentista.

Todo o episódio começa com o vidama contando a Nemours "o caso mais importante de minha vida",[151] sua ligação com a rainha, iniciada sob o signo do sigilo total:

> Em um dia como outro qualquer, pusemo-nos a falar sobre confiança. Disse-lhe que não havia ninguém em quem eu a depositasse inteiramente (...). A Rainha me disse que ele me estimava mais por conta disso; que não encontrara ninguém na França que guardasse *segredo* e que isso fora o que mais a embaraçara... Enfim, parecia-me que *ela queria se assegurar de meu segredo e que tinha vontade de me confiar os dela.*[152] (Itálicos nossos.)

A rainha chega a perguntar se o vidama tem amantes, pois "... era impossível que eu estivesse contente de tua amizade se você estivesse amoroso".[153] Ele mente: diz-se livre, mas mantém ligação com Madame de Thémines, por quem se considera apaixonado, e ainda com outra mulher. Destaque-se que, apesar da ambiguidade erótica ou amorosa, a ligação com a rainha se define principalmente como relação de poder por meio do segredo e da confiança, como se lê na última frase da segunda parte do romance: "Desde aquele dia, ela teve inteira confiança em mim; não fez mais nada sem me falar a respeito e eu conservei uma ligação que ainda se mantém".[154]

A crise se instaura quando Madame de Thémines, sem motivo aparente, termina a relação e, pouco depois, envia-lhe uma carta revelando tal motivo: descobrira a existência da segunda amante,

151 LAFAYETTE, Madame de, op. cit., p. 1174.

152 *Idem*, p. 1176.

153 *Idem*, p. 1178.

154 *Idem*, p. 1179.

anônima no romance. A carta é o pivô de toda a crise, que será ainda maior porque o vidama, no meio-tempo, iniciara relação apaixonada com uma quarta mulher, Madame de Martigues. Frequentando-a muito na casa da delfina, a rainha passa a desconfiar que é essa última sua possível amante. Para piorar as coisas, o Cardeal de Lorraine, ciumento da posição política do vidama, quase descobre o motivo da inquietude recente da soberana ao acompanhar de perto as diatribes dela com a delfina.

No momento em que o vidama conta o imbróglio para o duque de Nemours, a carta tinha caído de seu bolso durante um jogo de corte, fora imediatamente lida em voz alta pelos curiosos cortesãos presentes e, por fim, chegara às mãos da delfina sob a versão inventada de pertencer a ele, duque de Nemours, e não ao vidama. Num lance magistral da autora, o vidama cogita a hipótese de a rainha confundir a amante anônima consigo própria, na carta de Madame de Thémines, o que agravaria deveras a situação, pois significaria alta traição. Tudo o que o vidama pede ao duque é que se assuma como destinatário da carta, confirmando boato que ele mesmo lançara na corte e salvando sua carreira e seu destino. Mas havia a perspectiva do próprio duque, para quem aquilo tudo era muito inquietante, uma vez que a delfina era amiga da princesa de Clèves, a mulher a quem queria demonstrar todo interesse amoroso. Conhecendo a fama de libertino do duque, o vidama adivinha o motivo da inquietude e oferece um bilhete escrito por uma amiga de Madame de Thémines garantindo a sua amante, quem quer que fosse, a veracidade de toda a história. O caminho se abre para o desenlace da confusão.

Em vez de ir à delfina, é claro que o duque vai antes à princesa de seus sonhos, convencendo-a de que a carta nada tem a ver com ele. Mas o duque é obrigado a sair apressado, pois a delfina chega repentinamente. Esta exige a carta e a princesa mente dizendo que a entregara ao marido, Monsieur de Clèves, e este, ao duque. A delfina que, como todos na corte, nada sabe da atração mútua entre a princesa e o duque, fica irritadíssima, pois não terá o que dizer à Rainha, e "...o que poderão imaginar?"[155] É ela que tem a ideia de propor que se escreva uma outra carta, agora falsa, simulada, escrita "...por uma mão desconhecida",[156] repetindo o conteúdo da primeira, para impedir que se chegue ao (à) autor(a).

Tendo chamado de volta o duque, ela fica sabendo que este já entregara a carta ao vidama e este, à amiga de Madame de Thémines. Novo impasse e os dois resolvem escrever a carta falsa de memória. A descrição da cena guarda um ar de sutil erotismo: "Eles se fecham ali para trabalhar; dá-se ordem à porta de não deixar ninguém entrar e despacham-se de volta todos os criados de M. [*Monsieur*] de Nemours. Esse ar de mistério e de confiança não possuía pouco charme para esse príncipe e mesmo para Mme de Clèves".[157] É esse clima que põe tudo a perder, pois o prazer de estarem juntos impossibilita concentração, memória e, por fim, a escrita minimamente séria do simulacro da carta original: "...quando Mme de Clèves quis começar a lembrar-se da carta e escrevê-la, esse príncipe, em vez de ajudá-lo seriamente, apenas a interrompia e lhe dizia coisas agradáveis. Mme de Clèves entrou no mesmo espírito de alegria...".[158] Mais do que isso, o momento do prazer ou do flerte deve ser estendido o máximo possível, para além de qualquer pressão das circunstâncias altamente perigosas e comprometedoras para os personagens que cercam o duque e a princesa, e que deles dependem: "M. Nemours aprazia-se muito em fazer durar um tempo que lhe era tão agradável e esquecia

155 *Idem*, p. 1188.

156 *Idem, ibidem.*

157 *Idem*, p. 1189.

158 *Idem, ibidem.*

os interesses de seu amigo. Mme de Clèves não se entediava e esquecia também os interesses de seu tio [*o vidama*]. Enfim, somente às quatro horas a carta estava terminada...".[159] Valincour aprecia deveras essa cena galante, e vê nela justificativas verossimilhantes ausentes de outras passagens do romance:

> Tudo o que pode lisonjear a virtude mais delicada ali se encontra: a presença de um marido, a necessidade daquele caso [*amoroso*], a ocasião de fazer um serviço da maior importância, enfim, tudo parece autorizar Madame de Clèves, e proporcionar-lhe a forma de entreter Monsieur de Nemours, com um prazer que não pode ser constrangido por nenhum escrúpulo racional./ Asseguro-lhe que me diverti com essa aventura...[160]

Por fim, a carta está tão mal falsificada que todo o plano vai por água abaixo, e não apenas o vidama cai em total desgraça, mas a delfina também acaba expulsa do reino francês.

Destaquemos, na narrativa de todo o imbróglio, que, além da questão já apontada da importância do segredo, que estrutura as relações de poder (voltaremos a isso adiante), surge a do amor como involuntário e incontrolável, que tanta importância terá no romance. Justificando a inacreditável ousadia e incoerência de ligar-se a mais uma mulher em meio às tensões já envolvidas, o vidama diz: "...a Rainha estava bem contente comigo; mas como os sentimentos que tenho por ela não são de natureza a me tornar incapaz de qualquer outra ligação e que *nunca se está apaixonado por vontade própria*, fiquei-o de Madame de Martigues" (itálico nosso).[161] Esse impulso que ultrapassa a vontade põe em cheque o destino do vidama, as-

159 *Idem, ibidem.*

160 VALINCOUR, op. cit., p. 39-40 (33-34 no original).

161 *Idem*, p. 1180.

sim como as brincadeiras e os flertes involuntários e totalmente inconsequentes do duque e da princesa durante a escrita da carta falsa põem em cheque todo o plano e o futuro dos dois mais poderosos personagens envolvidos no episódio, o vidama e a delfina. O amor parece desestruturar o social, contra a vontade consciente humana. Destaque-se que, no caso do vidama, ele ainda se confunde com a pluralidade típica do interesse erótico (a dimensão erótica, como se sabe, é intrinsecamente pluralista, enquanto a amorosa, unívoca). Até o fim do romance, o leitor percebe que a perspectiva da protagonista, Madame de Clèves, é a de enfrentar a *passio* erótico-amorosa de forma inédita: em primeiro lugar, assumindo-a como essencialista e unívoca e, finalmente, renunciando ao *monde* e à corte – ou seja, internando-se em um convento. Porém, não se tratará de tornar-se uma freira, o que nos parece fundamental para entender sua complexidade constitutiva.[162]

Mas como ler todo o episódio da carta desaparecida e, depois, reescrita em forma de simulação na perspectiva do que vínhamos investigando sobre *Pamela* e as *Lettres portugaises*? Como fica bastante claro, a carta ameaça destruir o acordo entre a rainha e o vidama, acordo esse que é a um só tempo erótico (pois a rainha só o confirma depois de saber que ele não tem amantes) e político (dado o tom e os objetivos da rainha). Tal acordo parece coerente com a estrutura do Antigo Regime, em meio a um ambiente em que o eixo moral se confunde com o político, ambos sendo determinados por uma hierarquia social cujo topo da pirâmide é o rei. Nesse ambiente, a adulação (*flatterie*) é funcional, "...pois apenas pela submissão à vontade real e à etiqueta a aristocracia mantém sua posição diante de concorrentes. Posição obviamente sempre precária, porque todo privilégio é revogável pela

162 A opção final da protagonista será analisada adiante, a partir do segundo parágrafo do próximo item.

vontade soberana do rei".[163] Portanto, quanto mais próximo ao eixo central (o rei), maiores são as pressões centrípetas e mais importantes são as alianças de apoio mútuo, o que explica a estratégia da rainha. Tal cenário reforça a visão de Jean Mesnard, segundo o qual o romance de Madame de Lafayette está banhado em nostalgia aristocrática em relação aos tempos de Henrique II: as aspirações da classe dominante acabam em pura decepção diante dos constrangimentos e de certo ostracismo a que o Absolutismo de Luís XIV as relegarão.[164]

Nesse cenário, bem mais importante do que sentimentos que chegam a público, ou que são expressos diante de quem devem sê-lo (o ente amado), é o segredo praticado (e guardado) na zona sombria fora de olhos e ouvidos públicos. Se há falta de uma bússola moral, seja erótica, seja política, num ambiente onde tais dimensões se misturam, a única garantia de confiança são segredos compartilhados, inclusive os amorosos, é claro: são armas bastante potentes na luta intestina que não aparecerá nos relatos de batalha ou da diplomacia, mas que definem cabalas,[165] grupos de interesse e destinos no âmbito do poder: "... parecia-me que ela desejava assegurar-se de meu segredo e que tinha vontade de me confiar os seus. Esse pensamento me ligava a ela, fiquei sensibilizado com essa distinção e fiz-lhe a corte com muito maior assiduidade do que estava acostumado até então", diz o vidama, confundindo claramente a distinção concedida (o que lhe outorga poder de confidente da rainha e, claro, o engaja em intri-

163 CHARTIER, Roger. Trajectoires et tensions culturelles de l'Ancien Régime. Paris: Écoles des Hautes Études en Sciences Sociales, 1989, mimeo. *Apud* Hansen, João Adolfo. "O discreto", in Novaes, Adauto (org.). *Libertinos, libertários.* São Paulo: Companhia das Letras, 1996. p. 94.

164 MESNARD, Jean, op. cit., p. 551e sqq.

165 O termo "*cabale*" é bem comum, na época, no sentido de grupos rivais, conspiratórios.

gas de corte à favor dela) e um interesse ambiguamente erótico: "... fiquei sensibilizado... [*je fus touché*] (...) e fiz-lhe a corte...".

Algumas linhas adiante, fica bastante claro, pela boca da própria rainha, o porquê de o segredo ser o alicerce político e moral na corte (itálico nosso):

> ... seria impossível eu estar feliz com sua amizade se você estivesse apaixonado. Não se pode fiar em quem assim se encontra; *não se pode assegurar-se de que manterão segredo*. São distraídos e divididos demais, e a amante é para eles uma primeira ocupação que não combina com a maneira com que eu quero que você esteja ligado a mim. (*Itálicos nossos*).[166]

Como se vê, o amor é o maior inimigo do segredo que, por sua vez, serve de alicerce à aliança de corte – ou seja, à aliança que leva em conta as relações de poder na corte. O interessante paradoxo, no caso, é que em um ambiente de franca, constante e dissoluta deslealdade, em que uma das primeiras lições (pessimistas) do *monde* aristocrático é a inexistência de norte ético, a maior ameaça seja o essencialismo da fidelidade amorosa.[167]

Duas passagens no início do romance, que parecem generalizantes em demasia quando lidas da primeira vez, são particularmente esclarecedoras quanto à visão da falta de eixo moral na corte france-

166 LAFAYETTE, Madame de, op. cit., p. 1178-1179.

167 É claro que a falta de eixo ético não exclui um etos todo próprio do cortesão, baseado nos manuais que têm em Baldasar Castiglione e seu *Il cortegiano*, de 1528, um modelo sempre reeditado e readaptado aos tempos que correm – sendo o libertino, a nosso ver, um tipo tardio de cortesão aos moldes do modelo de Castiglione. Ou seja, mesmo as facções menos descontentes com o Absolutismo e mais afeitas ao jogo amoral das intrigas de corte tinham como eixo a própria estrutura, real e imaginária, da corte europeia que começou a ser moldada no Renascimento europeu, tendo como um dos modelos certamente alguns ideais medievais visíveis no retrato que Madame de Lafayette da corte de Henrique II.

sa.[168] A primeira inclui até mesmo a lúcida admissão da mistura entre erótico e político na corte, que apontávamos há pouco:

> Madame de Chastres, que tinha se esforçado tanto para inspirar virtude a sua filha, não parou de tomar os mesmos cuidados ali onde eles eram tão necessários e onde havia exemplos tão perigosos. A ambição e a galanteria eram a alma dessa corte, e ocupavam homens e mulheres. Havia tantos interesses e cabalas diferentes, e as damas participavam tanto de uns e de outras, que o Amor sempre se misturava com os negócios, e os negócios com o Amor.[169]

Eis a aliança do político e do erótico-amoroso admitida textualmente, em um comentário generalista do narrador com intuito de contextualização – o que implica, é claro, em reflexão pseudossociológica *avant la lettre*.[170] A segunda passagem completa a precedente e faz vislumbrar a importância da palavra "sensibilité" no âmbito das onipresentes e inquebrantáveis intrigas de corte: "...os interesses de grandeza e de elevação se encontravam, em geral, juntos a esses outros interesses menos importantes, mas que não eram menos sensíveis". A frase seguinte é uma pérola de síntese: "Assim, havia uma espécie de agitação sem desordem nessa corte, que a tornava bastante agradável, mas também bastante perigosa para uma jovem".[171] A "agitação sem desordem" indica o quanto as "sensibilités" ou os "interesses sensíveis"

168 Trata-se, afinal, da época narrada ou da de publicação da obra? A ambiguidade quanto a isso parece ser constitutiva do romance. É bastante conhecida a voga, iniciada no século XVII, de romances sobre tempos passados ou terras distantes que, na verdade, descreviam a França ou a Paris de então.

169 LAFAYETTE, Madame de, op. cit., p. 1117.

170 A dimensão que se pode chamar de erótica ou, menos anacronicamente, de galante (ou, no século XVIII, de libertina), só será separada da amorosa no final da narrativa. Cremos, mesmo, ser o romance de Madame de Lafayette um marco na constituição dessa separação.

171 *Idem*, p. 1118.

(aqui ainda ligados à ideia dos sentidos, ou seja, do erotismo separado do amor) sobrepujavam os "interesses de grandeza e de elevação", heranças de uma aristocracia requintada do passado, na sintonia da análise de Mesnard.

A mistura entre o erótico-amoroso e o político é notavelmente visível em trechos do próprio episódio da carta perdida do vidama, que serve como ligação agravada da vida das intrigas de corte com a juventude ainda pouco experimentada da princesa de Clèves, que "... tinha ignorado até agora as inquietudes mortais da desconfiança e do ciúme... ...".[172] A justificativa da rainha está banhada em preocupação persecutória em relação ao rei: "Escolho a você para confiar todas as minhas penas, e para ajudar-me a minimizá-las. Você mesmo julgue se são medíocres. Pareço suportar sem muita aflição a ligação do Rei com a duquesa de Valentinois; mas na verdade ela me é insuportável". Depois de listar outras inimizades, diz: "... não ousei, até agora, confiar em ninguém, fio-me em você; faça com que não me arrependa em nada disso e seja minha única consolação. Os olhos da Rainha se avermelharam ao fim dessas palavras...".[173] Depois de quase se jogar aos pés dela, o vidama admite que a aliança foi finalmente selada.

Muito esclarecedora em relação ao ambiente de corte e a suas contradições, a cena em que Madame de Clèves e o duque de Nemours se trancam em um quarto para escrever nos remete à relação de Pamela com a escrita. A alegria incontrolável dos dois personagens pode muito bem ser vista como representação de um espaço apartado, particular, surgido por conta da escrita da carta. É como se a tarefa imposta a si próprios pelos dois abrisse a possibilidade de tal espaço, mesmo no seio de uma corte com tendência claustrofóbica,

---

172 *Idem*, p. 1191.

173 *Idem*, p. 1179.

onde os nobres se vigiam todo o tempo. Essa dialética entre o segredo e a vigilância mútua nos parece típica de centros de poder, onde é de suma importância estar informado sobre os movimentos dos rivais. Em um dos polos se encontra a importância do segredo, única forma de burlar a vigilância opressora e constante. O capítulo "De la cour" [Da Corte], em *Les caracteres* [Os caracteres], de La Bruyère, descreve elegantemente tal atmosfera, que pede dissimulações, máscaras, falsificações, já que qualquer encontro pessoal ocorre em meio a olhares interessados e avaliadores, segundo os ventos da luta pelo prestígio e pela reputação na corte. "Cour", na primeira frase, aparece na acepção de certa sabedoria do cortesão em seu *habitat* natural, sabedoria que lhe vale a sobrevivência ali:[174]

> 2 – Um homem que conhece a corte é mestre de seu gestual, de seus olhos e de sua face; é profundo e impenetrável; dissimula as más obrigações, sorri a seus inimigos, contém seu humor, disfarça suas paixões, desmente seu coração, fala, age contra seus sentimentos.[175]
> 7 – Dificilmente alguém se acostuma a uma vida que se passa em uma antecâmara, nas cortes, ou pelas escadas.[176]
> 62 – Não espere mais candidez, franqueza, eqüidade, boas ações, serviços, boa vontade, generosidade, firmeza no homem que desde algum tempo se dedica à corte, e que secretamente deseja seu sucesso. Reconhece-o por sua aparência, em suas conversas? Ele não nomeia mais cada coisa pelo próprio nome...[177]

174 Note-se como a palavra tem, ela também, por assim dizer, duas faces de significado, pois ficou consagrada, e até hoje, com um sentido relacionado à galanteria, nítido na expressão: "fazer a corte a uma mulher".

175 LA BRUYÈRE. *Les caractères*. Paris, Bookking International, 1993 [1688], p. 181.

176 *Idem*, p. 181-182.

177 *Idem*, p. 196.

> 64 – A vida da corte é um jogo sério, melancólico, que ocupa [*tempo*]: é preciso dispor suas peças e suas baterias [*termo de artilharia*], ter um objetivo, segui-lo, obstruir o de seu adversário, arriscar, em alguns casos, e jogar com capricho; e depois de todas essas fantasias e todas essas medidas, se está em cheque, às vezes em cheque-mate... ...[178]

Trata-se, como se vê, de uma síntese, em poucas páginas, de toda uma cultura (e de um comportamento correspondente) iniciada na Renascença, prescrita em manuais como *Il cortegiano*, de Castiglione, e reiterada em vários momentos, como o século XVII francês. A função de La Bruyère, nada romântica, não parece ser a de mostrar o que há *por trás* do comportamento cortesão, mas simplesmente afirmar que, nesse ambiente, não existe um "*por trás*". Em outras palavras: não há escapatória senão o perigoso jogo de xadrez em que interesses e lances devem se manter fora da visão, embora todos saibam que, para um ponteiro de relógio rodar, é preciso haver uma engrenagem secreta. A elegante metáfora do relógio faz culminar a sequência de descrições de um ambiente em que não há instâncias externas, legais, a recorrer, mas apenas o rei como ápice da pirâmide de poder:

> 65 – As rodas, molas e movimentos estão escondidos; nada aparece do relógio senão o ponteiro, que insensivelmente avança e completa a volta: imagem do cortesão, que mais perfeito é se depois de ter trilhado um bom caminho, em geral retorna ao mesmo ponto de onde partiu.[179]

O cortesão roda em torno de um centro, sem questionar-se aonde vai, pois é o seu interesse (concorrendo com outros interes-

178 *Idem*, p. 197. O trecho é citado também por Norbert Elias. ELIAS. *O processo civilizador.* Rio de Janeiro, Jorge Zahar Editor, 1998 [1939], p. 225.

179 *Idem*, p. 197.

ses) que está no comando. Às vezes, fracassa, mas é sempre preciso guardar segredo, pois... "Os homens não valem tanto a ponto de se descobrir as visões que têm de seu próprio destino, nem de se perceber que pensam numa tal dignidade...".[180]

No caso de Madame de Clèves, a questão do segredo adquire um tom muito mais individual, embora, como fica claro, ela partilhe da mesma claustrofobia de corte, sendo um elo, e frágil, na cadeia de vigilâncias e influências de poder mútuas. Só que, no seu caso, e principalmente a partir do imbróglio da falsa carta, sua escolha pessoal – bastante enfatizada, o que é considerado uma inovação de Madame de Lafayette – se baseia não apenas em uma nova autoconsciência de seu amor em relação ao duque de Nemours, mas também em uma luta interna, inédita, para aplacar tal amor sem apelar para as conveniências da relação extraconjugal (mesmo depois de morto seu marido!).[181] O trecho em que Madame de Clèves percebe o teor de seu sentimento é também o de uma brusca percepção de sua di-

180 *Idem*, p. 190. A julgar pelo uso da mesma metáfora por Samuel Johnson, a imagem do relógio no sentido de mecanismo invisível era de uso comum tanto na França quanto na Inglaterra. Querendo descrever o aspecto da prosa de Richardson de explorar a vida interior dos personagens, Johnson faz uma comparação que se tornou famosa: Richardson era o "homem que sabia como se fazia um relógio" e Henry Fielding, o "homem que podia dizer a hora olhando para o mostrador". VASCONCELOS, Sandra G.. op. cit., p. 72.

181 Nesse sentido, também poderíamos dizer, como em relação às *Lettres portugaises*, que Madame de Clèves só descobre seu amor para, sem seguida, lutar contra ele. Ao contrário, porém, da freira Mariane, ela não o faz por decoro ou crença total na estrutura social vigente, mas, de forma inédita, em nome de uma concepção mais alargada, abstrata e essencialista do amor: a fidelidade final ao marido morto, ao convento e ao *monde*, contra o duque de Nemours, faz dela um ser estilhaçado entre as tentações reais (a presença do duque) e uma resistência virtuosa voltada para o além, embora pagando tributo ao *monde*. A riqueza dessa posição final talvez seja um dos segredos do sucesso do romance, até hoje.

visão interna. Poder-se-ia falar de um primórdio da psicologia, por via literária:

> Quando ela pensou que se reprovava como se fosse um crime tê-lo dado, no dia anterior, sinais de sensibilidade que só a compaixão podia ter feito nascer e que, por seu amargor, ela deixou transparecer a ele sentimentos de ciúme que constituíam provas certas de paixão, ela não reconheceu mais a si mesma.[182]

Surge, então, neste exato momento, o ímpeto de afastamento de Madame de Clèves em relação a seu amado proibido, ímpeto que a levará à recusa final, mesmo depois de viúva. Se pensarmos em *Pamela*, surgido 62 anos depois, notaremos a tentativa de a protagonista escapar a essa lógica das sombras, do segredo, onde se movem os mecanismos secretos de um nobre como Mr. B., incluindo o acesso inquestionável ao corpo de mulheres de baixa extração, entre elas, suas criadas. Nesse sentido, como no caso de Madame de Clèves, também sua atividade de escrita cria um espaço aberto e privado em um ambiente opressor, de vigilância e perseguição constantes. Esse espaço é propriamente de resistência, e permite que a jovem direcione a discussão sobre seu destino erótico-amoroso para uma ética que visa a vida pública, a oficialização contratual do casamento, a saída do mundo das sombras.

Fora do âmbito do que aqui chamamos de sombras, ou seja, do domínio particularíssimo, secreto, da vida de Mr. B., a criada seria defendida por leis igualitárias e não seria a única a constranger-se por um código estrito de comportamento: o ex-patrão também teria de refrear sua impetuosidade aristocraticamente justificada. Em conformidade com o pessimismo de La Rochefoucauld ou La Bruyère, em sua época Madame de Lafayette não destaca o potencial de reversão

182 LAFAYETTE, Madame de, op. cit., p. 1190.

das expectativas sociais que tem a carta escrita pelos dois apaixonados: ela dá acesso a momentos por demais fugazes de liberdade amorosa no seio da corte, momentos que não se sustentarão institucionalmente e, pior, que passam a ameaçar todo o etos do amor extraconjugal secreto, a serviço não de um amor essencialista, mas de interesses particulares, eróticos e/ou políticos. Se Pamela tem à disposição a saída do casamento, mesmo que depois de um martírio pessoal, a claustrofobia interesseira da corte, mais votada ao pluralismo erótico (o vidama) que ao amor exclusivista, não admite saídas senão a morte (Monsieur de Clèves, um dos primeiros mártires do novo tipo de amor-paixão integrado a certo grau de realismo) ou o convento, mesmo que este acabe se alternando a estadias em casa, próximas ao inescapável *monde*, embora sem propriamente frequentá-lo – como se vê na opção final de Madame de Clèves.[183]

1.10. O amor no cenário de poder e erotismo

Se o erótico e o político são indiscerníveis no ambiente da corte da época, no retrato feito por Madame de Lafayette, o amor não se confunde nem com uma, nem com outra dessas dimensões, surgindo mesmo como o perigo maior que ameaça desatar tal laço estreito (erótico-político). Tal concepção do amor sem dúvida tem raízes no mesmo passado que sustenta a nostalgia cavalheiresca que Mesnard reconhece no romance – e que o leva a colocá-lo no nível nostálgico de um "amor metafísico" impossível de se realizar no presente vivido.[184] Como a Mariane das *Lettres portugaises*, portanto, a princesa de Clèves partilha de um pessimismo encontrável na obra

183 Refiro-me à última página do romance, onde se toma conhecimento de que a protagonista passará períodos num convento e outros em casa, mesmo que em retiro. Voltaremos ao ponto no item a seguir.

184 MESNARD, Jean, op. cit., p. 549-555.

de La Rouchefoucauld e, segundo Mesnard, também em Pascal e em Racine:[185] o amor simplesmente não combina com a vida sob o Absolutismo porque nele se experimenta... "o espetáculo da fratura [*cassure*] do mundo", o qual implica necessariamente uma "visão trágica" pela qual "... o sonho e o ideal se chocam brutalmente com a hostilidade das coisas...": "... a obra de Madame de Lafayette pode, assim, ser aproximada da de La Rochefoucauld e de Saint-Simon: eles são outros representantes da alta aristocracia, outros escritores engajados em uma tarefa dolorosa e irônica de desmistificação".[186]

Não se precisa mais creditar a surpreendente – mas coerente – recusa final da princesa de Clèves diante do duque de Nemours a uma mera fidelidade ao discurso de Madame de Chastres (sua mãe) agonizante. Nele, a mãe lhe recomendara força e coragem para se retirar da corte se necessário e para tomar decisões brutas e difíceis, "... por mais terríveis que lhe pareçam de início: eles serão mais doces em sua sequência que as infelicidades de uma galanteria",[187] sequência exata do que ocorre a partir do episódio da carta (mal) falsificada. Como indica Mesnard, há um aprendizado progressivo, à la Mariane, das *Lettres portugaises*: a menina que ouvira o discurso agonizante da mãe experimentara, em seguida, a desvalorização dos laços afetivos não relacionados ao poder no ambiente da corte, bem como sentira em si mesma a força de uma paixão unívoca, não erótica, escolhendo, por fim, um modo de retirar-se da corte que não constava do tal discurso materno: passa a dividir seu tempo entre sua casa e um retiro religioso. "Ela passava uma parte do ano nessa casa religiosa e a outra,

185 *Idem*, p. 553.

186 *Idem, ibidem*. Norbert Elias analisa o pessimismo, o escapismo e mesmo a revolta da aristocracia durante o Absolutismo em ELIAS, Norbert. *A sociedade de corte*. Lisboa: Estampa Editorial, 1972.

187 LAFAYETTE, Madame de, op. cit., p. 1141.

em sua casa; porém, num retiro e em ocupações mais santas que as dos conventos mais austeros...". A última frase deixa claro que ela se tornará, na morte, a mártir que só ela mesma soubera ter sido em vida: "... e sua vida, que foi bastante curta, deixou exemplos de virtude inimitáveis".[188]

Mesmo levando-se em conta a austeridade destacada no texto, chama a atenção o fato de ela não ter ido definitivamente para o convento, destino possível para uma mulher no panorama da cultura da época. Na verdade, se Monsieur de Clèves fora um mártir do amor unívoco e abstrato (ou seja, sem que o vetor erótico fosse o preponderante), sua esposa opta por outra espécie de martírio. Este incluirá não apenas a autoanulação na vida conventual, que representaria um corte nítido em relação à vida mundana (nos dois sentidos da palavra "mundana"), mas uma alternância que não a faz esquecer (nem ao leitor) que ela manterá uma vida subjetiva individual, particular, privada, nem que austera. O ponto nos parece crucial para entender a riqueza com que a autora trata da relação da via sentimental (afetiva e amorosa, para além da erótica) com o entorno realisticamente retratado.[189]

O domínio do sentimental, no caso, pode ser descrito como esforço de construção literária de um espaço interno, íntimo, para além da vida pública do *monde*. Se ela termina seus dias entre o convento

188 *Idem*, p. 1254.

189 Obviamente, referimo-nos, aqui, aos primórdios do realismo, de um realismo de pano de fundo, em que o pseudo-histórico serve de frágil horizonte à trama. Será, sem dúvida, a base do realismo do romance sentimental dos anos 1730-1740, de Marivaux e Prévost, no romance, e da *comédie larmoyante*, no teatro, que trataremos mais adiante neste trabalho. A imbricação do meio cortesão com os afetos e até a incipiente psicologia da protagonista ganhará cores mais "baixas" (no sentido clássico) ao incorporar personagens de camadas sociais menos favorecidas e até dificuldades financeiras. Mas a base de um esforço de integração a um contexto íntimo e externo será o mesmo.

e sua casa (quem sabe, inaugurando-a na literatura como espaço privado, separado da corte e dos *salons*), também os finda presa a uma verdade do coração (ou da psique) que a distingue dos outros, que a enobrece, antes que a morte a mistifique ainda mais. Nota-se que o sentimetal se confunde com o que será chamado de psicológico no fim do século XIX. Em suas *Lettres*... críticas, Valincour elogia um trecho-chave do romance: a reflexão da princesa após o imbróglio do vidama:

> ... Madame de Clèves ficou só, refletindo muito sobre tudo o que acabara de se passar com ela. Não há nada mais bonito que todas essas reflexões, e é preciso confessar que o Autor é admirável quando consegue fazer ver o que se passa no nosso coração. Não se pode chegar a conhecer melhor todos os movimentos, nem exprimi-los com mais força e mais delicadeza. Os volteios de Madame de Clèves sobre si mesma, essas agitações, esses pensamentos diversos que se destroem uns aos outros, essa diferença que se vê entre o que ela é hoje e o que ela era ontem, são coisas que acontecem todos os dias dentro de nós mesmos, que todo mundo sente, mas que muito poucas pessoas podem descrever da maneira como o vemos aqui.[190]

A intensidade da autorreflexão sentimental surpreende o leitor privilegiado de 1678. Os "volteios de Madame de Clèves sobre si mesma", nesse verdadeiro (e primeiro?) monólogo interior, parecem ter sido inovação à época, destacando-se o aspecto da autotransformação e, consequentemente, das decisões tomadas a partir do autoexame: "... essa diferença que se vê entre o que ela é hoje e o que ela era ontem...". Os dois trechos destacados em seguida por Valincour para expressar objeções, vendo neles inverossimilhança, como ocorre em vários outros pontos de suas *Lettres*..., nos ajudam a esclarecer algumas ques-

190 VALINCOUR, op. cit., p. 198-200.

tões. O primeiro começa com a frase: "... ela não se reconhecia mais a si mesma quando ainda pensava que Monsieur de Nemours notava que ela tinha conhecimento de seu amor...".[191] E o segundo, com a frase: "Ela se surpreendeu por não ter ainda pensado o quanto era verossímil que um homem como M. de Nemours, que sempre fizera transparecer tanta leveza em relação às mulheres, fosse capaz de uma ligação sincera e durável".[192] Em seguida, há a passagem do narrador em terceira pessoa para uma primeira pessoa dramatizada, um monólogo em que o verbo "*dire*" [dizer] parece ser usado em sentido figurado, já que não se trata de externar, mas de certo fluxo de consciência:

> Ela achava quase impossível estar contente com sua própria paixão. Mas, e se eu pudesse estar, dizia ela, o que gostaria de fazer? Quero sofrer dela? Quero corresponder a ela? Quero me engajar em uma galanteria? Quero trair Monsieur de Clèves [*seu marido*]? Quero trair a mim mesma?...[193]

Como se vê, o tema do "mim mesma" e do não reconhecimento interno ("...ela não reconhecia mais a si mesma..."), de uma transformação vivida de dentro, em que o amor incontrolável emerge à revelia da consciência ou, para usar termo da autora, da "vontade", está colocado e determinará o desenrolar do romance. Depois da primeira conversa com o duque depois da morte do marido, Madame de Clèves "... não se conhecia mais".[194] Depois de se recuperar da "doença do langor", chama "...em seu socorro, para se defender contra ele, todas as razões que ela acreditava ter para não casar jamais com

191 LAFAYETTE, Madame de, op. cit., p. 1190.

192 *Idem*, p. 1191.

193 *Idem, ibidem.*

194 *Idem*, p. 1250.

ele": "Acontece um combate muito grande dentro dela mesma".[195] As referências à divisão interna são muitas, e remetem à resistência da protagonista diante da força das concepções consagradas – e, para ela, inaceitáveis – do amor cortesão e galante (libertino, se chegaria a dizer no século seguinte). Tal resistência, no romance, vem sempre acompanhada de conflitos internos, hoje diríamos, psicológicos: "Ela se surpreendeu com o que fizera; arrependeu-se daquilo; ficou alegre (...). Examinava, ainda, as razões de seu dever que se opunham a sua felicidade".[196]

Na verdade, o aprendizado da jovem, desde o discurso da mãe agonizante, passa pela visão do matrimônio enquanto instituição desrespeitada nesse mundo sem norte moral (ou antes, com uma bússola apenas erótico-política) – daí a separação entre amor e casamento, da qual ela acaba sendo "vítima". A morte do marido, nesse cenário, é resultado da visão aristocrática pessimista diante de algo que não se encontra naquele momento e lugar: amor no casamento. Porém, e inesperadamente no caso do contexto do Antigo Regime, a jovem viúva decide procurar um caminho que seja alternativo à pura e simples galanteria, e daí vem seu ineditismo ético. De fato, como mostra Mesnard, a partir de sua experiência progressiva, ela cria para si uma "concepção metafísica do amor", como nomeia Mesnard.[197] A admiradora de Pascal e de Port-Royal confere à protagonista de seu romance, na verdade, uma concepção agostiniana, pela qual há que se resistir à tentação dos sentidos em nome de um "devoir" [dever] e um "repos" [repouso] (são os termos de Madame de Clèves) que só existe para ela, no ambiente de corte: "É verdade que sacrifico muito a um dever que não subsiste senão em minha imagina-

195 *Idem*, p. 1252.

196 *Idem*, p. 1250.

197 Arrisquemos, aqui, que ela, na verdade, repercute uma concepção medieval de amor, guardada ainda em algum canto do imaginário cortesão seiscentista.

ção", responde ao duque na última conversa entre os dois.[198] A tentação dos sentidos é sempre fortíssima, exigindo violência de quem a eles quer se contrapor, mesmo que seja com um fantasma: "Ah! Madame, disse-lhe Monsieur de Nemours, que fantasma de dever você opõe a minha felicidade?"[199] Como em Santo Agostinho, a visão interior deve ser temperada com estoicismo para resistir à avalanche da *passio*: "Confesso, respondeu ela, que as paixões podem me conduzir; mas não chegarão a me cegar".[200] O pensamento – afetado, porém não subjugado pelos sentimentos – é local secreto da resistência ao longo dos vários monólogos interiores da protagonista, contrapondo-se necessariamente aos sentidos, ao prazer e aos próprios sentimentos que ameaçam transbordar:

> Você pensa que suas resoluções são suficientes contra um homem que a adora (...)? É mais difícil do que você pensa, madame, resistir ao que nos agrada e àquele que nos ama. Você fez disso uma virtude austera, quase sem igual; mas essa virtude não se opõe menos a seus sentimentos e espero que você os respeite, apesar de você mesma.[201]

A resistência é em nome do "repouso" e do "dever": "O que creio dever à memória de Monsieur de Clèves seria frágil se não se sustentasse no interesse de meu repouso; e as razões de meu repouso têm necessidade de ser sustentadas por aquelas de meu dever".[202] Tal repouso se traduzirá em um retirar-se do *monde* que, como já indicamos, se confunde com o retirar-se do mundo: "A religião, curiosamente ausente da quase totalidade do romance, aparece como o

198 *Idem*, p. 1249.

199 *Idem*, p. 1245.

200 *Idem*, p. 1247.

201 *Idem*, p. 1248.

202 *Idem, ibidem*.

refúgio final da princesa".[203] A decisão de Madame de Clèves de dividir o tempo que lhe resta entre o convento e a austeridade caseira se mostra uma forma de evitar ser seduzida por sua própria visão: "... a ideia de casar-se com ele lhe veio ao espírito assim que ela o reviu naquele jardim...".[204] O mesmo ocorre com ele: "A ideia de ser privado por um longo tempo da visão de Madame de Clèves era para ele uma dor sensível, e sobretudo em uma época em que havia sentido o prazer de vê-la e de vê-la tocada por sua paixão".[205] A repetição do verbo "ver" é sintomática de um paradoxo: a presença visível é penosa para quem sente um amor que ultrapassa os sentidos.

No final, Madame de Clèves se vale da saúde fraca para afastar-se ainda mais do *monde*: "... como ela conhecia o que podem as ocasiões, mais do que as mais sábias resoluções, não queria se expor a destruir as suas, nem voltar aos lugares onde estava aquele que ela amara".[206] O retiro religioso, no entanto, não é completo, o que remete a um aprendizado interno a seu casamento, já que seu marido "optara" por um "retiro eterno", ou seja, a morte. Em sua busca de alternativa aos perversos e perigosos jogos galantes ela encontra outra saída, bastante contraditória para olhos cortesãos da época, embora remetesse para uma inclusão ou uma "importação" dos preceitos (agostinianos?) do retiro religioso para o dia-a-dia doméstico. Como destacamos acima, com o gesto a princesa parece ter fundado um espaço privado que é, ao mesmo tempo, metáfora de seu espaço subjetivo íntimo: a casa é austera e contrapõe-se ao *monde* de forma a resguardar a autonomia de seu fluxo subjetivo.

203 MESNARD, Jean, op. cit., p. 555.

204 LAFAYETTE, Madame de, op. cit., p. 1250.

205 *Idem*, p. 1252.

206 *Idem*, p. 1253.

O último recado ao amado se pautara pela mesma negação dos sentidos, principalmente da visão: "...ela lhe pediu que não achasse mais estranho se ela não se expusesse mais ao perigo de vê-lo e de destruir, por sua presença, os sentimentos que ele devia conservar".[207] De novo, o verbo central é "ver". Uma pessoa das relações de Madame de Clèves leva o recado, já que ela dissera não querer "...sair das regras que ela se impusera e (...) temia os acidentes que podiam chegar por carta".[208] É a última menção a cartas no romance. Retomando nossa análise da carta do vidama, podemos ressaltar que o medo diante dos "acidentes que podem chegar por carta" surgira violentamente naquele episódio central, a partir da revelação pública, quase evitada por meio da falsificação, de um segredo erótico que traria consequências no âmbito do poder. No caso de Madame de Clèves, a dimensão do poder e das intrigas de corte estava completamente afastada desde a morte de seu marido: nada impedia que ela revelasse o segredo do amor, aliás, mútuo, entre ela e o duque. Por isso mesmo, sua resistência é um ato ainda mais inédito e "impossível", tornando-a uma espécie de Antígona da corte francesa, que se nega a cumprir uma lei geral (tacitamente aceita na cidade, ou seja, Versailles) em nome de um princípio que só existe em sua "imaginação": "...ela via, também, que tentava fazer algo impossível, que era resistir em presença do mais amável dos homens da sociedade, o qual ela amava e por quem era amada, e resistir-lhe de uma forma que não chocasse a virtude, nem o decoro".[209] A negação das "leis tácitas da cidade" é tão violenta que mesmo diante da aceitação geral, da falta de impedimentos públicos ("...não chocasse a virtude, nem o decoro..."), ela continua resistindo, em nome de princípios. Sua diferença em relação a Monsieur de Clèves, seu marido,

207 *Idem*, p. 1253.

208 *Idem*, p. 1251.

209 *Idem, ibidem.*

morto por defender outra "impossibilidade" em Versailles, o amor *no* casamento, é que ela consegue fugir da morte e criar um exemplo ético singular: o desejo de afastamento do *monde* torna-se, então, exemplo único (pelo menos no momento em que ocorre) de combate às regras erótico-amorosas ali vigentes.

1.11. A virtude, qualidade clássica feminina, frente à impetuosidade masculina

Uma última palavra é necessária sobre a virtude da princesa de Clèves. Sua mãe que, como ela, perde o marido quando ainda nova, também, como ela,... "...havia passado vários anos sem voltar à Corte. Durante essa ausência, concentrara seus cuidados na educação de sua filha; mas ela não atuava apenas no sentido de cultivar seu espírito e sua beleza, sonhava também em lhe dar o senso da virtude e a torná-la amável".[210] Ao contrário de outras mães, que não tocavam no tema do amor, "...ela lhe mostrava o que há de agradável de modo a persuadi-la mais facilmente sobre o que ela lhe dizia ser perigoso; contou-lhe sobre a pouca sinceridade dos homens, seus subterfúgios e sua infidelidade...".[211] Sua entrada na corte se dá aos dezesseis anos.[212] Como citado acima, "Mme de Chastres (...) tinha (...) se esforçado em inspirar

210 *Idem*, p. 1113.

211 *Idem, ibidem.*

212 Lembremos a idade de cada uma de nossas protagonistas: Pamela provavelmente, 15 anos e meio; Mariane, das *Lettres portugaises*, apenas diz, no fim da última carta: "...eu era jovem, eu era crédula, haviam me encerrado naquele convento desde minha infância...", o que permite pensar numa idade parecida, já que ela foi seduzida por seu interlocutor ausente pouco tempo antes da primeira carta; Suzanne Simonin, de *La religieuse*, inicia sua *via crucis* aos 16 anos e meio; e a protagonista de *La vie de Marianne*, aos 15 anos "mais ou menos" vai para Paris e inicia suas aventuras sentimentais.

a virtude na filha...".[213] Na última conversa com a filha, Madame de Chastres, agonizante, revela ter notado a paixão da moça pelo duque de Nemours.[214] Ela diz: "...estás na borda do precipício (...). Veja o que deves a teu marido; veja o que deves a si mesma, e pense que incorporarás essa reputação que adquiriste e que tanto lhe desejei".[215]

Mas será a princesa de Clèves uma apóstola da virtude? Ao contrário do que acontece no romance de Richardson, em *La Princesse de Clèves* nada leva a inferir que "virtude" signifique "virgindade", embora, obviamente, em *Pamela* "virtude" não se limite a tal significado. O final do discurso da mãe dá a pista: a única coisa que pode perturbar sua felicidade "... saindo deste mundo..." seria "...vê-la cair (*degradar-se*) como as outras mulheres".[216] Como indica Jean Mesnard, tal postura autoriza a definir a mãe como uma cabeça clássica, que valoriza "...o cuidado com a 'reputação' a conservar e com a busca de uma grandeza de exceção".[217] No panteão terminológico do Grand Siècle, ela estaria caracterizando para a filha "... a grandeza própria à mulher, enquanto para o homem é o valor no combate que a constitui". Mesnard invoca, então, La Rochefoucauld e a máxima em que distingue "... o valor dos homens e a virtude das mulheres".[218]

A citação de La Rochefoucauld, com seu ar clássico seiscentista, é preciosa e nos permite voltar a *Pamela* e ao fio de nossa investigação sobre a postura de resistência da protagonista, tendo a virtude como ponto inegociável. Do mesmo modo que a princesa de Clèves,

213 Nota 168, acima.

214 Surge uma hipótese: teria ela, de forma inconsciente e ambígua, empurrado a filha na direção do galanteador?

215 LAFAYETTE, Madame de, op. cit., p. 1141.

216 *Idem, ibidem.*

217 MESNARD, Jean, op. cit., p. 548.

218 LA ROUCHEFOUCAULD. *Maximes.* Paris: Éd. J. Truchet, 1967. p. 23.

Pamela "escolhe" a virtude por conta da educação paterna e materna, e sabe da importância de reforçar constantemente tal escolha, tamanha é a força da prática e do pensamento contrários a ela, na Londres de sua época. Também como no romance de Madame de Lafayette, tal "opção"[219] lhe confere um valor feminino, em contraponto a certa ira irracional do patrão, traço do temperamento que justifica vários dos rompantes, com correspondentes apostos bastante injuriosos, que farão a delícia dos autores de sátiras baseadas no romance, como Henry Fielding.[220] O reverso masculino dessa virtude (pelo menos segundo o classicismo) será a impetuosidade altaneira de Mr. B. e de sua irmã, Lady Davers, esta última só surgindo como questão depois de o casamento ter se consumado, no volume 2.

Tal "Impetuosidade de (...) Índole"[221] oscila entre dois polos semânticos: é vista como grandeza ou nobreza, o que fica claro apenas se lembramos do chamamento "à Imponência de seu

219 Estamos destacando as palavras "escolha" e "opção" de forma a deixar clara a postura ativa da protagonista diante de sua autodefesa da virtude: a educação de berço parece não ser suficiente se não se atualiza a todo momento tal posição ética. Tal aspecto do romance nos parece apontar para sua modernidade, pois, apesar das balizas morais aparentemente estreitas, parece estar se construindo nele uma concepção da formação a partir de escolhas e dos atos de resistência que delas decorrem, concepção que será alargada principalmente no *Bildungsroman* alemão do século XIX, circunscrevendo traço importante da subjetividade moderna.

220 Um pequeno exemplo de *Shamela*, da Letter VI: "... por que agora, Beijos Insolentes, Atrevida, diz ele – Palavras muito bonitas, digo eu, impudente de novo. – Sim (diz ele) você é uma d---d, impudente, fedorenta, amaldiçoada, detestável mulher de vida fácil, e estou Inclinado a dar um chute na sua B---. Você, beije – digo eu. Uma vagabunda, diz ele, e assim vou; com isso ele me pegou em seus Braços, e me beijou até que fez minha Cara queimar-se em Chamas". FIELDING, Henry. *Shamela*. Londres: Penguin Books, 1990. p. 29.

221 Ed. 1740, p. 443.

Temperamento",[222] mas também como incontroláveis "Humours" [Humores] que, quando tomam conta do magistrado, é melhor que a recém-esposa se afaste estrategicamente: "... ela tem de aprender essa Lição, nunca chegar perto de mim, quando estou nesses Humores (...); pois, em pouco tempo, se deixado só, sempre volto a mim, e me desculpo pela Violência do Temperamento...".[223]

Essa impulsividade ou intemperança ("Intemperance")[224] inata do patrão surge como explicação retrospectiva bastante verossímil para sua violência verbal diante de Pamela na primeira parte do romance. Mas ela não possui apenas o aspecto inato, claro na comparação com o temperamento da irmã: "... a Violência de Temperamento tão parecido com o de minha Irmã...".[225] Há o importante dado da análise psicológica e sociológica *avant la lettre* de Mr. B.: a "Intemperance" passa a ser vista como aspecto negativo, a ser reprimido, desencorajado:

> Nós, Pessoas de Fortuna, ou dessas que nasceram para amplas Expectativas, de ambos os Sexos, em geral somos educados erroneamente. (...) Em geral somos tão cebeças-duras, tão violentos em nossas Vontades, que nos Controlamos muito pouco./ Mimados por nossas *Amas*, por meio dos Erros de nossos Pais, praticamos primeiramente com elas; o que demonstra a *Gratidão* de nossas Disposições, numa Insolência que devia antes ser repreendida e restringida do que encorajada.[226]

222 *Idem*, p. 441.

223 *Idem*, p. 442.

224 *Idem, ibidem.*

225 *Idem, ibidem.*

226 *Idem*, p. 443-444.

Depois de passar pela escola e de magoar os pais ao voltar ainda mais insolente para casa, "...uma *Esposa* é procurada por: Conveniência, ou Nome de Família e Fortuna, são os primeiros Motivos, Afeto é o último (se chega a ser consultado): E duas Pessoas educadas desse modo, assim instruídas em uma Via de Ingratidão não natural (...), são reunidas". O que acontece? "...eles se vingam em nome da Causa de todos os que foram magoados e insultados por eles, uns nos outros". Na síntese de Richardson nota-se até a ponta de ironia: "Os Cavalheiros nunca foram controlados: A Dama nunca foi contrariada". O retrato pouco abonador de si e de seus pares classistas continua, atingindo, agora, a união entre os da mesma classe:

> Camas separadas são geralmente a consequência; talvez Fugas; se não, uma invencível Indiferença, possivelmente Aversão. E sempre que, para manter as Aparências, são obrigados a estar juntos, todos veem que o Marido entediado, e a Esposa deprimida, são verdadeiramente insuportáveis um para o outro; mas, separados, têm os Espíritos mais livres, e podem ser Companhias toleráveis.[227]

Do mesmo modo, na forma de referir-se a Mr. B., sua irmã, Lady Davers, oscila entre o fascínio temeroso diante de seus rompantes, ao compará-lo a um leão ou a um cão, e certa serenidade psicológica. "Você se aventurará, disse ela, a me acompanhar até ele! – Desafio você a seguir um Leão em seus Esconderijos?", diz ela, após ser atacada verbalmente pelo irmão, ainda não encolerizado com Pamela.[228] "Ele não tem nada de seus Corações mesquinhos, é tão corajoso quanto um Leão; e, Menino e Homem, nunca temeu nada", define, durante a recapitulação que faz com Pamela de toda a história

227 *Idem*, p. 444-445.

228 *Idem*, p. 433.

desde antes das núpcias.[229] Na última frase, o leão não perde a majestade, mas sua falta de consciência do perigo ganha aspecto infantil: "Menino e Homem".

Esse quadro feito por Mr. B. e pela irmã – como se disse, com lucidez psicológica e sociológica *avant la lettre* – constitui uma das últimas revelações dessa primeira *Pamela*, publicada em dois volumes, a 6 de novembro de 1740. Na verdade, representa um desdobramento dos aspectos que diferenciam não apenas a posição social do patrão e da serviçal tornada esposa que, ao contrário dele, recebera uma educação pautada pela virtude, mas também suas posições sexuais. Nesse sentido, a lembrança da visão classicista da virtude como o correspondente feminino (passivo?) da coragem guerreira nos remete à imagem citada por Mr. B. (e extraída de uma fábula de Esopo) da dureza do carvalho em contraposição à flexibilidade do bambu:[230]

> ...você não deve supor, sempre que estou Mal-Humorado, que, opondo-se a minha Paixão, você se opõe de forma apropriada; mas quando você consegue, como o delgado Bambu, dobrar-se em meio ao Furacão, em vez de, como o Carvalho inflexível, resistir a ele, você sempre se manterá firme em meu Julgamento favorável, enquanto que uma Conduta contrária poderia desenraizá-la, com todos os seus Títulos [*honoríficos*], de minha Alma.[231]

Com efeito, Mr. B. tem o direito de usar tal metáfora de fábula, pois ele mesmo foi flexível diante da exigência ética e institucional de

229 *Idem*, p. 453.

230 É muito interessante como Thomas Keymer aponta influências do fabulista grego em *Pamela*, por mais impensáveis que sejam, principalmente saídas da tradução de Sir Roger L'Estrange, na qual se baseia a edição das *Æsop Fables*, publicadas por Richardson a 20 de novembro de 1739, ou seja, quase exatamente um ano antes de *Pamela*. Ed. 1740, op. cit., p. xvii-xxii.

231 *Idem*, p. 443.

Pamela, vergando-se a uma moralidade que o ultrapassava. Por outro lado, em um momento completamente diferente, pois se trata agora de um casal em seu dia-a-dia, e não mais de patrão e empregada praticando jogos de vigilância, perseguição e resistência (como no volume 1), o importante parece ser sintetizar os artigos de uma espécie de "manual de bom comportamento no casamento". A partir do reconhecimento dos diferentes temperamentos, de um lado, a "Meekness" (docilidade, submissão) de Pamela, de outro, a "Stateliness" (imponência, magnificência) de Mr. B.,[232] é o que de fato surge na "awful Lecture" [terrível Palestra][233] que Mr. B. ministra a Pamela para explicá-la o "Method" de convivência a ser seguido dali em diante. Os 48 artigos variam da sugestão de manter-se distante quando ele está em seus "humores" ("1. Que não devo, quando ele está em Cólera com alguém, abordá-lo, sem sua Permissão"), com direito a comentário de Pamela duvidando da universalidade da recomendação: *"Mas suponho que essa Regra é quase exclusiva dele"*),[234] até a promessa de autorrepressão dos rompantes: "48. Que um Marido que espera tudo isso, é incapaz de revidar Insultando por Obrigação, ou Maldade (...); e não deve privá-la de nenhum Privilégio de seu Sexo".[235]

A última frase nos traz de volta à diferença entre os sexos e suas consequências sociais, não limitadas a preceitos internos ao casamento, mas refletindo também uma percepção bastante concreta da institucionalização do laço amoroso. Na disputa entre Mr. B. e sua irmã que, insolente e ainda transtornada com a notícia do casamento, propõe que o irmão imagine o que aconteceria se ela um dia quisesse se casar com o cavalariço de seu pai. O magistrado logo aponta a dife-

232 *Idem*, p. 441.

233 *Idem*, p. 448.

234 *Idem, ibidem.*

235 *Idem*, p. 451.

rença: "... um Homem enobrece uma Mulher que ele escolhe, seja ela *o que* for: Mas uma Mulher, por mais nobre que seja ela de nascença, rebaixa-se por um Casamento inferior, e decai de sua Condição [*social*] para a do homem em direção a quem se curva".[236]

O exemplo que ele dá em seguida é extraído da aristocracia de corte: quando a família Stuart aliou-se à família comparativamente menos nobre Hyde, ninguém se negou a chamar Anne, filha de Edward Hyde, de Lady Alteza Real, nem a suas filhas de rainha Mary e rainha Anne. Também quando o par do reino deixou a corte para se casar com a filha de um rico comerciante, "... seu Companheiro imediatamente se tornou enobrecido por sua Escolha ...".[237]

A descrição do temperamento típico da nobreza, bem como da postura que uma mulher vinda de classe baixa deve ter no casamento com um nobre são apenas dois dos vários temas do volume 2 que redimem Mr. B. ao jogar nova luz sobre aspectos um tanto sombrios do volume 1, como as sequências de insultos, as perseguições e a lenta progressão do amor incipientemente expresso pelo patrão. Na verdade, nota-se uma preocupação em simplesmente apagar as ambiguidades que vínhamos apontando, tanto a erótico-amorosa quanto as divisões individuais íntimas, por meio de uma solução totalizante – o casamento. Para leitores modernos que podem achar tal estrutura simplesmente *naïve*, pífia, depois de tantas vicissitudes históricas de instituição hoje tão banalmente presente em nosso dia-a-dia, lembremos o escândalo que devia ser, na época, um senhor de terras e magistrado, depois de seguidas tentativas de agarrar (no sentido erótico) sua criada em casa, optar por curvar-se, por amor, às exigências morais da serviçal, pondo, com isso, em cheque o compor-

236 *Idem*, p. 422.

237 *Idem, ibidem*.

tamento de seus pares – como no caso de uma Madame de Clèves de dedo em riste, acusando-os de falta de eixo ético na vida privada. Diferentemente dela, no entanto, Mr. B. torna público e oficializa seu laço com a criada, não precisando desaparecer do *monde*. Em suma, a questão do casamento parece servir para auscultar o estado de coisas da sociedade da época quanto à ética amorosa privada e à chance de sintonizar de forma nova tal ética privada desejável (mas pouco praticada) com a imagem pública do homem nobre. Entre o privado e o público não deveria mais haver a zona do segredo, a encobrir abusos e violências sexuais. O Século das Luzes, otimista, passava a arejar os corredores sombrios das propriedades de Mr. B.

1.12. Ian Watt: a ambiguidade em contexto histórico e sociológico

No ponto em que estamos, é importante cotejar algumas de nossas conclusões às de um influente estudioso dos primórdios do romance na Inglaterra, que julga *Pamela* como marco incontestável desse momento do século XVIII. Em *A ascensão do romance*, Ian Watt contextualiza o que aqui chamamos de dois níveis de ambiguidade no texto de Richardson. Tal contextualização é preciosa no sentido de tornar mais claras motivações e estratégias narrativas – nem sempre conscientes no autor – que compõem tais ambiguidades constitutivas. A análise se justifica por ser a obra de Watt, até hoje, um ponto de referência que determinou o próprio modo de abordar a obra de Richardson na perspectiva de um romance europeu inaugural do gênero. Ressaltemos, a princípio, que tentaremos apontar como a própria análise de Watt está atravessada por ambiguidades que os domínios do amor, do erotismo e do casamento inevitavelmente estabelecem. Além disso, ao contextualizar a posição de Richardson, Watt se vale de uma visada sociológica que, se traz elementos explicativos para as dubiedades propriamente ficcionais da narrativa de 1740, aposta, a nosso ver de forma por demais otimista, em um espelhamento entre o social e o romanesco. Ao entendermos a posição de Watt, mais esclarecida deverá ficar a nossa.

Em primeiro lugar, Watt aponta que as mulheres passam por uma importante transição na Inglaterra da época: na passagem da família patriarcal para a que denomina de "família conjugal",[238] elas perdem o antigo lugar tradicional no seio da produtividade econômica doméstica e, muito mais ociosas, acabam desvalorizadas. Além disso, o individualismo crescente, constitutivo da "família conjugal" (definida como núcleo fechado constituído por marido e esposa, sem maiores influências da demais parentalha), implica mais dependência econômica e a estigmatização das "solteironas". É ressaltada, em novo cenário, a arcaica inferioridade social feminina. As contradições das mulheres somavam-se umas às outras: tinham mais tempo de leitura, mas grandes dificuldades diante das mudanças, inclusive o novo desafio de conseguir maridos, dedicadas que estavam a atividades domésticas anódinas, como costura e piano. Em suma, muitas das contradições, ligadas ao status legal ou à situação econômica da mulher, tinham como solução desejada um bom casamento.

Em seguida, Watt discorre sobre a forma como o protestantismo e, especificamente, o puritanismo encareceu e idealizou a virtude no matrimônio, ao contrário da tradição cristã, que relacionava "...os valores religiosos mais elevados (...) com o celibato".[239] Mesmo assim, segundo ele, o puritanismo (e epígonos seus, como Milton) apropriou-se de ideias cristãs egressas de São Paulo ou Santo Agostinho, segundo as quais "a natureza física do homem e seus desejos eram ti-

238 O termo é de Émile Durkheim. WATT, Ian. *A ascensão do romance*. Estudos sobre Defoe, Richardson e Fielding. São Paulo: Companhia das Letras, 1996. p. 123.

239 *Idem*, p. 136-137.

dos como radicalmente maus (...): por conseguinte a virtude tendia a resumir-se numa questão de suprimir os instintos naturais".[240] Nessa trilha, alternando seu exame entre os alicerces religiosos com repercussões culturais imemoriais e as mudanças da Inglaterra da época de Richardson, Watt acaba incluindo a questão de classe. Segundo ele, na Inglaterra da época, "a classe média tendia a associar façanhas e licenciosidade sexuais com a aristocracia".[241] Trata-se, em suas palavras, de uma "nova ideologia sexual",[242] e ele admite que investigar suas origens é bastante problemático. O grande modelo da nova ideologia seria a própria Pamela, assim descrita: "... a heroína exemplar deve ser muito jovem, muito inexperiente e de constituição física e mental delicada que desmaia diante de qualquer investida sexual; essencialmente passiva, antes do casamento não sente nada por seu admirador".[243]

Do mesmo modo, do lado masculino, como escreve Defoe em *The review* [A revista] (1706), "em nossa busca de sexo o diabo geralmente tenta o homem, não a mulher".[244] Na mesma linha, com outros argumentos, o século XVIII inglês teria assistido também à defesa da poligamia.[245] Quanto à mulher, a antiga imagem da Eva tentada pela maçã torna-se, de uma hora para outra, arcaica diante da "nova ideologia sexual", que favorecia um controle pesado e constante diante da tendência erótica masculina. Porém, "por um tortuoso processo que o psicólogo não desconhece", como escreve Watt – decerto surpreso diante da inversão um tanto inexplicável –, exclui a mulher de todo e

240 *Idem*, p. 137.

241 *Idem*, p. 139.

242 *Idem, ibidem.*

243 *Idem*, p. 141.

244 *Idem, ibidem.*

245 *Idem*, p. 129-130.

qualquer papel ativo na sedução: "Não está claro por que se deveria esquecer a odiosa relação da serpente com Eva".[246]

Portanto, numa rápida panorâmica do argumento de Watt, o mesmo avanço individualista que trouxe às mulheres a livre escolha e certa independência e ociosidade mentais, colocou-as, paradoxalmente, na Inglaterra da época, diante de uma única solução para suas fortes contradições: conseguir um bom partido, mantendo a imagem virtuosa. O que, como vimos, não era fácil, pois para o homem era financeiramente cômodo e pouco estigmatizante manter-se solteiro. Nesse sentido, os homens arcam com o peso do puritanismo por conta da ideia de que a cupidez e a libertinagem eram exclusividades suas (Watt chama de "estreitamento da escala ética" ao âmbito sexual).

Valendo-se da força do argumento do autor, a qual, segundo Sandra Vasconcelos, reside na "homologia (...) entre forma literária e processo social",[247] tal contextualização social e histórica parece imprescindível para se perceber algumas das opções narrativas de Richardson, muitas vezes estranhas para o leitor contemporâneo. Ao mesmo tempo, Watt inclui em seu exame dimensões que historiadores franceses, por exemplo, chamariam de mentalidades: as motivações subjetivas, às vezes inconscientes, que estão em jogo no domínio imaginário da cultura e que, em algum grau, desempenham um papel na criação literária. Com um olho na situação concreta por que passam as mulheres que, como se sabe, formavam a maior parte dos leitores dos romances, em geral, e de *Pamela*, em particular, e com outro olho no imaginário, nas obsessões e nos interesses de um autor como Richardson (ele próprio sempre cercado de mulheres solteiras em sua *entourage*), Watt teria tomado cuidado para não fazer

---

246 *Idem, ibidem.*

247 VASCONCELOS, Sandra G., op. cit., p. 14.

daquela homologia uma transposição mecânica do social ao literário. Obviamente, sua análise propriamente estrutural do romance não é minuciosa. Em contrapartida, o panorama que ele traça em torno da obra é rico, variado, movimentado e historicamente dinâmico, embora sem uma análise da dinâmica estética intrínseca à obra tal panorama serve mais para entender o entorno social e as repercussões culturais do romance do que o que ele empreende como fator de transformação das percepções e subjetividades.[248]

Em primeiro lugar, lembremos que nossa visão de uma ambiguidade erótico-amorosa, que se apresenta de determinada forma no

248 Nesse ponto, indiquemos que teóricos que apresentam visadas estético-culturais mais apuradas puderam extrair tal dimensão propriamente transformadora – no sentido de intervir nas percepções e subjetividades, e não apenas extrair dos estados de coisa sociais seus quadros ou suas estruturas sub-repíticias. É o caso de Thomas Pavel em seu *La pensée du roman*, onde se lê uma integração de *Pamela*, de *Clarissa* e dos demais romances ditos "sentimentais" da época num campo de constituição subjetiva pela via estética e imaginativa. É o caso também de Luiz Costa Lima que, em *O controle do imaginário & A formação do romance*, localiza num patente estreitamento da concepção de "realismo" por Watt – que para o crítico inglês é uma espécie de pressuposto não pensado em seus limites e complexidades – a dificuldade de ver a obra como agente da mudança de subjetividade, apesar dos traços de controle do imaginário (conceito do crítico brasileiro) que qualquer obra literária inscreve em sua própria dinâmica – ainda mais numa sociedade, em um momento e em um autor em que o puritanismo tinha alto grau de influência ao se tratar de questões eróticas e éticas. Por outro lado, a contraposição do (ambíguo) recato dos romances de Richardson com a licenciosidade estética de Fielding ou, mais adiante no tempo, de Sterne, se é percuciente, não deixa de minimizar o fato de que o puro e simples alicerçamento da trama na inexorável ambiguidade dos elementos de base encontrados em *Pamela* – a saber: o par amor/erotismo e as tensões entre gêneros sexuais e entre classes sociais, com a solução não-sentimental, mas prágmático-institucional do casamento – constituía uma novidade de peso, exatamente por se dar no seio do protestantismo puritano inglês da época. Cf.: PAVEL, Thomas. *La pensée du roman*. Paris, Gallimard, 2003; LIMA, L. Costa. *O controle do imaginário & A formação do romance*. São Paulo, Companhia das Letras, 2009.

romance, advinha, em algum grau, da própria dinâmica prática e fantasiosa das relações erótico-amorosas dos homens da época. Quanto a isso, ao analisar um trecho que nós também destacamos, ou seja, o debate entre Mr. B. e Lady Davers sobre as diferenças entre um nobre casar com uma mulher de baixa extração e uma *lady* fazer o mesmo com um criado, Watt escreve: "Mr. B. pode realizar o capricho de uma *mésalliance* porque é um fato inegável que os homens são sujeitos à paixão sexual; mas uma mulher que fizesse a mesma coisa teria que admitir que perdera sua imunidade aos anseios sexuais – imunidade que é uma constante nas heroínas de ficção inglesas desde *Pamela* até recentemente...".[249] Em outro trecho, ele completa: "Richardson (...) vivia obcecado por sexo, como podemos ver em algumas declarações suas sobre o recato sexual", reconhecendo que o autor de *Pamela* é vítima do "estreitamente da escala moral" ao sexo, que acarreta, por exemplo, a sinonímia entre as palavras "virtude" e "virgindade". Por fim, em um trecho do posfácio de Richardson para *Clarissa,* citado por Watt, lê-se: "O que genericamente demais é chamado *amor* devia (talvez com a mesma generalidade) ser chamado por outro termo". Ele próprio sugere "*cupidez* ou *estímulo erótico* (...) por mais que choque os ouvidos delicados".[250]

O que os três trechos parecem mostrar é que os impulsos sexuais masculinos eram não apenas pressupostos como inevitáveis como o puritanismo ajudou a focalizá-los de forma inaudita (o "estreitamento da escala moral", ou a obsessão de Richardson); por fim, tal cenário mental, por assim dizer, favorecia inexoravelmente a ambiguidade, aliás, típica do domínio erótico. A tal ponto que, no último trecho citado, as invectivas antirromânticas de Richardson mis-

249 WATT, Ian, op. cit., p. 143-144.

250 *Idem*, p. 140.

turam amor e erotismo em um pacote só, inclusive com a menção aos termos exatos. Ora, como vimos, a transformação central em *Pamela* é exatamente a passagem de Mr. B. do erotismo ao amor. Richardson e sua época confundiam os dois termos, invectivando contra ambos e, como destaca Watt, defendendo a *amizade* como solução subjetiva aceitável, correlata à solução objetiva e institucional do casamento, que se caracteriza, então, como contrato racional de institucionalização do laço entre homem e mulher na esfera pública.[251] De fato, certo puritanismo típico da Inglaterra da época (ainda mais se se compara à católica França) parece desfavorecer, pelo menos naquele momento (anos 1740-50), o transbordamento sentimental (protorromântico) como via subjetiva valorizada pela literatura.

Aqui já percebemos que, mais do que o casamento como "*deus ex machina* moral", na feliz expressão de Watt,[252] ou seja, como panaceia das contradições culturais, importa descrever as tensões e ambiguidades de uma obra que se quer literária. O próprio Watt reconhece que a solução do casamento soa estranha a leitores de hoje:

> ... a narrativa não termina com o casamento, mas prossegue por cerca de duzentas páginas, cada detalhe da cerimônia nupcial e do padrão conjugal resultante sendo elaborado (...). A ênfase nos parece estranha e sugere falta de proporção formal no romance. Na verdade, talvez indique as verdadeiras intenções do autor: em 1740 a classe média ainda não tinha um conceito de casamento completamente estabelecido, e Richardson deve ter percebido que elaborar um novo modelo de conduta para as relações entre homem e mulher envolvia considerar muitas questões que para

251 *Idem*, p. 140.

252 *Idem*, p. 150.

> nós são irrefutáveis, mas sobre as quais não havia concordância geral naquela época.[253]

Nesse sentido, o foco de uma leitura revalorizadora do romance, hoje, fica sendo não a felicidade e os preceitos do comportamento feminino no casamento, que tomam grande parte do volume 2, mas as ricas ambiguidades erótico-amorosa (primeiro nível) e individual (segundo nível), que conformam o volume 1 e trecho inicial do 2. (Diga-se, de passagem, que também concordamos com Watt sobre a menor importância da continuação de *Pamela,* lançada em fevereiro de 1741; ele a classifica simplesmente como "uma ideia infeliz de Richardson"). Constitutivo dessas ambiguidades é o triângulo amor-erotismo-amizade, bastante rico em termos subjetivos e capaz, potencialmente, de pôr em movimento as "complexidades das forças justapostas (...) responsáveis pelas singulares qualidades literárias que *Pamela* trouxe para a ficção", nas palavras de Watt.[254]

1.13. Pedaços do mundo antigo: público, privado e classe em *Pamela*

Portanto, chegamos à ideia de que *Pamela* é um ataque à forma erótica aristocrática (libertinagem), mas também ao transbordamento, ao sentimentalismo, que o autor talvez visse como tendência bastante forte da nova ideologia sexual feminina (amor literário).[255]

253 *Idem*, p. 131.

254 *Idem*, p. 151.

255 Apesar de já presente em romances gregos, como *Daphnis e Chloé,* de Longus, o tema do amor toma a forma hiperidealizada que servirá de matéria-prima ao romantismo novecentista com o amor cortês provençal, a partir, mais ou menos, do século XI. A referência é importante porque tentamos ressaltar o anti-romantismo de Richardson, que determina que seu combate à expressão da libertinagem (no sentido de erotismo) não significa exaltação do amor ide-

Segundo o novo modelo, do qual Pamela é o "original", uma "terceira via" é buscada, com o auxílio do puritanismo e da institucionalização de um novo etos tornado público. Se o rechaço à libertinagem é bastante visível (está em primeiro plano, por assim dizer), isso não faz da negação do amor idealizado um aspecto de menor importância. Tal aspecto diferencia *Pamela*, por exemplo, de dois romances apontados como desdobramentos do impacto cultural dessa primeira narrativa de Richardson na França: *Julie ou A Nova Heloísa* e *Les liaisons dangereuses* [As ligações perigosas]: o romance de Rousseau faz apologia do amor idealizado, tornado sagrado, e o de Laclos, disseca a libertinagem aristocrática, sem excluir o que ela tem de arriscada e, em 1782, já de decadência, já que no final os libertinos são derrotados.

Pamela seria a apologia de uma via do meio, em que as decisões ligadas ao destino erótico-amoroso não são tomadas nem de forma exacerbada e desmedida, com a consequente tensão diante do *status quo* social, nem de forma cerebral e cruelmente interessada. Trata-se, em vez disso, de concatenar as fortes tensões erótico-amorosas em uma fórmula pública institucionalizada – mesmo que seja por meio de um *déficit* de intensidade erótico-amorosa. Como já vimos, se as ambiguidades eróticas (do lado de Mr. B.) se transformam em pesadelo *à la* romance gótico *avant la lettre*, a suposta força infinita do sentimento (do lado de Pamela) vira resistência feminina, tão virtuosa quanto, em vários trechos, também amedrontada.

Nesse sentido, já podemos chegar a uma síntese de análise do volume 1, no qual o casamento ainda não surgiu no horizonte, mas apenas o "mock-marriage", ou o "shamarriage" [algo como "casamento de zombaria", ou "de vergonha"]: trata-se do volume em que as tensões classistas, de gênero social (homem-mulher) e propriamente

alizado, mas de um certo pragmatismo realista em que o casamento é desejável e, mesmo, ato de ousadia classista.

erótico-amorosas chegam a seu auge. Ali se vê a encenação da inferioridade da criada no mundo aristocrático, da mulher no mundo dos homens e de uma jovem de 15 anos diante do assédio erótico. Se Watt tem razão em ressaltar que... "Não há (...) novidade nenhuma em fazer uma heroína de ficção considerar a castidade um valor supremo; novidade era atribuir tais ideias a uma criada",[256] a verdade é que esse era apenas um dos elementos temáticos inéditos: também novidade era retratar uma mulher em busca de um etos (de um "novo código feminino", como aponta Watt) pelo qual ela se posicionasse como sujeito da livre escolha de seu destino – como uma voz socialmente valorizada, e expressa com um realismo patético inédito. Novidade era também retratar uma menina de 15 anos encarando a luta frontal com o etos libertino, pelo qual ela seria apenas um corpo à disposição do prazer do patrão. Parece-nos importante ver tais desdobramentos como um feixe de problemas colocados, pela primeira vez, na boca-de-cena de um texto de ficção, e levados ao extremo de tensão e ambiguidade.

Obviamente, em toda e qualquer época o que se chama de genericamente de "erotismo" ou "desejo sexual" só pode fazer parte da vida social ou pública de forma transversal. Por "transversal", queremos dizer que o erotismo cria um espaço de códigos próprios, particulares, mais ou menos secretos e, segundo a lógica de um "processo civilizador" na cultura europeia,[257] privados. Tais códigos são capazes de traduzir impulsos que têm o corpo e a fantasia, inconsciente ou não, como origem – e essa seria uma definição muito rápida de erotismo ou desejo sexual – de modo a serem aceitáveis segundo a

256 *Idem*, p. 145.

257 Cf. ELIAS, Norbert. *O processo civilizador*, op. cit.

moralidade consagrada, em cada época. É claro que estamos, aqui, simplificando cabalmente as vicissitudes do erotismo na sociedade.

Esse introito nos serve, apenas, para ressaltar que, neste ponto da discussão, faz-se necessário contextualizar a relação entre erotismo e prosa de ficção no período tratado, não para esgotar o assunto, mas para percebermos em que ambiente o erotismo todo próprio, opressivo e persecutório, de *Pamela* vinha à luz. Queremos chamar a atenção para certos pontos importantes da tradução ou da figuração literária do erotismo na cultura letrada anterior a *Pamela,* de forma a melhor circunscrever o panorama propriamente literário em que o romance surge e se impõe como influência cultural, na Inglaterra ou fora dela.

1.14. Pequeno panorama do erotismo na prosa anterior a 1740

Se durante a Idade Média – como mostra Bakhtin em sua obra famosa sobre Rabelais – observa-se a expressão do baixo corporal em praça pública, por meio da representação grotesca e risível, principalmente nas festas e nos carnavais, nos séculos seguintes tal liberdade carnavalesca foi sendo exilada da vida pública com a força cada vez maior dos constrangimentos aos impulsos (o avanço do que Norbert Elias chama de "processo civilizador"). Rabelais teria traduzido parte dessa cultura festeira em forma narrativa. Pode-se dizer algo parecido do célebre *Decamerão,* de Boccacio, que legou um anedotário bastante rico relativo a esse baixo corporal, traduzido para a cultura letrada do século XIV. Podemos citar um terceiro autor que se dedicará ao retrato erotizado do cotidiano, aproveitando as brechas que as artes conseguem abrir no moralismo religioso do período: Aretino. Elizabeth L. Eisenstein cita Buckhardt a respeito: "Os escritos polêmicos que cem anos antes Poggio e seus oponentes trocaram entre si são tão infames [*quanto os de Aretino*] em seu tom e propósito mas não foram compostos para a impressão (...). Aretino obteve todo seu lucro a partir de uma publicidade completa e, em certo sentido, pode ser considerado o pai do jornalismo moderno". A autora comenta: "O título 'pai do jornalismo moderno' pode ser, em algum grau, digno demais para um dos fundadores da imprensa de sarjeta".[258]

Junto ao fascínio exercido por um texto como o *Satyricon*, de Petrônio, irradiando seu erotismo a partir da Antiguidade, o legado dos três autores citados será bastante festejado ao longo do século XVII francês, que tanto fascínio sente pela cultura italiana do período descrito como a Renascença. Isso ocorre mesmo em meio ao classicismo do *Grand Siècle*, o qual, obviamente, ameaça destruir aquele legado. Os textos dos autores aqui lembrados se mantêm como referências curiosas, permitindo que o leitor seiscentista tivesse acesso a um estilo baixo (no sentido clássico) que tinha seu lugar no classicismo. Este não é um monólito: há um espaço reservado para a representação do baixo corporal em meio aos limites dir-se-ia institucionais (sendo a arte oficial da *Académie*) ou artísticos (a *bienséance* [decoro] é um dos conceitos de base do classicismo). É impossível pensar em classicismo sem o abrandamento ou a regragem de descrições corporais baixas, já que, como se sabe, o movimento se baseia, como um todo, na divisão de estilos. No entanto, do mesmo modo, é impossível pensar na cultura do século XVII francês excluindo o partido dos "antigos", ligado, indissociavelmente, à busca renascentista pelo paganismo e pelo individualismo helênicos. Nesse cenário, só mesmo os romances anônimos, clandestinos e pornográficos, ancestrais do romance de libertinagem, se referirão diretamente ao baixo em seu aspecto sexual, expandindo ou mesmo, por assim dizer, transgredindo o que o classicismo permitia como representação do baixo

258 EISENSTEIN, Elizabeth L. *The printing revolution in early modern Europe*. Cambridge: Cambridge University Press, 1996 (1983). p. 130.

corporal. Referir-se diretamente, no caso, significa: sem ambiguidades, sem nem mesmo negociar com a moralidade pública consagrada, inclusive aquela alicerçada nas religiões dominantes na Europa da época, ou seja, o cristianismo e o protestantismo.

A representação do erotismo na prosa de ficção tem sido tema de debates por parte de muitos autores, em um esforço para melhor precisar o que seja o romance de libertinagem francês do século XVIII. Trataremos desse ponto adiante. Por ora, interessa saber especificamente como o erotismo era expresso em literatura antes do surgimento de *Pamela,* tanto na Inglaterra quanto na França. Numa rápida panorâmica, pode-se dizer que já se esboçava uma bifurcação entre dois tipos de abordagem ficcional do tema: o sentimental e o libertino. Como veremos adiante, a *comédie larmoyante* [peça lacrimosa] surge por volta de 1735 e 1736, mesma data de composição e publicação de *Les égarements du cœur et de l'esprit,* considerado por muitos o primeiro romance libertino.[259] Ao mesmo tempo, desde meados do século XVII havia uma literatura pornográfica cujo surgimento, segundo Jean DeJean, se deve, por um lado, à repercussão das mudanças políticas pós-Fronda e, por outro, à ampliação do mercado de impressão, distribuição e venda de livros.[260]

259 Analisaremos esse ponto no capítulo 3. A palavra "*comédie*" era utilizada como sinônimo de peça teatral, séria ou cômica, que incluísse cores realistas (personagens ou ações "baixas", segundo a palheta classicista), para diferenciá-la da "*tragédie*". Isso ocorria porque o termo "*drame*" [drama] ainda não era utilizado para peças sérias mais realistas, o que só começa a ocorrer por volta dos anos 1757, com os textos sobre teatro de Diderot (como veremos a partir do capítulo 3, adiante). Por isso, traduzimos a expressão "*comédie larmoyante*" como "peça lacrimosa".

260 C.f. DeJEAN, Joan. *The reinvention of obscenity*. Sex, lies and tabloids in early modern France. [A reinvenção da obscenidade. Sexo, mentiras e tablóides na França do início da modernidade]. Chicago: The University of Chicago Press, 2002.

Não se advogará, aqui, ingenuamente a tese, criticada com certo vigor, da pura e simples continuidade e homogeneidade entre a pornografia em prosa do século XVII e o romance de libertinagem do XVIII.[261] Por outro lado, parece-nos impossível negar que, enquanto fenômeno histórico, tal filão de livros clandestinos em pleno século clássico[262] é responsável por um costume de leitura, por uma tradição não-oficial que se difundirá na França de então, e favorecerá o acolhimento da narrativa dita libertina, muito mais elaborada e sutil, e menos clandestina, no século seguinte, de Crébillon fils a Laclos. Há quem localize o início da publicação pornográfica no século XVII especificamente em *L'École des filles* [A Escola das Meninas], de 1655, e uma inscrição que diz muito sobre a recepção dessa obra relaciona-a à tradição renascentista italiana de Aretino: "*L'École des filles,* que se diz ter sido tirado de Aretino", escreve em uma carta Guy Patin, a 17 de agosto de 1655, registrando a condenação do livro na Justiça.[263] Dada a força da economia e da cultura francesas na Europa do século XVII, tal tradição licenciosa – ou mesmo pornográfica – terá repercussões do outro lado do Canal da Mancha.

Na Inglaterra, um tipo de literatura em que o erotismo desempenhava um certo papel, sendo representado de forma um tanto mais

261 C.f. GOLDZINK, Jean. *À la recherche du libertinage.* [Em busca da libertinagem]. Paris: L'Harmattan, 2005.

262 C.f. DeJEAN, Joan, op. cit.; ABRAMOVICI, Jean-Christophe. *Obscénité et classicisme.* [Obscenidade e classicismo]. Paris: PUF, 2003; JEANNERET, Michel. *Eros rebelle.* Littérature et dissidence à l'âge classique. [Eros rebelde. Literatura e dissidência na era clássica]. Paris: Seuil, 2003; ABRAMOVICI, J.-C. *Le livre interdit.* De Théophile de Viau à Sade. [O livro proibido]. Paris: Payot, 1996.

263 "*L'École des filles,* que l'on dit estre tiré de l'Arétin". DeJEAN, Joan. A politização da pornografia: *l'École des filles.* In: HUNT, Lynn (org.). *A invenção da pornografia.* Obscenidade e as origens da modernidade 1500-1800. São Paulo: Hedra, 1999. p. 117. Lembremos que sob a assinatura de Aretino (Arétin, em francês) escondia-se mais de um autor.

opressiva e, em geral, alusiva, certamente aumentou a receptividade dos leitores para o primeiro romance de Richardson. Um dos sinais mais indiscutíveis disso parece ter sido o sucesso de Eliza Haywood com *Love in excess* [Amor em excesso], de 1719.

> Foi (...) provocando o leitor, deixando-o suspenso entre as sugestões eróticas e as reiteradas afirmações a respeito da virtude de suas heroínas, que Eliza Haywood manteve um público cativo e se tornou uma das autoras mais populares e vendidas da ficção da primeira metade do século XVIII na Inglaterra. O estupro procrastinado, negado porém desejado, foi uma das poderosas armas dos enredos que diligentemente construiu para o deleite de seus leitores, convenientemente convencidos, através de seus prefácios e dos inúmeros comentários moralizantes introduzidos ao longo da narração, de que seus mais altos propósitos incluíam a condenação do vício e a exaltação da virtude.[264]

Na verdade, o surgimento de *Pamela* pode ser apontado como uma reação, ou uma tentativa de tornar decoroso um tipo de narrativa cujos ingredientes, visíveis em *amatory novellas* [algo como "romances sobre o amor"] ou, na denominação afrancesada, *chroniques scandaleuses* [crônicas escandalosas], já eram conhecidos do público leitor inglês da época. A ligação de Richardson com Eliza Haywood não se deu apenas por meio de influências ou reações de escrita mais ou menos perceptíveis pela crítica. Como editor, Richardson publicou não apenas a peça cômica de Haywood, *A Wife To Be Left* [Uma Esposa a ser Deixada], de 1735, mas também reeditou o próprio romance *Love in Excess*, em 1732, incluído na terceira edição de *Secret Histories, Novels, and Poems, in Four Volumes* [Histórias Secretas,

264 VASCONCELOS, Sandra G., op. cit., p. 58.

Romances e Poemas, em Quatro Volumes].[265] Seu único pronunciamento sobre Haywood, em termos desabonadores, numa carta de 6 de dezembro de 1750, ganha assim uma nova leitura. Mais interessante ainda é pensar que o mesmo homem que edita a comédia de uma autora já bastante famosa por seus escritos *scandaleux* (o que, na época, era eufemismo para "obscenos"), assina uma invectiva contra o teatro – e no mesmo ano, 1735![266]

Na verdade, a troca intercultural é intensa, provando que a própria Eliza Haywood, assim como outros romancistas ingleses do período, reconhecidamente imitaram modelos de romances franceses de fins do século XVII e início do XVIII. A recíproca também é verdadeira. Em uma rápida panorâmica de tal intercâmbio nas primeiras décadas do século XVIII...

> Várias anedotas e evidências bibliográficas mostram que os romances e os contos eram traduzidos do francês para o inglês ou vice-versa, e então, sem se saber que eram traduções, eram vertidos de volta na língua do original. A tradução de Aphra Behn para *Agnes de Castro*, de Brillac (1688), foi retraduzida para o francês da versão em inglês e apareceu em 1761 nos *Romans tra-*

265 Ed. 1740, "Introduction", p. xi-xii.

266 Trata-se de *The Apprentice's Vade Mecum* [O *Vade Mecum* do Aprendiz], de 1733, ampliado em 1735 e lançado com o título de *A Seasonable Examination of the Pleas and Pretensions of, and Subscribers to, Play-houses* [Uma Oportuna Análise das Justificativas e Pretensões – e Consentimentos para – os Teatros]. Thomas Keymer se impressiona como um autor que em 1740 defenderá a resistência classista de uma criada, em 1735 escreve que o teatro... "... corrói as identidades e as hierarquias sociais dans 'a uma Pessoa, destinada à *laborioso*, e *mais útil* Parte da Vida, o Gosto por uma Condição [*social*] *acima da sua própria*" [" ... corrode social identities and hierarchies by giving 'a Person, destin'd to the *laborious*, and *most useful* Part of Life, a Taste for a Station *beyond his own*'"]. Ed. 1740, "Introduction" [Introdução], p. xii-xiii.

duits de l'anglais [Romances traduzidos do inglês], de Madame Thiroux d'Arconville.[267]

Houve também o caso de autores bem-sucedidos na Inglaterra que tiveram suas obras publicadas anonimamente em versão francesa e, depois, republicadas em inglês, ainda anonimamente. Assim ocorreu com a própria Eliza Haywood, cujo romance *The Fortunate Foundlings* [Os Enjeitados Afortunados] foi traduzido de forma infiel para o francês como *Les heureux orphelins* [Os órfãos felizes], em 1754, obteve sucesso – com a assinatura do Abée Prévost – e, por isso mesmo, foi lançado na Inglaterra como sendo outro romance, atribuído ao autor francês: *The Happy Orphans* [Os órfãos felizes].[268] Na biografia de Samuel Johnson, Boswell narra a história de Mr. Murphy, editor do *Gray's Inn Journal*, a quem indicaram para traduzir um "conto oriental" supostamente escrito em francês. Mais tarde ele notou se tratar de um conto de Johnson. Não admira, portanto, que a tradução francesa de *Pamela*, lançada sem os nomes do autor e do tradutor, tenha sido considerada como romance escrito originalmente em francês. É o que lança como hipótese não provada La Chesnaye des Bois, em sua obra *Lettres amusantes et critiques sur les romans en*

267 A number of anedoctes and bibliographical evidence show that novels and short fictions were translated from French to English or vive versa, then, not knowing it was a translation, was translated back into the language of the original. Aphra Behn's translation of Brilhac's *Agnes de Castro* (1688) was retranslated into French from her English version and appeared in Madame Thiroux d'Arconville's 1761 *Romans traduits de l'anglais*. McMURRAN, Mary Helen. *The eighteenth-century novel*: National or transnational? Nova York: Dissertação do Department of Comparative Literature, New York University, 1998. Disponível em: http://novel.stanford.edu/pdf/mcmurrin.pdf. Acesso em 15 set. 2005.

268 KENT, John P. Crébillon fils, Mrs. Eliza Haywood and *Les Heureux Orphelins*: A Problem of Authorship. *Romance Notes 11*, 1969. p. 326-332. *Apud* McMURRAN, Mary Helen, op. cit.

*général, anglois et françois, tant anciens que modernes, adressées à Miledy W**** [Cartas agradáveis e críticas sobre os romances em geral, ingleses e franceses, antigos e modernos, endereçadas a Madame W***].

> O que é *Pamela*, Madame? Segundo alguns, são cartas monótonas, que, compostas com toda a frieza que se censura a seus ilhéus, vieram à luz às marges do Sena, e não devem sua origem senão a algum *anglo-francês*, que por ter desejado copiar os costumes de sua nação [*a Inglaterra*], combinou-as de forma ridícula.[269]

Mesmo que, em seguida, Des Bois inclua a hipótese de a obra ser mesmo de um inglês, o trecho não é interessante e esclarecedor apenas pela confusão entre traduções de traduções, nos traslados de obras de cá para lá do Canal da Mancha. Também nos esclarece sobre a forma sofisticada com que, no século XVIII francês, a ausência de assinatura do autor, do tradutor ou de ambos, leva leitores e escritores a incluírem na própria reflexão sobre o surgimento de uma obra os traços culturais relacionados a uma concepção de país (e de cultura nacional) muito diferente da que se formará no século XIX. Por meio da análise de um estilo de ficção epistolar um tanto diferente do que se estava acostumado a ler na França, Des Bois cria a possibilidade de o romance trazer nada menos que a paródia francesa da forma de falar, pensar e compor ficção dos ingleses. O gradiente de requintada ironia da proposta é alto, ainda mais se levamos em conta o tom de seriedade da obra de Richardson. A passagem é preciosa também como pista sobre ruídos inesperados[270] na transposição proporcio-

269 DES BOIS, Aubert La Chesnaye. Lettres amusantes et critiques sur les romans en général, anglois et françois, tant anciens que modernes, adressées à Miledy W ***. (BNF-Gallica). Disponível em: http://gallica.bnf.fr/ark:/12148/bpt6k87356r>. Acesso em: 20 set. 2005.

270 "Ruídos" é usado aqui no sentido que o termo ganhou na teoria da informação: "erro" na decodificação de uma mensagem por parte do receptor.

nada pela tradução de uma narrativa ficcional. Pois se trata de uma inversão, sem dúvida bastante ao estilo mundano francês, do próprio modo de leitura requerido pelo romance.

A sugestão de lê-lo como romance cômico, a parodiar a prosódia e as obsessões erótico-amorosas inglesas, é um contraponto pautado pela distensão bem-humorada, revelando ser o inverso irreverente das diretrizes de leitura que o próprio Richardson, como editor, inclui ao publicar os textos introdutórios "Prefácio do Editor", "*Ao Editor da Peça Intitulada* PAMELA ou VIRTUDE Recompensada", de J.B. de Freval, e "*A meu valioso Amigo, o Editor de* PAMELA, *Etc.*", do reverendo William Webster. Des Bois seria o anti-Freval e o anti-Webster, uma vez que esses dois companheiros de Richardson tentavam induzir a uma leitura séria, elevada e, no limite, até crédula das cartas de Pamela, favorecendo uma exegese que as tomasse quase como sendo reais ou, pelo menos, que tomasse Pamela como personagem a ser julgada eticamente como ser humano real, diante do qual a comoção deve ser a maior possível. Basta citar uma passagem de Freval:

> ... é surpreendente que uma Pessoa jovem, nas circunstâncias em que se encontra, possa, em Desacato à Grandeza [ou Riqueza] oferecida, por um lado, e em Desafio à Penúria, de outro, com tanta alegria e prudência conduz a si mesma através de uma Série de Perplexidades e Inquietações, e resiste a Engodos tentadores, e Ofertas quase irresistíveis de um fino Cavalheiro...[271]

Na verdade, o próprio Richardson chega a admitir que tal tipo de confusão de leitura favorece a obra, e que não será ele a desfazê-lo. Ao manter sua pose pública de simples editor das cartas de certa Pamela, procurava "evitar ferir aquele tipo de Fé Histórica com que geralmente se lê [*um texto como esse*], embora saibamos que é Ficção",

271 Ed. 1740, p. 8.

escreve numa carta.[272] Na sexta edição é o próprio Richardson quem inclui diretivas de leitura, por meio de uma nova sinopse das cartas e do diário, ao longo de nada menos que 36 páginas. Há quem ache tal inclusão na verdade um desejo de diminuir tais diretivas. É o que defende Alice Wakely, ao apontar que:

> ...o papel editorial naquele momento não será mais o que dá acesso a respostas de uma comunidade particular de leitores que explica como o texto deve ser interpretado; na sexta edição, o editor simplesmente dá ao leitor em geral os instrumentos com os quais pode elidir um sentido projetado [*previamente*].[273]

A constatação de que em tais paratextos se trata de diretivas de leitura e tentativas de controle por parte do autor-editor não nos exime de ver na própria série de repetições, interna à narrativa, a reiteração de um estilo de falar, bem como de temas morais, religiosos ou erótico-amorosos de número limitado e, em geral, em um prisma puritano, como indica Ian Watt. Pois a hipótese irreverente de Des Bois, apoiada na incógnita do autor e mesmo na dúvida sobre tratar-se mesmo de uma tradução, consegue reverter toda a tendência ao rigor puritano em prol de uma visão bem setecentista francesa do uso do livro anônimo com intuitos satíricos e paródicos – no caso, sátira anti-inglesa ou, por assim dizer, de combate intercultural por meio do riso.

---

272 CARTA a William Warburton, 19 de abril de 1748. In: SELECTED Letters. *Apud* Ed. 1740, "Introduction", p. xxi.

273 WAKELY, Alice. Author and editor in the works of Samuel Richardson. Dissertation. Oxford: University of Oxford, Department of Philosophy, 2000. p. 53, *apud* KEYMER, Thomas; SABOR, Peter (org.). *The Pamela controversy*. Criticisms and adaptations of S. Richardson's "Pamela" – 1740-1750. Vol. 1, op. cit. p. lv-lvi.

1.15. "Paixões" clássicas: Racine e uma nova representação do desejo individual

Se o romance de libertinagem só vem à luz na França, em 1735-36, por conta do interesse pelos escritos licenciosos, despertado e alimentado por uma protoindústria clandestina do livro iniciada no século anterior (um desdobramento menos perseguido e mais literário dos romances obscenos e filosóficos-obscenos),[274] a "peça lacrimosa" teria como ancestral as *Lettres portugaises, La princesse de Clèves* e outras narrativas que tratavam do amor na trilha idealista que deita raízes na tradição do amor cortês (inclua-se aí, como indica Voltaire no prefácio a *Nanine*, até algumas peças da juventude de Corneille), desembocando no mito do amor infinito, romântico.[275]

Note-se aí exatamente as duas tendências em relação às quais Richardson parece tentar se diferenciar: sua *Pamela* não inclui nem o amor infinito (fulminante, transbordante e associal), nem a representação literária do impulso erótico com vistas a inserir-se no *monde* (uma das definições do romance de libertinagem por nós aceita).[276]

274 C.f.: GOLDZINK, Jean. *À la recherche du libertinage*, op. cit. O autor diferencia o romance de libertinagem desses dois outros tipos de romance – bem como do "picaresco" afrancesado, também conhecido como "romance burlesco", de Lesage e Sorel). Fica claro, porém, que sua emergência só foi possível por conta do ambiente criado pelo gosto crescente por essas novas formas romanescas. Chama a atenção o fato de ele igualar o romance sentimental à la Marivaux e Prévost (sem dúvida com alguma influência "picaresca", ou seja, de um realismo que incluía baixos personagens e temas) com o *burlesque* de Lesage, Scarron e Sorel. Nosso trabalho pretende mostrar como Marivaux traz elementos narrativos inéditos tanto para o romance sentimental (e *Pamela* seria um dos "filhos" de Marivaux) e o de libertinagem. Ver os itens 4.1 (Capítulo 4), 7.2 e 7.3 (Capítulo 7).

275 Nossos Capítulos 3 e 4, adiante, tratarão da *sensibilité* e da *comédie larmoyante* como traços fundamentais da cultura francesa da época, a nosso ver cruciais para a ascenção do romance – e para as repercussões de *Pamela.*

276 Cf.: GOLDZINK, Jean, op. cit.

Quanto a esta última, poderíamos dizer que as narrativas que incluem tal impulso, antes de *Pamela*, tendem a apresentá-lo como um desenvolvimento no sentido do baixo de um tipo de paixão clássica (ou seja, elevada). A tese parece bastante ambiciosa, a princípio; mas revelará sua extrema coerência quando analisarmos determinado texto pouco citado de Erich Auerbach. O crítico aponta no classicismo francês, principalmente com Racine, mas já com Corneille, uma nova forma de concepção, teatralmente elaborada, das paixões como figuração do desejo humano entendido, cada vez mais, como fenômeno corporal e psíquico (diríamos nós, hoje), e não como empuxo sobre-humano (divino) a ameaçar as leis da dimensão propriamente humana. É o que Auerbach chama de uma "naturalização" das paixões.[277]

Tal hipótese de Auerbach nos parece bastante rica no quadro de uma reflexão ainda mais ampla sobre o surgimento de formas de prosa ficcional que combatem ou tentam reduzir o aspecto sublime (supra-humano) constitutivo da tradição classicista, dominante nas artes francesas do século XVII. Não apenas as narrativas obscenas ou de libertinagem, mas também o novo "realismo"[278] ou a nova verossimilhança *larmoyant* (ou sentimental) nos parecem reações, com um destino bastante frutífero, aos preceitos de elevação do teatro clássico. O panorama mais amplo nos ajudará a situar e avaliar a importância de tais transformações nas formas de narrativa, à época.

277 Trata-se de: AUERBACH, Erich. Racine et les passions. In: *Le cultes des passions*. Essais sur le XVIIè siècle Français. [O culto das paixões. Ensaios sobre o século XVII francês]. Paris: Éditions Macula,1998.

278 Como já indicamos, usamos o termo "realismo" na trilha de autores como Jean Sgard, que percebem uma mímese em que personagens de extração social "baixa" e ses problemas financeiros tomam a boca-de-cena dos romances franceses, a partir dos anos 1720-30. Na Inglaterra, temos autores como Eliza Haywood, Daniel Defoe e opóprio Rihardson como desdobramentos dessa tendência geral.

Auerbach localiza na polêmica mantida por Racine, Nicole e alguns outros, nos anos 1660, contra o teatro e contra o romance, em nome do jansenismo, o germe da busca do autor de *Phédre* [*Fedra*] por uma configuração toda própria – e protomoderna – das paixões. O ataque do famoso Nicole, escrito como resposta a um Racine ora afastado dos jansenistas, destaca o suposto "envenenamento" que o teatro é capaz de produzir no "público" por conta da descrição de "paixões criminosas", capazes de "corromper as almas simples e inocentes".[279] Isso porque...

> ... todo mundo sabe que o espírito do cristianismo só favorece a extinção das paixões, e que o espírito do teatro só faz jogar luz sobre elas, e quando ocorre de alguém dizer com certa rudeza que esses dois espíritos são contrários, é certo que o melhor no caso dos poetas é não responder nada, para que não haja réplica ...[280]

O crítico alemão não concorda com Gonzague Truc, segundo o qual não deveríamos, hoje, tentar entender a mecânica subjetiva desse embate, só aparentemente datado, entre Nicole e Racine. Na verdade, trata-se de momento privilegiado para flagrar o choque entre uma concepção nascente de arte da escrita, no caso, a tragédia neoclássica, e o arcabouço cristão dominante. Não se trata, portanto, apenas de tentar perceber como premissas dogmáticas logo cairão por terra; Auerbach acha muito mais produtivo tentar observar que o incômodo e o choque ocorrem não apenas entre os dogmas e a arte,

279 O trecho, citado por Auerbach, inclui as seguintes frases: "Um fazedor de romances e um poeta de teatro é um envenenador público, não de corpos, mas das almas fiéis (...). Quanto maior tiver sido o cuidado de cobrir com um véu de honradez as paixões criminosas que ali ele descreve, mais as terá tornado perigosas e capazes de surpreender e de corromper as almas simples e inocentes". AUERBACH, op. cit., p. 40.

280 *Idem*, p. 41.

mas indicam nada menos que a nova possibilidade de autonomia da representação artística do que se chama, classicamente, de "paixões":

> Temos aqui um dos primeiros documentos ilustrando o combate entre cristianismo e arte mundana[281] (...). Até aquele momento, o combate da Igreja tivera como alvos os heréticos ou os inimigos políticos; a mundanidade como tal não era uma inimiga para ela, ela se situava no interior de sua esfera, e as eventuais desordens da vida instintiva não tinham um alcance fundamental a comprometer a existência do cristianismo. Nesse ponto, as coisas mudaram. (...) o desejo humano adquiriu a condição de um conteúdo psíquico independente, fundamental e autônomo, de uma coisa admirável e sublime em si, e ameaça substituir o cristianismo e, de forma mais geral, toda humildade pia, por uma espécie de metafísica das paixões.[282]

Nitidamente, Auerbach toma as "paixões" na obra de Racine como uma dimensão nova da escrita teatral, que aponta para todo um continente de subjetividade que se autonomiza em relação às milenares diretrizes morais cristãs. Nessa linha de reflexão, e com uma insuspeitada influência freudiana, Auerbach descreve essa nova concepção das paixões em Racine – na verdade, já perceptível em Corneille – como a ascensão do baixo corporal em seu sentido de impulso (no caso, erótico) para o âmbito do então valorizado domínio do sublime. A hipótese surpreende, já que se trataria de admitir um passo importante em um suposto processo de "sublimação" (no sentido freudiano) ou sofisticação representacional, a tornar admissível para as classes do-

281 Ao contrário do que se vê em outras patres do presente trabalho, "mondain" aqui se refere ao domínio não-religioso, secular, e não aquele relacionado ao *monde* como representação da Corte e dos *salons* aristocráticos típicos da França dos séculos XVII e XVIII.

282 Auerbach, op. cit., p. 41.

minantes da sociedade da época, talvez pela primeira vez, a dimensão das paixões e, obviamente, entre elas, o amor-paixão. Só que este desta vez é relacionado não a uma força supra-humana, mas a forças subjetivas, a "afecções", a "movimentos" íntimos, para usar termos da época,[283] ou ao desejo sexual, utilizando expressão atual. Auerbach descreve este último como "conteúdo psíquico independente, fundamental e autônomo". O trecho em que lança a hipótese vale a transcrição, principalmente por situar a suposta virada no âmbito de uma visão mais alargada do processo histórico:

> Lembremos que a paixão erótica deve originalmente essa promoção [*a um conteúdo psíquico independente*] a sua ligação com o culto de Maria e com o amor místico de Deus, e que o culto europeu da mulher tem sua origem na aliança entre mentalidade cortês e pensamento redentor. Mas nesse caso, no século XVII francês, paixão erótica e culto da fêmea se emanciparam, ocupando os corações enquanto conteúdo igualmente compartilhado e enquanto ideal...[284]

Aí está enunciada, com toda clareza, a hipótese mais geral de Auerbach: pela primeira vez, pelo menos desde o amor cortês, a "paixão erótica" teria se emancipado do "culto da mulher" de forma admissível para leitores letrados. No final do mesmo parágrafo, Auerbach dará início a um quadro sociológico do "público", em formação na época, indicando a importância de pensar em tais premissas sociológicas a fim de perceber em quais aspectos sociais concretos se apoia a transformação do gosto que se tenta flagrar:

283 Tratamos desse tema em nosso ensaio: BARROS, André Luiz. A concepção de 'movimento' nas *Lettres portugaises* – Novo momento na representação da subjetividade ocidental. *Revista Alea*, op. cit.

284 AUERBACH, op. cit., p. 42.

> ... o público (...), cuja ascensão social não repousa mais no espírito e no nascimento [*o nome de família*] mas, fundamentalmente, na base material que cria condições e hábitos de vida comuns, vê no romance e no drama a consagração da grande paixão terrestre, e descobre nessa última o signo distintivo da humanidade a mais elevada e a mais sublimada.[285]

Por fim, Auerbach torna ainda mais precisa sua ideia de uma "sublimação" – dir-se-ia, cultural – da nova concepção do erótico, socialmente experimentada, em *passions* neoclássicas, no palco. O termo "sublimada" (*sublimée*, em francês; *sublimiert*, em alemão), como lembra em nota a tradutora francesa, indica uma oscilação de Auerbach entre "... a referência ao sublime moral e estético como ultrapassagem do Belo, e a teoria freudiana que faz do recalque dos instintos (*sic*) e das pulsões sexuais uma das fontes da criação artística".[286] Na verdade, ela esquece de ver no uso do termo uma terceira via, só perceptível se em vez de iluminar supostas influências – Kant sendo presença inescapável – ou oscilações, ela tivesse apostado em uma possível nova noção do termo a partir da leitura auerbachiana do teatro francês do século XVII. Não se poderia supor que, no caso, "sublimação" refere-se apenas e tão-somente ao nível estético e ficcional, descrevendo a valorização e a incorporação de formas (antes consideradas) baixas em obras admissíveis pela camada letrada da sociedade da época? Deslocando o conceito de Freud para o âmbito propriamente literário, Auerbach teria captado um fe-

285 *Idem, ibidem.* É célebre o desenvolvimento posterior que Auerbach empreende dessa análise da origem da palavra e da concepção de "público", em AUERBACH, Erich. La Cour et la ville. In: LIMA, Luiz Costa (org.). *Teoria da literatura em suas fontes.* Volume 2. Rio de Janeiro: Ed. Civilização Brasileira, 2002. p. 707-747.

286 *Idem, ibidem.* A tradutora é Diane Meur.

nômeno a um só tempo artístico e sociológico, o que deixaria claro o brilhante final do parágrafo citado:

> ...o povo, ele, ligado às fontes naturais da vida pela lida e pelas necessidades cotidianas, considera, por certo, seus próprios desejos como uma coisa concreta, legítima e mesmo, em certas circunstâncias, poética (quando os obstáculos trágicos se opõem ao curso natural das coisas), mas jamais como uma coisa sublime em si, que daria lugar a uma enfática introspecção.[287]

Essa contraposição da sublimidade erótica, artisticamente elaborada nas tragédias setecentistas, e uma visão da vivência que as classes baixas manteriam do próprio desejo (das pulsões) em sua concretude, legitimidade e até dimensão poética (ou lírica), surpreende pela tentativa de circunscrever um fenômeno específico do teatro a diferenças sociais descritíveis. Nesse sentido, a "sublimação" dos desejos sexuais – agora com um sentido de fato bastante próximo do proposto por Freud – só seria acessível às classes altas. Lembrando que para Freud toda e qualquer pulsão tem como ancoragem ou modelo último o desejo sexual, podemos melhor ressaltar o ponto destacado por Auerbach: a forma, bastante inusitada e específica, como na obra de Racine tais desejos mundanos[288] são transformados em uma concepção valorizada de impulsos (*passions*) convencional e tradicionalmente direcionados para a "glória", a "coragem", o "destemor diante da morte", a "ambição", o "orgulho", o "elã guerreiro" – em suma, valores clássicos e aristocráticos por excelência. Todas essas paixões (no sentido neoclássico francês do termo), como se sabe, têm raízes na Antiguidade pagã, de onde, obviamente, o classicismo da época tira seu modelo máximo. Em um momento

287 *Idem, ibidem.*

288 No sentido de "seculares".

de transformação estética, tais paixões (*pathos*) parecem servir a uma certa alquimia artística refinada pela qual os impulsos baixos e corporais (os do continente sexual, mas não apenas eles), tão exercitados em festas e em arte durante a Idade Média e a Renascença, se tornam algo como simulacros, agora naturalizados, daqueles antigos impulsos pagãos greco-romanos, tão combatidos pela Igreja católica. Tais modelos naturalizados, exercidos nas tragédias de Corneille e Racine de forma hipertrofiada, acabam contribuindo na constituição da concepção subjetiva (Auerbach usa "psíquica"), literariamente elaborada, do desejo individualizado moderno.

Se pudéssemos resumir tal *insight* em um episódio da própria psicanálise, diríamos que a apropriação que Freud faz do mito de Édipo, por exemplo, é a via contrária da mutação literária descrita por Auerbach: a cultura neoclássica chegara a ponto de identificar o sublime passional a impulsos eróticos (pulsionais, na linguagem freudiana); o pai da psicanálise recorre às paixões clássicas para melhor descrever tais impulsos (ou pulsões), na modernidade. A naturalização do suprassensível se inverte, então, em retomada do abstrato, do mito, com o intuito de descrever impulsos que operam, segundo a psicanálise, entre o concreto e o abstrato, entre o corporal e a fantasia: as pulsões.

Como se vê, o crítico alemão não defende a ideia de que o neoclassicismo de Racine se resume a uma transposição sofisticada do erótico vivido no cotidiano. O que existe é uma tradição no tratamento ficcional das questões amorosas e eróticas que, segundo Auerbach, teria sofrido nova inflexão com Racine, incorporando alguma dimensão da experiência concreta, cotidiana, "baixa". Trata-se de perceber como essa nova dimensão mundana da vitalidade individual, constituída a partir das tintas clássicas, aponta para regiões perigosas e negras da existência. Se a tragédia sempre contou com tais regiões, como elas se localizam, nesse momento de mutação e naturalização do supra-humano, do que ultrapassa a vontade consciente – em suma, do inconsciente?

O vigor dos personagens de Racine, segundo o crítico, remete a uma "hipertrofia da personalidade humana", aliás, já visível desde Corneille: "... Racine consegue levar a uma radiosa floração a expansão e o desenvolvimento da personalidade mundana, que ele concebe mais profundamente e mais concretamente que seus predecessores". É desse modo que seus personagens tocam zonas proibidas: "Suas criaturas são de uma formidável vitalidade, todas, ou quase todas, evoluem em cima da perigosa aresta que separa a paixão da morte, e mesmo as mulheres, quando se trata de seus instintos, desprezam o bem modesto que é a vida".[289]

Fica claro tratar-se de impulsos vitais cujo poder ultrapassa uma concepção dogmaticamente limitada do recomendável e, pior, do fatalmente ameaçador. Em outras palavras, e seguindo o fio ousado da argumentação de Auerbach: não teria a concepção moderna dos impulsos do desejo individual se constituído a partir de uma retomada setecentista da visão clássica e pré-cristã de forças supra-humanas e supraterrestres que habitam cada homem? Se pudemos destacar ecos de Freud nesse texto do crítico alemão, Nietszche também parece comparecer, ampliando a visão de uma pura e simples tradução do sexual em "... onipotência e (...) *dignitas* supraterrestre", nas palavras do próprio Auerbach:[290] "*Athalie* não é nem um drama cristão nem mesmo simplesmente um drama humano, mas sim uma luta selvagem dos instintos de poder".[291] A citação remete a uma visão de Racine como anti-humanista, o que surpreende em um autor

289 *Idem*, p. 43.

290 *Idem*, p. 44.

291 *Idem*, p. 45.

muitas vezes acusado de crença demasiada – e por vezes melancólica – no poder da literatura como eixo da cultura ocidental: "Mas a peça [*Athalie*] não é cristã, posto que seu teor é ímpio, e não é humana, pois nós, homens, na Europa, cremos numa relação mais profunda, mais pessoal, mais interior com nosso destino".[292] O aspecto atemporal e inatual do estilo neoclássico se conjuga a uma visão pré ou antijurídica, reforçando seu aspecto anti-humanista: "No fundo Racine nunca se preocupou com a justiça, seja ela terrestre ou divina...".[293]

Como se percebe, não se trata de ver em Racine um representante da classe dominante que extrai dos antigos uma concepção de dignidade pessoal, de transcendência do mundo físico e temporal, como a se tratar de um paganismo revivido. Seu mundanismo, na verdade, é mais concreto, naturalizado e específico, segundo Auerbach: trata-se de incluir na cultura da época, por meio de uma nova forma ficcional elaborada e aceitável para a Academia e para a aristocracia (embora rejeitada pela Igreja), a questão do desejo individual como inexorável, agravando-a em seus aspectos não-racionais,[294] impulsivos e mesmo fatais, o que lhe acrescenta um valor sublime inaudito e inédito, sem deixar de revelar sua dimensão concreta, ou seja, imanente ao ser humano.

Aparentemente, tal ascensão da autonomia do desejo foi não apenas um fenômeno inaugural, mas também se extinguiu com certa rapidez no cenário das artes da época, com o declínio do prestígio que

292 *Idem*, p. 46.

293 *Idem*, *ibidem*.

294 Acreditamos que tal dimensão é análoga ao sentido estoico de *passio*, descrito por Auerbach no texto "De la *Passio* aux Passions" [Da *Passio* às Paixões]. (In: AUERBACH, Erich. *Le culte des passions*. Essais sur le XVIIè siècle Français, op. cit.), que examinamos em nosso ensaio "A concepção de 'movimento' nas *Lettres portugaises* – Novo momento na representação da subjetividade ocidental", BARROS, A., op. cit.

o teatro neoclássico exercera no século XVII. Na verdade, em vez de extinção, melhor seria descrevê-lo como o surgimento de inéditas mutações, em um momento em que novas formas literárias, então ainda desvalorizadas, como o romance, passariam a permitir o exercício de narrativas que integrassem tal concepção naturalizada do sublime em um novo realismo, chegando-se a soluções artísticas insuspeitas, para a época. Por exemplo: o romance de libertinagem não poderia ser visto como uma "dessublimação" violenta do domínio do amor-paixão tendo o *monde* e o desejo de obter e manter reputação como o único referente possível? *Pamela*, como já indicamos, não conteria um outro tipo de "dessublimação", em que o institucional (o casamento) surge como solução? Veremos adiante, nos Capítulos 3 e 4, que também a narrativa sentimental pode ser vista como uma ressublimação, uma remitologização em novos termos: a transcendência, no caso, não remete mais a valores supra-humanos (coragem, glória, espírito guerreiro), mas a um dínamo íntimo (o coração), que põe em movimento o novo continente sublimizado do sentimental.[295]

Dois trechos do texto de Auerbach remetem ao momento de declínio do classicismo francês, que ensejaria a ascensão de novas formas de lidar com o sublime por meio da escrita ficcional. Por um lado... "*Athalie* segue sendo a floração particular de uma época particular, desembocando no intemporal e no inatual, pois o estilo de

295 Os neologismos aqui propostos – dessublimação e ressublimação – surgem na esteira do sugerido por Auerbach: no declínio do neoclassicismo francês do século XVII, novas formas literárias incorporarão de modo nunca visto a tradição clássica das paixões e do sublime como representação da subjetividade humana. O supra-humano ou divino, que estava na base do desmedido de tais paixões, cede o lugar ao apenas humano: dá-se a dessublimação, em Racine ou nos romancistas de libertinagem. Mas, mesmo em meio à voga realista, aquilo que ultrapassa a vontade consciente pode ser revalorizado tendo o coração (o continente íntimo dos sentimentos) como sol irradiador: dá-se uma ressublimação, em novos termos.

uma época, exacerbado, se afasta de sua época, degenera em paradoxo e não encontra mais em nenhuma outra parte nem recepção nem eco interiores".[296] Por outro lado, segundo o crítico alemão, a inovação de Racine não foi bem compreendida por seus contemporâneos, nem foi levada adiante no próprio teatro: "... o que me parece seguro é que os contemporâneos estavam longe de ter reconhecido o alcance da obra raciniana". Auerbach conclui: "Limitar-nos-emos a notar que Racine se manteve sem posteridade, e que devia mesmo assim ficar; sob uma forma bastante atenuada, a idealização da paixão autônoma se transmitiu apenas ao romance, sobre o qual a obra de Racine (...) exerceu uma influência considerável".[297] A última frase é clara: a transformação que Racine empreende no âmbito do classicismo tardio teria sido incorporada muito mais pelo romance do que por outra qualquer forma artística literária.

Tal quadro traçado por Auerbach parece nos indicar trilhas ainda não percebidas de análise das mutações por que passou a representação do passional e do erótico na ficção dos séculos XVII e XVIII. Por ora, destaquemos um exemplo que será retomado adiante (no Capítulo 7): Claude Crébillon, autor daquele que é considerado o primeiro romance de libertinagem, *Les Égarements du cœur et de l'esprit* [Os extravios do coração e do espírito], de 1735-36, era filho de Prosper Jolyot de Crébillon, um dos mais célebres autores de tragédias dos anos 1720-1730. Do mesmo modo, as tragédias nos moldes de Corneille e Racine constituíam uma das formas de ficção escrita mais prestigiada da época, apesar das polêmicas com eclesiásticos em geral – o que autoriza a pensar que o surgimento do romance de libertinagem tem como pano de fundo ou contraponto

296 AUERBACH, Erich. Racine et les passions, op. cit., p. 46.

297 *Idem*, p. 40 e 49.

todo o imaginário criado pelas tragédias do *Grand Siècle*, no qual as "paixões" (ou seja, segundo Auerbach, a concepção setecentista neoclássica do desejo individual) constituíam a figuração da subjetividade do indivíduo. Além disso, se o teatro perpassou com tamanho prestígio a cultura artística do *Grand Siècle* francês, e se a comédia era o contraponto mais "realista"[298] à tragédia, fica clara a enorme importância dela para a constituição da nova seriedade realística na narrativa de ficção, no início do 1700: a pintura dos vícios e do "baixo" social passou a ser possível também em narrativas sérias, em um momento de decadência da sublimidade artística de corte classicista.

Tal quadro de contextualização, cuja ousadia é pretender estabelecer uma visada, a um só tempo, ampla e específica da obra de Racine ("ampla", já que, como dissemos, a vê como um momento da mais que milenar representação do amor e do erotismo na ficção escrita; "específica", porque se trata de circunscrever a contribuição exclusiva de Racine), nos ajuda a flagrar um momento inaugural da representação ficcional do desejo, e de cogitar se o romance de libertinagem não seria um momento logo posterior e, além disso, reativo, em relação ao teatro de Racine (e às tragédias setecentistas, pautadas pelas "paixões"). Do mesmo modo, o "fenômeno" *Pamela*, com as consequências que logo veremos na França da época, se insere no quadro de dessublimação e ressublimação contraposto ao classicis-

298 O termo é usado aqui apenas como contraponto à pintura do sublime e das classes elevadas, típica da tragédia no classicismo. Como se sabe, a comédia podia se permitir maior concretude de pintura da realidade porque lhe era permitido a inclusão de personagens e de temas "baixos" (na escala clássica). A comédia se distinguia, mesmo, como representação mais realista dos comportamentos humanos, viciosos ou virtuosos, com o nobre intuito de correção moral por meio do riso. Cf: ARISTÓTELES. *Poética*. In: *Poética clássica*. São Paulo: Cultrix, 1997; BAKHTIN, Mikhail. *A cultura popular na Idade Média e no Renscimento*. O contexto de François Rabelais. São Paulo/Brasília: Hucitec/Editora da Unb, 1993.

mo seiscentista: a própria forma epistolar remete a uma condensação do tempo no presente vivido com intensidade, fazendo dos sentimentos agravados o único ultrapassar possível da consciência e das convenções sociais – a *hybris* moderna, por excelência.

1.16. Romance e moral: Mr. B. como libertino

O paradoxo que apontamos do autor que se propõe, já na introdução, a compor uma obra moralmente edificante diante do substrato semântico erótico coloca *Pamela* no centro do debate que marcou os primórdios da valorização do romance. Como também já destacamos, naquele momento, na Inglaterra e na França – embora com maior amplitude nesta última –, o comércio clandestino de livros licenciosos era uma realidade, e em 1735 e 1736, na França, o romance *Les égarements du corps et de l'esprit*, de Claude Crébillon, marcará época como invenção literária que inclui personagens às voltas exclusivamente com conquistas amorosas, com o jogo dissimulador da sociedade refinada e com uma amoralidade franca que beirava a crueldade. A menção a um simples trecho de seu prefácio já indica o núcleo do referido paradoxo – entre moralidade admitida e amoralidade textual praticada pelo autor: "...uma mulher virtuosa, um homem sensato, parece que são os seres de razão que nunca se parecem a ninguém".[299] A frase surge como conclusão do debate central do prefácio, que versa sobre a perigosa aproximação realista (sem o uso da palavra, é claro) entre os personagens do romance e os parisienses da vida real. O autor chega a defender as *applications* [aplicações], termo utilizado para a prática de incluir pessoas reais, com nomes trocados ou não, como personagens em obras de ficção. E termina com essa tirada, francamente anti-*Pamela avant la lettre*.

299 CRÉBILLON FILS, Claude. Les égarements du corps et de l'esprit. In: TROUSSON, Raymond. *Romans libertins du XVIIIè siècle*, op. cit., p. 21.

A se considerar que tal frase de efeito conclui um prefácio pautado pela defesa da clássica dualidade de Horácio, segundo a qual uma obra de arte deve reunir o útil e o agradável ("O homem que escreve só pode ter dois objetivos: a utilidade e o divertimento"),[300] sendo o útil, é claro, a instrução moral do leitor, a defesa dos personagens como os *petits maîtres* e os *roués*[301] tem como horizonte a ideia de que serão exemplos em negativo do modo acertado de agir.

Como se sabe, a noção de uma tensa alternância entre o probo (o moralmente edificante) e o cruel (aquilo que a moral condena), alternância fundamental em *Pamela,* foi objeto de importantes polêmicas travadas por escritores e membros eclesiásticos preocupados com as balizas morais, aparentemente fluidas, das novas formas narrativas não canônicas. Era o caso, notadamente, do teatro e do romance, o primeiro atacado com mais vigor nos anos 1660 do que no século XVIII, e mais por escritores ligados à Igreja; o segundo, alvo de ataques durante os dois séculos seguidos.[302] Adiante (item

300 *Idem*, p. 19.

301 Dois termos típicos da época. Segundo Voltaire, o *petit-maître* é o representante da "juventude impertinente e desvirtuada em sua educação". Aplicava-se também a um tipo baixo de aventureiro galante e conquistador. Próximo a ele, o *roué* é o que vive de golpes, é companheiro de orgias (*débauches*) e de vida airada, a partir da etimologia original que identificava os criminosos passíveis de sofrer os suplícios da "roda" (*roue*). Ver TROUSSON, Raymond, op. cit., p. XXXVIII-XL; LAROCH, Philippe. *Petits-maîtres et roués.* Québec: Presses de l'Université de Laval, 1979. MAUZI, Robert. *L'Idée de bonheur au XVIIIè siècle.* [A ideia de felicidade no século XVIII]. Paris: Armand Colin, 1960. p. 30-33.

302 A obra clássica sobre os ataques ao romance no século XVIII francês é: MAY, Georges. *Le Dilemme du roman du XVIIIe. siècle.* Étude sur les rapports du roman et de la critique (1715-1767). [O dilema do romance do século XVIII. Estudo sobre as relações do romance e da crítica (1715-1767)]. Paris: PUF, 1963. Sobre os ataques ao teatro, há um grande número de textos, o último, mais tardio, sendo a *Lettre à D'Alembert,* de Rousseau (1750). Mas a polêmica com os eclesiásticos ou seus defensores vem de d'Aubignac, Nicole e le Prince de Conti, por volta de

7.6, Capítulo 7) examinaremos rapidamente o tema, que consideramos bastante amplo, da relação da moralidade com as novas formas de narrativa ficcional (notadamente, o romance). Se pudéssemos introduzir assunto tão geral com um breve resumo, diríamos que no classicismo a boa moralidade de um escrito estava plenamente justificada, senão pressuposta quando as regras eram observadas. Tanto a elevação social dos protagonistas quanto a adequação da linguagem a um estilo também elevado eram como que garantidoras da moralidade da semântica de determinado texto, teatral ou não. Por mais que representantes ou defensores da moralidade religiosa tenham atacado certo tipo de teatro clássico, a verdade é que o partido da *Académie* sai, de certo modo, vencedor ao impor não a moral cristã, mas o preceituário aristotélico e horaciano como modelos de julgamento formal, e também moral, das obras.

> A verdade é que, quaisquer que tenham sido os excessos do partido devoto, quer tenha-se resumido a condenar apenas o *espetáculo* teatral, quer tenha estendido o anátema a todo prazer sensível – além da matéria, à própria forma artística –, a literatura neoclássica não parece ter dissociado valores estéticos dos valores morais, o que fica ilustrado com a importância dada às regras das *bienséances*.[303]

Com o crescente prestígio do romance, a questão, obviamente, volta à tona, já que se trata de prosa ficcional muito próxima às formas narrativas tidas como "verdadeiras" ou "documentais",[304]

1660, e de Bossuet e o Père Caffaro, entre outros, por volta de 1694. Cf.: GOLDZINK, Jean. *Comique et comédie au siècle des Lumières*. [Cômico e comédia no século das Luzes]. Paris: L'Harmattan, 2000. P. 17-48 – em especial o capítulo "Du Christ en croix au rire en larmes" [Do Cristo em cruz ao riso em lágrimas].

303 PRADO, Raquel de Almeida, op. cit.,. p. 29.

304 A respeito da relação da prosa ficcional com as formas de verdade e de documento, cf.: LIMA, Luiz Costa. *História. Ficção. Literatura*. São Paulo: Ed. Com-

sem as regras poéticas a limitar formal ou semanticamente autores e leitores. Não surpreende que os partidos da moralidade tenham se insurgido novamente.[305]

A questão da moralidade e do surgimento do romance nos obriga a examinar com mais cuidado os personagens com perfil libertino. Um amplo domínio de estudos relacionados ao romance de libertinagem, crescente desde os anos 1970 e bastante prolífico desde a década de 1990, prova a importância desse personagem-tipo no século XVIII francês. Sua contemporaneidade em relação ao surgimento de *Pamela* e o próprio perfil do personagem de Mr. B., um nobre a cujas práticas libertinas alude-se em várias passagens do romance, nos parece motivo suficiente para tal exame. Não esqueçamos, por exemplo, que a palavra "Libertine" (libertino) encontra-se em um dos textos introdutórios ao romance, "*Ao Editor da Peça intitulada* PAMELA *ou* VIRTUDE Recompensada", aliás, assinado por um francês, "*Seu mais Obediente,/ e Fiel Servidor,/* J. B. D. F.". Ele é identificado como sendo Jean Baptiste de Freval, tradutor francês que na época trabalhava em Londres, e que teve versões suas publicadas por Richardson, como *The history of the heavens* [A história dos céus], tradução do original do abade Pluche. Escreve Freval, na conclusão de seu texto:

> A Depravação reinante desses Tempos permite ainda à Virtude muitos Partidários. Da Proteção deles você não precisa descrer. Que todo Libertino convicto em cujas Mãos você cair seja regene-

panhia das Letras, 2006.

305 Sobre o tema, cf.: PRADO, Raquel de Almeida, op. cit.; MAY, Georges, op. cit.; BÉNICHOU, Paul. *Morales du Grand Siècle.* [Morais do Grande Século]. Paris: Gallimard, 1948; LAFOND, Jean. Littérature et morale au XVIIè siècle. In: *Colloques internationaux du CNRS*, nº 557: Critique et création littéraire en France au XVIIè siècle. [Crítica e criação literária na França no século XVII]. Paris, [1968?]; VARGA, Kibedi. *Rhétorique et littérature:* études de structures classiques. [Retórica e literatura: estudos de estruturas clássicas]. Paris: Didier, 1970.

> rado; e que toda Virgem alvo de sedução que te ler imite a Virtude, e receba a Recompensa da altamente merecedora, embora de baixa descendência, PAMELA. Sou, Senhor,/ *Seu mais Obediente...* [306]

Na primeira versão francesa do romance, o substantivo masculino, *Libertine*, cuja origem latina o torna ainda mais expressivo em inglês, aparece no plural – e acrescido de ponto de exclamação: "E possa tu converter todos os libertinos obstinados entre as mãos dos quais tu cairás!"[307] O desconforto diante da condição social da protagonista desaparece na versão francesa: "Possam todas as jovens que te lerem imitar a virtude de PAMELA, e ser recompensadas como ela!"[308] O trecho prova que a menção à ideia de libertino como o contrário do devoto era prontamente compreendida por leitores ingleses. No início do volume 2 do romance, é o próprio Richardson quem põe a palavra na boca de Pamela. Ao ler a carta anônima, obtida em segredo das mãos de uma cigana que lhe prediz o futuro, e ao ver ali descrito o suposto plano de Mr. B. para enganá-la, forjando o casamento com ele por meio de um falso vigário, a protagonista, atônita, desespera-se diante de mais essa reviravolta do destino – e do enredo: "Isso é o Pior, quando eu achava que o Pior tinha passado; e que eu tinha o Prazer de ver um Cavalheiro regenerado, e não um depravado Libertino".[309] O libertino, no caso, é o que engana a mulher utilizando-se para isso do altar e, assim, profana um ato religioso. Trata-se da trilha argumentativa de vários sermonistas franceses em

306 Ed. 1740, p. 6.

307 Ed. francesa (ver nota 29, acima), p. 23.

308 *Idem, ibidem.*

309 Ed. 1740, p. 226.

fins do século XVII, que tornam corrente o significado de libertino como "ímpio" ou "contrário à religião".[310]

O outro uso do termo inglês "libertine" data da edição de 1801 que, como vimos, inclui mudanças feitas por Richardson, por suas filhas ou pelos editores. Trata-se do trecho, (já examinado por nós no item 1.4) em que, ao passear com Mr. Williams, seu generoso pretendente, e com Mrs. Jewkes, sua severa governanta e superiora hierárquica, Pamela vê o touro que algumas páginas depois se tornará, em sua imaginação, um monstro – ou uma espécie de terrível superego – a impedir que ela escape pelo portão do pasto, mesmo quando já o abrira. O trecho é esclarecedor ao demonstrar como Richardson enriqueceu a narrativa com um elemento de ordem psicológica. Trata-se, pura e simplesmente, da confissão de um medo infantil da moça, relacionado a uma frase ouvida da mãe, que é destinatária da carta.

> Uma criatura feia, grosseira, cruel. Mrs. Jewkes disse, minha querida mãe, que aquela não era a primeira maldade que ele tinha feito. [*Ela se refere a um ataque do animal a uma cozinheira da casa, que no momento já se recuperava*]. Você sabe, querida mãe, que desde a infância eu sempre tive medo de Touros; e você costumava me dizer que as vacas, por sua docilidade e presteza, podiam ser comparadas a boas mulheres; então os touros, quando bravos e indomáveis, deviam ser comparados a homens maus: assim, você me fez muitas advertências e me deu muitas instruções para evitar tais homens libertinos, o que sempre mantive em minha memória desde então.[311]

---

310 Cf.: GROETHUYSEN, Bernard. Les origines sociales de l'incredulité bourgeoise en France. [As origens sociais da incredulidade burguesa na França]. In: *Philosophie et histoire*. Paris: Albin Michel, 1995.

311 Ed. 1801, p. 187-188. Ver nota 55.

Destaque-se, portanto, uma diferença fundamental na forma como a própria narrativa traz novos elementos da memória e da afetividade (no caso, traumática) ligada a tal memória. A psicologização que aí se vê é bastante coerente com um momento de paralisia da criada diante de sua maior chance de fuga desde o início da perseguição. Mas note-se, também, que em 1740 o autor dispensou tal tipo de aprofundamento narrativo, limitando-se a uma estranha retórica coloquial da missivista, que parece viver numa espécie de tempo presente bastante comprimido, uma continuada imediatez narrativa, muito provavelmente um dos fatores de impacto do romance para leitores da época. Voltaremos a tal questão. Por ora, ressalte-se apenas esse trecho do prefácio de Richardson, extraído da bastante fiel tradução francesa de *Clarisse Harlowe*, feita por Le Tourneur em 1785:

> Todas essas cartas são escritas no calor mesmo do assunto ou do acontecimento que as ocasiona, de maneira que abundam em descrições, em reflexões instantâneas, inspiradas pelo momento em que a impressão é a mais fresca e a mais viva (...). Deve haver, diz um dos personagens principais, uma energia bem maior de sentimentos e de vida no estilo daquele que escreve no seio mesmo da aflição, (...) quando a sequência dos acontecimentos de seu destino ainda está escondido nas trevas do futuro; que no relato frio, inanimado de uma pessoa que, o coração leve e nas trevas da calma, não faz mais do que contar ociosamente os perigos já dissipados, os obstáculos superados...[312]

O trecho e a citação desdobrada de Richardson, que menciona os pensamentos de um personagem seu, vale pela consciência do autor sobre um elemento crucial do romance epistolar do modo como o compôs. De passagem, diga-se que a imagem final, do escri-

312 RICHARDSON, Samuel. *Clarisse Harlowe*. Genebra: Paul Barde Imprimeur-Libraire, 1785. p. xvi-xvii.

tor que vive nas "trevas da calma", é uma crítica ácida a um gênero de prosa, ficcional ou não, bastante comum por toda Europa, principalmente na França e na Inglaterra, desde o século XVII, gênero que seu romance chega exatamente para suplantar – as memórias.[313] Richardson parece chamar didaticamente a atenção dos leitores para um aspecto que certamente o "fenômeno" *Pamela* o ensinara a considerar como o segredo da força inovadora de sua própria prosa.

Mas voltemos ao fio de nossa indagação sobre as relações entre o personagem do libertino e *Pamela*. A analogia que Pamela fazia, no trecho citado, entre o sexo dos animais e o dos humanos nos remete a um outro trecho em que ressurge a imagem do libertino – dessa vez uma passagem que consta da primeira edição da obra e se mantém na de 1801. Depois de ler pela primeira vez algumas cartas de Pamela, Mr. B. inicia seu "julgamento": "Por volta das nove horas ele deu a ordem para que eu descesse ao Salão. Fui um pouco temerosa; e ele segurava os Papéis em sua Mão, e disse, Agora, *Pamela*, você chegou no seu Julgamento"[314] Na sequência, ao mesmo tempo que se mostra surpreendido com a inteligência e a engenhosidade (*wit*) que a criada demonstra nas cartas, ele ironiza sua forma de argumentar: "...você põe a Lógica à baixo tranquilamente" (ou "com graciosidade" ["... you chop Logick very prettily"]), que foi traduzido para o francês mantendo a pitada de ironia: "...voilà la plus jolie logique du monde" ["...eis a mais graciosa lógica do mundo"].[315] E ele cinicamente chama suas investidas de "Exercícios inocentes", no que Pamela rebate da seguinte forma, com direito a itálico como signo de ironia: "... se eu não tivesse feito esses Exercícios *inocentes*, como você se apraz em

313 Tocaremos na questão das memórias como gênero importante de meados do século XVII para meados do XVIII no Capítulo 7, adiante.

314 Ed. 1740, p. 230.

315 Ed. francesa, p. 253.

chamá-los, eu teria me alegrado em ser estúpida como uma Barata". E ele: "Mas então, *Pamela* (...), eu não teria gostado tanto de você". O embate continua de forma ágil, e ela rebate: "Mas então, Senhor (...), eu estaria a salvo, solta e feliz". Ele: "Ah, talvez, ou talvez não; e também a Esposa de algum Cairpira mal vestido". Mais uma vez, ela contra-ataca, demonstrando a dialética entre o natural e o civilizado, que Rousseau tanto explorará dali a alguns anos: " Mas então, Senhor, eu devia ficar contente e inocente; e isso é melhor do que ser uma Princesa...". Ele, então, deixa ainda mais clara a tensão que os contrapõe, aludindo a outro animal que não o touro, nem a barata (ou besouro) e nem a vaca ou o boi de arado:

> E talvez não, disse ele [*referindo-se ao fato de ela ser contente e inocente se casada com o caipira*]; pois se você tivesse tido aquela Cara bonita, alguns de nós entusiasmados Caçadores de Raposas ["...*chasseurs de renards*..."] a acharíamos; e, apesar de suas Noções românticas ["...*idées romanesques*..."] [316] (que então, também, não mereceria esse Lugar tão forte em seu Espírito) teria sido mais feliz com a Esposa do Caipira do que eu fora com a *Pamela* que herdei de minha Mãe.[317]

A proliferação de animais, no caso, aponta para identificações inesperadas e, apesar dos vários momentos de certo "patético doméstico" (no sentido do século XVIII) ao longo da narrativa, a imagem dos caçadores de raposas, coletivizados, como um grupo que pratica como esporte ou hobby a "caça" às esposas dos camponeses locais é um momento especial de violência metafórica por parte de Mr. B. Nessa sequência de identificações animais, o patrão-perseguidor também se torna touro, assim como, sem sua escrita clandestina,

316 Ed. francesa, p. 253.

317 Ed. 1740, p. 232. (Toda a sequência da discussão).

Pamela se transformaria numa barata indefesa, embora, numa imagem da sagacidade dissimulada ou de dubiedade erótica, também pudesse ser vista como uma raposa pronta a ser caçada. A análise desses trechos deixa claro que Richardson nem sempre é bem-sucedido na sua célebre (e ingênua) pretensão de direcionar o leitor por caminhos que considera os mais corretos de apreensão da narrativa.[318]

A última passagem citada torna nítida uma característica central do tipo social que, àquele momento, ficou consagrado pelo ter-

318 Os autores da introdução ao Volume 1 de *The Pamela controversy* – Criticisms and adaptations of Samuel Richardson's "Pamela" – 1740-1750 (KEYMER, Thomas; SABOR, Peter (org.), op. cit.) chamam a atenção para tal discussão ao comentar a sinopse ("*table of contents*"), de 36 páginas, que Richardson acrescenta à sexta edição da obra, de maio de 1742. Depois de lembrar que a mesma adição é feita pelo autor no caso da segunda e subsequentes edições de *Clarissa*, eles afirmam: "A diferença é que a sinopse de *Pamela* passou quase despercebida em meio à crítica moderna, muito por conta de sua não inclusão em edições recentes do romance, enquanto a sinopse de *Clarissa* foi central no debate que envolveu o sentido textual e a tentativa de reafirmação de um controle autoral por parte de Richardson, em edições subsequentes. Nesse caso também se pode ficar tentado a detectar a mesma tendenciosidade velada de sumariar, a mesma proibição autoral de leituras desviantes (das quais, no fim das contas, acabou havendo muitos exemplos). É bastante perspicaz a análise de Alice Wakely, segundo a qual o corte que Richardson faz dos textos introdutórios de J.B. de Freval e do reverendo William Webster na sexta edição (1742) e a inclusão da referida sinopse na verdade pode representar não um aumento de rigor, mas um relaxamentodo autor em relação à leitura da obra. Ver nota 272, acima. WAKELY, Alice. Author and editor in the works of Samuel Richardson. Dissertation. Oxford: University of Oxford, Department of Philosophy, 2000. p. 53, *apud The Pamela controversy*. Vol. 1, op. cit., p. lvi. A decisão de Richardson talvez reflita um momento do século XVIII em que a comunidade de leitores privilegiados, fechada e autolegitimadora por natureza, parece estar cedendo lugar a um público mais amplo que garanta a existência cultural da obra. E mesmo a relação direta com o autor, embora mistificada quando esse tem talento em autopromover-se como personalidade de destaque (o caso de Richardson, bem como de Rousseau, na França), já demonstra sinais de poder tornar-se mais complexa e impessoal, ficando a obra no centro das atenções.

mo "libertino" (*libertin*, na França, e *Libertine*, na Inglaterra). Como se sabe, trata-se de um tipo não no sentido que o teatro (principalmente a *commedia dell'arte*) consagrou, embora, como o tipo cômico, componha-se de traços limitados e listáveis, favorecendo reconhecimento imediato.[319] Sinteticamente, Mr. B. faz parte do horizonte de expectativas dos leitores da época (franceses e ingleses) quanto ao tipo social intuído em sua generalidade, sem relações com o libertino tal como fora criado no âmbito específico do romance de libertinagem. No caso de *Pamela*, o personagem-tipo exerce poder e crueldade, mas, ao fim e ao cabo, arrepende-se – ou converte-se.

Tentaremos, agora, tornar mais nítido certo aspecto da construção discursiva do libertino na França das primeiras décadas do século XVIII, quando o sentido do termo passa por importantes transformações. Não seria uma forma eficaz de nos aproximarmos desse homem da época, que recebe para ler as primeiras obras de libertinagem, de Claude Crébillon ou Charles Duclos, e, logo em seguida, as páginas de Richardson com um libertino austero e obsessivo, que sofre certa mudança de concepção, convertendo-se ao comportamento oposto ao que antes praticava, como um ex-ímpio arrependido?[320] Parte-se aqui, portanto, da constatação de um valor atribuído aos personagens *méchants* ["maus" ou mesmo "cruéis"] ou libertinos em pleno *Ancien Régime*, época em que o cristianismo institucionalizado convivia com certo amoralismo aristocrático "oficioso". Centremo-nos no modo como se constitui um tipo análogo a

319 Em um trabalho ainda em preparo, especificamente sobre o romance de libertinagem, desenvolveremos a definição do que chamamos de personagem-tipo complexo (para diferenciá-lo dos personagens-tipo da *commedia dell'arte*).

320 A referência a Duclos, autor de *Les confessions du comte de ****, de 1741, não é gratuita: seu libertino-narrador também converte-se ao amor – ou melhor, à amizade pela via do amor. Cf.: DUCLOS, Charles Pinot. Les confessions du comte de ***. In: TROUSSON, Raymond, op. cit., p. 163-264.

ele, o mundano, com seu etos próprio, em dois polêmicos poemas de Voltaire, *Le mondain* [O mundano] e *Défense du mondain* [Defesa do mundano], e, em seguida, na peça de teatro de Gresset, *Le méchant* [O cruel], obras nas quais alguns aspectos do personagem-tipo complexo inventado por Claude Crébillon se deixam flagrar, embora ainda sem o mesmo grau de complexidade literária.

Refletir sobre tais questões nos leva a uma espécie de "genealogia da moral" no âmbito estético do século XVIII francês, momento crucial de surgimento tanto da produção e da distribuição de livros em quantidade quase industrial, quanto do próprio romance, o gênero moderno por excelência. Seja aquele o momento de surgimento de uma esfera pública burguesa,[321] ou de uma nova rapidez de propagação da opinião,[322] a verdade é que mudam as formas de recepção de obras, impressas ou encenadas, e tanto por conta de novas materialidades de produção e distribuição, quanto por causa de novas sensibilidades em um momento de mutações também no âmbito da subjetividade dos receptores-leitores – mutações essas a serem favorecidas por tais mudanças formais, conteudísticas e materiais da difusão de textos de ficção e peças teatrais. Por um lado, os romances passam a constituir um importante campo de síntese dos antigos estilos poéticos ou teatrais (tragédia, epopéia, comédia). Por outro, estabelecem um novo domínio de experimentação de formas de comunicação a partir da combinação entre, de um lado, uma inédita forma de produção de sentido irredutível à dominante moralidade dual (bem *versus* mal), já que afeita a ambiguidades de vários níveis e, de outro, um realismo de condensação da narrativa no presente vivido intensamente.

321 HABERMAS, Jürgen. *Mudança estrutural da esfera pública*. Rio de Janeiro: Biblioteca Tempo Universitário, 2003.

322 TARDE, Gabriel. *Les lois de l'imitation*. [As leis da imitação]. Paris: Kimé, 1993.

1.17. Mudança no tratamento do tempo: Voltaire segundo Spitzer e Auerbach

As transformações no tratamento do tempo na narrativa de ficção em geral e, em particular, no romance são reconhecidamente centrais quando se analisa a evolução do gênero, desde seu surgimento até suas fases mais recentes, e até hoje. Quanto a isso, lembremos como Erich Auerbach propõe uma análise da "narrativa da memória em camadas", ao examinar a revolução na prosa empreendida por Virginia Woolf, Joyce e Proust.[323] Tema relacionado, por excelência, aos modernos (o próprio Auerbach lembra como alguns teóricos ligam reflexões filosóficas sobre a temporalidade, como a de Bergson, com as mudanças na narrativa ficcional), as mudanças na forma de tratar ficcionalmente o tempo – elemento tão central da própria estruturação de qualquer narrativa – parecem cruciais em momentos em que tal gênero narrativo se transforma, redimensionando-se. Nesse sentido, parece-nos bastante plausível que o momento em que o gênero "romance moderno" tenha surgido, no século XVIII inglês e francês, contenha, em germe e de maneira mais ou menos caótica, muitas formas potenciais de tratamento do tempo que serão desenvolvidas no âmbito do romance, nos séculos seguintes.[324]

323 AUERBACH, Erich. *Mímesis*, op. cit., p. 484 e sqq.

324 Vislumbramos um modo histórico mas não evolutivo de transformação dos elemtnos da narrativa. Tais elementos – como é o caso do tempo – são experimentados de modo plural, ainda mais em momento redefinidor do gênero romance na cultura europeia, e as variadas formas de tais experimentos podem ressurgir em outros momentos no futuro, num jogo que nunca é linear entre a tradição (moderna, portanto, mais pluralista do que centralizadora, mais pautada nas possibilidades de experimentar do que nos modelos dados) e as práticas de escrita dos romancistas, ao longo da História. A justificativa para que tais formas surjam em momento de eclosão do novo prestígio e da nova centralidade cultural do romance é simples: é momento menos pressionado por uma

No capítulo sobre os modernos, que conclui seu *Mimesis*, Auerbach descreve dois tipos de processos de temporalidade na representação de conteúdos mentais dos personagens: a mera "continuação da trama interna da consciência na sua liberdade natural e despropositada" e a mais radical inserção de digressões totalmente desconexas em termos espaciais e temporais, que abrem "em profundidade temporal" uma imagem (no caso analisado pelo crítico, o rosto triste da personagem de *To the lighthouse* [Rumo ao farol], de Virginia Woolf). A favor de nossa escolha – só aparentemente anacrônica – de recorrer a análise de um texto da autora inglesa do início do século XX, lembremos que Virginia Woolf tinha total consciência da importante transformação que a prosa ficcional sofrera no século XVIII. Em *Um teto todo seu* (1929), escreve: "Assim, para o término do século XVIII promoveu-se uma mudança que, se eu estivesse reescrevendo a história, (...) consideraria de maior importância do que as Cruzadas ou as Guerras das Rosas. A mulher de classe média começou a escrever".[325] O reconhecido papel das mulheres escritoras, nos primórdios dos romances inglês e francês (Eliza Haywood e Madame Lafayette são apenas dois exemplos, lançando anonimamente seus romances), exime-nos de relacionar tal passagem a momento anterior ao final daquele século. Em prol da ideia de que o surgimento de escritoras se relaciona à ascensão e à aceitação do romance já no XVIII, lembremos, com Ian Watt, que... "...muitas mulheres, sobretudo da classe média urbana, tinham maior tempo ocioso que antes e dedicavam-no, em grande parte, a atividades literárias e culturais. Isso se refletia na crescente tendência de livrei-

(auto)institucionalização e (auto)canonização do gênero romance e, portanto, mais liberado de certos modelos que se consagrarão como hegemônicos.

325 VASCONCELOS, Sandra G., op. cit., p. 108.

ros e escritores a dirigirem-se especialmente ao público feminino".[326] Como demonstra o crítico inglês, a transição para certo capitalismo, na Inglaterra de então, tirou das mulheres não casadas seu papel pré--determinado na família patriarcal que atuava como núcleo produtivo (pré-capitalista) e não lhes permitiu ingressar no mercado de trabalho, dado seu flagrante status social inferior, em relação aos homens.[327] A domesticidade e o tempo livre de uma vida sem obrigações de trabalho ou ambições públicas são elementos sociológicos a indicar certa relação entre a forja de uma nova forma de representação do tempo nos romances (francamente subjetivo e ligado ao espaço privado doméstico) e o fato de terem sido as mulheres a assumir um papel de proa na escrita de tais narrativas. Escrita e leitura estando em mãos femininas, por que não seriam tanto o cenário psicológico e sentimental quanto a temporalidade doméstica e introspectiva (na trilha do fluxo de consciência já perceptível em *La princesse de Clèves*, de 1678)[328] constitutivos do novo gênero?

Do mesmo modo, não precisamos ligar o trecho citado ao débito de Joyce para com Henry Fielding e Laurence Sterne, e nem a observação dos *salons* de Proust em relação à literatura frívola dos *salons* do século XVIII parisiense. Fica claro que, entre os romancistas modernos, havia muitos ávidos leitores dos textos surgidos no nascedouro do gênero, no século XVIII – e que muitos deles conheciam, com extrema lucidez, as origens do gênero romance e as potencialidades que tal forma portava desde seu nascimento – sem falar na influência, consciente ou não, que as obras daquela época exerciam sobre eles.

Com efeito, a referência à análise feita por Auerbach da nova temporalidade do romance do século XX só nos serve, aqui, como

326 WATT, Ian, op. cit., p. 133.

327 *Idem*, p. 124 e sqq.

328 Ver acima, item 1.11 (Cpítulo 1).

introito a uma outra passagem do crítico alemão, esta mais próxima de nosso estudo: sua leitura da prosa do século XVIII. No capítulo 16 de *Mimesis*, "A ceia interrompida", ele analisa o romance do Abade Prévost, *Manon Lescaut*, e trechos de Voltaire, de modo a apontar em que momento da mistura de estilos se encontrava a prosa francesa das primeiras décadas daquele século. A certa altura, ao tratar de Voltaire, ele aponta:

> O que lhe é característico é, antes de mais nada, o *tempo*; a rápida e precisa concentração do desenvolvimento, as rápidas mudanças das imagens, a combinação surpreendentemente repentina de coisas que não é habitual ver juntas: nisto é quase único e incomparável, e neste *tempo* está grande parte da sua graça.[329]

Em relação ao autor de *Cândido*, Auerbach tinha destacado, páginas antes, o que chamara de "técnica do holofote", ou seja, o modo como Voltaire ilumina apenas o que quer iluminar, em um novo perspectivismo dir-se-ia ideológico pelo qual aponta, com eficácia inédita, aspectos incongruentes e supostamente risíveis nos argumentos e nas convicções de seus inimigos. A estratégia voltaireana é conhecida, embora dificilmente tenha sido iluminada com maior acuidade antes desse exame de Auerbach. Inimigos de Voltaire havia desde os milenares, como os dogmas de todas as religiões, até os mais elaborados, como a metafísica de Leibniz (como se sabe, *Cândido* é um ataque paródico a tal metafísica).[330] No trecho que citamos, o crítico se centra ainda mais, e exclusivamente, no *tempo* como característica inédita de Voltaire, mais ainda do que sua irônica "técnica do holofote".

O tempo, no caso, é o da rapidez com graça, ou seja, da agilidade textual que transforma qualquer argumentação, tanto a sua quanto as

329 AUERBACH, Erich, op. cit., p. 362.

330 *Idem*, 359-362.

de seus inimigos, em um jogo gracioso de conversação, contrapondo antíteses simplificadas e superficiais para que o leitor se decida, em um átimo de tempo, em poucas frases e períodos, sobre questões bastante complexas de política, arte, religião etc. – e para que favoreça sempre o ironista em detrimento do ironizado. Auerbach descreve tal postura como a de um precursor das Luzes que, "no fundo, (...) um moralista", tende a tudo julgar pela régua da razão prática e sã (ou seja, do homem médio):

> Isto está em relação com a inspiração ativa e valente que alentava o Iluminismo: a sociedade humana deveria ser liberada de tudo o que se opunha ao progresso racional; tais empecilhos eram, evidentemente, as condições religiosas, políticas e econômicas, que se haviam formado historicamente, irracionalmente, em contradição com o senso comum (...); parecia necessário desacreditá-los, não entendê-los ou justificá-los.[331]

Como se vê, pela análise linguística cerrada, que une forma e conteúdo, o autor conclui que a técnica de Voltaire de desacreditar o "irracional" só tem êxito por se aliar a técnicas linguísticas específicas: a do "holofote", por um lado, e a leve e ágil superficialidade, por outro. Ao contrário de *Manon Lescaut*, não há "calidez exagerada", pois é a graciosidade com ligeireza (nos dois sentidos da palavra, tanto rapidez quanto frivolidade) que é encarecida por Voltaire. Ou seja, não há apelo ao sentimental, o que se vê, por exemplo, na contradição moral flagrante no romance, em que o casal protagonista, o Cavaleiro des Grieux e Manon, não escapa de um duro julgamento ético por parte dos leitores da época: ela é de baixa extração social e tem como vício maior, definidor de toda a narrativa, o "prazer" que, logo fica claro, no caso significa "prazer sexual"; ele passa quase toda

331 *Idem*, p. 367.

a narrativa perseguindo-a, arriscando seu nome de família em golpes baixos e criminosos e sujeitando-se a humilhações desonrosas. Mesmo assim, "...o Abade Prévost quer fazer, de qualquer modo, das duas personagens dois heróis, que 'na verdade' são bons, e que se diferenciam enormemente dos patifes comuns".[332] Auerbach reconhece ser esse sentimentalismo uma prática textual típica da "peça lacrimosa", embora não indique que o rótulo e o pequeno movimento teatral parisiense em prol do gênero recém-nascido só vem a surgir quatro anos depois do lançamento do romance, já em 1735.[333]

Tal traço, e a ausência do socialmente problemático ("...o ambiente social é uma moldura que é aceita como se apresenta"),[334] diferenciam o romance de Prévost dos textos citados de Voltaire. Mas suas semelhanças são ainda mais importantes para nós – e elas não estariam presentes se a escolha do crítico alemão tivesse recaído sobre um trecho não de Voltaire, mas de um romance como *Julie ou A Nova Heloísa*, de Rousseau (1761), ou, antes dele, de *Pamela*. É que, embora (segundo as palavras de Auerbach) *Manon Lescaut* mantenha-se no "estilo erótico-sentimental" e um romance como *Cândido*, de Voltaire, no "propagandístico",[335] ambos os textos e, talvez, grande parte da produção em prosa das cinco primeiras décadas do século XVIII, na França, seguem ... "A tendência da época [*que*] não se dirige para o sublime, mas para o gracioso, elegante, espirituoso, sentimental, racional e útil, tudo o que pertence ao nível médio".[336]

332 *Idem*, p. 358.

333 Ver adiante, Capítulo 3.

334 *Idem*, p. 359.

335 No sentido de argumentar sobre questões ideológicas e doutrinárias da época, como o apoio ou não às guerras e às religiões.

336 AUERBACH, Erich, op. cit., p. 367.

Não é difícil perceber que o que Auerbach define como o *tempo* de Voltaire e que se encontra, sim, no *Manon Lescaut*, de Prévost, embora sem o traço ideológico-polêmico típico do autor de *Zadig*, é a ligeireza e a graciosa habilidade verbal que tem uma de suas origens na conversação leve, frívola e divertida da sociedade aristocrática parisiense do período. A análise de um bilhete de Voltaire a Madame Necker, no mesmo capítulo, bilhete antes analisado por Leo Spitzer, demonstra cabalmente que escrita de ficção e escrita (ou conversa) de salão mantêm ligações bastante estreitas nesse momento, nos círculos em que o escritor transita, entre acadêmicos (elege-se historiador do rei em 1745), gente de teatro (sua carreira começa em 1718 e é bastante bem sucedida até sua morte, em 1778), cortesãos esclarecidos (na corte de Sceaux, da duquesa de Maine, e, mais tarde, no salão de sua amante, Madame du Deffand) e novos filósofos (é o líder inegável do *parti des philosophes* [partido dos filósofos]).

Obviamente, se estamos tentando perceber em que medida a minúcia narrativa do banal, característica de um coloquialismo simultâneo aos acontecimentos da trama, determina um novo estilo "médio" (segundo padrões clássicos), proposto por Richardson de forma bastante agravada com *Pamela*, é inevitável percebermos algumas das mudanças na temporalidade da narrativa, observadas no período. Nesse sentido, filho de uma geração que viveu o período da Regência (1715-1723) e os primeiros anos sob Luís XV, Voltaire foi formado em sociedade por essa frivolidade ágil e divertida, que pode atingir a alta ironia e o cinismo cortesãos, um estilo que não só Prévost, mas Marivaux e muitos futuros autores de textos libertinos, como Crébillon fils, transpuseram para a seara nascente do romance. A título de exemplo rápido, seu *Zadig ou o destino – História oriental*, considerado o primeiro "conto filosófico", que seria retrabalhado até ser publicado em 1747, nasceu do desafio de compor um conto de entretenimento, em um típico jogo literário de salão. "A Duquesa du Maine imaginara uma loteria assaz original com as vinte e quatro letras do alfabeto. Quem tirava o C tinha que escrever uma comédia, quem tirava o O uma ópera, etc. A sorte obrigou Voltaire a escrever romances. Nessa sociedade era igualmente punida qualquer gafe. A punição consistia em escrever 'um conto na hora'".[337]

Leo Spitzer faz uma bela e precisa descrição do estilo que estamos tentando circunscrever em sua análise, anterior à de Auerbach, do mesmo bilhete a Madame Necker.[338]

> Voltaire não se comove com o que a existência tem de ilusória, longe dele a ideia de fazer de seu *gran teatro del mondo* um tribunal universal ou uma dança barroca macabra, nele tudo se mantém como um "espetáculo engraçado", nada além disso – jogo rococó com o cadáver e a putrefação. Em nenhum momento Voltaire manifesta a emoção ou a tristeza quanto a sua própria decrepitude.[339]

337 MILLET, Sérgio. Introdução. In: VOLTAIRE. *Contos*. Editora Abril Cultural: São Paulo, 1972. p. 13.

338 O bilhete é o seguinte: "Ferney, 19 de junho de 1770./ À Senhora Necker./ Quando as pessoas de minha cidade viram Pigalle revelar alguns instrumentos de sua arte: Veja, veja, diziam, vão dissecá-lo, isso será engraçado. É assim, senhora, tu o sabes, que todo espetáculo diverte os homens, vai-se, da mesma forma, às marionetes, aos fogos de São João, à Ópera Cômica, à grande missa, a um enterro. Minha estátua fará sorrir alguns filósofos, e franzir as experimentadas sobrancelhas de qualquer hipócrita malicioso ou qualquer mal jornalista maroto: vaidade das vaidades!/ Mas nem tudo é vaidade; meu enternecido reconhecimento por meus amigos e sobretudo por ti, senhora, não é vaidade./ Mil ternos obrigados à Sra. Necker". (*Tradução nossa*). Pigalle é o escultor que vai à casa do escritor, em Ferney, para compor uma escultura que se tornaria famosa. AUERBACH, Erich, op. cit., p. 368.

339 Tradução nossa. SPITZER, Leo. Quelques interpretations de Voltaire. In: *Études de style*. Paris: Gallimard, 1970. p. 363. O texto é de uma conferência ministrada por Spitzer em 1931.

O intuito de Spitzer é, entre outras coisas, definir em minúcia os elementos constitutivos do incomparável estilo voltairiano que, para ele também, define um estilo de época. O crítico acha por bem diferenciar dois elementos constitutivos importantes do texto: as "luzes" (*lumières*), ou seja, a racionalidade, e o rococó. O primeiro elemento é descrito como a aptidão de ir do particular ao geral com rapidez: é o que faz Voltaire ao pular do mal-entendido ou da piada da dissecação para a ideia de que "...todo espetáculo diverte os homens" e, daí, para o *vanitas vanitatum* das *Escrituras*. Perceba-se que será Auerbach, quinze anos depois, quem analisará tal agilidade como uma nova temporalidade da narrativa. Por ora, Spitzer descreve com argúcia como se aproximando do presente vivido (de um realismo baixo ou médio), Voltaire consegue manter a elevação herdada do classicismo que ele, Voltaire, como se sabe, praticou no teatro:

> Voltaire nos conduziu até a borda do abismo que separa o homem do homem, mas nos tira dali bem depressa pela rapidez, pela elegância, pela agilidade de sua linguagem – dito de outro modo, o bilhete tenta dissimular os abismos que só se chega a pressentir por trás da leveza mundana. Que superioridade em um espírito ao se sentir subitamente a uma distância glacial dos homens e conviver com eles, assim mesmo – que esforço, encomendar sua estátua mesmo conhecendo a vaidade de um tal empreendimento, insinuar subentendidos nessa missiva pessoal e ainda ter a coragem de, elegantemente, torná-la "superficial", leve: é cobrir de uma máscara mundana os abismos que separam os homens.[340]

Levando-se em conta que se trata de um bilhete que não fora escrito para publicação, percebe-se até que ponto a elevação do estilo impregnava mesmo a linguagem corrente da nobreza no Antigo

340 *Idem*, p. 364.

Regime – e é exatamente isso que fascina Auerbach e Spitzer, que se veem diante de uma espécie de flagrante da escrita e da fala em que o classicismo se alterna ao coloquialismo. Se lembramos de nossa panorâmica da tradição de escrita de cartas ainda no século XVII francês, com Madame de Sévigné, Guez de Balzac e Voiture (item 1.8, acima), podemos afirmar que a oscilação graciosa entre o alto e o baixo, o elevado e o coloquial era o que mais atraía escritores e leitores daquele momento, e século XVIII a dentro. Na verdade, tal mistura definia, também, a conversação em *société* [sociedade]. Ou seja, em uma análise estritamente formal da linguagem da aristocracia da época, pode-se dizer que, se é compreensível certo prazer extraído da fala que unia o elevado ao mais leve e frívolo (quase nunca o "baixo", mas pelo menos o "médio", como descreve Auerbach), é mais curioso pensar no crescente fascínio de tais cabeças educadas no classicismo pela escrita que incorporava o coloquial. Tal constatação indica, simplesmente, que a tendência a um novo realismo, integrador da experiência imediata banal, cotidiana, se impunha mesmo ao mais distanciado dos etos artísticos: o do neoclassicismo francês do *Grand Siècle*.[341]

Destacamos as análises feitas por dois mestres da crítica diante de um bilhete de cerca de dez linhas por crermos que elas iluminam as operações formais de um escritor que representa uma transição, a nosso ver, crucial. Na passagem citada, Spitzer acha por bem destacar, mais de uma vez, a total ausência de emoção de Voltaire diante de sua própria decrepitude e morte. Como veremos no próximo item, o que Spitzer tenta definir como o "bilhete rococó voltairiano", que poderia muito bem ganhar o nome de "bilhete frívolo antissentimental", é uma transposição de conceitos vindos da história da arte: barroco *versus* rococó: não há mais lugar para os "abismos" e angústias metafísicas da

341 Sobre distanciamento e cultura classicista francesa do Antigo Regime, cf.: PAVEL, Thomas. *L'art de l'éloignement*. [A arte do distanciamento]. Paris: Gallimard, 1996.

alma, mas também não se pode transpô-los para o plano de um coração laico. No bilhete, mostra Spitzer, Voltaire como que vivencia a transição francesa do século XVIII inteiro: não é mais apenas clássico (distanciado), mas ainda não é o racionalista que tudo ilumina de uma cena, embora se encaminhe para tal etos. O sentimental, excluído do bilhete, surge como contraponto médio ao clássico distanciado e ao baixo racionalizado – o novo materialismo das *Lumières*.

Retornando a nosso eixo de análise, se entre as inovações formais condensadas no primeiro romance de Richardson está um coloquialismo feminino e sentimental (lembremos que Pamela é filha de um burguês letrado empobrecido, e não de camponeses), é óbvio o alinhamento do romance à tendência reconhecida por Auerbach em *Manon Lescaut*. É por isso que o trecho que se segue combina tanto com uma descrição do que se passa em *Pamela*: "O prazer que o autor tenta despertar no leitor pela representação da corrupção infantilmente lúdica e inconstante dos seus amantes é, no fundo, um estímulo sexual, que é interpretado constantemente de forma sentimental-moral, cuja calidez é exagerada para a produção de um moralismo sentimental".[342] No caso de *Pamela* (e aqui retomamos o tema da ambiguidade constitutiva do romance) seria preciso apenas substituir o trecho: "... representação da corrupção infantilmente lúdica e inconstante dos seus amantes ..." por algo como: "... representação das investidas prepotentes de Mr. B. e da resistência virtuosa, sempre à beira da dubiedade, de Pamela ...". O resto da frase poderia ser mantida.

Em suma, Auerbach descreveu um processo de transformação do erótico em sentimental mediante um pacto de leitura talvez pouco compreensível para o leitor de hoje, depois que as culturais ocidentais viveram uma imensa ampliação do campo do permitido

342 AUERBACH, Erich, op. cit., p. 358.

no que toca à codificação social do desejo e do sexo. Por tal pacto, o autor simula que oferece tão somente uma narrativa sentimental (ou seja, que trata de uma suposta "verdade do coração" dos protagonistas), mas, na verdade, retrata uma tensão erótica constante.

No caso, o nível sexual não estaria recalcado nem reprimido, mas metaforizado: é substituído, sucessivamente, por violência, opressão, fantasia persecutória (o "assédio sexual", hoje juridicamente codificado), imposição classista, resistência da e na virtude (entendida como virgindade e/ou como elevação moral) etc. A voz de Pamela, a narradora-missivista ou a autora de diário, reorganiza os fatos narrados com o filtro do sentimento. O feminino, no caso, ganha uma imagem que será cara a nossa cultura, dali em diante: a da mulher alquimista, que transforma qualquer coisa – e em especial o erotismo – em amor. O leitor-pactário, por sua parte, torna-se aprendiz de feiticeiro para poder conviver com um sentido que, a cada momento, se bifurca. Finge acompanhar a narradora e ver sentimento em tudo, mas sabe muito bem – e extrai prazer disso – que a tensão erótica subjaz a cada cena. Por outro lado, o sentimental (mediano) doma o erótico (baixo), assim como o fazia a paixão (elevada) em Racine, como o próprio Auerbach indicara em outro estudo: é uma forma moralmente aceitável de aceder a tal região insondável do desejo sexual, que mistura o "baixo" (corporal) com o "elevado" (supra-racional).

1.18. Um "filósofo rococó": superficialidade, universalismo e sedução em Voltaire

Contrastemos a visão de Auerbach com a de Leo Spitzer, que também reconhece no texto de Voltaire elementos em franca transformação no momento em que *Pamela* é publicado. Spitzer nomeia de "rococó" a marca francamente superficial, agradável sem problematização, dos textos de Voltaire, principalmente as linhas a Mme Necker.

É termo emprestado das artes plásticas e, como se sabe, não existia na época dos artífices do que hoje se considera rococó, como Watteau (1684-1721), Boucher (1703-1770) ou Fragonard (1732-1806). Surge na Alemanha em meados do século XIX e, a princípio, tem sentido pejorativo: seria uma degradação do barroco religioso do século XVII espanhol em uma nova superficialidade de corte – julgada como de menor valor artístico. Tal sentido é revertido no século XX, embora ainda guarde algo da origem: valoriza-se o rococó como uma espécie de estilo aristocrático de transição, ou de uma fase contraditória ou decadente, entre o classicismo seiscentista (aristocrático) e o neoclassicismo pós-revolucionário (republicano) franceses. Porém, um aspecto do que Spitzer destaca parece crucial na tentativa de descrever a nova temporalidade narrativa proposta por Richardson. Ele escreve:

> Um tal bilhete, que a destinatária escorregava furtivamente no busto, devia continuar atuando em sua cabeça e em seu coração: essa aptidão de partir das menores coisas da vida para abordar os maiores problemas da humanidade, de tocar o coração da vida a partir das "questiúnculas", de fazer caber os maiores conteúdos nas menores formas, de iluminar amplamente as circunstâncias mais diminutas, essa penetração profunda das circunstâncias fortuitas sob a forma do improviso mantém-se como a conquista única do século XVIII francês.[343]

A nosso ver, a passagem possui inescapável otimismo diante da racionalidade das Luzes. Com efeito, apesar mesmo de seu início francamente erótico, em que o decote de Madame Necker serve de receptáculo a um texto que agirá em sua racionalidade ("cabeça") e em sua emoção ("coração"), a análise valoriza o talento de Voltaire em partir de detalhes ou "questiúnculas" na medida em que chegará aos "...

343 Tradução nossa. SPITZER, Leo, op. cit., p. 362.

maiores problemas da humanidade..." e ao "...coração da vida...". Ou seja, Spitzer não valoriza criticamente o estilo do bilhete de Voltaire apenas e tão somente por sua graciosidade sedutora, esquecendo-se, por instantes, de sua postura de "filósofo", sempre pronto a abordar os temas mais amplos da humanidade. Se levada em conta, essa dimensão sedutora do bilhete voltairiano tornaria menos importante sua reflexão pseudofilosófica incrustada em dez linhas de afeto e faria ressaltar o puro e simples desejo mundano (mascarado em graciosidade pseudofranciscana) de informar sobre sua estátua prestes a ser erigida e de manter a relação afetuosa com Madame Necker.[344]

Há uma rica contradição no texto de Spitzer que pode nos esclarecer sobre esse ponto. Ele defende, ao mesmo tempo, duas ideias díspares: a primeira, de que no bilhete Voltaire usa a superficialidade rococó para cruzar um abismo, ou seja, para mascarar profundezas: "... pois Voltaire reconheceu a intriga, a podridão por trás de toda comunidade humana, e sua virtuosidade lançou uma ponte por sobre os abismos da solidão no mundo". A segunda, de que por trás das máscaras na verdade não há nada, ou há o vazio onde Voltaire desaparece:

> Não vemos bem o que, na última frase, é mundanismo e o que é extravasamento, e nos despedimos dele com o sentimento de que, ali, o eterno solitário se dissimula atrás da mundanidade: não é que ele oponha às aparências da sociedade [*aristocrática*] seu ser profundo, mas ele desaparece por trás das máscaras complexas de sua personalidade. (...) Nessa carta, Voltaire se entrega e se retrai, se retrata e se esconde ao mesmo tempo.[345]

344 De maneira nenhuma propomos, aqui, uma redução ou anulação da riqueza das leituras de Spitzer e de Auerbach. Queremos, apenas, chamar a atenção para o aspecto especificamente mundano do bilhete, o que leva, inevitavelmente, a uma leitura que incorpore da forma a menos ingênua possível o que o próprio Spitzer chama de "...tocar o coração da vida à partir de 'bagatelas'...".

345 Ambas as passagens, em SPITZER, Leo, op. cit., p. 365. Tradução nossa.

Diante da frivolidade mundana é raríssimo se ver uma postura que não seja condenatória. A razão nos parece simples: em termos artísticos, movimentos como o rococó ou uma narrativa que exime leitores e comentadores de certa complexidade – que só quer distraí-lo, como ocorre hoje, por exemplo, com a literatura comercial de sucesso, ou seja, o chamado *best-seller* – estaria comprometida. Esse seria um incômodo dir-se-ia formal. Mas há ainda o incômodo filosófico, por assim dizer, que parece ser o expresso, brilhantemente, por Spitzer: tratar assuntos abissais, como a morte, com frívolas piruetas estilísticas não parece correto. O mais curioso, no entanto, é que o próprio Spitzer, em texto de mais de 20 anos depois, no final dos anos 1950,[346] trilhará um caminho a nosso ver mais percuciente, ao tratar de *La Vie de Marianne*, o romance de Marivaux que começa a ser lançado em 1731.[347] Sem por ora adiantar o que trataremos especificamente à frente,[348] destaquemos que, já no texto dos anos 1930 as conclusões de Spitzer apontam para a descrição de um dificilmente concebível mundanismo sem fundo, ou seja, um cinismo cuja intenção não se sintoniza nem com o projeto iluminista, nem com o humanista, mas que, tudo indica, era comum nos *salons* e cortes parisienses, de forma mais acentuada a partir da Regência (1715-1723). A morte de um rei que em seus últimos anos influenciara toda a aristocracia com uma devoção um tanto sufocante, aliada ao governo de Phillipe d'Orléans, dito "Phillipe Egalité" [Phillipe Igualdade],

346 O texto "A propos de 'La Vie de Marianne' (Lettre à M. Georges Poulet)" foi publicado em SPITZER, Leo. *Romanische Literaturstudien*. Tübingen: Max Niemeyer Verlag, 1959. Já "Quelques interprétations de Voltaire" data de 1931 (SPITZER, Leo. Romanische Stil- und Literaturstudien. In: *Kölner Romanistische Arbeiten*. Marburg: N.G. Elwert'sche Verlagsbuchhandlung, 1931).

347 Tratamos desse romance no item 1.7, acima.

348 Trataremos exatamente dessa análise, e da importância de reconhecer-se uma prosa coquete em Marivaux, no Capítulo 4, itens 4.6, 4.7 e 4.8.

com claras tendências libertinas, sem falar nas crises econômica (fracasso do Sistema de Law) e política (as últimas guerras sob Luís XIV tinham sido frustrantes), são elementos já apontados como deflagradores de um momento de inédita distensão política, social e mesmo comportamental.[349]

A caracterização feita por Spitzer de um Voltaire filósofo da Ilustração, um racionalista que, num pequeno bilhete, lança pontes graciosas sobre questões abissais ou, em outras palavras (como fica claro no fim do texto), um humanista que usa a leveza para dissipar o trágico da vida, nos ajuda a descrever um ponto importante em nossa perspectiva. Se Auerbach batiza de "técnica do holofote" aquela usada por Voltaire para iluminar apenas os aspectos de uma cena ou um fato narrado que corroborem sua tese e ridicularize as demais, arriscaríamos nomear a técnica utilizada por Voltaire, com o auxílio da leveza própria da prosa ou mesmo da conversa frívola de salão, como "técnica da compressão", ou "da condensação". Seria uma condensação radical, em que o "grande" se comprime até caber, graciosamente, no "pequeno": "... essa aptidão de partir das menores coisas da vida para abordar os maiores problemas da humanidade, de tocar no coração da vida a partir de 'questiúnculas'...". Por essa técnica estilística, só se tem acesso ao "grande" (às grandes ideias, aos universalismos, às questões políticas, filosóficas etc.) por meio do "pequeno" (os detalhes aparentemente insignificantes). Não se estaria diante de uma técnica com potencial para reverter o classicismo hegemônico? Sem dúvida, ainda mais levando em conta o já citado diagnóstico de Auerbach: "A tendência da época não se dirige para o sublime, mas para o gracioso, elegante, espirituoso, sentimental, racional e útil...",

349 Cf.: SGARD, Jean. *Prévost romancier*. [Prévost romancista]. Paris : José Corti, 1968.

já que "... o enaltecimento trágico do herói clássico desaparece desde o começo do século XVIII".[350]

No entanto, para além desse novo gosto setecentista pelo superficial, seja ele sentimental ou racionalmente justificado (o caso da "técnica do holofote", forma de ironia lógica de Voltaire), cremos que Spitzer precisa a técnica ao retratar-lhe propriamente como uma condensação, uma compressão: não é que o escritor do século XVIII goste apenas dos temas pequenos ou medianos, é que ele parece ter *adquirido a* capacidade ou a sensibilidade para perceber no "pequeno" indícios condensados do "grande", deixando de lado, portanto, a partir daí, a hierarquização clássica segundo a qual o "pequeno" (o "baixo") não é digno de ser retratado. Do lado racional, teríamos o "holofote" ridicularizador de Voltaire; mas, do lado sentimental, teríamos algo como *Pamela*. Tratar-se-ia da condensação do instante vivido intensamente, das banalidades narradas, tanto das banalidades íntimas (sentimentais), quanto das externas (a representação do cotidiano concreto). Em vez da ligeira frivolidade (mundanismo) ou da racionalidade irônica e excludente (iluminismo), tais fatos corriqueiros agora seriam banhados pela luz do sentimento exacerbado: o de perseguição, da opressão sentida no aqui-agora, da ameaça à dignidade social e sexual, sempre no contingente, a partir de pequenos atos, proibições, ditos das governantas, brigas dúbias com o patrão, bilhetes, pequenas tarefas domésticas inacabadas etc. – em suma, o quadro que se lê em *Pamela*.[351]

350 AUERBACH, Erich, op. cit., p. 367.

351 Se se compara com um romance considerado fundador do novo modo romanesco (e sentimental) no século XVIII, *Julie ou La nouvelle Heloïse*, de Rousseau, podemos dizer que tal romance francês tenta integrar uma dimensão não-corriqueira (os sentimentos e, em especial, o amor como sentimento dos sentimentos) e, portanto, elevada (uma elevação feita a partir de novo patamar, propriamente não-clássico, dado o menosprezo do classicismo em relação ao

1.19. O mundanismo segundo Voltaire

> Esse tempo profano é todo ele feito para meus hábitos./ Amo o luxo, e mesmo a languidez,/ Todos os prazeres, as artes de toda espécie,/ A elegância, o gosto, os ornamentos:/ Todo cavalheiro tem tais sentimentos. (...) Oh, bons tempos deste século de ferro!/ O supérfluo, coisa tão necessária,/ Reuniu um e outro hemisfério.[352]

Esses versos são de *Le mondain* [O mundano], de 1736,[353] que valeu a Voltaire um exílio forçado na Holanda. O poema foi divulgado a sua revelia, fora do círculo de suas amizades mais estreitas, com a previsível reação de instâncias da Igreja. Suas estrofes definem o tipo do "mundano" para uma audiência que aplaudia uma vida frívola e prazerosa nos salões aristocráticos. Elas se inserem em um importante momento de transição no Antigo Regime, momento de ascensão dir-se-ia irresistível do racionalismo, do deísmo e até do ateísmo no seio de uma sociedade católica em que jesuítas e jansenistas demonstravam fraturas na própria estrutura da Igreja. *Le Mondain* e sua sequência, *Défense du mondain* [Defesa do mundano], são exemplos bastante sintomáticos do estado da discussão no momento em que

---

tema do amor), ao pseudo-coloquialismo da forma epistolar. "Pseudo", aqui, indica que Rousseau não se aproxima tanto do que o século XIX chamará de mímese "realista" porque inventa uma nova retórica (elevada) para os sentimentos, a contrastar com a cotidianidade intrínseca ao modelo das cartas (muito mais do que fatos diários, o que se lê ali são variações de sentimentos expressas nessa nova retórica, que logo se nomeará de romântica – eis então elementos formais do que chamamos de ressublimação.

352 VOLTAIRE. Le mondain. In: *Mélanges*. Gallimard: Paris, 1977. p. 302. Também disponível em: http://www.voltaire-integral.com/Html/10/23_Mondain.html>. Acesso em: 22 out. 2005.

353 *Idem, ibidem.*

surgiram – o segundo, em 1737. Trata-se de perceber como o debate, mais ou menos sub-reptício ao campo intelectual e artístico e egresso do século anterior, pôde ser apropriado por Voltaire e transformado em matéria de textos aparentemente inofensivos. Escrito por um jovem autor com fortes relações de amizade e de apoio mútuo no mundanismo dos salões, e cuja filosofia racionalista e ateia se valerá de tais ligações para se impor no panorama intelectual, o poema é peça em prol da aceitação do luxo como traço cultural positivo.

Seu aspecto abertamente "moderno", aproveitando ecos tardios (mas ainda bastante presentes no panorama francês da época) da famosa querela entre antigos e modernos,[354] fica claro em sua estratégia de retratar mitos e personagens greco-romanos e bíblicos, bem como os próprios tempos antigos de modo geral, com um afiado realismo irônico, já a partir dos primeiros versos:

> Lamentará quem o quiser os bons e velhos tempos,/ E a idade do ouro, e o reino de Astreia,/ E os belos dias de Saturno e de Rea,/ E o jardim de nossos pais originais;/ Quanto a mim, rendo graças à natureza sábia/ Que, para meu bem, me fez nascer nesta era/ Em que nossos tristes descontentes tanto descreem:/ Esse tempo profano é todo ele feito para meus hábitos.[355]

Adão e Eva teriam... "As unhas longas, um pouco negras e imundas,/ A cabeleira um pouco mal ordenada,/ A tez amorenada, a pele retinta e parda". "Um bom vinho fresco, ou a espuma ou a seiva [*do vinho*]/ Não fazia cócegas na garganta de Eva ; A seda e o ouro não brilhava no mundo deles [*Adão e Eva*], Admiras, por isso tudo,

354 Como se vê, "moderno", no caso, é termo extraído especificamente daquela famosa querela. Cf.: DeJEAN, Joan. *Antigos contra modernos*. Rio de Janeiro: Editora Record, 2005.

355 VOLTAIRE, op. cit., p. 303.

nossos avós?". O "tempo profano", moderno, da "idade de ferro" de que fala o poema é o do mecenato das artes, que envolve a vida do *honnête homme* em um eterno e benfazejo luxo, ainda por cima, necessário: "O supérfluo, coisa tão necessária".[356]

A divulgação de *Le mondain* lhe vale um escândalo seguido de perseguição, e Voltaire foge para a Holanda. A partir do título, o texto o situa no partido de onde seu autor de fato provinha: a carta de Voltaire a Cideville, com o poema em anexo, com a recomendação de ser distribuído apenas a amigos, deixa clara a aproximação entre a vida ociosa e incrédula dos mundanos desde a Regência e os mais altos ventos científicos colhidos na Inglaterra. "Newton é, aqui, o deus ao qual eu me sacrifico, mas tenho capelas para outras divindades subalternas: eis o *Mundano*".[357] O conde de Bussy morre de repente e seus papéis caem em mãos erradas: um desafeto de Voltaire[358] faz 300 cópias do poema, causando furor em Paris. O motivo específico da perseguição é obscuro, podendo ser ou o retrato nada pio de Adão e Eva, ou o elogio a Colbert que, segundo o próprio Voltaire, teria desagradado ao cardeal Fleury. Louvar Colbert era uma espécie de tabu na França de então: o homem das finanças de Luís XIV, que aumentara os impostos para que o Palácio de Versailles fosse construído e ainda favorecera as novas manufaturas, acabou levando a fama por uma crise econômica que se deveu muito mais ao ímpeto guerreiro do rei. Fleury teria tomado os versos que se seguem como ironia contra ele: "Oh, como Colbert era um sábio espírito!/ (...) o ministro, útil com brilhantismo,/ Soube pelo luxo enriquecer nosso Estado./ De todas as nossas artes ele engrandeceu a fonte; E do sul, do oriente e da Ursa [*o norte*],/ Nossos orgulhosos vizinhos, enciumados de

356 *Idem, ibidem.*

357 *Idem, ibidem.*

358 Provavelmente o presidente Dupuy.

nossos progressos,/ Saldaram o espírito que passaram a admirar em nós".[359] É claro que, fosse pela quebra do tabu político, fosse como ironia direcionada a um dos grandes da Corte, a passagem só faz aumentar a ousadia que atravessa todo o poema.

Qualquer que tenha sido o motivo da divulgação e do escândalo, o resultado é o exílio na noite de 23 de dezembro de 1736: vai para a Holanda passando por Givet (França). Fica por lá dois meses, com a identidade falsa de *Révol*, negociante, e volta para sua casa, em Cirey, em fevereiro do ano seguinte. É na Holanda que escreve a continuação *Défense du mondain ou Apologie du luxe* [Defesa do mundano ou Apologia do luxo], contra-ataque na polêmica. Ali acham-se versos que tocam mais especificamente no ponto de que tratávamos, a tensão entre o mundano, visto não só como deísta ou ateu, mas como amante do luxo e da frivolidade, e as autoridades eclesiásticas.[360]

O novo poema é um diálogo do autor com um devoto, à mesa, diante de suntuoso banquete. O crente é logo tachado de hipócrita por conta de seu gosto por vinho e café, servidos à larga. Até que o narrador-alter-ego exclama: "Oh, falso devoto, verdadeiro mundano,/ Conhece-te; e, em teu próximo/ Não censure mais o que tua indolência/ Suporta em tua casa com tanta indulgência./ Saiba, sobretudo, que o luxo enriquece/ Um grande Estado, se faz um pequeno se desvirtuar./ Esse esplendor, essa pompa mundana,/ De um reino feliz é a marca certa".[361] Como se vê, e como já ficara sugerido sarcasticamente no elogio a Colbert, a "reconversão" forçada à qual Voltaire induz o de-

359 VOLTAIRE, op. cit., p. 303.

360 Na versão de Voltaire, obviamente interessada, teria sido o abbé Desfontaines, seu rival mais persistente, quem teria mostrado os versos a um tal padre Couturier, que mantinha relações com o poderoso cardeal Fleury; o motivo: inveja do sucesso da tragédia *Alzire*. VOLTAIRE. *Œuvres*. Paris, Gallimard, 1970, p. 1445.

361 VOLTAIRE. *Mélanges*, op. cit., p. 305.

voto – visto agora como um mundano inescapável, já que sua época é toda mundana – termina em louvor ao coletivo, ao Estado francês, que só tem a ganhar em proeminência internacional com o brilho do luxo. Vale a pena citar versos que traduzem o entusiasmo mundano ligado a certa tradição do cortesão, que procura viver envolto em obras de arte até o ponto da vertigem dos sentidos:

> É precio se render a esse palácio mágico/ Onde os belos versos, a dança, a música,/ A arte de enganar os olhos com as cores,/ A arte mais feliz de seduzir os corações,/ De cem prazeres fazem um prazer único./ Vai assobiar uma nova ópera,[362]/ Ou, contra a própria vontade, corre para admirar Rameau./ Vamos cear. Como esses pratos brilhantes,/ como esses acepipes representam para mim delícias!/ Como um cozinheiro é um divino mortal!/ Clóris, Eglê,[363] levem-me pela mão/ De um vinho d'Aï [*tipo de vinho espumante*] cuja espuma comprimida,/ Da garrafa com força lançada,/ Como um clarão faz voar a rolha;/ Ela parte, nós rimos; ela bate no teto./ Desse vinho fresco a espuma cintilante/ De nossos franceses é a imagem brilhante.[364]

Os artifícios que circundam o *gentilhomme* (cavalheiro, aristocrata), que enganam seus olhos, confundem-se com as borbulhas do vinho espumante, e tudo se funde na imagem final do próprio francês, indivíduo destacado por conta de seu brilho. O materialismo só parece ser suportável, e só vale a pena, para o mundano de Voltaire, com o embriagar-se coletivo, uma espécie de opção cívica pelo luxo. Nesse cenário, a resistência devota é um atraso, se não for pura hipocrisia. Extrai-se das duas *badinages* (brincadeiras, gracejos), como as

362 Era comum que a plateia assobiasse (em vez das palmas modernas) para expressar seu agrado ou desagrado diante de um espetáculo.

363 Mitos gregos. Damis larga Eglê para ficar com Clóris.

364 VOLTAIRE, *idem*, p. 305.

chama o próprio Voltaire, uma defesa do mundanismo inevitável e sem volta. *Le mondain* termina com uma frase lapidar, "O paraíso é onde eu estou" ("Le paradis est où je suis"). *Défense du mondain* traz o interlocutor beato rindo e bebendo muito, e todos no banquete concordando alegremente com as teses definidas pelo próprio autor como *honnêtes* [honestos, "de bem"]. O mundano era a encarnação frívola do personagem-tipo do *honnête homme* [algo como "homem de bem"], tão importante na formação da imagem do próprio francês, já no século XVII.[365]

Cerca de cinquenta anos depois dos dois poemas mundanos, a leitura do *Avertissement* [Advertência, comum no início de livros, à época] da famosa "Edição Kehl" das *Obras completas* de Voltaire, a cargo de Beaumarchais, Condorcet, do editor Pancoucke e outros, de 1785 a 1789, serve para esclarecer, por contraste, certos aspectos do contexto de 1736-37. Nos anos imediatamente anteriores à Revolução, os autores do *Avertissement* se apropriam de forma estratégica dos versos, a partir de uma polêmica que incluía toda a frivolidade que o grupo autointitulado "mundano" exercitava, meio século antes: "Toda prédica contra o luxo não passa de uma insolência ridícula em um país onde os chefes da religião chamam suas casas de *palácios*, e levam na opulência uma vida preguiçosa e voluptuosa".[366] Os "descendentes intelectuais de Voltaire" já podiam escrever suas ideias de forma direta e, por assim dizer, mais programática.

A argumentação contra a censura dos filósofos é admitidamente mais elaborada. Numa edição que serviu para se erigir o mito de um Voltaire sem máculas, apesar de suas intensas polêmicas e de seus enérgicos inimigos –, o autor do *Avertissement* defende a sofisticada tese

365 Cf.: AUERBACH, Erich. La Cour et le ville, op. cit.; e BURY, Emmanuel. *Literature et politesse*. L'invention de l'honnête homme (1580-1750). Paris: PUF, 1996.

366 VOLTAIRE. *Mélanges*, op. cit., p. 306.

da opulência servindo para mitigar a desigualdade social, por meio de "fantasias", ou seja, de algo bem próximo do embriagar-se de que falava Voltaire no poema: "Se se supõe uma grande desigualdade estabelecida, o luxo de fato não é um mal, o luxo diminui em grande parte os efeitos dessa desigualdade, fazendo o pobre viver às expensas das fantasias do rico".[367] Tal ocorreria exatamente por conta da ostentação, já que o luxo é a riqueza ostentada, muito mais saudável, segundo o autor de tal prólogo (Beaumarchais? Condorcet?), do que a não ostentada: "Uma grande desigualdade de fortuna, em um país onde as delícias são desconhecidas, produz complôs, desordens, e todos os crimes tão frequentes nos séculos de barbárie".[368]

O argumento de leitores célebres que se apropriavam tardiamente de *Le mondain* e de *Défense du mondain* tem a clara vantagem de, com um golpe só, defender os poemas prestes a serem lidos e embutir ideias igualitárias, como as que se depreende de *Le mariage de Fígaro* [O casamento de Fígaro], a obra-prima de Beaumarchais. É o que se vê na sequência: "Só há uma forma segura de atacar o luxo; é destruir as desigualdades das fortunas por leis sábias que o empeçam de prejudicar os outros. Assim, o luxo diminuirá sem que a indústria nada perca; os costumes serão menos corrompidos; as almas poderão ser fortes sem ser selvagens".[369] E ele conclui, voltando-se nominalmente para seu interlocutor: "O filósofos que viram o luxo como a fonte dos males da humanidade tomaram o efeito pela causa...".[370]

Como Voltaire, o autor do *Avertissement* de 1785-89 relaciona os artigos de luxo à indústria, tanto a manufatura (ancestral da fábrica), quanto aos empreendimentos comerciais de busca, transporte e

367 *Idem, ibidem.*

368 *Idem, ibidem.*

369 *Idem*, p. 307.

370 *Idem, ibidem.*

venda de produtos cobiçados de outros continentes. Mas a diferença entre as duas épocas, distantes em cinquenta anos, fica clara quando se avança no prólogo, na censura que os próprios defensores de Voltaire lhe fazem. A questão do Estado volta a ser fundamental:

> ...e aqueles que fizeram a apologia do luxo, vendo-o como fonte da riqueza real de um Estado, tomaram por uma boa política de saúde um remédio que só faz diminuir os estragos de uma doença funesta. Nesse ponto está todo o erro que se pode censurar em Monsieur de Voltaire; erro que ele partilha com os homens mais esclarecidos sobre a política que existiram na França, quando ele compôs essa sátira.[371]

O caso de *Le mondain* deixa entrever que nos anos 1736-37, de acordo com a postura típica do *Ancien Régime*, um autor como Voltaire ainda não via o potencial de tensão que permeava o âmbito do luxo, de um lado, e o da indústria e do comércio, do outro, o primeiro, pertencente ao imaginário e à estratégia social de distinção da aristocracia, e o segundo, entregue a classes consideradas subalternas. O luxo mundano servia tanto para atacar a presunção espiritualista dos devotos quanto para instituir a vitória do libertino, do *méchant* [cruel], entregue à embriaguez dos sentidos. Não se tocava nas tensões e contradições inerentes à condição de possibilidade concreta do fausto – a indústria e o comércio. Tal questão ficava relegada à constatação do conforto e do prestígio da posição de mecenas; afinal, sempre haveria artistas menos abastados a circundar as classes mundanas, com seus talentos e seu fascínio pela riqueza ostentada. Nos anos 1785-89, para gente como Beaumarchais e Condorcet, a doença real era a desigualdade, e o luxo era apenas sintoma. Se mantê-lo e louvá-lo não era condenável, em si (e até ajudava a mitigar certa ten-

371 *Idem, ibidem.*

são social), o era por conta da desigualdade real de fundo, que condenava o Estado mais cabalmente do que a fantasia representada pelo culto de ostentação da riqueza; a desigualdade concreta é que tinha de ser combatida, não sua simulação. O mundano e frívolo criado por Voltaire é simpático pela fantasia difundida; os que os sustentam, ou seja, seus mecenas, são, pela primeira vez, detestáveis.

1.20. *Le méchant:* o mundano se torna réu

Se o mundanismo não encontrara nos versos de Voltaire de 1736-37 uma oportunidade de defesa de seu etos capaz de evitar o escândalo, ele teria de esperar até 1747 para ver surgir uma condenação cabal em forma de comédia, e que obtivesse o sucesso entre o próprio público mundano. É bem provável que o aparecimento de *Le méchant* ["O malvado", "O maledicente" ou "O cruel"], a peça em questão, tenha sido uma consequência de alguns anos de disputa sub-reptícia entre visões de mundo (etos) em constante tensão. O fato de ter sido escrita por um ex-jesuíta expulso da Companhia de Jesus, que depois da peça abandonará o *monde* parisiense, só enriquece o exame de tal disputa – que atravessou a própria vida de Jean Baptiste Louis Gresset (1709-1777).

Tendo ingressado na Companhia aos 16 anos, Gresset logo será enviado a várias províncias francesas como professor de talento. Desponta precocemente no mundo das letras e no *grand monde,* com o divertido poema *Vert-Vert* [Verde-Verde], de 1734, no qual um papagaio, muito querido por ser pio e devoto, é enviado de um convento a outro para alegrar novas donas. No caminho, por conta de más companhias, muda da linguagem beata para uma prosa blasfema, escandalizando as freiras da nova casa. É devolvido em desgraça, punido com a solidão e pão dormido, arrepende-se, converte-se e acaba sendo morto por piedade. A trama, no caso, é menos importante do que a graciosidade com que são retratadas as intrigas e confusões conventuais. O poema causa escândalo e as freiras da Ordem da Visitação pressionam por uma punição. Gresset, que estudava teologia em Paris, é enviado à cidade de La Flèche e sua chegada coincide com novo escândalo literário: surge outro poema seu, satírico e impertinente, *La chartreuse* [A cartuxa], onde o jovem critica o Parlamento. A reincidência irrita os jesuítas, que recorrem ao poderoso cardeal Fleury; Gresset acaba sendo desligado discretamente da instituição, o que o agrada, pois pode se manter em bons termos com a Companhia.

Com uma sinecura em Paris e assiduidade no *salon* da duquesa de Chaulnes, de quem provavelmente foi amante (como um precoce Meilcour, dos *Égarements du cœur et de l'esprit* [Os extravios do coração e do espírito], de Crébillon, da vida real), Gresset vê sua fama de versejador chegar a Frederico II, da Prússia, causando ciúmes a Voltaire. Antes disso, já havia despertado a curiosidade e o anticatolicismo do autor de *Cândido*, que escrevera ao amigo Cideville, em janeiro de 1736: "Madame du Châtelet partilha de seu sentimento sobre *La Chartreuse*. Não li o adeus aos reverendos pais, mas gosto muito que tenha cortado essa parte. Um poeta a mais, e um jesuíta a menos, eis um grande bem à sociedade".[372] Gresset escrevera o poema em sua mansarda no colégio jesuíta Louis-Le-Grand, onde o próprio Voltaire estudara. Não admira que um fosse leitor do outro.

Gresset estreia no teatro em 1740, com uma tragédia, *Édouard III* [Eduardo III], tenta um drama em 1745, *Sidney*, e, finalmente, dois anos depois, escreve *Le méchant*, que é encenada na Comédie Française a 15 de abril. O sucesso é impressionante: 24 apresentações, para 18 mil espectadores.[373] Trata-se de mais uma "comédia sé-

372 VOLTAIRE. *Correspondance I (1704-1738)*. Paris: Gallimard, 1977. p. 705.

373 LOUGH, John. *Paris théâtre audiences*. In the seventeenth and eighteenth centuries. Londres: Oxford University Press, 1972 (1957). p. 179.

ria", na classificação posterior de Diderot (1757), uma "comédia enternecedora", na de Voltaire, por volta de 1738, ou "peça lacrimosa", na de Fagan (e Desfontaines), ainda em 1736. Qualquer que fosse o nome do novo gênero, a verdade é que não é o próprio Gresset quem o batiza, posto que sua peça não tem prefácio. Na intriga, Cléon, o *méchant* [malvado, cruel], é descrito com a minúcia de quem transitou pelos salões parisienses com olhos acidamente críticos, de um jesuíta reconvertido e, ao fim e ao cabo, desencantado com a superficialidade e os perigos do mundanismo. Basta saber que Gresset decide se afastar de Paris no ano seguinte ao sucesso estrondoso, mesmo ano em que é eleito para a Academia. Morará em Amiens o resto da vida, reaparecendo em pouquíssimas oportunidades, como em 1759, quando em sua *Lettre sur la comédie* mostrará extremo remorso por ter escrito para o teatro. Voltaire comentará, em *Le pauvre diable* [O pobre diabo]: "Gresset se engana, ele não é tão culpável.[374] O outro partido, antivoltairiano e *anti-philosophique*, também se surpreenderá com o *mea culpa*. Piron compõe um epigrama que assim se inicia: "Gresset chora sobre suas obras/ Como um penitente dos mais emocionados".[375] Gresset rejeitara ambos os lados do *monde*.

Le méchant quase se chamou *L'Esprit de méchanceté* [O espírito de maldade ou de maledicência] ou *L'Esprit à la mode* [O espírito na moda], numa indicação de que seu autor queria flagrar, por meio dela, um fenômeno contemporâneo que considerava generalizado.[376] Desde o início fica claro que o foco será no comportamento do mundano típico, que pensa poder manipular seus circundantes em inte-

374 THÉÂTRE du XVIIIè siècle. Paris: Gallimard, 1972. p. 1472.

375 *Idem, ibidem.*

376 *Idem, ibidem.*

resse próprio, ou simplesmente por diversão.[377] O protagonista Cleon se localizaria entre seu ancestral, Versac, de *Les égarements du cœur et de l'esprit,* de Claude Crébillon (1736), e seu sucessor, Valmont, de *As ligações perigosas,* de Chordelos de Laclos (1782).[378] A característica básica do *méchant* é semear o ódio e a divisão, e seu *habitat,* ou mesmo o lugar que *o inventou,* é a Paris da época. A criada Lisette é porta-voz e será a responsável por desmascará-lo. O cruel mundanismo de Cleon não é apenas uma "forma", um "estilo" de atuar em sociedade, o que se poderia supor diante do *esprit* e da facilidade de *saisir le ridicule* [perceber e manipular o ridículo] que lhe caracteriza. Lisette deixa claro que as máscaras que ele usa servem a uma concepção, ou mesmo a um *ethos* mais profundo e arraigado, surgido nas sociedades de Paris.

> Mas, não falo somente de seu estilo./ Se ele tivesse de mal apenas o fel que destila/ seria pouca coisa, e todos os maledicentes/ não representam um grande incômodo na casa da gente honrada [*honnêtes gens*]. Falo de seu gosto de perturbar, de destruir,/ Do talento de confundir, e do prazer de prejudicar:/ (...) Em sua terra [*no interior*], fixada aqui há muito tempo,/ Você não conhece Paris e o que dizem das pessoas.[379]

Lisette tenta abrir os olhos de Geronte, dono da casa e muito ligado aos hábitos de sua região provinciana. A irmã dele, Florise, está

377 Do mesmo modo, na acepção erótica surgida em literatura no início do século XVIII, o "libertino" coleciona mulheres conquistadas como passatempo.

378 Jacques Truchet é um dos que o destaca, em nota à edição da peça. THÉÂTRE du XVIIIè siècle, op. cit., p. 1474. E conclui, diferenciando os âmbitos teatral e romanesco, o que para nossa pesquisa tem óbvio valor: "...e se *Le méchant* mantém-se como uma obra tão discreta e tão perfeitamente decorosa, é em grande parte porque o teatro – pelo menos a Comédie Française – não podia se permitir as mesmas audácias do romance".

379 THÉÂTRE du XVIIIè siècle, op. cit., p. 1210.

amigada com Cleon, que quer estragar o casamento da filha, Cloé, com Valère. Este passara a infância naquela província, fora prometido a Cloé e, agora, depois de alguns anos em Paris, tornara-se nada menos que um aprendiz de mundano, cujo mestre é o próprio Cleon. Geronte é a favor do casório e Cleon quer impedi-lo pelo prazer de fazê-lo, mas também porque, sem casamento, não seria Cloé a pôr as mãos no dote prometido por Geronte, mas a própria Florise, e Cleon não se casaria com ela senão... "...sob condição de uma parte muito boa na herança".[380] Ariste é o amigo equilibrado e bem imbuído de uma moral *honnète* que ajuda a desvendar o nó do enredo – é o contraponto nobre a Lisette, boa e sagaz, porém humilde.

Embora seja mais que estilo de falar, só se pode ter acesso ao mundanismo cruel pela fala, ou seja, pela observação da performance social de Cleon. Outra vez, Lisette:

> Quando Ariste falava, Cleon fazia caras e bocas;/ Ele incitava madame, aprovando-o em silêncio;/ Seu ar, as meias-palavras que você não ouve,/ Certo riso de escárnio, um silêncio pérfido,/ Eis como falava, e tudo isso influi [*em decisões*]./ Verdadeiramente, ele não se mostrará tal como é,/ Estando você presente: segue estritamente o interesse dele;/ Serve-se de Florise e sabe se satisfazer/ [*Trocando*] o mal que nunca faz pelo mal que induz alguém a fazer.[381]

O mundanismo amoral de Cleon é não apenas suposto na maioria dos parisienses, mas define um "partido dos mundanos" também dentro da casa onde se passará a comédia-drama, sendo Florise praticante de um amoralismo volúvel que parece combinar com o estilo de Cleon. Diz Lisette: "Sucessivamente, eu a vi/ (...)

380 *Idem*, p. 1225.

381 *Idem*, p. 1212.

Seis meses na moral e seis meses nos romances/ Segundo o amante do dia e a cor dos tempos...".[382]

Mas o que definiria, de forma mais específica, tal amoralismo, tal "maldade social"? Frontin, o criado de Cleon, nos permitirá uma descrição mais próxima do etos ali em jogo – e uma reincidente volubilidade, para a qual na época havia o termo *inconstance* [inconstância], é central. Mas é volubilidade bem diferente da observada em Florise, posto que sem nenhuma eleição de objetos amorosos. Trata-se, na verdade, de variação dos objetos da própria crueldade social. "Por teus malditos prazeres, pela vida toda,/ Nos expulsaram de vinte casas", diz Frontin. E, adiante: "Almejas, então, ao triste divertimento/ De se fazer odiar universalmente ?".[383] Como se vê, a sina do *méchant* é trocar infinitamente de relações, e só mantê-las pelo tempo em que pode enganar suas presas sobre sua *honnêteté* [honradez]. Cleon defende-se – e revela-se – ao afirmar que, para ele, a amizade é dispensável, e que prefere a ela o prazer de meter-se em novas intrigas, de prejudicar uns e outros e, só assim, ser temido: "Para mim, tanto faz; têm medo de mim, me estimam,/ É tudo o que quero, e tenho como máxima/ Que a tediosa amizade, de que fazem tanto caso,/ Não vale os prazeres advindos das pessoas que a gente não ama./ Ser citado, incluído em todas as intrigas,/ Nas recriminações, nas relações, nas novas histórias,/ Ser, ao mesmo tempo, temido e desejado em toda parte,/ Eis meu destino e meu único gosto".[384] Nem as mulheres e nem mesmo a família serve de limite ético a seu gosto pelo prazer e pela crueldade social (*méchanceté*):

382 *Idem*, p. 1211.

383 *Idem*, p. 1225-1226.

384 *Idem*, p. 1226.

> Toda mulher me agrada, nenhuma me prende./ Se por azar de repente me vejo casado,/ Não me entediaria em nada por minha querida metade (...)/ Penso como você;/ O parentesco me excede, e feuf laços, suas correntes/ As pessoas de quem partilhamos os defeitos ou as aflições,/ Tudo isso são preconceitos, misérias do velho tempo;/ É para o povo, enfim, que são feitos pai e mãe.[385]

A sofisticação do texto de Gresset, a nosso ver, no limite entre o decoroso e o inovador – pelo menos no que tange à clara ousadia de levar um mundano-libertino para o palco da Comédie Française como protagonista –, se deixa ver, por exemplo, na acidez que um parisiense tão típico como Cleon usa para falar da capital. "Paris! Ela me entedia à morte,/ (...) Tudo o que se é forçado de ver ali e de suportar/ Ultrapassa em muito a satisfação que se pode ali encontrar./ Deparar-se a cada passo com gente insuportável,/ Bajuladores, criados, engraçadinhos detestáveis".[386] Mas não é exatamente ele o símbolo dessa capital da frivolidade e da volubilidade ética? É por isso que tal passagem contrasta de forma cômica com o entusiasmo do jovem Valère com Paris, poucos versos depois; e se Cleon é seu mestre em mundanismo, deduz-se que, ou Cleon é o que hoje chamaríamos de uma "personalidade dúbia", de "duas caras", ou ele gosta de manejar suas verdades e mentiras com uma liberdade capaz de confundir não só Valère, mas o próprio leitor-espectador.

A dimensão propriamente erótica do odiado protagonista se deixa flagrar quando Valère se mostra apaixonado pela mulher que Cleon escolheu para "formá-lo", no sentido libertino do verbo: "Já arranjei tudo para que ele tenha Cidalise;/ Ela formou a maioria de nossos rapazes".[387] E quando Valère chega: "Tenho (...) bastante gosto por

385 *Idem*, p. 1224 e 1229.

386 *Idem*, p. 1232.

387 *Idem*, p 1223.

ela,/ E para amá-la sempre, se me faço amado,/ Observo o que pode fazê-la me estimar".[388] A rubrica, em itálico, indica o ridículo de tal postura aos olhos do "mestre *méchant*": "Cleon, *com uma grande gargalhada:*/ Céladon, creio, legou-lhe a alma:/ São necessários seis meses para amar uma mulher".[389] A ironia diante da pressa do discípulo jovem expressa total descrença no amor, e faz lembrar os desvarios de Meilcour, o jovem "em formação" de *Les égarements du corps et de l'esprit* [Os extravios do coração e do espírito].

Se Versac, o libertino (*méchant*) desse romance inacabado de Crébillon, tornou-se o primeiro libertino da prosa de qualidade francesa da época, havendo certa unanimidade em se datar daí o início do "romance de libertinagem",[390] Meilcour foi o primeiro discípulo em posição de formar-se (eroticamente) no *monde* e, como Cléon e o Valmont de *As ligações perigosas* são ilustres descendentes de Versac, pela cena citada se vê que Valère o seria de Meilcour. Está aí descrita a linhagem de personagens libertinos, de 1736 a 1782. Até a virada do século, no momento já republicano da França, tal personagem-tipo ainda retornará reencarnado. Na verdade, atravessa o século: La Morlière (*Angola*, 1746), d'Argens (*Teresa filósofa*, 1748), Chevrier (*Le colporteur* [O vendedor ambulante], 1761), Dorat (*Les malheurs de l'inconstance* [As infelicidades da inconstância], 1772), Laclos (*As ligações perigosas*, 1782), Nerciat (*Les amours du Chevalier de Faublas* [Os amores do Cavaleiro Faublas], 1787-89), Sade (*A filosofia na al-*

388 *Idem, ibidem.*

389 *Idem*, p. 1238. Céladon é o personagem de *Astrée*, o romance pastoral de d'Urfé, de 1607, que virou sinônimo de amante delicado, criado, por sua vez, a partir de um personagem guerreiro das *Metamorfoses*, de Ovídio.

390 GOLDZINK, Jean. Questions sur la naissance du récit libertin des Lumières. In: PERRIN, Jean-François; STEWART, Philip (org.). *Du genre libertin au XVIIIè siècle*. [O gênero libertino no século XVIII]. Paris: Éditions Desjonquères, 2005. p. 74-85; TROUSSON, Raymond, op. cit., p. 3-15.

cova, 1795) etc. A lista pode ser bastante ampliada, embora sempre sabendo que tratamos, em certos casos, não do libertino específico de Crébillon e Laclos, mas de uma imagem literária ou teatral generalizada do *méchant homme,* do mundano, do *petit-maître* ou mesmo do *roué* ou do *scélerat* [celerado], típica da cultura francesa do período. Seriam matérias-primas para aquele romance que se define como "de libertinagem" e do personagem-tipo complexo do libertino, sem se confundir com ele.[391]

391 Como deixa claro em especial este último parágrafo, nossa análise de *Le méchant,* de Gresset, se insere em uma pesquisa sobre o romance de libertinagem e sobre o libertino como personagem-tipo complexo (para diferenciça-lo dos personagens-tipo da *commedia dell'arte*) – pesquisa em curso e que será por nós desenvolvida logo depois do presente trabalho.

Pamela chega à França: translado e transformação de uma personagem

Como descrever a verdadeira apropriação feita pelo teatro parisiense dos anos 1742 e 1743 da personagem Pamela e da narrativa de mesmo nome, lançada na tradução de Prévost em 1742? O primeiro ponto a destacar é o caráter "implosivo" das estreias: em um espaço de tempo bastante apertado – apenas sete meses, de maio a dezembro de 1743 –, o insucesso das três estreias foi cabal e leva, ele próprio, a refletir sobre esse verdadeiro fenômeno negativo. A pior reação ocorre diante da tentativa feita por La Chaussée de transformar parte da trama de Richardson em uma *comédie larmoyante* [peça lacrimosa] ou *attendrissante* [enternecedora]. O que se pode dizer das duas outras, comédias sem nenhuma ambição à seriedade "enternecedora", é que se saíram um pouco melhor, também por conta da despretensão característica dos espetáculos encenados no Teatro dos Italianos. Não que a expectativa em relação à obra de La Chaussée tenha sido pouca. A trupe da Comédie Française apostou no sucesso da peça, sem medir gastos para a encenação, segundo relata o prestigiado biógrafo do autor, Gustave Lanson.[1] O motivo era simples, e indica o quanto o momento era propício ao novo gênero teatral que ensaiara um surgimento por volta de 1735-1736: o autor acabara de emplacar a primeira "peça lacrimosa" de sucesso, também elogiada pelos periódicos e pelos supostos entendidos da cena teatral. Tratava-se de *Mélanide*, encenada a 12 de maio de 1741 e que acabaria alcançando cerca de 12 mil espectadores ao longo de 22 apresentações no teatro da Rue des Fossés Saint-Germain, onde ficava a Comédie Française. Era um sucesso considerável, levando-se em conta o período de baixa de espectadores naquele teatro.[2] Levando-se também em conta que a peça trazia

1 Lanson foi aos Archives de la Comédie Française conferir os livros de contas da companhia: o *Registre* relativo à sexta-feira, 6 de dezembro de 1743, e o *Compte du general pour l'année 1743-1744*. LANSON, Gustave. *Nivelle de la Chaussée et la comédie larmoyante*. Genebra: Slatkine Reprints, 1970 (1903). p. 163.

2 O título é um nome próprio de mulher. Como mostra John Lough, no período de 1715 a 1750 se observa uma baixa de público nas produções da prestigiada trupe. Para Lough, os motivos são bastante difíceis de serem inferidos. "It is difficult to account for the slump in the fortunes of the Comédie Française in the period between 1715 and 1750". LOUGH, John. *Paris théâtre audiences*. In the seventeenth and eighteenth centuries. Londres: Oxford University Press, 1972 (1957). p. 175. Segundo o autor, nem mesmo a razão mais plausível para a fuga dos espectadores explica o que terá acontecido: se o retorno do Teatro dos Italianos e de o surgimento de outros teatros, como o Théâtre de la Foire [Teatro da Feira], roubam público à Comédie, por que quando essa concorrência aumenta ainda mais, ou seja, de 1751 em diante, a Comédie vê suas salas lotarem novamente, em irresistível nível ascendente, até o fim do século? Sem nos arvorarmos a resolver a questão, arriscamos uma hipótese que aponta para o surgimento de um novo gênero nos palcos parisienses. Segundo o gráfico de "Totais Anuais de Espectadores na Comédie Française da Páscoa de 1681 à Páscoa de 1771", a baixa chega a seu ponto limite exatamente no período de 1736 a 1742, ou seja, o momento que vê nascer a *comédie larmoyante* como gênero novo. Terá sido um impasse diante da decadência de formas teatrais antigas, das tragédias gregas ou orientalistas às comédias tradicionais à la Molière, que fez surgir o novo formato narrativo? E se tal novo gênero trazia como protagonistas burgueses com dramas familiares ou profissionais, os mesmos que Diderot tomará como ideais para favorecer uma

elementos pouco palatáveis para o público que frequentava o teatro, a começar pelo próprio título, um nome simples de mulher, sem nada de mitológico. É Lanson quem aponta:

> Aquilo me surpreendeu. Era bom para a tragédia: o herói da história e da fábula são conhecidos. Mas um nome desconhecido, um nome inventado pelo autor, nem simbólico nem grotesco, insignificante, incolor, que não anunciava nem a intenção moral do autor, nem os personagens, nem o tema, nunca se dera um nome daqueles a uma peça.[3]

A passagem ganha em importância se notamos a quase simultaneidade com o lançamento de *Pamela*: cinco meses depois, já que a primeira edição do romance de Richardson saiu em dezembro de 1740, anonimamente, em Londres. Porém, lembremos que, se na França é impossível encontrar título anterior àquela data sem referências à nobreza do protagonista – e mesmo *La vie de Marianne* [A vida de Marianne], que começou a vir à público em 1731, traz como subtítulo: *...ou as aventuras de Madame Condessa de* *** –, na Inglaterra

identificação do espectador diante de suas "*conditions*", não teriam determinado um maior afluxo de um público burguês ao teatro, já existente, sem dúvida (como mostra Auerbach em seu *La cour et la ville*), mas que pode ter se afastado do teatro por conta da decadência dos antigos gêneros? É claro que tal público só tenderá a aumentar à medida que mais dramas forem sendo encenados, que as ideias dos *philosophes*, inclusive sobre o teatro, forem se difundindo e, é claro, que a população for aumentando. Se essa é apenas uma hipótese de trabalho a ser confirmada ou não, a verdade é que Lough não cita nenhum grande sucesso – ou seja, os que atingiam 25 mil espectadores ou mais – do período de 1736 a 1742. Por exemplo, um dos maiores deles, *Mérope*, de Voltaire, atrai 30 mil espectadores entre fevereiro de 1743 e março de 1744. Desse modo, *Mélanide* acaba sendo, de fato, um dos maiores sucessos desse período de vacas magras: não se poderia supor que seus 11 mil espectadores correspondem a uns 25 mil em período de afluência mais normal?

3 LANSON, Gustave, op. cit., p. 160.

havia exemplos prévios, como *A Vida e as Aventuras Estranhamente Surpreendentes de Robinson Crusoé de York, Marinheiro: que viveu Vinte e Oito Anos, completamente só em uma Ilha desabitada na costa da América...*, lançado por Daniel Defoe em 1719.[4] Seu romance de 1722, hoje conhecido como *Moll Flanders*, trazia como título *As Fortunas e os Infortúnios da Famosa Moll Flanders* [*The Fortunes and Misfortunes of the Famous Moll Flanders*], o "*Famosa*", no caso, escondendo em algum grau a baixa extração da personagem principal: como Crusoe, personagem baseado em marinheiro real, Flanders tem uma fama suspeita. Na verdade, o romance é exercício entre as muito lidas histórias fictícias de criminosos ou prostitutas e as biografias autênticas desse mesmo tipo de gente de baixa extração, no que se pode chamar de variante inglesa um pouco mais urbana do pícaro.[5] Dois anos depois, com *Roxana: A Amante Afortunada ou Uma História da Vida e da Ampla Variedade de Fortunas de Mademoiselle De Beleau, Mais Tarde Chamada de Condessa De Wintselshei*,[6] Defoe finalmente deixa bem claro já no título que, por maiores que sejam as quedas morais ou sociais que a protagonista sofra ao longo da trama, ela acabará ascendendo à nobreza.

No caso de *Mélanide*, que seria reencenada com grande prestígio ainda duas vezes antes que La Chaussée se arriscasse em sua *Pamela*, ambas no Théâtre de la Monnaie [Teatro da Moeda], em Bruxelas, com estreias a 13 de maio e 15 de outubro de 1743. Antes

4 *The Life and Strange Surprising Adventures of Robinson Crusoe of York, Mariner: who lived Eight and Twenty Years, all alone in an uninhabited Island on the coast of America...*

5 VASCONCELOS, Sandra G., op. cit., p. 59-63. WATT, Ian, op. cit. p. 95-96. Cf.: RICHETTI, John. *Popular Fiction before Richardson*. Narrative patterns – 1700-1739. Oxford: Clarendon Press, 1992. McKEON, Michael. *The Origins of English Novel (1600-1740)*. Baltimore: The John Hopkins University Press, 1991.

6 *Roxana: The Fortunate Mistress Or, a History of the Life and Vast Variety of Fortunes of Mademoiselle De Beleau, Afterwards Called the Countess De Wintselshei.*

de La Chaussée falecer, em 1754, ainda veria a peça encenada mais duas vezes na Comédie, em maio e junho de 1751, e mais uma no teatro de Bruxelas, em junho de 1753. Até o fim do século, mesmo depois da Revolução, seriam mais 36 encenações, estando, portanto, totalmente incorporada ao repertório da companhia. Será símbolo das "peças lacrimosas" por suas qualidades estruturais, provando que já em 1741 o novo gênero podia ser frutífero, se o autor soubesse aproveitar.[7] Isso se lia no *Anedoctes Dramatiques – Tome 1* [Anedotas dramáticas – Tomo 1]: "Talvez seja a melhor das Peças no gênero enternecedor. É um Romance, se se deseja, mas um Romance Dramático, que faz bastante efeito [*representado*] no Teatro. O quarto e o quinto Atos são da maior vivacidade".[8] Mas o mesmo *Anedoctes*... não deixa de chamar atenção para o que as más-línguas dizem do novo gênero:

> O patético dessa Peça, porém, não impediu Monsieur Piron de brincar a respeito dos Dramas desse gênero, que ele compara a frios Sermões: "Você então vai ouvir pregar o padre La Chassée?", disse ele um dia a um de seus amigos que encontrou indo a uma representação de Mélanide.[9]

O perfil inevitavelmente moralista da "peça lacrimosa" não cai bem aos ouvidos cínicos da sociedade frequentadora da Comédie, nem de concorrentes experimentados como Alexis Piron, cuja *L'École des Péres* [A escola dos pais] atingira as mesmas 22 apresen-

7 Muitas das informações foram extraídas de CÉSAR (Calandrier Électronique des Spectacles sous l'Ancien Regime et sous la Révolution [Calendário eletrônico dos espetáculos sob o Antigo Regime e sob a Revolução]). Disponível em: http://cesar.org.uk/cesar2/publications>. Acesso em: 02/05/2006.

8 ANEDOCTES dramatiques. Tome 2. Paris: Chez la Veuve Duchesne, Libraire, 1775. p. 22. In: CÉSAR. Disponível em: http://cesar.org.uk/cesar2/publications>. Acesso em: 03/05/2006.

9 *Idem, ibidem.*

tações e 12 mil espectadores, por volta de 1728, e sua comédia nada sentimental, *La Métromanie* [A metromania], dez anos depois, tornara-se um dos sucessos da Comédie, com muitas reapresentações até o final do século.

Mas antes da tentativa séria do "padre" La Chaussée, como queria Piron, Louis de Boissy já havia tentado transmudar o clima do romance de Richardson rumo ao tom de mofa, tão ao gosto do público do Théâtre des Italiens [Teatro dos Italianos]. Como qualquer autor que transitava na sociedade aristocrática e demonstrava ambição, Boissy não se limitava a escrever para o teatro especializado em comédias, que se localizava no Hôtel de Bourgogne, na rua Mauconseil, próximo a Les Halles e à igreja de Saint-Eustache. Na verdade, como veremos adiante, quando tratarmos de sua trajetória, ele estreara em 1721, na Comédie Française. E sua peça anterior a *Paméla en France* [Pamela na França], intitulada *La Fête d'Auteuil ou La fausse méprise* [A Festa de Auteuil ou O falso desprezo], estreou a 23 de agosto de 1742 mais próximo ao Sena e ao Palácio do Louvre, ou seja, no Théâtre Français [Teatro Francês], o que indica capacidade de versejar nos moldes clássicos, a qual faltava a muitos autores que só escreviam para aquele teatro. Como também veremos adiante, sua relação sarcástica com a Inglaterra tivera um precedente com a bem-sucedida comédia *Le François à Londres* [O francês na moda], de 1727.

A melhor forma de nos aproximarmos do contexto no qual surgiu a peça de Louis de Boissy, tão característica de um momento da cena teatral parisiense do Antigo Regime, é conhecermos a reação de certos leitores e interlocutores da época diante da ansiedade em torno do próprio romance de Richardson, bem como do primeiro espetáculo que nele se baseava. Dona de uma imensa correspondência com seu amigo François-Antoine Devaux, Françoise de Graffigny, futura autora das *Lettres d'une Péruvienne* [Cartas de uma peruana] (1745) e frequentadora de vários *salons* – em especial o famoso Caveau, onde se encontrava com Crébillon fils, Charles Duclos, Caylus, Moncrif, o pintor Boucher, o compositor Rameau, entre outros – estava tão integrada aos hábitos da época na capital que se via obrigada a estar presente à maior parte das estreias tanto na Comédie Française quanto no Teatro dos Italianos. Passagens dessa longa interlocução por cartas, em 1742 e 1743, são um retrato bastante acabado das expectativas, do interesse acolhedor e do horizonte crítico de leitores privilegiados na Paris da época, em um momento imediatamente anterior à conformação de uma crítica literária como hoje a conhecemos. O pano de fundo da formação clássica explica não apenas a perplexidade diante do impacto da leitura de *Pamela*, mas também a densidade das análises, testemunho do processo de elaboração de novas formas de acolhimento de textos narrativos, em pleno curso, na época.

2.1. A recepção de duas *Pamelas*, a inglesa e a francesa, pela visão de dois missivistas

Em outubro de 1742, a futura escritora Françoise de Graffigny, na época apenas uma dama coquete, sem fortuna e frequentadora assídua de salões parisienses de aspirantes às letras, compartilhará com seu destinatário, Devaux, a ansiedade de assistir à comédia baseada no romance, com toda ironia de quem disputa com ele a avaliação crítica mais "correta" da obra inglesa que cruzara o Canal da Mancha: "Você denigre tudo o que é aplaudido aqui [*em Paris*], a exemplo de *Pamela* [*a tradução do romance*]. Mas, estando tão contrário no gosto, um de nós está errado", escreve a Devaux, que morava fora de Paris, em Lunéville.[10]

10 *Idem, ibidem.*

> Como? *Pamela* já está no teatro e foi bem recebida? Solto fogos em ver isso. Fique atento, eu lhe peço, quanto ao momento em que ela sair impressa; nunca tive tanta impaciência por uma peça. Não imagino como Boissi (*sic*) pôde dar forma [*no sentido de "adaptar"*] a esse tema; confesso que isso está muito acima de mim [*de minha capacidade de compreensão*]. Jamais o acreditaria teatral.[11]

Françoise responde ao amigo que, antes mesmo dela, tem ambições de tornar-se autor dramático (é dele a peça *Les Portraits* [Os retratos], hoje desconhecida):

> Oh, não entendo mais nada: neste momento eu te vejo com duas cabeças! Como é que, depois do terrível desgosto que você teve com *Pamela* [*a primeira versão teatral*], você morre de impaciência de vê-la como comédia, e de ver seu irmão? (...) Vamos, apesar de teus caprichos você logo se satifará, pois se imprimiu uma e outra.[12]

O irmão de Pamela é ninguém menos que Joseph Andrews, ou melhor, o romance lançado por Henry Fielding em 1742, *A História das Aventuras de Joseph Andrews e de seu amigo Mr. Abraham Adams.*[13] Em outra carta, Françoise revela que o abade Desfontaines, seu amigo e editor do jornal *Observações sobre os escritos modernos*, queria guardar segredo sobre sua autoria da tradução do romance de Fielding para o francês: "...uma dama inglesa acaba de traduzi-la e o abade Desfontaines a traz para o francês. Logo aparecerá, mas,

11 GRAFFIGNY, Madame de. *Correspondance*. Tome 4. Oxford: The Voltaire Foundation/Taylor Institution, 1996. p. 167.

12 *Idem, ibidem.*

13 *The History of the Adventures of Joseph Andrews, and of his friend Mr. Abraham Adams.*

bico calado, é uma confidência que me fizeram sob pena da vida".[14] De fato, o título da versão se completa com: "*...publicadas em inglês em 1742 por Monsieur Fielding e traduzidas em francês em Londres por uma dama inglesa a partir da 3ª edição*".[15] Portanto, simultaneamente à tentativa de Louis de Boissy de transformar *Pamela* em um personagem do sarcástico Teatro dos Italianos, o jesuíta Desfontaines, um militante da vida jornalística, teatral e editorial parisiense, figura importante na aceitação e na própria denominação da "peça lacrimosa" [*comédie larmoyante*], encarrega-se da segunda paródia cômica feita por Fielding do romance de Richardson, a primeira tendo sido *Shamela*, ainda em abril de 1741, apenas quatro meses depois do surgimento da *Pamela* original.

Mas qual será o destino da tentativa dir-se-ia alquímica de Boissy, de mudar em comédia ligeira o romance de cartas sentimental de maior impacto da época? Françoise de Graffigny falta à estreia, e apenas registra, dando asas à curiosidade de Devaux: "Apresentaram ontem, nos Italianos [*o Teatro dos Italianos*], *Pamela*; é de Boissy e foi muito bem recebida. Há um outro romance inglês sob o título de *O irmão de Pamela* [*como vimos, trata-se do romance 'Joseph Andrews', de Fielding*]", completa, confirmando a simultaneidade de uma e outra adaptação.[16] O "...muito bem recebida" chega a intrigar leitores de hoje que se deparam com notícias do fracasso da peça. Na verdade, porém, apesar de nunca mais reencenada de 1743 até hoje, *Pamela, ou la Virtue mieux éprouvée* [Pamela ou A virtude melhor testada] não chega a ser o "fenômeno de uma noite só" que será, em dezembro daquele mesmo ano, a peça de

14 *Idem*, p. 201 (Carta de 6 de março de 1743).

15 *Idem*, p. 204.

16 *Idem, ibidem.*

La Chaussée. Prova disso, além da notícia dada por Françoise, é o verbete das *Anedoctes dramatiques*, de 1775:

> Boissy tirou o tema de sua Comédia do Romance de Pamela de Richardson (*sic*), que à época interessava Paris inteira; mas sua Peça não obteve um sucesso tão brilhante. A Festa que compõe seu desenlace, bastante risível lida, mas muito agradável na representação, fez com que fosse encenada treze vezes.[17]

O final do texto prova que o insucesso da peça não foi tão acentuado: treze apresentações, à época, um pouco mais da metade do número alcançado pela bem-sucedida *Mélanide* na Comédie, no mesmo período de baixa de espectadores, é, pelo menos, um ensaio de sucesso. Porém, como deixa claro a própria Françoise, ensaio não garante decolagem: "A *Pamela* dos Italianos saiu de cartaz no dia seguinte a sua aclamação. Espera-se a cura de Sílvia, que está gripada, para encenar uma pequena peça que, dizem, substituirá e porá fim àquela".[18] A resposta de Devaux traz perplexidade diante da promessa não cumprida pela peça: "Lamento a saída de cartaz da *Pamela*. Contava com ela para nosso pós-Páscoa, mas é singular, essa saída. Como é que, a primeira representação tendo acontecido, as outras puderam ser tão diferentes?"[19]

Alguns aspectos da repercussão de *Pamela* em Paris e no imaginário de leitores e espectadores como Graffigny e Devaux ficam nítidos nesses fragmentos de cartas, exemplos cabais de uma "comunidade de leitores" parisiense constituída em torno do já citado Caveau

17 ANEDOCTES dramatiques. Tome 2, op. cit., p. 34. Disponível em: http://cesar.org.uk/cesar2/books/anecdotes/display.php?volume=1p&index=1>. Acesso em: 4/07/2006.

18 GRAFFIGNY, Madame de, op. cit., p. 208.

19 *Idem*, p. 211.

[Taberna] e da Société du Bout-du-Banc [Sociedade da Cabeceira].[20] O primeiro ponto a destacar é a imensa expectativa em torno dos desdobramentos que o romance inglês original – e sua protagonista, cada vez mais famosa como uma espécie de "entidade" desligada do corpo do texto – favoreceria na França daquele momento.

A 20 de junho de 1742, a missivista termina a leitura da versão francesa do romance. "Acabo de ler um romance inglês traduzido por um inglês". E vem a descrição material: "Contém mais de novecentas páginas de impressão com caracteres bem diminutos"; para aumentar o efeito de pressa e prazer na leitura: "Li-o em dois dias".[21] De saída, utiliza o mesmo termo descritivo que Voltaire empregará sete anos depois no prefácio a *Nanine*, sua peça baseada em *Pamela:*[22] "É um monstro indefinível. Tua ama de leite escreveria melhor. 'Insolente', 'estúpida', 'leviana' são os epítetos mais nobres que se encontra dez vezes em

20 São duas sociedades regidas em especial pelo conde de Caylus, por volta de 1735 a 1748, contando com a assiduidade de nomes como Claude Crébillon, Duclos, Maurepas, Moncrif, Piron e, é claro, Françoise de Graffigny. São típicos encontros em que peças, contos ou poemas, escritos especialmente para tais noites – às vezes a muitas mãos –, eram recitados ou encenados pelos convivas. O conceito de "comunidades de leitores", definido por Roger Chartier, nos parece, no caso, talhado para descrever o que se dava em tais sociedades: uma ágil e constante circulação de textos, escritos ou a serem encenados, todos eles partilhados por um tipo de leitor que se preparava para influir ou que já influía na vida cultural francesa, futuros escritores. Lembremos que todos os citados, inclusive Madame de Graffigny, serão autores de repercussão. Nesse sentido, trata-se de uma "comunidade de leitores" privilegiada, já que dedicada a fazer circular textos com certa rapidez na Paris da época e intervindo na vida cultural que ali se conformava. A sofreguidão com que Graffigny e seu interlocutor, Devaux, trocam novidades sobre as últimas leituras, ou têm acesso aos últimos lançamentos editoriais ou às estreias teatrais é a prova da importância dessa circulação febril de textos e peças, na Paris da época. CHARTIER, Roger. *L'ordre des livres.* [A ordem dos livros]. Paris: Albin Michel, 1992. p. 1-33.

21 GRAFFIGNY, Madame de. *Correspondance.* Tome 3, op. cit., p. 323.

22 Ver item 6.1 do Capítulo 6, adiante.

uma página".[23] O "monstro" é uma obra que não se encaixa em nenhum modelo clássico. Primeiramente, portanto, a forma, a retórica, dimensão privilegiada nas avaliações dos missivistas formados na educação clássica (e que, enquanto mundanos, devem ambicionar escrever e publicar, eles também), é desfigurada e, pior, não define seus contornos, o que prova a inadequação em relação aos modelos. Como Voltaire, Françoise de Graffigny faz análise formal, mas seus epítetos, lançados com ironia, para denotar enfado ("...dez vezes em uma página") já indicam que outra dimensão, propriamente moral, está em jogo no comentário precoce. Porém, antes disso, o tom é criticado: "...c'est le petit chaudron sur la porte" ["...é o caldeirãozinho (ou a panela) pendurado na porta"], completa ela, para descrever o caráter repetitivo do texto. A expressão vem de "*chaudrons de Dodone*", pessoa que fala demais, ou barulho monótono, a partir do som ancestral de caldeiras ou panelas penduradas em colunas gregas, batendo, devagar e repetidas vezes, em estátuas de bronze que se achavam embaixo delas. Mas, como se verá, o foco na forma não impedirá o elogio ético do romance. Afinal, Pamela não devia ser recebida como uma personagem meio modelar, meio real, em que pecados de estilo se neutralizariam por conta da graciosidade do falar comum, banal, eventualmente repetitivo, mas sempre carregado de sentimento?

Na verdade, um "monstro" pode produzir efeito totalmente contrário ao da rejeição, soando como o canto de uma nova, sedutora e estranha sereia da narrativa ficcional: "É um monstro e seus efeitos são prodígios. Ainda não saberia compreender por que não o lancei cem vezes pela janela, e passei uma noite inteira com ele".[24] A 28 de julho, Devaux reconhece o prodígio irresistível, mas o loca-

23 GRAFFIGNY, Madame de, op. cit., p. 323.

24 *Idem, ibidem.*

liza apenas na primeira parte do romance, aliás, o que analisamos no nosso Capítulo 1:

> O primeiro volume de *Pamela* fez em mim o mesmo efeito que em você, mas os três quartos do segundo me entediaram até a morte. Não é tão mal escrita, o que quer que diga dela o abade Desfontaines (...). Sou mais do sentimento de Saint-Lambert, que diz que é uma serviçal que só tem virtudes de serviçal, o que não lhe agrada em nada. Para mim, quase ousaria dizer que é um livro ruim, e que só faz redobrar meu antipatia pelo ingleses...[25]

A referência a Desfontaines nos aproxima da discussão sobre a "peça lacrimosa", que se iniciara ainda em 1735, quando aquele mesmo abade-jornalista batizara o novo gênero[26]. Mas a crítica de Devaux surpreende, pois o abade ataca muito pouco o estilo "baixo" (para padrões clássicos) de *Pamela*; na verdade, defende o romance ao longo de grande parte das 22 páginas dedicadas ao romance em seu jornal *Observações sobre os escritos modernos*:

> Alguns acham o estilo negligente e monótono, por ser simples e natural. Eles ignoram que se ele fosse escrito de outra forma, seria mal escrito. (...). Acho que ele é tal e qual deve ser para tocar ; ingênuo, simples, fluente e, quando necessário, muito patético. Confesso que o estilo de alguns de nossos romancistas é mais geométrico. Mas o de *Pamela* é sempre natural, sempre vivo...[27]

A defesa vai contra o gosto hegemônico da época, que deveria ser defendido por futuros autores em busca de um lugar ao sol, como Graffigny e Devaux. É o gosto dominante na *Académie*, e quem

---

25 *Idem*, p. 321-323.

26 Ver o início do Capítulo 3.

27 GRAFFIGNY, Madame de, op. cit., p. 326.

quer que ambicionasse influência intelectual ou mesmo algum cargo não poderia se desviar muito dele.[28] À crítica jornalística do abade, votada, ainda, a um nível formal (o estilo), Devaux tinha contraposto o mesmo desgosto de classe que Françoise de Graffigny em meio a seus elogios da primeira carta, acrescentando o incômodo diante da protagonista "serviçal". Mas na carta seguinte da missivista, sem argumentar com os polemistas, mas escrevendo como mulher de so-

28 Lembremos de dois conceitos de Pierre Bourdieu, "campo literário" e "campo de produção cultural", desenvolvidos em relação à Paris do fim do século XIX. São, para nós, referências ao examinarmos a produção intelectual dos anos 1730-1750. É claro que não podem ser aplicados *ipsis literi*, pois a época inclui elementos diferentes dos que estão em jogo no período tratado por Bourdieu. Mas há também semelhanças. Um exemplo: a ideia de subcampo de produção restrita, que Bourdieu aplica à "vanguarda consagrada" de fins do XIX, parece-nos capaz de descrever o espaço (ainda desprestigiado) do romance e dos romancistas no campo de produção cultural, bem como no campo social e no espaço social que o englobam. Mas ressaltemos que o próprio campo de produção cultural é bem diferente do de fins do século seguinte, já que é muito submisso à corte e ao rei, relegando, assim, grande parte de seus produtos e produtores não a subcampos sociais, mas à clandestinidade, à extra-oficialidade (à Bastilha, por exemplo). O romance não será objeto de nenhum movimento coletivo consciente de busca de legitimidade e autonomia, como é o caso da vanguarda literária e em artes plásticas do momento tratado pelo sociólogo francês. Sua legitimação (com a consequente autonomia dos romancistas) ocorrerá aos sobressaltos, a cada ressurgência de uma obra capaz de impor-se no campo de produção cultural, onde ele, romance, era mal visto. A situação mantém-se igual até o final do século: o que há são picos de repercussão, como *Julie* ou *As ligações perigosas*. Cf.: BOURDIEU, Pierre. *As regras da arte*. Gênese e estrutura do campo literário. São Paulo: Ed. Cia. das Letras, 1996. Na mesma linha, análises do meio intelectual brasileiro de fins do século XIX mostram como o desvio e a autonomia eram raros e perigosos: "...ainda mais do que comprar livros quase nunca lidos, a classe dominante, isto é, o Estado, fornecia os meios para a própria manutenção do homem de letras". Cf.: ROCHA, João Cezar de Castro. *Literatura e cordialidade*. O público e o privado na cultura brasileira. Rio de Janeiro: Eduerj, 1998. p. 115.

ciedade, ela tomará francamente o partido de Desfontaines, e esquecerá de suas primeiras reticências formais, a 9 de setembro de 1742:

> Por *Pamela*, te detesto por não adorares esse inglês. Que verdade de caractere! É tudo o que deve ser, o mais homem mais honrado [*honnête*] do mundo, o mais terno, o mais generoso, o mais verdadeiro. Ah, que me deem um amigo ou um amante como aquele! (...) Com todo esse desgosto de estilo, releio-o hoje, e fico mais maravilhado do que na primeira vez com as expressões naturais, quando se trata de sentimento e de sutileza.[29]

A passagem mostra como Madame de Graffigny acaba rendendo-se à "naturalidade" do estilo, mesmo que sob a condição de se acrescentar "sutileza" ao "sentimento". Contra o ímpeto sentimental nada se pode argumentar; na verdade, de pouco vale a análise do caráter repetitivo e "baixo" ou banal da narrativa diante do fato de que não se consegue largar o livro ao longo de mais de novecentas páginas. Um pouco antes, na mesma carta, ela defendera que "... ele [*o estilo*] deve ser o mais ingênuo possível, mas deve ser baixo".[30] Os pecados de repetição são, na verdade, pecadilhos: "Gostaria que Pamela não rogasse tanto a Deus, e que ela tivesse um pouco mais de mérito em resistir a seu patrões, mas, maldição àquele que ousa tratá-lo como um livro ruim!"[31] Devaux comparará Milady Davers, a irmã de Mr. B., a Madame Dutour, a roupeira de *La vie de Marianne*, de Marivaux, vendo verossimilhança na última e baixeza na primeira: "Madame Dutour é cem vezes menos chula!"[32] A missivista resolve o impasse polêmico externando estranheza diante da impossibilidade de se chegar a um só

29 GRAFFIGNY, Madame de, op. cit., p. 327.

30 *Idem, ibidem.*

31 *Idem, ibidem.*

32 *Idem*, p. 329.

juízo de gosto diante da obra, na passagem que já citamos: "Você denigre tudo o que é aplaudido aqui [*em Paris*], a exemplo de *Pamela*. Mas, estando tão contrário no gosto, um de nós está errado".[33]

A troca de comentários críticos é ótimo exemplo da forma como uma nova obra era acolhida nos círculos de leitores privilegiados, ou seja, aqueles que encenavam suas próprias peças e viam convivas de suas *sociétés* [sociedades] ascenderem à Academia (como é o caso de Charles Duclos, frequentador do Caveau). Tais "comunidades de leitores" eram caracterizadas por uma busca ávida de novidades no campo do livro. "A propósito, não há prefácio nem de *La Grecque* nem de *Mde du Luz*? Se há, envie-os a mim", escrevia Françoise de Graffigny a 24 de dezembro de 1740 a respeito do romance de Prévost, *Histoire d'une grecque moderne*, e da novela de Duclos, *Histoire de Madame de Luz*. "Diga-me se [*Histoire de Madame de Luz*] é coisa nova", pergunta ela. Os trechos demonstram como tais leitores, que formavam um circuito ágil de crítica inter-pares na Paris da época, necessitavam dos prefácios como subsídio a seus juízos de gosto. Nessa antecâmara da crítica literária, a leitura e a frequência do que quer que aparecesse em livro ou em palcos era condição *sine qua non* para manter-se e vencer na "comunidade" – no caso, também com teor francamente de concorrência mútua.

O ritmo ágil, o verdadeiro fluxo de edições lidas e comentadas, bem como de peças vistas, indica o grau de interesse e ambição dos missivistas. A atenção nunca é bastante: Françoise logo se referirá a mais um subproduto do romance de Richardson: "Existe uma nova *Pamela* ou, para dizer melhor, a *Pamela podada*, como diz o abade D.F. [*Desfontaines*]. Suprimiram todas as suas orações, uma parte de suas reflexões, enfim, os embaraços que cansavam demais a vista que a pro-

33 *Idem*, p. 327. Ver nota 11, acima.

curava [*a Pamela*] atrás deles. Tratarei de vê-la sem precisar comprar".[34] A justificativa que o abade Desfontaines faz em seu jornal, cinco dias depois da estreia da *Pamela* de Louis de Boissy, baseia-se em críticas que o romance recebera quando lançado na versão completa:

> Várias pessoas acharam que a *História de Pamela* era prolixa e difusa, que continha detalhes e moralidades que entediavam, e que se as pessoas aguentavam os desgostos dessa leitura, era que o interesse reinava ao grau supremo. (...) Graça aos cuidados de Monsieur [...] eles se interessarão sem nenhum desgosto: não soltarão vãos gemidos monótonos a serem escutados sem cessar; nada de reflexões morais suportadas com frequência, e sobretudo nada de cartas lânguidas a ler. Tudo isso foi suprimido na nova edição dessa obra, em dois pequenos volumes *in*-12, intitulado *Memórias de Pamela*. É comum vê-la em Paris, e se vende em várias livrarias. Pode-se chamá-la de *Pamela podada*.[35]

Essa edição, hoje desconhecida,[36] talvez seja a mesma de que fala La Chesnaye Des Bois em suas *Cartas divertidas e críticas sobre os romances em geral*, surgido também em 1743. Ele a chama de *Mémoires*, e a descreve como um "extrait" [extrato], de que toma conhecimento por meio de um amigo que a lera ainda em manuscrito:

> O começo e o fim são novos. Você verá ali, inicialmente, como pamela (*sic*), ainda criança, foi conduzida à casa de Milady B, que educação recebeu lá, de que maneira se comportou após a morte daquela dama na casa de Milord B, seu filho. (...) Quase por toda parte se conservam as mesmas expressões. Não se suprimiu senão as repetições entediantes, e certas ingenuidades, que convinham,

34 GRAFFIGNY, Madame de. *Correspondance*. Tome 4, op. cit., p. 209.

35 *Idem*, p. 189.

36 Não se encontrou nenhum exemplar até hoje.

> talvez, na boca de pamela, ainda menina, e doméstica de Milord B, mas que não convinham na de uma miledy [*senhorita*].[37]

O exemplo vale como prova da avalanche de *Pamelas* editoriais ou teatrais. Mas voltemos ao trecho em que Madame de Graffigny aposta em Silvia – pseudônimo da atriz Mademoiselle Benozzi – para fazer esquecer rapidamente o fracasso da primeira *Pamela* francesa, a de Louis de Boissy, apenas treze noites após a estreia. O *frisson* se caracteriza pela informação antecipada: Françoise já espera ansiosa a peça *L'Ile des talens* [Ilha dos talentos], de Fagan, conhecendo, por ora, apenas o nome da atriz principal. É clara a urgência diante da profusão de espetáculos, fazendo "andar a fila" e, é claro, esquecer os anteriores. Diante disso, compreende-se outro índice de ansiedade, ligado ao fato de nem sempre ser possível ver todos os espetáculos – ainda mais, como no caso de Devaux, estando longe de Paris –, e de nem sempre se querer esquecê-los; para tanto, há as versões em livro. "Já pedi para irem aos Italianos [*o Teatro*] e pedirem uma *Pamela*: ela ainda não foi impressa", escreve a 15 de março, repetindo a brincadeira metonímica de tomar a personagem pelo objeto livro; nesse momento, a peça provavelmente ainda estava em cartaz[38]. A ansiedade dos amigos missivistas não impede que o livro só venha à luz dois anos depois, em 1745.

---

37 DES BOIS, La Chesnaye. *Lettres amusantes et critiques sur les romans en général, anglois et françois, tant anciens que modernes, adressées à Miledy W****. [1740-41?]. p. 124-125. BNF-Gallica. Disponível em: http://gallica.bnf.fr/ark:/12148/bpt6k87356r>. Acesso em: 20/08/2006.

38 GRAFFIGNY, Madame de. *Correspondance*. Tome 4, op. cit., p. 208.

2.2. A singular paródia de um romance em meio à voga de paródias cômico-operísticas

Mas o que propõe a *Pamela* de Boissy em termos teatrais? Terá trazido algum aspecto novo, ou uma suposta "cor local" ao texto de Richardson? A análise do início da peça nos remeterá à necessidade de traçar um panorama do gosto pela comédia e pela paródia, nas décadas que a antecedem. O recuo nos afastará, por algumas páginas, do texto do espetáculo estreado em março de 1741, mas nos aproximará do espírito que favoreceu seu aparecimento e seu acolhimento. Depois desse recuo ou desvio contextualizador, no qual poderemos melhor visualizar o frisson cômico e satírico que toma conta de Paris em especial depois da morte do Rei Sol, poderemos voltar a analisar um texto que guarda pistas sobre a forma como um comediógrafo da Paris dos anos 1730-1740 pôde traduzir um romance de mais de 400 páginas em uma peça de 78.

Paméla en France [a partir de agora, *Pamela na França*] se inicia com a protagonista sarcástica diante da própria prolixidade: "Ah, como minha boa mãe e como meu bom pai/ Serão transportados de alegria,/ Lendo essa Carta!/ Como meu palavrório os encantará!".[39] A irreverência prenuncia mais irreverências: o marquês francês enamorado da jovem inglesa exilada surge simplesmente travestido de mulher, pois não pode "...nenhum instante estar sem Pamela". O episódio em Lincolnshire, onde Pamela conhece Mr. William, formando um pseudotriângulo amoroso, base para La Chaussée tentar compor sua peça sentimental, nove meses adiante, serve aqui para explicar como Pamela chegara ao hexágono francês: aproveitara a posse da chave, saíra pelos fundos do jardim e, ao contrário do ro-

39 BOISSY, Louis de. *Paméla en France, ou La vertu mieux éprouvée*. Comédie. Paris: Chez Jacques Clousier, 1745.

mance, não tivera medo de touros, reais ou imaginados. O tom de paródia autorreferente e – se é possível usar o termo – metanarrativa fica claro quando Pamela avisa que ela e seu ex-patrão "...limitaremos sabiamente/ Nossa aventura ao segundo tomo", ou seja, manterão suas identidades de personagens da forma como se lê antes do casamento redentor da criada, que se dava no início do terceiro tomo de um total de quatro. Isso porque Mr. B deve continuar com a imagem de perseguidor, e Pamela de virtuosa ofendida. O comentário sobre a semântica do romance original aponta para as razões de seu impacto em anglo-saxões ou gauleses: é a opressão persecutória do patrão, e a resistência honrada de Pamela que choca leitores de ambos os países – por que se desfazer da identidade que fez tais *caracteres* repercutirem tanto? ("...Mas, você suprime metade da primeira [*parte da história*]/ Pamela: Sim, para ficar todas as duas em nosso caractere [*ou seja, para manter o perfil homogêneo do personagem*]...").[40]

Estamos, aqui, claramente, no campo da paródia, comum principalmente entre narrativas ficcionais em prosa, pelo menos desde os exercícios parodísticos de Hamilton em relação às *Mil e uma Noites*. Na seara propriamente teatral, a paródia foi um gênero de *divertissement* [divertimento] cômico-musical surgido nas primeiras décadas do século, em geral trazendo "Parodie" [Paródia] no próprio título. Uma das mais conhecidas e aplaudidas foi a *Parodie de Télémaque* [Paródia de Telêmaco], de Fuselier e Le Sage (o autor de *Gil Blas*), de 1715, apresentada no informal Teatro da Feira, na Feira de Saint-Germain. O espetáculo era uma paródia em segundo grau do romance de Fénélon, um dos mais lidos do final do século XVII – com várias edições em Portugal e no Brasil.[41] Em segundo grau, no

40 *Idem*, p. 6.

41 Cf.: CRISTÓVÃO, Fernando Alves. *Presença de Fénelon no espaço literário luso-brasileiro:* subsídios para um estudo. Paris: Fondation Calouste Gulbenkian,

caso, porque parodiava a adaptação operística do romance feita por Pellegrin, a tragédia-lírica *Telêmaco ou Calipso*, de 1714, com música de Destouches.[42] "...esse gênero de peça era, à época, pura novidade...", afirma-se no *Dicionário dos Teatros de Paris*, de 1767,[43] que credita a tal fato o sucesso dessa peça, apenas razoavelmente composta. Fora dos palcos, em prosa, surge outro Telêmaco em 1736, o *Telêmaco Travestido*, de Marivaux, narrativa que reconta a história do romance original em tom divertido e de *maurivaudage*.[44]

1983. MARTINS, João Paulo. História e Romance: a ideia de história em 'As Aventuras de Telêmaco' e as relações entre o texto histórico e a prosa ficcional na passagem dos séculos XVII-XVIII. In: I Seminário Brasileiro sobre Livro e História Editorial. Rio de Janeiro, Casa de Rui Barbosa, 2004. Disponível em: http://www.livroehistoriaeditorial.pro.br/pdf/joaopaulommartins.pdf>. Acesso em: 22/09/2006 .

42 Cf.: O extenso e aprofundado estudo: GUYON-LECOQ, Camille. *La vertu des passions: l'esthétique et la morale au miroir de la tragédie lyrique (1673-1733)*. Paris: Honoré Champion, 2002.

43 PARFAICT, Claude et François. *Dictionnaire de Theatres de Paris*. Tome 5. (Parfaict Dictionnaire). Paris: Rozet, 1767. p. 372. CÉSAR, op. cit. Disponível em: http://cesar.org.uk/cesar2/books/parfaict_1767/display.php?volume=5&index=372>. Acesso em: 22/08/2006.

44 O termo foi cunhado a partir do nome de Maurivaux, e significa a fala em um tom leve e coquete de salão, à la os personagens de Marivaux, é claro. São raros e isolados os exemplos do que hoje se chama adaptação de obra em prosa de ficção para o palco. Para o período que pesquisamos, cite-se a adaptação do conto *Le sylphe* [O silfo], de Crébillon fils, à qual nos referiremos algusn parágrafos adiante. Surpreendentemente, encontra-se um caso de transposição para o teatro bastante recuado no tempo. Por volta de 1673, Boursault tenta levar para o palco nada menos que o romance de Madame de Lafayette *La Princesse de Montpensier* [A princesa de Montpensier], lançado anonimamente onze anos antes. Trata-se do primeiro exercício da autora no novo gênero de narrativas históricas, inaugurado por seu amigo Segrais. O espetáculo é um fracasso, e *Germanicus*, que terá várias apresentações de 1673 a 1689, é nada menos que uma reformulação da primeira peça ao gosto do público e do meio teatral da época, ou seja, localizando a trama dezesseis séculos antes e rebatizando os personagens com nomes romanos. Certamente apostando em um ambiente mais propício aos "modernos", Boursault

Portanto, a *Pamela* de Boissy – e seu início francamente voltado para comentar, em forma de paródia, a trama original – se inclui em um novo ambiente favorável a paródias mais do que a adaptações ("imitações" seria um termo menos anacrônico, para a época), mas que não as vê em grande número no teatro feitas a partir de obras em prosa. É importante conhecer esse panorama teatral, rico e variado, para compreender-se o contexto em que surge a paródia-imitação de Boissy.

O cenário se movimenta e é acrescido de muita irreverência em especial depois de 1715, com a morte de Luís XIV, e de 1716, com o retorno do Teatro dos Italianos, que tinha sido fechado pelo rei em maio de 1697. Há um imenso número dos chamados Teatros de Sociedade espalhados por toda Paris e por *hôtels* [palacetes], *maisons de campagne* [casas de campo] e castelos pelos arredores da capital, ligados à pompa oficial da corte em maior ou menor grau, de Fontainebleau a Sceaux, da sala de Arsenal ao Hôtel de Brancas, onde a comédia impera, licenciosa, parodística ou musical. Há os Teatros da Feira, na Feira Saint-Germain e na Saint-Laurent, onde paródias, facécias, *parades* [paradas], *divertissements* [divertimentos], *fêtes* [festas], pantomimas, óperas-cômicas, *ballets* [balés] e até espetáculos de marionetes grassam dia e noite. É o contraponto às apresentações oficiais do Teatro do Palais-Royal, sede da Académie Royale de Musique [Academia Real da Música], à pompa das encenações realizadas em datas especiais, que incluem até "tragédias santas" (como *Absalon*, de Duché, que estreou em Saint-Cyr, em 1702, foi mostrada em Versailles como uma das favoritas de Luís XIV em sua fase mais devota, com o futuro regente, o duque d'Orléans, no papel de Davi, e foi encenada pela trupe dos atores franceses em 1712), e às próprias peças sérias do Teatro Francês. E há, é claro, o

voltará a tentar o feito com uma adaptação para o palco do romance *La Princesse de Clèves*, cinco anos depois. Mas a peça terá apenas duas apresentações.

redivivo e bastante bem-sucedido Teatro dos Italianos a partir de 1716, no Hôtel de Bourgogne, que mantém o repertório só de comédias. Nesse panorama, o gosto pelas tragédias na tradição do classicismo do século anterior, ou pelas óperas sérias ou trágico-líricas sancionadas pela Academia Real de Musique representa apenas uma dimensão ínfima de um universo rico, complexo e, na verdade, febril, em que praticamente a cada reunião social há uma encenação, em salas incrustadas em propriedades por toda a capital e com gente de sociedade arvorando-se como atores. Instaura-se, obviamente, um verdadeiro clima de concorrência. O jornal *Mercure* [Mercúrio] de fevereiro de 1734 traz a seguinte descrição:

> O gosto pela Comédia, se estava em voga depois de alguns anos, não se apaziguou de forma nenhuma, em Paris; veem-se todos os dias Companhias nas quais se demonstra prazer de representar Peças de Teatro, e em que elas, comumente, são aplaudidas. Entre esses tipos de Sociedades, a que ficava no Palacete de Brancas, e em seguida no Palacete de Lauzun, é uma das quais escolhe os melhores assuntos. Nós falamos dela no *Mercure* de março de 1732. As Pessoas de distinção, e os conhecedores esclarecidos viram as representações deles com prazer; e esses Senhores foram frequentemente honrados pela presença de vários Príncipes e Princesas, entre outros, Madame Duquesa Du Maine assistiu a eles várias vezes, e pareceu satisfeita.[45]

O aspecto competitivo fica ainda mais claro em trechos como o que se segue, de uma carta do presidente Hénault a Madame du Deffand, de 15 de julho de 1742: "Há grandes projetos de peças para

45 THÉÂTRE pour "ces Messieurs". *Mercure de France*. 21 de fevereiro de 1734. p. 368 sq. Disponível em: http://www.chass.utoronto.ca/~trott/societe/notes/Arsenal.htm>. Acesso em: 23/08/2006.

este inverno: elevaram-se não um altar, mas teatro contra teatro".[46] Em carta enviada do palacete de Adnet de 17 de setembro de 1747, é Madame de Staal quem diz à mesma Madame du Deffand:

> ...vamos à comédia. Encenava-se, ontem, *La Mode* [A moda], na verdade, muito boa, e em seguida, uma peça de Senneterre bastante bufa. Duplessis, vestida de velha, interpretou muito agradavelmente a baronesa de Goulai. Você a conhece? É uma boa figura: sua compostura, seu canto, sua dança tornaram-na bem cômica. As facécias fazem um sucesso mais seguro e bem mais geral que as coisas mais elaboradas, mas não o faz quem quer: seria para mim tão impossível fazer uma bela farsa quanto uma bela tragédia.[47]

Tais trechos, estendendo-se de 1732 a 1744, bastam, por ora, para iniciar a descrição de um clima de época no qual se propagam os "teatros de sociedade" e, neles, a comédia, em suas variadas formas. Esse período é o mesmo da *Pamela* afrancesada de Boissy, e é também o do aprendizado informal de certo colaborador anônimo do Teatro dos Italianos, aprendizado feito exatamente numa famosa sociedade onde comédias, vaudevilles e facécias são escritas e encenadas em grande profusão: o Caveau [Taberna], surgido em 1729 sob as asas de dois autores de canções e vaudevilles, Gallet e Panard. De Charles Duclos a Helvétius, de Caylus à já citada missivista Madame de Graffigny, o Caveau se torna um dos mais liberais e

46 LETTRES de la Marquise du Deffand à Horace Walpole, auxquelles sont jointes des lettres de madame du Deffand à Voltaire. 4 volumes. Paris: Chez Ponthieu, 1824. p. 58-59. Disponível em: http://www.chass.utoronto.ca/~trott/societe/soc_M.htm>. Acesso em: 23/07/2006.

47 STAAL, Madame de. *Oeuvres.* Tome 2. Paris: chez Antoine Augustin Renouard, 1821. p. 461. Também disponível em: http://www.chass.utoronto.ca/~trott/societe/soc_M.htm>. Acesso em: 23/08/2006.

permissivos "teatros de socidade" de uma época ilberal e permissiva: "...já existia, por volta de 1731-1732, em torno de Jeanne Quinault, (...) a atriz do [*Teatro*] Francês, e de Caylus, um pequeno círculo no qual encenava-se, com muito gosto, um teatro improvisado, que logo se exprime nas compilações de 'gracejos'", descreve Jean Sgard.[48] O jovem Crébillon sentir-se-á à vontade na nova sociedade, o que se explica por seu passado junto aos atores e autores do Teatro dos Italianos. Entender tal período da vida de Crébillon e o porquê desse à vontade no meio cômico e licencioso é fundamental para figurar o ambiente em que Louis de Boissy foi formado e para o qual escreveu sua *Pamela na França.*

2.3. Crébillon fils e o espírito de paródia como contraponto

Quando, por exemplo, o jovem Claude Crébillon, filho de um dos mais prestigiados autores de tragédias da época, Prosper Crébillon, passa a colaborar anonimamente com o Teatro dos Italianos, Boissy já é autor experimentado e querido na companhia, que, como se indicou, se destacava por suas paródias não de romances, mas de tragédias e óperas. "Tudo o atrai [*Claude Crébillon*], desde sua entrada no *monde* [*a sociedade aristocrática em geral*] (tem exatamente dezenove anos), para a comédia: a comédia sensível, refinada, elegante de Marivaux, Boissy e de Destouches, mas ainda mais a comédia truculenta dos atores italianos".[49] Boissy destacava-se por certa sofisticação, em meio a atores que se arvoravam a escrever, como Jean-Antoine Romagnési, um dos líderes do Teatros dos Italianos do Hôtel de Bourgogne, filho francófono de ator italiano,

48 SGARD, Jean. *Crébillon fils.* Le libertin moraliste. Paris: Éditions Desjonquères, 2002. p. 87.

49 *Idem*, p. 51.

fugido de Paris, soldado que em seguida deserta e retorna à capital sob a proteção do ator Jean Quinault, da Comédie Française, até entrar finalmente para a trupe italiana. Com uma biografia conturbada como essa dificilmente Romagnési e outros atores-autores da companhia dos italianos demonstrariam talento de versificadores. Boissy está entre os da companhia que são prestigiados pela habilidade em metrificar e rimar: "Como os atores italianos penavam para escrever em versos, tinham solicitado a ajuda de Crébillon...".[50] Lembre-se que, apesar da aparente simplicidade do enredo de *Pamela na França* para leitores atuais, trata-se de comédia em versos rimados.

Como já se apontou, tanto o ambiente francês, em geral, como o do Teatro dos Italianos, em particular, era campo fertilíssimo para sátiras e paródias. De novo, fica claro que naquele momento o alvo dos parodistas se limitava à seara dos espetáculos, teatrais ou operísticos. Apesar de ser filho do seriíssimo e prestigiado Prosper Crébillon, autor de tragédias como *Catilina* e rival preferido de Voltaire na escalada deste último como autor de prestígio na Comédie Française, Claude Crébillon morou de favor com Romagnési na época em que atou com o Teatros dos Italianos e é prova viva do gosto cada vez mais difundido pelo contraponto derrisório. Louis-Sébastien Mercier escreverá o seguinte, décadas depois, lembrando de Crébillon, em seu *Tableau de Paris* [Quadro de Paris]:

> Certo dia ele me disse em confidência que não havia ainda terminado a leitura das tragédias de seu pai (...). Via a tragédia francesa como a farsa mais completa que o espírito humano pôde inventar. Ria até chorar de certas produções teatrais (...). Sobretudo o papel do capitão das guardas, ora traidor, ora fiel, segundo a fantasia do poeta, fazia-lhe estourar de rir.

50 *Idem*, p. 3.

A conclusão de Jean Sgard nos parece certeira, mesmo descontando-se possíveis exageros da parte dos dois amigos:

> ...pode-se perceber, aqui, em nosso romancista, o espírito mesmo da paródia, até nessa maneira de inverter a hierarquia, de desacreditar o "rei de Versailles" para pôr em honra o capitão das guardas, sempre considerando, no fundo, que a paródia é mais fiel à verdade que a tragédia à francesa.[51]

O próprio status de autor anônimo de Claude Crébillon no Teatro dos Italianos, facilitado pelo costume de escrever espetáculos a várias mãos, se explica facilmente pela irreverência diante das tragédias, praticadas tanto por seu pai quanto por seu protetor e, como já dito, futuro rival do pai, Voltaire. Crébillon fils é responsável, também, por uma paródia da época que tira da *Pamela* de Boissy a precedência em matéria de transposição satírica de obra em prosa para o palco, no Teatro dos Italianos. Trata-se de *La Sylphide* [A sílfide], de 1730, imitada (termo da época para o nosso "adaptada") do pequeno conto licencioso *Le Sylphe* [O silfo], de nosso futuro inventor do romance de libertinagem. Há ainda paródias de óperas, como *Arlequin Phaéton* [Arlequim Faêton], de 1731, feita a partir do *Phaéton* [Faêton] de Quinault, que teve reprises seguidas no Teatro do Palais-Royal de 1692 a 1731, chegando até 1742 e despedindo-se, provavelmente na corte, em 1750. O tempo era de paródias que às vezes sobreviviam aos próprios originais.

2.4. Ancestralidade dos *salons* no início do século XVII: o *hôtel* de Rambouillet

O ponto central a ressalvar no panorama aqui desenhado é o surgimento de um contraponto informal ou mundano à etiqueta e ao ce-

51 *Idem*, p. 52.

rimonial da corte, contraponto que teve sua origem ainda no início do século XVII, e que atravessará o seguinte – o que nos obriga a um rápido recuo no tempo.

Muitos pesquisadores localizam no *hôtel* [palacete] da marquesa de Rambouillet, surgido ainda nos anos de 1620-1630, o início da tradição dos salões parisienses. É um momento crucial para entender como, cerca de cem anos depois, a experiência teatral, séria ou cômica, se desenrolará entre o espaço público dos Teatros da Feira e a privacidade selecionada dos teatros de sociedade – levando-se sempre em conta que as esferas pública e privada sofrem franca transformação durante o Antigo Regime, não podendo ser comparadas, nem em sua concepção imaginária, nem na prática, ao que hoje entendemos como tais. Analisando-se o motivo que leva a marquesa de Rambouillet a criar seu salão em um espaço arquitetonicamente modificado para tal – já que ela própria atua como projetista, arquiteta e decoradora –, é possível descrever com mais exatidão a separação que irá se operar, na França das décadas seguintes, entre *la Cour* e *la Ville* [a Corte (Versailles) e a Cidade (Paris)]. Isso determinará, também, o gosto pela comédia como contraponto a certo "processo civilizador" que fazia da vida da Corte exercício estéril de seriedade, etiqueta, convencionalismo e cerimoniais. É Tallemant des Réaux quem descreve, em trecho de suas *Historiettes* [Historietas]:

> ...desde os vinte anos ela [*Madame de Rambouillet*] não queria mais ir às assembleias do Louvre. Dizia que lá não encontrava ninguém de agradável (...) e que, algumas vezes, acontecia-lhe de se pôr num quarto para se divertir da ordem iníqua que há na França para aquele tipo de coisas. Não era que ela não amasse o divertimento, mas [*gostava de praticá-lo*] em particular.[52]

52 GÉNÉTIOT, Alain. *Poétique du loisir mondain*. De Voiture à La Fontaine. Paris: H. Champion, 1997. p. 120. No *hôtel* da marquesa de Rambouillet já se

Nesse contexto, a descrição de um estudioso do período inaugural do *hôtel* de Rambouillet, é de serventia para um momento cem anos adiante, em que a comédia, em suas múltiplas formas, na feira ao ar livre ou nos cômodos dos castelos ou *hôtels*, representará contraponto e descanso em relação à "*méchante ordre*" ["ordem iníqua"] praticada na órbita do rei:

---

encontrava o gosto por teatros, bem como certa teatralização dos encontros sociais, levando a confundir os limites entre reunião em sociedade e representação ilusionista. "...portanto, uma noite em que havia convivas importantes no placete Rambouillet, de repente ouve-se um barulho por trás da tapeçaria, uma porta se abre e a senhorita de Rambouillet (...), vestida de forma luxuosíssima, aparece em um grande cômodo especialmente magnifico, e maravilhosamente bem iluminado. Deixo-vos a pensar se a sociedade ficou surpresa com aquilo. Sabia-se que por trás daquela tapeçaria havia tão somente o jardim dos Quinze-Vintes, e sem a menor suspeita, viam agora um cômodo tão belo, tão bem pintado e quase tão grande quanto um quarto, que parecia ali colocado por encantamento" (TALLEMANT. *Les Historiettes de Tallemant de Réaux*. Tome 2. Paris: Alphonse Levavasseur, Libraire, 1834. p. 226-227. (BNF-Gallica). Disponível em: http://gallica.bnf.fr/ark:/12148/bpt6k315695>. Acesso em: 22/08/2006. Cf.: CRAVERI, Benedetta. *L'âge da la conversation*. Paris: Gallimard, 2002. p. 47-49). A arquitetura do *hôtel* é subvertida pela própria dona, que atua como arquiteta, em prol de um uso inédito do espaço para a *conversation* e até quadros teatrais. Ela inova "...fazendo baixar largas janelas propícias a momentos de prazer, levantando o teto e deslocando de lugar as escadas, de maneira a permitir a disposição em sequência dos cômodos de recepção, na ótica da nova função que ela quer promover, a conversação mundana no salão à francesa..." (GÉNÉTIOT, Alain, op. cit., p. 119). Certa feita, brinda o prestigiado bispo de Lisieux com um quadro teatral inesperado: "A marquesa propôs, então, ao senhor de Lisieux de ir passear no gramado. Quando ele chegou perto o bastante das rochas para entrever através das folhas das árvores, percebeu em diversos lugares alguma coisa brilhante. Estando mais próximo, pareceu-lhe discernir mulheres, e que estavam vestidas de ninfas. A marquesa, de início, não parecia ver nada daquilo que ele via. Por fim, tendo chegado até as rochas, encontraram a senhorita de Rambouillet e todas as senhoritas da casa vestidas efetivamente como ninfas e, sentadas sobre as pedras, compondo o mais agradável espetáculo do mundo". (TALLEMANT, op. cit., p. 218-219).

> Portanto, é na Cidade, diante do Louvre e concorrendo com ele, que nasce a civilização mundana que propõe uma alternativa, um modo diferente de estar junto, privilegiando o lazer e o divertimento de acordo com o humor ameno da dona da casa.[53]

O recuo até os momentos inaugurais da valorização de um tipo de divertimento de salão nos ajuda a melhor entender o porquê da riqueza e da pluralidade de formas teatrais não oficiais e não sérias. É sabido que aquele estado de coisas cultural francês inaugurado por Madame de Rambouillet manteve-se e expandiu-se bastante ao longo do século XVII e do início do XVIII, tornando-se, na verdade, muito mais agudo com a liberalização dos comportamentos trazida pela morte de Luís XIV, que se voltara, nos últimos anos de seu reinado, de forma acentuada, para uma devoção religiosa inédita – daí, por exemplo, a "tragédia santa" citada acima. Nesse panorama, os anos de 1730 surgem como um prolongamento lógico da maior distensão e permissividade também favorecida pelos modos ditos libertinos tanto do regente, Phillip II, duque d'Orléans, quanto do jovem Luís XV, que ascende ao trono em 1723.[54]

---

53 GÉNÉTIOT, Alain, op. cit., p. 120.

54 Essa imagem do período é hegemônica entre historiadores e pesquisadores do período. (Cf. STEWART, Phillip. *Le masque et la parole*. La langage de l'amour au XVIIIè siècle. [A máscara e a palavra. A linguagem do amor no século XVIII]. Paris: José Corti, 1973; COULET, Henri (org.). *La Régence*. [A Regência]. Paris: Armand Colin, 1970). Há também um interesse recente em matizar conclusão tão difundida. Bernard Hours se debruça principalmente sobre o reinado de Luís XV, em especial de 1750 em diante. Antes disso, no entanto, destaca argumentos que compõem a visão a que nos referimos: "...vários sintomas conduzem ao mesmo diagnóstico pessimista: com o reino do Bem-Amado [*Luís XV*] começa o 'outono de Versailles'. Quanto mais passam os anos, mais se julga 'desusados' um número crescente de costumes e a etiqueta parece, com mais frequência, 'ridícula'. (...) Dessa decadência, o rei é responsável e se pode encontrar o retrato bem conhecido de um Luís XV esquartejado entre o priva-

2.5. A *Paméla* de Boissy: entre o *divertissement* e a comédia clássica

O retrato de uma maior liberalidade na escrita e encenação de comédias no teatro parisiense dos anos 1720 a 1740 pode ser traçado a partir da trajetória do próprio Louis de Boissy, autor da primeira *Pamela* francesa. A riqueza do meio teatral parisiense da época, bem como, é claro, o temperamento pessoal do personagem em questão, fazem de Boissy não um autor reservado de "teatros de sociedade", mas um daqueles homens que transitavam entre vários mundos – tendo o Teatro dos Italianos como referência de liberalidade e sarcasmo. Estreou em 1721, aos 27 anos, com uma comédia em prosa, *La rivale d'elle-même, ou Le mari galant de sa femme* [A rival dela mesma ou O marido galanteador de sua mulher], na Comédie Française. Depois, tenta sem sucesso a seara da tragédia, com *Alceste et Adméte,* vetada pela censura, reescrita ("...incluiu nela mais de 600 versos novos...", como se lê na *Biblioteca dos Teatros,* de Maupoint, de 1733)[55] e, só então, rebatizada de *La mort*

do e o público, entre o homem e o monarca: 'Fatigado pelo cerimonial, adora viver em particular" (Trad. nossa). Hours combate essa imagem, bem como a fama de libertino de Luís XV, percebida por ele como emanando da Igreja e de uma nobreza descontente com sua escolha de ter como amante a plebeia Jeanne Poisson, futura Madame de Pompadour. (HOURS, Bernard. *Louis XV et sa Cour.* [Luís XV e sua Corte]. Paris: PUF, 2002. p.1-2. No trecho, Hours cita: SOLNON, Jean-François. *La cour de France.* [A Corte da França]. Paris: Fayard, 1987. p. 423). Mas a imagem da Regência (1715-1723) como período de uma nova permissividade nos costumes e nas artes é coerente com o surgimento de um inédito realismo na prosa ficcional, com Le Sage, Marivaux, Prévost e Claude Crébillon, bem como no teatro, com a febre das comédias, paródias e espetáculos informais, nas feiras ou no Teatro dos Italianos. Também o surgimento de um gênero novo, a "peça lacrimosa", indica nova liberdade de acolhimento da produção artística não convencional, nem oficial. Nem que seja apenas de forma panorâmica, portanto, a assertiva nos parece correta.

55 "...y substitua plus de 600 vers nouveaux...". BIBLIOTHÈQUE des Theatres. Paris: Chez L.-François Prault, 1733. p. 7. Disponível em: http://cesar.org.uk/

d'Alceste [A morte de Alceste], em 1727. Mas o artifício de nada adiantou, pois a peça tem apenas duas representações.

A sorte de Boissy começa a mudar naquele mesmo ano, mais especificamente a 3 de julho, quando estreia *Le François à Londres* [O francês em Londres], comédia em um ato e em prosa, assim descrita no verbete do *Dicionário Portátil Histórico e Literário dos Teatros*, de De Leris: "...encenada pela primeira vez no Te. Fran. a 3 de julho de 1727, muito apreciada, e montada 23 vezes seguidas".[56] Ou seja, o espetáculo teve uma apresentação a mais que o imenso sucesso "lacrimoso" *Mélanide*. A contar pelo verbete desse dicionário, Boissy era um especialista em diferenças culturais entre os dois países: "O contraste entre os personagens dos franceses e dos ingleses é natural e nos toca com vivacidade no caso dessa peça...", e o complemento é informação sobre a entrada da peça no repertório da companhia: "...que oferecem frequentemente ao Público".[57] Na verdade, trata-se de reprodução das impressões registradas, com as mesmas palavras, na *Biblioteca dos Teatros*, "...Com as anedotas sobre a maior parte das Peças contidas nessa Compilação, e sobre a vida dos Autores, Músicos e Atores", de 1733, onde se lê o mesmo "...o contraste dos personagens dos franceses e dos ingleses nos toca com vivacidade; essa Peça foi apreciada e vista no Teatro Francês no mês de julho de 1727".[58]

cesar2/books/maupoint/display.php?index=0>. Acesso em: 01/07/2006.

56 DE LERIS. *Dictionnaire Portatif Historique et Litteraire des Theatres*. Paris: Chez C. A. Jombert, 1763. p. 214. Disponível em: http://cesar.org.uk/cesar2/books/leris/view_entry.php?id=3336&search_string=françois%2Bà%2Blondres&refresh=1152055258>. Acesso em: 04/07/2006.

57 *Idem, ibidem*.

58 BIBLIOTHÈQUE des Theatres, op. cit., p. 148. Disponível em: http://cesar.org.uk/cesar2/books/maupoint/display.php?index=148>. Acesso em: 04/07/2006.

O mesmo dicionário descreve assim a carreira do autor nascido na cidade de Vic, em Auvergne, em 1694: ele "...começou a trabalhar para o Teatro em 1721, e é um dos Autores que o fez de forma mais abundante. Suas peças possuem muito brilhantismo, há umas excelentes entre elas".[59] Ele será autor abundante, entra para a Académie Française em 1754 e passa a editar com sucesso o periódico *Mercure* em 1755. Na verdade, o início na Comédie Française não deve enganar quanto ao talento de Boissy para comédias leves e frívolas, como a própria *Pamela na França*. Para o Teatro dos Italianos, porém, era vantajoso ter um versejador, que conhecia as regras clássicas e podia trazer prestígio a uma companhia que não queria praticar uma informalidade como a dos teatros de Foire ou de Société. Tenha sido ou não o sucesso de *Le François à Londres* [O francês em Londres] que levara Boissy a compor sua *Pamela*, a verdade é que ele é autor não apenas de *couplets* [coplas] graciosos como também de uma leveza cômica muito ao gosto da época. Um exemplo de *couplet*, dedicado a Dumenil, a Demoiselle Marie, atriz parisiense que estreou na Comédie Françoise em 1737: "Em seu brilhante ensaio, que toda Paris aplaudiu,/ Demonstra um supremo talento,/ E num impulso que surpreende nossos olhos,/ Ela não segue [*imita*] ninguém e anuncia um [*novo*] modelo".[60] A ideia de modelo e de ineditismo ou singularidade ("Ela não segue ninguém...") é nítida. A mesma alternância tensa esteve em jogo na absorção de Pamela na cultura francesa da época. Afinal, causando tamanha repercussão por conta de sua singularidade de linguagem (coloquial e sentimental) e de postura ética (a virtude resistente, ou teimosa, em uma sociedade de aristocratas que tinham na libertinagem uma espécie de ponto de honra),

59 DE LERIS. op. cit., p. 515.

60 DE LERIS, op. cit., p. 567-568.

as Pamelas, personagem e romance, tornaram-se modelos por excelência da nova narrativa.

Do "nós" como plural de modéstia, usado pelo personagem do jardineiro, Mathurin, ao fato de o *Chevalier* [Cavaleiro] ficar sabendo da chegada de Pamela à França "...Pelas gazetas ["...nouvelles à la main"], esses ancestrais dos jornais diários, que espalhavam por Paris as novidades redigidas por verdadeiras protorredações,[61] *Paméla en France* traz referências ao dia a dia do público, o que a uma tragédia nunca era permitido. Mas uma questão emerge em meio ao tom agradável de divertimento rimado e, a páginas tantas, prometedor de uma festa ao final da intriga – o que lhe garantiu casa lotada, segundo o trecho das *Anedoctes dramatiques* que citamos no item 2.1: "A Festa que compõe seu desenlace [*da peça de Boissy*], bastante risível lida, mas muito agradável na representação, fez com que fosse encenada treze vezes".[62]

Como, aliás, não podia deixar de ser, a questão que logo se destaca é a da comparação intercultural entre os costumes franceses e ingleses. "As pessoas de meu país têm um trato mais cultivado [*honnête*],/ Dos favores do belo sexo fazem a conquista,/ Sempre de forma polida, e no tom que convém./ Um inglês as toma à força, um francês as

61 Robert Darnton relata o caso da "gazette à la main" de Madame Doublet, apurada e redigida por criados seus, em um *bureau* [escritório] parisiense. "*...um tipo chamado Gillet, seu criado de quarto* [de Madame Doublet] *fica na saída do escritório e é agarrado pelos lacaios que lhe pagam por folha, pois esses boletins são bons, pois são o resultado de tudo o que se diz nas melhores casas de Paris...*", lê-se em um relatório de espião de polícia. DARNTON, Robert. Vies privées et affaires publiques sous l'Ancien Regime. [Vidas privadas e negócios públicos sob o Antigo Regime]. In: *Actes de la Recherche en Sciences Sociales. [Atas da pesquisa em ciências sociais]*. Représentations du monde social – Textes, images, cortèges. [Representações do mundo social – Textos, imagens, cortejos]. Paris: Seuil, setembro 2004. p. 29.

62 ANEDOCTES Dramatiques. Tome 2, op. cit., p. 34. Ver nota 18, acima.

obtém".[63] O trecho a seguir é menos coquete e mais relacionado ao nó "virtude *versus* libertinagem", fazendo pensar numa relação feita pelo comediógrafo entre resistência virtuosa e prática supostamente inglesa de pudor feminino:

> PAMÉLA. Quanto mais amáveis são suas maneiras,/ Mais devemos evitá-los.... O CAVALEIRO. É preciso, para seu triunfo, é preciso, Mademoiselle [*o triunfo da virtude incomum de Pamela*],/ Que ela prove da sedução e a ela resista,/ As festas, os prazeres, tudo que chamamos de/ Fina galanteria, ou bela paixão;/ (...) E que para sair mais brilhante e mais bela,/ Ela passe pelo crisol/ De um jovem Amante francês e, ainda melhor, gascão.[64]

E, finalmente, de maneira mais direta e generalista, retomando a ideia de "crisol" (coupelle), ou seja, vaso onde se refinam metais ou, mais abstratamente, onde se depuram os sentimentos: "...para pôr à prova a virtude uma jovem;/ É necessário o crisol de Paris". A imagem de rudeza no trato com mulheres emana do ex-patrão inglês de Pamela e, por extensão, de todos os ingleses. Trata-se, sobretudo, de rudeza verbal, retratada por meio da inversão ligeira e graciosa da ironia:

> Em seu clima [*natal*] você só experimentou/ Combates grosseiros e a altivez chocante/ De um Cavalheiro brusco e dos mais mal-acostumados/ Que sempre a trata como uma serviçal/ E lhe concede, sob qualquer pretexto,/ Nomes agradáveis e doces, com ternas palavras,/ Como idiota e impertinente.[65]

Contra a grosseria inglesa, o francês oferece, de um lado, fortes imagens sensórias, em sua melhor tradição licenciosa: "Se ele abra-

63 BOISSY, Louis de, op. cit., p. 18.

64 *Idem*, p. 18-19.

65 *Idem*, p. 21.

çou seus joelhos,/ Se, beijando suas mãos, pressiona com a boca..." ["...d'une bouche pressante..."] e, em seguida, a delicadeza de outra tradição mundana, a da galanteria, com direito a sentido eufemístico da palavra "touchante" [tocante] relacionada à cena licenciosa, significando a um só tempo "delicada" e "concreta": "Seria para mostrar a teus olhos a coisa mais tocante,/ Se lhe tivesse dito, minha Rainha, minha charmosa,/ Morro – ressuscite um homem todo seu;/ (...) Esse discurso lhe teria enternecido".[66]

A cena ajuda a perceber em que medida a comédia ao estilo do Teatro dos Italianos influenciará Claude Crébillon em sua invenção máxima, o romance de libertinagem. O jovem que frequentava a sala na rua Mauconseil, e que assistia a comédias de Boissy desde seus 20 anos de idade, devia absorver com especial atenção diálogos como o que analisamos, centrado nas minúcias de linguagem do instante da conquista. A prova está em seus próprios escritos dialógicos, como *La nuit et le moment* [A noite e o momento], de 1745, e *Le hazard au coin du feu* [A ocasião junto à lareira],[67] de 1763: "PAMELA: Eu teria rido....../ O CAVALEIRO: Bem, uma jovem que ri/ Começa a se mostrar favorável,/ Está-se bem perto de agradar quando se diverte. P: Esse tom, para meu coração, não é muito perigoso./ O C: No entanto, é o bom tom de Paris...".[68]

Depois da descoberta da *mascarade* [disfarce] do marquês, que estava travestido como sua própria irmã, Pamela resolve reafirmar sua virtude, de preferência a "...aceitar covardemente, como tantas fazem,/ Uma fortuna ilegítima,/ Por [*Em troca de*] um desregramento, (...)/ E sob uma falsa aparência, fruir, em meio ao crime,/ Todo o

---

66 *Idem*, p. 22.

67 Na época, "hazard" se grafafa com "z"; hoje é com "s", "hasard". A tradução do título é aproximada.

68 *Idem, ibidem.*

brilho da virtude".[69] A referência à fortuna ilegítima e aos crimes faz pensar no destino do romance de libertinagem, bem como na literatura obscena que já grassava na época: na França, Pamela parece mais informada do que nunca das modalidades de práticas libertinas das mulheres. Por sua vez, a *concierge* Nerine conclui o primeiro ato com graciosa leveza, tendo a virtude como questão de fundo, em relação à qual o comediógrafo tenta contribuir com uma reflexão também leve; discorda da atribuição de um pudor supostamente menos acentuado na França, em relação à Inglaterra: "O pudor, em toda parte, depende das conjunturas,/ E a honra dos outros países/ Não é mais purificada que a de Paris". Na verdade, a ideia de uma virtude oscilante para melhor lidar com a vida real, em nova perspectiva realista, impera no trecho:

> Tudo oscila aqui embaixo, eis nosso destino./ É-se honrado hoje, não se é mais amanhã,/ Nossa virtude transcorre durante o dia/ Segundo o tempo que faz e segundo o caminho,/ Ela deita após o jantar,/ E levanta de manhã.[70]

No fim das contas, portanto, a especificidade da moral ligada aos costumes, na França, é motivo de um orgulho com tom sarcástico: a oscilação ética é vista com certa serenidade cômica, afinal há nela prós e contras. A reentrada do marquês sem o disfarce se desenrola no sentido da analogia entre conquista erótico-amorosa e ofensiva militar, bem comum na época, principalmente nos textos licenciosos ou de libertinagem. Na verdade, tal analogia indica que a intrepidez heroica e guerreira aristocrática passara a ser canalizada para os jogos amorosos de corte ou de salão.

---

69 *Idem*, p. 26.

70 *Idem*, p. 28.

> Se o heroísmo viril do corpo a corpo com o inimigo se reduz a inciativas sexuais sem grande perigo para o sedutor, as ligações da coragem e da galanteria cavalheiresca se desfazem. A honra não é mais do que uma afirmação egoísta de si, desprezo pelas vítimas, privilégio arbitrário. O refinamento cavalheiresco cede lugar à brutalidade.[71]

É famosa a cena de um dos primeiros romances ditos de libertinagem, *Les confessions du comte de **** [As confissões do conde de ***], de Charles Duclos, em que o conde se precipita sobre sua conquista "...com tanta pressa que obtenho o último favor tendo ainda minha espada na cintura e meu chapéu debaixo do braço".[72] Nas *Ligações perigosas*, considerado momento máximo de sofisticação de forma e conteúdo do gênero, a guerra é incorporada à estrutura das idas e vindas da intriga, e os dois libertinos, Madame de Merteuil e o visconde de Valmont, praticam táticas e estratégias de conquista, em relação a suas vítimas, mas também em relação um ao outro, até o embate final. "A libertinagem pode agora aparecer como a continuação civilizada e sexualizada do estado de guerra Hobbesiano, ou como a continuação da política na vida mundana", escreve um estudioso de Laclos.[73] Porém, como o combate se transferiu de teatros de guerra reais e concretos, onde exércitos particulares se enfrentavam sem respeito a um rei ou a um Estado unificado, para o teatro mundano, para os *salons*, as alcovas e as antecâmaras da corte, as escaramuças libertinas ocorrerão, agora, no âmbito da civilidade.

---

71 DELON, Michel. *Le savoir-vivre libertin*. Paris: Hachette, 2000. cap. 2: "Le modèle militaire et la violence". p. 52.

72 DUCLOS, Charles. *Les confessions du comte de ****. In: TROUSSON, Raymond, op. cit., p. 184.

73 GOLDZINK, Jean. *Le vice en bas de soie*. Paris: José Cortí, 2001. p. 120.

> Tudo se passa como se a libertinagem, essa violação cuidadosamente regrada, se submetesse às normas da civilidade (...). A libertinagem, fantasma de uma sociedade da etiqueta em carência de glória, tenta responder a essa estranha questão: como fazer o mal sem violar a polidez (a última elegância dos heróis sem heroísmo)?[74]

Portanto, não admira que Valmont abuse da analogia na cena da tomada da fortaleza da presidenta de Tourvel, quando chega ao "teatro de sua vitória":

> Não é, portanto, como em minhas outras aventuras, uma simples capitulação mais ou menos vantajosa (...); é uma vitória completa, conquistada por meio de uma campanha penosa, e decidida por meio de sábias manobras.[75]
> Conduzi-a ao local previamente designado como campo de minha glória. (...) Julgue-me, portanto, como Turenne ou Frederico [*da Prússia*]. Forcei o inimigo a combater quando ele só queria adiar a luta; concedi-me, por sábias manobras, a escolha do terreno e das posições; soube inspirar segurança ao inimigo, para alcançá-lo mais facilmente em seu recuo; soube ali fazê-lo experimentar o terror, antes de vir ao combate.[76]

Na peça *Pamela na França*, encenada 39 anos antes do aparecimento do romance de Laclos, mas apenas dois após o de Duclos, a *concierge* já começa usando o vocabulário de guerra: "Eis você pronto para o combate, e para vencer/ a bela,/ Em roupa conveniente e decente [*ou seja, viril, masculino, sem chocar a etiqueta*],/ Que lhe dá um ar conquistador,/ Que promete a você, já, a vitória diante dela".

74 *Idem*, p. 122.

75 LACLOS, Choderlos de. *Les liaisons dangereuses*. Paris: Gallimard, 1952. p. 334.

76 *Idem*, p. 340; trecho citado por Delon, Michel, op. cit., p. 53.

O marquês dá sequência à analogia: "Eu, da parte dela, temo um inimigo poderoso. (...) É a virtude rebelde". E Nerine mantém o tom, analisando a tática da outra: "Para recuar, ela está avançada demais".[77] Em terras francesas, Pamela parece ter substituído a opressão persecutória e um tanto paranoica de um patrão inclemente e bruto pela violência dissimulada de um tipo libertino que se espelha numa "dessublimada" ou transubstanciada imagem do herói militar. A cada latitude cabe um ideal de masculinidade.

Mas a comédia sabe jogar com essas diferenças. Às horas tantas, depois de dizer que não imitará seu "...incivil predecessor" ("Não o seguirei em sua impolidez,/ E serei sempre doce, lisonjeira e submissa"), o marquês se surpreende com a seguinte frase de Pamela, com seu óbvio sentido licencioso: "Ah! Torne-se brutal, sou eu que vos pressiono. (...) Tenha em relação a mim os modos mais rudes,/ Recrimine todos os meus defeitos,/ E o pouco que sou, e o pouco que valho,/ Enxoteme de ti, diga-me injúrias".[78] Aqui se pode imaginar a intensidade do efeito cômico diante de uma plateia que, em sua imensa maioria, lera a tradução do romance de Richardson e mantivera-se suspensa, ao longo de nove centenas de páginas, diante da extrema delicadeza resistente e cidadã da criada para com qualquer sinal de brutalidade de matiz erótica por parte de Mr. B. A inversão feita por Boissy nessa cena traz consigo um alto grau de abrandamento da tensão, pela via de um realismo mais ousado. Com ela, alcança-se o fundo licencioso ou quase obsceno que desataria o nó da suposta (ou não) hipocrisia de Pamela. Por trás da máscara de pudor, a suposição aqui é de prontidão para a cena de conquista, na trilha do que foi apontado por Jean-Marie Goulemot ao estudar a literatura erótica ou obscena do período.

77 BOISSY, Louis de, op. cit., p. 29.

78 *Idem*, p. 37-38.

> Diferentemente do romance libertino, o romance erótico nunca encena uma resistência ao ato amoroso. Neste não há nada mais do que corpos oferecidos, desejos espontâneos e volúpias imediatas. Se ele evoca uma resistência, é para melhor descrever um início de violação, espécie de pimenta, por outro lado, sem maior consequência, já que a vítima dá seu consentimento rapidamente e acaba partilhando o júbilo e os prazeres de seu agressor. A noção de obstáculo, tão essencial à narrativa libertina, é totalmente alheia ao mundo erótico.[79]

Obviamente, a permissividade característica da comédia a aproximava das narrativas eróticas que grassavam na França desde o século anterior – sem, no entanto, confundi-la com elas. A cena destacada o prova, embora mostre, também, que se trata de licenciosidade integrada à própria lógica contraditória e tensa que emana do romance de Richardson. O alívio com gosto de cumplicidade licenciosa que ela certamente provocava nos espectadores os aproximavam do sarcasmo de um Fielding ao descrever uma cena de investida erótica em seu *Shamela* claramente ressaltando a óbvia ambiguidade erótica da reação da Pamela original:

No que ele correu, pegou-me em seus Braços, e lançou-me numa Cadeira, e começou a tentar tocar em minha Anágua. Senhor, digo eu, é melhor você não tentar ser rude; bem, diz ele, não mais tentarei, então; e foi embora do Quarto. Eu estava tão louca que certamente poderia ter gritado. *Oh, que prodigiosa Vexação é, para uma Mulher, ser feita de Boba.*[80]

---

79 GOULEMOT, Jean-Marie. *Esses livros que se lêem com uma só mão*. Leitura e leitores de livros pornográficos no século XVIII. São Paulo: Discurso Editorial, 2000. p. 73.

80 FIELDING, Henry. *Shamela*. Londres: Penguin Books, 1990. p. 28.

A cena fogosa leva o marquês a externar vapores idealizados, corteses: "O MARQUÊS. Injúrias! A você, meu Astro, minha Deusa...", e em justificativa engenhosa para a impetuosidade erótica: "PAMELA. Tenho necessidade [*das injúrias*] para odiá-lo".[81] Porém, na sequência, o marquês conquista a criada inglesa, de forma convincente. Já completamente conquistada pelos modos cuidadosos do marquês, Pamela encontrará um obstáculo artificial inventado pela *concierge* para garantir, de maneira ainda mais cabal, a "vitória" de seu patrão: ela diz que a festa a ser dada ali no fim daquele mesmo dia seria simplesmente a do casamento do marquês com uma dama da região, e acrescenta que ela desejava conhecê-la. Pamela, com muita raiva, duvida de todas as juras que acabara de ouvir do marquês e diz que, por vingança, casará com o jardineiro Mathurin. Nerine, que constata: "Ela ama o Marquês, sua dor me denuncia isso",[82] conta ao marquês que o estratagema ajuda a se certificar do amor da criada e, na verdade, aumenta-o, ao incluir um obstáculo imprevisto. Ele, é claro, teme pela reação dela. O *Chevalier* – aliás, assim como a *concierge* – revela ser uma espécie de Arlequim, personagem-tipo da *commedia dell'arte* que se tornou um dos símbolos do Teatro dos Italianos. Ele surgia em geral como animador da intriga, sarcástico e mexeriqueiro, e jamais pisou no prestigiado palco da Comédie Française.

A *commedia dell'arte*, aliás, fora a base da instauração do Teatro dos Italianos em Paris, em 1681, com peças encenadas exclusivamente em italiano, com gestual hiperbólico e bufão típico, que virou outra marca da companhia. A referência ao Arlequim, aqui, se faz de passagem, já que, como personagem nomeado, ele só surgirá na terceira e mais livremente cômica das peças analisadas, *La dérou-*

81 BOISSY, Louis de, op. cit., p. 38.

82 BOISSY, Louis de, op. cit., p. 43.

te des Paméla [A derrota das Pamelas], que estreou no Teatro dos Italianos a 23 de dezembro de 1743, e que analisaremos no Capítulo 5, adiante. Na verdade, Nerine e o *Chevalier* são personagens de ligação, manipuladores da intriga, bem ao gosto do público da *commedia dell'arte*. Obviamente, isso não significa que Pamela e o marquês se afastem da simplicidade de personagens-tipo, mas sem dúvida eles se aproximam, de alguma forma, de protagonistas de uma leve comédia sentimentalizada, ou lacrimosa. Com efeito, apesar da demonstração de verdade sentimental do marquês, o autor gasta muito mais tempo nas intrigas artificiosas, semelhantes às de qualquer espetáculo divertido de *commedia dell'arte*, do que na pintura do amor entre os dois protagonistas, assumindo para a peça o perfil de comédia leve. Sendo impensável uma comédia mais séria – no sentido de "lacrimosa" – no Teatro dos Italianos, a pitada de sentimento entre o marquês e Pamela, que sustentaria um interesse menos superficial e convencional na peça, acaba indo por água abaixo. Ainda não seria dessa vez que o aspecto de uma "verdade no amor", fundamental para aproximar a *Pamela* vinda da Inglaterra do gosto pelas lágrimas amorosas, que já grassava na França, teria um pouso admissível no palco parisiense. Faltava à *Pamela na França* menos *commedia dell'arte* e mais diálogos ou monólogos apaixonados por parte do marquês e da criada. Mas será que o Teatro dos Italianos os aceitaria?

Uma das provas do gosto convencional de comédia de personagens-tipo é a postura de pura e simples diversão no manuseio da intriga, que se anuncia quando o Cavaleiro descreve a si mesmo: "E eu, de tudo Isso, serei o Espectador,/ Agiu-se bem, falou-se bem,/ Eu me divirto com tudo, e não tomo nada a peito. (...) Que se faça bem ou mal sempre me verão rindo,/ Ou da coisa, ou do Ator".[83] Páginas

83 *Idem*, p. 27.

adiante, na suposta leitura que faz da carta de amor de Pamela ao jardineiro analfabeto, o Cavaleiro transforma o texto em carta de ódio, impedindo que a criada se vingue do marquês. Em seguida, confessa que, mesmo se fracassar na tentativa de conquistar Pamela, "...Eu sempre me divertirei às expensas dela [...à leur sujet],/ E satisfarei minha alegria natural", reforçando seu espírito de Arlequim, personagem sempre disposto, acima de tudo e de todos, a divertir-se e a intrigar. Diante de Nerine, obviamente, diz ser o alvo da carta, e quando ela se lembra da amizade do marquês, diz: "Quando o assunto é belas [*mulheres*], não se poupa ninguém,/ O engodo é sempre bom..." ["En fait de belle, on n'épargne personne,/ La tromperie est toujours bonne..."]. Logo fica patente a superficialidade (assumida) do personagem pela rapidez com que desiste da disputa com o marquês, ao ser desmascarado pelo jardineiro que, escondido, ouve o Cavaleiro lendo o verdadeiro conteúdo do bilhete e o reconhece. O jardineiro passa a ser... "Um rival completamente novo que você [*o marquês*] não esperava", segundo Nerine.

Mais adiante, nos conselhos do Cavaleiro ao marquês, revela-se a prática, comum na época, de referências satíricas ao próprio meio teatral parisiense sério. Boissy o faz graciosamente, ao comparar a arte da conquista à da magia e, em seguida, à da ópera. Sem expulsar o jardineiro, e sem atos rudes em relação a ela – aqueles que o patrão inglês de Pamela sabidamente praticava – há muito mais chance de vencer o pudor feminino: "...se você quer usar de violência,/ Que ela seja doce em aparência,/ E arrebate os sentidos para subjugar o coração". A aula de sedução continua: "Para reter seus passos e vencer seu rigor, é preciso recorrer à arte Mágica".[84]

84 *Idem*, p. 68.

Aqui, Boissy joga, elegantemente, com o sentido arcaico de uma palavra como "charme" que, obviamente, está na órbita semântica de "sedução" e logo aparece ligada ao fascínio do espetáculo – tanto o operístico ou teatral, quanto o do conquistador amoroso, suave e arrebatador ("ravissant"), no texto. No século XVI, só havia de "charme" o significado: "Operação mágica" [Opération magique], bem como de "charmant" [charmoso], o de: "Que possui poder mágico". O adjetivo "charmeux" [charmoso] já se aproxima mais do sentido posterior, ligado ao jogo da sedução: "*Charmoso*. Que charma (*sic; trata-se de uso arcaico: o substantivo em forma de verbo*), que tem um poder mágico, sobrenatural (no sentido próprio e no figurado)", como se lê no *Dicionário da Língua Francesa do Século XVI*. O exemplo destacado não deixa dúvida: "charme" transladava-se do campo da magia para o da galanteria. "Os atrativos de uma charmosa dama. P. de Cornu, *Obr. poet.*; (...) Ele dorme então recolhido nos leitos de Cípris embriagado com o charmoso esquecimento de todas as suas concubinas. Luc de la Porte, trad. Horácio, *Épodes*, 5".[85]

Diante da surpresa do marquês para com a "arte Mágica", o Cavaleiro rebate: "...fique menos temeroso,/ É aquela que a exerce no Teatro Lírico". Trata-se das óperas, apresentadas na Academia Real de Música. Aqui, elas representam todo um leque de espetáculos, dimensão do *savoir-faire* amoroso e galante: "Para Pamela, o Espetáculo tem charme,/ A Dança a encanta, e o canto a desarma./ Para submetê-la, arrebate-a/ Na glória da Ópera". Essa dimensão é contrária ao pudor: "...o ar daquele país/ É tão contrário à inocência,/ Que pondo os pés lá, (...) em um instante/ Ela cai ali de fraqueza e morre subitamente".[86]

85 DICTIONNAIRE de la Langue Française du Seizième Siècle. Paris: Librairie M. Didier, 1964 (1934).

86 BOISSY, Louis de, op. cit., p. 69.

O marquês adere ao clima de glorificação dos meios teatrais e operísticos que, na verdade, são os mesmos da festa – aquela que se anuncia mais uma vez como conclusão do espetáculo. Ele fará o papel do prazer enamorado da *sagesse* (tanto no sentido de "discrição" quanto no de "pudor"), ideal, segundo Nerine. Na verdade, como fica claro no fecho do Cavaleiro, trata-se do impacto gracioso da dimensão teatral e festeira – a arte mágica representando poderes encantatórios do próprio palco e de seus recursos quando contrapostos à realidade (e mesmo a punição ao jardineiro deve ser cômica): "Para a execução, falemos tudo,/ Para que sua virtude resista a esse choque terrível/ Será preciso que ela seja (...) invulnerável".[87] O Cavaleiro-Arlequim traz solução frívola e graciosa para o excesso de seriedade não só de Pamela, mas também do marquês.

O jardineiro Mathurin, com seu uso completamente desastrado do plural de modéstia e seus erros crassos de linguagem (exemplo: "J'allons vous expliquer la chose (...) Comme vous excellez dans l'art de l'Ecriture/ Que je n'avons pas ce talent...", que pode ser assim traduzido: "Eu vamos explicar-lhe a coisa (...) Como você sobressai na arte da Escrita/ Que eu não temos esse talento..."),[88] mantém o tema da magia, reforçando a imagem de credulidade de campônio: os trovões que surgem em dia de tempo bom só podem ser efeito mágico. "O Marquês é bruxo...".[89] Logo surge uma trupe de fantasmas negros de tochas nas mãos. Trata-se da escaramuça teatral para incutir medo no simplório jardineiro, já anunciada pelo Cavaleiro quando apresentara seu plano. Um fantasma conduz Mathurin por um alçapão que surge de repente no palco, em recurso típico de teatro ingênuo, de feira, tão ao gosto da época. O jardineiro pensa estar

87 *Idem*, p. 70.

88 *Idem*, p. 11.

89 *Idem*, p. 75.

sendo "engolido vivo", e o outro fantasma diz a Pamela que, na verdade, ele foi levado a uma *cave*, e como é um apreciador de vinho, estará muito bem. Como é de seu feitio, Pamela acha que se trata de estratagema de seu "novo Patrão" para "...me impedir de andar e enganar minha virtude".

Mas este é o momento da virada leve e graciosa da comédia: repentinamente, tudo se ilumina, Pamela se pergunta, "Que poder produziu essa metamorfose?", e o fantasma responde: "É o prazer que os habita", anunciando o personagem-tipo não de uma *commedia dell'arte*, mas da mais francesa *parade* [parada], uma espécie de peça bastante despretensiosa apresentada em festas, de corte ou de sociedade, cujos personagens em geral ganhavam nomes como "o Prazer", "o Amor", "a Discrição", "a Alegria". Por vezes, há também personagens com nomes-estereótipos, como Gilles, Isabelle ou Villebrequin. A *parade* seria uma "...imitação mundana de um tipo de peça popular", o que explica sua superficialidade unida à graça frívola.[90] Teria se imposto como "forma fixa do teatro (no sentido que se diz que o soneto é uma forma fixa da poesia)", incluindo um "tatibitate convencional e séries de palavras estropiadas", ou seja, uma linguagem destoante da culta, com erros de fala que criam efeito cômico (como no caso de Mathurin, na peça analisada), histórias jocosas e licenciosas e uma atmosfera de "imoralidade afetada e inconsequente". O Cavaleiro-Arlequim, afrancesando-se, revela ser, no fim das contas, um mestre de *parade*.

Se em seu plano a música tinha um papel crucial, ela surge agora, na trama e invadindo todo o teatro, para enlevar a jovem resistente. "*Ouve-se um prelúdio*", lê-se na rubrica, e Pamela: "Oh, Céus! Que música terna!/ Meu coração sensível tem dificuldade em se defen-

90 As definições que se seguem são de Jacques Truchet na introdução de: THÉÂTRE du XVIIIè siècle. Paris: Gallimard, 1972. p. xxxiv.

der./ Para atacar meus sentidos, tudo se unifica, a um só tempo".[91] Aparece o Prazer, ou seja, o marquês, que pede, cantando: "Para exprimir a beleza de minha escolha,/ De vossas anuências [ou acordes] redobrai a harmonia" ["Pour exprimer la beauté de mon choix,/ De vos accords redoublez l'harmonie"], jogando com o duplo sentido de "accords", o galante e o musical, ou seja, "assentimentos", "uniões de espírito" e "acordes". Segue-se, portanto, o "divertimento" ou a "parada", com versos cantados: o Prazer mostra elegância, discrição, delicadeza e alegria: "A Decência com a Alegria/ Andam sempre a meu lado;/ Uma orna meus traços, e a outra os aguça". Surgem a Decência e a Alegria: "A DECÊNCIA: (...) do prazer impetuoso,/ Minha mão faz parar a Licença"; "A ALEGRIA: Eu relaxo e alegro o pudor,/ Dou a tudo um ar brincalhão".[92]

Tudo, portanto, termina em canto e dança, o Prazer afirmando: "Sem o prazer, ah! A discrição aborrece,/ Sem a discrição [ou pudor], exagera-se no prazer,/ Para bem provar o charme da vida,/ É preciso uni-los, sem cessar". Pamela aparece pela última vez para dizer: "...minha inquietação é extrema,/ Poupar discrição, evitar seu pudor", mantendo até o último minuto a postura virtuosa que, no entanto, agora afinal se fragiliza. Como já ressaltado, o *divertissement* do final do pode ter sido a razão das treze apresentações da *Pamela na França* de Boissy, apesar de sua incipiente urdidura teatral. Porém, várias páginas atrás, fora a própria Pamela quem criticara o excesso de zelo ou autocensura em relação à escrita, sempre esquecida pelos "bons corações":

> Escrevamos, escrevamos. (...)/ Que prazer me escutar apesar do Censor!/ Quando falam do que lhes compete,/ Os bons cora-

91 BOISSY, Louis de, op. cit., p. 78.

92 *Idem*, p. 79.

> ções não se calam,/ E o reconhecimento é sempre tagarela:/ A tal concisão, de que se faz tanto caso,/ É a linguagem dos ingratos.[93]

A "*reconnaissance*" [o reconhecimento] diante do marquês travestido de marquesa, no início da peça, está ligada não ao conceito aristotélico,[94] mas a um reconhecimento afetivo diante da nova "patroa". Tal afetividade é "...sempre tagarela", indiscreta, e, como na obra de Jean-Jacques Rousseau, a surgir na década seguinte, não deve respeitar as regras da linguagem dita culta, nem do decoro. Mas o termo pejorativo, "tagarela" [babillarde], trai uma contradição insolúvel, na peça. Apesar de ser feita para o Teatro dos Italianos, trata-se de uma comédia em versos metrificados e rimados, o que torna completamente impossível o coloquialismo que traria um peso sentimental ou "lacrimoso" à peça. Isso fica claro desde o começo, quando, apesar da cena quase bufa, comum no Teatro dos Italianos, do travestimento do marquês em marquesa, a troca de elogios e agradecimentos entre os personagens, além de metrificada, é totalmente decorosa e em francês castiço. E isso se repete na cena que devia ser a de transbordamento sentimental, quando o marquês, sem disfarces, se declara a Pamela. Um exemplo:

> PAMELA. ...O que quer que tenham feito,/ O amor, Senhores, é sempre a escusa de vocês./ O MARQUÊS. Não é uma palavra da qual eu abuse,/ Se você soubesse qual é o objeto secreto do meu [*amor*],/ E sua verdadeira história,/ Estou certo de que ela a sensibilizaria/ E que a seus olhos eu seria menos culpável.[95]

93 BOISSY, Louis de, op. cit., p. 10.

94 Ver item 6.5, no Capítulo 6, adiante.

95 BOISSY, Louis de, op. cit., p. 34.

Como se vê, o enternecimento, que daria algum lastro de densidade à peça frívola demais, deixa de comparecer não apenas por conta da opção pela comédia próxima ao *divertissement* e à *parade*: pode-se ouvir a voz da convenção de comédia clássica seiscentista, à la Molière, por trás da frivolidade rococó (setecentista) da divertida *Pamela* francesa de março de 1743. Nesse périplo, a seriedade do romance original se transforma em comédia ligeira, embora metrificada, assim como a libertinagem um tanto truculenta, à inglesa, se transmuda em galanteria *charmante*, o estilo masculino francês do libertino encantador. A aclimatação não é só de forma e de tom, mas, como se vê, também de etos: o galante Don Juan francês (incluído no panteão clássico por Molière) resolve as opressões do mundo e do coração por meio da festa final, conciliação impensável – e libertina – entre o peso da virtude feminina e a leveza de sua derrota empreendida pelo galanteador.

Origens da "peça lacrimosa" e da "sensibilidade", ainda em 1735-1736

Em 1743, Nivelle de la Chaussée era um autor de maior projeção em Paris e, por extensão, na França, do que Louis de Boissy, já que ingressara na Academia em 1736 e dedicava-se quase que exclusivamente ao gênero sério (Boissy só entra na Academia em 1754, quatro anos antes de sua morte). Seu grande sucesso foi *Mélanide,* sucesso inesperado para a própria trupe da Comédie Française, indicando uma mudança de ventos: era a primeira *comédie larmoyante* [peça lacrimosa] assumida como tal a atingir tamanha projeção. Porém, tal acolhida, em 1741, representava já um segundo momento do novo gênero. Embora haja autores com tendência *attendrissante* [enternecedora] desde pelo menos *Inês de Castro,* de Houdart de la Motte, de 1723 (os primórdios do sucesso do gênero datando do século anterior e da polêmica com as *précieuses* [preciosas],[1] poetas e,

1 Nome genérico – primeiro jocoso, depois assumido como tal – de algumas mulheres parisienses do século XVII em volta das quais se formaram sociedade e salões que tinham a poesia galante e os romances como temas. Muitas delas forma também romancistas.

principalmente, romancistas dedicadas ao tema do amor),[2] o rótulo "peça lacrimosa" só surgiu como reversão do significado pejorativo no prefácio de *L'amitié rivale (de l'amour)* [A amizade rival (do amor)], que estreou em 16 de novembro de 1735. No texto, editado com a peça antes do final daquele ano,[3] Barthélemy-Christophe Fagan ousara se defender da crítica derrisória assumindo a etiqueta:

> Não se pode, sem abandonar a verdadeira Comédia, tomar um caminho que nunca foi trilhado antes? (...) É verdade que seguindo esse último gênero [*assim definido: "... retratar o que a natureza tem de amável e perfeito... "*], o fundo sempre será mais sério; até o ponto mesmo em que poderá ser *lacrimoso*.[4]

Alguns meses depois, o abade Desfontaines se juntava ao novo partido, acolhendo o rótulo. Ninguém menos que Louis de Boissy será apontado por ele, em seu periódico *Observações sobre os escritos modernos*, como autor de uma comédia, estreada recentemente, que

2 Trataremos do tema adiante, no Capítulo 3, item 3.4.

3 Assim se lê em De Leiris, op. cit., p. 323: "AMIZADE (1') *Rival*, Comédia em cinco atos e em versos, de Monsieur *Fagan*, representada na quarta-feira, 16 de novembro de 1735, seguida de *Três Irmãos Rivais*, Paris, Chaubert 1735. in-8º" ("AMITIÉ (l') *Rivale*, Comédie en cinq actes & en vers, de M. *Fagan*, représentée le Mercredi 16 Novembre 1735, suivie des *Trois Freres Rivaux*, Paris, Chaubert 1735. in-8º"). A indicação final, "in-8º ", prova que se trata de livro impresso. Chaubert é um dono de livraria conhecido de Paris, que integraria a Compagnie des Libraires juntamente com Pierre Gandouin, Huart & Moreau, Nyon fils, Bordelet Prault fils, Ganeau, Barrois Damonneville Durand, Grange, Robustel, Pissot e Brocas. Da "Rare Book collection" [Coleção de Livros Raros], seção "French Theatre" [Teatro Francês], da Monash University, Melbourne, Austrália (acessível no site: http://www.lib.monash.edu.au/exhibitions/french/xfrtcat.html).

4 FAGAN, Barthèlemy-Christophe. *Théatre de M. Fagan, et autres œuvres du mesme auteur*. Tome premier. Chez N.B. Duchesne, Paris ("... au Temple du Goût..."), 1760, p. 210.

se enquadraria no novo estilo. A peça, de grande sucesso, se chama *Le comte de Neuilly* [O conde de Neuilly], descrita pelo autor, naquele momento, como uma "comédia heroica", estreia a 28 de janeiro de 1736, e Desfontaines escreve, no mesmo momento:

> Eu não me divertiria em nada relevando os defeitos dessa Peça, que teve uma triste sorte no Teatro Italiano, para o qual, é preciso confessar, ela não era feita. No entanto, era uma Comédia adequada ao novo gosto que queriam introduzir, quer dizer, no gênero do *Cômico Lacrimoso*. A versificação era fluente e desembaraçada, e o assunto, bem conduzido. Mas nem toda história romanesca convém ao teatro, e aquela era uma prova disso.[5]

De menor repercussão, na época, mas de imensa importância por conta dos desdobramentos que o gênero e o próprio panorama cultural do século apresentam é o fato de *L'enfant prodigue* [O filho pródigo], de um tal de François-Marie Arouet, vulgo Voltaire, também ter sido vista como uma "peça lacrimosa". Se ainda lembrarmos que *Le préjugé à la mode* [O preconceito na moda], de La Chaussée, estreada a 3 de fevereiro de 1735, também foi classificada como tal, está delineado um momento especial de confluência da nova tendência, a qual, no entanto, não terá nem desdobramentos imediatos, já que não se tem notícia de sequência bem recebida de peças definidas pelo rótulo, nem uma consistência de reflexão acompanhando a escrita das peças – a qual, na verdade, só se notará com Chassiron, em 1749, e, finalmente, com Diderot, em 1757-58.

5 *DITL (Dictionnaire International des Termes Littéraires)*. Acessível em: http://www.ditl.info/arttest/art1235.php .

3.1. A *sensibilité* no domínio

Como se adiantou, ao surgir, o adjetivo "lacrimosa" tinha um sentido pejorativo. Porém, tinha tudo para ser usado para traduzir uma característica cultural que chega a definir uma época nas letras francesas. Trata-se da coloração patética e "sensível"[6] de uma tragédia que não tinha mais como manter a sobriedade e a elevação exigidas pelo classicismo.

Tal asserção, de caráter bastante geral, tem vários modos de ser abordada. Na verdade, *sensibilité* [sensibilidade] é uma palavra capaz de definir o pendor de toda a cultura francesa da época pelo tema do amor retratado de forma enternecedora [*attendrissante*]. Optamos por começar investigando alguns trechos de um autor que, por interessar-se por questões estéticas e conceituais e por abraçar certo materialismo de origem lockiana, toca em pontos cruciais para quem quer compreender a concepção de "sensibilidade" do período. Além disso, como já se indicou, foi tal autor que deu, pela primeira vez, forma teórica à nova *comédie larmoyante* (que chamou de *comédie sérieuse* [comédia séria]), pouco depois do surgimento dela. Citemos um trecho lembrado por Roger Chartier do Diderot crítico (ou protocrítico) de artes plásticas, em seus *Salons* [Salões]:

> Como fazer quadros com palavras (...). Dito de outra forma, que poderes de linguagem convocar e mobilizar para que, à leitura – em voz alta, baixa, ou a voz silenciosa – uma imagem apareça, primeiro vacilante, errante como uma sombra elísia, depois insistente, obsessiva, logo imperiosa, invadindo a alma, ocupando o espírito, trabalhando o senso e os sentidos [... *le sens et les sens*],

6 O termo remete a "*sensibilité*" [sensibilidade], tema central de nosso Capítulo 3.

pronta a transpor as fronteiras do interior e do exterior, em vista de visão ou de alucinação.[7]

Compare-se esse trecho com um ficcional, tirado da fala do personagem do filósofo (ou seja, o mais sóbrio, sendo, em certa medida, um alter-ego do autor) no conto *Le Neveu de Rameau* [O sobrinho de Rameau]:

> EU [*ou seja, o filósofo*]: (...) Não desprezo os prazeres dos sentidos; também tenho um palácio; e ele se favorece de uma refeição delicada ou de um vinho delicioso; tenho um coração, e olhos, e adoro ver uma bela mulher, adoro sentir sob minha mão a firmeza e a penugem de seu pescoço, pressionar seus lábios com os meus, extrair a volúpia de seus olhares e exalá-la [*a volúpia*] abraçado a ela. Às vezes, com meus amigos, um divertimento libertino, mesmo se um pouco tumultuoso, não me desagrada; mas, não dissimularei para você, me é infinitamente mais doce terminar um caso espinhoso, dar um conselho salutar, fazer uma leitura agradável, um passeio com um homem ou uma mulher caro a meu coração, passar algumas horas instrutivas com meus filhos, escrever uma bela página, responder aos deveres de minha posição, dizer àquela a quem amo algumas coisas ternas e doces que fazem seus braços enlaçarem meu pescoço.[8]

Mesmo levando-se em conta a oscilação vertiginosa entre seriedade e sarcasmo que caracteriza esse famoso conto filosófico de Diderot, a comparação com outros escritos do autor onde surge a questão da sensibilidade ligada à concretude corporal (como é o caso do *Rêve de d'Alembert*) deixa claro que se trata de trecho de defesa de

7 CHARTIER, Roger. *Inscrire et effacer – Culture écrite et littérature (XIè-XVIIIè siècle)*. Paris, Gallimard/Seuil, 2005, p. 156.

8 DIDEROT, Denis. *Le neveu de Rameau – Satyre*. Paris, 1891 (Nendeln/Liechtenstein, Klaus Reprint, 1972), p. 66 (no original). BNF-Gallica. Tradução nossa.

seu singular materialismo (de base epicurista e lockiana). Estabelece marcos concretos e contingentes para as reações "sensíveis" – hoje chamadas de "subjetivas". No primeiro trecho a questão é: como linguagem e leitura intermedeiam o quadro pintado e as imagens que o leitor construirá em sua mente. É notável, portanto, a extrema concisão de "...trabalhando o senso e os sentidos [le sens et les sens]...", já que se trata de reconstruir (*travailler*) o sentido do que se escreve/lê por meio dos sentidos, no caso específico, a fim de atingir a zona das imagens mentais, alucinatórias: o escritor reconstrói o sentido do quadro pintado por meio de um quadro escrito; o leitor reconstrói tal quadro tendo o escrito como intermediário. Desse modo, o interior e o exterior, ou seja, a subjetividade e a objetividade se imbricam e se intercambiam, sem que suas existências sejam negadas.

No segundo trecho, Diderot contrapõe o prazer dos sentidos, da mesa à cama ("...uma refeição delicada ou de um vinho delicioso...", "...um divertimento libertino..."), a um outro tipo de prazer, menos carnal e concreto, mais social e ligado aos sentimentos. Como no trecho anterior, trata-se de partir da materialidade (da tela pintada ou do corpo) para compor um conceito que não despreze nem os sentidos (o carnal), nem dimensões sutis da subjetividade – o homem do século XVIII diria, da sensibilidade, que inclui a imaginação ativa, alucinatória, pela qual sentimentos menos violentos que as *passions* [paixões] podem brotar a partir de quadros, pintados ou reais: terminar tarefa espinhosa, dar conselho salutar, fazer leitura agradável, passear com alguém, conviver com filhos, preencher obrigações da carreira profissional ou dizer coisas belas ao(à) amado(a). Vê-se que Diderot vai na mesma direção do que escreve Mistelet, generalisticamente, em seu *Da Sensibilidade em relação aos dramas, aos romances e à educação*, de 1777:

> A Sensibilidade é o princípio que põe todas as paixões em movimento; mas que, opondo-as umas às outras, sempre adoça os

> efeitos; e desse choque praticamente equalizado, desse equilíbrio entre tantos sentimentos diversos, nasce a virtude. A Razão a ilumina e a dirige, o grande homem está formado...[9]

Nota-se que a questão se centra no abrandamento daquilo mesmo que a *sensibilité* põe em movimento, ou seja, as paixões (palavra de grande tradição clássica, como se sabe). O choque entre estas últimas produz o equilíbrio da virtude, que precede o trabalho da razão. A *sensibilité* é, portanto, colocada ao mesmo tempo como dínamo máximo e como elemento temperador da violência das paixões, vindo mesmo antes da prestigiada razão; é a pedra angular da subjetividade humana, em sua versão setecentista. Como Diderot, Mistelet participa da tendência geral de "dessublimação" das paixões. E como ele, recorre ao materialismo, com raízes em Locke, para descrevê-la, nela incluindo a ideia de um interior e de um exterior por onde transitam signos e sons, ou seja, tanto a materialidade quanto o potencial imaginativo da linguagem (da escrita e da leitura):

> Todos os homens buscam o prazer, sejam ou não cruéis [*méchants*], e todos experimentam o que sentem por meio de signos e de sons. Os prazeres que só tocam superficialmente nossos órgãos se fazem conhecer pelo riso; mas aqueles pelos quais somos realmente afetados, que preenchem nossas almas, os grandes prazeres, enfim, ficam concentrados em nosso coração ou só se exprimem por meio de lágrimas.[10]

O autor defende um neoepicurismo da expressão (signos e sons), desvaloriza o riso e valoriza ao extremo os prazeres do coração, expressos apenas e tão-somente por meio de signos e sons condensa-

9 MISTELET. *De la Sensibilité par rapport aux drames, aux romans et à l'éducation.* Amsterdã-Paris, Mérigot Jeune, 1777.

10 *Idem*, p. 26-27.

dos em lágrimas. Estas surgem, portanto, como a expressão exterior do que há de mais caro na sensibilidade, vista como o *primum mobile* das paixões que, no entanto, também as tempera e abranda. Trata-se de um signo que surge como inserido social e concretamente – fenomenológico *avant la lettre* –, mas que pode ser convocado e mobilizado pelo escritor de modo a tornar-se um elemento do *tableau* [quadro] que ele compõe para que, na mente do leitor, "... à leitura (...) uma imagem apareça, primeiro vacilante, errante como uma sombra elísia, depois insistente, obsessiva, logo imperiosa, invadindo a alma, ocupando o espírito...", como descreve Diderot no primeiro trecho citado, acima. Essa imagem cuja aparição alucinatória (na linguagem de Diderot) é estimulada pela leitura tem o potencial de estimular as lágrimas do leitor, é claro.

3.2. O *tableau* (quadro) e as lágrimas

Antes de chegarmos especificamente à *Pamela* de La Chaussée, podemos lembrar que o próprio Diderot refletiu sobre as lágrimas e a leitura, em seu *Éloge de Richardson* [Elogio de Richardson], de 1762.[11] Roger Chartier indicou como é a técnica da constituição de um *tableau* por parte do escritor que, ao ver de Diderot, pode levar a um maior impacto dos signos e dos sons, de modo "... a transformar o leitor em espectador e a leitura em visão e audição".[12] O *tableau*

11 Sobre esse texto de Diderot e uma certa "revolução da leitura" por meio das lágrimas, o texto definitivo é "Le commerce du roman. Les larmes de Damilaville et la lectrice impatiente" [O comércio do romance. As lágrimas de Damilaville e a leitora impaciente], que passamos a incorporar em nossa análise. CHARTIER, Roger, op. cit., p. 155-175. Franklin de Matos se debruça sobre a questão específica do *tableau* em "A poética do quadro (Sobre *O filho natural* de Diderot), in MATOS, Franklin de. *O filósofo e o comediante. Ensaios sobre literatura e filosofia na Ilustração*. Belo Horizonte, Editora UFMG, 2001, p. 48-65.

12 CHARTIER, Roger, op. cit., p. 166.

como unidade é tudo que o escritor deve procurar para atingir seu fim de *émouvoir* [emocionar], ou seja, de pôr em movimento as paixões dos espectadores, o que, como vimos, significa se sintonizar, por signos e sons (pela linguagem), com a "sensibilidade" daqueles.

O início das *Entretiens sur le Fils naturel* [Conversas sobre "O Filho Natural"], primeiro texto de Diderot sobre a arte dramática, composto em forma de diálogo ficcional precedido de pequena introdução em primeira pessoa, é marcado por um momento de choro coletivo, por conta de uma confusão entre a realidade dada e o *tableau* criado pelo dramaturgo. A cena parece representar, de forma surpreendentemente complexa, o que Diderot defende como modo de partilhar a *sensibilité* por meio das lágrimas. Diante da surpresa de ver um ator muito parecido com o velho Lysimond, personagem recém-falecido (na peça intradiegética), entrar na sala de ensaio (na realidade intradiegética), todos, atores e personagens, veem brotar lágrimas em seus olhos – nessa simbiose labiríntica de Diderot entre realidade e ficção:

> ... logo que ele apareceu ali [*no ensaio*], naquele momento pondo sob os olhares de toda a família um homem que ela acabara de perder, e que lhe fora tão respeitável e tão caro, ninguém conseguiu reter as lágrimas. Dorval chorava. Constance e Clairville choravam. Rosalie abafava seus soluços e desviava o olhar. O ancião que representava Lysimond se perturbou, e se pôs a chorar, também. A dor, passando dos patrões aos domésticos, tornou-se geral, e a peça não terminou.[13]

13 DIDEROT, Denis. "Dorval et Moi" (título original do texto que ficou conhecido como *Entretiens sur le Fils Naturel*), in *Écrits sur le théâtre. 1. Le drame.* (Alain Ménil, org.). Paris, Pocket, 1995, p. 59.

O narrador, uma espécie de alter-ego de Diderot, completa, em diálogo interior, depois de enxugar as lágrimas, voltando da ficção à realidade: "'Devo ser muito bom para me afligir assim. Isso não passa de uma peça'".[14] O espectador (ou leitor) valoriza-se como "bom" de coração ao chorar diante de um quadro pintado ficcionalmente: não é um segredo do sucesso do novo gênero?

Como se sabe, tais passagens publicadas em 1757 pertencem exatamente ao texto que incluirá uma justificativa teórica a respeito da trilha iniciada cerca de vinte anos antes, por volta de 1735 e 1736, com as primeiras "peças lacrimosas". Anne Vincent-Buffault, em sua *História das lágrimas*, lembra que a tendência já se fazia notar mesmo antes de o rótulo ter sido inventado e, de pronto, esvaziado de seu sentido pejorativo.

> ...*Le Philosophe marié* (O Filósofo casado), de Destouches (1727), cujo autor queria "iluminar a virtude de uma forma tão bela que ela atraía a veneração pública", coloca em cena um pai compreensivo e seu filho, chorando a seus pés, ao confessar-lhe um casamento secreto (ato IV, cena I). A doçura dos sentimentos paternos introduz uma nuança no tradicional princípio da autoridade, e esta cena de interior mistura as lágrimas do público àquelas dos atores.[15]

Gustave Lanson, muito mais lembrado como autor de *História da literatura francesa*, de 1894, do que de *Nivelle de la Chaussée e a peça lacrimosa*, de 1903, credita a La Chaussée, em primeiro lugar, uma radicalização do patético e, em segundo – principalmente em *Mélanide* –, um modelo melhor acabado para o novo gênero. Em *Le Préjugé à la mode* [O tipo de preconceito na moda] (1735), a sensível

14 *Idem, ibidem.*

15 VINCENT-BUFFAULT, Anne, op. cit. p. 87.

Constance tenta libertar seu marido do temor do ridículo que, na vida mundana, está associado ao amor conjugal. O marido agradece aos pés da esposa, dizendo: "Ele está a seus pés/ É onde devo morrer... Deixe-me em lágrimas/ Expiar meus excessos e vingar todos os seus charmes".[16] O abade Prévost, autor de uma peça importante para se entender a tendência antes do rótulo, seu *Manon Lescaut*, de 1732, escreve entusiasmado no seu jornal *Le Pour et le contre* [O Pró e o Contra]: "o público deu (...) marcas extraordinárias de aprovação à nova peça. Riu, derramou lágrimas, sentiu todas as paixões que o autor quis despertar".[17]

É o primeiro grande sucesso de La Chaussée: as 20 apresentações a partir de fevereiro somam 17 mil espectadores, e a peça retorna em dezembro. Lê-se no *Dicionário portátil histórico e literário dos teatros*, de De Leiris, a 16 de março: "...os Atores tinham julgado essa peça extraordinária (...) e houve uma grande procura, mesmo os lugares tendo sido aumentados em um terço, e a Plateia, no dobro... ...",[18] já que o lucro daquele dia reverteria para Mlle. Gaussin, atriz que tivera a casa incendiada e que protagonizaria, seis anos mais tarde, várias das 160 apresentações de *Mélanide*, registradas da estreia, em 1741, até 1786. Uma análise mais acurada dessa peça se impõe pois se trata da mais bem-acabado e mais bem-sucedido exemplo de "peça lacrimosa" da época.

16 *Idem, ibidem.*

17 *Idem*, p. 88.

18 "...les Comédiens avoient joué par extraordinaire cette piece (...) & il y eut un grand concours, quoique les places fussent haussées d'un tiers, & le Parterre au double...". DE LEIRIS, op. cit.

3.3. *Mélanide*: o tom adequado de tratamento do amor

A peça conta a história de Mélanide, mulher que vivia afastada dos salões aristocráticos e acaba de voltar a Paris. Na casa da amiga Dorisé, participa das intrigas que precedem o casamento – que afinal não se realizará – entre Rosalie, filha de Dorisé, e o rico Marquês d'Orvigny, para quem a moça estava prometida. Com o casório, a dona da casa quer saldar dívidas e bem encaminhar um "procès" [processo judicial]. O obstáculo é o jovem D'Arvine, supostamente sobrinho de Mélanide e enamorado por Rosalie, totalmente sem posses mas, como sói acontecer em triângulos amorosos, muito insistente. Mélanide se afastara da vida airada de Paris por conta de "segredos", a serem revelados ao longo da peça, o charme do texto estando nesse inusitado de "reconhecimento". Ela tenta persuadir o sobrinho de que só os "... felizardos ..." ["gens heureux"], no sentido de socialmente bem posicionados, podem amar: "... Arrasado sob o peso de correntes inoportunas,/ Ora, como você quer alcançar a fortuna?".[19] O segredo começa a ser revelado, ainda de forma enigmática, quando o Marquês D'Ovigny fala do "... triste e secreto hímen,/ Do qual me fizeram romper a corrente afortunada". Ele diz ter sofrido muito e empregado "... muitos cuidados supérfluos/ A procurar em toda parte uma esposa tão querida,/ Para me vingar do rigor de meu pai".[20]

Nota-se um espelhamento da situação de D'Arviane: as conveniências e os deveres sociais – no caso, defendidos pelo pai – tinham arruinado aquele amor maior do passado. A esposa teria morrido, o que, para seu interlocutor, Theodon, tio de Rosalie, torna inúteis

19 LA CHAUSSÉE, Nivelle de. *Mélanide*. Paris, Chez Parult fils, 1741, p. 12 (13 do original). BNF-Gallica, consultado em 14/09/2006.

20 *Idem*, p. 27 (26 do original).

os remorsos do marquês.[21] Este está ressabiado com o "... amor em minha idade (...)/ Vou servir a todos de fábula e de escárnio". Há ainda a dúvida sobre se Rosalie também o ama e o medo da disputa com o jovem rival – tudo engrandecendo o personagem por conta da inigualável paixão perdida no passado. Na cena seguinte, Theodon informa a Mélanide que os pais dela a tinham deserdado: "O que fizeste àqueles que o sangue liga a ti,/ Para que estejam assim, contra ti enfurecidos?".[22] O segredo começa a se revelar: "Foi na idade perigosa,/ Em que em geral o prazer pode mais que o pudor...".

Da semântica desse amor, central na peça, fazem parte palavras de que vínhamos tratando: "Agradei; fui sensível naquele instante (...)/ nosso amor nascente, tão doce, tão pleno de charmes,/ Sempre aumentando, custou-me muitas lágrimas".[23] O tema do amor como paixão é flagrado nessa *comédie larmoyante* em um momento de transformação em seus pressupostos éticos e na forma como se dá o embate entre a *passio* [paixão] e o meio contingente, como veremos mais adiante, neste mesmo capítulo. Antecipando, digamos que o embate tenso entre paixões públicas (glória, cólera, coragem) se substituirá pela resolução da tensão amorosa idealizada por meio do casamento.

Mélanide confessa que "Vimos, embora tarde demais, que jamais o himeneu/ Constituiria a felicidade de nosso destino. (...)/ Os ódios, os processos [*judiciais*] e mil circunstâncias,/ Teriam feito rejeitar nossos mais vivos empenhos".[24] O segredo nada tem a ver com alianças eróticas no seio do poder, na órbita da Corte, mas, ao contrário, é a causa da fuga do *monde*, marcante para Mélanide (cuja ancestral, Mme de Clèves, criou uma forma híbrida ao fugir do *mon-*

21 *Idem*, p. 28 (27 no original).

22 *Idem*, p. 32 (31 no original).

23 *Idem*, 35 (34 no original).

24 *Idem*, *ibidem*.

de sem dele afastar-se completamente, no fim do romance de Mme de Lafayette): "Nossos fogos [*a paixão*] eram secretos: se declarados,/ Nossa perdição seria garantida; teriam nos separado". Surge um outro segredo: eles tinham se casado secretamente. Com isso, as duas famílias ficam contra os amantes. Mélanide usa uma metáfora natural, da tradição dos primeiros místicos cristãos, para descrever os descaminhos de sua *sensibilité*: "Assim que meu opróbrio me foi anunciado;/ Entre seus filhos não fui mais incluída;/ Para o fundo de um deserto fui transportada ...".[25]

Pode-se creditar a leveza das cenas entre dois jovens amantes à falta de posicionamento de Rosalie, que é aconselhada a manter a indiferença com D'Arviane para fazê-lo desistir. O tom de leveza está ligado à ideia de *comédie*, em contraponto à tragédia, na época, circunscrevendo, assim, o novo gênero misto. O talento dir-se-ia psicológico (*avant la lettre*) de La Chaussée o leva a individualizar até uma personagem pouco complexa, como Rosalie, que depois de se mostrar sonsa e esquiva com D'Arviane, diz, quando ele sai de cena: "Como é cruel sua sorte! Pelo menos ele pode reclamar dela./ E eu, pelo dever reduzida a me reprimir,/ Não posso receber nenhum consolo".[26] Mesmo assim, o tom individualizado dura pouco, sendo substituído pelo tom generalizante classicista típico, no sentido de uma eloquência de púlpito, sem traço de patético, mais próximo das máximas dos moralistas do século anterior: "Eis, portanto, aonde conduz uma terna ligação!/ Deveríamos ter previsto tantos motivos de lágrimas".[27]

Sendo a análise do tom de crucial importância para flagrar o hibridismo entre seriedade e cômico, que Diderot creditará, anos mais tarde, à nova *comédie larmoyante* (assim batizada desde 1735,

25 *Idem*, p. 36 (35 no original).

26 *Idem*, p. 53 (52 no original).

27 *Idem, ibidem.*

como se viu), as cenas com a presença dos amantes anteriores a esta, no espetáculo, estão longe da seriedade e do peso que grande parte do romantismo pós-rousseauniano imporá ao tema amoroso. A gravidade surge de forma fugaz e pouco expressiva, por exemplo, quando D'Arviane diz que se não encontrasse seu amor, se mataria. Mas o tom da cena não é nem grave, nem cômico, no sentido de risível, é, mais propriamente, leve. Theodon, como personagem de ligação entre os outros e entre o presente e os segredos do passado, é uma espécie de Arlequim sem o riso, que pela argúcia desvenda os nós interpessoais. Na verdade, o que se divisa é um contraste entre esse amor mais leve de D'Arviane e Rosalie (apesar das preocupações patéticas de Mélanide e de Dorisée diante do amor proibido) e o mais grave e sério entre Mélanide e o marquês. Neste ponto, seria importante, antes de examinarmos o desfecho de uma peça que prepara o terreno de recepção para um romance como *Pamela*, analisar, mesmo que de forma rápida, uma barreira crucial para o estabelecimento da *comédie larmoyante* na França de então: a resistência ao tratamento sério do tema do amor no teatro da época.

3.4. Não se pode representar o amor sério no teatro

O evitar-se a seriedade ao tratar do amor no palco teve um momento classicista para nós importante no ataque feito por Molière às *précieuses* [preciosas], vistas aqui, segundo a visão de Paul Bénichou, exatamente como o grupo de autoras de romances que havia, do início para o meio do século XVII, elegido o amor como tema principal – e a própria Madame de Lafayette pode ser vista como "preciosa", só que marcada por maior complexidade semântica (Boileau caracteriza *Clélie*, de Madeleine de Scudéry – classificado por alguns como "romance romanesco" típico – como exemplo de *préciosité* [preciosidade], o que nos credita a concordar com Bénichou quando ele aponta no romanesco votado ao amor o núcleo básico da polêmica). Uma das definições de romance dadas pelo abade Pierre-Daniel Huet, que publica seu *Tratado da origem dos romances* como introdução a *Zayde, História espanhola*, de sua amiga, Madame de Lafayette, em 1670, primeira defesa enfática do gênero, é a seguinte: "... os poemas têm por tema uma ação militar ou política, e só tratam do amor ocasionalmente: os Romances ao contrário têm o amor como tema principal, e só tratam da política e da guerra de forma incidental".[28] Em 1745, um mestre do novo patético *larmoyant* em prosa, Baculard d'Arnaud, escreverá, em seu *Discurso sobre o romance*, o que logo se tornaria uma espécie de palavra de ordem: "O romance, enfim, é o livro da humanidade. Ele insinua em nossa alma essa sensibilidade, essa ternura, o princípio das verdadeiras virtudes".[29]

Sessenta e cinco anos depois, em 1800, Madame de Staël já poderá celebrar a vitória tanto dos romances quanto do amor como tema central sério:

> Os antigos não tinham motivo de preferência para as mulheres senão a beleza delas (...). Somente os modernos, conhecendo outras relações (...), puderam exprimir esse sentimento de predileção que liga o destino de uma vida inteira aos sentimentos do amor. Os romances, essas produções variadas do espírito dos modernos, são um gênero quase inteiramente desconhecido dos antigos. (...) Uma sensibilidade sonhadora e profunda constitui um dos maiores charmes de algumas obras modernas; e são as mulheres que, não conhecendo da vida senão a faculda-

28 HUET, Pierre-Daniel. *Traité de l'origine des romans*. BNF-Gallica, p. 15 (Consultado em 5/11/2006). Original: Paris, Chez N.L.M. Desessarts, éditeur, imprimeur-libraire, An VII (1796), p. 7.

29 ARNAUD, Baculard. *Discours sur le roman, apud* SGARD, Jean. "Introduction: Éloge de Richardson – Janvier 1762", in *Diderot. Arts et letters (1739-1766), Critique I*. VARLOOT, Jean (org.). Paris, Hermann, 1980, p. 190.

de de amar, transmitiram a doçura de suas impressões ao estilo de alguns escritores.[30]

No período de 1670 à década de 1740, o problema não era tanto reconhecer no amor o alvo principal dos romances, mas aceitá-los como gênero valorizado – os contemporâneos diriam: "elevado", embora seu reinado se inicie exatamente no momento em que o adjetivo perde seu valor de uma vez por todas. Como exaltar um gênero sério que tem tal tema como nuclear? Tanto Molière (em *Précieuses ridicules* [Preciosas ridículas] e em *Femmes savantes* [As sábias]) quanto Saint-Évremond condenam o idealismo, do tipo cortês, de tais romancistas. "O amor é ainda um deus para as preciosas. Não incita nenhuma paixão em suas almas; forma, ali, uma espécie de religião (...). Transportaram uma paixão bastante sensível do coração até o espírito e converteram as emoções [*mouvements*] em ideias", escreve Saint-Évremond.[31] Já se reconhece, nessa crítica dura, uma figuração da tentativa futura, propriamente romântica, de incutir um pseudorrealismo – ou seria melhor, uma força expressiva mais convincente – nos "movimentos do coração", as emoções. Sabe-se também que tal tentativa desembocará em um idealismo de segundo nível, como não poderia deixar de ser, já que se trata de uma fantasia da autenticidade última locada no "coração", com o pressuposto da hipervalorização dos *mouvements* [movimentos] supostamente interiores.

Por ora, porém, lembremos que a polêmica nas letras diante do uso do amor como tema central sério – em detrimento do heroísmo aristocrata, da magnanimidade (Bénichou chama também de "generosidade"), da glória etc., todo esse escopo da virtualidade clássica – atra-

30 DE STAËL, Madame. *De la littérature*. Paris, GF/Flammarion, 1991 (1800), p. 179-181.

31 BÉNICHOU, Paul. *Morales du grand siècle*, op. cit., p. 250.

vessará o século XVII e, pelo menos nas artes mais institucionalizadas, como o teatro, chega às primeiras décadas do XVIII, tendo a seara do romance como campo de batalha periférico e pouco prestigiado. No prefácio a *Nanine,* em 1749, Voltaire sente necessidade de evocá-la, apontando o caso do jovem Corneille, cujas peças votadas ao amor não deveriam ser relegadas apenas ao julgamento do partido contrário ao tema. A citação serve mesmo como um resumo da questão:

> ...em nossa Nação a Tragédia começou por se apropriar da linguagem da Comédia. Se reparamos bem, o amor, em muitas obras das quais o amor e a piedade deveriam ser a alma, é tratado como na verdade deve ser no gênero cômico. A galanteria, as declarações de amor, o coquetismo, a ingenuidade, a familiaridade, tudo isso só se encontra em nossos Heróis e Heroínas de Roma e da Grécia, dos quais os palcos de nossos Teatros estão lotados. De maneira que, na verdade, o amor ingênuo e enternecedor na Comédia é apenas um roubo feito a Melpomene, mas, ao contrário, é Melpomene que há muito, para nós, calçou os borzeguins de Thalie. [*Melpomene e Thalie são, respectivamente, as musas da tragédia e da comédia; "chausser le brodequin" [calçar os coturnos] significava representar ou escrever comédias*].[32]

Voltaire caracteriza o tratamento sério do amor como aproximação entre tragédia e comédia, supostamente reconhecível desde os primórdios do classicismo seiscentista francês. Em uma frase, Voltaire resume a ameaça que o tema representa para o classicismo: "Se reparamos bem, o amor, em muitas obras das quais o terror e a piedade deveriam ser a alma, é tratado como na verdade deve ser no gênero cômico". Ou seja, o amor quer destronar a catarse aristotélica (terror e

32 VOLTAIRE. *Nanine,* in *Collection Complète des Œuvres de Mr. de Voltaire. Première édition. Tome dixième. Oyvrages dramatiques avec les pieces relatives a chacun. Tome quatrième.* 1756. BNF-Gallica, p. 379 (360 no original).

piedade) do centro das obras escritas ou encenadas. Se Voltaire tenta apontar nos primórdios da tragédia grega o tema amoroso é porque, obviamente, quer se colocar no partido das "preciosas" na polêmica que vinha do século anterior. O que leva a afirmar que é a experiência nos romances, feita por aquelas que foram chamadas de "preciosas" (a descrição em série que se segue na argumentação de Voltaire, qual seja, "A galanteria, as declarações de amor, o coquetismo, a ingenuidade, a familiaridade...", mostra bem a tendência aristocrática da "preciosidade"), que permitirá ao teatro – e, acrescentemos, ao próprio romance, quando este ganhar prestígio – incorporar o tema do amor com seriedade. Isso porque, se seguirmos a arguta visão de Bénichou, a luta contra o tema do amor como central na obra se confunde com a luta contra o romance como gênero menor, no século XVII francês.

"Romanesco" passa a significar "que explora o tema do amor", assim como "romance" até hoje mantém o sentido de "caso amoroso". A leitura de romances incita, principalmente nas mulheres, imensa maioria de seu leitorado, emoções ligadas ao amor. O fato de Molière – como indica Bénichou – reconhecer um lugar social valorizado para os romances, apesar de atacar o idealismo das romancistas "preciosas", indica seu lugar complexo nas letras classicistas. E indica que o cenário estava mudando a favor do amor e do gênero romance. "Eis aí, eis aí o fruto desses desvelos/ Pois o veem noite e dia a ler teus romances:/ De gracejos de amor tua cabeça está lotada", diz Gorgibus no *Le cocu imaginaire*, para, no fim de sua fala, deixar claro que se ela não lesse romances seria bem mais fácil casá-la contra a vontade dela, seu intento na peça: "...se você tivesse lido apenas as moralidades [*moralités*]/ saberia seguir um pouco melhor minhas vontades".[33]

33 "Moralidades" eram textos, em geral religiosos, sobre a boa conduta humana. BÉNICHOU, Paul, op. cit., p. 251.

Nas *Anedotas dramáticas,* de 1775, depois da afirmação pouco convincente de que a peça é adaptação de um romance ("Pretende-se que essa Peça tenha sido tirada de um Romance intitulado *Senhorita de Bontempo*"), e depois de um elogio ("É, talvez, a melhor das Peças no gênero enternecedor [*attendrissant*]"), nota-se como, na época, o tema amoroso indicava, necessariamente, tratar-se do gênero romance, mesmo que no teatro: "É um Romance, se se deseja, mas um Romance Dramático, que faz bastante efeito no palco do Teatro".[34] Apesar de destacar o alto grau de emoção em que a peça costumava deixar a plateia ("O quarto e o quinto Atos são de grande vivacidade ["*... de grand chaleur*]"), o autor do verbete faz questão de incluir a anedota de Piron, que já citamos no início do Capítulo 2:

> O patético dessa Peça não impediu, no entanto, o Sr. Piron de brincar a respeito dos Dramas desse gênero, que ele compara a frios Sermões: "Você vai, então, ouvir pregar o P. [*Père,* ou seja, Padre] de la Chaussée?", disse ele certo dia a um de seus amigos que encontrou a caminho de uma representação de Mélanide.[35]

O falastrão Alexis Piron errou o alvo, já que a "peça lacrimosa" [*comédie larmoyante*] tentava, na verdade, se afastar de uma retórica tradicional, rumo a uma nova retórica que se queria invisível e muda, baseando-se na "sensibilidade" e no "quadro" [*tableau*] patético. O *pathos* da nova eloquência que não se apresentava como tal era unicamente "enternecedora" [*attendrissant*], e o amor (com seus modos

34 *Anedoctes dramatiques – Tome 1. Paris, Chez la Veuve Duchesne, Libraire, 1775, p. 535-536, in CÉSAR (Calendrier Électronique des Spectacles sous l'Ancien Régime et sous la Révolution).*(http://cesar.org.uk/cesar2/dates/dates.php?fct=edit&performance_UOID=106872*). Consultado em 4/11/2006.*

35 *Idem, ibidem.*

expressivos próprios: as lágrimas, a "sensibilidade" etc.) transforma-va-se em paixão única a ser invocada pelo orador – ou escritor.

3.5. *Mélanide*: a transformação do classicismo

Feito esse panorama da polêmica contra o amor como tema, voltemos à peça de La Chaussée. Destacávamos que o amor jovem entre Rosalie e D'Arviane é retratado em tintas leves, que se aproximam da ideia da época do que seja uma comédia. Ao contrário, o grande amor entre Mélanide e o Marquês D'Arvigny surge sob a luz do patético extremo, propenso a extrair lágrimas da plateia [*parterre*], ainda mais no desfecho da peça. Isso indica que o propriamente lacrimoso nessa "peça lacrimosa" está não tanto no tema do amor, que nele ou é tratado de forma leve e cômica (para padrões da época), ou perifericamente, mas no amor enquanto se relacione aos temas do sofrimento no passado, ligado à luta contra as convenções sociais, e da família. Para compreendermos isso é preciso conhecer o desfecho da peça.

Estávamos no quarto ato, quando começa a "grande vivacidade" que se lâ no verbete das *Anedotas dramáticas*. Mélanide ainda não havia encontrado o marquês de D'Arvigny, já que se mantinha avessa ao *monde* e à vida social, retirando-se para cômodos reservados quando chegava visita. Desde a primeira conversa com o marquês, Theodon desconfia de que é ele o marido ilegal de Mélanide, mas esta lhe revelara outro nome: o conde D'Ormancé. Neste quarto ato, Theodon sonda o marquês e, dito e feito: há 16 anos, usara aquele outro nome – é ele mesmo o amor proibido de Mélanide, ele que a reputava morta. A Theodon, o marquês se diz inclinado por Rosalie, ou seja, pela "infidelidade" a Mélanide; diz-se escravo do amor a Rosalie por culpa de Theodon.

É claro que, como o marquês não é legalmente casado, pode casar-se com Rosalie, para desespero de Mélanide. Ela sabe de sua decisão e pede que Theodon interceda de novo. O tema da família é onipresente: "Fale a ele de seu filho; ele salvará a mãe".[36] Na conversa na qual Mélanide tenta reverter a decisão de D'Arviane, que inaugurara este ato com um insulto ao marquês, motivo de duelo para breve, o rapaz toca no centro do pseudoconflito entre as concepções de amor tradicional e idealizada – "pseudo" porque o conflito se desfará no fim da peça: "... o hímen [*ou seja, o casamento*],/ Será que ele nunca foi obra do amor? Serei eu o primeiro?".[37] Mélanide lhe diz: "Você é ao mesmo tempo o fruto e a vítima/ De um hímen que a lei não acreditou ser legítimo".[38] Conta-lhe que é sua mãe, mas não que o marquês é o pai. Por sua vez, Theodon revela ao marquês que ele é pai do rapaz; este, na cena seguinte, surge apenas desconfiando disso.

Na conversa com o marquês, Theodon define bem o perigo que espreita o jovem: "A criança nascida para chorar a vergonha de sua mãe,/ Deplorável herdeiro do opróbrio e da miséria,/ Sem posição [*social*], sem reconhecimento, sem nome, sem bens, sem condição,/ Que se verá privado de todos os direitos do sangue".[39] E cita um perigo ligado a Mélanide: "Mélanide logo o fará verter [*lágrimas*]./ Ela vivia por você. É preciso que ela morra".[40] O marquês deplora o amor a Rosalie que, na frase, surge como fruto da visão, ou seja, de uma simpatia imediata, o famoso "amor à primeira vista", que toca de supetão a sensibilidade do casal: "Ah! Rosalie, ah! Por que fui vê-la?". O marquês está tomado pela paixão amorosa, o que o torna cego não às regras e hierarquias sociais, mas a uma nova ética do coração, e aí está a grande mudança. É que o amor a Rosalie, que o inquieta e confunde no pre-

36 LA CHAUSSÉE, Nivelle de, op. cit., p. 74 (73 no original).

37 *Idem*, p. 83 (82 no original).

38 *Idem*, p. 84 (83 no original).

39 *Idem*, p. 93 (92 no original).

40 *Idem*, p. 94 (93 no original).

sente (a ponto de invectivar Theodon, que o teria inoculado a paixão), o impede de agir segundo sua paixão anterior – e o embate entre paixões se dá entre amor-paixão e amor-paixão em um mesmo indivíduo, e não, como no classicismo, entre paixões como a glória, a cólera, a coragem ou o espírito guerreiro. Isso porque, como veremos, diferentemente do classicismo, em uma peça como *Mélanide* o desfecho não vem do choque titânico entre paixões, mas da resolução apaziguadora ligada a um único e supervalorizado tipo de paixão: o amor.

Sigamos a análise contraposta à tradição clássica, que nos parece capaz de jogar nova luz sobre uma peça como *Mélanide* – partindo do princípio sabido de que o teatro e a poesia eram, na época, campos das letras em que a tradição clássica imperava. Seguindo a lógica do classicismo, trata-se de um embate no mesmo personagem, o Marquês D'Orvigny-Conde D'Ormancé, entre duas paixões, todas as duas amorosas. Porém – e aí, pelo que parece, está um traço de transformação crucial do classicismo para certa modernidade romântica –, o desfecho vai numa direção contrária à lógica clássica. É que a defesa *larmoyante* do amor-paixão original por Mélanide – como se sabe, um amor ilegal e com traços trágicos (ela foi deserdada e abandonada pela própria família e, por isso, afastou-se do *monde* por anos) – implica a mudança da solução tradicional, clássica, de contraposição das paixões com a falta delas (ou seja, com a mediocridade, com a tibieza).

Trata-se, na verdade, de tornar virtude uma paixão específica, aliás, *a* paixão, por excelência: o verdadeiro amor. Seu caráter de erro, ou seja, seu desvio em relação à norma ética, é transformado em acerto, é valorizado e ganha estatuto referencial – é como que institucionalizado. Passa a haver não um embate entre as paixões nobres (desejo de glória, a honra pessoal, a coragem etc.) e os limites e constrangimentos apequenados, com a consciência aguda da possibilidade da morte ou do fracasso (ou seja, do trágico), fórmula básica da tragédia clássica seiscentista. A base sociológica de tal tragédia está bem descrita por Bénichou na passagem:

> ... é o caráter essencial da feudalidade, que o jugo social se faça sentir sem força por parte dos nobres. O bem não pode residir para eles na privação, no penoso constrangimento do dever sobre os apetites do eu. Toda virtude deve se apoiar, ao contrário, na pessoa. Seu único dever é ser dignos deles mesmos, dirigir bem para o alto suas pretensões, e dar a quem é pequeno exemplos suficientemente edificantes de sua grandeza.[41]

Portanto, o herói trágico está fadado a buscar as paixões, o mal, o funesto, e a fugir do medíocre, do apequenado: fracasso maior que a morte é a vida não-nobre. Por isso é que, na tragédia clássica, a paixão, bem como o ato ilegal que ela engendra, surgem com um brilho fulgurante, atraente, inebriante (para o espectador-leitor): o terror brilha ali com intensidade própria. É nessa direção que vai Bénichou ao escrever: "A sociedade nobre [*do feudalismo medieval ao século XVII francês*] jamais admitiu a censura das paixões como condição do valor humano".[42]

Se as paixões destacadas pela arte classicista francesa do século XVII, com Corneille e Racine, por exemplo, são as listadas acima: busca da glória, coragem inquebrantável, destemor diante da morte, força de guerreiro (o aspecto militarista tradicional da nobreza), não se pode esquecer que elas são temperadas por uma virtude nobre que não minimiza em nada o valor de tais paixões: a magnanimidade (ou generosidade), que surge na ética de Aristóteles como virtude-mór do soberano. Ela não minimiza as outras e, na verdade, até as poten-

---

41 BÉNICHOU, Paul, op. cit., p. 20.

42 *Idem, ibidem.*

cializa, por razão óbvia: a magnanimidade é uma espécie de absolvição final, depois de as paixões terem perpetrado seus atos.

Como mostra Bénichou, ela é o desdobramento do triunfo do vencedor, um desdobramento da nobreza, um ultrapassar nobre do poder de punir: só pode ser magnânimo quem tem tal poder, só o muito forte pode pousar suas armas generosamente diante do mais fraco.[43] A generosidade pode, portanto, ser definida como o poder do soberano-filósofo, ou do nobre seiscentista, de perdoar outro nobre no qual reconheça valores nobres – que são, obviamente, aquelas paixões listadas há pouco.

Bénichou mostra, brilhantemente, que a "generosidade" de que falam os contemporâneos Corneille e Descartes está totalmente integrada ao quadro de valorização do eu nobre capaz de paixões naturais que ultrapassam a natureza, a servidão, os constrangimentos em geral, a lei. A virtude, a "generosidade", em Corneille e Descartes, consistiria "... em amar e desejar tudo aquilo de que o desejo ou o amor prova e fortifica a liberdade".[44] Tal liberdade faz parte do "... amor empático das grandezas e a tendência de celebrar a si mesmo...", faz parte de "... a ambição, a audácia, o sucesso..." como valores supremos da feudalidade, resgatados no século XVII, diante dos quais o mal "... residia na fraqueza ou na timidez, no fato de desejar pouco, de ousar de forma apequenada, de sofrer uma ferida sem revidar: assim, excluía-se a si mesmo da condição de patrão [*maître*] para entrar no rebanho comum".[45] A generosidade, virtude do nobre, não bate de frente com as paixões, como acontece no cristianismo; nessa perspectiva cornelliana e mesmo cartesiana, ela integra o partido das paixões máximas:

---

43 *Idem*, p. 31-42.

44 *Idem*, p. 32.

45 *Idem*, p. 22-25

> ...a perfeição moral parece residir justamente na harmonia do desejo e da liberdade: essa harmonia se produz nas almas generosas, a partir do fato de que o desejo sempre se dirige a objetos dignos dele, não aliena a liberdade do eu, que é apenas um outro nome para sua dignidade.[46]

Toda a análise fica clara ao lermos uma única frase de Corneille: "Existe na generosidade a mesma paixão de sobressair que na vingança, mas ela é de uma qualidade mais alta".[47] A clemência, a magnanimidade é, portanto, nada menos que um ato de desdobramento do triunfo: "...façais conhecer, amplamente, enfim, a todos/ Que tudo o que elas possuem [*as grandezas*] está acima de vós... / Vossa glória redobra ao desprezar a dominação", diz o conselheiro de Auguste, em *Cinna*, para ajudá-lo a curar-se de seu fastio por não ter mais como aumentar seu raio de poder. No fim da peça, a clemência de Alexandre diante de seus traidores surge como um "...desafio ao destino e à tentação de punir...", e como vitória: "Sou mestre de mim como do universo (...)/ Ô, séculos, ô memória,/ Conservem para sempre minha última vitória!".[48] Nesse cenário, se a razão e o constrangimento tomam parte na generosidade, isso se dá tão somente como cálculo de maximização da glória futura, na mesma corrente de expansão nobre do eu. A glória seria uma paixão temperada pela razão:

> Razão, esse termo que soa, por vezes, para os ouvidos burgueses do século XIX e do nosso [*o XX*] como um preceito de limitação, de repressão (...), ao tempo de Descartes e de Corneille (...) designava o meio seguro, para o ser humano, de reconhecer e de rejeitar os laços cuja necessidade vinda do exterior, bem como

46 *Idem*, p. 32.

47 *Idem*, p. 39.

48 *Idem*, p. 39-40.

> a das cegas paixões, que não passam do prolongamento em nós daquela [*a primeira necessidade*], poderia apequenar sua glória.[49]

3.6. *Mélanide:* a invenção do "final feliz"

Voltando a *Mélanide*, trata-se de perceber que a vitória final do amor entre a protagonista e o marquês é a vitória de uma paixão amorosa específica diante de outra paixão amorosa (do marquês por Rosalie) e diante da lei, das hierarquias, das regras sociais. O embate agora se localiza exclusivamente no nível das paixões amorosas, as outras paixões (tendo a glória como alvo) estando exiladas no campo de um etos aristocrático rejeitado: eis aí o nível que favorece a idealização do novo gênero. O encarecimento artístico do amor-paixão, ou das emoções (os movimentos ligados ao amor, de que trata o romance), se contrapõe, no entanto, às relações contingentes da lei, do opróbrio objetivo representado pelo casamento perpetrado ilegalmente (contra a vontade dos pais). Por um lado, a revivescência da tradição idealizante do amor cortês, na trilha das "preciosas". Por outro, uma nova relação entre a ação ficcional e o meio contingente: uma tendência realista.

Se na tragédia grega a lei está imbricada com o destino, sendo dada desde sempre e sendo inquebrantável – pense-se em *Antígona* –, levando à tragédia final, por essa nova tendência realista as leis e as regras sociais dominantes passam a ser utilizadas pelo autor como obstáculos pequenos à efetivação do amor-paixão. O apequenado, no caso, pode ser, como no classicismo, uma paixão tíbia, como um amor que não chega aos pés de outro (por Rosalie, por exemplo). Mas é também a própria estrutura social, as convenções, as regras dos mais velhos (dos pais do marquês e dos pais de Mélanide): do mundo antigo, que se contrapõe, erroneamente, à força do amor verdadeiro. Nesse cená-

49 *Idem*, p. 33.

rio, a constituição de uma família tem a força de transmudar os erros, as paixões e os atos criminosos que se foi levado (pelas paixões) a efetivar nesse passado de agora em diante recalcado.

De fato, a fala final do marquês não é de exaltação do amor--paixão em si, nada tem de idealizante e se volta para a definição de uma nova ética pela qual sua decisão passa a se justificar. Tal ética tem como ponto de partida exatamente a simpatia imediata, aflorada no momento em que ele vê e ouve pessoalmente Mélanide: "Antes de rever um objeto tão tocante,/ Acreditei não poder vencer uma propensão culpável...". O que o convenceu foi a percepção tanto de um coração (um íntimo expresso, em última instância, em uma ética visível de amor ao filho, D'Arviane, e ao marido), quanto de uma aparência encantadores: "Você, em quem reencontro um coração e atrativos/ Dignos de ser adorados por tudo o que respira?"[50]

Mas o ponto central é o chamado do marquês por uma nova moral que se estabelecia. Tal moral parte do reconhecimento "de coração a coração", de uma simpatia a partir da identificação entre "sensibilidades" parecidas, irmãs. Mas onde vai desembocar? "Você pôde crer que eu fosse capaz de tamanha barbárie/ Por tê-la abandonado, a você, que tanto amei...",[51] diz o marquês. Mais adiante, dirá: "Madame, vês a que doce engajamento,/ Tanto quanto ao Amor, meu dever me conduz!" E, no final: "*Mélanide (Abraçando Rosálie)*: Quem, eu? Se o permito! Sim, você será minha filha./ *O Marquês*: Formemos, doravante, uma mesma família./ Oh, céu! Você me faz ver, respondendo a todos os meus votos,/ Que o dever não é feito senão para nos tornar felizes".[52]

O *devoir* marca o nó ético: abandonar alguém tão "tocante" e "sensível" ao grande amor e à família quanto Mélanide seria "barbá-

50 LA CHAUSSÉE, Nivelle de, op. cit., p. 101 (100 no original).

51 *Idem, ibidem.*

52 *Idem*, p. 102 (101 no original).

rie". Portanto o dever, a decisão moral que se impõe é a da retomada do grande amor do passado, mesmo que ilegal. É que tal decisão, tal dever, por levar a se constituir uma família, vai contra os crimes passionais passados em prol de uma nova institucionalização no presente – a família. Assim, resolve o nó passional em um final feliz, não mais trágico, mas propriamente *attendrissant, larmoyant*: trata-se de aplacar o passional por meio do público e institucional (o casamento). Se no classicismo as próprias paixões eram públicas (glória, sucesso, orgulho, fama de guerreiro, coragem), na *comédie larmoyante* o ilegal e secreto só se torna público por meio da paixão-mór, o amor. O amor é, então, paixão bifronte, a um tempo ilegal e passível de conferir legalidade? Seria, então, o amor a resolução ou o aplacar-se de uma antiquíssima dicotomia – teri-se-ia inventado, afinal, a única e cabal paixão-virtude?

O casamento então surge, como em *Pamela*, como a transmutação da paixão (ilegal) em felicidade familiar ("... nos tornar felizes"). O herói banhado em paixões públicas cede lugar, finalmente, na modernidade, à institucionalização pública como transformação da paixão de dois em uma família de vários (o marquês se tornará sogro daquela com quem quase se casara, Rosalie).

De fato, foi contra o constrangimento exercido por uma lei e por uma hierarquia estabelecidas que o amor ilegal triunfou – a frase chega a ser tautológica. Mas nesse momento ainda pré-romântico das letras europeias, essa tensão não será levada a seu extremo, e portanto não se centrará na luta de ideal *versus* concreto – do amor-paixão idealizado *versus* o contingente, a condição social. A saída *larmoyante* integra a antiga tragédia no etos não-clássico que se anuncia, e o faz por meio do teatro, uma arte central no classicismo dominante, à época.[53]

53 Trataremos da relação entre retórica e literatura adiante, neste capítulo. Ver notas 555, 560 e 561, abaixo.

A Paméla lacrimosa de Nivelle de La Chaussée

Como se sabe, o autor de um sucesso tão cabal quanto *Mélanide*, a mais bem urdida das *comédies larmoyantes*, viverá um fracasso acachapante com sua *Paméla, comédie en vers et en cinq actes* [Pamela, comédia em versos e em cinco atos], apenas dois anos depois, em 1743. A peça estreia a 6 de dezembro daquele ano na Comédie Française. Quem narra é Gustave Lanson: "Parece (...) que, apesar do sucesso de lágrimas que havia obtido a obra 'nas sociedades brilhantes e selecionadas onde fora lida', a confiança dos senhores da Comédia diminuíra na última hora, e eles fizeram uma ampla distribuição de *bilhetes vermelhos*".[1] A citação é de D'Alembert e *billets rouges* eram nada menos que bilhetes distribuídos na plateia contendo a lista dos momentos em que os espectadores deviam aplaudir ou gritar... "... de tempos em tempos: *Como é belo! É divino!... Paz na cabala*" [*pedido para que grupo contrário à peça (cabala) faça trégua*].[2]

1 LANSON, Gustave, op. cit., p. 163.

2 *Idem, ibidem.*

Lanson ironiza: "A cabala não se deixava intimidar: era todo o público...". Ainda segundo ele, foi um dos "mais belos tumultos que jamais se viu na Comédie". O Chevalier de Mouhy, autor de vertiginosos romances de aventura como *La paysanne parvenue* [A camponesa arrivista], relata que não se chegou nem mesmo ao fim da peça, tamanha foi a vaia. Nas *Anedotas dramáticas* se pode ler: "Ao sair da primeira representação dessa Comédia, alguém solicitou, à porta: como vai Pamela? Um malvado brincalhão respondeu: *ela empa(me)lidece!* ("... *elle pâme, hélas!*", o verbo *pâmer* [empalidecer] seguido da interjeição *hélas!* [ora!] formando, foneticamente, o nome da personagem).[3] Nas *Anedotas...* se confirma a chuva de vaias na estreia.

Resultado: sete meses depois do fiasco de Louis de Boissy no Teatro dos Italianos, a *Pamela* de La Chausée torna-se o espetáculo que menos tempo ficou em cartaz em toda a história da Comédie Française – tem uma única apresentação. Segundo Lanson, a própria ideia de levar o romance de Richardson para o palco já era catastrófica. Para ele, se o livro agradara por conta de seus estrangeirismos e da curiosidade despertada pelos costumes privados ingleses, só era possível torná-la francesa e levá-la para o palco despojando-a "...de tudo o que a tornava singular e atraente", já que o espectador de teatro na Paris daquele momento "...tem o gosto ensombrecido, não gosta de ser desviado de seu caminho, e se revolta contra o desconhecido".[4] Se o espectador parisiense odeia novidades, odeia ainda mais o que Lanson classifica como as características dessa protagonista, que tanto contraste faz com as heroínas da tragédia. A citação longa se justifica, pois este ótimo apanhado dos possíveis motivos de rejeição da peça indica, pela

3 *Anedoctes dramatiques*, op. cit., p. 535-536.

4 LANSON, Gustave, op. cit., p. 164.

negação, um horizonte de expectativas – e de contraexpectativas – do espectador mediano naquele momento, em Paris.

> ...essa pequena puritana humilde segundo a sociedade seleta e segundo Deus, assustada e trêmula diante de seu nobre patrão, submissa em tudo que não é pecado, confusa e chorosa por uma marca de civilidade ou de benevolência que venha de um rico senhor, angelicamente pura e correta, defendendo-se, como se fosse uma teóloga, contra as proposições culpáveis com o grande reforço das citações bíblicas e dos verbetes da Escritura, incapaz de mentir mesmo para salvar sua honra, incapaz de conceber tanto a maldade quanto o ateísmo, doce diante da injustiça e do sofrimento, pronta ao martírio sem uma reclamação; em nada desagradável em suas lágrimas ininterruptas que seu sorriso às vezes vem iluminar; mulher, e bastante mulher com isso, que bem sabe que robe lhe é mais conveniente, que percebe que vestimentas dão valor à bela e orgulhosa figura de seu perseguidor, e que talvez o fizesse, ao fim e ao cabo, menos rapidamente e menos amado, pio e casto como ela: uma filha de Eva que seduziu o demônio até fazê-lo se arrepender.[5]

Como se vê, até a acusação de uma feminilidade frívola e dissimulada da jovem que sabe usar a roupa certa para cada ocasião está presente no período citado, cujo tamanho denuncia não só perspicácia descritiva, mas impaciência com o moralismo da personagem. Lanson segue reclamando do despotismo do patrão ("...depositário da autoridade, ele é *justice of peace* [juiz de paz] de seu condado"), citando o que talvez tenha sido um elemento a despertar especial curiosidade no boca a boca francês em torno do livro: "...ele tenta violá-la".[6]

Mas o ponto central da crítica de Lanson está logo adiante e se refere àquelas características de estilo do romance que tanto espanto

5 *Idem, ibidem.*

6 *Idem, ibidem.*

causaram em leitores franceses da época – e a prova está no fato de Diderot dedicar grande parte de seu *Elogio de Richardson* ao tema. Lanson escreve: "Nada restara, enfim, dessa obersvação meticulosa que decompunha os mínimos sentimentos, percebia as mínimas veleidades, perscrutava os mais íntimos motivos das ações e dos pensamentos para julgar o valor moral deles ...".[7] Portanto, um traço fundamental da leitura do romance, e que explica até seu tamanho,[8] parece a Lanson crucial para a acolhida perante leitores franceses, traço esse totalmente impossível de ser reproduzido em um palco: o realismo detalhista, minucioso, descrevendo as pequenas variações do humor e dos sentimentos da criada, seus atos, suas roupas, suas ínfimas decisões e justificativas, bem como o estranho dia-a-dia doméstico nas propriedades de Mr. B.

Para Diderot, o novo realismo tem uma função estética inaudita, de despertar os sentidos e o espírito para o ínfimo, o quase imperceptível, ou seja, a função de alargamento da percepção que desemboca na função moral que o *philosophe* valoriza nos romances de Richardson:

> Pense desses detalhes o que lhe aprouver (...). Eles são comuns, diz você; é o que se vê todos os dias! Você se engana; é o que se passa todos os dias sob teus olhos, e que você nunca vê (...) Ora, ora! Trata-se, para ti, tanto de fenômenos morais quanto de fe-

7 *Idem*, p. 165.

8 "Vi censurarem a meu autor esses detalhes que chamavam de prolixidades: como essas censuras me impacientaram! (...) sejamos equânimes. Em um povo encantado por mil distrações, para o qual o dia mal dispõe das 24 horas para as diversões com que ele se acostumou a preenchê-las [*as 24 horas*], os livros de Richardson devem parecer prolixos", escreve Diderot. *Éloge de Richardson*, in *Œuvres complètes de Diderot – Tome 5*. Paris, Garnier Frères, Libreires-éditeurs, 1875, p. 216-217 (BNF-Gallica, p. 220-221, consultado em 10/10/2006). Cf. CHARTIER, Roger. *Inscrire et effacer*, op. cit., p. 159.

> nômenos físicos: os brilhos das paixões frequentemente impressionaram teus ouvidos; mas estás bem longe de conhecer tudo o que há de secreto nas inflexões e em suas expressões (...) a arte do grande poeta e do grande pintor está em te mostrar uma circunstância fugitiva que tinha escapado a você.[9]

O fato é que, retomando a dualidade pintura-escrita, o realismo detalhista de Richardson adequava-se como luva à defesa que o *philosophe* [filósofo] fazia da ilusão do *tableau* [quadro] como núcleo de uma nova verossimilhança, que mantém com a imaginação uma relação complexa, ao contrário do "...tecido de acontecimentos quiméricos e frívolos...":[10] "Pintores, poetas, gente de gosto [*refinado*], gente de bem, leiam Richardson (...). Saibam que é a essa multidão de pequenas coisas que se endereça a ilusão: há uma dificuldade muito maior em expressá-la".[11] Isso porque a suspensão da expectativa, ou o labirinto interminável de minúcias realistas, pintadas como quadros do dia-a-dia, adia para mais tarde o prazer da eclosão ou da resolução das paixões: "Como tua impaciência tinha sido suspensa por esses adiamentos momentâneos que lhe serviam de obstáculos [*à impaciência*]; com que impetuosidade ela não se derramará no momento em que aprazirá ao poeta rompê-los [*os obstáculos*]!". O resultado é aquele perseguido por um novo tipo de escritor-filósofo por meio não do terror e da piedade, mas da *sensibilité*, para a qual é imprescindível o trabalho da nova ilusão realista:[12] "É então que, curvado de dor ou transportado de prazer, você não terá mais força para reter suas lágrimas prontas a serem vertidas, e de dizer a você mesmo: *Mas talvez isso não seja verdade.*

9 DIDEROT, Denis, op. cit., p. 221 (217 no original).

10 DIDEROT, Denis, op. cit., p. 215-216 (212-213 no original).

11 *Idem*, p. 222 (218 no original).

12 Ver notas 12, acima, e 74, abaixo. Cf.: MATOS, Franklin de, op. cit.

Esse pensamento foi afastado de você pouco a pouco; e está tão distante que não se apresentará mais".[13]

4.1. O novo realismo teve um exemplo francês em Marivaux

Um indício de que a nova visão defendida por Diderot está na base do romance como novo gênero é que, na sequência, para metaforizar e, com isso, aumentar o grau de verossimilhança de sua posição de leitor afetado diante do novo estilo, ele apela para uma imagem idêntica à que justifica o realismo em *A Vida de Marianne*, o romance pré-richardsoniano de Marivaux. No primeiro volume, de 1731, antes da narrativa propriamente dita, o suposto editor explica como chegou ao texto das memórias que o leitor tem em mãos:

> Há seis meses, comprei uma casa de campo, a poucos quilômetros de Rennes, que nos útlimos trinta anos passara sucessivamente pelas mãos de cinco ou seis pessoas. Quis modificar algo na disposição do primeiro cômodo, e em um armário embutido em um vão do muro, encontrou-se um manuscrito em vários cadernos contendo a História que se lerá, e o conjunto de uma escrita feminina.[14]

Em seu panegírico a Richardson, Diderot escreve:

> Uma ideia que me veio algumas vezes quando eu sonhava com as obras de Richardson é que eu tinha comprado um velho castelo; e, visitando um dia seus cômodos, percebi em um ângulo um armário que não se havia aberto havia muito tempo e, arrombando-o, ali achei, em grande balbúrdia, as cartas de Clarissa e de Pamela. Depois de ler algumas delas, com que pressa eu não as teria organizado por

13 DIDEROT, Denis, op. cit., 222 (218 no original).

14 MARIVAUX. *La vie de Marianne – Première partie.* Paris, Chez Pierre Prault, 1731. BNF-Gallica, p. 8-9 (p. 1-2 or.) (Consultado em 12/10/2006).

> ordem de data! Que desgosto eu não teria sentido se houvesse alguma lacuna entre elas! Não crês que eu teria sofrido se uma mão temerária (quase disse sacrílega") tivesse surpimido uma linha delas?

O novo realismo – na verdade, uma tendência já testada e aprovada pelo público francês, graças a Marivaux e Prévost – nunca alcançara o grau de detalhismo nem de prolixidade que se vê no romance de Richardson e, a crer em Diderot e em Lanson, aqueles foram dois elementos cruciais para seu sucesso impressionante no hexágono francês. Em suas *Cartas divertidas e críticas sobre os romances em geral, ingleses e franceses, antigos e modernos, endereçadas a Miledy W**** [*Lettres amusantes et critiques sur les romans en général, anglois et françois, tant anciens que modernes, adressées à Miledy W****], um ano após a publicação da tradução francesa, La Chesnaye Des Bois cita Marivaux antes de Richardson em seus comentários gerais sobre o gênero ainda pouco prestigiado.

> ...Marianne, e o *Paysan parvenu* [O camponês arrivista – outro romance de Marivaux] te pareceram desenvolver os ardis do espírito e do coração. M. de M. [Monsieur de Marivaux], autor dessas últimas obras, em sua forma de pintar os personagens talvez tenha tomado como modelo (*sic*). (...) Qual é sua linguagem? Distingue-se facilmente o discurso rural, e o da cidade. Percebe-se a mudança que faz em um vileão o uso e a freqüentação de pessoas de uma educação mais cultivada. Os graus são tão bem marcados na obra que ele não necessita advertir seu leitor... [15]

O espanto do leitor Des Bois se dá por conta da incorporação da própria prosódia, campesina ou parisiense, à narrativa em primei-

15 DES BOIS, Aubert La Chesnaye. *Lettres amusantes et critiques sur les romans en général, anglois et françois, tant anciens que modernes, adressées à Miledy W****. BNF-Gallica p. 18-19 (p. 30-31 no original). (Consultado em 12/10/2006).

ra pessoa de Marivaux. Contra todas as regras da retórica tradicional, que ditava um estilo elevado, cultivado (*elocutio*) e argumentativo, nunca calcado nem na *actio* (gestos e tom da fala), nem no *ethos*, que, no caso do orador, prescinde de palavras para se instaurar, dado que é o conjunto de elementos públicos de sua posição social, sua profissão, seus antecedentes e sua trajetória de probidade ou malversação.[16]

16 Na verdade, se na retórica de Aristóteles o etos (*ethos*) é central e constitutivo, ao lado do *logos* e do *pathos*, as letras classicistas francesas, como se sabe, sempre privilegiaram no mais alto grau, de um lado, a ornamentação do belo estilo (*logos*, discurso demonstrativo) e, de outro, a pintura das paixões (*pathos*), substituindo o orador pelos personagens (*caractères*) que, ao contrário do primeiro, são antes instrumentos das paixões do que as podem manipular. "...o gênero epidítico ou demonstrativo é, por excelência, aquele do *tour de force* verbal, da fala como espetáculo nela mesma e quase pore la mesma, objeto dessa felicidade literária prejudicada pelas finalidades práticas do judiciário e do deliberativo". FUMAROLI, Marc. *Héros et orateurs – Rhétorique et dramaturgie cornéliennes*. Genebra, Droz, 1996, p. 312. Essa parece ser uma das razões pelas quais o novo gênero, instaurador da literatura, terá o personagem individualizado como um de seus elementos principais (*Robson Crusoe, Moll Flandres, La vie de Marianne, L'homme de qualité* (*Manon Lescaut*), *Pamela, Clarisse, Tom Jones* etc.). O caractere moderno é algo como o *ethos* em movimento, ou seja, o "quem fala" (o sujeito da enunciação) não apenas agindo, mas também como foco principal do interesse, seja ele narrador ou não (e em muitos dos exemplos citados, de fato será). Numa evolução mais ampla da poética e da retórica, trata-se de dar menos importância aos ornamentos e ao estilo (*logos*), e de lidar de forma diferente com o *pathos*. No caso delas, paixões, parece ter havido uma incorporação inédita à trajetória do indivíduo e às múltiplas máscaras representadas pelos personagens: só se poderá percebê-las, a partir do romance moderno, não mais em sua abstração supra-individual (pública ou coletiva, como na Grécia antiga), mas em sua agonística a partir de focos individualizados (os personagens em sua versão moderna). A partir, portanto, desses *ethos* (com suas justificativas históricas individuais para serem como são) em constante choque. Não há espaço, aqui, para estendermo-nos sobre as diferenças entre os personagens no teatro grego e no romance moderno, por exemplo. Pretendemos, apenas, ter tocado em um ponto de interseção, a nosso ver pouco tratado, entre retórica e o surgimento da literatura. Além do que chamamos em outra parte deste estudo de "dessublimação", talvez tenha havido, na virada para

Sem nos propormos a alongar, aqui, a análise que tem por base a retórica, basta apontar o fato de que, no caso dos romances de Marivaux, não se trata apenas de seguir a tendência geral de inclusão de domínios retóricos antes considerados periféricos – como a *actio* e o *ethos*. Trata-se, muito mais radicalmente, de tentar passar ao largo da tradição retórica regrada ou, em outros termos (e, talvez, para ouvidos da época), de praticar uma inédita retórica que simula ser invisível, uma "não-retórica" em que o referente não é a tão respeitada tradição oratória elevada, mas um suposto olhar virgem do autor para a realidade crua, sem intermediários. Para que isso fosse possível, era necessário que se supusesse uma autoridade e um talento nesse olhar a extrair da (também suposta) realidade traços cujo impacto no espactador-leitor, primeiro, o confundisse (o iludisse) com a verossimilhança e, segundo, o enternecesse com os sentimentos identificáveis.

4.2. A *sensibilité* como mediadora da leitura e da audiência

A *sensibilité* [sensibilidade] seria, obviamente, o novo vínculo, entre subjetivo e objetivo, na ausência da antiga verve ornamental (estilo elevado, de Cícero a Racine), bem como do antigo manejo abstrato das paixões – a forma de tratá-las classicamente como en-

o romance moderno, um novo tipo de pendor pelo foco do *ethos* na prosa de ficção como forma de pintar uma subjetividade propriamente moderna. Isso só pode ter se dado, se nossa trilha for correta, em detrimento dos outros dois domínios aristotélicos das tradições tão aproximadas da poética e da retórica, o *logos* e o *pathos*. Nesse cenário geral, a criação da psicanálise e outras transformações culturais de época podem ter significado uma segunda dobra desse caractere, dessa vez sobre si mesmo, com as consequências que se conhece no campo do romance. Cremos que a hipótese desse desvio em prol do *ethos* pode trazer elementos para uma ampliação de teorias sobre a ascensão do sujeito-individual moderno. Cf. LIMA, Luiz Costa. *Limites da voz. Montaigne, Schlegel.* Rio de Janeiro, Editora Rocco, 1993.

tidades abstratas investidas, cada uma delas, em um personagem, de modo que o embate desses personagens fosse a figuração humana de paixões supra-humanas. Utilizamos, há pouco, "entre subjetivo e objetivo" pois, como se sabe, os autores mais eficientes seriam os que, por meio do estímulo concreto dos sentidos (a leitura/o *tableau* no palco), tocassem em zonas abstratas do leitor-espectador (os sentimentos), provocando reações outra vez concretas: lágrimas, palidez, desmaios, confusões enternecidas entre realidade e ficção (daí a complexa brincadeira de Diderot no início das *Conversas sobre O Filho Natural*) etc. É nessa mesma linha que a própria redação do *Elogio de Richardson* pode ser vista "...como uma representação dos efeitos produzidos pela leitura do romance" de Richardson:[17] o texto se apresenta como impressões entusiasmadas do leitor Diderot diante quase de uma epifania: o *insight* de que Richardson indica um novo caminho estético para a prosa de ficção:

> Percorri no intervalo de poucas horas um grande número de situações, que a vida mais longa quase não oferece em toda sua duração. Ouvi os verdadeiros discursos das paixões; vi o motor do interesse e do amor-próprio atuar de cem maneiras diferentes; tinha me tornado espectador de uma multitude de incidentes, sentia que adquirira experiência.
> (...) as paixões que ele pinta são tais que eu as experimento em mim; são os mesmos objetos que as movimentam, elas têm a energia que conheço delas; os revezes e as aflições de seus personagens são da mesma natureza dos que me ameaçam sem cessar; ele me mostra o curso geral das coisas que me circundam. Sem essa arte, minha alma se dobrando com dificuldade aos aspectos

17 CHARTIER, Roger. "O romance: da redação à leitura", in *Do palco à página. Publicar teatro e ler romances na época moderna – séculos XVII-XVIII*. Rio de Janeiro, Casa da Palavra, 2002, p. 102.

> quiméricos, a ilusão não seria senão momentânea e a impressão, fraca e passageira.[18]

A identificação, no caso, deve ser efusiva, como se a leitura tivesse poderes de evocar imediatamente impasses, contradições e angústias pessoais, espelhando uma experiência própria por meio de outra experiência que se adquire: a dos personagens. Conhecendo-se a importância que Diderot dava à palavra "experiência", surpreende essa sua crença em uma experiência da leitura que fecunda, como numa epifania, a experiência vivida. O texto do *Elogio de Richardson* será, portanto, como indica Roger Chartier, um testemunho por escrito dessa leitura-experiência, que Diderot advoga a todos e a cada um.

É a perspectiva diderotiana de um uso da sensibilidade totalmente novo, que busca fazer das lágrimas um outro tipo de testemunho imediato de uma identificação total com o lido ou visto no palco. Como escreve Roland Mortier, de forma mais generalizante:

> ... a "sensibilidade" em lágrimas é uma das formas que toma uma filosofia empirista (ou sensualista), que pode, em alguns [*autores*], transformar-se em materialismo. Assim como a sensibilidade, em sua outra vertente, às vezes roça o erotismo ou o voyeurismo, ela traduz aqui a dor em termos físicos, concretos, perceptíveis aos sentidos.[19]

Se o leitor-espectador de formação clacissista – ainda a maioria, na época – exultava diante da ascensão altiva e hipercultivada do herói ao mundo das paixões titânicas supra-humanas, a genera-

18 DIDEROT, Denis. *Éloge de Richardson*, op. cit., p. 217-218 (213-214 no original).

19 MORTIER, Roland. "Des larmes de la sensibilité aux larmes du sentiment: Baculard d'Arnaud, Diderot, Ballanche", in *Le cœur et la raison – Recueil d'études sur le dix-huitième siècle*. Oxford, Bruxelas, Paris, Voltaire Foundation/ Editions de l'Université de Bruxelles/Universitas, 1990, p. 315.

lização dos "modernos" estava na suposição (clara em uma Madame de Staël, em 1800) de uma irmandade universal dos sentimentos – numa ressublimação das antigas paixões. Porém, o que muda radicalmente é a forma de acesso a tais entidades generalizáveis (porque universais); agora, é apenas por meio de um "novo tipo de catarse", pautada pela afetação vigorosa e imediata do espectador-leitor, sem o intermédio do antigo e tradicional prazer das audiências diante dos ornamentos de linguagem de Cícero, ou da métrica perfeita de Corneille e Racine.

> O que nos afeta no espetáculo do homem animado de algumas grandes paixões? Serão seus discursos? Às vezes. Mas o que sempre comove, são os gritos, as palavras inarticuladas, as vozes interrompidas, alguns monossílabos que escapam a intervalos, não sei qual murmúrio na garganta, entredentes. A violência do sentimento suspendendo a respiração e trazendo inquietação ao espírito (...), o resto não passa de uma continuação de barulhos fracos e confusos, de sons moribundos, de timbres abafados que o ator conhece melhor que o poeta.[20]

A arte do ator, aquele capaz de manejar a máscara (*persona*), o *ethos* de cada personagem, se torna a chave para Diderot explicar o que quer sugerir não só para o teatro, mas também para a prosa de

20 DIDEROT, Denis. *Entretiens sur le Fils Naturel*, in Ménil, Alain (org.). *Écrits sur le theater. 1. Le drame*. Paris, Pocket, 1995, p. 81. Cf. MATOS, Franklin de. *O filósofo e o comediante*. Minas Gerais, Editora UFMG, 2001, p. 53: "O que é que nos afeta no espetáculo do homem animado por alguma grande paixão? São seus discursos? Às vezes. Mas o que comove sempre, são gritos, palavras inarticuladas, vozes entrecortadas, alguns monossílabos que escapam por intervalos, não sei que murmúrio na garganta, por entre os dentes. Quando a violência do sentimento corta a respiração e leva o tumulto ao espírito, as sílabas das palavras se separam, o homem passa de uma ideia a outra; começa uma porção de discursos; não acaba nenhum (...) é apenas uma sequência de ruídos fracos e confusos, de sons expirantes, de acentos abafados que o ator conhece melhor que o poeta".

ficção em geral. Se são eles que se centram, desde o século anterior, no sentimento, na *sensibilité*, no amor, o poeta e o romancista devem, necessariamente, pautar-se pelo trabalho do ator, aquele que maneja todos os elementos da expressão que a tradição retórica tratava como periféricos, já que não eram propriamente discursivos. Se Aristotéles descreve a retórica como arte dos três discursos, o epidíctico (*logos*), o jurídico (*ethos*) e o deliberativo (*pathos*), Diderot tenta propor para o poeta, para o romancista e também para o pintor uma via não-dicursiva, mas humanamente expressiva: gestos, posturas, sons inarticulados, muxoxos, gritos de sofrimento, choros etc. Diderot se inscreve, assim, na sintonia de uma valorização da *actio*, na verdade já visível desde Cícero, e que teve desdobramentos no sentido de expandir o domínio da retórica, antes que ele como que começasse a desabar. Só que, ao revalorizar o trabalho do ator, em vez do romancista e do dramaturgo, Cícero visava ao muito mais prestigiado – em sua época – campo do jurídico:

> ... o *actor* é o ator de teatro iniciado na alta disciplina retórica, e que pode servir de modelo de *actio oratória* ao grande advogado. Essa redenção social do ator de teatro por sua iniciação nas disciplinas da estéticaretórica aparece em Cícero, com esplendor, na estima que o autor de *De Oratore* concede ao ator Roscius (...); ele não se priva de propor-lhe como exemplo do *decorum* mais acabado no gesto, na voz, na graça das atitudes.[21]

Essa ênfase em um novo tipo de patético tende a submeter o todo-poderoso domínio do *pathos*, tão caro ao classicismo, ao do *ethos*, que integra as características do enunciador ao que ele diz ou faz.[22]

21 FUMAROLI, Marc. *Héros et orateurs*, op. cit., p. 291.

22 Cf. AMOSSY, Ruth (org.). *Imagens de si no discurso – A construção do ethos*. São Paulo, Editora Contexto, 2005.

Trata-se de perceber como o *pathos*, as paixões, só se podem mostrar ou mesmo ser purgadas por meio de uma nova expressividade que inclui as lágrimas, nos personagens e nos espectadores, mas inclui também uma superação do sofrimento como último momento de uma *via crucis* valorizadora, a provar que se está lidando com um bom coração – tanto no palco quanto na plateia. "Devo ser bastante bom para me afligir assim. Isso não passa de uma comédia", dizia o "Eu" de Diderot no início das *Conversas sobre O Filho Natural*. Compare-se com passagem do *Elogio de Richardson*: "Minha alma estava tênue em uma agitação perpétua. Como eu era bom! Como eu era justo! Como eu estava satisfeito comigo! Eu era o que é um homem no fim de um dia que ele empregou para fazer o bem".[23]

> A sensibilidade (...) se quer a ilustração viva de uma filosofia toda voltada para o destino terrestre de um homem reabilitado, limpo de todo pecado original, por suas qualidades de coração. Os heróis de Baculard, bem como os de Nivelle de La Chaussée, mas também os do teatro de Diderot, se reúnem no sublime do patético e das lágrimas.[24]

A coerência de tal concepção da sensibilidade como pedra-de--toque de um novo tipo de catarse (uma nova relação estética com a obra) fica clara quando se nota a forma como Diderot defende sua tese do *tableau* [quadro], aproximando o pintor do escritor, e propondo um modo de fazer desaparecer a distância "symétrique" imposta pelo classicismo entre os personagens, no palco, e entre eles e os espectadores:

23 DIDEROT, Denis. *Éloge de Richardson*, op. cit., p. 217 (213 no original).

24 MORTIER, Roland, op. cit., p. 317.

> Será possível que não se sentirá que o efeito da infelicidade é reconciliar os homens, e que ele é ridículo, sobretudo nos momentos de tumulto, quando as paixões são levadas ao excesso, e quando a ação é a mais agitada, manter-se ao redor, separados, a uma certa distância uns dos outros, e em uma ordem simétrica? Será que é uma regra ter de se afastar da coisa, à medida que a arte é mais próxima dela, e pôr menos verossimilhança na cena viva em que os homens mesmo agem do que em uma cena colorida onde não se vê, por assim dizer, senão suas sombras?
> Creio, para mim, que se uma obra dramática é bem feita e bem representada, a cena oferece ao espectador tantos quadros reais, que há na ação momentos favoráveis ao pintor.[25]

O primado do afastamento, elemento artístico clássico por excelência, deve ser pura e simplesmente destruído e, em seu lugar, o novo teatro deve favorecer a dissimetria das aproximações corporais a compor quadros mais próximos da realidade. O sofrimento e as lágrimas são algo como um aproximador universal – caríssimo às artes, portanto. A ponto de o leitor-espectador "entrar" e "misturar-se" à ficção, como no começo das *Conversas sobre O Filho Natural*, bem como nessa passagem do *Elogio de Richardson*:

> Oh, Richardson! Ganha-se, apesar do que se tem, um papel em tuas obras, misturamo-nos à conversa, aprovamos, recriminamos, admiramos, nos irritamos, nos indignamos. Quantas vezes não me surpreendi, como aconteceu a crianças que se leva pela primeira vez a um espetáculo, gritando: *Não creia nele, ele te engana... se você for lá, você está perdido.*[26]

Trata-se, como destaca Chartier, de um novo espectador a ser produzido, cuja hiperpresença – como que dentro da narrativa ou da

25 DIDEROT, Denis. *Entretetiens sur le Fils Naturel*, op. cit., p. 70.

26 DIDEROT, Denis. *Éloge de Richardson*, op. cit.

encenação – é, na verdade, signo de sua invisibilidade, a permitir-lhe entregar-se à ilusão. É inevitável que a primeira dessas ilusões, que engendra os prazeres das seguintes, seja a de sua própria ausência da cena. Nesse sentido, a complexa brincadeira didática de Diderot incluindo o narrador na cena do ensaio de *O Filho Natural* e fazendo-o confundir ficção e reaildade é a representação irônica dessa hiperpresença, que se torna ausência:

> Diderot inscreve (...) o romance nessa estética paradoxal e problemática que torna o efeito de uma obra dependente da "constituição de uma nova espécie de espectador – um novo sujeito – cuja natureza mais profunda consistiria precisamente em ser convencido de sua ausência da cena da representação.[27]

Tal paradoxo talvez nos leve a explicar, mais adiante,[28] por que o método lacrimoso, depois de aproximar e de comover tantas audiências nas primeiras décadas do século XVIII francês, por conta de sua própria repetição e de sua vulgarização ao longo do século seguinte, acabará por transformar o espectador-leitor em um ser um tanto indiferente e outra vez distanciado desse novo patético.

4.3. Virtude e vício do romance: o útil e o agradável

Numa cronologia que, na verdade, remonta à Grécia antiga, na trilha do então prestigiado Pierre-Daniel Huet, autor do *Tratado da origem dos romances*, de 1670, Des Bois afirma que "...em todas as partes da Europa, os *fazedores de romances* sucedem aos *historiadores fabuladores*, que, ao longo de vários séculos difundiram a ignorância

27 CHARTIER, Roger, op. cit., p. 166, a partir de Fried, Michael. *Absorption and theatricality: painting and beholder in the age of Diderot*. Berkeley/Los Angeles/Londres, University of California Press, 1980, p. 104.

28 Ver o item 4.4, "O martírio como modelo de purgação", adiante.

e a barbárie em todo o império".[29] Sua definição de romance è a seguinte: "*... histórias fingidas, escritas em prosa, e com arte, para o prazer e a instrução dos leitores*".[30] As palavras-chaves, no caso, são "feintes" [fingidas, ou ficcionais], "plaisir" [prazer] e "instruction" [instrução]. Na linha da tese de Diderot, debitária das de Huet, de La Chesnaye Des Bois e, mais ancestralmente, de Horácio, sua defesa da "ilusão" e do "quadro" como forma de atingir um novo tipo de relação do espectador ou do leitor com o visto ou lido, a instrução moral é o pano de fundo constante daquele elogio que incorpora tão completamente o patético (no sentido de melodramático) a seu próprio estilo: "... graças a esse autor, amei com mais força meus semelhantes, amei com mais força meus deveres; (...) tive pelos maus apenas piedade; (...) tive mais comiseração pelos infelizes, mais veneração pelos bons, (...) mais amor pela virtude...".[31]

Precursor de toda e qualquer defesa do romance na França, Huet assim define o objetivo máximo do gênero: "O objetivo principal dos Romances, ou pelo menos o que deveria sê-lo, e que devem propor aqueles que os compõem, é a instrução dos leitores, a quem é sempre necessário fazer valer a virtude coroada, e o vício castigado".[32]

29 DES BOIS, La Chesnaye, op. cit., p. 8 (4 no original).

30 *Idem*, p. 7 (13 no original).

31 DIDEROT, Denis, op. cit., p. 224 (220 no original).

32 HUET, Pierre-Daniel. *Traité de l'origine des romans*. BNF-Gallica, p. 11-12 (Consultado em 5/11/2006). Original: Paris, Chez N.L.M. Desessarts, éditeur, imprimeur-libraire, An VII (1796), p. 4-5. Antonio Candido destaca que a famosa obra de Huet é, na verdade, um diálogo com ares de refutação da obra de Cintio (ou Giraldi), primeiro defensor, ainda renascentista, dos romances, em contraposição à tradição clássica. Segundo Candido, Cintio "... chega a dizer que a composição dos 'romances italianos' [*ao estilo de Ariosto e Boiardo*] não deve ficar escravizada às regras de Aristóteles e Horácio, que não conheceram a língua italiana nem esta 'maneira de compor'". A perspectiva de Candido nos serve aqui na medida em que chama a atenção para as raízes da defesa

Porém, seguindo a *Ars poetica* [Arte poética], de Horácio, tão em voga na França do século XVII, o agradável deve ser apenas o atalho para se alcançar o útil, no caso do romance:

> Mas como o espírito do homem é naturalmente inimigo dos ensinamentos, e seu amor-próprio o leva a revoltar-se contra as instruções, é preciso enganá-lo por meio dos atrativos do prazer, e adocicar a severidade dos preceitos, pela aprovação dos exemplos, e corrigir seus defeitos condenando-os em um outro. Assim, o divertimento do leitor, que o Romancista hábil parece se propor como alvo, não passa de um fim subordinado ao principal, que é a instrução do espírito, e a correção dos costumes...[33]

A linguagem carregada do jansenismo da época, com direito a rejeição da revolta ditada pelo amor-próprio, circunscreve uma diretriz que se manterá válida para muito além da virada do século. Em 1736, ao inaugurar a tradição menos moralista da literatura quiçá em muitos séculos, Claude Crébillon paga tributo a tal forma francesa e horaciana de acolher o gênero bastardo, iniciando do seguinte modo o prefácio de *Les égarements du cœur et de l'esprit* [Os extravios do coração e do espírito]: "O homem que escreve não pode ter senão dois objetivos: o útil e o divertido. Poucos autores conseguiram reuni-los. O que instrui, ou menospreza o divertimento, ou não tem talento para ele; e o que diverte não tem força o bastante para instruir: o que faz necessariamente com que um seja sempre seco, e o outro, sempre

---

do novo gênero, ainda no Renascimento italiano. Como se sabe, o classicismo francês do XVII terá como um de seus modelos mais constantes o ambiente daquela Renascença. CANDIDO, Antonio. "O patriarca", in *Educação pela noite & outros ensaios*. São Paulo, Editora Ática, 2003, p. 79 (p. 72-82).

33 HUET, Pierre-Daniel, op. cit., p. 11 (4 no original).

frívolo".[34] Obviamente, o romance de libertinagem não objetiva nem iludir para melhor atingir a sensibilidade, nem tornar a prosa instrumento de instruções morais condensadas em máximas.

Diderot toca em ponto nevrálgico da questão logo no início do *Elogio de Richardson,* ao comparar Richardson aos moralistas franceses do século XVII. Trata-se de ultrapassar a dicotomia horaciana de alguma outra forma que não escamoteie o problema moral na recepção de qualquer obra – o que fazia, de certa forma, o classicismo, ao subsumir a moralidade ao simples foco nos "grandes" (ou seja, o fato de a moral estar inextricavelmente ligada à condição hierárquica do personagem na sociedade), e o que fará, séculos depois, o realismo, ao dizer-se amoral por supostamente retratar a realidade nua.[35] Nesse momento ancestral do romantismo, Diderot parece defender a ilusão e o *tableau* como métodos para dar o próximo passo no sentido do realismo nascente, sem negligenciar a função ética do texto. Como ele o faz? Ao propor que a ação, em sua verossimilhança dir-se-ia vertiginosa – no sentido de fornecer tantos detalhes minuciosos e *tableaux* sensíveis que o espectador-leitor releve a segundo plano, por instantes, o fator construtivo e formal típico da obra-de-arte –, direcione a percepção (afetada pelo texto) mais para si próprio, para seus

34 CRÉBILLON, Claude. *Les égarements du cœur et de l'esprit,* in Trousson, Raymond. *Romans libertines du XVIIIè siècle.* Paris, Robert Laffont, 1993, p. 19.

35 O romantismo também seguirá a mesma trilha sempre que o autor, reputado gênio, pressupuser uma capacidade própria de conhecer e apontar aos leitores a suposta trilha certa e virtuosa do coração. É claro que desde seu embrião, o movimento (recheado de tantos submovimentos) corre tal risco. Mas na época de Diderot e Rousseau, o protorromântico ainda estava na fase de criar uma nova forma de tocar a audiência/o leitorado em sua sensibilidade (em seu coração, em seus sentimentos desinteressados), contra as regras poéticas e retóricas legadas ao longo de séculos dessas artes tão arraigadas na cultura francesa e europeia. Era ainda um "especialista de fazer brotar lágrimas", o que constituía uma novidade impressionante o bastante para o cenário do Antigo Regime.

medos, suas raivas, suas expectativas, seus afetos, sua compaixão, seu julgamento em relação a si mesmo e aos outros, seus pequenos sofrimentos e vitórias do que para a grandiloquência, a retórica, o *pathos* encenado segundo os preceitos e as regras aprendidas na escola e propagadas pela Académie. Indo direto ao ponto logo na primeira página do panegírico, Diderot escreve:

> Tudo que Montaigne, Charron, La Rochefoucauld e Nicole puseram em máximas, Richardson pôs em ação. (...) A máxima é uma regra abstrata e geral de conduta da qual nos cabe a aplicação [*prática*] a fazer. Não imprime por si só nenhuma imagem sensível em nosso espírito: mas aquele que age é visto, colocamo-nos em seu lugar ou a seu lado, apaixonamo-nos a favor ou contra ele; aproximamo-nos de seu papel, se é virtuoso; afastamo-nos com indignação, se é injusto e vicioso. A quem um personagem de um Lovelace, de um Tomlinson não fez estremecer?[36]

A percepção certeira ficará como traço constitutivo dos modernos, em contraponto aos antigos, e pode ser encontrada cerca de quatro cruciais décadas depois, em 1800, na pena daquela que é considerada por muitos a definidora e anunciadora da vitória dos modernos nas letras: Madame de Staël. Ela, porém, com seu pendor filosófico, sugere a melancolia como forma de generalizar os quadros particulares que os modernos aprenderam tão bem a pintar. Seria ela, melancolia, uma substituta (mais uma vez) abrandada da eclosão das lágrimas? "Sem dúvida é preciso impressionar a atenção por meio do quadro presente e detalhado do objeto pelo qual se deseja comover, mas o apelo à piedade não é irresistível senão quando a melancolia sabe generalizar,

36 DIDEROT, Denis, op. cit., p. 217 (213 no original).

da mesma forma que a imaginação soube pintar".[37] No entanto, a tendência a unir a análise dos filósofos à dos escritores acaba obrigando a autora a buscar traços generalizantes dos modernos, em detrimento de suas inovações particularizantes; em vez de detalhes e minúcias, Madame de Staël busca grandes e abstratas sínteses modernas. Quando trata dos romances ingleses, a prolixidade e o detalhismo vêm de novo à tona, bem como sua defesa da mulher na linha de frente da revolução da *sensibilité* na Europa:

> É um gênero de obras de imaginação, em que os Ingleses têm uma grande preeminência: são os romances sem maravilhoso, sem alegoria (...), não é com o quadro [*tableau*] dos prazeres do amor-próprio que se faz um romance interessante (...). Os costumes ingleses fornecem à invenção romanesca uma multitude de nuances delicadas e de situações tocantes. (...) Se os Franceses suportam os detalhes inúteis que são acumulados em seus escritos, é por curiosidade que inspiram os costumes estrangeiros. Eles não toleram nada de parecido em suas próprias obras.[38]

Na mesma linha de argumento intercultural de Gustave Lanson ("Os Franceses fariam um livro melhor que os Ingleses tomando-lhes as ideias; os apresentariam com mais ordem e precisão: (...) eles suprimem muitos intermediários...").[39] Madame de Staël chama a atenção para o fato de os ingleses terem sido os primeiros a crerem que bastava o "...quadro de afecções privadas, para interessar o espírito e o coração do homem...".[40]

---

37 DE STAËL, Madame. *De la littérature*. Paris, GF/Flammarion, 1991 (1800), p. 183.

38 *Idem*, p. 243-244.

39 *Idem*, p. 248.

40 *Idem*, p. 245.

O próprio Richardson se pronuncia, no prefácio de seu *Clarissa Harlowe*, traduzido por Le Tourneur, sobre como conseguiu incluir na ação e nos detalhes do cotidiano a moralidade que o romance defende, e à qual não deve renunciar – quem sabe, depois de ler o *Elogio de Richardson*, de Diderot: "Todas as cartas são escritas no calor mesmo do assunto ou do acontecimento que as ocasiona, de sorte que elas abundam em descrições, em reflexões instantâneas, inspiradas pelo momento em que a impressão está mais fresca e mais viva". A coerência interna que o romancista devia criar para o gênero em mutação, coerência inextricável entre forma e conteúdo, entre sintaxe e semântica romanescas, bem como entre essa nova semântica em contraponto a um classicismo no qual o destino era sabido de antemão, já parecem coisas perfeitamente conscientes a Richardson – a importância do trecho nos parece justificar sua citação completa:

> Deve haver nele, diz um dos personagens principais, uma maior energia de sentimentos e de vida no estilo daquele que escreve no seio mesmo de sua aflição, no momento em que seu coração está em plena via da incerteza, quando a continuação dos acontecimentos de seu destino ainda está oculta nas trevas do futuro; que no relato frio, inanimado de uma pessoa que, o coração confortado e em calma, não faz mais do que contar ociosamente perigos dissipados, obstáculos ultrapassados; e se está, ela própria, apenas fracamente emocionada pela lembrança de sua própria história, como transmitirá à alma do leitor emoções vivas e profundas?[41]

A posição de Diderot diante do que aqui chamamos de novo realismo é complexa e, tendo sido expressa não apenas no *Elogio de Richardson* em que vínhamos nos detendo, deve ser aqui apreendida

41 RICHARDSON, Samuel. *Clarisse Harlowe*. Traduction nouvelle et seule complete par M. Le Tourneur. Paris, Chez Moutard, imprimeur-libraire, et chez Merigot le jeune, libraire, 1785, p. xvj-xvjj.

com cuidado. Indicaremos os elementos que nos permitam perceber um aspecto para nós importante desse posicionamento. Diderot toma partido entusiasmado pela nova radicalização do realismo, mas esclarece que não é papel da arte, pintada ou escrita, nem imitar a natureza (ou seja, copiá-la mediocremente), nem geometrizá-la, como faz a ciência.[42] "Por mais bem feito que possa ser, o melhor quadro, o mais harmonioso, não passa de um tecido de falsidades que se cobrem entre si", escreve nos *Salons*.[43] Por outro lado: "Sendo una a natureza, como meu amigo concebe que haja tantas maneiras diversas de imitá-la e que a todas se aprove? Isso não decorreria de que, na impossibilidade reconhecida e talvez feliz de apresentá-la com uma precisão absoluta, haja uma margem de convenção sobre a qual se

42 O termo "realismo" não existia, na época. Usamos aqui no sentido mais comum de uma descrição a mais fiel possível da realidade concreta. A reflexão de Ian Watt, nesse ponto, nos ajuda ao mostrar a ligação inextricável entre tal desejo de realismo e o surgimento do romance moderno, no século XVIII. Na verdade, tal definição se liga à ideia da ascensão dos sentidos como meio de conhecimento do real. "Certamente o moderno realismo parte do princípio de que o indivíduo pode descobrir a verdade através dos sentidos: tem suas origens em Descartes e Locke e foi formulado por Thomas Reid em meados do século XVIII", escreve Watts. A essa constatação, acrescenta que uma individualização da experiência em seu caráter de novidade conforma o realismo tal como surge, de forma constituinte, no romance moderno. Também a apresentação do ambiente é determinante para formar tal realismo. O tempo e formas de criar autenticidade – já tratamos de algumas: a forma epistolar ou memorialística ou os prefácios em que se lê que a narrativa a seguir tem autor real. Sem nos alongarmos no tema, apenas destacamos como Watt relaciona inexoravelmente o surgimento do romance com a questão de como se representar o real na prosa de ficção, questão totalmente inexistente no período clássico ou classicista. WATT, Ian. *Ascensão do romance.* São Paulo, Editora Companhia das Letras, 1996, p. 11-33.

43 DIDEROT, Denis. *Salons*, I, *apud* Lima, Luiz Costa. *O fingidor e o censor – No Ancien Regime, no Iluminismo e hoje*. Rio de Janeiro, Forense-Universitária, 1988, p. 150.

permite que a arte passeie?".[44] Tal convenção impede que Diderot se afaste automática e irrefletidamente da tradição clássica: o legado de 17 séculos não se esgota com uma canetada, e um teórico deve enfrentá-lo se quer propor algo de novo.

Porém, indo totalmente contra aquela tradição, defende o fato de que, mesmo se há um campo de manobra para o artista, diverso da natureza e da cientificização dela, as obras de arte não deixam de nascer dos sentidos e da concretude da experiência cotidiana do artista. Na verdade, entre a ação humana, científica ou de cópia documental, e a natureza, resta o espaço de manobra do artista, espaço que permite a distinção entre esses três domínios, o espaço cavado pela experiência: "Miguelângleo dá à cúpula de São Pedro, em Roma, a mais bela forma possível. O geômetra de La Hire, impressionado por esta forma, traça a sua épura e acha que esta épura é a curva de maior resistência. O que inspirou esta curva a Miguelângelo? A experiência diária da vida".[45]

Essas idas e vindas de Diderot são famosas, e impedem que se sistematize estritamente seu pensamento – para o bem de nossa própria reflexão sobre a época dele e sobre o tema de que trata, a experiência estética em seu ponto de transformação. Mais fértil talvez seja atentarmos para uma estrutura narrativa específica que conforma o tipo de realismo que o romance quer para si, nesses seus primórdios: a estrutura do martírio, tão cara a Richardson. Talvez ela nos dê acesso àquilo que, na experiência imediata diante da obra, no palco ou na página, o espectador-leitor buscava e o dramaturgo-romancista lhe oferecia naquele momento, em termos de realismo. Não seria uma espécie inusitada de realismo catártico o que Diderot propõe? É o que investigaremos.

---

44 DIDEROT, Denis. *Salons III*, 1767, *apud* Lima, L.C., *O fingidor e o censor*, op. cit., p. 165-166.

45 DIDEROT, Denis. *Essais sur la peinture*, 1766, *apud* Lima, L.C., *O fingidor e o censor*, op. cit., p. p. 161.

4.4. O martírio como modelo de purgação

Retornando-se a Marivaux como um dos iniciadores, na França, dessa antirretórica que visa a integrar a *actio* e até o *sermo* (a conversação civil, entre homens e mulheres cultivados, em sociedade, na linha de Guazzo, Della Casa e Castiglione) à escrita, não é difícil compreender por que o périplo do personagem, do sofrimento mais extremo até uma felicidade final, será um ótimo modelo no caso de uma escrita lacrimosa. Não se deseja fazer, aqui, a genealogia dessa estrutura narrativa, que tem raízes óbvias na tradição cristã do *Novo testamento,* bem como um momento importantíssimo, também ligado ao cristianismo, com a *Divina comédia,* de Dante. Importa, para nós, perceber que relações a preferência pelo martírio dos protagonistas tem com o que aqui chamamos de "nova catarse", formalizada por Diderot.

De princípio, é importante lembrar que ao analisar a mesma *Vida de Marianne,* o crítico alemão Leo Spitzer atenta para o fato de a nobreza da protagonista (conhecida do leitor por conta do subtítulo do romance, *A Vida de Marianne ou as Aventuras da condessa de...* [*La Vie de Marianne ou les Aventures de la comtesse de...*], mas desconhecida pelos outros personagens) se revelar nos vários "nãos" que dá: recusa o emprego de doméstica, as propostas ambíguas do Monsieur de Climal, um marido impossível que os pais de Valville lhe oferecem, o casamento com seu amado ao ver que prejudicará sua benfeitora, o claustro e o casório precoce proposto pelo oficial. Spitzer usa a palavra "resistência": "... personagem de mulher *resistente,* quer dizer, ativa em sua resistência (às vezes estoica): a atividade de Marianne é dizer *não* em situações essenciais ...".[46]

É claro que tal sequência marcada por uma intuição diante do que lhe pode ser prejudicial (cuja novidade para o leitor da época se

46 SPITZER, Leo. "A propos de La Vie de Marianne", in *Études de style.* Paris, Gallimard, 1970, p. 372.

minimiza por conta da nobreza garantida da protagonista) ganhará em vigor patético se as tentações ao estoicismo, advindas de tais situações em sequência, tornarem-se mais vigorosas ou irrecusáveis. Como já vimos, é o que acontece em *Pamela* – mas sigamos a análise de Spitzer. As negativas seguidas às "tentações do acaso" vão constituindo...

> ... as etapas de seu caminho labiríntico, que ela persegue imperturbável (...). Marianne, a Heroína secular, "mantém uma cena" penosa (...). Suas "ações" (recusas, renúncias) são provas da textura nobre de que é feito seu ser. *A Vida de Marianne* é (...) o primeiro romance francês (...) que mostra o heroísmo secular da mulher orgulhosa e virtuosa, abandonada a ela mesma em meio à torrente da vida, mais forte que os homens que a circundam ou a perseguem, porque forte em si mesma.[47]

Spitzer dá uma chance ao cinema ao lembrar que Marianne é ancestral de uma longa linhagem na França e fora dela, cujo "... último descendente é o heroísmo de *E o vento levou...*".[48] O crítico integra a história da religiosa, nos últimos livros do romance, apontada como destoante por alguns analistas da obra, nessa lógica do martírio: ela seria um duplo necessário de Marianne. Ela também tem "o melhor coração do mundo, e o mais singular". E também "... foi perseguida (...) pelo destino desde sua primeira juventude, mas, munida das graças do espírito e do coração, é 'firme' como Marianne (...); também sabe dizer não ao que não convém a sua natureza nobre...".[49] Porém, mais doce, mais oprimida por tristezas, como verdadeira cristã, ela se dedicará mais aos outros que a si mesma. Aí se encontra sua diferença fundamental para com Marianne, e o gênio de Marivaux

47 *Idem*, p. 372-373.

48 *Idem*, p. 373.

49 *Idem*, p. 381.

em construir um tipo de martírio cuja resolução não está no além, mas no próprio *monde*:

> Marianne é um mártir da vida que se torna uma heroína ao dizer não ao que não convém a sua natureza; a Religiosa é um mártir que diz não à própria vida (...). Certo é que nosso romance, longe de não ter um eixo, como pensam tantos críticos, por conta da história da Religiosa, ganha ainda mais amplitude e seriedade pelo paralelismo sugerido entre heroísmo secular e heroísmo devoto.[50]

Spitzer mostra como seria impossível, por seu temperamento de artista, que Marivaux deixasse de secularizar o martírio, tornando-o social e mundano, e não místico e religioso. É que, fascinado pelo mundanismo, pela conversação e pela coqueteria como arte ou estética, Marivaux faz sua Marianne encontrar graça e bondade em algumas mulheres do *monde*, que se tornam modelos para ela. A religiosa não passa de uma alma com pendores místicos e sem talento para a vida social – é uma alma gêmea por contraste no essencial, não por semelhança. "Marianne não encontra sua alma irmã em um ser votado à santidade, mas também em certas personagens do 'beau monde' que ela decidiu não abandonar".[51] O paradoxo de Marianne está exposto por Spitzer em uma única frase, que designa a forma como suas certezas nobres do coração, junto com a força de recusa e de seleção do "bom caminho", conformam uma natureza própria voltada para a vida da graça e da conversação em sociedade – bem longe de qualquer claustro religioso: "A natureza [*das mulheres que Marianne admirava*] é uma obra-de-arte".[52]

50 *Idem*, p. 382.

51 *Idem, ibidem*.

52 *Idem*, p. 383.

Aqui cremos que se pode arriscar o paralelismo: não seria essa mesma tendência ao martírio que o leitor deveria portar diante das páginas de um romance? Com efeito, para Diderot, Richardson foi o mestre na arte de fazer tal leitor sentir-se o mais puro e bom dos homens, fazendo-o imaginar que purga suas dificuldades e dores por meio da leitura. O martírio, no caso, serve para bem discernir o virtuoso do vicioso, ou seja, o mártir do algoz:

> Richardson semeia nos corações os germes de virtude que ali se encontram a princípio ociosos e tranquilos: eles ali estão secretamente, até que se apresente uma ocasião que os anime e os faça despontar. A partir de então, eles se desenvolvem; sentimos que somos conduzidos em direção ao bem com uma impetuosidade que não se conhecia. Experimentamos, diante da injustiça, uma revolta que não saberíamos explicar a nós mesmos. (...) a cada linha ele faz preferir o destino da virtude oprimida ao do vício triunfante. Quem gostaria de ser Lovelace, com todas as suas vantagens? Quem não gostaria de ser Clarissa, apesar de todos os infortúnios?[53]

Em 1895, um século e meio depois do surgimento da *Pamela* na França, um crítico faz alusão ao aspecto de martírio e purificação, depois de analisar ponto a ponto, ao longo de 80 páginas, os aspectos negativos e positivos dos romances de Richardson, como numa condensação tardia da recepção de tais romances na França:

> Assim como na vida, diante de um leito de morte, desaparecem as lembranças profanas e que, acima das realidades mesquinhas ou triviais, a imagem dos que partem nos parece mais pura e já menos humana, do mesmo modo, em presença da Clarissa agonizante, não é a humilde devotinha, a pretensiosa provinciana, a

53 DIDEROT, Denis. *Éloge de Richardson,* op. cit., p. 219 (215 no original).

> verborrágica e fastidiosa missivista dos primeiros capítulos que nós imaginamos, mas unicamente a que morre por ter se mantido, em meio às mais terríveis provações, mestra de sua consciência e de sua alma. Lentamente preparada por um monte de acontecimentos cumulativos, a emoção emana com mais força da multiplicidade de impressões dolorosas do que de um choque violento e súbito. (...) Toda a moral da obra está nessa glorificação da dor purificadora, e ali estava uma grande novidade.[54]

Antes desse apanhado, que inclui elementos de crítica ao romancista próximos a alguns argumentos do Diderot do *Éloge...*, Joseph Texte tinha esmiuçado a nova vulgaridade trazida por Rochardson (cenas picantes entre patrões e empregadas) e a prolixidade detalhista, só aparentemente estéril. Destacara o aspecto protestante e puritano da prosa do inglês, propondo uma tese sobre o aspecto religioso e cristão da narrativa moderna, inegavelmente interessante:

> "O romance de análise, escreveu Vigny, nasceu da confissão. Foi o cristianismo que lhe deu a Ideia, pelo hábito da confidência". Poderia-se dizer (...) que talvez tenha sido a ausência da confissão no protestantismo o que fez nascer o romance de análise moral. Richardson, que foi uma espécie de diretor laico de consciências, "um confesor protestante", como lhe chama um crítico inglês [*Leslie Stephen*], talvez deva seu sucesso à supressão do padre na sociedade inglesa do século XVIII. O que quer que tenha sido, trata-se, no caso, de um gênero bem cristão e, por conseguinte, bem moderno. (...) A casuística cristã, essa "história natural da alma" [*Taine, "Littérature anglaise", Tomo IV, p. 103*], é uma incomparável mestra de filosofia prática. Fazê-la prenetrar no romance era abrir ao gênero todo um domínio novo.[55]

---

54 TEXTE, Joseph. *J.-J. Rousseau et les origines du cosmopolitisme littéraire*. Genebra, Slatkine Reprints, 1970 (Paris, 1895), p. 251.

55 *Idem*, p. 239-240.

O aspecto religioso é valorizado por Diderot como manutenção de um fim moral para além do realismo comezinho – embora ele próprio, anos mais tarde, ajude a separar o campo estético, romanesco, teatral ou pictórico de fins morais pré-estabelecidos. Jean Sgard chega a propor que...

> ...para Diderot existem dois tipos de realismo. Um realismo didático, em que se acentua uma ilusão progressiva: pela "pluralidade de pequenas coisas" (...) Richardson faz concorrência à natureza (...). E (...) um realismo visionário, que se destaca por uma ilusão fantasmática: nas cenas de loucura ou de morte, as "circunstâncias" e os pequenos detalhes verdadeiros só servem para impor um "quadro" grandioso, um "modelo ideal", o leitor sendo conduzido por "fortes impressões" (...). A ilusão, aqui, é total, próxima ao delírio, e introduz uma crise moral: "Isso dilacera a alma". Enquanto o realismo didático nos familiariza ao nos iluminar aos poucos sobre a experiência cotidiana, o realismo fantasmático provoca ruptura e conversão; ele nos ilumina sobre o sublime da virtude, sobre uma moral do sacrifício.[56]

O ciclo da busca de Diderot – bem como de vários escritores que fizeram da *sensibilité*, tanto dos personagens quanto do espectador-leitor, o santo graal da luta contra o classicismo – parece ter chegado a seu termo. De fato, se o fim moral por trás dessa inovação surpreendente que é o novo realismo do romance moderno tem de ser preservado, há que haver a radicalização de tal fim, a ponto de propor-se que o leitor-espectador entre em verdadeiro êxtase diante da página ou do palco e, por fim, se purifique de seus malfeitos, de suas *méchancetés* (maldades). O momento de vitória de tal tese, no

56 SGARD, Jean. "Introduction: Éloge de Richardson – Janvier 1762", in *Diderot. Arts et letters (1739-1766), Critique I.* Varloot, Jean (org.). Paris, Hermann, 1980, p. 189.

entanto, talvez seja o mesmo em que aquele êxtase *larmoyant* (lacrimejante) inicie sua descida, começando a se exacerbar, em vez de encantar. Aproxima-se o momento em que o *larmoyant* voltará a ser rejeitado como patético, hiperbólico, melodramático. Isso tudo não impede que, pouco antes de Joseph Texte emitir seus julgamentos, em 1857, Nassau William Senior receba a confissão de um nobre parisiense, amigo e correspodente seu – ninguém menos que Alexis de Tocqueville –, sobre o gosto bem francês de ler as páginas de Richardson em voz alta alguns anos depois da Revolução, na virada do século anterior:

> Os estrangeiros são, na verdade, provincianos. Seguem, na literatura, como as pessoas do campo fazem com as roupas, as modas que a capital já abandonou. Quando eu era jovem, vocês provavelmente tinham parado de ler Richardson: nós o conhecemos de cor. Chorávamos pela sorte de lady Clementina [*heroína do romance "Sir Charles Grandisson", de 1753-54*], de quem Miss Senior sem dúvida nunca ouviu falar. Durante o Primeiro Império, nós, os membros do antigo regime, tínhamos deixado Paris, como estamos fazendo agora, e pelas mesmas razões. Vivíamos dentro de nossos castelos onde, ainda criança, lembro-me de ter ouvido lerem em voz alta *Sir Charles Gradisson* e Fielding. Um novo romance era, naquela época, um acontecimento.[57]

A arte de decorar os textos mais importantes, por conta de uma leitura frequente, repetida por várias noites, é um traço típico da ascensão do livro no século XVIII. Roger Chartier lembra que tal gravidade e tal assiduidade estão ligadas à leitura dos Evangelhos, que um trecho de *La Vie de mon père* [A vida de meu pai], de Rétif de la Bretonne, ajuda a ilustrar rapidamente:

57 TOCQUEVILLE, Alexis de. *Œuvres completes – Tome VI. Correspondence Anglaise.* Paris, Gallimard, 1991, p. 470.

> Era então depois do jantar que o pai de família fazia uma leitura da Santa Escritura: ele começava pelo Gênese e lia com unção três ou quatro capítulos, conforme sua extensão, acompanhando-os de algumas observações curtas e pouco frequentes, mas que julgava absolutamente necessárias. Não posso me lembrar sem comoção com que enternecimento aquela leitura era ouvida, como ela transmitia a toda numerosa família um tom de bonomia e de fraternidade (na família, incluo os criados). Meu pai começava sempre com estas palavras: "Concentremo-nos, meus filhos, é o Espírito santíssimo que vai falar". No dia seguinte, durante o trabalho, a leitura da noite anterior constituía o assunto das conversas, sobretudo entre os rapazes do arado.[58]

Não admira que os romances de Richardson, com seu pano de fundo moral e mesmo uma pretensão de religiosidade sub-reptícia, sejam vistos, por Diderot, como leitura para "... o homem tranquilo e solitário, que conheceu a vaidade do barulho e das diversões do mundo, e que ama viver em recolhimento, e se enternecer utilmente em silêncio".[59] Lembremos que sendo o retiro de Tocqueville no campo, ele estava afeito a toda uma mitologia da leitura autêntica, mais concentrada porque longe do barulho do *monde*, apresentando-se, já que no ambiente rural, "... como patriarcal, fraternal, comunitária, em contraste com aquela outra, corrompida e desunida, das grandes cidades".[60] Rétif fora claro: "Não posso me lembrar sem comoção com que atenção essa leitura era ouvida". Essa "... concentração completa dos indivíduos naquilo que estão fazendo, aquela absorção

58 BRETONNE, Rétif de la. *La vie de mon père*, 1778, *apud* CHARTIER, Roger. *Leituras e leitores na França do Antigo Regime*. São Paulo, Editora UNESP, 2003 (1997), p. 220.

59 DIDEROT, Denis. *Éloge de Richardson*, op. cit., p. 221 (217 no original).

60 CHARTIER, Roger, op. cit., p. 256.

colocada como o oposto exato da frivolidade da época..."[61] favorece um acolhimento mais íntimo e focado do texto de Richardson, exemplar de uma literatura que quer tocar o leitor a ponto de purgá-lo de seus males – e que, como mostra Chartier, é filha de uma atenção campesina ao que se lê. Qualquer que fosse o destino da literatura da sensibilidade, é nítido que gerações inteiras da elite europeia ao longo do século XIX tinham passado a infância e o início da vida adulta próximas a Richardson – a Pamela, a Clarissa, a Clementine.

4.5. Em torno do realismo das "Pamelas", no palco e no romance

Voltando a Gustave Lanson, destaquemos sua decepção diante da *Paméla* de Nivelle de La Chaussée, por total contraste com o realismo ao qual ele teve acesso ao ler o romance de Richardson. No palco, não sobrava... "...nada dessa imitação paciente da vida, em sua lida de cada dia, dessa cópia impressionante de gestos, de atitudes, de tons, de palavras, que dava à narrativa uma expressão tão intensa". No fim das contas, a peça seria nada mais que o "...esqueleto descarnado da história romanesca, nos incidentes os mais materiais, e a sombra da moral, em suas mais banais conclusões". A sentença final de Lanson é que La Chaussée não soube muito bem o que fazer com esse esqueleto, e parece ter alongado sem brilhantismo a peça, além de dar corpo à história com bagatelas: "... a inspiração nunca vinha".[62]

Na verdade, como se percebe ao ver a impaciência de Diderot com seus contemporâneos que reclamam da prolixidade de *Pamela,* no *Éloge de Richardson* ("Meus caros concidadãos, se os romances de Richardson lhes parecem longos, por que vocês não os resumem? Sejam consequentes. Vocês não vão a uma tragédia só para ver o ato

61 *Idem, ibidem.*

62 LANSON, Gustave, op. cit., p. 165.

final"),[63] as críticas não surgiram apenas diante da peça séria de La Chausée, que ousava transpor as muitas páginas do romance para o palco. O laçamento da tradução francesa já havia despertado a atenção de críticos, como o padre Goujet, que testemunha, desde 1742, ano do lançamento da tradução atribuída erroneamente a Prévost, que o romance recebera "críticas amargas".[64] O padre Le Blanc apontara, em 1745, "...os trechos longos e um pano de fundo de baixos costumes que podem revoltar a maior parte dos Leitores".[65] A *Lettre sur Paméla,* de 1742, atribuída ao abade Marquet, aponta "a negligência do estilo". O abade Desfontaines, que no passado empregara um novato Diderot como jornalista, defende com bastante ímpeto o novo romance, em seu periódico *Observações sobre os Escritos Modernos,* na linha do que seu antigo empregado formalizará mais tarde em seus escritos sobre a *comédie sérieuse* [comédia séria]: Richardson teria tido a "...grande arte de saber evitar (...) a aparência de arte...", dando ao leitor "...a ilusão essencial a um Livro de ficção".[66]

Em uma outra indicação de que a naturalidade perseguida por Marivaux, a qual tentamos apontar em nosso estudo, tinha como alicerce um visível traquejo na (e um forte fascínio pela) conversação mundana, o padre Granet, aludindo ao *Paysan parvenu* [O camponês arrivista], outro romance de Marivaux, reclama não só do arrivismo do personagem, mas principalmente do artificialismo – mascarado em naturalidade – de sua fala: "Seria mais surpreendente ver um

63 DIDEROT, Denis. *Éloge de Richardson,* op. cit., p. 221 (217 no original).

64 MODONA, Marie-Louise Nepi. "Les premières réactions de la critique française devant les œuvres de Richardson (1742-1762)", in *Lingue straniere – Volume 16.* Roma, 1967, p. 16-32.

65 *Lettres,* Amsterdã, 1751 (reedição das *Lettres d'un François,* 1745), Lettre XXX *apud* MODONA, M.-L. N., op. cit., p. 16.

66 DESFONTAINES. *Observations sur les Écrits Modernes,* t. 29, 1742, *apud* Modona, M.-L- N., op. cit, p. 17.

Artamene, um Alexandre, um Faramond, nascido, criado e formado como um francês do que ver um jovem rústico sair do Campo, vir a Paris, (...) agradar sua amante, (...), vê-lo, digo eu, (...) mostrar, sob a aparência de uma simplicidade artificial, o espírito mais fino e mais delicado".[67] Em detrimento de *Pamela,* Desfontaines confessa que "... o estilo de alguns de nossos Romancistas é mais cuidado e de uma elegância mais geométrica...", mas que, se *Pamela* tivesse sido "... escrita de outra forma, seria mal escrita, porque um estilo afetado arruinaria o sistema do Livro e o tornaria insuportável".[68]

La Chesnaye De Bois protesta contra a intensidade do elogio de Desfontaines: "Respeito suas decisões; mas devo ainda fazer caso das do público, de quem ouvi dizer que as cartas de *pamela* (sic) são inundadas por uma grande quantidade de tolices, que levando o fastio e o tédio ao espírito do leitor, escondem dele em várias passagens a ingenuidade, a simplicidade do estilo, que faz todo o mérito do livro em questão".[69] Para além da bastante comum reclamação de prolixidade vazia, Des Bois toca, sem notar, em um ponto importante de diferenciação cultural ao duvidar da autenticidade da virtude de Pamela:

> *ele me beijou à força o pescoço,* diz pamela (sic) em várias de suas cartas, *e a boca, pôs a mão em meu seio, etc.* Esse tipo de expressões ingênuas demais, e frequentemente repetidas, formam uma narrativa bem agradável. Não se inspiram no horror ao vício. A virtude de pamela (sic) seria verdadeiramente amável se ela se cobrisse do véu da modéstia. A glória de passar por *virtuosa* a torna tão encantadora quanto a de ser *virtuosa.*[70]

67 MODONA, M.-L. N., op. cit., p. 17.

68 *Idem*, p. 18.

69 DES BOIS, La Chesnaye, op. cit., p. 79-80 (122 no original).

70 *Idem*, p. 53-54 (do original)

Para além de apontar a ambiguidade inescapável de uma relação patrão-empregada que se inflama em libertinagem recusada por Pamela, o trecho já se insere no esforço protonacionalista de circunscrever características culturais diferenciais: "Na Inglaterra, madame, segundo tenho ouvido no mundo cultivado, homens tratam suas amantes de *estúpidas*, de *prostitutas* etc. Se o personagem do *mylord* foi feito a partir da natureza, embora eu não o creia, é preciso admitir que na Grã-Bretanha faz-se amor grosseiramente".[71] A precariedade do mercado livreiro da época, e a falta de informação nos frontispícios de traduções como a de *Pamela*, surgida em 1742, leva a boatos sobre a procedência da obra, bem como sobre quem seria seu tradutor francês – a ponto de, depois de décadas tendo sido aceito que o tradutor seria o abade Prévost, o próprio Aubert La Chesnaye Des Bois passou a ser admitido como autor da versão francesa.[72]

> O que é *pamela* (sic), madame? Segundo alguns, são cartas monótonas que, compostas com toda a frialdade que se reprova em seus insulares, tiveram nascença às margens do Sena, e só devem sua origem a algum *ânglico-francês* (sic) que, por ter desejado copiar os costumes de sua nação, fez delas uma coleção risível. Segundo outras pessoas, é a tradução de uma história escrita, e que chegou há trinta anos às margens do Tâmisa.[73]

Depois de decidir-se pela autoria inglesa autêntica, Des Bois passa a tentar distinguir as especificidades culturais do romance, e as possíveis razões de seu imenso sucesso em Paris:

---

71 *Idem*, p. 35 (55 no original).

72 GRAFFIGNY, Madame de. *Correspondence – Tome* 3. J. A. Dainard (org.). Oxford, The Voltaire Foundation/Taylor Institution, 1992, p. 323.

73 DES BOIS, La Chesnaye, op. Cit., p. 27 (43 or.).

> Nossas damas, sentindo desde o primeiro volume o tédio que essas cartas inspiram, não conseguiram lê-las senão bocejando e, surpresas com uma virtude puramente imaginária, desaprovando a falsa simplicidade da *heroína inglesa*, quiseram tomar parte em seu triunfo. Todas, para fazer saber ao autor das confissões do Conde De que elas amam a virtude, têm *pamela* (sic) em seu toucador, e sentem orgulho em lhe dar sua aprovação, talvez tanto por conveniência quanto por inclinação. Assim, madame, *agradar e divertir* não é absolutamente o que faz *pamela*... [74]

O autor das *Confessions du comte de* ***, citadas por Des Bois como "Conde De", era Charles Pinot Duclos, amigo de Claude Crébillon e presença frequente no *monde*, sendo amigo de futuras romancistas, como Françoise de Graffigny, a leitora voraz de *Pamela* e autora das bastante sensíveis *Lettres d'une péruvienne* [Cartas de uma peruana].[75] Tal narrativa de Duclos é texto francamente de libertinagem, o que faz da passagem de La Chesnaye uma anedota saborosa: as mulheres dos *salons* parisienses, por coqueteria, se divertem em simular uma virtuosidade apenas imaginária, diante dos autores libertinos. A demanda de veracidade e autenticidade por parte de Pamela é, para elas, puro fingimento feminino em busca, porém, da mesma "recompensa" ou do mesmo "triunfo", já que o casamento não é algo que se possa dispensar.

Des Bois deixa claro que o francês, seja autor, seja apenas *homme du monde* [homem do mundo], conhece os meandros do método da sedução: "O autor faz dessa mulher uma personagem de caráter brutal, enquanto ele [*o caráter*] deveria ser doce e atraente. Para seduzir é necessário destreza no espírito, não mal humor".[76] Porém, mesmo tais

74 *Idem*, p. 29-30 (47 no original).

75 Falamos sobre Mme de Graffigny e a recepção de *Pamela* na sessão 2.1, acima.

76 *Idem*, p. 36 (56 no original).

métodos obrigam a uma ética, cujo limite está na manipulação do outro em prol do interesse próprio: "Querer fazer nascer amor entre esses dois jovens, para puni-los em seguida, aproveitar-se da fraqueza de um, e da confiança do outro, para perdê-los, é agir contra toda probidade".[77] O que não exime a própria Pamela do romance inglês de ser um exemplo das "femmes de ce siècle" [mulheres deste século]:

> Ela possui a arte de levar o cavalheiro a se casar com ela. Acho-a hábil ao saber tentá-lo, e atraí-lo sem perder os ares de *coquete*. Seu panegirista [*provavelmente, no prefácio*] não vê nela as *astúcias* e os *engodos das mulheres deste século*. Mas por que privá-la desses inocentes *artifícios*, que não fazem senão tornar uma beldade mais amável?[78]

Na verdade, a falta de coquetismo de Pamela não traz consequências apenas no nível da moral que se possa extrair do romance. O estilo acaba se estragando também, o que, para um gosto francamente mundano francês, pode ser tão ou mais grave: "As reflexões que ela faz no curso de suas infelicidades não são dignas de uma menina, a qual, pelo que parece nessas cartas, teve o espírito cultivado, e seus *solilóquios*, os pequenos arrazoados que faz consigo própria, longe de ser *muito agradáveis e bonitos*, são de uma platitude terrível".[79] O próprio sucesso francês de Pamela pode ter sido apenas fogo de palha, escândalo, e não julgamento de gosto letrado:

> ...e *pamela*, que como uma *heroína* sem par encantou bastante vosso país, só fez barulho na França por conta da singularidade de suas cartas, e de sua conduta. Se é assim que se ataca e se re-

77 *Idem*, p. 37-38 (58-59 no original).

78 *Idem*, p. 46-47 (71 no original).

79 *Idem*, p. 47 (72 no original).

> compensa na Inglaterra a virtude, era uma questão de honra de vossas *myladys* [damas] (sic) proteger essa última [*a virtude*]...[80]

Des Bois acaba cedendo à ironia ao julgar que *Pamela*, para os franceses, não passará de uma moda das letras, como o fora *Le sopha* [O sofá], romance de libertinagem de Claude Crébillon bastante afastado de objetivos moralistas. Sonha em ver, em futuro próximo, suas páginas sendo usadas por seus leitores em atividades mais frívolas e mundanas:

> É de bom tom ter um *pamela*; fez eclipsar o *sofá*, espero com impaciência que algum outro faça-o retirar-se de cima do toucador das damas, para ir ocupar as antecâmaras, e talvez servir de papelote ao cabeleireiro[81] de um arrivista galanteador[82] ou à cabeleireira de alguma senhorita que a hora do espetáculo apressa.[83]

Des Bois descreve o espírito dos *petits-maîtres* e das *demoiselles* dividido entre as páginas, o palco e o enrugamento capilar com vistas a encontros sociais urgente. Não seria uma definição concisa da vida dos leitores de *Pamela* na França da época? Décadas depois, em tom sério, Joseph Texte apontará como traço cultural típico inglês a firmeza de caráter de Pamela e de Clarisse: "Como Pamela, Clarissa é profundamente inglesa, creio que tem um fundo de firmeza e solidez no julgamento que a distingue em uma primeira abordagem das

---

80 *Idem*, p. 49 (74-75 no original).

81 "Papilotte" é o pedaço de papel em que se enrolava o cabelo para anelá-lo (ou frisá-lo, daí "friseur").

82 É uma tradução livre de "petit maître", um rapaz sem sobrenome que circula pelos meios teatrais parisienses e usa algum potencial de sedução para atrair mulheres que permitam certa ascensão social.

83 *Idem*, p. 49-50 (76 no original).

heroínas de nossos romances. Sabe o que quer, e por que quer. Não tem nem caprichos, nem fantasias de bela mulher".[84]

Esse tipo de autoimagem francesa já concorria, ainda em 1742, para um esforço crítico de diferenciação entre o estilo romanesco de Marivaux e o de Richardson. O coquetismo surge, ali, como algo incorporado estilisticamente pelo autor francês, diferentemente do inglês; no caso, determina a inferioridade do primeiro. O abade Haller, a quem se atribui a *Lettre sur Paméla* [Carta sobre Pamela], primeira reação à tradução francesa, coloca *Clarissa* na "...primeira fileira entre os Romances...", mas diz que não gostaria de revoltar os franceses, "...que se orgulham de terem sido tão bem-sucedidos nele [*no romance*]",[85] e coloca Marivaux como único autor a aproximar-se de Richardson. Continua sua análise destacando que, em *La Vie de Marianne* [A Vida de Marianne], a heroína, que "...jamais aparece senão ornada com pompons para agradar a sua Benfeitora, ou a seu Amante...", "...fala como garota espirituosa..." (ou seja, como uma coquete) e "...ama uma certa virtude geral", enquanto *Clarissa* é a história de uma jovem que "...conhece todos os seus deveres, e que os cumpre todos".[86] O estilo de Marivaux é "*amusant*" [agradável], o de Richardson, "*instructif*" [instrutivo]: o binômio horaciano mantinha-se como bússola para o comentarista, que condena em Marivaux e em sua Marianne um coquetismo estilístico.

4.6. Uma prosa coquete: Marivaux e a questão feminina

A reação de Des Bois diante de *Pamela* ilustra bem o conflito cultural entre uma visão que não admite o envolvimento sério e patético, preferindo um certo coquetismo que o *mondain* de Voltaire teria

84 TEXTE, Joseph, op. cit., p. 232.

85 MODONA, M-L. N., op. cit., p. 19.

86 *Idem*, p. 19-20.

aplaudido.[87] Tal via superficial (ou ligeira, como o indicou Auerbach, acima)[88] parece conformar um modo específico de prosa, uma espécie de prosa coquete, que Leo Spitzer localizou como uma invenção de Marvaux, na França dos anos 1730. O exame da valorização da prosa frívola por parte daqueles autores e leitores nos permtirá melhor situar a narrativa que a ela se contrapunha, e que teve em *Pamela* um momento inaugural e de grande repercussão. O lastro sentimental é a outra face da moeda da leveza graciosamente feminina destacada pela análise de Spitzer, que passamos agora a examinar mais de perto.

O crítico alemão relaciona tal novo tipo de prosa a certa concepção surpreendentemente valorizadora da mulher portadora de uma fala frívola e espontânea,[89] indicando uma transformação de imensa importância nas formas de produzir e ler textos de ficção, na época. Como ele demonstra, frivolidade e espontaneidade, leveza e despojamento se superpõem na narrativa de Marivaux, pois ela aponta para uma singular "*glorificação do princípio feminino no pensamento humano*", mesmo quando o personagem é masculino (como o protagonista de *Le paysan parvenu* [O camponês arrivista]): o Monseigneur-ministro de *A Vida de Marianne,* sensível a ponto de acatar o pleito da protagonista, "...governava à maneira dos sábios, cuja conduta é branda, *simples, sem fausto,* e desinteressada deles mesmos (...). Eles não avisam que serão hábeis. É um gênio sem ostentação que as conduziu [*as ações deles*] ...".[90]

87 Ver item 1.20, no Capítulo 1, acima.

88 Ver itens 1.18 e 1.19, no Capítulo 1.

89 Esperamos estar claro que há um esforço aqui para rever o tom desabonador com que a ideia de frivolidade costuma ser tratada.

90 SPITZER, Leo. "A propos de 'La Vie de Marianne'", in *Études de style*. Paris, Gallimard, 1970, p. 383.

Para nossos propósitos, no entanto, o fundamental é que tal princípio feminino inclui nitidamente a dimensão da *coquetterie*, que naquele autor é aproximada, de forma surpreendente, de uma inédita filosofia mais generalista exercida sob o ângulo feminino. Para melhor expor sua tese, Spitzer italiza alguns termos que considera fundamentais em um trecho do romance de Marivaux:

> Se se soubesse o que passa pela cabeça de uma coquete numa situação dessas, quanto *sua alma* é *leve* e *penetrante*; se se visse a *sutileza dos julgamentos* que estabelece sobre os gostos que ela testa e, depois, rechaça e, em seguida, hesita em escolher, e que finalmente escolhe por pura lassitude; pois frequentemente não está contente, e sua *ideia* vai sempre mais longe que sua execução; se se soubesse o que eu descrevo aqui, isso causaria medo, humilharia os mais fortes espíritos, e *Aristóteles* pareceria um simples garotinho.[91]

A estratégia de Marivaux é a de valorizar o coquetismo (a frivolidade), justificando-o por uma suposta concepção de fundo que a sustenta e define como forma aguda de fala e pensamento: as mil e uma hesitações, a inquietude permanente e até a lassidão final fazem parte de um modo de pensar sobre atos e posturas da vida muito mais *délié* (leve) e *pénétrant* do que todo o legado de Aristóteles – o filósofo se torna um menino assustado diante da força dessa lógica do pensar feminino. Essa antifilosofia cujo surpreendente fundamento é a superficialidade, antifilosofia que emana da fala ou da escrita em primeira pessoa do singular dos protagonistas de Marivaux, parece caracterizar um momento crucial da representação subjetiva nesses anos 1720-30, uma vez que a valorização do coquetismo espontâneo da mulher (ou mesmo o do homem) constitui a transposição para o nível da fala de

91 *Idem*, p. 378.

características de uma classe social dominante. Como se sabe, o coquetismo e a frivolidade de salão representam, naquele momento (desde que Luís XIV tornou a aristocracia em maior grau dependente de privilégios por ele concedidos), a linguagem por excelência da vida airada dos *salons* e da aristocracia, em geral ociosa e festiva.

Veremos, adiante, como a tradição de obras sobre a conversação, sobre os jogos de corte e sobre a autoconstituição do "perfeito cortesão" (o homem de corte) teriam influenciado os autores de ficção, em especial os romancistas de libertinagem. Por ora, adiantemos que Marivaux põe na boca-de-cena a arte de conversação intuitiva frívola, versão feminina e afetada do que Castiglione chama de *sprezzatura* em seu renascentista *Il Cortegiano* [O Cortesão] (1528). Ambos valorizam, no entanto, o poder da fala graciosa e cativante e, mais o segundo que o primeiro, a capacidade de imposição de interesses próprios, implicando uma habilidosa condução das ideias do interlocutor por meio de uma *"arte de agradar na conversação"* [*art de plaire dans la conversation*].[92]

Por ora, voltemos à especificidade de Marivaux. A operação de valorizar tal superficialidade teatralizada ganha uma força própria, no caso de Marivaux, uma vez que não surge sozinha, mas se insere na voga sentimental. Essa última seria a base geral – ou seja, largamente praticada, à época – da inovação de Marivaux: a prosa sentimental, que valoriza as lágrimas e as variações emocionais íntimas e é largamente encontrável na prosa de então, como transformação cada vez mais realista (com seus componentes psicológico e sensorial) do romanesco do século XVII, na obra de Marivaux se acha articulada à glorificação da performance social feminina (coquetismo valorizado

92 É o subtítulo de *Galateo,* ou *Galatée,* em francês, outro famoso e influente manual do cortesão, escrito por Giovani della Casa em 1558 e muito lido na França do século XVII.

como atuação pública no Antigo Regime). Spitzer chama a atenção para o naturalismo relacionado à "sabedoria do instinto inato", capaz de transformar lágrimas em força, no campo de atuação social dos personagens (posição feminina fortemente positivada). Se a narradora-protagonista escreve: "Então chorei, e talvez não houvesse um melhor expediente (...). Nossa alma sabe bem o que ela faz, ou pelo menos seu instinto o sabe por ela...", e se essas lágrimas "... acabam de *enobrecer* Marianne na imaginação de seu amante", e fazer "... fé de uma *fidelidade de coração* que impedirá que ele não a despreze", tal capacidade de chorar fica claramente entre o consciente e teatral e o espontâneo e autêntico – e uma pista é o uso da palavra *expédient* [expediente]. Spitzer escreve:

> Era a sabedoria do instinto inato que lhe ditava as lágrimas que em si poderiam ser consideradas como testemunho de fraqueza, mas que, no caso, produzem o efeito que mesmo o cálculo mais refletido não teria podido produzir: o de fazer aparecer aos olhos do amante o *coração*, a *dignidade*, o *romanesco*, a *majestade*, mesmo a *divindade* de Marianne.[93]

Mas tais lágrimas não participariam, elas também, em algum grau, de um "cálculo mais refletido"? Ou seja, não poderiam ser vistas como um expediente teatral a ser utilizado publicamente com vistas a alcançar certo efeito no jogo social? Será que a própria escolha do termo "cálculo" por Spitzer, atributo masculino e aristotélico por excelência, não acaba mascarando o fato de que, no caso das mulheres, especialidade de Marivaux, se não há cálculo filosófico refletido há, sim, um cálculo ligado à performance social, à atuação no *monde*, sendo a *coquetterie* [coquetismo] o signo de tal forma de calcular não-masculina? Como sabe quem conhece a análise de Spitzer, ele se

93 *Idem, ibidem.*

concentra em descrever uma concepção filosófica feminina inusitada emanando da prosa de Marivaux, a qual iria contra a supostamente fenomenológica-existencialista, defendida por Georges Poulet. Tal concepção tem como lastro a ideia da "sagesse de l'instinct inné", ou seja, de uma verdade inata a lastrear toda *coquetterie* ou *frivolité*, justificando-a e legando-lhe força filosófica. Mas será que tal moeda de duas faces, indissociáveis – quais sejam: a face inata (a verdade do coração) e a face performática (o coquetismo) –, não se alicerçaria, ela também, em certa concepção da linguagem e da atuação no jogo social (na vida pública limitada do Ancien Régime) ainda mais esclarecedora a respeito da singularidade tanto de Marivaux quanto do romance de libertinagem?

Como vimos, o retrato feito por Spitzer de uma filosofia feminina que emanaria dos romances de Marivaux destaca a concepção de fala e atuação sociais na qual a leveza afetada (a frivolidade) é destacada e valorizada como fundamental. Poulet e Spitzer concordam em relação e um ponto: há em Marivaux uma nova intensificação do instante fragmentário na narrativa – embora Spitzer discorde da forma de continuidade que se contrapõe a tal fragmentação; para ele, trata-se da concepção da filosofia no feminino, de que falávamos.[94] Mas será que, em vez da ênfase de Poulet no "ser feito de nada" de corte existencialista, supostamente encontrável nos romances do autor de *Le paysan parvenu* [O camponês arrivista], uma concepção que anteciparia um "não saber onde se está" que se desenvolve em "não saber aonde se vai", numa percepção do nada sob a capa dos

94 *Idem*, p. 368 e 384-385. Spitzer aproxima a posição de Marivaux da máxima de Valéry segundo a qual "tout grand sentiment ne peut se maintenir tel que grâce à l'hypocrisie". Do nosso ponto de vista, usar "hipocrisia" seria demonstrar uma postura crítica insustentável: tanto em Marivaux, quanto nos romancistas de libertinagem, não há como pensar na expressão de sentimentos sem relacioná-la a algum grau de teatralização (atuação) no jogo social.

jogos sociais,[95] a obra de Marivaux não exporia de forma muito mais clara um otimismo da teatralização, da leveza de *salon*, sem dúvida ligada à concepção feminina de que fala Spitzer, mas também à do manejo calculado dos jogos sociais?

4.7. Marivaux e a concepção da fala e da atuação no *monde*

Desde o início de *La vie de Marianne* surge a tematização da fala e da própria escrita inseridas em um jogo social marcado pelo manejo feminino das aparências.

> Vi uma bela mulher cuja conversação passava por um encantamento, ninguém no mundo se exprimia como ela, era a vivacidade, era a finura [*finesse*] mesma que falava: os conhecedores não podiam aguentar de tanto prazer. A varíola a atacou, ela ficou extremamente marcada; quando a pobre mulher reapareceu, se resumia a uma tagarelice incômoda: logo vês como, antes disso, ela tomara emprestado o espírito de sua aparência [*seu rosto*].[96]

Se para a narradora-protagonista (e, pelo viés de Spitzer, para o próprio Marivaux) "ninguém tem mais espírito que nós [*as mulheres*], quando temos só um pouco...",[97] o problema passa a ser como expressar tal *esprit* por meio da escrita.

> ... falei há pouco de estilo, só que não sei o que é isso; como se faz para ter um? O que vejo nos livros, será bom? Por que, então, ele

95 Tal posição de Poulet está exposta em Spitzer, op. cit., 368-369.

96 MARIVAUX. *La vie de Marianne. Tome 1.* p. 11 (4). BNF-Gallica, cons. 26/06/2006.

97 *Idem, ibidem.*

> me desagrada tanto, o mais frequentemente? O de minhas cartas lhe parece passável? Escreverei assim de qualquer jeito.[98]

A opção pelo romance epistolar está devidamente justificada, embora se trate, como nas *Cartas portuguesas* (e como no primeiro romance de Crébillon fils, *Lettres de la marquise de M*** au comte de R**** [Cartas da maruqesa de M*** ao conde de R***], de 1745), de missivista única (ou seja, de um monólogo em cartas) e, diferentemente dos romances de Guillerages e Crébillon, de missivista que narra sua vida desde a tenra juventude até a velhice, como uma memorialista. Portanto, são memórias ficcionais compostas em linguagem de *salon*,[99] retomando a tradição memorialística em modo coloquial.

O importante paradoxo em que incorre tal tematização, tão integrada ao próprio estilo que Marivaux compõe – sua "marivaudage" –,[100] está no fato de que o elogio da coquete mundana convive com a ode ao despojamento de linguagem e de coração, ou seja, com o novo coloquialismo de tendência realista, expressão narrativa (de grande sucesso) do pano de fundo de "sabedoria do instinto inato" que Spitzer apontou como base daquele coquetismo. Retorna-se, portanto, à dupla: espontaneidade (despojamento) e frivolidade (coquetismo); a questão é: como sustentar o paradoxo de um "coquetismo espontâneo"? Como ser "teatralmente espontâneo"? Como costuma acontecer, tal paradoxo ajuda a refletir sobre as bases estru-

98 *Idem*, p. 13 (6).

99 Ver o próximo item, 4.8.

100 O neologismo nomeava também um dito ou um modo de conversar ao estilo de Marivaux, só que no dia-a-dia. FLEURY, Jean. *Marivaux et le marivaudage*. Paris, E. Plon et cie., Imprimeurs-Éditeurs, 1881. DELOFFRE, Frédéric. *Une Préciosité nouvelle – Marivaux et le marivaudage*. Paris, Slatkine, 1993 (Les Belles Lettres, 1955).

turais e temáticas da inovação de Marivaux, com as consequências na prosa de ficção que implica, incluindo aí o romance de libertinagem.

Tal paradoxo indica até que ponto vai a força da corrente sentimentalista na obra de Marivaux. Definida por Erich Auerbach como "literatura de lágrimas", tal corrente tem enorme repercussão entre os leitores da época e é, na verdade, a base do grande sucesso tanto de Marivaux quanto de Prévost nos anos que se seguem ao período da Regência. Auerbach relaciona o fascínio dos leitores do período com a natureza a um só tempo psíquica e sensorial das lágrimas: trata-se de um signo expressivo imediato, performático, de suposto sentimento íntimo verdadeiro. Em outras palavras, seria uma suposta eclosão da verdade psíquica pessoal no nível material e sensório. Ele aproxima, pertinentemente, tal signo de um sensualismo, ou seja, de um erotismo:

> ... a sua eficácia [*das lágrimas*], que está no limite entre o anímico e o sensorial, é aproveitada, revela-se especialmente apropriada para exercer o estímulo, composto de erotismo e de sensibilidade, que estava então na moda. (...) o elemento íntimo-erótico nas descrições e insinuações torna-se grande moda a partir da Regência.[101]

Acontecimento fenomênico, as lágrimas são como que o ponto irredutível da dimensão pessoal face ao social, bem como do psíquico face ao público.[102] São signo externo da sensibilidade que se quer

101 AUERBACH, Erich. *Mímesis*. São Paulo, Perspectiva, 1994 (1946), p. 355-356.

102 Há toda uma bibliografia sobre lágrimas e sensibilidade no século XVIII. Indiquemos apenas alguns títulos: VINCENT-BUFFAULT, Anne, op. cit.; DARNTON, Robert. *Lire au XVIIIè – La nouvelle Heloïse et ses lecteurs*. [Ler no século XVIII – A nova Heloísa e seus leitores]. Lyon, Presses Universitaires de Lyon, 1985; HAZARD, Paul. *La pensée europeènne au XVIIIè siècle*. [O pensamento europeu no séc. XVIII]. Paris, Fayard, 1979 (1946); MAUZI, Robert. *L'idée de bonheur en France au XVIIIè siècle*. [A ideia de felicidade na França do séc. XVIII]. Paris, Albin Mi-

interna e abstrata, como um substrato ou um "instinto" – no sentido metafórico de pertencer sub-repticiamente a todos os homens – que foge à visão. Spitzer nos esclarece quanto ao fundo da "sabedoria do instinto inato" que se depreende da narrativa de Marivaux:

> ... os modos indolentes [*nonchalantes*], quase dengosos, do autor de Marianne coinc*idem* admiravelmente com a definição do espírito de conversação, (...) enfim, de tudo aquilo em que Marivaux acha da cultura: falta de ostentação e de aparato, *savoir-faire* natural e espontâneo.[103]

4.8. Coquetismo e *conversation*

Incorporado ao próprio estilo da protagonista-narradora, a nosso ver o coquetismo que emana de *A vida de Marianne* coincide com a definição do "*esprit de conversation*" [espírito de conversação] que grassa na Europa pelo menos desde *O cortesão*, de Castiglione (que ganhou inúmeras traduções na França desde o século XVI até o XVIII). A arte de buscar a graciosidade com ares displicentes (que, no original, se nomeia "*sprezzatura*"), a aparência de facilidade e espontaneidade em toda e qualquer situação em sociedade, o constante e interminável prazer no trato, que inclui a improvisação de temas, gracejos e galanteios (já que as mulheres são alvo perferencial da *art de plaire* [arte de agradar], junto, é claro, com os superiores hierárquicos e o rei), sempre e a todo custo evitando a afetação, é um traço renascentista que chega ao início do século XVIII francês mantendo-se como referência máxima do nobre que transita na corte.

chel, 1998 (1960). Sobre a *sensibilité*, há um texto que a flagra como conceito a ser utilizado pelo historiador: CHARTIER, Roger (org.). *La sensibilité dans l'Histoire*. [A sensibilidade na História]. Paris, Gérard Monfort, 1987, com textos de Chartier, Georges Duby, Lucien Fèbvre, Robert Mandrou, Pierre Francastel.

103 SPITZER, Leo, op. cit., p. 389.

> Mas, tendo eu várias vezes pensado de onde vem essa graça, deixando de lado aqueles que nos astros encontraram uma regra universal, a qual me parece valer, quanto a isso, em todas as coisas humanas que se façam ou se digam mais que qualquer outra, a saber: evitar ao máximo, e como um áspero e perigoso escolho, a afetação; e, talvez, para dizer uma palavra nova, usar em cada coisa uma certa *sprezzatura* [displicência] que oculte a arte e demonstre que o que se faz e diz é feito sem esforço e quase sem pensar.[104]

A tradução da palavra *sprezzatura* sempre foi um desafio para tradutores de várias épocas, desde as primeiras edições. "A essência do cortesão é a *sprezzatura*, noção de que os tradutores têm bastante dificuldade de dar conta e que se situa a meio caminho entre a 'desenvoltura' e a 'graça': uma arte do comportamento, cuidadosamente elaborada e dominada com mestria, que evita toda afetação", escreve um historiador do reinado de Luís XV.[105] Na verdade, a continuação da análise traz seu ponto fundamental:

> Essa arte tornada uma segunda natureza faz esquecer todo artifício sobre o qual ela repousa, é condicionada por virtudes essenciais: o julgamento, a prudência, a moderação e a discreção. Assim preparado, o cortesão conhece perfeitamente a conveniência, ou seja, a adequação das palavras e dos gestos ao mesmo tempo ao lugar, ao momento, às pessoas e a sua própria condição.[106]

Fica clara a postura por assim dizer artificialista do perfeito cortesão, que sabe manejar a graciosidade da fala (da *conversation*) de acordo com o momento e a situação social, sem nunca deixar transparecer nem esforço, nem a própria natureza artificial (teatral)

104 CASTIGLIONE, Baldassare. *O cortesão*. São Paulo, Martins Fontes, 1997, p. 42.

105 HOURS, Bernard. *Louis XV et sa Cour*. Paris, PUF, 2002, p. 17.

106 *Idem, ibidem*.

da atuação em *société*: "Porém, pode-se dizer que é arte verdadeira aquela que não pareça ser arte; e em outra coisa não há que se esforçar, senão em escondê-la, porque, se é descoberta, perde todo o crédito e torna o homem pouco estimado".[107]

Percebe-se que a tensão em jogo no caso do cortesão – tensão que deve ser devidamente dissimulada – tem como lastro o poder que ele tem de lidar com qualquer situação que se lhe apresente: a introjeção da etiqueta (do decoro, ou seja, da *bienséance*) é nele total, e apesar disso ele consegue ter um campo de manobra ou de afastamento que lhe permite manejar a própria discreção. Se compararmos com a concepção subjacente à narrativa de Marivaux, veremos que difere da expressa por Castiglione – que, obviamente, o faz de forma mais explícita, pois se trata de um pretendido "manual", embora em nossa concepção moderna seja definido como uma obra em algum ponto entre as belas-letras e a filosofia. A protagonista-narradora Marianne valoriza ao máximo as aparências em sociedade e a forma como podem ser dominadas (femininamente). Mas acaba deixando transparecer – e essa é a tese de Spitzer – que um instinto, um substrato, uma concepção, uma antifilosofia comanda, por baixo, o jogo do coquetismo.

Em vez da manipulação cerebrina da *sprezzatura*, há um vigor sub-reptício do elemento feminino, que sabe valorizar o manejo da espontaneidade em sociedade, mas apenas na medida em que tal pseudoespontaneidade (ou "espontaneidade teatral") é sustentada e recebe sua energia daquele elemento supostamente universal e "instintual", ou seja, presente desde sempre, sem que se possa apagá-lo ou modificá-lo. Logo se nota que um naturalismo identitário (etológico?) de fundo rege tal visão que, no entanto, traz a novidade da glorificação da dimensão teatral característica da vida em sociedade,

107 CASTIGLIONE, Baldassare, op. cit., p. 42.

principalmente do ponto de vista das mulheres. Se o cortesão demonstra poder masculino de cálculo e estratégia para além das energias sociais que o constrangem, a protagonista de Marivaux demonstra uma energia feminina que governa (mas sem cerebralismos, sem o famoso controle do sujeito) o ímpeto sob as aparências. Ambos apresentam antecâmaras próprias, no primeiro caso como poder dissimulatório e autocontrole de modo a imperar nas situações concretas; no segundo, um elã um tanto mais misterioso e não de todo consciente, que sustenta o vigor da atuação frívola.[108]

4.9. A peça de La Chaussée

É em meio à tensão determinada por posturas narrativas como a de Marivaux, em *A vida de Marianne*, bem como de olhares críticos como o de La Chesnaye des Bois, francamente favorecedores de uma prosa *amusante et frivole* [agradável e frívola], contra a pretensão de verdade moralmente instrutiva, que surge a segunda tentativa de levar

108 Obviamente, não pretendemos defender uma hipótese de sexualização das posturas de Castiglione e Marivaux, o primeiro tendo representado uma suposta concepção masculina, o segundo, uma suposta noção feminina. Para nós, o problema desse tipo de sexualização de concepções está em que ele tende a reduzir imediatamente o foco de concepções historicamente determinadas, projetando nos autores do passado noções bastante precárias e redutoras de certas concepções atuais do que sejam discursos ligados a posturas masculinas ou femininas. Apesar disso, não se pode deixar de perceber – com Spitzer – que a posição das mulheres na sociedade da época de Marivaux o autoriza a construir personagens como Marianne, de onde emana a tal concepção mais generalizante. E que, apesar da proeminência das mulheres não apenas na época, mas até mesmo no texto de *Il Cortegiano*, os papéis sociais são muito diferentes, e o próprio título da obra do italiano faz referência apenas à versão masculina do ser social que se pretende descrever e aperfeiçoar: o cortesão. Além disso, como já apontado, a concepção percebida em Marivaux está presente mesmo em personagens masculinos, o que nos capacita a dizer que o modelo do "cortesão" de Castiglione estava pronto para ser posto em prática por cortesãs.

Pamela aos palcos parisienses. A análise de tal transposição cênica nos levará a entender melhor o choque intercultural que as duas vertentes parecem ter experimentado no momento e lugar em que nos concentramos neste estudo.

Seu autor, Nivelle de la Chaussée, optou por começar pelo episódio de Lincolnshire (apenas Lincoln, na peça), com a suspeita de La Jewks (a Mrs. Jewkes do romance) de que Pamela e Williams estivessem tendo um caso e planejassem fugir juntos. Milord (Mister B.) não crê nisso, já que o destino do jovem está em suas mãos. Alguns trechos de La Jewks parecem comentar, concisa e ironicamente, o perfil de Pamela para leitores franceses: "Triste, dormindo muito pouco, (...) / Chorando como uma idiota, escrevendo como quatro... ...".[109] Ou: "Bem! Bem! Todos os momentos são iguais com ela./ Sem cessar, diante da mínima palavra, pronta a se amedrontar,/ Sua selvagem virtude lhe vira a cabeça!/ (...) Uma menina espirituosa às vezes é bem tola".[110]

Quando Milord começa a falar, o tom muda completamente, e a seriedade patética que La Chausée procura o obriga a criar um patrão confessamente apaixonado desde o princípio: "Em que labirinto meu amor me lança!". Milord acha que foi muito apressado e bruto com a criada ao tentar demonstrar seu amor. Apesar disso, o medo que ela tem dele lhe parece mais vantajoso que a raiva, numa lógica confusa de sentimentos na qual há direito até para chamá-la de imbecil, adjetivo um tanto forte para um apaixonado *sensible*: "Jewks: Seu

109 La CHAUSSÉE, Nivelle de. *Paméla, Comédie, en vers et en cinq actes*, in *Œuvres de Nivelle de La Chausée*. Genebra, Slatkine Reprints, 1970, p. 271 (original: Paris, Chez la Veuve Dúchense Libraire, 1777, p. 8).

110 *Idem, ibidem* (p. 10 no original).

nome, apenas, fê-la desmaiar. Milord: Tanto melhor, nada me seria mais útil/ (...) Meu aspecto faria então essa imbecil morrer?".[111]

Na próxima cena, Milord ouvirá, escondido, a conversa entre Williams, Pamela e La Jewks. A criada pede a Williams que a tire dali. Ele tentara angariar aliados entre os proprietários da região, sem sucesso; uma luta de classes *avant la lettre*, ou pelo menos uma tensão entre elas se faz sentir na justificativa do fracasso: "Notei que entre os Grandes respeita-se o vício deles;/ Eles têm essa vantagem". Nesse meio, a virtude é desprezada "...Uma vez que o brilho da [*alta*] condição [*social*] não o acompanha./ (...) À inocência obscura [*no sentido de "sem prestígio social"*] não se dá nenhuma importância".[112] La Chaussée mantém também a ambiguidade da protagonista que, agora se sabe, não odeia para poder ser mártir por meio do medo – mártir a partir do temor de que, ao contrário de alguém decidido pela negaça (ou seja, alguém raivoso), possa ainda ceder às investidas masculinas: "Não é que ele seja detestável/ (...) Que ele despedace minhas correntes [*me liberte de seu jugo*],/ E eu lhe faria meus mais sinceros votos".[113] No fim ela confessa que... "A violência de sua paixão/ Altera [*nele*], somente para mim, um caráter feliz" – e o "somente para mim" indica que os fogos guardam seu aspecto amoroso por baixo da cólera.

No (por demais longo) diálogo com Pamela, Milord valoriza o grau de virtude de uma mera criada: "Se não é senão no estado a que estais reduzida,/ Tanta virtude não é fácil de conservar./ (...) A virtude mais pura e mais firme/ Raramente triunfa sobre a necessidade".[114] Diante da resistência inquebrantável de Pamela, Milord apela para um estratagema que Gustave Lanson reconhece em outras duas peças da

111 *Idem*, p. 272 (11 no original).

112 *Idem, ibidem* (14 no original).

113 *Idem*, p. 273 (17 no original).

114 *Idem*, p. 275 (24 no original).

época: "Milord... tendo lido, sem dúvida, *Mitríade* e *O avaro*, finge querer dar Pamela a Williams...".[115] O rapaz cai na armadilha, enlevado, e Milord, obviamente, explode de raiva: "...você destruiu minha estima [*por você*]", diz a Williams, que dependia de tal estima para seguir a carreira de pastor. Williams invectiva Milord pois "... Só se deve respeitar o amor legítimo".[116] Como em *Mélanide*, a legitimação do amor está no centro do jogo.

No diálogo com Pamela, quando esta diz que seu interesse em Williams era apenas como apoio para a fuga, Milord lança uma frase esclarecedora quanto a aspecto importante da peça – e que surgira apenas como pano de fundo no romance: "... no rapto não há nada que desonre", no que Pamela rebate: "Mas um liberador não é um raptor".[117] O tema surge explícito: o rapto (*enlèvement*) com intenções eróticas ou de casamento pode ser, até certo ponto, um mito, mas também se revela uma realidade no Antigo Regime. Exemplo entre muitos é o do duque de Fronsac, filho do marechal de Richelieu, que "... provoca um incêndio para raptar a filha de um comerciante e violá-la".[118]

Os termos *rapt* e *enlèvement* eram sinônimos de *violation* desde a Idade Média, na Europa, o que traz algumas confusões semânticas e algumas consequências para a própria compreensão do quadro dos estupros no Antigo Regime. Apesar do sentido moderno, "Não existe um texto que indique a necessidade de rapto e deslocamento [*da mulher*] para declarar uma defloração violenta", lê-se em uma compilação de sentenças.[119] No trecho da peça citado acima, o uso

115 LANSON, Gustave, op. Cit., p. 165.

116 LA CHAUSSÉE, Nivelle de, op. cit., p. 277 (32 no original).

117 *Idem, ibidem* (34 no original).

118 DELON, Michel. *Le savoir-vivre libertin*. Paris, Hachette, 2000, p. 57-58.

119 A. de Boniface. *Arrests notables de la cour du parlement de Provence*. Lyon, 1708, t. IV, p. 329, *apud* VIGARELLO, Georges. *Histoire du viol – XVIè-XXè siècle*.

de "ravisseur" [raptor] não deixa dúvidas: trata-se mesmo da ideia de rapto segundo o sentido moderno, ligada, obviamente, à de estupro. A consequência última do uso da imagem do rapto é que "... o estupro é ato de sexo tanto quanto ato de posse, exercício direto de uma ascendência, marca de um poder".[120]

O que hoje conhecemos como estupro se relaciona com outro mito menos corriqueiro no dia a dia do Antigo Regime: o *droit de cuissage* [algo como "direito de encoxar", no sentido de "copular"] ou *droit su seigneur* ["direito do senhor"], ele também evocado na cena acima, que radicaliza em forma de duplo sentido o que Joseph Texte caracterizará como o realismo de Richardson, que toca "com o dedo na vulgaridade das coisas".[121] Consistia no suposto direito do patrão de novas criadas ou governantas de passar a primeira noite de trabalho na cama, com elas. Obviamente, tal mito tão difundido na França de então compunha o horizonte de pressupostos dos leitores de Richardson, bem como dos espectadores de La Chaussée. Em 1735, o próprio Louis de Boissy havia escrito e feito encenar no Teatro da Ópera-Cômica *Le Droit du Seigneur ou le Mari retrouvé et la femme fidèle* [O direito do senhor ou O marido que voltou a si e a mulher fiel]. Antes dele, ainda em 1699, Dufresny lança *La Noce interrompue* [As núpcias interrompidas], em que um conde tenta casar a afilhada de sua esposa com um camponês de suas terras só para ter acesso à moça meses a fio. O mesmo Dufresny será mais explícito no título de *Le Droit du Seigneur*, 33 anos depois, estreando tal nome eufemístico para o *droit de cuissage*. Se Voltaire assina seu *Le Droit du Seigneur* só em 1762, em 1756, no *Essai sur les mœurs* [Ensaio sobre os costumes], já havia refletido bastante a respeito. Desfontaines (um homônimo do editor do *Observações sobre*

Paris, Éditions du Seuil, 1998, p. 62.

120 VIGARELLO, Georges. *Histoire du viol – XVIè-XXè siècle*, op. cit., p. 63.

121 TEXTE, Joseph, op. cit., p. 214.

os Escritos modernos) lança outro *Le Droit du seigneur* teatral, em 1784, mesmo ano da peça que difundirá a fama de tal direito até hoje: *Le mariage de Fígaro* [O casamento de Fígaro], de Beaumarchais, com música de Mozart. Na célebre peça, o conde de Almaviva intenta praticá-lo com Suzanne, noiva de Fígaro. Segundo ela, o conde quer "... obter de mim, secretamente, certo quarto de hora, a sós, que um antigo direito do Senhor... Você sabe como isso era triste!".[122]

Portanto, mesmo que no século XVIII tal direito não passasse de um mito, ele compunha o imaginário dos que assistiram à peça de La Chaussée, naquele 6 de dezembro fatídico, dia de sua única apresentação. E a cena citada demonstra claramente como ao escrever a peça ele trouxe para a boca de cena, mesmo que na forma de um duplo sentido, um tema no qual os leitores do romance não ousavam tocar abertamente em textos da época, embora sua presença difusa explique uma parte do frisson que o livro causou na França. Numa versão inglesa do romance para o palco, *Pamela, or Virtue triumphant* [Pamela ou Virtude triunfante], de James Dance, de 1741, a violação era nada menos que o acontecimento central do espetáculo.

> O ponto dramático culminante é a tentativa de estupro, e uma vez que essa situação se resolve, o suspense termina, o interesse enfraquece, e a peça morre uma morte prolongada. Demonstrando um senso teatral bastante estúpido, Dance coloca essa cena clímax no primeiro ato, depois do qual três atos de monotonia sem alívio são necessários para levar Pamela ao altar.[123]

122 BOUREAU, Alain. *Le droit de cuissage – La fabrication d'un mythe – XIIIè-XIXè siècle*. Paris, Albin Michel, 1995, p. 40.

123 KREISSMANN, Bernard. *Pamela-Shamela. A study of the criticisms, burlesques, parodies and adaptations of Richardson's "Pamela"*. Lincoln, University of Nebraska, 1960, p. 55.

Como se vê, o uso do estupro no primeiro plano, no palco, não era garantia de uma boa urdidura dramática, nem de sucesso de público ou crítica.

Retomando o fio da peça, com raiva de Williams e de Pamela, Milord chama outra governanta. La Chaussée apela, então, para o "reconhecimento": do fundo do teatro (com direito a rubrica: "Mad. ANDREWS, *ao fundo do teatro*"),[124] a senhora Andrews vai se chegando a Pamela até que esta perceba que ela, na verdade, é sua mãe. Ela enganou os patrões da filha e veio defendê-la. Pamela toma conhecimento do plano de Milord e La Jewks para vencê-la pela violência. O estilo patético é repetitivo, sem a graça que se via em *Mélanide*: "O artifício e a força... Ah! Tremo de pavor (...)/ O terror toma conta de mim, e minha razão se inquieta./ Só vejo objetos terríveis e confusos;/ Não sei onde estou; não me conheço mais...".[125] Segue-se uma reviravolta: Pamela teria se afogado, e a prova é suas roupas boiando ali perto, sem o corpo. Milord e La Jewks estão terrificados: Pamela está morta. A senhora Andrews se revela ao patrão e pede que deixe a filha ir para casa dos pais. Milord revela a morte de Pamela a Madame Andrews. Mas eis que Pamela aparece e conta que pensara em se matar, mas desistira no último segundo, e como álibi para sua fuga, jogara na água algumas vestes. Quando viu o patrão e a mãe desesperados, desistiu da fuga.

Feliz de revê-la, Milord chega a propor a ela aquilo de que sempre fugiu, como bom libertino: "Sempre fugi do himeneu [*casamento*] como se fosse um mal extremo;/ A riqueza, a condição [*social*], que digo?, mesmo um trono,/ Não teriam podido me forçar a me convencer [*a casar*]./ Quero bens de uma outra espécie:/ São os começos de

124 LA CHAUSSÉE, Nivelle de, op. cit., p. 280 (46 no original).

125 *Idem*, p. 282 (53 or.).

um coração,/ Do qual sou o primeiro e o último conquistador".[126] Um de seus argumentos é o fato de ter tido a ideia de se matar, caso Pamela tivesse mesmo morrido. Mas, bem ao estilo da Pamela do romance, a de La Chaussée também recusa. O estilo continua grandiloquente e vazio: "...para me assegurar a mais rara felicidade,/ Não ultrapassaria limites indiscretos,/ Que a natureza de forma nenhuma erigiu,/ E dos quais a razão padece! Minha escolha responde a tudo".[127] O fluxo patético parece, às vezes, levar a um aprofundamento psicológico: "Que assunto te força a se desdizer? (...)/ Ah! Milorde, (...) é necessário que eu saiba melhor calar./ Milord: O quê! Sempre os disfarces! Fala. Pamela: Temo vossa cólera"; ou "Eu queria, mas em vão, esconder de mim mesma/ Os movimentos secretos de minha fraqueza extrema... ...";[128] mas o tom *larmoyante* mantém-se prolixo, sem reviravoltas dramatúrgicas. Na verdade, diante da vida pregressa de Milord, Pamela teme que ele a engane com uma falsa cerimônia. Pamela diz a Miladi (o nome é grafado desta forma) que a ideia de "casamento ilegal" (como em *Mélanide*) fora a razão de sua recusa: "...temia o perigo certo,/ Aonde nos conduz, sempre, um casamento clandestino".[129] Milord tem preocupações típicas de um grande proprietário de terras: desconfia que a irmã boicota seu casamento de olho em seus bens.

Milord reencontra Williams, que lhe diz querer deixar Pamela para alguém que a mereça ("Eu estaria pronta ainda a lhe entregar sua fé,/ Se o amor inspirasse um ardor legítimo/ A alguém mais feliz e mais digno que eu"),[130] apesar do amor que sente por ela. Diante das desgraças do dia, Milord desmaia nos braços de Williams. Nesse

126 *Idem*, p. 284 (60 no original).

127 *Idem, ibidem* (61 no original).

128 *Idem*, p. 285 (64-65 no original).

129 *Idem*, p. 287 (71 no original).

130 *Idem*, p.288 (77 no original).

momento, retornam Miladi com Pamela e Madame Andrews. A irmã pede a Pamela que reviva Milord: é a única com tal poder. "Que som de voz tocante me faz recobrar a vida?", diz ele. Fica claro que Miladi convencera a criada a voltar para salvar Milord da morte. Ela, sabendo do desespero do patrão, sente que seu amor é legítimo (verdadeiro). Ele jura delicadeza, depois de tanta brutalidade contra a criada. Esta acredita pela primeira vez nele, ainda timidamente, depois de tantas páginas: "Minha mãe, minhas suspeitas começam a se extinguir". A mãe faz o mini-sermão final: "A modéstia desculpa e leva a tudo perdoar./ Aprume-se segundo o espírito de sua condição [*social*], e não segundo a licenciosidade./ Lembre-se de que, seja qual for o direito que ele possa te dar,/ Pode-se, com grandeza, conservar a inocência".[131] O suposto fecho do tipo chave de ouro é o subtítulo do romance de Richardson: "Bastante feliz de servir, eu mesmo,/ Como recompensa à virtude!".[132]

131 *Idem*, p. 289 (81 no original).

132 *Idem, ibidem* (82 no original).

A derrota das Pamelas: radicalizando o cômico contra as pretensões do sentimento

O fracasso em sequência de *Pamela na França, ou a Virtude melhor testada*, de Louis de Boissy, e da *Pamela*, de La Chaussée, respectivamente em março e em dezembro de 1743, animou a verve cômica de um autor obscuro, filho de um comerciante de tecidos com tanto talento para a escrita que, pouco depois de chegar a Paris, já se integrara aos *salons* e publicara dois romances. Quis fazer uma peça que pusesse fim à mania fracassada de transpor a personagem inglesa para os palcos da capital. Claude Godard, que passaria a assinar Godard d'Aucour (1716-1795), é hoje conhecido como autor de textos licenciosos, e do romance tido como libertino, *Thémidore ou Mon histoire et celle de ma maîtresse* [Temidoro ou Minha história e a de minha amante], de 1745. Em fins de 1743, tinha publicado as *Lettres du chevalier Danteuil à Mlle de Thélis* [Cartas do cavaleiro Danteuil à senhorita de Thélis] e as hoje mais conhecidas *Mémoires turcs* [Memórias turcas], história da estadia na França de dois turcos, na linha satírica, licenciosa e orientalista que vinha das *Cartas persas*, de Montesquieu, e chegava *n'O Sofá*, de Claude Crébillon. No teatro, como as duas *Pamelas* de que faz mofa, nunca obteve sucesso. Na verdade, um bom casamento (com uma prima em quinto grau de Madame de Pompadour) e habilidade para galgar bons cargos o livraram das dificuldades em geral reservadas aos autores de segundo ou terceiro time.[1]

La déroute des Paméla en un acte en vers (*Par Monsieur* ***) [A derrota das Pamelas, em um ato, em versos (Pelo senhor ***)] estreou 17 dias depois do fracasso de La Chaussée, a 23 de dezembro de 1743, obviamente no Théâtre des Italiens, templo das comédias. A ironia e simplicidade fazem dela a melhor das três peças – o que ninguém na época poderia chegar a imaginar, é claro. Um arlequim, como sempre desabusado, inicia a peça dizendo: "Não pude ir de novo, uma outra Pamela?/ Meu Deus, creio que esse nome/ Se tornará o nome por excelência...", sem saber que, além das outras peças que o século viria a ver sob o mesmo título, na França, pelo menos uma escritora de primeiro time batizaria a filha com aquele nome inglês – Madame de Genlis.[2] As peças anteriores são tratadas como

1 TROUSSON, Raymond, op. cit., p. 267-271.

2 Trata-se de Pamela Brûlart de Sillery (1777-1831), filha ilegítima com seu amante secreto, Philippe d'Orléans, duque de Chartres. Ao nascer, foi para a Inglaterra, e retornou para ser educada junto aos filhos legítimos do duque. Oficialmente, era um órfã adotada pela generosa governanta, a própria Madame de Genlis, preceptora dos filhos de Philippe. Aos 14 anos, parecida com o duque, era uma das mais belas mulheres da corte. Além de *Pámela ou L'Heureuse adoption*, conto moral típico da pedagoga Madame de Genlis (Limoges, E. Ardant et C. Thibaut, 1868), podemos citar: *Paméla française ou La Vertu em célibat et en mariage; dépeinte dans les Lettres de Messieurs D. Talbet et L. Mozingue; rédigées dans lê goût de Clarissa et Grandisson*, de Madame de Riccoboni, Amsterdã/Haia, 1768. E *Paméla ou la Vertu récompensée. Comédie em cinq actes em vers*. François de Neufchâteau. Paris, Chez Barba libraire, 1802 (estreou em 1793). Do mesmo modo, não tratamos, no presente estudo, das *Pamelas* do italiano Carlo Goldoni: *La Pamela*, de 1756, e *Pamela maritata*, de 1758, ambas escritas e representadas em Roma, para o público italiano. *La Pamela* surgiu logo depois de outra adaptação de um romance *larmoyant*, a peça *La peruviana* (1754), baseada em *Lettres péruviennes*, de Madame de Graffigny (1745). A versão do romance de Richardson foi a primeira peça de Goldoni a ser traduzida na Inglaterra, e Neufchâteau na verdade traduziu-a, três décadas depois de seu sur-

"duas crianças infelizes" que a mãe, a Pamela verdadeira, veio salvar do triste destino que "... Para sua infelicidade, conduzia a Paris". Ela pergunta das meninas e ouve, do arlequim: "Nesse palacete, há cerca de um ano,/ Recebemos sua irmã mais velha,/ Ela sofreu algum revés, mas segue sua vida,/ Sua irmã mais nova morreu no Faubourg S. Germain".[3] Como se sabe, era na rue des Fossés Saint-Germain-des-Prés, no Faubourg Saint-Germain, que ficava a Comédie Française, onde a *Pamela* de La Chaussée "falecera" na estreia.

Arlequim argumenta que Pamela não morrera "... por falta de gente,/ Seus belos olhos atraíram multidão". A plateia aplaudira ao vê-la, "... Mas, infelizmente, ela falou./ Um frio mortal a invadiu, ela caiu de fraqueza".[4] No enterro, gravou-se no túmulo: "Aqui jaz uma Beldade dolente/ Que acreditava deflagrar muitas lágrimas,/ Mas, quanto mais gemia,/ Mais atraía quem risse dela".[5] Arlequim confessa à mãe de Pamela que o público parisiense "... ri todo dia do trágico". A mãe das Pamelas pergunta da mais velha, e Arlequim diz que na peça dela, fez um "... verdadeiro papel de Diabo". Uma nota de pé de página explica: "*Na Pamela dos Italianos, Arlequim faz o papel de um Diabo cor de rosa, e só fala quatro versos*".[6] Arlequim trará ao palco a "Pamela dos Italianos", que, obviamente, vive ali no Hôtel de Bourgogne, onde fica o Teatro dos Italianos.

Ela reclama que "Sempre chega alguém quando eu quero escrever...". A senhora Pamela acha que essa Pamela Italiana não tem nenhum

---

gimento. Sua repercussão ficou limitada ao âmbito de Roma: só em 1762 o autor italiano aceita o convite para dirigir o Théâtre des Italiens, em Paris.

3 D'AUCOUR, Godard. *La déroute des Paméla. Comédie en un acte en vers*. Paris, Chez la Veuve Pissot, 1744, p. 4.

4 *Idem*, p. 6.

5 *Idem, ibidem.*

6 *Idem*, p. 8.

traço dela própria, a original. Diante da ameaça de desmascará-la, a Pamela Italiana adverte: "Por favor, guarde silêncio,/ [*Todos*] Já estão enclinados o bastante a criticar". E quando a mãe pergunta se ela nasceu na França: "Ora, não! Um *Francês em Londres*/ Foi o primeiro a me fazer ver Paris./ Eu tinha um outro nome...". A brincadeira é com o próprio Louis de Boissy, autor de *Le François à Londres* [Um francês em Londres], grande sucesso na Comédie Française ainda em 1725. O nome fora mudado porque ela ganharia as graças do público, já que "Sua história acabava de ser publicada", numa referência à tradução do romance.

Tal Pamela inautêntica "... só cedia em nome do casamento;/ Uma garota diante desse tipo de discurso pode resistir?". Obviamente, a Pamela original (inglesa) se revolta diante da facilidade com que a Italiana (na verdade, parisiense) aceita propostas amorosas: isso desonrará toda a família. Mais bem-sucedida que a Pamela "mais nova" (ou seja, a mais recente, a de La Chaussée), pois aguentou treze apresentações, a Pamela Italiana se orgulha de ter finalmente agradado Paris, "Depois de algumas correções (...)/, Em música, em balés, em decorações [*cenários*]...", ou seja, em outros meios que não a fala teatral propriamente dita. Teria havido uma moda de desenhos, ilustrações e mesmo objetos decorativos com o rosto suposto de Pamela, como houve na Londres da época? É o que o trecho sugere.

A Pamela Francesa reaparece, então, pedindo que um autor do Teatro dos Italianos a ressuscite, escrevendo uma nova paródia. Arlequim aceita, e aquela Pamela pede que eles fustiguem a plateia, de modo a exigir aplausos: "Na verdade é um caso estranho/ Que se chegue a controlá-lo [*ao Parterre, ou seja, à plateia*]".[7] A crer em Gustave Lanson, não era nada incomum que os diretores das companhias fizessem aquilo a que D'Aucour faz referência aqui, ou seja,

7 *Idem*, p. 18.

dessem indicações sobre a reação que desejavam por parte da plateia, basta lembrar dos *billets rouges* [bilhetes vermelhos] com instruções sobre os momentos certos para aplaudir e ovacionar o espetáculo em sua estreia. Arlequim aproveita para ironizar certos autores que fazem "... eles mesmos sua Crítica,/ Para evitar censores mais rudes; E que em seu humor pouco discreto,/ Em vez de condenar sua Obra,/ Dão lições aos Espectadores".[8]

Surge então uma mulher vestida de "Bohémienne", como se lê em itálico, na rubrica. É uma referência à *Paméla* de La Chaussée, na qual a mãe de Pamela aparece de repente disfarçada de governanta. "Bohémienne" significa "cigana", e decerto D'Aucour faz uma brincadeira com o fato de a senhora Andrews surgir falando todos os detalhes da vida da filha, como uma cigana que quer mostrar que sabe informações sobre a história pessoal de uma cliente. A mãe-cigana quer saber se a filha sabe de seu destino. Esta diz: "O Público me fez conhecê-la,/ Sincero demais, ele nada esconde". O duplo sentido é eficiente, pois Arlequim chama o público de "rusé bohémien", que significa "astuto cigano" ou "astuto boêmio". Arlequim rebate: "Ele [*o Público*] não fala ao azar/ Pois concebe no *Procope* [*café parisiense*]/ As sentenças que divulga em seguida por Paris,/ Suas decisões chegam ao palco,/ Sem ter visto tua bela mão branca,/ No exato nível do que tu vales, ele soube pôr o preço".[9] Ou seja, o público, nas noites boêmias do Procope, primeiro café de fama em Paris, desde 1669, favorecido por se localizar ao lado da Comédie Française, na Rua dos Fossés Saint-Germain, emite sentenças sobre as peças daquela noite, decidindo de sua sorte. É, portanto, tão cigano (que lê o futuro)

8 *Idem, ibidem.*

9 *Idem*, p. 20.

quanto boêmio, sem precisar ver sequer as linhas em "...votre belle main blanche" ["...tua bela mão branca"].

Arlequim faz as críticas irônicas devidas, dizendo que Pamela fica melhor na Comédie Française do que nos Italiens, pois... "Seu eterno tagarelar nos leva quase ao delírio,/ Não é preciso dizer tudo, sempre,/ [*Assim*] Não se tem nada para o dia seguinte". E completa: "Fale, fale, tolera-se isso [*os discursos*] aqui;/ Passemos ao reconhecimento", referindo-se, com pressa cômica, à praxe teatral clássica do "reconhecimento". A comicidade se completa em sua fala seguinte, quando Arlequim dirige a cena, incitando mãe e filha a aproveitarem a oportunidade: "Vamos, é no presente momento que preciso te abraçar./ O quê! O mais belo local [*e ocasião*] se deixa passar./ Para que serve, então, fazer um reconhecimento?".[10]

Encontrando-se pela primeira vez as duas Pamelas, inquietas com a original que quer puni-las, a Italiana diz: "Deixe, deixe gritar o mundo,/ É preciso nos aguerrir um pouco/ E enfrentar vigorosamente o Público quando ele ralha./ Ou então, saiamos daqui".[11] A Francesa, tentando sair do teatro, faz anedota de uma situação comum no meio teatral parisiense diante de estreias malfadadas: "...E por onde, então, seus Autores,/ Em certos dias de insucesso,/ Ganham suavemente a rua?" Estando a Pamela Francesa preocupada com o que os parisienses dirão de uma fuga pela janela, diz a Italiana, incentivando a outra a manter o tom cômico, e a abandonar o *larmoyant*: "...desça de sua gravidade./ Não é preciso, em sua miséria,/ Conservar tanta vaidade,/ Ages sempre com afetação,/ Não sabes senão recair no choro?" A outra responde: "É assim que se cativa os corações,/ Que se desperta o interesse dos outros, e que a alma en-

10 *Idem*, p. 24.

11 *Idem*, *ibidem*.

cantada...”; no que a Italiana: “Eis o belo, o lacrimejante,/ Mas está deslocado, não posso escutá-la/ Verter lágrimas agora;/ (...) quero fugir (...) E (...) Essa escada não é galante”.[12]

Dois versos impressos em itálico foram extraídos da *Paméla* de La Chaussée, “...*palavra por palavra*...” [“...*mot pour mot*...”], como avisa a rubrica, servindo de referência cômica: “*Pelo menos, teremos cavalos?/ Se formos à pé, seremos capturados*...”. A piada pode ter a ver com a passagem aparentemente incompreensível das *Anedoctes dramatiques* sobre a peça de La Chaussée:

> Na *Pamela* de La Chaussée, que não conseguiu fazer bem-sucedido esse Romance no Teatro, como fizera com tantos outros, um Ator se queixava de não ter tempo o bastante para fazer uma entrega; um outro respondeu: Você leva minha carroça para ir mais rápido. Esse verso fez redobrar as vaias contra a Peça, que desagradou completamente.[13]

Têm a ideia de se jogar no rio, como a Pamela de La Chaussée. Há referência – com direito a notas de rodapé – tanto a um *vivier* [viveiro de peixes], supostamente onde aquela Pamela quase se afoga, quanto à *trape* [alçapão]. Diz a nota, sobre este último: “*Na Pamela encenada nos Italianos, o Autor dessa Peça, para se desembaraçar do Jardineiro que Pamela iria desposar em prejuízo do Marquês, fá-lo desaparecer por um alçapão, e não se fala mais nele, é um diabo cor de rosa o responsável por esse prodígio*”.[14]

---

12 *Idem*, 28-29.

13 *Anedoctes dramatiques – Tome I.* Paris, Chez la Veuve Duchesne, Libraire, 1775, p. 535-536, in *CÉSAR* (http://cesar.org.uk/cesar2/dates/dates.php?fct=edit&performance_UOID=106872). Consultado em 17/10/2006.

14 D'AUCOUR, Godard, op. cit., p. 30.

Como se vê, o comentário autorreferente em relação à composição teatral é totalmente livre, com prejuízo para a reputação dos autores das duas *Pamelas* fracassadas. De fato, na cena burlesca do desaparecimento de Mathurin, o jardineiro enamorado da patroa, Boissy lançava mão da trupe de atores que encenariam o espetáculo final. Um deles, vestido de duende, pega Mathurin pela mão e este pensa estar sendo levado por um diabo para o inferno. "Sou defunto!..." ["Je sis défunt!...", em vez de "Je suis..."], diz, a ortografia mimetizando a fala rústica do jardineiro. Até Pamela é enganada, o que lhe permite um trocadilho gracioso: "Encontro, finalmente, um Amante que se adéqua a minha sina,/ O único que me amava discretamente;/ Ele queria casar-se comigo e o Diabo o carrega".[15] Os atores levam o pobre para uma adega e o deixam ali feliz, entre barris de vinho.

5.1. A Mãe Azul: a edição popular como personagem

É nesse momento da peça de Godard d'Aucour que surge a Mère Bleue (Mãe Azul), "...Das belas-artes mãe querida,/ A glória da Librairie,[16]/ A Impressora dos Livros azuis".[17] Para quem conhece a história da impressão de livros na França da época, é fácil saber do que se trata. É a figuração em forma de personagem da mais famosa coleção de livros populares do Antigo Regime francês. Segundo Roger Chartier, trata-se de uma "...fórmula editorial, inventada pelos Oudot em Troyes no século XVII, fazendo circular no reino livros baratos, impressos em grande quantidade e vendidos por ambulan-

15 BOISSY, Louis de. *Paméla em France*, op. cit., p. 75-76.

16 "Librairie" era o sistema de distribuição e venda de livros na França da época, obviamente oficializada junto ao Rei (a não ser no caso, tacitamente permitido, dos livros clandestinos, em geral anônimos e com nomes de editores ou local de impressão falsos). No século XVIII francês, os editores eram também "libraires", ou seja, livreiros, comerciantes de livros.

17 D'AUCOUR, Godard, op. cit., p. 31-32.

tes [*colporteurs*]...".[18] O fenômeno não é exclusivamente francês: "Na Inglaterra, os *chapbooks* (ou livros de ambulantes) são vendidos a um preço derrisório (...) e impressos às centenas e milhares..."; e na Espanha "...é no século XVIII que os *pliegos de cordel* encontram sua forma clássica, aquela de pequenos livretos de uma ou duas folhas, e uma difusão maciça, garantida em parte pelos ambulantes cegos que cantam seus textos versificados antes de vendê-los".[19] Segundo Robert Mandrou, historiadores da região de Champagne creditam o início da coleção ao desejo de publicar "...ao lado dos livros comuns encadernados com pele de novilho, com a lombada gravada em ouro, que tinham sido, desde os primórdios da atividade de impressão de livros, a forma normal de edição – pequenos livros in-12, in-32, de poucas páginas, ao gosto dos vendedores ambulantes [*colporteurs*]".[20]

Obviamente, os livros a se vender para gente menos endinheirada tinham de ser não apenas pequenos, mas de fácil leitura, daí o nascimento do mercado livreiro popular na França de então. O sucesso foi tamanho que por todo o país se passou a encontrar tais vendedores recheados de livros de capa azulada,[21] "...pequenos livros impressos sobre um papel sem qualidade, nada branco, granulado, que absorve tinta, mal alinhavado com um só fio, recobertos com uma folha azul sem título nem lombada; têm uma vantagem, no

18 CHARTIER, Roger. *Leituras e leitores na França do Antigo Regime*. São Paulo, Editora UNESP, 2003 (1997), p. 261.

19 *Idem*, p. 261-262.

20 MANDROU, Robert. *De la culture populaire aux 17e et 18e siècles*. Paris, Stock, 1975 (1964), p. 19-20.

21 CHARTIER, Roger, op. cit., p. 250. Ele aponta a "...difusão generalizada para todo o reino, incluindo as províncias meridionais, dessas histórias que não são mais publicadas apenas pelos editores de Champagne ou de Rouen".

entanto: são vendidos a um *sol* ou dois [*o "sol" era a moeda francesa da época*], e, portanto, são acessíveis a qualquer um".[22]

"Contes bleus" era uma das formas de se chamar os contos de fadas, os "contes borgnes" [contos tortos, ou mixurucas], ou "contes de loup" [contos de lobo, ou de malandro]. Mas eles não constituíam a maior parte do que os *colporteurs* vendiam. Havia, sim, narrativas curtas situadas no país da "Faérie" [Feitiçaria] (inclusive de autores de respeito, como Perrault e Madame d'Aulnoye), mas havia uma quantidade ainda maior de "...obras que tratam da vida cotidiana: calendários e livretos científicos e técnicos".[23] Os livros pios parecem ser ainda mais numerosos. Porém, o historiador Roger Chartier demonstrou que "...a denominação Biblioteca Azul não cobre os livros religiosos impressos nas mesmas formas e pelos mesmos editores – o que é confirmado pelos catálogos de Troyes que a reservam para os 'livros recreativos'...".[24] Havia também compilações de cânticos ofertados a algum santo, a Jesus Cristo ou celebrando a vindima; pequenos catecismos ou narrativas edificantes extraídas dos Evangelhos; obras de devoção, indulgência, preces; e as vidas de santos, os mais numerosos, segundo Mandrou.[25]

Ao lado dessas obras de fundo religioso ou moral e, segundo Roger Chartier, mais propriamente integrado ao que se convencionou chamar de "Bibliothèque bleue" [Biblioteca azul], havia uma prosa de ficção popular de puro divertimento, embora em menor número. "... são, a princípio, romances, historinhas ligeiras, sem outra pretensão que a historieta sem moralidade particular que é contada: *A paciência de Griselidis, A taberna de Suresnes*; são, sobretudo, farsas burlescas

22 MANDROU, Robert, op. cit., p. 20.

23 *Idem*, p. 43-44.

24 CHARTIER, Roger, op. cit., p. 249.

25 MANDROU, Robert, op. cit., p. 45.

(...) e canções profanas, pastorais, queixas de amantes da bebida...".[26] Na verdade, Chartier lembra que análise das edições pertencentes a A. Morin diverge totalmente da de Mandrou ao arrolar muito mais textos de ficção do que piedosos na Biblioteca Azul: 41,4% seriam de ficção, enquanto apenas 28,3%, de instrução. "Segundo esse *corpus*, os *best--sellers* são laicos, já que a literatura romanesca e cômica (13,2% das edições) e os romances de cavalaria (12,7%) vêm na frente, antes mesmo dos cânticos e cantigas de Natal (11,6%)".[27]

Entre as narrativas ficcionais havia o "...sucesso popular da figura nova e ambígua do 'bandido de grande coração'",[28] em obras como *História da vida, grandes ladroeiras e sutilezas de Guilleri*. E há ainda muitos livros de fundo sentimental, sobre o amor ou a morte, como o *Jardin de l'honnête amour* [Jardim do amor honrado] ou o *Imperfection des femmes* [Imperfeição das mulheres]; manuais de jogos de dados ou carteados; e narrativas pseudo-históricas sobre a França, com fundo mítico, nas quais Carlos Magno convive com encantadores e diabos. Por fim, pequenas peças de teatro, "...ainda que a palavra seja rude para designar uns pedaços de diálogos de poucas páginas, que se assemelham muito às narrativas burlescas dos Halles".[29] Mais uma vez, Chartier mostra que, ao contrário do que acreditava Mandrou, a maior parte dessas obras é extraída de títulos já existentes no mercado formado pelos editores-livreiros parisienses ou provincianos: "...na maioria das vezes, [*a genealogia*

26 *Idem*, p. 46.

27 CHARTIER, Roger, op. cit., p. 264.

28 CHARTIER, Roger, op. cit., p. 249 e o capítulo 8 do mesmo livro, "Figuras literárias e experiências sociais: a literatura da malandragem na Biblioteca Azul", p. 287-374.

29 *Idem, ibidem*. Os Halles eram o mercado municipal de gêneros de primeira necessidade, na Paris da época. Era, como se pode imaginar, uma movimentada babel de pessoas de baixa extração social.

dos textos que compõem a Biblioteca Azul] remonta a um texto de tradição erudita, e isso seja qual for a categoria de obras considerada". Na verdade, seguindo a lógica de absorver na Biblioteca Azul obras que estão perdendo fôlego no mercado da capital, não é só com o *Cozinheiro francês*, de La Varenne, que se observa o que é destacado por Chartier: "Graças aos impressores de Troyes, a obra inicia uma segunda e duradoura carreira no próprio momento de seu abandono pelos parisienses..."; decerto muitas obras fizeram o mesmo périplo.

Retornando a *A derrota das Pamelas*, a Mãe Azul passara a procurar por Pamela ao saber que ela viera para a França. De acordo com o que acabamos de ver, o público entendia imediatamente ao vê-la no palco transformada em personagem que se tratava de tentar resgatar a Pamela fracassada em Paris para a série de obras resumidas lançadas pela Biblioteca Azul: a prolixidade de *Pamela* encontraria finalmente um ótimo destino mais conciso. "Você então não viu a Gazeta à mão [*Gazette à la main*]?/ Você teria ido direto ao Faubourg S. Germain", indica Arlequim, referindo-se a outra instituição do Antigo Regime, um ancestral da imprensa, a *gazette à la main*, que era feita em redações por jornalistas *avant la lettre*, ou seja, por criados, comerciantes ou arrivistas bastante informados sobre as novidades dos *salons* parisienses.[30]

Arlequim descreve a Mãe Azul citando obras existentes: "Ela guarda em sua loja/ Essas obras de arte divinas da Pont-Neuf, tão conhecidas,/ *A compilação de Ditos espirituosos, Almanaques, Arte má-*

30 DARNTON, Robert. "Vies privées et affaires publiques sur l'Ancien Regime", in *Actes de la Recherche en Sciences Sociales*, nº 154, stemebro-2004, 24-37. O trecho a seguir é particularmente esclarecedor: "A famosa gazeta à mão da senhora Doublet se baseava (...) nos boatos reportados a cada manhã por seu doméstico depois de um *tour* pelos *concierges* dos palacetes parisienses. A crer em um relatório de um espião de polícia, esse criado podia ser considerado o primeiro repórter da história da França – e seus colegas, os primeiros profissionais de redação...", p. 29.

gica,/ Canções, Roger-Bom-Tempo, com Fortunatus,/ Ela está em voga também na Inglaterra?"[31] A resposta devia suscitar risos na plateia: "*Madame* Pamela: louva-se muito sua bela impressão" ["On y vante très-fort sa belle impression"]. Ora, todos ali presentes sabiam que a impressão dos livros da Biblioteca Azul era abaixo de sofrível. A fala da Mãe Azul refere-se a sua ampla difusão na França e, quiçá, fora dela, numa *boutade* sobre a empresa precursora do mercado de massa do século XX: "Imprimo para toda a Terra". Arlequim brinca: "E para o Zodíaco com permissão...". A Mãe Azul diz já ter "... a roupa toda preta por causa delas". Uma nota de pé de página explica: "*São os Manteletes de papel azul*",[32] ou seja, as famosas capinhas azuis da coleção, transformadas, no palco, em capas curtas femininas usadas por cima do vestido (mantelete).

O fio de referências vai continuar: com a permissão de Madame Pamela, a Mãe Azul promete que "A partir de amanhã eu as levo a Troye (sic),/ Os quatro Filhos Aymond as verão com alegria,/ Eles se tornarão, talvez, seus Esposos...".[33] Trata-se não só da referência à cidade francesa onde a Biblioteca Azul foi criada, no século XVII, e onde, desde então, foi editada e impressa, Troyes, mas também a um *best-seller* da coleção: *Histoire des quatre fils Aymon* [História dos quatro filhos Aymon]. O título aparece na resposta de associações de personalidades públicas de Mont-de-Marsan, na Gasconha, e de Carcassonne, mais ao sul, para a pergunta do questionário do abade Grégoire relativo "... ao *patois* e aos costumes das pessoas do campo", enviado a 13 de agosto de 1790 – ou seja, pouco menos de cinco décadas depois da época de estreia de *A derrota das Pamelas*. A

31 Pont-Neuf é a mais famosa ponte sobre o rio Sena, em Paris. D'AUCOUR, Godard, op. cit., p. 35.

32 *Idem*, p. 36.

33 *Idem, ibidem*.

pergunta, a 37ª do questionário, é simples: "Que espécie de livros se encontram mais comumente entre eles [*os camponeses*]?".[34] "A coleta dos títulos individualmente citados é magra: a *História dos quatro filhos Aymon* pelos Amigos da Constituição de Mont-de-Marsan e de Carcassonne...", revela Chartier.[35]

A Mãe Azul continua sua história hipotética: "Uma e outra, diz-se, queriam ser Condessa,/ Elas não perderiam nada; os quatro Filhos Aymon/ São de uma antiga Casa,/ Louva-se por toda parte a Nobreza deles...".[36] Segue uma referência cômica ao quase suicídio da Pamela de La Chaussée, encenada "nos franceses" (forma coloquial de referir-se à Comédie Française, na época). Parece ter intrigado os espectadores daquela peça o fato de o vestido de Pamela não estar molhado, mesmo depois do ocorrido no lago. Arlequim justifica, com ironia: "Ela só mergulhou um momento,/ Andando pelo pátio o sol a secou".[37] Ao ver as Pamelas chorando, Arlequim diz: "... nunca se chora aqui", em referência ao fato de o Teatro dos Italianos ser um templo à comédia.

A Mãe Azul cobre a Pamela Francesa com um pequeno presente: um mantelete feito de papel azul. Arlequim acha que a pequena capa serve-lhe "... à merveille" [às maravilhas]. A Pamela Italiana recusa o ornamento argumentando que "... Paris me vê ainda muito favoravelmente,/ E desses lugares não sou banida".[38] Diante do desespero da Pamela Francesa, que crê que elas nunca mais verão a luz do dia, a Mãe Azul garante que "... durante as boas estações,/ Vestidas com muita modéstia,/ Vocês passearão pelos Cais, pelas Pontes" [*ao*

34 CHARTIER, Roger, op. cit., p. 246.

35 *Idem*, p. 249.

36 D'AUCOUR, Godard, op. cit., p. 37.

37 *Idem*, p. 38.

38 *Idem*, p. 40.

longo do rio Sena, em Paris],[39] referindo-se à venda dos volumes da Biblioteca Azul às margens do Sena, como se vê até hoje – os *bouquinistes.* Surge então outra referência, quando a Mãe Azul diz, consolando-as: "...Tendo-as, algum dia, corrigido e revisto,/ Vocês serão o Tomo Segundo/ Da Inocência reconhecida".[40]

Les soupirs de Sifroi, ou L'Innocence reconnue [Os suspiros de Sifroi ou A inocência reconhecida] (1675) é o título de uma obra trágica do autor de narrativas licenciosas Pierre-Corneille Blessebois (1646?-1700?), autor também de *Le rut or La pudeur éteinte* [O Cio ou O Pudor extinto], *Histoire amoureuse de ce temps* [História amorosa deste tempo] e *Le Zombi du Grand-Pérou* [O Zumbi do Grande Peru (o país)]. Sua aparição na peça indica como as obras proibidas por licenciosidade no século anterior ainda deviam circular sob a capa azulada. Tal hipótese é corroborada pela resposta da sociedade dos Amigos da Constituição de Ambérieu ao questionário do abade Grégoire, em dezembro de 1790, na qual se referem a livros "..que os viajantes ou comerciantes introduzem nas (...) aldeias e que muitas vezes são perigosos aos costumes e mais ainda ao repouso público".[41] Roger Chartier acredita poder tratar-se de "...romances pornográficos impressos fora das fronteiras pelas sociedades tipográficas estrangeiras".[42] Ou seja, não são títulos da Biblioteca Azul, que não se arriscaria a uma perseguição totalmente desigual por parte da Libraire, órgão oficial de controle das edições na França de então.

A Pamela original, enfim, apressa-se a voltar à Inglaterra, "... Não possuindo, absolutamente, a arte de aumentar meus atrativos..." com as capinhas azuis oferecidas pela Mãe Azul. De fato, ela tenta es-

39 *Idem*, p. 41.

40 *Idem, ibidem.*

41 CHARTIER, Roger, op. cit., p. 253.

42 *Idem, ibidem.*

capar da vulgarização editorial de que percebe ser vítima fácil, caso continue em Paris. De repente, surgem no palco os personagens inusitados que participarão do "divertissement" [divertimento] dançado final. Numa última tirada de graça, trata-se tão somente de vários dos protagonistas de *best-sellers* da Biblioteca Azul. Lê-se, na rubrica: "*Entram Pierre de Provence, Richard sem Medo, a Bela Maguelonne, a Inocência reconhecida, os quatro Filhos Aumonds, sobre o mesmo cavalo, e toda a Biblioteca Azul* (sic)".[43] Sem Razão [Sans Raison], outro dos personagens saídos dos pequenos livros azulados, inicia uma ode cantada à Biblioteca Azul que nada deve aos *jingles* publicitários de hoje – denunciando um tipo de comicidade bufona e frívola de Godard D'Aucour diante do comércio de livros do momento: "Celebremos a glória/ Os belos Livros Azuis,/ Sua Revista famosa/ Torna-se o Templo da Memória (...)/ Novas brochuras da França,/ Nela vocês devem reinar...".[44] A ode derrisória atinge, é claro, os autores menores, da baixa boemia parisiense, aliás, como o próprio autor da peça: "Autores sem brilho,/ Desconhecidos do Parnaso,/ De que Paris está repleta,/ Em sua Revista/ Venha tomar parte; (...) Rimai de improviso,/ Toda Paris aguarda/ Que se façam boas estreias".

As referências chegam até certa Hélene, "*A impressora de Livros azuis que mora na nova Troye* [Troia]", segundo se lê na nota de rodapé. É comparada, por Ricardo sem Medo, à Helena da Troia mítica. "...De nossa glória resplandecente [*o sucesso dos livros azuis*]/ Até o próprio Aquiles tem inveja".[45] O vaudeville que se segue inclui mais advertências rimadas aos autores contemporâneos: "Um presunçoso Rimador/ Crê que a Peça seja incomparável,/ Certo de um sucesso lisonjeiro,/ É Roberto o Diabo,/ É Ricardo sem Medo:/ Vem enfim a hora crítica,/

43 D'AUCOUR, Godard, op. cit., p. 42.

44 *Idem*, p. 42-43.

45 *Idem*, p. 44.

Seus prazeres foram curtos;/ Em vão a sua Corja/ O Autor recorre,/ É um escritor de nossos dias".[46] Arlequim surge então "*...querendo compor uma Copla* [*Couplet*]". Mas ele fracassa confusamente: "Lá, lá, lá... O que eu quero dizer?... / Ah! plateia, meus amores,/ É você que me inspira... / Nenhuma rima em 'ores'... / Ao diabo, p'ra sempre, versos e dores". Por fim, no nível da própria plateia, a última estrofe é uma ode ao fracasso teatral:

Na plateia
Tremo por nosso Autor,
Nesse momento terrível,
Ele não está em seu louco ardor,
Nem Roberto o Diabo,
Nem Ricardo sem Medo:
É de vossa complacência
Que ele implora a ajuda,
Um pouco de indulgência,
Eis seu recurso,
É um Escritor de nossos dias.[47]

Depois do ponto final, na página seguinte, a "Approbation" [aprovação] do censor é uma última peça importante para dar acesso ao meio em que as três peças foram escritas, encenadas e publicadas. O censor escreve, em primeira pessoa, um texto burocrático, de pura praxe: "Li, por ordem de Senhor Tenente Geral de Polícia, uma Comédia que tem por título: *A Derrota das Pamelas*; e creio que se pode permitir a impressão dela. Em Paris neste sete de Janeiro de 1744". A assinatura é simples, apenas um nome: Crébillon. Trata-se de Prosper Jolyot de Crébillon (1674-1762), o autor teatral, rival

46 *Idem*, p. 45.

47 *Idem*, p. 46.

de Voltaire, autor de tragédias ao gosto clássico do início do século XVIII, como *Atrée et Thyeste* (1707) ou *Sémiramis* (1717). Era um dos 32 censores das Letras em 1744,[48] e seu filho, Claude Crébillon, sucedeu-o na função depois de sua morte – apesar de ter sido nada menos que o inventor do romance de libertinagem.[49] As contradições do momento se fazem notar facilmente: a peça que faz graça com os autores contemporâneos de terceiro time, bem como com seus fracassos (escrita por um autor de terceiro time...), termina com a aprovação de um censor de grande fama na composição de tragédias clássicas, e pai do criador da libertinagem literária.

48 SGARD, Jean. *Crébillon fils. Le libertin moraliste.* Paris, Éditions Dejonquéres, 2002, p. 225.

49 *Idem*, capítulo XII, "Le Censeur des Lettres" [O Censor das Cartas], p. 219-239.

A vitoriosa Pamela de Voltaire

Nanine, lançada por Voltaire em 1749, é mais uma prova de que a busca da mistura teatral entre o riso e a seriedade ou, em outros termos, entre uma *persiflage mondaine* [zombaria mundana] e o tratamento sério (às vezes moralista) do cotidiano foi uma espécie de Santo Graal estético para autores dos anos 1730 em diante. Na verdade, dessa vez a tentativa vinha de um autor de quem não se a esperava: Voltaire havia criticado tal obsessão como uma espécie de falta de gosto, ou seja, uma negação de preceitos básicos da boa composição teatral, marcando uma postura que, como veremos, demonstra a uma só vez conservadorismo estético e fina intuição sobre os perigos de se abusar do aspecto *larmoyant*. Toda sua estratégia será de atacar o que se passa a chamar de *tragédie bourgeoise* [tragédia burguesa] e de aceitar o *attendrissement* [enternecimento], mas só quando se mescla a ele o cômico. "Se você trata os interesses de um burguês no estilo de *Mitridate* [*a tragédia de Racine, de 1672, rimada em versos dodecassílabos, em estilo clássico canônico*], não há mais conveniências; se você representa uma aventura terrível de um homem comum em estilo familiar, essa dicção familiar, conveniente ao personagem, não o é mais ao assunto", escreverá ele em *Théâtre de Pierre Corneille, avec des commentaires* [Teatro de Pierre Corneille, com comentários], em 1764.[1]

Como também veremos ao tratar do prefácio a *Nanine*, o caminho para essa nova mistura é a ancestral tradição de tratar-se do amor no palco francês; a temática amorosa então será, para ele, a única capaz de evitar o ridículo do uso de um estilo elevado para tratar de temas (e condições sociais) baixos, corriqueiros, "familiares", em suma, burgueses. Dir-se-ia que Voltaire elogia "por vias tortas" a nova mistura de cômico (baixo) e trágico (elevado), se feita em doses medidas: aponta não para um avanço estético, como Diderot, mas para o uso do amor no teatro do Grand Siècle, em Corneille e Molière. Na verdade, o que ele elogia é a possibilidade de se passar do trágico ao cômico, do patético ao riso, sem perder a "conveniência", um sinônimo da época para o conceito clássico da *bienséance* (decoro).

6.1. Prefácio de *Nanine*

Conhecida como "a *Pamela* de Voltaire", a peça é, de fato, mais uma "variação sobre o tema Pamela" já desde o subtítulo: *Nanine ou Le préjugé vaincu* [Nanine ou o Preconceito vencido], uma espécie de reflexo especular semântico de "a virtude recompensada", tradução literal da *Virtue rewarded* original: a virtude é que vence o preconceito, sendo por isso recompensada. Na primeira edição da *Coleção completa das Obras do Sr. de Voltaire*, de 1756 (retocada por Voltaire, que morreria em 1778), em seu 10° tomo, a peça recebe outro subtítulo, aliás, bastante revelador quanto ao que destacaremos no item 6.2, "O *philosophe* enternecido", adiante: "*NANINE, OU O HOMEM SEM PRECONCEITO/ COMÉDIA EM III ATOS/ EM VERSOS DE*

1 Apud NAVES, Raymond. *Le goût de Voltaire* [O gosto de Voltaire]. Slaktine Reprints, Paris, 1967 (1938), p. 271.

DEZ SÍLABAS".[2] A variante, citada em uma pequena nota na edição da Biblioteca da Pléiade como suposto "*faux titre*" [falso título] da edição de 1775,[3] talvez tenha sido preterida ao longo dos anos por revelar, com rapidez exagerada, a diferença fundamental entre o Mister B. do romance inglês e o conde d'Olban da peça de Voltaire. De fato, é impossível considerar o juiz e dono de terras criado por Richardson como um "homem sem preconceito", se se entende que o autor francês usa o substantivo com o significado de "falta de respeito pelas hierarquias sociais". Isso porque, como é sabido, a trama se desenrola em torno do verdadeiro escândalo que é um patrão da época sequer pensar em casar-se com uma criada sua. Já o conde francês, como se verá adiante, é um aristocrata-filósofo com alto grau de indiferença diante das diferenças de estrato social.

O prefácio da peça já se encontrava no volume lançado em 1749, a única diferença sendo um trecho depois suprimido em que o autor reclamava reiteradamente de uma contrafação surgida com inesperada rapidez. O texto ganha importância crucial não só por sua singularidade na época, mas também como documento sobre uma transição na forma como o autor negocia com os "antigos" (ou seja, com a hegemonia do gosto da época, marcado pelo prestígio inabalável da tragédia de Racine e de Corneille, bem como da comédia de Molière)[4] o advento de novos gêneros "impuros" ou híbridos, segundo o gosto dominante. Com efeito, a singularidade parece

2 "*NANINE, OU L'HOMME SANS PRÉJUGÉ/ COMEDIE EN III. ACTES/ EN VERS DE DIX SILLABES*". Voltaire. *Nanine*, in *Collection Complète des Œuvres de Mr. de Voltaire. Première édition. Tome dixième. Oyvrages dramatiques avec les pieces relatives a chacun. Tome IV*. 1756. BNF-Gallica, p. 376 (357 no original).

3 *Théâtre du XVIIIè siècle*, op. cit., p. 1447.

4 Como se sabe, a "querela entre antigos e modernos" teve seus momentos decisivos por volta dos anos 1660 e dos anos 1690. Mas, como também se sabe, seus efeitos e conseqüências se estenderam por várias décadas depois, e ainda

advir do fato de Voltaire se sentir obrigado a justificar-se a respeito de seu exercício de *comédie attendrissante* [comédia enternecedora], diferenciando-o, se possível fosse, do novo rótulo *comédie larmoyante* [comédia lacrimosa], que La Chaussée logo encampará como novidade positiva, apesar da ironia nele implícita. De forma ainda mais intensa, ataca o nome *tragédie bourgeoise* [tragédia burguesa], o que indica a força negativa que este tem naquele momento para ouvidos "antigos" – levando a inferir a estratégia ousada de Diderot, em 1757, ao inserir no debate a variação *drame bourgeois* [drama burguês].

Quanto ao momento de eclosão desse debate sub-reptício ao gosto dominante daquele momento, pretendemos mostrar adiante como ele começara a se explicitar ainda nos anos 1735-36, principalmente com *L'amitié rivale (de l'amour)* [A amizade rival (do amor)], de Fagan (1735), e com *L'enfant prodigue* [O filho pródigo], do próprio Voltaire (1736, cujo prefácio foi publicado três anos depois). Aí estaria localizada a primeira menção à *comédie larmoyante* que, como vimos nos Capítulos 3 e 4, logo depois será encampada com tal nome por La Chaussée como uma espécie de bandeira estética própria – sua *Paméla* sendo tentativa de buscar na personagem de Richardson uma chancela "internacional" para o novo gênero. Citando apenas uma passagem do prefácio de 1738, vemos que Voltaire usa a palavra "*larmes*" [lágrimas] de forma positiva, embora lhe pareça recurso estético extremado ("...até as lágrimas"). Também a aproxima do sentido de *attendrissement,* de sua preferência; este seria um *larmoyant* em menor intensidade:

> Não se infere daí que toda comédia deva ter cenas de bufonaria e cenas enternecedoras. Há muitas ótimas peças em que só reina

era subreptícia às discussões tratadas neste capítulo. Ver nota 296, no item 1.17 (Capítulo 1, acima). Cf.: DeJEAN, Joan. *Antigos contra modernos,* op. cit.

a alegria; outras, bem sérias, outras misturadas, outras em que o enternecimento vai até as lágrimas.[5]

Mas continuemos no prefácio de 1749, antes do recuo estratégico a 1738. Escolhendo como alvo de crítica o hoje obscuro autor de um texto sobre a *comédie larmoyante*, Martin de Chassiron, Voltaire desenvolve uma argumentação pouco linear, talvez por conta de sua posição semi-antiga, semi-moderna, o que talvez tenha levado Flaubert a assim descrevê-lo, no século seguinte: "Préface peu franche et peu explicite" [Prefácio pouco franco e pouco explícito].[6] E, no entanto, o texto toca em pontos cruciais para se entender a posição de alguém que negocia com os limites do gosto consagrado pela academia a partir de seu interior – já que Voltaire fora eleito Historiógrafo de França em 1745 e, no ano seguinte, entrara na Académie Française. Era o coroamento institucional e também uma resposta bastante vigorosa às críticas do grupo de Desfontaines, Fréron e Fagan.

O prefácio começa, portanto, com a referida polêmica com Martin de Chassiron, autor das *Réflexions sur le comique larmoyant* [Reflexões sobre o cômico lacrimoso], lançado no mesmo ano de surgimento da peça, 1749. Voltaire logo se dedica a provar a hipótese de que a respeitada tragédia francesa do Grand Siècle já mostrava uma tendência forte a incorporar o estilo baixo das comédias no que tocava ao tema amoroso, principalmente antes do surgimento de Molière. Também Corneille é referência, como é sabido no caso do autor dos *Comentários sobre Corneille*: ele teria praticado de forma até graciosa essa "mistura condenável", em início de carreira. Sem faltar, é claro, um "antigo", como garantia do valor dessas experiências de

5 VOLTAIRE. *L'Enfant prodigue*, in *Collection Complète des Œuvres de Mr. de Voltaire. 1ª édition. Tome X*, op. cit. BNF.Gallica, p. 103 (84 no original).

6 Apud *Théâtre du XVIIIè siècle*. Paris, Gallimard, 1972, p. 1444.

mistura do baixo cômico com o alto trágico: Terêncio, pai da "alta comédia".[7] Mas o objetivo de Voltaire é, pura e simplesmente, responder à sua maneira às questões colocadas por Chassiron (que não é nomeado no prefácio, sendo chamado apenas de "acadêmico de La Rochelle"): seria a *comédie larmoyante* aceitável?

Nos zigue-zagues iniciais de sua argumentação, há o ataque à "*tragédie bourgeoise*", condenada também por Chassiron. Segue-se uma pergunta que só o romance moderno responderia a contento: "Em efeito, o que seria uma intriga trágica entre homens comuns? (...) seria faltar a uma só vez o objeto da tragédia e da comédia; seria uma espécie de bastardo, um monstro nascido da impotência de fazer uma comédia e uma tragédia verdadeira".[8] No entanto, naquele momento a via do cômico lhe parecia a única possível para tratar de personagens comuns e de fatos cotidianos, objetivo final do "monstro estético" que tantos autores buscavam – ou que o contexto social e cultural impunha, contra os modelos canônicos.

Depois do ataque inicial a uma suposta *tragédie bourgeoise*, Voltaire vê no tema amoroso a via de construção do desejado "monstro tragicômico", a *comédie larmoyante*, sem nomeá-la desse modo. Ele parte, então, para a defesa do uso da linguagem amorosa corriqueira na tragédia e na comédia clássicas: Corneille, Racine e Molière a utilizaram em algumas passagens. Nelas se percebe a "... simplicidade, que tem seus charmes, a ingenuidade, que às vezes tem mesmo algo de sublime...", as quais, crê ele, podem levar ao patético. São momentos em que "...a tragédia se abaixa e (...) a comédia se eleva, que essas duas artes se encontram e se tocam".[9] É claro que "...se toda a peça do *Misantropo* [*de Molière*] mantivesse esse tipo de gosto,

---

7 *Théâtre du XVIIIè siècle*. Gallimard, Paris, 1972, p. 873-874.

8 *Idem*, p. 871.

9 *Idem*, p. 874.

não seria mais uma comédia...", do mesmo modo que "Se Oreste e Hermione se exprimissem sempre como se acabou de ver, isso não seria mais uma tragédia".[10]

Portanto, para Voltaire, somente o tema do amor justifica o rebaixar-se da tragédia e o elevar-se da comédia. Mas, como anunciado, o argumento segue excluindo a via da pura e simples "degradação da tragédia": é a comédia que pode emergir, se o autor souber fazer suceder um riso controlado às lágrimas também limitadas. Estas últimas seriam apenas uma via relativamente fraca para o verdadeiro patético, ou seja, seriam algo como um "semi-sublime", como vimos (daí tanta reticência: "...simplicidade, que *tem seus charmes,* a ingenuidade, que *às vezes* tem *mesmo algo de* sublime"). Para Voltaire, sem o riso, a comédia perde sua essência; e só com lágrimas, é a tragédia que a perde.

O cuidado extremo em não diminuir em demasia o grau de comicidade fica claro mesmo na escolha formal do verso de dez sílabas, que já tinha sido usado naquela que é considerada a primeira tentativa de uma "comédia enternecedora" da lavra de Voltaire, *L'enfant prodigue* [O filho pródigo], de 1736, cujo esclarecedor prefácio logo examinaremos. Como se sabe, o verso de doze sílabas era o hegemônico no teatro do Grand Siècle, inclusive nas comédias. Raymond Naves chama a atenção para isso, em 1938:

> ...o lacrimoso, misturado ao cômico, ainda é aceitável, mas representa um limite e, para bem marcar sua natureza, que o liga à comédia, Voltaire inventa de rimar *Nanine* e *O filho pródigo* em decassílabos, versos rápidos que convêm às narrativas agradáveis (vide a *Virgem* [*A Virgem de Orleãs,* ou seja, *La Pucelle d'Orléans,* é o poema satírico de Voltaire sobre Joana D'Arc, lan-

10 *Idem,* p. 874.

> çado em 1762 em meio a grande polêmica]) e que não permitem tiradas "sérias"...[11]

Naves chega a contrapor o projeto de Voltaire ao dos mentores da comédia lacrimosa:

> ...ele tem cuidado igualmente em juntar ao tema enternecedor algum personagem burlesco, algum "original", que mantém a peça em sua medida. Ao contrário, a tragédia burguesa, o drama de La Chaussée e de Diderot, pretende emocionar profundamente, e sem contrapartida; nesse caso, há dissonância entre o tema e a forma, e o gosto se sente chocado...[12]

Ao defender a possibilidade de o bom comediógrafo levar o espectador do semipatético (do *larmoyant*) ao riso decoroso, Voltaire acaba chegando a uma inversão inesperada, embora coerente com os novos ventos que o século anuncia. Afirma que "...essa passagem [*do enternecimento para o riso*], por mais difícil que seja de alcançá-la em uma comédia, não deixa de ser menos natural aos homens".[13] Mantém ainda a pose clássica ao dar como exemplo um episódio tirado da pena de Homero. Porém, no parágrafo seguinte, leva o argumento à conclusão talvez desejada, ao exemplificar com a batalha de Spire, de 1703, em que a resposta-piada de um soldado francês a um oficial alemão se difunde pela tropa francesa, "...de boca em boca, e se ri no meio da carnificina".[14] O exemplo guarda ainda algo de heroico, dado o peso do próprio cenário, o campo de batalha. Mas o esboço de *grand finale* do prefácio não deixa dúvida sobre o *front* em que Voltaire está lutando: "Que miserável e vão trabalho de argumentar contra a experiência! Se

11 NAVES, op. cit., p. 270-271.

12 *Idem*, p. 271.

13 *Idem*, p. 875.

14 *Idem*, p. 875.

esses que assim argumentam não se deixam convencer pela razão, e preferem os versos, citaríamos esses:/ *O amor reina pelo delírio/ Sobre este ridículo universo...*", e seguem-se versos de louvação ao amor como tema admissível na tragédia, na comédia, na elegia, no madrigal brincalhão, pois "*...todos os gêneros de poesia,/ De Virgílio a Chaulieu,/ São tão submissos a esse deus/ Como todos os estados da vida*".[15]

A graciosa pirueta final do autor revela a mudança de perspectiva sem ferir suscetibilidades, num estilo de Corte caro a Voltaire, em que o tom de frivolidade parece preparar ouvidos menos afeitos a mudanças. Em certo sentido, o incômodo de Flaubert com o prefácio talvez se explique pelo recurso à louvação de tema tão amplo quanto idealizado para um autor da época realista do novecentos – o amor –, ainda por cima justificado graças à autoridade de textos de quase um século de antecedência (é o caso das peças da mocidade de Corneille), como forma de defender um gênero novo. Como, digamos, "peça de negociação" o prefácio se sustenta; mas ele leva o selo da duplicidade, principalmente no final conciliador, e talvez tenha sido isso que levou o autor de *Madame Bovary* a ver nele falta de franqueza e de clareza argumentativa.

Mas a passagem final também deixa claro que Voltaire já se sente à vontade para incluir não as *convenances* (conveniências) formais como balizas do aceitável em termos de riso e lágrimas, mas pura e simplesmente um fato corriqueiro, extraído da experiência vivida, com o qual a escrita da peça deve ser afetada: veem-se homens passarem do patético ao risível *a todo momento, na vida real*. Se, nove anos antes, Richardson tinha tomado a via da verossimilhança de um "patético banal e cotidiano" em prosa por meio da discussão moral e amorosa – o amor imbricado à moral –, um Voltaire inesperadamente afável com a nova idéia polemiza com toda a tradição clássica teatral – mesmo que

15 *Idem*, p. 875.

desemboque no tom frívolo final – para propor que o tema do amor seja o filão a permitir, por via do "enternecimento", uma mimese teatral séria do cotidiano (com personagens baixos, na escala social, bem como com linguagem próxima do coloquial). A salvaguarda do riso obrigatório após o enternecimento, para que a comédia continue a ser comédia, não invalida o feito: conseguiu-se, com os personagens e temas corriqueiros, da comédia, atingir certa sublimidade.

Falta destacar que essa concepção, clara no texto do prefácio, favorece uma sintonia de Voltaire em relação à nova forma de produção e recepção "sentimental" ou marcada pela "*sensibilité*", segundo a definição dada no Capítulo 3, acima. Com efeito, o autor favorece uma busca de sensações do leitor ou do espectador, certamente sensações comparáveis às experimentadas em uma situação extrema, como uma batalha, mas que nada têm a ver com a tradição artística canônica: como "crítico" ou pensador do teatro, Voltaire aponta para a valorização do sentir do espectador, em contraste com as referências clássicas do autor. Ao leitor-espectador como decodificador passivo se quer substituir o leitor-espectador sentimental e sensorialmente envolvido.

6.2. O filósofo enternecido

Mas como situar a própria peça no contexto do que está discutido polemicamente – embora de forma branda – em seu prefácio? E como ler a peça como um diálogo transcontinental com o "fenômeno" *Pamela*?

Comecemos pelo personagem do conde d'Olban. Trata-se de um nobre *sui generis*, já que busca um amor verdadeiro. "O brilho vos agrada; você põe grandeza/ Nos brasões: quero-o [*o brilho*] dentro do coração".[16] Já está posto aí, desde a primeira cena do primeiro ato,

16 *Idem*, p. 391 (372 no original).

o contraste de base entre, de um lado, o *gentilhomme* (cavalheiro), tipo ideal do aristocrata, único que a baronesa considera digno, pois se preocupa com o *rang* (a hierarquia, a categoria, a alta condição social), e, de outro lado, o *honnête homme* [homem honrado], um tipo social mais recente, que tem a ética e o decoro social pessoais como duas balizas a compensar seu trânsito mundano também louvável. Responde a baronesa: "Ousarias trair insolentemente/ De sua categoria toda conveniência,/ Humilhar, assim, sua nascença,/ E, na vergonha em que seus sentidos estão mergulhados,/ Desafiar a honra?"[17] Pelo que parece, a baronesa não conhece e não deseja admitir um conceito de honra diferente do tradicional. Por seu lado, o que deseja um conde d'Olban com perfil de *philosophe* de seu tempo é desvalorizar o peso dado socialmente às hierarquias – o que contrasta frontalmente com sua condição e, na verdade, representa uma crise vinda do interior mesmo dessa classe social. Percebe-se aí uma estratégia bem voltairiana de cooptar o cortesão da plateia no sentido de identificar-se com o *philosophe*, este último aparecendo como um *honnête homme* compenetrado nos estudos e nas descobertas de seu tempo. (A equação evolutiva idealizada seria: *gentilhomme* → *honnête homme* → *philosophe*).

A nova "honra", que poderia ser descrita como a passagem da *honneur* [honra] aristocrática (por feitos em guerras, por nome de família etc.) para a *honnêteté philosophique* [honradez filosófica], implica uma nova antropologia. "O macaco nasce para ser imitador,/ E o ho-

17 *Idem, ibidem*. Percebe-se, aqui, como é o "discurso do coração" que parece impudente ("descarado", "insolente": termos que equivalem a *impudent*) aos olhos da aristocrata de cepa. Não por representar a *débauche*, mas, ao contrário, por ir contra um dos pilares da aristocracia, a *naissance*. A "vergonha onde os sentidos estão mergulhados" é a ilusão de uma suposta "verdade do coração", sendo *sens*, nesse caso, um sinônimo de *sentiment*: o caráter materialista do "sentimentalismo" fica claro ao se apontar o elo entre os sentidos e os sentimentos.

mem deve agir segundo seu coração", diz o conde, como uma deixa para a pronta ironia da baronesa: "Veja, você fala como homem livre, como sábio./ Vá, ame as garotas do interior...".[18] Em conversa com a baronesa, Nanine se refere a "...um livro Inglês..." que está lendo, cujo autor "...pretende que os homens são irmãos,/ Nascidos todos iguais...".[19] Mas não vinga a tentativa de Nanine de passar por uma leitora descrente, pois quando ela diz: "...são quimeras;/ Não posso acreditar nessa igualdade", a baronesa já sabe que o conde professa a mesma estranha antropologia, que chega a exercê-la na prática, pois enamorou-se da serviçal, e que, para cúmulo, ameaça tornar pública tal desonra, assumindo seu amor. Por isso se incomoda tanto com o que chama de "fundo de vaidade" que a leitura teria atiçado na criada. No começo dessa cena, a 5ª do primeiro ato, a baronesa tinha se surpreendido com um tipo menos subjetivo ou abstrato de vaidade, ou seja, a estampada na forma de Nanine se vestir: "A baronesa: Como ela está vestida! E que compostura! Não é feita para uma criatura/ De sua espécie. Nanine: É verdade. Eu juro a você,/ Por meu respeito, que em segredo eu ruborizei/ Mais de uma vez por estar assim vestida".[20]

Lembremos que se trata de tema de suma importância em *Pamela*, onde certas descrições de vestuário servem para avaliar, às vezes em minúcias, se há traços de arrogância subalterna na forma de a criada se vestir em ocasiões específicas. No romance, ela é costureira, o que aproxima metaforicamente o tema das roupas que uma criada usa (em outras palavras, da imagem pública relacionada a um estrato social) da outra atividade central de Pamela, a escrita. Assim, costura e escrita/leitura determinam traços básicos da personagem: eles a distinguem pelo poder de manipular sua própria aparência

18 *Théâtre du siècle XVIII*, op. cit., p. 882.

19 *Idem*, p. 888. Voltaire. *Nanine*, op. cit., p. 400 (381 or.).

20 *Idem*, p. 887.

(como qualquer costureira; hoje se diria: estilista), bem como pelo poder de manipular as palavras e, por extensão, os sentidos e a "leitura" (no sentido de "interpretação") do que se passa no seu cotidiano sob as vistas de Mr. B. Na primeira aproximação de Mr. B. em relação a Pamela, ainda na primeira carta, ele informa: "...Serei um amigo para você, e você deve cuidar [*da limpeza e dos ajustes*] de minha Roupa".[21] Vinte e três cartas depois, fica claro o poder da costura como forma de aumentar a autoestima, bem como de manipular as aparências – no caso, a ponto de embaralhar olhares identificadores. Se desde a primeira carta Mr. B. presenteia a criada com roupas de qualidade, em geral herdadas da ex-patroa, mãe de Mr. B., incluindo roupas de baixo femininas, como *shifts*, ancestral das *chemises*, e aventais, como na carta 6, ele chega, na carta seguinte, a lhe dar sapatos de seda, adornos de cabelo, meias de algodão e seda e até espartilhos.[22]

Um episódio é particularmente esclarecedor sobre o tema. Logo após a visita de quatro *ladies*, amigas do patrão, que destilam ironias quanto à proximidade dele com a criada, assim como muitos elogios à beleza da moça (o que a agrada), Pamela descreve para os pais, na carta nº 24, a noite em que resolveu vestir roupas mais humildes, adequadas ao convívio fora de uma casa nobre, preparando-se para voltar à casa dos pais, para espanto dos outros empregados da casa e de Mrs. Jervis. Nem a criada Rachel, nem a governante a reconhecem, e esta última diz: "*Pamela!* Assim metamorfoseada!" ["... Thus metamorphos'd!"].[23] Logo entra o patrão, que não escapa à ilusão de ótica e ainda se interessa eroticamente pelo que julga ser uma moça pobre da redondeza. A atração não tarda em revelar sua dimen-

21 RICHARDSON, S. *Pamela*. Londres, Oxford University Press, 2001 (Ed. 1740). p. 11.

22 *Idem*, p. 19.

23 *Idem*, p. 55.

são de curto-circuito de identidades: Mr. B. se sente tanto mais atraído quanto mais a suposta aldeã se parece com Pamela, como se fosse uma irmã menos virtuosa. "Ouso dizer que você é a Irmã de *Pamela*"; e, afinal, "Eu não teria modos tão livres com sua *Irmã*, você deve acreditar; mas eu devo beijar *você*".[24]

Essa permissividade de dois pesos e duas medidas é reiterada em um trecho excluído da edição de 1801, talvez indicando que a nova versão abranda certas arestas: "...decerto devo ser inocentemente descomedido [*free*] com você, embora eu não fizesse a ela tanta Concessão".[25] A reiteração mantém, mesmo que no limite, a ambiguidade típica do protagonista: a liberalidade (inocente?) com a irmã menos bem-vestida de Pamela pode ser realização de impulso erótico, interdito no caso da subalterna, mas reforça o respeito que o patrão reserva à Pamela verdadeira – sua "triste vexação" não incluiria, portanto, uma certa sensação de ser lisonjeada?

A reação de Mr. B. é análoga a sua raiva diante das cartas de Pamela: o grave é o poder manipulador do disfarce. "...sua pequena Vilã! (...) Quem é esse que você envolve com seus Truques? (...) então você deve se disfarçar, para me atrair, e ainda fingir, como uma Hipócrita que você é...".[26] Se quanto à importância da escrita e da costura na construção da personagem e do romance não pode haver dúvidas, a verdade é que têm funções e pesos diferentes. Assim como cartas são instrumentos privados que podem tornar públicos (para fora da casa) atos por demais privados (a ponto de almejarem o segredo), o vestuário é instrumento público que reitera a condição social dos indivíduos, mas que, usado como "Trick" [truque] (ou seja, de forma particular), pode embaralhar as distinções sociais consagradas. Num

24 *Idem*, p. 56.

25 *Idem*, p. 57.

26 *Idem*, *ibidem*.

caso, o crime é revelar a vida privada que sempre se subtraiu à hierarquia pública, e que a ela não deve explicações; no outro caso, o crime é disfarçar (criar uma "ilusão de ótica" particular) onde o que havia era a pura repetição da hierarquia pública. O disfarce corresponderia, mais exatamente, ao subterfúgio de fazer sair as cartas de forma clandestina. É como se as vestes projetassem uma identidade clandestina, mas possível, a quem as usa como suposto disfarce – e as mulheres, ainda mais quando costureiras, têm acesso privilegiado a esse "laboratório clandestino" de identidades sociais. Disfarces ou trocas de vestuário são cartas na manga para quem guarda outra identidade, particular, privada, que, no entanto, quer se tornar pública, em especial diante da crise das antigas identidades hierárquicas aristocráticas.

A prova é que Pamela pode mesmo inverter o sentido do que se vem discutindo: "Tenho estado em Disfarce, de fato, desde que minha boa Dama, sua Mãe, me tirou de meus Pais".[27] Ou seja, o que Mr. B. chama de disfarce é a identidade social (privada) que a moça considera mais autêntica, e que se quer revelar como tal, resistindo à identidade hierárquica tradicional do Antigo Regime – e que o senhor da casa quer impor à criada, só que a seu modo. A crise dessa identidade tradicional surge exatamente aí, diante do erotismo aguçado do patrão – tacitamente de acordo com os "direitos" de um senhor no Antigo Regime, mas com a ambiguidade de criar uma zona privada numa sociedade em que a esfera pública estabelecida (as hierarquias) comandam as relações sociais. No caso de Pamela, como que pela primeira vez, o erotismo perde seu caráter de prática privada tacitamente aceita e acaba desestabilizando a identidade ancestral da criada de uma casa nobre, identidade transmitida, ela também, de forma tradicional: Pamela *é uma herança* deixada pela mãe a Mr. B. Essa reviravolta, inesperada no cenário social da época, só acontece por conta do *ponto inegociável* de

27 *Idem, ibidem.*

Pamela, ou seja, a virtude, que lhe permite conquistar a zona de jogo, uma zona de manipulação tanto com palavras, quanto com a escolha do vestuário. Permite-lhe um paradoxo: disfarçar-se com sua suposta identidade "verdadeira", de modo a contrapor-se à identidade hierárquica supostamente "imposta".

6.3. O ancião famoso e o elogio da pobreza digna

Uma gravura de Moreau le Jeune mostra a trupe da Comédie Française lotando o palco que, à época em que foi traçada, estava ainda alocado na gigantesca sala de máquinas das Tuileries. Pequenas coroas de louros são elevadas pelas mãos de atrizes e atores em gestos de efusão comemorativa, enquanto muito se fala no *parterre* [plateia], bem abaixo do palco, ali onde se vê apenas as cabeças do público. Uma maioria de homens aplaude emocionada, aponta o palco com gestos largos, conversa vivamente entre si ou admira as muitas damas nos altos camarotes laterais ao palco, também lotados. Tais mulheres se debruçam sobre o apertado palco de apenas dez metros de largura por oito de altura e, aliás como todos na cena, são banhadas por uma bela luz sem profundidade, que desenha rostos e corpos, muitas vezes de baixo para cima, como a fusão dos clarões de várias velas. Logo se nota que a sensação de falta de profundidade se deve à zona escura no centro de um palco surpreendentemente fundo, o qual volta a se iluminar lá atrás, deixando ver grandiosas colunas em arcos como numa arquitetura de palácio romano ou neoclássico, não se sabe se verdadeira ou pura fantasia cenográfica em *trompe l'oeil*.[28]

28 De fato, a profundidade do palco incrustado na sala de máquinas das Tuileries era impressionante: nada menos que 46 metros. Pranchas arquitetônicas de Jacques F. Blondel, publicadas entre 1752 e 1756, podem ser visualizadas no site da Kyoto University Library. Disponível em: http://ddb.libnet.kulib.kyoto-u.ac.jp/exhibit-e/f01/f01_4cont.html>. Acesso em: 12/06/2005.

No centro de toda essa cena, como alvo do tributo de tantas pessoas – consta que cabiam até oito mil espectadores na sala –, está um único busto, prontamente encimado por uma das várias pequenas coroas de louro na mão de uma jovem atriz. Sua cabeça se alinha à da estátua graças ao pedestal que ergue esta última à altura humana. O título da gravura revela seu tema: *Hommages rendus à Voltaire sur le Théâtre Français le 30 mars 1778* [Homenagens rendidas a Voltaire no Teatro Francês, no dia 30 de março de 1778]. Trata-se de uma bela gravura setecentista, daquelas em que uma cerimônia é representada como um benfazejo caos de homens e mulheres alegres e vigorosos, com intensa proximidade corporal, admirando-se uns aos outros. Mesmo que a cena se passe no templo onde se representavam as obras-primas do Grand Siècle, da tríade Corneille-Racine-Molière. Sabe-se que eles dividiam espaço com comédias menos clássicas e, com o passar do século, mais dramáticas e menos risíveis. A cerimônia de homenagem a Voltaire, no instante de sua morte, no entanto, surpreende por transformar-se em celebração da vida, em um dos centros borbulhantes do Antigo Regime.

A longa descrição da gravura justifica-se, aqui, como ilustração do momento de maior popularidade de *Nanine*, 29 anos depois de sua estreia, a 16 de junho de 1749. Nessa estreia ela chegara apenas a doze representações, ou seja, uma a menos que a *Pamela* de Boissy, a mais bem-sucedida da trinca de 1742-1743. A julgar pelo comentário feito por Collé em 1763, em seu famoso *Journal et mémoires* [Diário e memórias], cerca de vinte anos antes de *Nanine*, a marca de doze apresentações era considerada fracasso: "Há quarenta anos os dramas que fizeram sucesso tinham vinte e cinco, trinta representações; dez ou doze representações significavam fracassos".[29] Parece que Collé não

29 LOUGH, John. *Paris Theatre Audiences. In the seventeenth & eighteenth centuries.* Londres, Oxford University Press, 1972 (1957), p. 180.

se deixou trair por nostalgia própria ou de outros: de fato, os sucessos de Voltaire, *Œdipe* [Édipo], de 1718, *Herode e Mariane*, de 1728, *Zaïre*, de 1732, e *Merope*, de 1743-44, alcançaram, em décadas diferentes, 30, 28, 31 e 29 apresentações, respectivamente. A mais bem-sucedida delas, *Merope*, chegou a 30 mil espectadores.[30] Dessas peças, nenhuma pertence ao período de baixa de público na Comédie Française, para o qual não se tem uma justificativa convincente, entre 1736 e 1748, com posterior aumento significativo: "A frequência média para os cinco anos 1753-8 era de mais de 160.000 [*espectadores*], comparado com menos de 120.000 nos cinco anos de 1743-8".[31] A verdadeira perplexidade de um especialista do teatro setecentista francês, como John Lough, diante da aguda queda de frequência entre 1736 e 1742 (período que inclui os anos das *Pamelas* fracassadas de La Chaussée e Boissy) indica a gravidade da crise pela qual passava esse pilar da vida cultural francesa da época. Como costuma acontecer com variações de gosto cultural, é difícil saber o porquê da volatilidade de um público famoso exatamente por sua volubilidade em usos e costumes sociais.

Nesse cenário, o surgimento da *comédie larmoyante* [comédia lacrimosa] pode ser tanto causa quanto consequência: seu surgimento pode ter sido ou uma resposta dos autores de teatro diante do impasse, ou um dos motivos dessa volatilidade de um público pouco afeito à transformação.[32] O certo é que tanto o maior sucesso quanto três dos maiores fracassos do novo gênero datam exatamente desse período: por um lado, *Melanide*, de La Chaussée, de 1741; por outro, e tentando aproveitar tal sucesso, as referidas *Pamelas*, de 1742 e 1743.

30 *Idem*, p. 178.

31 *Idem*, p. 177.

32 É por essa via argumentativa que propomos, no início do Capítulo 2, acima, uma hipótese para essa misteriosa queda no número de espectadores.

Seja ou não devido à nova inclinação pelo *larmoyant*, a verdade é que a reencenação de *Nanine*, em 1754, torna-se uma consagração e, daí em diante até a morte de Voltaire (e além), a peça entrará para o panteão dos dramas bem acolhidos pelo público. Depois da montagem de 1754, haverá várias reapresentações, e não apenas na Comédie Française. Dois anos depois, uma apresentação da peça é cancelada em Lausanne e outra é confirmada em Berna, cidade da Suíça, país de origem de Rousseau, autor de fortes elogios a *Nanine*, a serem analisados abaixo.[33] A encenação enseja a ironia antirreligiosa do autor a Jacob Vernes, no clima de contrição em que o país devia estar mergulhado com o terremoto de Lisboa, ocorrido um ano antes: "Todos esses desastres [*tremores de terra em Lisboa e em Mequinez, no Marrocos, onde, como escreve Voltaire na mesma carta, "...cem mil árabes foram engolidos pela terra"*] privaram Lausanne da comédia. Encenou-se *Nanine* em Berne; mas para expirar esse crime hediondo, reservou-se um dia de jejum".[34]

O fato de *Nanine* ter sido a escolhida, junto com *Irene*, última peça escrita por Voltaire, como atração principal da noite de coroamento do busto de seu autor recém-falecido prova que o gosto da época tinha se direcionado francamente a favor do drama, afastando-se de tragédias de perfil mais clássico ou filosófico, como *Zaíre* ou *Le Fanatisme ou Mahomet le prophète* [O fanatismo ou Maomé, o profeta]. Em 1791, quando da transferência das cinzas de François-Marie Arouet para o Panthéon [Panteão], a peça já figurava solitária no repertório, como um momento auge da extensa produção dramática do novo mito intelectual. Tudo indica que, para o gosto principalmente da segunda metade do século XVIII,

---

33 No item 6.4.

34 VOLTAIRE. *Correspondence choisie*. Paris, Librairie Générale, 1990, p. 458.

Voltaire conseguira transpor para o teatro o primeiro romance de Richardson sem cair nos erros dos autores que antes dele haviam se arvorado à mesma tarefa. Mas quais das características da peça podem ter ajudado nesse sucesso, sintonizado com um gosto cada vez mais voltado para a nova subjetividade privada, a trazer no bojo uma ética também nova?

Como nas outras duas adaptações teatrais francesas, são recorrentes e parecem estruturalmente importantes tanto os comentários sobre a própria compulsão de Pamela pela escrita, quanto sobre o estilo dessa escrita. O trecho de uma carta escrita por Nanine e lida pelo patrão assim se inicia: "Leiamos: *Minha alegria e minha ternura/ São sem medida, assim como minha felicidade;/ Você chegou, que momento para meu coração!...*". A citação dentro da peça termina com: "*Mas não há nada que eu não sacrifique/ Ao único mortal que meu coração deve prezar*". A seguir vem o elogio: trata-se de bela peça literária de um novo tipo, pródiga em transbordante sinceridade amorosa. "Eis, portanto, o estilo de Nanine:/ Como ela escreve, a órfã inocente!/ Como ela dá voz à paixão!".[35]

Duas cenas depois, quando o conteúdo da carta, endereçada a um tal de Philippe Hombert, chega aos ouvidos do conde d'Olban, sua fúria o fazendo perguntar o que faz a moça, e o criado Germon respondendo: "Mas...ela escreve em seu apartamento", o conde ordena que se confisque de imediato seus papéis: "...vá pegar/ O que ela escreve; [*depois*] você vem me trazer".[36] A chegada da mãe do conde, em seguida, reforça a imagem de nobre em crise, pouco identificado com a institucionalidade do Antigo Regime: a marquesa, falando em um "*...tom de velhinha tagarela*" ["*...ton petite vieille babillarde*"],

35 *Théâtre du XVIIIè siècle*, op. cit., p. 911.

36 *Idem*, p. 914.

como pede a rubrica do autor, ressalta a decadência das novas gerações aristocráticas: "...o senhor seu avô (...) era um homem, se era;/ Não se vê mais [*homens*] com seu caráter hoje em dia"; "Ouço falar de nova cozinha,/ De novos gostos; há os que se empanturram, e se arruínam;/ As mulheres são sem freios, e os maridos/ São uns patetas. Tudo vai de mal a pior".[37] Portanto, a posição passadista da mãe a aproxima da postura crítica do filho no seio da aristocracia, que ficara clara em passagens como: "Este mundo aqui não passa de uma loteria/ De bens, de posições [*sociais*], de dignidades, de direitos,/ Disputados sem títulos [*de nobreza*] e distribuídos sem [*opção de*] escolha",[38] denotando a atitude de nobreza desencantada, que lembra mesmo certa vertente do barroco espanhol (à la Valle-Înclan em *A vida é sonho*); ou ainda essa autodescrição do conde: "Jovem, homem honrado; ele está bastante à vontade;/ Eu respondo a você que ele tem sentimentos;/ Seu caráter está longe dos costumes deste tempo".[39] Nesse sentido, a marquesa demonstra ter pelo menos uma característica a favorecer sua posterior aceitação de esposa tão humilde para o filho, já que o tema da decadência da aristocracia se liga a seu horror à tendência traiçoeira e competitiva da baronesa, a prometida para casar-se com o conde, e que passa a peça tentando demovê-lo do antiaristocrático amor a Nanine.

6.4. Rousseau espectador de *Nanine*

Alguns versos depois de Germon avisar que Nanine "...já retomou,/ Modestamente, seus hábitos campestres...", aparece o próprio Philippe Hombert, o personagem misterioso, o preferido de um cé-

37 *Idem*, p. 917.

38 *Idem*, p. 897.

39 *Idem*, p. 904.

lebre inimigo do teatro e, anos depois, inimigo do próprio Voltaire: Jean-Jacques Rousseau.[40] A surpresa de ver Rousseau, em seu elogio a Hombert, tão próximo da posição da marquesa d'Olban logo se

40 "...a déjà repris/ Modestement ses champêtres habits...". O trecho faz parte da invectiva de Rousseau contra a desvalorização e a zombaria diante de personagens de idosos, no teatro, em contraste com a supervalorização da juventude, antecipando, ironicamente, um traço importante do romantismo que o próprio autor ajuda a fundar. Ele acabara de protestar contra a "ascendência" dos personagens femininos sobre os masculinos e vê na desvalorização teatral da velhice mais um indício da diferença entre as culturas francesa e suíça, e da decadência da aristocracia da primeira delas. "A mesma causa que confere, em nossas Peças trágicas e cômicas, a primazia às mulheres sobre os homens, confere-a ainda aos jovens sobre os velhos; o que é uma outra reversão das relações naturais, não menos repreensível. Uma vez que o interesse sempre está nisso, no caso dos amantes [*na sua juventude*], segue-se que os personagens avançados em idade nunca podem, nelas, fazerem senão papéis secundários" ["La même cause qui donne, dans nos Pièces tragique & comiques, l'ascendant aux femmes sur les hommes, le donne encore aux jeunes gens sur les vieillards ; & c'est un autre renversement des rapports naturels, qui n'est pas moins répréhensible. Puisque l'intérêt y est toujours pour les amans, il s'ensuit que les personnages avancés en âge n'y peuvent jamais faire que des rôles en sous-ordre"], escreve. "Agradeçamos o ilustre Autor de *Zaíre* e de *Nanine* por ter subtraído a esse desprezo o venerável Luzignan e o bom velho Philippe Humbert (sic). Há ainda alguns outros; mas isso é suficiente para estancar a torrente do preconceito público, e para acabar com o aviltamento em que a maior parte dos Autores se prazem em mostrar a idade da sabedoria, da experiência e da autoridade?" ["Remercions l'illustre Auteur de Zaïre & de Nanine d'avoir soustrait à ce mépris le vénérable Luzignan & le bon vieux Philippe Humbert . Il en est quelques autres encore ; mais cela suffit-il pour arrêter le torrent du préjugé public, & pour effacer l'avilissement où la plupart des Auteurs se plaisent à montrer l'âge de la sagesse, de l'expérience & de l'autorité?"], completa, elogiando Voltaire e seus dois personagens. Trata-se do tema da decadência da aristocracia que, como vimos, é o mesmo – guardada as devidas proporções – da Marquesa d'Olban, só que com o encaminhamento filosófico de Rousseau: a sociedade é o espelho do que lê ou vê nos palcos, portanto, uma reforma na sociedade deve começar pela dos textos e dos palcos: "Quem pode duvidar que o hábito de ver sempre nos velhos os personagens odiosos do Teatro ajuda a que sejam rejeitados na Sociedade, e que acostumando-se a confundir aqueles que se vê no mundo com

dissipa se notamos que sua estratégia é menos passadista e nostálgica e mais reformadora, ou "revolucionária", como se diria algumas décadas depois. Para ele, no texto em questão, a *Carta a D'Alembert*, também conhecida como *Carta a D'Alembert sobre os espetáculos*,[41] escrita e publicada em 1758, não há retorno possível, e deve-se apostar no uso da razão como instrumento de reforma com vistas à virtude, à qual, crê ele, só se chega pela via da simplicidade e do natural. Obviamente, o simples e o natural não se confundem com o passado elegante ou heroico da aristocracia, mas com um mítico estado de natureza. "Mítico", no caso, surge como metáfora, pois se trata de uma mitologia da razão, portanto, não-religiosa, a ser invocada pelo discurso filosófico, instrumento potente o bastante para atacar o artifício no aqui e agora, já que um retrocesso temporal é impensável. "O drama da queda, portanto, não precede a existência terrestre; Rousseau transporta o mito religioso para o interior da própria História...", escreve Jean Starobinski.[42] Rousseau não sugere, portanto, o abandono do artifício, mas o uso de certo artifício (ancorado numa imagem de "cena de origem", como dirá Freud algum tempo depois, a do "estado de natureza") contra os vários e poderosos véus artificiais que a sociedade criou e perpetua, negando o acesso à virtude – isso se se reconhece a razão como um artifício supremo, único

---

os tontos e os Gerontes da Comédia, não se vá desprezá-los todos da mesma forma?" Cf.: *Théâtre français du XVIIIè siècle*, op. cit., p. 1406 e 1445.

41 O título original é: *J.J. Rousseau, citoyen de Genève, À Mr. D'Alembert sur son Article GENÈVE dans le VIIè Volume de L'Enciclopédie, et particulièrement, sur le projet d'établir un Théatre de Comédie en cette Ville.* [J.J. Rousseau, cidadão de Genebra, ao Sr. D'Alembert sobre seu Artigo GENEBRA no VII° Volume da Enciclopédia, e particularmente, sobre o projeto de estabelecer um Teatro de Comédia nessa Cidade].

42 STAROBINSKI, Jean. *La transparence et l'obstacle* [A transparência e o obstáculo]. Gallimard: Paris, 1971. p. 24.

capaz de furar o bloqueio dos outros artifícios sociais, tais como as ciências e as artes tais como estas se apresentam em seu tempo. Por outro lado, a abertura para um novo tipo de "catarse invertida" (em que o espectador só conta com seu próprio coração como juiz...) não seria a via pela qual Rousseau acredita numa reforma ou revolução da razão pela via da sensibilidade artística?

Antes de chegar a isso, seguindo a lógica bem ao estilo de Rousseau, o teatro tradicional deve ser combatido como sendo um dos mais ostensivos artifícios da época na demonstração cabal do mar vicioso em que a sociedade vem se afundando. O ideal seria, é claro, incorporar ao tempo presente a pureza de coração que os homens só exerceram plenamente, em sociedade, em sua idade da inocência, perdida num passado imemorial (e irrecuperável, mesmo para Rousseau, como dissemos). Mas como o teatro teria condições de fazê-lo, se ele é um espelho sem distorções (ou seja, sem ambições reformadoras ou revolucionárias) daquela mesma sociedade aristocrática que o frequenta, e que se reconhece no palco, a cada peça, a cada personagem? Contra tais doses cavalares de ilusão artificiosa e viciosa "conservadora", só mesmo o artifício da razão filosófica, a seu ver muito mais isento e potencialmente reformador que o das artes (partindo do princípio, dicotômico e vulgarmente iluminista, de que o campo das artes não tolera a convivência com aquela razão).

Nos dois trechos da *Carta a D'Alembert* em que Rousseau se refere a *Nanine*, trata-se de reconhecer um novo tipo de sensibilidade no palco francês, em que o "belo moral", ou seja, a virtude revolucionada, surge na boca de cena, contrariando os argumentos de que a exposição do vício favorece seu reconhecimento e sua recusa na vida real: "...a fonte de interesse que nos liga ao que é honrado e nos inspira aversão ao mal está em nós e não nas Peças",[43] resume. Essa fonte íntima de julgamento moral, avessa e supostamente imune aos artifícios da sociedade contemporânea, reflete-se no "amor do belo" a ser experimentado pelo espectador que observa o palco. Nesse ponto surge a nota de pé de página que especifica que se trata do "belo moral":

> O que quer que digam os Filósofos, esse amor é inato ao homem, e serve de princípio à consciência. Posso citar como exemplo disso a pequena peça de Nanine que faz murmurar a assembleia e só se manteve pela reputação do Autor, e isso porque a honra, a virtude, os puros sentimentos extraídos da natureza são, nela, preferíveis ao impertinente preconceito das condições.[44]

A peça em questão é uma "pequena peça" por conta de sua aparente despretensão, por ser uma comédia e, portanto, estar fora da concorrência séria entre tragédias (era famosa, na época, a disputa entre Voltaire e Prosper Jolyot de Crébillon nesse domínio), e por seu sucesso limitado, se comparada a peças que lotavam as salas por mais de 30 apresentações. Mas é ao "murmúrio da assembleia" que Rousseau dá o máximo valor, murmúrio que traduz certa perplexidade diante do enredo, que contraria muitos na plateia, e que talvez só não se tenha transformado em gritos de protesto por conta da "grande reputação do Autor". Três anos antes de dar por terminado seu único romance, *Julie ou La nouvelle Heloïse* [Júlia ou A nova Heloísa], Rousseau vê em *Nanine* uma obra incômoda para olhos e ouvidos de *société* por inverter a tradição da comédia que sempre oferecia tipos *méchants* [maldosos], supostamente para que se corrigissem erros morais dos espectadores, mas, na verdade, para que eles se vissem

---

43 FUCHS, M. (org.). *Lettre à Mr. D'Alembert sur les spectacles*. Lille/Genebra, Librairie Giard/Librairie Droz, 1948. p. 30.

44 *Idem*, p. 30-31.

num espelho exclusivista; ou a da tragédia, que tentava alcançar o sublime pela via da exacerbação das paixões aristocráticas. Como vimos, Rousseau negava qualquer eficácia didática ou moralizante da cena teatral que lhe é contemporânea. Condenava-a em bloco, como sendo uma pseudoverossimilhança que, na verdade, surtia o efeito estéril de um espelho sem inversão de imagem – ou seja, de um prazer leviano de copiar infinitamente a si próprio, numa reprodução automática e bonachona de posturas e idéias morais consagradas. Para ele, se tais posturas e ideias eram tão somente negativas, *Nanine*, ao contrário, teria sido um marco ao propor, pela primeira vez, uma moral positiva, algo bastante necessário na França daquele momento. O murmúrio era, portanto, o resultado de uma dupla autocensura: nem a irritação diante de tal proposta moral, nem a aprovação podia ainda explicitar-se no aberto entusiasmo de vaias ou aplausos.

Mas é na outra referência à peça que Rousseau cita o velho Hombert, assim aproximando-se do diagnóstico da marquesa d'Olban de decadência da aristocracia contemporânea. Depois de apontar como sinal de degradação dos costumes – devidamente refletida no palco – a proeminência dos personagens femininos sobre os masculinos, ataca a proeminência dos jovens sobre os velhos. "...é uma outra inversão das relações naturais, que não é menos repreensível", escreve.

> Agradeçamos o ilustre Autor de *Zaíre* e de *Nanine* por ter subtraído a esse desprezo o venerável Luzignan e o bom ancião Philippe Humbert (sic). Há ainda alguns outros; mas isso é suficiente para estancar a torrente do preconceito público, e para acabar com o aviltamento em que a maior parte dos Autores se aprazem em mostrar a idade da sabedoria, da experiência e da autoridade? Quem pode duvidar que o hábito de ver sempre nos velhos os personagens odiosos do Teatro ajuda a que sejam rejeitados na Sociedade (...)? Observe em Paris, em uma assembleia, o ar au-

> tossuficiente e vão, o tom firme e categórico de uma imprudente juventude, enquanto que os Antigos, receosos e modestos, ou não ousam abrir a boca, ou mal são escutados.[45]

Fica clara a ácida crítica à justificativa que se baseava em Aristóteles, e que apostava na "inversão" empreendida no espectador pela catarse (terror e piedade) como instrumento moralizante típico do teatro. Combatendo qualquer possibilidade de inversão, por meio de sua hipótese de uma ineficácia da verossimilhança do teatro em geral ("Sei que a Poética do Teatro pretende fazer todo o contrário, e purgar as paixões excitando-as: mas mal consigo conceber essa regra. Será que para se tornar equilibrado e sábio é preciso começar sendo furioso e louco?"),[46] Rousseau reduz a nada a pretensão dos defensores do teatro de moralizarem a partir do palco.

> Que então não se atribua ao Teatro o poder de mudar nem os sentimentos nem os costumes, que ele pode seguir e embelezar. Um Autor que quisesse chocar o gosto geral logo comporia apenas para si próprio. Quando Molière corrigia a Cena cômica, atacava as modas, os ridículos; mas não chocou, por conta disso, o gosto do público, ele o seguiu ou o desenvolveu, como fez também Corneille. (...) Nesse sentido parecia que esse efeito, limitando-se a acusar e não mudar [*charger & non changer*] os costumes estabelecidos, a Comédia seria boa aos bons e má aos maldosos. Ainda no primeiro caso, ficaria sempre por se saber se as paixões muito insufladas não degenerariam em vícios.[47]

Portanto, se o personagem *méchant* [malvado, perverso] nada traz de instrutivo ou moral para o espectador também *méchant*, ain-

45 *Idem*, p. 67.

46 *Idem*, p. 26.

47 *Idem*, p. 24-25.

da periga contaminar o *honnête spectateur* [espectador honrado] com as más paixões que lhe incute. Em ambos os casos, destaque-se que tais paixões encenadas nada têm de "catárticas": são tomadas não no "negativo", mas sem nenhuma inversão – daí a urgência de exemplos moralmente positivos. Essa "limpeza de campo", em que o autor se arvora a pôr abaixo a própria base teórica (que passa a tratar como subterfúgios) dos defensores do teatro do momento, só pode mesmo desembocar na ode ao contato direto do espectador com a peça, bem como a uma reação supostamente direta e íntima diante dela, uma vez que o espectador só tem seu próprio coração a guiá-lo:

> Basta, para sentir a má fé de todas essas respostas, consultar o estado de seu coração ao final de uma Tragédia. Será que a emoção, a inquietação e o enternecimento que se sente em si mesmo e que se prolonga depois da Peça anunciam uma disposição que chega bem próximo de ultrapassar e de normatizar nossas paixões? (...) Será que não fazemos com que todas as paixões sejam irmãs, que cada uma baste para excitar mil delas, e que combatê-las uma a uma seja apenas um meio de tornar o coração mais sensível a todas? O único instrumento que serve para purgá-las é a razão, e eu já disse que a razão não tem nenhum efeito no Teatro.[48]

Como se vê, o combate radical de Rousseau contra o teatro francês de sua época – cujos antecedentes datam de meados do século XVII e cujo destino se confundiu, desde aquela época, com o debate contra o ainda menos prestigiado gênero do romance[49] – baseia-se na cabal defesa da razão como elemento que se encontra simplesmente excluído do palco, e que ajuda a se regrar e a se defender dos transportes das ilusórias paixões encenadas. O isento coração de cada um será o único

48 *Idem*, p. 27.

49 A tradição de ataque ao teatro e ao romance. Ver nota 296, Capítulo 1.

árbitro capaz de levantar a desconfiança quanto ao domínio exclusivo das paixões, típico do teatro. A "equação de Rousseau" está completa: só se chega à razão, contra as paixões, por meio do sentimento individual (coração), desconfiado das artes como um todo, bem como da civilização que as inventa e aplaude. E apesar disso tudo, a peça *Nanine* e seu personagem, Hombert, são elogiáveis, já que trazem para a boca de cena do momento um modo novo de incutir racionalidade no reino das paixões teatrais – uma operação paradoxal que aponta para a possibilidade de a própria razão ser revolucionada no palco das artes, pela via da mescla entre identificação (o espelho que não se inverte...) e desidentificação (essa inversão desejada), a fundar um novo tipo de catarse. Rousseau não coloca nesses termos, mas o que ele quer é tomar o palco (e as artes) de assalto pela via da sensibilidade a implodir e revolucionar a razão clássica.

6.5. Hombert se revela: o reconhecimento final ancorado na tradição narrativa

Tal sobrevoo da posição de Rousseau joga luz, indiretamente, sobre o elogio à função dos soldados, que se segue à revelação da identidade de Hombert, na peça. Trata-se da *reconnaissance* [reconhecimento] final do drama: a revelação de que ele é o pai, e não o amante de Nanine. Sendo ele soldado, torna-se importante o elogio dessa função na sociedade, logo assumida pela marquesa, mãe do conde. Tal elogio se faz urgente, pois desvenda o próprio mito de origem de Nanine: Hombert, seu pai, a abandonara com "pauvres parents" [pobres pais] por ter perdido todos os seus bens e, "forçado pela miséria", tornara-se soldado. "Não querendo mais, em seu funesto estado,/ Que ela passasse por filha de um soldado,/ Proibindo-a de me chamar de pai", conclui, dando a deixa para o início do elogio da marquesa: "Por que isso? Por mim, tenho consideração/ Pelos bons soldados; temos grande necessidade deles", secundada pelo conde: "Por favor, o que tem essa profissão de vergonhosa?".[50]

A nostalgia da marquesa, que explica sua crítica à aristocracia da qual ela mesma faz parte, torna possível tal posição condescendente diante da classe militar hierarquicamente mais baixa. Por razões diferentes dos *philosophes* que são seu filho (assim como Rousseau...), ela defende a função subalterna de um personagem que ganha ainda mais em complexidade se admitimos a importância do "mito da origem" da protagonista, como demonstrado na análise de *Pamela*, o romance. Se lá era crucial lembrar que seu pai era um "trabalhador intelectual" (burguês) falido, na peça de Voltaire é fundamental a vergonha de Hombert diante da obrigação de servir como soldado, que determina a pseudo-orfandade de Nanine. A *reconnaissance* representa, para o personagem, também cura dessa vergonha: o elogio da soldadesca é consolo e reencontro de Hombert com sua dignidade, pela boca de mãe e do filho nobres. (Lembremos, de passagem, que apenas oito anos depois Diderot colocará a questão da *condition* [condição] social, a identificar pela via da sensibilidade plateia e personagens, como sendo central no novo panorama trazido pela *comédie sérieuse* [comédia séria] ou pelo *drame bourgeois* [drama burguês]).

Mas parece haver algo ainda a examinar nesse enigma da origem, cujo desenlace é o fim da peça. Ainda mais quando se sabe que Voltaire hesitou bastante em dar a Nanine uma origem verdadeiramente humilde.[51] Tal revelação, extraída de uma edição de 1823 das

50 *Théâtre français du XVIIIè siècle*, op. cit., p. 931.

51 Lê-se a seguinte "Notice" na edição de 1832 das *Œuvres*: "Essa peça teve, de princípio, um desfecho completamente diferente; Nanine se descobria filha de um cavalheiro, e o casamento do conde não era uma aliança socialmente desabonadora [*mésalliance*]". Ainda segundo esse texto, teria sido Mme d'Argental que o convencera a criar o final tal como o conhecemos hoje, alegando que

Obras, se verdadeira, indica o peso dos constrangimentos ligados à hierarquia social da época sentido mesmo por um autor com o grau de independência de Voltaire. Na verdade, tanto Madame d'Argental, que teria convencido Voltaire a fazer de Nanine uma filha de pais humildes, como seu modelo inglês, quanto o próprio autor eram leitores de romances como, *A vida de Marianne,* de Marivaux, no qual o desfecho se mantinha na trilha bastante tradicional da revelação de uma origem nobre. Trata-se de tradição desde a "ancestralidade" do romance, ainda na Grécia ou em Roma, passando pelos textos medievais, um exemplo famoso sendo *Dafnis e Cloé,* a narrativa amorosa e erótica de Longo, do século II ou III d.C., no qual os dois amantes abandonados por pais nobres se conhecem, apaixonam-se e descobrem até o amor físico em meio ao bucolismo camponês e, crendo-se filhos de campônios (senão da própria Natureza, representada por animais campestres, já que tinham sido largados junto a cabras, por elas sendo protegidos para que não morressem), acabam descobrindo que são nobres e de origem urbana.

O desenlace trazido pela *reconnaissance,* em *Dáfnis e Cloé,* pode nos ajudar a aprofundar a análise do personagem ancião de *Nanine.* Na longa cena final do romance grego antigo, envolta em alegria bucólica, Dionisofanes revela ter abandonado o filho não por vergonha, mas por crer que três filhos já bastavam para ele. O que hoje chamaríamos de uma confissão de infanticídio – pois ele diz ter posto os objetos junto ao bebê "...menos como sinais de reconhecimento do que como oferendas fúnebres"[52] –, não é emocional ou socialmente custosa para o personagem. O que ecoa na fala do pastor Lamon, algumas páginas antes, confessando não ser o pai verdadeiro de Dáfnis

do outro jeito ele "...teria dadao um final para a peça igual ao de tantos maus romances". Cf. *Théâtre français du XVIIIè siècle,* op. cit., p. 1444.

52 LONGO. *Dáfnis e Cloé.* Campinas, Editora Pontes, 1990. p. 91.

sem transmitir nenhum tipo de repreensão diante do ato: "Foram outros pais que o tiveram e que o abandonaram, talvez porque tivessem filhos de mais idade e estes lhes bastassem".[53] A única autocrítica, na fala de Dionisofanes, é quanto a sua própria juventude (ou seja, presumidamente: sua pouca experiência de vida) na época do ato.

É na fala do velho Megacles que surge a figura da vergonha. Trata-se do verdadeiro pai de Cloé, que está sentado na parte menos prestigiada da mesa de festejos por conta da idade avançada, segundo a hierarquia da época. Ele recobre a juventude de supetão ("...soltou um grande grito, como um jovem...") ao reconhecer a filha, e relembra:

> Antigamente eu tinha apenas parcos recursos; tudo o que possuía, eu havia gasto em coregias e trierarquias. Assim estava eu quando me nasceu uma filha. Hesitei em criá-la, pobre como estava, e assim coloquei-lhe estes adornos, como sinais de reconhecimento, e abandonei-a, sabendo que muitas pessoas desejam ter filhos dessa maneira.[54]

"Coregias" e "trierarquias" eram impostos típicos do mundo helênico, pagos pelos cidadãos ricos nas cidades gregas, destinados a cobrir custos de encenações teatrais (por exemplo: o vestuário do coro) ou manter a equipagem de embarcações. A recuperação financeira posterior de Megacles aponta para a forma de mobilidade social da Grécia da época. Mas o ponto a ser destacado é a vergonha da pobreza e, por conta desta, o subsequente abandono da filha. Se o nobre confessa sem remorsos um "semi-infanticídio", o pobre demonstra não só remorsos extremos por sua própria condição social, mas também piedade da criança, junto com a esperança de que vivesse em família mais feliz. A pobreza camponesa surge aí, no entanto, como

53 *Idem*, p. 89.

54 *Idem*, p. 98.

mais digna do que a decadência urbana: as famílias camponesas surgidas em meio bucólico escapam da pobreza inesperada, forçada e indigna das cidades. Como se sabe, em *Dáfnis e Cloé*, a contraposição entre campo e cidade é crucial ao longo de toda a narrativa, mas especialmente em seu desfecho, o campo representando o espaço rústico, onde os impulsos corporais do casal têm livre curso, e a cidade, o espaço da decadência (a figura de Gnaton, que quer que Dáfnis lhe "sirva de mulher", levando o camponês Lamon às lágrimas e à confissão, é o símbolo da decadência dos costumes).

Les amours pastorales de Daphnis et Chloé, a versão francesa do romance, foi muito lido na França ao longo de toda a segunda metade do século XVI, com edições seguidas a partir da tradução de Jacques Amyot, de 1559, em 1578, 1594, 1596 e 1609. Após intervalo de um século quase exato, em 1712, surge a primeira edição setecentista. Dessa vez, em época de aperfeiçoamento e aceleração produtiva do mercado de livros, as edições se sucederão rápidas, demonstrando ritmo mais moderno de sucesso editorial: de 1714 a 1718 há uma edição por ano. O espaçamento então muda: 1722, 1728, até que em 1731 surgem duas edições no mesmo ano, fenômeno que se repetirá em 1745, depois da edição de 1734. A 28 de setembro de 1747, é encenada a "ópera pastoral" em três atos *Daphnis et Chloé*, de Joseph Bodin Boismortier, concorrente menos célebre de Rameau, cujo sucesso obriga a uma reestreia cinco anos depois. O ritmo editorial se manterá: 1749-50-51-57, para em 1761 o livro ingressar no suplemento à *Bibliothèque de campagne* [Biblioteca rural]. As edições se sucederão: 1764/66/70/72/73/76/77(duas)/79/80(duas)/82/84/85/92(duas)/95/96/97(duas)/98, an VII/an VIII (pelo calendário da Revolução) e, por fim, 1800/03(duas), surgindo em 1810 a famosa tradução de Paul-Louis Courier, estabelecida então como canônica.

Rousseau – o pensador por excelência da estratégia idealizada do retorno à cena originária do "estado de natureza", um modo de figurar o que a tradição bucólica-pastoril, desde a Grécia, concebera como arte ou belas-letras – trabalhará numa ópera homônima de 1774 a 1776, deixando-a inacabada. Ela aparecerá em fragmentos em 1779, um ano após sua morte. Não nos esqueçamos, é claro, que ele é autor do mais bucólico e pastoril dos romances do século XVIII, trazendo de volta não só o gênero, mas a discussão dicotômica entre campo e cidade, para o proêmio da cultura da época – *Julie ou A nova Heloísa*. Toda a sequência ligada à repercussão de *Dáfnis e Cloé* impressiona: é dos livros mais lidos do século. A edição mais famosa e prestigiada é a de 1718, com 28 gravuras feitas de Audran, a partir de pinturas da lavra do próprio regente, Philippe d'Orléans. O romance ficará relacionado ao período de "Philippe Egalité", época de distensão dos costumes após a morte de Luís XIV, sem restringir-se totalmente a ele.

Portanto, o tema da vergonha diante da própria pobreza habitava a imaginação dos leitores franceses de romance no século XVIII. Ele parece crucial não só por jogar luz sobre as diferenças sociais internas à França do Antigo Regime, mas também sobre as diferenças culturais entre os tratamentos francês e inglês do tema. Lembremos que um ponto irredutível e estrategicamente importante da força da Pamela criada por Richardson é seu louvor reiterado à pobreza digna[55]. O adjetivo "digna" lhe confere armas potentes: a "virtude mesmo na pobreza", uma pobreza não de berço, mas por falência, como a de Megacles, diferencia os Andrews dos camponeses e dos outros criados, em geral pertencentes a famílias de criados, elevando-os à condição de uma burguesia que luta para não sucumbir financeiramente. Em vez da idealização da vida no campo, nos

55 Ver item 1.3, Capítulo 1.

textos chamados de pastoris, que parecem ter servido como forma de evasão imaginativa a segmentos da nobreza descontente sob Luís XIV,[56] a postura é de encarecimento da ética no trato pessoal entre indivíduos de classes sociais diferentes mas que respeitam a moral e o autocontrole (de fundo protestante?), virtudes capazes de fazê-los se manter financeiramente dignos, rumo a uma nova codificação do espaço de respeito profissional. Se há idealização – e a reiteração da protagonista favorece essa interpretação –, ela é de um tipo novo, e não encontra tanto eco na própria tradição literária, como é o caso do par bucolismo campesino *versus* decadência citadina.

Voltando a *Nanine* e a Philipe Hombert, destaca-se a função militar subalterna, em uma sociedade em que, como se sabe, o militarismo era central, tanto na prática, com o prestígio e o bom trânsito na Corte dos militares de alta hierarquia, quanto simbolicamente, com a manutenção no Antigo Regime do antigo ideal cortesão de honra e glória ligada a feitos guerreiros. Uma passagem de Emmanuel Le Roy Ladurie sobre "o que Saint-Simon chama[*va*] de 'o bom-tom da Corte e dos exércitos'" basta-nos, aqui, para situar a continuidade dessa longa tradição:

> ...todos esses militares fanfarrões, verdadeiros ou falsos, cultivaram uma relação favorável e às vezes de deferência para com a Maintenon[57] e, claro, com seu real esposo. Modo de lembrar mais uma vez que a alta aristocracia, mesmo despojada de seu poder civil pelos togados dos conselhos e dos parlamentos, conserva

56 Em *A sociedade de corte*, Norbert Elias explica o imenso sucesso de um romance herdeiro do estilo pastoral de *Dáfnis e Cloé*, o *Astrée*, de d'Urfé, como desejo de imaginativa de parte da nobreza descontente sob Luís XIV. Cf.: ELIAS, Norbert. *A sociedade de corte*, op. cit.

57 Françoise dÁubigné, Madame de Maintenon (1635-1715) foi esposa do escritor Paul Scarron e chegou a governanta dos filhos naturais de Luís XIV.

> os trunfos de primeira grandeza graças à guerra e na guerra, este tema imenso e contínuo do reinado[58].

A fanfarronice, baseando-se ou não em feitos reais de guerra ("... militares fanfarrões, verdadeiros ou falsos..."), indica o grau de inserção e trânsito dos militares como personagens nas esferas de poder e também, por isso mesmo, nos círculos festeiros da Corte, o que fica claro quando se vê personagens de cortesãos libertinos com passagem pelo campo de batalha, como no caso do narrador e protagonista das *Confissões do conde de ****, de Charles Pinot Duclos, de 1741.[59] Mas Hombert é tudo menos um libertino, e sua vergonha vem do fato de, falido, ter sido obrigado a tornar-se soldado, como um desocupado qualquer que, em vez de se tornar um *roué* [devasso] ou um *petit-maître* [galante arrivista] a se pavonear pelos salões,[60] contenta-se, de forma humilhante (para a sensibilidade da época), com a busca de um modesto ordenado. Ou melhor, a humilhação está prestes a ter sua semântica transformada: a nova ética igualitária valorizará o eventual rebaixamento de condição social se ele for acompanhado de esforço, moralmente ilibado, para se reerguer e se manter digno diante dos fas-

58 LADURIE, Emmanuel Le Roy. *Saint-Simon ou o sistema da Corte.* Rio de Janeiro: Ed. Civilização Brasileira, 2004 (1997). p. 192.

59 DUCLOS, Charles Pinot. *Les confessions du comte de****. In: Trousson, Raymond, op. cit., p. 163-264.

60 Trata-se de dois personagens comuns na vida parisiense do Antigo Regime, e que integravam a massa de boêmios falastrões, circulando pelos teatros, formando "cabalas" contra certos autores e a favor de outros ou mesmo tentando tornar-se jornalistas, autores teatrais ou romancistas. Na *Encyclopédie* ele é assim definido: "um inseto leve que brilha em sua efêmera ostentação de adereços e sacode suas asas empoeiradas" ["un insecte léger qui brille dans sa parure éphémère et secoue ses ailes poudrées"]. Ver LAROCH, Phillippe. *Petits-maîtres et roués.* Quebec, Presses de l'Université de Laval, 1979; e DARNTON, Robert. *Boêmia literária e revolução. O submundo das letras no Antigo Regime.* São Paulo, Ed. Companhia das Letras, 1987.

tos e da leveza muitas vezes leviana da aristocracia que vive de sinecuras e da proximidade com o rei e com a Corte.

Nos convulsionados anos 1730-40, a leveza, o coquetismo e a frivolidade, modos de ação social (tantas vezes figuradas artística e literariamente) ancestralmente valorizados pela classe que desconhece espelhos que invertam sua imagem (a aristocracia), parecem estar prestes a serem destronados pelos partidários da sensibilidade. E no entanto a modernidade que a partir dali será construída encontrará espaço para que tais práticas se integrem ao modo de vida dos favorecidos pelas bonanças financeiras seguidas. No domínio público reconfigurado, bem como no nível jurídico, aquela moral estrita, a favorecer a seriedade e a honradez baseada em suor individual e igualitarismo das funções profissionais (de fundo católico ou protestante), norteará uma sociedade onde a riqueza, o escapismo e mesmo o tempo livre dos que podem viver de renda ou do rentismo é um contraponto paradoxal àquela busca de um equilíbrio democrático e burguês. De *Pamela* a *Nanine* à *Religiosa* e à *Nova Heloísa*, do romance aos palcos, de Richardson a Voltaire, Diderot e Rousseau, mas também do romance sentimental ao de libertinagem, o século XVIII pensou as bases desse embate constitutivo da subjetividade ocidental, e que ainda nos rege. Ele não se resumiu a uma contraposição simples entre "verdade do coração" e interesse cerebral e de classe, ou entre sensibilidade e libertinagem, mas incluiu a ideia de que as nuances do campo artístico e literário, bem como do social e do filosófico, poderiam vir a dar ensejo a uma construção democratizante (a se provar) a partir das trocas éticas nas esferas pública e privada reconfiguradas. Um "terceiro termo" nesse embate incluiria a leveza, a positividade erótica e corporal, espontânea, bem como a improvisação da e na fala, frívola e coquete, de modo a ressemantizar todo um campo estético que tem a ver com o que os setecentistas chamavam de moral e costumes (*mœurs*), e que, na modernidade, integra as vicissitudes da subjetivação. Nesse domínio – e os setecentistas o perceberam – a arte pode favorecer a construção e a renovação subjetivas a partir da sensibilidade, agora vista como o campo do que impacta o leitor/espectador (que somos todos nós, igualados, no mundo democrático). Impacta-o de modo a que se possam transformar e expandir, a partir de dentro, nossos pressupostos não só críticos e racionais (que Diderot e Rousseau nos ouçam...), mas também perceptivos, emocionais, éticos, estéticos, miméticos, em suma, os pressupostos de nossa dinâmica subjetiva, que governam nossa ação no mundo.

Observações finais

É senso comum dizer que *Pamela*, de Richardson, é um marco do surgimento do romance moderno. Ou que os dois famosos textos de Diderot sobre o teatro, *Entretiens sur Le Fils naturel* [Conversas sobre o Filho Natural] e *Discours sur la poésie dramatique* [Discurso sobre a poesia dramática], inauguram o teatro moderno, ou sua teoria. Pelo que tentamos articular nos capítulos anteriores, nota-se um consenso em torno dos anos 1730 a 1750 como momento fundamental para o estabelecimento de novas formas de narrar e de ler livros (ou assistir a espetáculos) na cultura ocidental. Porém, essa consagração é uma faca de dois gumes. O imenso interesse no século das Luzes, e a interminável bibliografia a ele ligada, assombra o pesquisador que quer atravessar o senso comum, acadêmico ou não. Ter acesso àquele século significa mais do que ter uma teoria geral sobre tal século, ou sobre como ele se desenrolou desde o ímpeto guerreiro (mas também devoto) de Luís XIV até o persecutório de Robespierre; ou desde a altivez trágica de Corneille e Racine até a sensibilidade individualista de Rousseau. Nesse sentido, no presente trabalho, é importante apontar para o século das Luzes a preocupação de Foucault em relação a continuidades, linearidades e causalidades artificiais. São essas as armadilhas em que o pesquisador menos avisado pode cair, impingindo certas distorções ao momento histórico pesquisado. Roger Chartier se refere, especificamente, à tendência a ver a Revolução Francesa como culminância de um processo linear, teleológico, dir-se-ia, inexorável.

> Quando sucumbe à "quimera da origem", a história carreia, muitas vezes sem consciência disso, vários pressupostos: que cada momento histórico é uma totalidade homogênea, dotada de uma significação ideal e única presente em cada uma das realidades que a compõem e que a exprimem; que o devir histórico está organizado como uma continuidade necessária; que os fatos se encadeiam e se engendram em um fluxo ininterrupto, o que permite decidir que um é a "causa" do outro. (...) sobre a noção de origem pesa um outro risco: propor uma leitura teleológica do século XVIII que só o compreende a partir de seu final inevitável – a Revolução – e que só retém o que conduz a esse fim necessário – as Luzes.[1]

Também em nosso caso, o afã de isolar o início, seja do romance moderno, seja do teatro, pode mascarar certa ansiedade de abarcar gêneros ou formas artísticas bastante complexos em um golpe de vista, ou em um salto teórico – do mesmo modo que períodos históricos podem ser vistos, com uma lente torta, como totalidades homogêneas e já prenhes, idealmente, de seu destino futuro.[2]

---

1 CHARTIER, Roger. *Origines culturelles de la Révolution française*. Paris: Éditions du Seuil, 2000 (1990), p. 15-16.

2 A nosso ver, essa crítica sofisticada, que segue a linhagem de Michel Foucault e de Paul Veyne, traz, em seu limite, o perigo de concorrer para eclipsar um modo possível de abordagem também ela bastante pertinente. Ela tem sido defendida nos últimos anos por Jonathan Israel, em sua visão internacionalista de trocas interculturais entre pensadores, intelectuais, ativistas e políticos com novas ideias que teriam convergido nas chamadas "Luzes radicais" (*radical Enlighten-*

Nesse sentido, tentamos ser o menos anacrônicos possível no exame das mudanças que perpassaram obras literárias e teatrais e a sociedade da época, privilegiando uma leitura cerrada das obras,

---

ment). Trata-se não de alguma renovação ingênua ou conservadora da chamada "história das ideias", em contraponto à qual Foucault criou sua "arqueologia (discursiva) dos saberes", mas de um *tour de force* erudito para se notar as lutas de fato intelectuais (de base filosófica, portanto) que teriam tornado possível não só as Revoluções Americana e Francesa, mas a conexão de ideias e ações dos homens e das mulheres que se bateram pelas duas. A ambição de Israel é tão ampla que ele localiza na obra de Espinoza (e de contemporâneos dele na Holanda do século XVII) a deflagração das bases racionais e subjetivas que possibilitaram autores como Diderot, d'Holbach, Rousseau ou Condorcet (contra Voltaire e Turgot, por exemplo) radicalizarem a defesa do ateísmo (em cosmologia) e da consequente possibilidade, para o homem (visto agora em sua concretude e relativa liberdade de ação históricas), modificar todas as suas leis e instituições pela via da vontade. Ou seja, efetivar uma revolução. Perceba-se que esse movimento seria impossível com a interdição de se pensar a ideia de "origem", obviamente sempre a ser recortada a partir de justificativa historicamente concreta e balizada – no caso da tese central de Israel, o inegável impacto e a difusão, mesmo que clandestina, da obra de Espinoza pelos países circunvizinhos em fins do século XVII e ao longo de todo o XVIII. Aparentemente, o esforço de Foucault, Veyne e Chartier, entre outros, para escapar dos perigos da teleologia e da obsessão pelo poder de reconhecimento de uma origem, numa guinada anti-idealista (e anti-história das ideias), acabou por obnubilar a visão sobre a possibilidade de, de fato, distinguir-se origens ideadas, sistematizadas como ideias filosóficas. O combate à tendência idealista e abstratizante da sistematização filosófica (típico dos anos 1960-70 no campo historiográfico e mesmo filosófico francês), inclusive da filosofia marxista, sempre tão influente na historiografia do século XX, não pode eclipsar o fato de que ideias surgidas no meio filosófico (bastante valorizado, nos *salons* dos séculos XVII e XVIII), sistematizadas ou fragmentárias, pervadem a vida social por meio da lógica dos discursos postos a circular – como bem descreveu o próprio Foucault. Dai a possibilidade da descrição de seu surgimento (das ideias), bem como de sua contraposição, de seu choque e de sua absorção generalizada, nos debates, na ação e, a seguir, nas instituições. Cf.: Israel, Jonathan. *Radical Enlightenment. Philosophy and the making of Modernity 1650-1750*. Oxford: Oxofrd University Press, 2001; *Idem*. *Une révolution des esprits. Les Lumières radicales et les origines intellectuelles de la démocratie moderne*. Marseille, Agone, 2017.

sem partir de teses prévias de amplo escopo. As poucas – mas para nós preciosas – conclusões a que chegamos, em nosso esboço de conceituação (por exemplo, para citarmos duas, de uma condensação no aqui-agora narrativo, ou na dinâmica da dessublimação e da ressublimação, que tentamos circunscrever), a nosso ver emanaram daquela leitura cerrada e comparativa. Entre os vislumbres tardios, surgidos já num momento de revisão dos trabalhos concluídos há mais de dez anos (em 2007), está o da possibilidade de investigar se há uma transformação no seio da literatura de libertinagem no sentido de incorporação na narrativa da justificação basal das chamadas "Luzes radicais" (J. Israel).[3] Fica aqui apenas a indicação: será que a partir da autoconsciência do ganho com a transgressividade da moral, também romances e contos de libertinagem não teriam sido veículos privilegiados de divulgação das "Luzes radicais"? Lembremos que tais "Luzes radicais", com Diderot, mas também com o conde de d'Holbach e Raynal, próximos ao primeiro, incluíam a ideia de um perspectivismo moral, por exemplo, no *Suplemento à Viagem de Bougainville* ou no prefácio a *História das Duas Índias*: comparando a moral europeia com a dos índios do Taiti, por exemplo, podia-se pensar que os costumes (entre os quais, também os políticos, pautados nas instituições do Antigo Regime...) não são como são por natureza, mas por cultura, ou seja, por convenção, normatização e, no limite, constrangimento social e opressão das elites.

Outras referências nessa via de investigação foram Erich Auerbach e Leo Spitzer, cujas obras são provas cabais do embate minucioso com o texto, para além das visões generalizantes que os queiram classificar segundo quadros teóricos pré-ordenados, bem como descontextualizar, julgar segundo padrões anacrônicos e, portanto, empobrecer. Contra

3 Vide nota anterior.

qualquer teleologia ou sistematização a contrapelo, temos como arma só a leitura cuidadosa do que os textos dizem (ou demonstram) não só da época em que surgiram, mas também da prosa de ficção, em geral, e de si mesmos e dos homens e mulheres de sua época, em particular.

Assim procedendo, esperamos ter flagrado não a origem do romance nem a do teatro modernos, nem mesmo a de uma nova forma de narrar e ler/ver obras, nas páginas ou no palco. Apenas cremos ter iluminado certos aspectos das transformações por que passaram a narrativa e a leitura/assistência nos anos em torno do período 1730-50, rumo a certa modernidade eurocentrada. Trata-se de momento que viu surgir uma nova mímese ou verossimilhança, ainda pouco "condensada em um presente intensamente sentido" (segundo a fórmula que propomos nos itens 1.16 a 1.19, no Capítulo 1), mas já contrária ao afastamento clássico típico. É a mímese típica de Prévost e de Marivaux, que já inclui elementos como o martírio subjetivo individual e o amor como tema sério e romanesco por excelência, mas ainda sem a compressão radical da subjetividade no aqui-agora, observada em *Pamela*. Não por acaso, é a época em que o mesmo Marivaux criava uma prosa coquete e frívola que representava uma reação – dir-se-ia aristocrática – ao peso que aquela condensação propunha. Isso porque o que chamamos de condensação do presente vivido intensamente só se mostra textualmente eficaz em conexão com a opressão dos sentimentos – com o novo patético que surgia na época.[4]

O patético não representava mais o *pathos*, as paixões grandiosas e sobre-humanas que o neoclassicismo consagrara, mas sentimentos cotidianos, banais, embora pressionados por situações de intensidade emocional num aqui-agora contingente e opressor. O herói, o prota-

4 Como se percebe pela frase seguinte, "patético", na presente conclusão, refere-se não ao classicismo, mas à nova forma de comoção promovida e requerida pela narrativa sentimental.

gonista não precisava mais ser especial em sua condição social – as situações por que passava é que o eram, suficientemente, a partir de um igualitarismo do sentir. Isso porque o sentir de qualquer um, do protagonista ao leitor/espectador, passava a ser valorizado como base singular da construção da subjetividade individual, a qual se processava na nova imanência do cotidiano. Nesse cenário, Marivaux é a um só tempo realista-sentimental e frívolo; sua Marianne é uma nobre sem o saber, mas se martiriza como uma moça pobre, martirizando, desse modo, os leitores; essa nova estrutura semântica e esse novo contrato de recepção favorecem um agravamento do sentimental no contingente, contra o grandioso e o ideal no tempo dilatado do classicismo – a glória, a magnanimidade, a coragem, sempre diante do tribunal da eternidade pagã. Em vez de falarmos em "marco zero", o leitor/crítico cuidadoso talvez faça melhor em apontar mudanças insidiosas, insinuantes. Algumas a serem, inclusive, abandonadas pelo caminho das vicissitudes do caminhar (errático) da cultura. De todo modo, o classicismo não se transformaria de um só golpe.

A retomada de alguns aspectos do que propomos serve aqui para tentar demonstrar o esforço requerido para se compor um retrato o mais possível complexo de determinado momento histórico nas letras, há três séculos. Se em sua obra Marivaux não é nem só coquete, nem apenas realista-sentimental, embora já não seja clássico, Richardson não pode ser visto apenas como um autor de manual de cartas, travestido de dúbio romancista interessado, no fundo, em erotismo. Seu papel histórico e literário parece ser bem mais rico. Sem deixar de notar que a conclusão da trama pelo casamento compromete, retroativamente, a complexidade do romance (pelo menos segundo nossos padrões atuais), preferimos enfrentar o texto de *Pamela* como um desafio histórico-literário, em que estruturas formais e semânticas poderiam nos comunicar as tais mudanças a se insinuar na forma de escrever e ler, naquela época. Daí que nossa análise do romance se centre apenas na parte anterior ao casamento, nas ambiguidades erótico-amorosa e individual-psicológica ali ainda reconhecíveis. Para o primeiro romance de um editor, em um momento em que o gênero não estabelecera ainda seus cânones – por um lado, não se acreditava que ele os merecesse, por outro, nem todos os romances de um Swift ou de um Dafoe se encaixam no cânone moderno que consagraria *Gulliver* e *Robinson Crusoe* –, *Pamela* é sintomático e culturalmente relevante o bastante, na Inglaterra e fora dela, para merecer exame cuidadoso.

O fascínio despertado pelo romance na época em que surgiu e sua incorporação na irresistível corrente de *sensibilité* que tomou conta das letras e do teatro na França da época apontam para uma constatação nem sempre admitida. Não seria a "querela do sentimento", a partir da ideia de um igualitarismo (certamente individualista) do sentimento, algo que estrutura o modo como o Ocidente vê sua própria constituição individual e coletiva? Ele não regeria, na modernidade, o espaço público (as leis, o entorno social, a linguagem etc.) bem como o privado (não apenas os sociais, mas também os pseudoindividuais e singulares, como o inconsciente) mais do que faz supor, hoje, a reação a tal dimensão – a partir do desmonte crítico da sensibilidade, de Freud aos estruturalistas, de Mallarmé, Debussy e os impressionistas às vanguardas do século XX? Ou seja, ao retomarmos a discussão sobre a *sensibilité* não estaríamos, de alguma forma, apontando para uma região que os modernos, críticos e autores, deixaram de lado por conta da luta da literatura (a partir de Baudelaire e Flaubert) para desligar-se dessa espécie de ressublimação democrática que é a sensibilidade, vista em seu aspecto corporal contingente, bem como em sua dimensão estético-perceptiva?[5]

---

5 Lembremos, nesse ponto, que um autor que não pode ser acusado de idealismo romântico, como Gilles Deleuze, propõe um modo de repensar a questão da arte a partir de uma concepção de um campo criativo e autotransformador que

A discussão é ampla, e requer que organizemos seus termos. Em primeiro lugar, é importante recorrer a nosso item 1.16 (Capítulo 1), e às intuições de Auerbach ali expostas. Trata-se de notar como Racine e, em menor medida, já Corneille, aproveitavam-se de tendências dir-se-ia materialistas de modo a aproximar seu desenho do sublime e do sobre-humano dos impulsos corporais e fantasiosos, eróticos ou amorosos, do ser humano. Essa forma de ver a sublimação específica dos neoclássicos seiscentistas franceses nos ajuda a pensar em uma incorporação bastante plausível da tradição clássica, em teatro e em prosa ficcional, a novos momentos culturais. Ou seja, dado que, para um espírito clássico, a referência do Ocidente em termos de artes é a arte greco-romana, e dado que por cerca de 22 séculos essa fora de fato a referência única, não é inconcebível que as transformações que apontamos no século XVIII indiquem a inclusão de tal "mundo (hoje) esquecido" ao "novo mundo" que se anunciava. Em suma, tanto o novo realismo quanto o romance de libertinagem, por exemplo, podem ser vistos como tendo como referência o neoclassicismo seiscentista: são reações a ele ou incorporações de certos elementos dele.

Nesse sentido, a literatura que se convencionou chamar de sentimental, a da *sensibilité*, que estudamos especificamente nos Capítulos 3 e 4, poderia ser vista como uma "dessublimação" (o realismo de Prévost e Marivaux), com subsequente "ressublimação", rumo ao ro-

---

inclui sensibilidades (corporais e sígnicas) pré-linguísticas, alógicas e infra-racionais, nascidas de um embate imanente e empírico das forças corporalmente ancoradas (e sempre em devir) com o "mundo ao redor", no sentido de outras forças dinâmicas que afetam aquelas primeiras (e, como se sabe, todo esse esforço vocabular conceitual serve para nos afastar de uma visão de um sujeito capturável em sua unidade). Cf. DELEUZE, Gilles. *Diferença e repetição.* Rio de Janeiro: Ed. Graal, 2009; SAUVAGNARGUES, Anne. *Deleuze. L'Empirisme transcendantal.* Paris, PUF, 2009.

mantismo.[6] Os neologismos se justificam por conta da dinâmica que se deseja descrever. Se um Diderot deixa claro o objetivo de rebaixar a *condition* dos personagens, para favorecer a identificação agravada do espectador com os personagens ("dessublimação"), o encarecimento dos sentimentos e da verdade do coração chegará, no romantismo alemão e, na verdade, já com Rousseau, ao nível de um supra-humano (de um sublime, de uma "ressublimação"). Não se deve esquecer que as técnicas ficcionais e linguísticas experimentadas ao longo de vários séculos se incorporarão a essa segunda fase do esforço: se o sublime tinha história nas artes, ele integrará em outro arranjo, mas, sem dúvida, com elementos ancestrais, muitas vezes inconscientes a autor e leitores, o esforço de constituir o continente do novo sublime sentimental. O próprio Diderot aponta tal tendência em seu *Elogio a Richardson*. Como vimos no item 4.4 ("O martírio como modelo de purgação"), Jean Sgard reconhece dois tipos de realismo de Diderot:

> Um realismo didático, que realça a ilusão progressiva: pela "pluralidade de pequenas coisas" (...) Richardson faz concorrência com a natureza (...). E (...) um realismo visionário, que realça a ilusão fantasmática: nas cenas de loucura ou de morte, as "circunstâncias" e os pequenos detalhes verdadeiros servem tão somente para impor um "quadro" [*tableau*] grandioso.[7]

6 Do mesmo modo, desenvolvo a ideia de que o romance de libertinagem opera uma "dessublimação" com vistas a tornar imanente o ímpeto sobre-humano (clássico), visto então como sublime. O gênero surgido em 1735-36 encarece a busca não do impulso ou do desejo sexual como amoral, na trilha do Racine lido por Auerbach, mas da mestria na manipulação dos outros, sob o prisma de seu interesse individual. Interesse não propriamente ou especificamente sexual, mas tão somente de manutenção da fama e da reputação na Corte, por meio do agrado às mulheres – personagens fundamentais naquele ambiente.

7 SGARD, Jean. "Introduction: Éloge de Richardson – Janvier 1762". In: *Diderot. Arts et letters (1739-1766)*. Critique I. VARLOOT, Jean (org.). Paris: Hermann, 1980. p. 189.

Não seria essa bifurcação de Diderot índice de dois destinos reconhecíveis na literatura ocidental: de um lado, o realismo que acabará se consagrando em meados do século XIX, tratando de forma séria o cotidiano; de outro, o realismo "sublimado", por assim dizer, ou "ressublimado", já que foi preciso o advento do primeiro realismo, de Marivaux a Richardson, para que esse segundo, um realismo enlevado, na verdade um idealismo conduzido à seara literária (ou seja, o romantismo literário) pudesse surgir? É interessante notar que essa ressublimação não retoma, da tradição clássica (pré-realismo), a capacidade de alegorização ou de concisão, de *agudeza*, por assim dizer, em que o plano moral é resumido em máximas ("Tudo que Montaigne, Charron, La Rochefoucauld e Nicole puseram em máximas, Richardson pôs em ação. (...) A máxima é uma regra abstrata e geral de conduta da qual nos cabe a aplicação [*prática*] a fazer", escrevia Diderot em seu *Elogio a Richardson*, como citamos no item 4.3, acima). Como destaca Michel Delon ao se referir ao término precoce da tradição de contos e romances de libertinagem, com autores como Faublas, Nerciat ou Sade, no final do século XVIII:

> O princípio de abstração clássico que permitia falar do coração humano e da confusão de seus desejos por meio de uma só figura e de poucos episódios cede lugar à retomada repetitiva de cenas que nunca são verdadeiramente diferentes, [*embora*] nunca [*sejam*] de fato as mesmas.[8]

O ponto nos leva a pensar que o detalhismo da descrição e da repetição, típico do novo realismo favorecido por Marivaux e Richardson (e até destacado como característica básica desse realismo por Diderot no *Elogio* ao autor inglês) preparará o fim dos pruridos ainda abstra-

8 DELON, Michel. "La fin du libertinage?". In: *Du genre libertin au XVIIIè siècle.* Paris: Éditions Desjonquères, 2002, p. 46.

tizantes e, portanto, de corte classicista da libertinagem literária dos anos 1730-40, de Claude Crébillon, Duclos ou Godard D'Aucour. "Ao valor exemplar da narrativa *à la* Crébillon sucede a enumeração dos casos, ao inacabamento do romance que só pretende esboçar um itinerário moral sucede uma soma que desaba sob o peso das manias [*dos personagens libertinos*]".[9]

Se nos últimos autores do romance de libertinagem, tais como Faublas, Nerciat ou o Marquês de Sade, esse novo realismo ancorado no detalhismo da descrição repetitiva propõe ou impõe um patético do choque diante da violência de tais manias só praticáveis em locais retirados da esfera pública (no espaço semipúblico, semiprivado tacitamente aceito para a aristocracia sob o Antigo Regime), o caso do novo realismo de Marivaux e de Richardson é bem diferente. Trata-se de construir um novo tipo de patético, pelo qual personagem e leitor/espectador se identificam e se impressionam com as "manias privadas" (no sentido de escondidas do espaço público) constituídas pelos sentimentos e pelas consequências de valorizá-los, em contraste com aquilo que os pressupostos e negociações da vida pública aceita e prescreve. (Um passo adiante – que não demos no presente trabalho, mas que se anuncia como desdobramento do presente trabalho – seria o de criticar essa valorização como ela própria artificiosa e teatral, como estratégia pseudonaturalizante de construção da subjetividade individual não-racional; mas essa não teria sido exatamente o andar da carruagem ocidental, a desembocar numa crítica ampla de qualquer romantismo ou idealismo subjetivista, tendo a psicanálise e a fenomenologia – mas não só elas – como pontos de virada?).

De todo modo, ainda no cenário do que ocorria nos anos 1730-60, de Marivaux e Richardson a Voltaire e Rousseau, esse continente

---

9 *Idem*, p. 45.

íntimo dos sentimentos arrastaria o ser individual a decisões muito semelhantes a conversões religiosas, como indica Jean Sgard, ao fim da citação que destacamos acima: "Quando o realismo didático nos contém ao nos esclarecer, em detalhe, sobre a experiência cotidiana, o realismo fantasmático provoca ruptura e conversão; ele nos esclarece sobre o sublime da virtude, sobre uma moral do sacrifício".[10]

Na verdade, com óbvias influências cristãs (conversão e martírio/sacrifício), o realismo que desembocará no sublime romântico é totalmente coerente e justificável como procedimento semântico uma vez que a literatura buscará (também ao longo do século XIX, ao contrário do que se costuma crer) não apenas divertir, mas também instruir, para retomar a fórmula clássica de Horácio. Ou seja, ela tenta resgatar e manter, por meio da nova sublimidade do sentimento individual, uma função ética democrática para a literatura – para não falar na função ética e política (além de pseudo-comunitária...) da conjunção de subjetividades sob a unificação idealizada de um Estado-Nação. O teor positivo do sentimento é reconhecível por outro indivíduo (o leitor/espectador), pois este possui poder e direito de avaliação sensível (sintonia ou simpatia...), outorgado por sua pura e simples igualdade como cidadão portador de sentimentos – o Rousseau romancista se encontra, aqui, com o filósofo político, embora o encontro possa ser marcado pelo paradoxo. Se todos os homens (de bem) possuem sua "verdade do coração", podem julgar eticamente os atos e sentimentos de outros homens – e assim se confrontar, de forma catártica, com a ética desejável de seus próprios atos, ao comparar-se a outros homens, ou a modelos de homens em romances ou peças de teatro. É um modo de forçar (pela violência do contrato social que esmaga a vontade individual em prol da von-

10 *Idem, ibidem.*

tade coletiva) que as singularidades erráticas dos sentimentos de um Saint-Preux, no romance *A nova Heloísa*, se submetam ao que a racionalidade do *Contrato social* prescreve.

Em tensão com as ideias de Rousseau, a trajetória reflexiva e estética de Diderot parece mais aberta, nunca desembocando na nova opreesão da "vontade coletiva", que levará o genebrino a defender até a censura, já que para ele o povo não estaria sintonizado com o ateísmo ou com a amoralidade dos *philosophes* – com os quais, como se sabe, Rousseau acaba brigando. A questão ética é aí crucial, e Diderot parece ter dedicado seus últimos anos de reflexão e de ficção para tratar de suas relações com o indivíduo e com o coletivo (o social). Em ensaios de protoantropologia, como o *Suplemento à Viagem de Bougainville* ou a *História das Duas Índias*, bem como em contos e em peças como *Est-il bon? Est-il méchant?*, que traz a questão já no título, Diderot parece indicar que o combate aos limites pré-estabelecidos da moral é o ponto nevrálgico, no nível individual e subjetivo, de uma questão que é também social; ou seja, está na encruzilhada entre transformação do eu e social. Como percebido por Michel Delon, o *Suplemento...*, texto que defende a fonte da alegria como sendo física, corporal e, obviamente, amoral, inicia-se no ponto em que os contos *Ceci n'est pas un conte* e *Madame de la Carlière*, escritos meses antes daquele e apenas dois anos antes de *Est-il bon? Est-il méchant?* Impressiona a síntese, pela via estética, literária, o materialismo com raízes epicurista, espinozista e newtoniana.

> Os costumes de um indivíduo e de uma sociedade sofrem suas variações como o sol e a chuva, a temperatura e a pressão. A vida sexual tem ritmos fisiológicos e determinismos psicológicos que fazem com que o humor mude à medida da expulsão dos humores. A circulação do esperma à qual a religião e a moral pretenderam dar

> uma significação essencial é da mesma ordem do ciclo da água na atmosfera: uma pequena chuva libera o céu e apazígua o humor.[11]

Delon lembra que Rousseau, em seu *Devaneios do caminhante solitário*, usa a metáfora do barômetro a ser aplicado à alma (à subjetividade) para praticar em si mesmo "as operações que os físicos fazem com o ar para conhecer seu estado diário".[12] No caso de Diderot não se trata de metáfora aplicada aos sentimentos em dinâmica de montanha-russa (aqueles que Saint-Preux faz questão de expressar a cada página de suas cartas, no único romance de Rousseau, *Júlia ou A nova Heloísa*), mas de tirar da ética e da subjetividade em geral a aura mística que a divisão corpo/espírito lhes impunha havia séculos – aura essa em que o próprio Rousseau revitalizaria a partir da "ressublimação" pela via dos sentimentos individuais. "Atentai com cuidado, e vereis que a palavra liberdade é uma palavra vazia de sentido; que não existem, nem podem existir seres livres; que só somos o que decorre da ordem geral, da organização, da educação e da cadeia dos acontecimentos", escreve em sua carta a Langois.[13]

Ao esvaziar a aura ou o fetiche da autonomia subjetiva, pela via de um fatalismo que, no fundo (como tem demonstrado Israel), sintoniza-se com o tão temido materialismo panteísta espinozista (um modo de determinismo), Diderot luta contra a tendência do ex-amigo (Rousseau) de "ressublimar" o que deveria se encaminhar para um "realismo" que, no campo da arte, no máximo estabelecesse um novo pa-

---

11 DELON, Michel. Préface. In: DIDEROT. *Supplément au Voyage de Bougainville*. Paris: Gallimard, 2002, p. 17.

12 *Idem, ibidem.*

13 "Regardez-y de près, et vous verrez que le mot liberté est un mot vide de sens ; qu'il n'y a point et qu'il ne peut y avoir d'êtres libres ; que nous ne sommes que ce qui convient à l'ordre général, à l'organisation, à l'éducation et à la chaîne des événements". In: http://www.site-magister.com/landois.htm#axzz5gIhZi5xq

râmetro de grandiosidade (como destaca J. Sgard, acima). Em Diderot, no entanto, essa nova grandiosidade não é isolacionista, mas sim ligada à valorização do quadro (*tableau*), ou seja, do aqui-agora circunstancial no qual as *conditions* (as identidades, socialmente chanceladas, é claro) e as subjetividades estivessem sempre em perspectiva mútua, heterogêneas umas às outras, e, se possível, em diálogo – portanto, nunca isoladas, como o cada vez mais misantropo Rousseau defendia em seus devaneios de solitário.

O célebre e radical estilo do diálogo, utilizado tantas vezes por Diderot (de *O sobrinho de Rameau* a *Jacques, o fatalista*, do *Paradoxo do ator* ao *Suplemento...*), seria um índice da recusa ao isolamento e à fetichização da subjetividade individual – valia mais um esforço para tentar chamar à lucidez um pensamento ocidental sempre pronto a idealizar o espírito ou a subjetividade. Nesse ponto podemos tentar precisar que o *tableau*, definido por Diderot nas *Conversas sobre O Filho Natural*, constitui-se, enquanto conceito estético, como um momento patético ou sentimental (um aqui-agora vivido intensamente pelo espectador na plateia) em que as perspectivas dos personagens envolvidos convergem para uma emoção compartilhada, o que está bem longe da valorização rousseauniana de cada momento ("barométrico"...) da vida íntima e de cada variação dos sentimentos. A concentração num instante intenso e perspectivístico (ou seja, nunca homogêneo, embora eventualmente dialogável) ocorre tanto no palco (intradiegeticamente) quanto na plateia.

Num cenário acadêmico em que a hipótese de um historiador como Jonathan Israel, colocando o materialismo espinozista de Diderot no centro do que ele chama de "Luzes radicais" – em contraste com as "moderadas" –, tem ampla repercussão, a releitura da vertente patética-sentimental da obra de Diderot (*A religiosa* sendo um romance no mesma sintonia de *Pamela* ou *Clarissa*) deve ser contrastada com a vertente transgressiva da moral estabelecida, favorável à libertinagem. Diderot aparece como um pensador inclusivo: tenta entender tanto a pregnância identificatória (mas não fetichizada nem solipsista) do patético e sentimental, quanto o nível objetivo e coletivo da recepção da obra teatral ou literária, um nível que seria indiferente a humores individuais. O *tableau* instaura um patético e ético em que a transgressividade das leis (inclusive morais), quando porta verdades supraindividuais, deve servir de modelo impactante para a coletividade (uma nova catarse pela via do realismo patético-sentimental).

Célebres leitores alemães de Diderot e Rousseau – entre eles, Kant e Schiller, esses dois inauguradores germânicos do pensamento estético romântico – tentarão elevar o sublime (ou seja, propor sua própria "ressublimação" moderna) à condição de nova via de impacto no receptor da obra de arte de modo a que ele acesse o nível da razão, ultrapassando qualquer cálculo, conceito ou o finito entendimento. Perceba-se que esses dois admiradores dos *philosophes* se esforçam para pensar a arte como abalo da sensibilidade: para além do belo (o antiquíssimo agradável, base do gosto clássico), era preciso pensar o sublime também como impacto de desprazer, de modo a permitir o "livre jogo" das faculdades (sensibilidade-imaginação-entendimento) e a ascensão para além do entendimento. Desse modo, o campo recém-desbravado do juízo estético, pela via do novo sublime, levaria o espectador ou leitor a um ultrapasse daquele mesmo prazer contra o qual Rousseau se batera por ser sensação autobajulatória e indulgente para a aristocracia, que ia ao teatro para sair satisfeita consigo própria, depois de se ver em boa figura no palco, como ele descreve na *Lettre à D'Alembert sur les spectacles.*[14] O conceito de

14 Cf. ROUSSEAU. *Lettre sur les spectacles*. http://www.espace-rousseau.ch/f/textes/lettre%20%C3%A0%20d%27alembert%20utrecht%20corrig%C3%A9e.pdf. *Carta a D'Alembert.* São Paulo: Editora Unicamp, 2015.

tableau diderotiano era, ele também, uma tentativa de pensar um impacto identificatório que atingisse o homem comum (dai o rótulo de *comédia burguesa*) em sua dimensão comuníssima: a *condition* é a característica comum dos homens e mulheres quaisquer, democratizados: pais, filhos, comerciantes, serviçais etc. – todos e qualquer um é capaz de se reconhecer, se envolver e se abalar com o *tableau*. Em Kant e Schiller, a noção de um abalo (produção de sentimento, de sensação) no leitor ou espectador pela via do desprazer se ligava, também, à ideia de uma capacidade de autonomia dos sentimentos por parte desse leitor/espectador: ele era capaz de, a partir do abalo desprazeroso, trabalhar subjetivamente para atingir o âmbito da liberdade para além do sensível e do inteligível, no campo do que Schiller chamaria de "sensível-infinito" de modo a reunir a faculdade mais corporal, física e finita, posto que ligada à necessidade (a sensibilidade), com a mais abstrata, metafísica e infinita, já que desembocando na liberdade (a razão).[15]

O que começara na França com uma "dessublimação" (realismo e romance de libertinagem) e se desdobrara em uma "ressublimação" dos altos e baixos da "verdade do coração" em embate com o mundo objetivo (Rousseau) ganha finalmente uma arquitetura filosófica sistemática pela via do reconhecimento, em qualquer leitor, da capacidade de aceder à autonomização suprassensível e (no caso de Schiller) moral, unindo a ideia de impacto sensível no leitor com uma educação ética e estética de todas as faculdades – uma produção de subjetividade, uma formação subjetiva total do indivíduo que se deixa impactar pelas obras de arte. A sensibilidade, palavra tão afeita ao século XVIII, será a base do que se denominará de "experiência estética" a partir de Kant e Schiller. A sensibilidade tem, portanto, lugar cativo nas alturas da

15 Cf., entre outras passagens: Schiller. "Sobre o sublime". In: *Do sublime ao trágico*. São Paulo/Belo Horizonte: Autêntica, 2011, p. 65-69.

sistematização filosófica, por mais abstrata que ela se queira. O corpo, o sub-racional, a imaginação, o suprassensível ou sensível-infinito – o pensamento da modernidade quer levar em conta toda a órbita do que Platão limitara como tão somente ideal ou inteligível.

Tal estrutura ética e mesmo política se manterá no horizonte do pensamento francês e alemão até que o realismo do século XIX venha atacar essa "ressublimação" generalizada empreendida a partir da condensação (realista) dos sentimentos no momento vivido como contingente e opressivo, já que intenso – vivido tanto pelos personagens, no texto, como no caso das perseguições a Pamela, quanto pelos leitores, diante do texto. Chegara o tempo de Balzac e Stendhal. O realista tardio e grande pensador dos próprios limites do realismo que foi Gustave Flaubert perseguirá o desbaratamento das contradições do próprio realismo, que prometia acesso fidedigno à realidade para que se pudesse transformá-la, traindo, assim, a um só tempo, crença num real unificado e desconfiança quanto à opressão que aquele real impunha. A indiferença moral que passa a ser uma espécie de Santo Graal de Flaubert, o realista que, paradoxalmente, saiu em busca da autonomia estética e do "livro sobre nada" (a forma sobrepondo-se ao conteúdo), é um projeto que só se cumprirá em alto grau com Mallarmé e com as vanguardas do século XX. Obviamente, o abalo ou impacto no leitor será pensado de outra forma, não mais pela via de uma identificação pelos sentimentos (Richardson e Diderot), nem pelo impacto do supostamente terrível (Kant e Schiller), mas pela via de uma indiferença produtiva que daria acesso não mais a um domínio da liberdade e autonomia ética humanas (Schiller), mas do domínio das estruturas abstratas da língua (Mallarmé) e das formas em geral (impressionistas, Debussy etc.).[16]

16 A obra de Thomas Pavel é uma prova viva de que o nível patético-sensível de recepção da obra literária (e, como no caso do presente trabalho, a constitui-

Na hipotética história do embate entre literatura e moral, ainda a ser escrita, talvez já se reconheça nos satíricos ingleses do século XVIII, como Fielding e Sterne, essa vontade de autonomia da ficção em relação à moral. Ou mesmo no dialogismo de Diderot, que apontava para um perspectivismo da própria moral (e textos como o *Suplemento à Viagem de Bougainville* traria a argumentação filosófica desse perspectivismo moral). Mas não se pode esquecer que são olhos de hoje que rearrumam assim o passado das letras: os próprios Fielding e Sterne justificavam sua liberdade com base nas regras clássicas que admitiam o cômico como retrato do ridículo, com vistas, é claro, à condenação dos vícios – eis que a moral se insinuava novamente, e como alicerce da escrita satírica[17].

Como esperamos que se possa inferir nesse nosso retorno à questão do moderno, o cuidado em não projetar teleologias ou modelos atuais à literatura da época parece ter nos ajudado a ler tais textos, bem como as quatro peças escritas, na França da época, a partir de *Pamela* – os textos de Boissy, La Chaussée, D'Aucour e Voltaire –, sem contar as peças de Gresset (*Le méchant* [O maldoso ou O cruel]) e a *Mélanide*

ção histórica desse nível) volta a ganhar interesse central nos estudos literários mundiais no momento em que a influência do estruturalismo – que focava sua análise nos fenômenos ligados às estruturas impessoais e universalizantes das obras, tendo a língua (linguística) e o inconsciente (psicanálise) como esteios não-patéticos e infrassensíveis – diminui. Pavel é um autor central na retomada franca da análise dos níveis identificatórios das obras, níveis que ele tenta captar desde os primórdios do romance, imbricando de forma frutífera os níveis menos patéticos (o idealismo que ele aponta na base temática dos romances desde a Grécia antiga e até no Oriente) e os níveis mais sensíveis e emocionais. Nosso trabalho, portanto, deve muito ao *tour de force* de Pavel representado por *La pensée du roman* e *The lives of novel*.

17 Cf.: o prefácio de *Joseph Andrews*, de Henry Fielding, é uma peça clássica de defesa da prosa cômica de ficção com base nas regras clássicas. Muitas de suas justificativas são as mesmas de Molière em meados do século anterior, o XVII. FIELDING, Henry. *Joseph Andrews*. Londres: Penguin, 1985 (1742), p. 25-31.

de La Chaussée, não como defesas anacrônicas do "lacrimoso" ou, no caso das comédias, ataques a ele, mas como invenções narrativas inseridas nas tensões estéticas de que vínhamos falando. Como tais, esses textos indicam esforço de digerir a voga da *sensibilité*, cuja força é patente. E se o é, não seria o caso de admitirmos, nós, tão afastados no tempo, que a dimensão sentimental/sensível tenha conformado a própria literatura no modo como a conhecemos, sendo incorporada como traço cultural a unir textos/peças e leitores/espectadores, desde o século XVIII? E se assim for – com a devida ancestralidade outorgada às *Cartas portuguesas* e à *Princesse de Clèves* –, não seria o caso de pesquisar tal fase intermediária não como preparação ao romantismo vindouro, com sua profundidade filosófica, nem como breve antessala do hoje desvalorizado melodrama?[18] As dimensões da *sensibilité*, se pensadas em termos gerais, e do *larmoyant* [lacrimoso], expressão ligada ao excesso que chega à borda dos olhos, não teriam sido propriamente o que permitiu a relação mais básica e intensificada entre texto e o leitor/espectador comum pelos séculos seguintes? Tanto em Prévost, Marivaux, Richardson e Rousseau (com a ancestralidade de Guilleragues e Madame de Lafayette), quanto em Kant e Schiller, a palavra "sensibilidade" leva a que nunca se abandone a dimensão corporal (que pode ser lacrimal), afetiva, pré- ou sub-racional, sub-intelectual, pré- ou sub-linguística etc. A modernidade parece ser antiplatônica desde os anos 1740, de modo a pensar a literatura como impacto numa subjetividade de ora em diante impossível de ser pensada em separado do corpo e de seus desvãos não-racionais.

Se o texto se presta a elevações estéticas e abstratas não afetados pelas emoções, mesmo o especialista mais ligado às estruturas não afetivas do texto, do cerebralismo etéreo de Mallarmé ao distan-

18 O gênero só será valorizado a partir de 1801, com Guilbert de Pixérécourt. Cf.: GINISTRY, Paul. *Le mélodrame*. Paris, Louis-Michaud Éditeur, [1910?].

ciamento de Brecht, reconhece que, sem o alicerce da tensão que se poderia chamar de sensível ou sígnica, a forma não se preenche de sentido. Em outros termos: se a relação do leitor/espectador com o lido/visto pode chegar a níveis abstratos de neutralidade emocional, em que a busca formal supostamente pura tomaria a boca de cena, mesmo nesses casos extremos como denominar a tensão subjacente à leitura ou às descobertas estruturais do leitor? Não seria ela emoção, ou afeto? Ou afetação corporal, em algum nível? E a falta dela não constituiria tão somente uma leitura cerebrina e metafísica (no sentido derridiano de um modo de pensar e agir calcado no par sujeito-objeto, com a proeminência do primeiro)?

Se a arte moderna logrou um esvaziamento semântico, pelo qual o próprio da formalização artística pôde surgir em sua pureza ou inteireza, a verdade é que, a semântica tendo se exilado na forma, ela se mantém no nível da relação entre corpo (do espectador/leitor) e obra, ou seja, entre dimensões pré-racionais, pré-linguísticas, pré-lógicas que, para pensadores como Gilles Deleuze, também concorrem em qualquer produção de sentido. E não era exatamente nisso que Diderot estava interessado ao procurar uma nova forma de escrita e encenação, de modo a causar impacto emocional antes impensado, certo dilacerar-se do leitor/espectador? Não tentava adaptar, aproximar e, em seguida, criticamente, distanciar essa nova forma de escrever/ler/ver à linguagem própria ao classicismo, da qual era filho? E nesse movimento, ele não chegou a propor uma nova teoria da "catarse moderna" em que o não-linguístico e o corporal (as *conditions* identificatórias,[19]

19 Obviamente, como se trata de momento de fio da navalha entre classicismo e modernidade, os escritos de Diderot apontam para um lado que a própria modernidade pós-romântica tentaria destruir criticamente: a da semântica personificada, com identificações localizadas em cada personagem, segundo sua classe social, sua profissão, seu lugar na família (sua *condition*, vista, agora, como modo negativo a impedir a disrupção interpretativa).

os *tableaux*, os gestos, o corpo do ator, até os gritos e sons guturais no palco também concorriam para a conformação do sentido da obra) teriam peso talvez igual ao *pathos* promovido pelo discurso (*logos*)?[20]

Em todo esse debate, no entanto, um ponto que não podemos perder de vista é que, como já adiantamos em algum grau, mesmo nos níveis mais rarefeitos da arte do século XX, o trabalho de leitura pressupõe uma ressemantização da obra, de modo a articulá-la a algum conteúdo partilhável por mais de um leitor (pense-se na intermediação inexorável e frenética dos curadores, críticos, acadêmicos e mesmo *maîtres à penser*, que chega à profusão e mesmo ao paroxismo no século XX). Se as obras ditas modernas, de Stéphane Mallarmé a Paul Celan, de Munch a Malevitch, apontam para a rarefação formal e abstrata da construção de sentido, curadores, críticos e teóricos de vários matizes integrarão tais experiências artísticas a um pano de fundo que prima pela coerência sistemática (filosófica) e mesmo afetiva (a relação da obra com o discurso sobre a obra como celebração do encontro entre obra e leitor/espectador, ou seja, como tributo à

20 Aqui é preciso retomar a indicação da via proposta por Thomas Pavel (ver nota 16, acima), e referir sua estratégia, a nosso ver bastante frutífera, de localizar elementos formais e semânticos que fazem com que a ligação (inclusive patética e emocional) entre leitor e obra se mantenha um ponto inegociável e, portanto, alicerçante do próprio fenômeno literário na cultura ocidental. A ousadia suplementar de Pavel foi ter apontado elementos identificatórios e emocionais, até hoje vigentes e reconhecíveis no gênero romance, que estabeleciam (e continuam a estabelecer!) uma ligação patética e emocional com os leitores. Tal passo adiante do crítico e teórico teria a força de nos incitar a uma reavaliação do corte radical – por nós empreendido neste estudo – entre classicismo e literatura sentimental e pré-romântica, na França do período pesquisado. Mesmo justificando tal ênfase de nossa parte pelo fato de na França dos séculos XVII e XVIII o classicismo ter sido mais central e pregnante culturalmente do que na Inglaterra e nas regiões que depois formaram a Alemanha, reconhecemos que as indicações de Pavel podem ser de imensa valia para a compreensão das relações patéticas entre obra e leitor.

singularidade de experiências estéticas localizadas – as quais, no limite, seriam indizíveis...).[21]

Nesse sentido, grande parte do que se lê ou a que se assiste hoje, no mundo todo, guarda alguma relação com o tema de nosso estudo – apesar de seu aparente recorte histórico específico. Na verdade, o que se acaba descrevendo nas páginas antecedentes é uma mudança na forma de comunicação artística no Ocidente, que parte de uma tradição que levava em conta modelos clássicos e chega a um modo inédito de criar (e fruir) verossimilhança. Obviamente, tal transformação na sensibilidade estética só se pôde efetivar levando-se em conta mudanças sociais, econômicas e materiais de grande importância. Destaquemos, aqui, apenas duas delas: 1) o novo comércio democrático de livros, a permitir acesso individual da classe letrada às mesmas páginas bem impressas; 2) a aceitação ampliada do individualismo da sensibilidade, a alicerçar a vida urbana, capitalista e burguesa, a partir do incentivo ao empreendimento individual

21 É bastante rica e extensiva também a pesquisa mais recente de Hartmut Rosa, em especial no seu livro *Résonance* (Paris, Éditions la Découverte, 2018). Nos capítulos em que se concentra na questão da estética, Rosa propõe que a arte tira sua força (mesmo nos produtos da indústria cultural!) da relação formal, bem como da própria tematização do que chama de "ressonância" entre obra e leitor, que reproduziria e comentaria a relação de "ressonância" entre o indivíduo e o mundo, de uma forma geral. Pela via de filiação da teoria crítica alemã, ele aponta para o fato de a recepção da obra de arte ser, ao mesmo tempo, uma intensificação (afetiva...) que remete à possibilidade de "ressonância" – dir-se-ia paradisíaca ou ideal, já que nunca favorecida pelas relações sociais de uma modernidade pautada pelas relações impessoais (racionais e burocráticas) e calculáveis e, portanto, alienadas. A arte tematizaria, ao mesmo tempo ou alternadamente, a possibilidade remota (e agradabilíssima) de "ressonância" total e a angústia do impedimento de se alcançar tal "ressonância". Além disso, dependeria da própria capacidade, nem sempre exercida no dia a dia dos indivíduos na modernidade, de "ressonância" (sintonia) afetiva/corporal/sensível entre o indivíduo e um objeto, no caso, artístico. Logo se veem as interseções possíveis com nossa perspectiva de estduo e análise no presente trabalho.

e ao autoexame subjetivo. A partilha da leitura e dos valores da nova subjetivação sensível favorece a identificação: a *comédie sérieuse* ou *bourgeoise* [comédia séria ou burguesa] será a assunção do burguês tanto às cadeiras do teatro quanto ao proscênio, numa alegoria do que ocorre na sociedade. Só que, para alegria tardia de Rousseau, o espelho que ali se estabelece entre espectador/leitor e obra dessa vez, por razões de dinamismo urbano capitalista, precisa de fato produzir uma imagem invertida. E o impacto afetivo e semântico não deixa de desempenhar um papel nessa produção autocrítica.

Tentamos fazer com que a visada histórica e sociológica de grande escala não comprometesse nosso exame pontual das mudanças que ocorriam nas obras e em quem as lia/via, bem como em quem sobre elas refletia, como Diderot. Mesmo porque, nem a aristocracia era um monobloco em seus costumes artísticos, nem a burguesia (ou o sujeito individualizado urbano moderno, para ampliar os termos da descrição) o será, nos séculos vindouros. Na verdade, o que se percebe no contato com os textos é que a nova narrativa calcada na sensibilidade tenta agravar ou intensificar a experiência da escrita e da leitura, condensando ou comprimindo a sensação de espaço-tempo, como se o presente contingente passasse a ser vivido de modo forte por quem lê. Tal nova *sensibilité* (no sentido de postura receptora de textos e espetáculos) inclui o materialismo, que valoriza, por exemplo, as lágrimas, prova material e pública da emoção sentida, mas também remete a um além da experiência vivida. Tal além, no entanto, não está no palco alargado do tempo, como ocorria no classicismo, em que virtudes sobre-humanas, como a glória, a coragem ou o ímpeto guerreador, ultrapassavam as convenções e a mediania. Agora tal "além" está não no palco público, mas dentro de cada um: a ideia de sentimento abarcará tanto o âmbito das emoções advindas da sensibilidade corporal, quanto o da variação irrefreável e errática de estados íntimos (ou humores), a circunscrever o continente do coração (a ambiguidade de significado da palavra "sentir"). Assim, o sentimento irá além da realidade perceptível pelos sentidos, apontando um além do presente concreto, interno ao próprio presente.

O coração passa a ser o oceano imprevisível que escapa às regras sociais, aos constrangimentos institucionais, às regras morais. Apesar de *Pamela* não valorizar tal transbordamento no que toca à afeição que Mr. B. vai sentindo, gradativamente, pela criada, nem vice-versa, já que sua decisão parece pragmática, a verdade é que há a crença em um valor do sentimento de dignidade (de virtude) pessoal da protagonista: esse é seu lastro. Contra toda a ancestralidade cultural e social, ela se agarra a tal verdade, experimenta um martírio por conta disso, mas, no final, triunfa sobre o *socius* – périplo ligado à classe, já que Mr. B. não passa por nada igual a isso. A aposta no sentimento individual (uma forma nova e, de certa forma, feminina de resistência) se mostra altamente recomendável para seres socialmente frágeis. Porém, antes ainda do romantismo, é mais tábua de salvação do resistente – sem garantias de reverter a situação prejudicial – do que bandeira antissociedade. Nesse sentido, o casamento é mesmo a melhor solução – embora o romance pudesse terminar aí: sem o ímpeto dos românticos para contrapor-se filosoficamente aos costumes vigentes, Pamela e Mr. B. descansam das ambiguidades fatigantes da primeira parte do romance nesse "final feliz" devidamente institucionalizado, que se estende demais, e se desdobra em um segundo volume.

Contudo, é preciso ter cuidado para não dar saltos muito lineares na análise desse "núcleo duro" da nova estética que se insinua pela pena de Diderot, depois de adentrar as letras francesas com elementos vindos da ancestralidade francesa (Guillerages, Madame de Lafayette, Prévost, Marivaux) e do fenômeno anglo-saxão (Richardson). Isso porque a compressão do presente vivido, promovida pela literatura da *sensibilité*, que recomenda esforço identificatório e lacrimal por parte do leitor, embute em sua mecânica seu próprio contrário. Trata-se, mais propriamente, de uma dialética interna à "nova catarse", bem percebida por Roger Chartier. Se Diderot descreve o que se opera na nova verossimilhança com sua teoria do *tableau*, numa passagem do lido ao visto, da página ao palco (nem que seja o palco mental do leitor de romances), sua trilha reflexiva acaba esbarrando no fato de que o visitante de uma exposição de quadros é, em grande medida, um contemplador passivo. Daí que a força que o quadro tem de engajar o leitor/espectador é, paradoxalmente, também uma armadilha para desengajá-lo. Em outras palavras, a presença patética do sentimento, impetuosa e dilacerante, na página ou na cena, pressupõe não apenas o engajamento sensível (afetivo, afetado) de quem lê ou vê, mas pode favorecer uma passividade identificatória (o espelho outra vez deixando de inverter a imagem – agora, da burguesia). Como fica claro em trecho que citamos no capítulo 4:

> Diderot inscreve (...) o romance nessa estética paradoxal e problemática que faz depender o efeito de uma obra da "... constituição de uma nova espécie de espectador – um novo sujeito – cuja natureza mais profunda consistiria precisamente em ser convencido de sua própria ausência da cena da representação".[22]

Não surpreende que no momento de constituição e de experimentação de novas formas narrativas, e de certo patético ou catártico que se tornará dominante na cultura, se instaure o paradoxo dos contrários: presença-ausência. A "presença ausente" do novo leitor/espectador o faz, a um só tempo, assoberbado pela força do presente comprimido com intensidade, na narrativa, e relaxado diante dos traços identificatórios e de puro reconhecimento emocional, anteci-

22 CHARTIER, Roger. *Inscrire et effacer*, op. cit., p. 166.

pando a via de uma futura rejeição do drama pelo drama – ou seja, o "drama burguês" que, ao longo do século XIX, se desenvolverá e logo se degenerá em melodrama teatral, sempre tentando cooptar grosseiramente o leitor/espectador pela via proposta por Diderot. O leitor/espectador também está, ao mesmo tempo, presente nos personagens com que se identifica, e ausente de si mesmo, se projetando na obra, fora de si. O prazer que a ilusão acarreta é, portanto, de uma só vez, condição *sine qua non* de uma nova catarse possível e perigo de apagamento dessa catarse, pela via não de um afastamento estilístico regrado pelo classicismo, mas de um sentimento de paralisia do prazer egoico da imagem de si individual, sentimento talvez novo no que toca à relação entre leitor/espectador e obra.[23]

Nessa via, parece-nos importante refletir sobre o porquê de Diderot oscilar entre um polo sério e outro cômico em sua obra romanesca. O campo da seriedade inclui o romance *La religieuse* [A religiosa], mas também a peça *Les fils naturel* [O filho natural], que ensejou seus dois ensaios teóricos sobre o teatro. O campo do cômico inclui, por exemplo, o romance *Jacques le fataliste et son maître* [Jacques, o fatalista, e seu amo], o conto filosófico *Le neveu*

23 A nosso ver, deve fazer parte das reflexões sobre a catarse e suas transformações culturais o pensamento sobre as potências, intensidades e energias como fluxos vitais autotransformadores para o leitor/espectador. Um modo fundamental de tratar tais questões foi proposto por Michel Delon no livro *L'Idée d'énergie au tournant des Lumières (1770-1820)*. Trata-se de entender também a relação do leitor/espectador com a obra em seu dinamismo moderno próprio, ou seja, a partir de uma nova concepção do sujeito como mutável a partir das intensidades (energia) que o atingem, no caso, por meio da obra de arte. Deixando para trás a antiga relação de um realismo aristotélico pelo qual homem e cosmos se integravam numa harmonia abstrata e hierarquizada (modo clássico-analítico), agora a visão do homem é a de um ser que pode ser afetado pelas energias que o circundam, e que o transformam, a arte sendo uma dessas forças. A investigação da virada das Luzes, tal como empreendida por Delon, é crucial para essa via reflexiva.

de Rameau [O sobrinho de Rameau] e sua última peça que, como já apontamos, a partir do próprio título estabelece a ética pessoal como tema: *Est-il bon, est-il méchant?* [Seria ele bom ou mau?], uma de suas derradeiras obras, de 1781. Na peça, Hardouin, *alter-ego* de Diderot, diz, a certa altura, em meio às tramas engenhosas que inventa de improviso com o fito de manipular amoralmente os personagens a sua volta, que lhe procuram pedindo favores: "Ah! Se Molière reaparecesse, com todo seu inacreditável gênio, quanta dificuldade não teria para obter o apoio das pessoas que ele tornou tão difíceis!"[24] A frase é dúbia, pois lhe pediram uma peça de teatro para ser encenada em um *théâtre de société* [teatro de sociedade], mas ele também trata seus amigos e conhecidos como títeres de seus atos. Em uma rápida autoavaliação, Hardouin diz para si: "Sirvo o vício, calunio a virtude... sim, mas a virtude simulada".[25] Como em *Le méchant* [O malvado, ou O cruel], de Gresset (1747), o personagem maledicente e astuto está no proscênio, só que, em 1781, valorizado como mestre das relações em sociedade. Não teria Diderot – diante mesmo do "caso" Rousseau, o genebrino que se bate contra o cinismo das altas rodas parisienses – percebido o limite da estratégia da "verdade do coração" ao apontar que os manipuladores ou *méchants* [cruéis], como Hardouin, fazem uma trabalho importante de desmascarar o novo modo como hipervalorização da virtude (dos sentimentos) como nada menos que uma simulação?

Tal virada de Diderot se justifica não apenas pela via da comédia. Isso porque, obviamente, nesse rico século XVIII francês, não será apenas o cômico a indicar indiferença diante do sentimento alheio pela via realista (a indiferença da tragédia e da épica era altiva e

24 DIDEROT, Denis. *Est-il bon, est-il méchant?* In: *Œuvres*. Paris, Gallimard, 1972, p. 1351.

25 *Idem*, p. 1311.

idealizante). Outro gênero surgirá como contraponto à dominância do novo patético sentimental. Se, na verdade, o cômico sobrevivera mesmo no seio do classicismo seiscentista, com Molière, e atravessará a cultura teatral ou romanesca da virada do século na França (de Lesage a Destouches, de Scarron a Voltaire), a verdade é que a nova forma literária proporá uma via não sentimental no próprio momento de instauração da *sensibilité* literária. É o caso do romance de libertinagem, cuja "dessublimação" centra a narrativa exclusivamente nas *liaisons* [ligações] entre homens e mulheres imanentes ao *monde* – homens e mulheres em busca da mestria na lida sedutora e amoral para manter a própria reputação.[26]

O etos libertino, surgido como aspecto literário sofisticado por volta de 1735-36, com *Les égarements du cœur et de l'esprit* [Os extravios do coração e do espírito], de Claude Crébillon,[27] não aspira a nenhum engajamento sentimentalmente agravado do leitor com o texto. Ao contrário, parece tentar, o tempo todo (e com o auxílio de aspectos da tradição clássica e aristocrática, apesar da propensão ao realismo, depois agravada por autores tardios, como Sade), esvaziar a pretensão amorosa como verdade do coração – e do texto como suposto acesso a tal verdade, no personagem e no leitor. O jogo pressupõe cumplicidade nas máscaras, nas escaramuças, no manejo do segredo e das zonas proibidas, em que o erotismo pode desposar a estratégia política, e onde os atos e palavras servem a interesses desligados da moral identificatória, já que ocorrem no domínio dos movimentos interessados da política pessoal. Não admira que um romance de tamanha importância como *La princesse de Clèves* seja também um ancestral da ascensão desse etos libertino, embora seu

26 Como se sabe, Diderot, quando jovem, não deixou de se dedicar ao romance de libertinagem, com seu *Les bijoux indiscrets* [As joias indiscretas] (1748).

27 Cf.: GOLDZINK, Jean. *À la recherche du libertinage*, op. cit.

desfecho seja francamente pró-*sensibilité,* Madame de Clèves terminando como mártir do novo partido dos sensíveis.

Sem nos alongarmos no tema, digamos que o romance de libertinagem tenta instaurar não uma "presença ausente" no sentido de uma intensidade dentro da qual se pressupõe uma indiferença possibilitada pela entrega passiva do leitor/espectador à ilusão (ao divertimento, no sentido originário de "*devertere*": afastar-se, desviar-se), mas uma "ausência presente". Dessa vez, é a indiferença quem está na boca de cena, como um estandarte do libertino, que não quer se envolver em constrangimentos morais, mas, ao contrário, luta por transitar no *monde* independentemente de tais pressões. Nesse jogo, é claro que o envolvimento se mantém como horizonte dir-se-ia recalcado, por trás da indiferença almejada. Prova-o o final das *Liaisons dangereuses* [Relações perigosas], em que os dois libertinos, o conde de Valmont e a marquesa de Merteuil, sofrem as consequências públicas de seus atos secretos. Mas já em *Les égarements du cœur et de l'esprit,* as idas e vindas erótico-amorosas do ainda indeciso Meilcour contrastam com a indiferença dura e descrente do libertino experimentado, Versac.

Grande parte das narrativas de ficção que grassam em livro, nos palcos e, a partir do século XX (como nota Auerbach no final de seu *Mimesis*), também no cinema devem seu impacto continuado àquela nova verossimilhança trazida pelos romances e pelas peças de cunho sensível/sentimental, com a catarse correspondente, que começou a se tornar hegemônica no período que estudamos. Um tal alicerce da cultura não pode ser visto apenas como fase exacerbada ou tosca na trilha rumo a uma nova indiferença, dessa vez, antissemântica e formal. Trata-se, muito mais propriamente, como já se destacou, de um âmbito sensível-corporal, a alicerçar a relação concreta, fenomênica do leitor/espectador com a obra. Nesse sentido, não haveria a possibilidade de uma teoria de base sensível-afetiva pela qual se captaria o impacto do signo na sensibilidade passiva-receptiva, de modo a criar questões em devir para um sujeito ele próprio também só compreensível em sua dinâmica em devir? Não estamos já no âmbito do que propõe um pensador como Deleuze em seu *Proust e os signos*, por exemplo? É apenas uma das vias – que, aliás, não exploramos nesse nível propriamente filosófico, no presente estudo – a indicar que há, em certos pensadores contemporâneos, um desrecalcamento da questão teórica constituída pela relação dir-se-ia afetiva entre texto/peça e leitor/espectador.

De 1735 a 1749, na França, a partir das novas formas realistas-sensíveis francesas, bem como do sucesso ambíguo e contraditório de um romance inglês, desenha-se uma nova forma de ler e ver textos em prosa ficcional e em peças de teatro. Tal fenômeno de envolvimento inaudito entre o público e as obras, literárias ou teatrais, acontece em uma cultura pautada por uma tradição galante e cortesã, em que a *conversation* fora valorizada a ponto de invadir o espaço narrativo ficcional, contra os cânones clássicos. Mas o novo engajamento afetivo por parte do leitor exigia não apenas que ele reconhecesse ali uma nova verossimilhança, mas que a narrativa se tornasse, para ele, algo como um espelho ético a inverter sua imagem e seus valores. Nesse sentido, nem o novo coquetismo, que deitava raízes em Madame de Sévigné e era elaborado pelo à época pouco prestigioso (como romancista) Marivaux, nem o romance de libertinagem, que tornava sofisticada e cerebral a linhagem licenciosa seiscentista, representavam caminhos capazes de selar aquele novo pacto entre a obra e o leitor/espectador. Um romance vindo de Albion, cujo título é, pela primeira vez, um simples nome de mulher, sem nenhum título de nobreza a antecedê-lo, será um ponto de entrecruzamento de características fundamentais na constituição do novo gosto, hoje chamado, de forma generalista, de moderno. Entender, em minúcia, por que especificamente o romance *Pamela* foi tão importante para essa transformação foi nosso projeto. Nem a superficialidade ligeira a transmudar o clássico em graciosidade coloquial e contingente de *salon* (a prosa coquete); nem a indiferença amoral dos que buscam obter ou manter a reputação no *monde*, por meio de conquistas eróticas (os libertinos). O novo modo de ler e ver pedia uma mudança mais acentuada, que incluísse tanto o coloquialismo banalizado, quanto o realismo ambíguo das ligações erotizadas. Tal mudança se encontrava em *Pamela*, e passou a ser referenciada ao romance como marco especial do surgimento de uma leitura envolvida e envolvente, de uma empatia agravada e de um engajamento por parte do leitor ou do espectador que, no extremo, podia experimentar um almejado dilacerar-se, com vistas à autotransformação pela via ficcional (o impacto do novo sublime como via para a experiência estética, diriam Kant e Schiller). O leitor/espectador, bem no fundo, sabe que tal novo fenômeno é um dilacerar-se artificial, induzido, e só leva a ilusão até onde ela lhe é de serventia na dinâmica subjetiva, mesmo que uma serventia crítica, autonegadora, já que potencialmente capaz de transformar e expandir sua imagem autoidentificatória. Mas a consciência do artificialismo da obra de arte, bem como o prazer identificatório imediato que o leitor/espactador experimenta não têm tanta importância, ao fim e ao cabo. Isso porque, no ponto final da obra, ou na derradeira cena, no teatro, o impacto e a transformação afetiva e estética iniciada no século XVIII por *Pamela*, na Inglaterra e na França, já terá nele produzido seu efeito em seu aqui-agora.

Bibliografia

ABRAMOVICI, Jean-Christophe. *Obscénité et classicisme*. Paris: PUF, 2003.

ABRAMOVICI, J.-C. *Le livre interdit*. De Théophile de Viau à Sade. Paris: Payot, 1996.

AMOSSY, Ruth (org.). *Imagens de si no discurso*. A construção do ethos. São Paulo: Editora Contexto, 2005.

ANEDOCTES dramatiques. Tome 1. Paris: Chez la Veuve Duchesne, Libraire, 1775. In: CÉSAR (Calendrier Électronique des Spectacles sous l'Ancien Régime et sous la Révolution). Disponível em: http://cesar.org.uk/cesar2/dates/dates.php?fct= edit&performance_UOID=106872>.

ANEDOCTES dramatiques. Tome 2. Paris: Chez la Veuve Duchesne, Libraire, 1775. In: CÉSAR. Disponível em: http://cesar.org.uk/cesar2/publications>. Acesso em: 03/05/2006.

ARISTÓTELES. Poética. In: *Poética clássica*. São Paulo: Cultrix, 1997.

AUERBACH, Erich. La Cour et la Ville. In: LIMA, Luiz Costa (org.). *Teoria da literatura em suas fontes*. Volume 2. Rio de Janeiro: Ed. Civilização Brasileira, 2002.

AUERBACH, Eric. *Le culte des passions*. Essais sur le XVIIè siècle Français. Paris: Éditions Macula, 1998.

AUERBACH, Erich. *Mímesis*. A representação da realidade na literatura ocidental. São Paulo: Editora Perspectiva, 1994 (1946).

AUERBACH, Erich. Racine et les passions. In: *Le cultes des passions*. Essais sur le XVIIè siècle Français. Paris: Éditions Macula,1998.

BAKHTIN, Mikhail. *A cultura popular na Idade Média e no Renscimento*. O contexto de François Rabelais. São Paulo/Brasília: Hucitec/ Editora da Unb, 1993.

BARBER, Giles. *Daphnis and Chloe:* The markets and metamorphoses of an unknown bestseller. Londres: British Library, 1989.

BARROS, André Luiz. A concepção de 'movimento' nas *Lettres portugaises* – Novo momento na representação da subjetividade ocidental. *Revista Alea* – Estudos neolatinos. Rio de Janeiro, nº 9/1, jan.-jun. 2007.

BARROS, André Luiz. Sade, mestre dos excessos e da apatia (posfácio). SADE, Marquês de. *Novelas trágicas*. São Paulo: Carambaia, 2017.

BATTEAUX, Charles. *Principes de la littérature*. Genebra: Slaktine Reproductions, 1967 (Paris, 1775).

BÉNICHOU, Paul. Morales du Grand Siècle. Paris: Gallimard, 1948.

BIBLIOTHÈQUE des theatres. Paris: Chez L.-François Prault, 1733. Disponível em: http://cesar.org.uk/cesar2/books/maupoint/display.php?index=0>. Acesso em: 01/07/2006.

BOISSY, Louis de. *Paméla en France, ou La vertu mieux éprouvée*, Comédie. Paris: Chez Jacques Clousier, 1745.

BOURDIEU, Pierre. *As regras da arte*. Gênese e estrutura do campo literário. São Paulo: Ed. Companhia das Letras, 1996.

BOUREAU, Alain. *Le droit de cuissage*. La fabrication d'um mythe XIIIè-XXè siècle. Paris: Albin Michel, 1995.

BURY, Emmanuel. *Literature et politesse*. L'invention de l'honnête homme (1580-1750). Paris: PUF, 1996.

CANDIDO, Antonio. *Educação pela noite & outros ensaios*. São Paulo: Editora Ática, 2003.

CASTIGLIONE, Baldassare. *O cortesão*. São Paulo: Martins Fontes, 1997.

CÉSAR, Calandrier Électronique des Spectacles sous l'Ancien Regime et sous la Révolution. Disponível em: http://cesar.org.uk/cesar2/publications>.

CHARTIER, Roger. *Do palco à página*. Publicar teatro e ler romances na época moderna – séculos XVII-XVIII. Rio de Janeiro: Casa da Palavra, 2002.

CHARTIER, Roger. *Inscrire et effacer*. Culture écrite et littérature (XIè-XVIIIè siècle). Paris: Gallimard/Seuil, 2005.

CHARTIER, Roger (org.). *La sensibilité dans l'Histoire*. Paris: Gérard Monfort, 1987.

CHARTIER, Roger. *Leituras e leitores na França do Antigo Regime*. São Paulo: Editora UNESP, 2003 (1997).

CHARTIER, Roger. *Origines culturelles de la Révolution française*. Paris: Éditions du Seuil, 2000 (1990).

CHARTIER, Roger. *Trajectoires et tensions culturelles de l'Ancien Régime*. Paris, Écoles des Hautes Études en Sciences Sociales, 1989.

COULET, Henri (org.). *La Régence*. Paris: Armand Colin, 1970.

CRAVERI, Benedetta. *L'âge da la conversation*. Paris: Gallimard, 2002.

CRÉBILLON FILS, Claude. Les égarements du cœur et de l'esprit. In: TROUSSON, Raymond. *Romans libertins du XVIIIè siècle*. Paris: Robert Laffont, 1993.

CRISTÓVÃO, Fernando Alves. *Presença de Fénelon no espaço literário luso-brasileiro: subsídios para um estudo*. Paris: Fondation Calouste Gulbenkian, 1983.

D'AUCOUR, Godard. *La déroute des Paméla*. Comédie en un acte en vers. Paris: Chez la Veuve Pissot, 1744.

DARNTON, Robert. *Boêmia literária e revolução*. O submundo das letras no Antigo Regime. São Paulo: Ed. Companhia das Letras, 1987.

DARNTON, Robert. *Lire au XVIIIè*. La nouvelle Heloïse et ses lecteurs. Lyon: Presses Universitaires de Lyon, 1985.

DARNTON, Robert. Vies privées et affaires publiques sous l'Ancien Régime. In: *Actes de la Recherche en Sciences Sociales*. Représentations du monde social. Textes, images, cortèges. Paris: Seuil, setembro 2004.

DE LERIS. *Dictionnaire Portatif Historique et Litteraire des Theatres*. Paris: Chez C.

A. Jombert, 1763. Disponível em: http://cesar.org.uk/cesar2/books/leris/view_ entry.php?id=3336&search_string=françois%2Bà%2Blondres&refresh=1152055258>.

DEFFAND, Madame du. *Lettres de Madame du Deffand*. Paris: Mercure de France, 2002.

DEFFAND, Madame du. *Lettres de la Marquise du Deffand à Horace Walpole*, auxquelles sont jointes des lettres de madame du Deffand à Voltaire. 4 volumes. Paris: Chez Ponthieu, 1824. Disponível em: http://www.chass.utoronto.ca/~trott/societe/ soc_M.htm>.

DeJEAN, Joan. A politização da pornografia: *l'École des filles*. In: *A invenção da pornografia*. Obscenidade e as origens da modernidade 1500-1800. São Paulo: Hedra, 1999.

DeJEAN, Joan. *Antigos contra modernos*. Rio de Janeiro: Editora Record, 2005.

DeJEAN, Joan. *The reinvention of obscenity:* Sex, lies and tabloids in early modern France. Chicago: The University of Chicago Press, 2002.

DELOFFRE, Frédéric. *Une Préciosité nouvelle*. Marivaux et le marivaudage. Paris: Slatkine, 1993 (Les Belles Lettres, 1955).

DELON, Michel. "La fin du libertinage?". In: *Du genre libertin au XVIIIè siècle*. Paris, Éditions Desjonquères, 2002.

DELON, Michel. *Le savoir-vivre libertin*. Paris: Hachette, 2000.

DELON, Michel. *L'idée d'energie au tournant des Lumières*. Paris: PUF, 1988.

DES BOIS, Aubert La Chesnaye. *Lettres amusantes et critiques sur les romans en général, anglois et françois, tant anciens que modernes, adressées à Miledy W****. [1740-41?]. (BNF-Gallica). Disponível em: http://gallica.bnf.fr/ark:/12148/bpt6k87356r>.

DICTIONNAIRE de la langue Française du seizième siècle. Paris: Librairie M. Didier, 1964 (1934).

DIDEROT, Denis. Écrits sur le théâtre. 1. Le drame. MÉNIL, Alain (org.). Paris: Pocket, 1995.

DIDEROT, Denis. Éloge de Richardson. In: Œuvres complètes de Diderot. Tome 5. Paris: Garnier Frères, Libreires-éditeurs, 1875. (BNF-Gallica). Disponível em: http://gallica.bnf.fr/ark:/12148/bpt6k23392d>.

DIDEROT, Denis. Est-il bon, est-il méchant? In: Œuvres. Paris: Gallimard, 1972.

DIDEROT, Denis. *La religieuse*. In: Œuvres complètes de Diderot. Tome 5. Paris: Garnier Frères, Libreires-éditeurs, 1875. (BNF-Gallica). Disponível em: http://gallica. bnf.fr/ark:/12148/bpt6k23392d>.

DIDEROT, Denis. *La religieuse*. In: Œuvres complètes de Diderot. Tome 5. Paris: Garnier Frères, Libreires-éditeurs, 1875. (BNF-Gallica). Disponível em: http://gallica. bnf.fr/ark:/12148/bpt6k23392d>.

DIDEROT, Denis. *Le neveu de Rameau – Satyre*. Paris, 1891 (Nendeln/ Liechtenstein, Klaus Reprint, 1972). BNF-Gallica. Disponível em: http://gallica.bnf.fr/ark:/12148/bpt6k278290>.

DIGEON, Aurélien. *The novels of Fielding*. Londres: G. Routledge, 1925 (original: *Les romans de Fielding*. Paris: Hachette, 1923).

DITL (Dictionnaire International des Termes Littéraires). Disponível em: http://www.ditl.info/arttest/art1235.php>.

DUCHÊNE, Roger. *Naissance d'un écrivain*. Madame de Sévigné. Paris: Fayard, 1996.

DUCLOS, Charles Pinot. Les confessions du comte de ***. In: TROUSSON, Raymond. *Romans libertins du XVIIIè siècle*. Paris: Robert Laffont, 1993.

EISENSTEIN, Elizabeth L. *The printing revolution in early modern Europe*. Cambridge: Canbridge University Press, 1996 (1983).

ELIAS, Norbert. *A sociedade de corte*. Lisboa: Estampa Editorial, 1972.

ELIAS, Norbert. *O processo civilizador*. Volume 2. Formação do Estado e civilização. Rio de Janeiro: Jorge Zahar Editor, 1998 (1939).

FAGAN, Barthèlemy-Christophe. *Théatre de M. Fagan, et autres œuvres du mesme auteur*. Tome premier. Paris: Chez N.B. Duchesne, 1760.

FIELDING, Henry. *Joseph Andrews*. Londres: Penguin, 1985 (1742).

FIELDING, Henry. *Shamela*. Londres: Penguin Books, 1990.

FLEURY, Jean. *Marivaux et le marivaudage*. Paris: E. Plon et cie., Imprimeurs-Éditeurs, 1881.

FUCHS, M. (org.). *Lettre a Mr. D'Alembert sur les spectacles*. Lille/ Genebra: Librairie Giard/Librairie Droz, 1948.

FUMAROLI, Marc. *Héros et orateurs*. Rhétorique et dramaturgie cornéliennes. Genebra: Droz, 1996.

GÉNÉTIOT, Alain. *Poétique du loisir mondain*. De Voiture à La Fontaine. Paris: H. Champion, 1997.

GINISTRY, Paul. *Le mélodrame*. Paris: Louis-Michaud Éditeur, [1910?]. GOLDZINK, Jean. À la recherche du libertinage. Paris: L'Harmattan, 2005.

GOLDZINK, Jean. *Comique et comédie au siècle des Lumières*. Paris: L'Harmattan, 2000.

GOLDZINK, Jean. *Le vice en bas de soie*. Paris: José Cortí, 2001.

GOULEMOT, Jean-Marie. *Esses livros que se lêem com uma só mão*. Leitura e leitores de livros pornográficos no século XVIII. São Paulo: Discurso Editorial, 2000.

GRAFFIGNY, Madame de. *Correspondance*. Tome 3. Oxford: The Voltaire Foundation/Taylor Institution, 1992. Johnson, N. R. (org.).

GRAFFIGNY, Madame de. *Correspondance*. Tome 4. Oxford: The Voltaire Foundation/Taylor Institution, 1996. Dainard, J. A.; Ducretet, M.-P.; Showalter, English (org.).

GRAFFIGNY, Madame de. *Correspondance*. Tome 6. Oxford, The Voltaire Foundation, 2000. Dainard, J.A. (org.).

GROETHUYSEN, Bernard. Les origines sociales de l'incredulité bourgeoise en France. In:

Philosophie et histoire. Paris: Albin Michel, 1995.

GUILLERAGES. *Lettres portugaises*. Paris: Gallimard, 1990.

GUYON-LECOQ, Camille. *La vertu des passions:* l'esthétique et la morale au miroir de la tragédie lyrique (1673-1733). Paris: Honoré Champion, 2002.

HABERMAS, Jürgen. *Mudança estrutural da esfera pública*. Rio de Janeiro: Biblioteca Tempo Universitário, 2003.

HANSEN, João Adolfo. O discreto. In: NOVAES, Adauto (org.). *Libertinos, libertários*. São Paulo: Companhia das Letras, 1996.

HAZARD, Paul. La pensée europeènne au XVIIIè siècle. Paris: Fayard, 1979 (1946). HOURS, Bernard. Louis XV et as Cour. Paris: PUF, 2002.

HUET, Pierre-Daniel. *Traité de l'origine des romans*. Paris: Chez N.L.M. Desessarts, éditeur, imprimeur-libraire, An VII (1796). (BNF-Gallica). Disponível em: http://gallica.bnf.fr/ark:/12148/bpt6k650112>.

JEANNERET, Michel. *Eros rebelle:* Littérature et dissidence à l'âge classique. Paris: Seuil, 2003.

KENT, John P. Crébillon fils, Mrs. Eliza Haywood and *Les Heureux Orphelins*: A Problem of Authorship. In: *Romance Notes 11*, 1969.

KEYNER, Thomas; SABOR, Peter (org.). *The Pamela controversy.* Criticisms and adaptations of S. Richardson's Pamela – 1740-1750. Vol. 1. Londres: Pickering & Chatto, 2001.

KREISSMAN, Bernard. *Pamela-Shamela.* Lincoln: University of Nebraska Studies, 1960. LA BRUYÈRE. *Les caractères.* Paris: Bookking International, 1993.

LA CHAUSSÉE, Nivelle de. *Mélanide.* Paris: Chez Parult fils, 1741. (BNF-Gallica). Disponível em: http://gallica.bnf.fr/ark:/12148/bpt6k1084947>.

LA CHAUSSÉE. *Paméla,* Comédie, en vers et en cinq actes. In: Œuvres de Nivelle de La Chausée. Paris: Chez la Veuve Dúchense Libraire, 1777. (Genebra: Slatkine Reprints, 1970).

LA ROCHEFOUCAULD. *Maximes.* Paris: Éd. J. Truchet, 1967.

LACLOS, Choderlos de. *Les liaisons dangereuses.* Paris: Gallimard, 1952.

LADURIE, Emmanuel Le Roy. *Saint-Simon ou o sistema da Corte.* Rio de Janeiro: Ed. Civilização Brasileira, 2004 (1997).

LAFAYETTE, Madame de. La princesse de Clèves. In: *Romans du XVIIè siècle.* Paris: Gallimard, 1958.

LAFOND, Jean. Littérature et morale au XVIIè siècle. In: *Critique et création littéraire en France au XVIIè siècle,* actes du colloque international du C.N.R.S. 4-6/06/1974. Paris: Éditions du C.N.R.S., 1977. p. 395-406. Cf.: LAFOND, Jean. *L'Homme et son image.* Morales et littérature de Montaigne à Mandeville. Paris: Champion, 1996. p. 27-37.

LANSON, Gustave. *Nivelle de la Chaussée et la comédie larmoyante.* Genebra: Slatkine Reprints, 1970 (1903).

LAROCH, Philippe. *Petits-maîtres et roués*. Québec: Presses de l'Université de Laval, 1979.

LELY, Gilbert. *Sade*. Études sur sa vie et sur son œuvre. Paris: Gallimard, 1967.

LETTRES du cardinal Mazarin. Amsterdã: edição do abade Soulas d'Allainval, [1740?].

LIMA, Luiz Costa. *História. Ficção. Literatura*. São Paulo: Ed. Companhia das Letras, 2006.

LIMA, Luiz Costa. *Limites da voz. Montaigne, Schlegel*. Rio de Janeiro: Editora Rocco, 1993.

LIMA, L.C. *O controle do imaginário & A formação do romance*. São Paulo, Companhia das Letras, 2009.

LIMA, Luiz Costa. *O fingidor e o censor*. No Ancien Regime, no Iluminismo e hoje. Rio de Janeiro: Forense-Universitária, 1988.

LONGO, *Dáfnis e Cloé*. Editora Pontes: Campinas, 1990.

LOUGH, John. *Paris théâtre audiences*. In the seventeenth and eighteenth centuries. Londres: Oxford University Press, 1972 (1957).

MANDROU, Robert. *De la culture populaire aux 17è et 18è siècles*. Paris: Stock, 1975 (1964).

MARIVAUX. *La vie de Marianne ou Les avantures de la comtesse de ****. Première partie. Paris: Chez Pierre Prault, 1731. (BNF-Gallica). Disponível em: http://gallica.bnf.fr/ark:/12148/bpt6k104316t>.

MARTINS, João Paulo. História e Romance: a ideia de história em 'As Aventuras de Telêmaco' e as relações entre o texto histórico e a prosa ficcional na passagem dos séculos XVII-XVIII. In: *I Seminário Brasileiro sobre Livro e História Editorial*. Rio de Janeiro: Casa de Rui Barbosa, 2004. Disponível em: http://www.livroehistoriaeditorial.pro.br/ pdf/joaopaulommartins.pdf>.

MATOS, Franklin de. *O filósofo e o comediante.* Ensaios sobre literatura e filosofia na Ilustração. Belo Horizonte: Editora UFMG, 2001.

MAUZI, Robert. *L'idée de bonheur en France au XVIIIè siècle.* Paris: Albin Michel, 1998 (1960).

MAY, Georges. *Le Dilemme du roman du XVIIIè siècle.* Étude sur les rapports du roman et de la critique (1715-1767). Paris: PUF, 1963.

McMURRAN, Mary Helen. *The eighteenth-century novel: National or transnational?* Nova York: Dissertação do Department of Comparative Literature, New York University, 1998. Disponível em: http://novel.stanford.edu/pdf/mcmurrin.pdf>.

MESNARD, Jean. *La culture du XVIIè siècle.* Enquêtes et synthèses. Paris: PUF, 1992.

MISTELET. *De la Sensibilité par rapport aux drames, aux romans et à l'éducation.* Amsterdã-Paris: Mérigot Jeune, 1777.

MODONA, Marie-Louise Nepi. Les premières réactions de la critique française devant les œuvres de Richardson (1742-1762). In: *Lingue straniere – Volume 16.* Roma, 1967.

MORTIER, Roland. *Le cœur et la raison.* Recueil d'études sur le dix-huitième siècle. Oxford/Bruxelas/Paris: The Voltaire Foundation/ Editions de l'Université de Bruxelles/Universitas, 1990.

NAVES, Raymond. *Le goût de Voltaire.* Paris: Slaktine Reprints, 1967 (1938).

PARFAICT, Claude et François. *Dictionnaire de Theatres de Paris.* Tome 5. (Parfaict Dictionnaire). Paris: Rozet, 1767. Disponível em: http://cesar.org.uk/cesar2/books/ parfaict_1767/display.php?volume=5&index=372>.

PAVEL, Thomas. *L'art de l'éloignement.* Paris: Gallimard, 1996.

PAVEL, T. *La pensée du roman.* Paris, Gallimard, 2003.

PERRIN, Jean-François; STEWART, Philip (org.). *Du genre libertin au XVIIIè siècle.* Paris: Éditions Desjonquères, 2004.

PRADO, Raquel de Almeida. *Perversão da retórica, retórica da perversão.* Moralidade e forma literária em "As ligações perigosas" de Choderlos. São Paulo: Editora 34, 1997.

RARE Book collection. Seção French Theatre. Melbourne: Monash University. Disponível em: http://www.lib.monash.edu.au/exhibitions/french/xfrtcat.html>.

REVISTA ALEA – Estudos neolatinos. Rio de Janeiro, nº 9/1, jan.-jun. 2007.

RICHARDSON, Samuel. *Pamela; or Virtue Rewarded.* Oxford/Nova York: Oxford University Press, 2001 (Edição de 1740).

RICHARDSON, Samuel. *Pamela; or, Virtue Rewarded.* Londres: Penguin Books, 1980 (Edição de 1801).

RICHARDSON, Samuel. *Paméla ou La Vertu récompensée.* Paris: Libreiarie A.G. Nizet, 1977 (Edição de 1742).

RICHARDSON, Samuel. *Clarisse Harlowe.* Paris: Chez Moutard, imprimeur-libraire, et chez Merigot le jeune, libraire, 1785.

ROCHA, João Cezar de Castro. *Literatura e cordialidade.* O público e o privado na cultura brasileira. Rio de Janeiro: Eduerj, 1998.

SAINT-SIMON. *Mémoires.* Tome premier. Paris: Gallimard, 1947-1958.

SÉVIGNÉ, Madame de. *Lettres choisies de Mme la marquise de Sévigné à Mme de Grignan, sa fille,* qui contiennent beaucoup de particularitez de l'histoire de Louis XIV. Troyes: Ateliers de Jacques Lefèvre, d'après Monmerqué, 1725.

SGARD, Jean. *Crébillon fils.* Le libertin moraliste. Paris: Éditions Desjonquères, 2002.

SGARD, Jean. *Prévost romancier.* Paris: José Corti, 1968.

SPITZER, Leo. Études de style. Paris: Gallimard, 1970.

STAAL, Madame de. *Oeuvres.* Tome 2. Paris: Chez Antoine Augustin Renouard, 1821. Disponível em: http://www.chass.utoronto.ca/~trott/societe/soc_M.htm>.

STAËL, Madame de. *De la littérature*. Paris: GF/Flammarion, 1991 (1800).

STAROBINSKI, Jean. *La transparence et l'obstacle*. Gallimard: Paris, 1971.

STEWART, Phillip. *Le masque et la parole*. La langage de l'amour au XVIIIè siècle. Paris: José Corti, 1973.

TALLEMANT. *Les Historiettes de Tallemant de Réaux*. Tome 2. Paris: Alphonse Levavasseur, Libraire, 1834. (BNF-Gallica). Disponível em: http://gallica.bnf.fr/ark:/ 12148/bpt6k315695>.

TARDE, Gabriel. *Les lois de l'imitation*. Paris: Kimé, 1993.

TAYLOR, Charles. *As fontes do self*. A construção da identidade moderna. São Paulo: Edições Loyola, 1997.

EXTE, Joseph. *J.-J. Rousseau et les origines du cosmopolitisme littéraire*. Genebra: Slatkine Reprints, 1970 (Paris: 1895).

THÉÂTRE du XVIIIè siècle. Paris: Éditions Gallimard, 1972.

TOCQUEVILLE, Alexis de. Œuvres completes. Tome VI. Correspondence Anglaise. Paris: Gallimard, 1991.

VALINCOUR. *Lettres a Madame la Marquise *** sur le Sujet de La Princesse de Clèves*. (BNF-Gallica). Disponível em: http://gallica. bnf.fr/ark:/12148/bpt6k8576m>.

VARGA, Kibedi. *Rhétorique et littérature: études de structures classiques*. Paris: Didier, 1970.

VARLOOT, Jean (org.). *Diderot. Arts et letters (1739-1766)*. Critique I. Paris: Hermann, 1980.

VASCONCELOS, Sandra Guardini T. *Dez lições sobre o romance inglês do século*

XVIII. São Paulo: Boitempo Editorial, 2002.

VERSINI, Laurent. *Le roman épistolaire*. Paris: PUF, 1979.

VIGARELLO, Georges. *Histoire du viol.* XVIè-XXè siècle. Paris: Éditions du Seuil, 1998.

VINCENT-BUFFAULT, Anne. *História das lágrimas.* São Paulo/Rio de Janeiro: Editora Paz e Terra, 1988 (1986).

VOITURE. *Lettres.* Paris: A. Courbé, 1654. (BNF-Gallica). Disponível em: http://gallica. bnf.fr/ark:/12148/bpt6k89863w>.

VOLTAIRE. *Contos.* Editora Abril Cultural: São Paulo, 1972.

VOLTAIRE. *Correspondance I (1704-1738).* Paris: Éditions Gallimard, 1977.

VOLTAIRE. *Correspondence choisie.* Paris: Librairie Générale, 1990.

VOLTAIRE. L'Enfant prodigue. In: *Collection Complète des Œuvres de Mr. de Voltaire.* Première édition. Tome dixième. Amsterdã: Aux dépens de la Compagnie, 1756. (BNF-Gallica). Disponível em: http://gallica.bnf.fr/ark:/12148/bpt6k719991>.

VOLTAIRE. Le mondain. In: *Mélanges.* Paris: Gallimard, 1977. Disponível em: http://www.voltaire-integral.com/Html/10/23_Mondain.html>.

VOLTAIRE. *Nanine.* In: *Collection Complète des Œuvres de Mr. de Voltaire.* Première édition. Tome dixième. Ouvrages dramatiques avec les pieces relatives a chacun. Tome quatrième. Amesterdã: Aux dépens de la Compagnie, 1756. (BNF-Gallica). Disponível em: http://gallica.bnf.fr/ark:/12148/bpt6k719991>.

WATT, Ian. *A ascensão do romance.* Estudos sobre Defoe, Richardson e Fielding. São Paulo: Companhia das Letras, 1996.

Alameda nas redes sociais:
Site: www.alamedaeditorial.com.br
Facebook.com/alamedaeditorial/
Twitter.com/editoraalameda
Instagram.com/editora_alameda/

Esta obra foi impressa em São Paulo no inverno de 2019. No texto foi utilizada a fonte Arno Pro em corpo 10,5 e entrelinha de 15,5 pontos.